文学批评学

（修订版）

李咏吟 著

ZHEJIANG UNIVERSITY PRESS
浙江大学出版社

图书在版编目(CIP)数据

文学批评学 / 李咏吟著. — 2 版. — 杭州：浙江
大学出版社，2018.12(2019.10 重印)

ISBN 978-7-308-18830-2

Ⅰ. ①文… Ⅱ. ①李… Ⅲ. ①文学评论－文学理
论 Ⅳ. ①I06

中国版本图书馆 CIP 数据核字(2018)第 287202 号

文学批评学(修订版)

李咏吟 著

责任编辑	唐妙琴
责任校对	刘雪峰 蔡 帆
封面设计	孙豫苏
出版发行	浙江大学出版社
	(杭州市天目山路 148 号 邮政编码 310007)
	(网址:http://www.zjupress.com)
排 版	杭州中大图文设计有限公司
印 刷	虎彩印艺股份有限公司
开 本	710mm×1000mm 1/16
印 张	31.5
字 数	437 千
版 印 次	2018 年 12 月第 2 版 2019 年 10 月第 2 次印刷
书 号	ISBN 978-7-308-18830-2
定 价	65.00 元

总　序

　　一首诗，一幅画，一场音乐会，若艺道精妙，就会让人体会到无限欢乐。人们惊叹于艺术之妙，所以，总要追问：何为艺术？艺术何为？艺术构造了民族文明的精神个性，艺术传承了民族生活的独特精神记忆。作为文明的独特精神形象，艺术作用于民族心灵，构成了民族文化生活的独特精神禀赋。在文明的诗思传统中，人们极其重视艺术的价值。可是，有个问题一直被隐匿：那就是，艺术如何构成了文明？艺术能构成怎样的文明？在此，我们着重想说明：艺术是文明的产物，尤其是政治宗教文明的产物；有怎样的政治宗教文明，就会有怎样的艺术生活。在文明生活中，艺术发挥着重要的调节作用，它或者顺应政治宗教的要求，或者反抗政治宗教的要求，驰骋生命的想象与情感，满足人们的精神需要。在不同的政治宗教精神作用下，经济基础决定着艺术的成败得失，因为经济生活与政治宗教生活，最能激活艺术。由于专业的限制，这里，我们只能讨论"小艺术"，即讨论诗歌、小说、戏剧、绘画、音乐等等，其实，"大艺术"的价值，即风景、建筑、园林和城市，更值得重视。没有"小艺术"的眼光和"小艺术"的自由探索，"大艺术"的发展可能会受到阻碍，"大艺术"的价值就会被低估。从文明意义上来说，只有处处洋溢着美的民族国家，才是伟大的文明国家；反过来，伟大的民族国家，总会时时重视美并保护美。传统艺术理论的局限，就在于：轻视生活世界的大艺术，醉心于个人世界的小艺术。实际上，没有优美的大艺术，即使存有许多优美的小艺术，文明本身肯定存在着巨大的缺陷。我们崇尚优美而自由的文明，崇尚深邃而优雅的文明；优美的大艺术与自由的小艺术，必定能构造伟大的文明。这就是艺术与文明的联系,其中有无穷可探索的思想空间。这个书系,就是为了追思浪漫,体验自由,探索文明,寻求心灵的自由立法,揭示艺术的秘密和艺术构造文明的意义。丛书出版,得到浙江大学基督教与跨文化研究中心的大力支持,谨此致谢!著名学者陈村富教授,奖掖后进,促成了这个书系的诞生。师恩难忘,衷心铭感,但愿艺术与文明的薪火,可以借此流传。

2008 年春于浙江大学基督教与跨文化研究中心

目　　录

第一章　文学批评学或批评
解释学的现代建构

第一节　文学批评实践活动与文学批评的
社会角色承担

通过"思想"照亮批评，通过"批评"完善思想，这是我所设定的"文学批评理想"，实际上，就是为了特别强调文学批评活动所具有的审美价值与思想价值。具体的理论展开原则是：批评的思想价值判断，以文学的审美价值呈现为基础；批评的思想价值，必须优先于文学的审美价值的捍卫。因此，何谓文学批评？文学批评何为？就不是简单的文学欣赏问题，而是复杂的审美判断与价值判断活动。概括地说，文学批评，就是对作家作品的思想与艺术价值的阐释，即从本文提升诗学，从形象构建思想，从诗意认知文明，从审美判断显示生命哲学。从总体上说，文学批评，就是从文学出发的生命历史与文化之思；它既有自己的历史性踪迹，又有自己的现代性活动方式。在文学批评的历史性与现代性精神关联中，历史性认知开拓了现代性认知，现代性认知又影响了历史性重估。

我们的文学批评理论建构，主要任务是：如何面对古典文学与现代文学实践本身？或者说，如何建构真正意义上的现代文学批评？应该看到，文学批评中的"现代"一词，属于时间概念，可以指代"活在现时代"的文学批评，即现代生活中的文学批评活动，而不仅仅指有关现当代文学作家作品的批评。不过，在日常语义中，"现代文学批评"，主要指现代以来的文学批评,特别指面对当前文学现实的文学批评解释活动。从价值指向来看,"现代文学批评",面对当前的文学现实无可厚非,因为这使得文学批评更有存在的合理性。事实上,现代文学批评家,往往自觉地进行具体的文学作品的读解和批评,或者对文学的历史进行自觉的批评反思。但是,在现代文学批评实践中,有关批评自身的方法、意义、价值、困惑与局限,有关批评的内在规律与独特价值范式等问题,批评家们往往很少进行系统的理论思考,这就使得批评自身还不是"真正意义上的人文科学"。因此,有关文学批评的解释学反思,应该成为批评解释学的核心问题。具体说来,"文学批评是什么"与"文学批评解释的价值",应该成为批评解释学的根本理论问题。①

从文学批评的历史活动中可以发现,"文学批评"往往可以区分为:普通读者的批评和专业读者的批评。前者是广义的文学批评,可以是简单的感想与随笔,后者则是职业意义上的文艺批评,必须是系统而科学的解释;前者不用进行专门的训练,后者则必须进行思想训练和思想实践。"普通读者的批评",是艺术感受性批评,它基于生活经验而不是艺术科学的理性立法与价值原则,因此,在这种感受性批评中,批评者更在乎艺术自身所表达的生命情感以及它所创造的生命形象的意义。"批评家的批评"则有所不同,它先需要认真阅读作品,并在作品认知的基础上进行思想价值定位,然后寻找批评的方法,确立批评的意图,对文学作品自身进行思想分析和艺术分析。这里,既需要艺术的美感体验,又需要生命的存在感悟,既需要对艺术本文进行形式美学分析,又需要对作品自身进行深度思想阐发。严格说来,普通读者的批评与职业批评家的批评同样需要,当然,从文学解释意义上说,后者构成了文学批评的真正历史。真实意义上的"文学批评",是独立而自由的价值判断活动。这种价值判断活动,与语言理解和文学解读有关,它是面对作品的活动,其目的有二:一方面是为了判断作品文学价值之高下,一方面是为了理解作家的生活发现与美

---

① 蒂博代:《六说文学批评》,赵坚译,生活·读书·新知三联书店 2002 年版,第 33—42 页。

感发现。更为重要的是,通过文学批评与解释活动,可以很好地理解人生的历史境遇、现实境遇和生命存在的意义,即通过与作家作品的精神对话,形成正确的文学价值观和审美世界观。

从本质意义上说,文学批评就是"理解与解释",这种解释,首先是关于文学的,其次是关于社会历史文化和人生的或世界的。正因为如此,文学批评的思想话语世界是无限广阔的,它有着永远也说不尽道不完的生命历史文化美学内容。事实上,"创作"和"批评",形成了文学活动的最为重要的两种思想方式。作家创作着,他的一切创作话语活动,源自于他的自由想象和生命体验,他所提供的生命形象世界是独一无二的,因为这里有着别人无法代替的生命历史文化经验。读者欣赏着与理解着,在欣赏与理解的基础上,形成对文学艺术的价值判断。正是由于有了作家,人类生命活动的复杂性才能得到很好的体现,他还原世界创造世界而不是简化世界,因而,作家既可能提供好的艺术生活形象,也可能提供本原的生活真实形象,还有可能提供坏的生活形象。正是因为有了读者,文学存在的价值,在需要中不断得以确证。[①]　文学艺术以其丰富复杂性应对这个复杂的生活世界,但是,它在提供生活美的同时也提供生活丑,所以,文学活动对世界的贡献,实际上只是为了展示复杂性,因为在一些艺术家提供美的享受的同时,另一些艺术家则提供丑的生活真实。

应该说,在文学历史活动中,存在着相互抗争的"对抗性文学力量";文学的正价值在负价值中消解,文学的负价值又在其正价值中被抵消。没有文学,我们就无法真正理解历史的人的生活或现实的人的生活,更无从理解民族的历史的现实的人类生活。文学创作,保存了生活中的一切,而且,这种保存,更多地不是从理想意义上进行保存,而是真实意义上的心灵与记忆保存。文学创作,提供了人类生命经验的可重复性和可反思性意义,因而,在文学活动中,离不开批评家。严格说来,批评家,就是文学作品的"内行解释者",批评本身,就是批评家的主体性精神活动与作家

---

① 徐静波编:《梁实秋批评文集》,珠海出版社 1998 年版,第 89—92 页。

的主体性精神活动之间的"对话与交流"。

那么,什么是真正意义上的文学批评家?文学批评家到底应该具备什么样的素质呢?这也需要做出明确的解释。

文学批评家,必须是文学的内行解释者,即批评家必须能够正确而深刻地理解文学、历史和文化,这是历史性的思想过程。批评家不是天生的,虽然有的人在文学接受与理解上比一般人来得敏锐,但是,也不能否认,文学批评需要进行职业训练;也就是说,只有当个人对文学本身充满了无限的热情,而且对文学充满了深刻理解时,批评才可能发生。读者型批评家,需要阅读一定数量的文学作品,或者说,具备能够欣赏文学艺术作品的基本能力之后,批评才能进行;最自然意义上的文学批评,是"刺激一情感反应模式",这种刺激反应模式,只需一定的人生经验或生命感知理解能力就能进行。相对而言,"视觉艺术",可以超越民族文化的局限,而"语言艺术"总是民族的思想与情感符号,因为它受到民族语言的限制。思想学术意义上的文学批评,则需要进行更为广阔的思想艺术修炼,因为唯有理解之深、思想之深、体验之深,才能进行深刻而广泛的文学批评。与此同时,文学批评家,必须具有敏锐的思想,或者说,"批评家必须是思想家"。"文学批评",在很大程度上,就是存在与价值的反思问题。[1] 人生的思想、社会的思想、文化的思想、历史的思想和艺术的思想,构成了意义的丰富性,思想本身决定了思想的历史积淀性;也就是说,单有个人的思想是不够的,它需要积累人类思想文化的优秀成果,或者说,必须最大限度地接纳人类思想的全部优秀成果。

批评家对人类优秀思想的接受能力愈强,其对思想的理解就愈深,其创造能力就会愈大。批评家能否真正独立地思想?或者说,批评家的思想能否给予人以生命的启示?在很大程度上,思想自身决定了艺术批评的成败。应该看到,文学批评家,必须能够系统地思考社会历史文化和人生问题。由于民族生活的发展有不同的道路,对生命的理解也就有着很

---

[1]　李咏吟:《价值论美学》,浙江大学出版社 2008 年版,第 359 页。

大的区别,因此,批评家必须对社会历史文化和人生有着真正的理解。这绝不是简单的问题,它考验着批评家的良知、勇气和信仰,也考验着批评家的心灵与智慧,想象与体验,感悟与创造。因此,文学批评是一门高深的艺术。只有真正的批评家才能解释真正的艺术,才能真正理解自由的艺术家。批评并不是每个人都能实践的,正如不是每个人都能进行创作一样;这并不是为了剥夺某些个体的创作权力和批评权力,而是说,创作和批评本身,需要进行特殊的训练,而且需要特殊的才能。

在解决了"批评是什么"和"批评家是什么"之后,自然应该探索文学批评如何才能真正进行。即文学批评的发生学或文学批评的解释学的系统构成,应该成为我们探索的基本问题。文学批评,作为思想与文化的活动,必须直接面对作品,即读解作品是批评的第一步,作家作品具有第一性地位。读解作品,永远是批评的神圣法则。没有读解活动,即无权进行批评;读解作品,也不是简单的理解还原,而是深刻的体验思考。"读解的过程",实际上,就是体验感悟思想的过程,也是与作家作品交流的过程。此时,批评家可能不如作家富有智慧,但是,真正的批评家必须能够与作家平等对话。通常的情况是:批评家不能进行自由创作,而且,其思想体验与创造力弱于创作者,这样的批评家,就无法真正进行独立而自由的文学批评。事实上,也应承认:从创作意义上说,作家往往优于批评家,即第一流的作家,只有第一流的批评家才能真正与之对话;第二流的批评家,在与第一流的作家对话时,已经不能充分自由地理解创作者了,更不用说第三流的批评家了! 所以,批评不仅需要读解,更重要的是,要能进行自由的欣赏与思想。与此同时,文学批评,作为独特的思想活动,要求批评家充分理解作品与解释作品,判断作品的美学价值与生命文化价值。这种理解绝不是孤立的,因为文学的历史,构成了自身独有的思想艺术和文化坐标系;文学批评的美学价值判断和生命文化价值判断,实际上,就是广泛的生命文化精神体验和自由思想。①

----

① 李咏吟:《审美价值体验综论》,中国社会科学出版社 2009 年版,第 192 页。

在文学批评解释过程中，批评家必须找到个人解释的最佳角度和方式。思想永远需要逻辑的演绎与个人的创造，因而，批评自身的思想原创性，就显得特别重要，它可以源于思想文化与历史自然的启示，更需要批评家对艺术自身有其独特的理解与创造。文学批评活动，作为与"潜在的读者"之间进行的思想交流活动，要求批评家的文学话语活动，必须与作家和读者形成内在的生命文化交流。从根本上说，批评，既与作家相关，又与读者相关；不过，应该看到，真正自由的作家很少关注文学批评，或者说，没有真正与其思想水平相等的批评，作家根本就不予理会，但是，他们肯定在意与其思想历史文化修养和创造力相等的批评家的批评，因为他们面对自由的批评家或相同水平的思想家时，已经"没有思想和艺术的优越感"。在大多数情况下，文学批评是"面对读者的批评"，即文学批评的主导功能，不是与作家交流，因为作家通常不会与批评家同时在场，而是更多地"与读者一起思想"，所以，批评在对自己负责的前提下，如果能够引导读者并深化读者的文学理解，或者说，能够给予作品真正的价值定位，使读者心中有所参照，那么，批评的价值就得到了很好的体现。批评是解释，它永远不具有解释唯一性，必须永远体现解释的无穷性。它的解释，可能永远是"合法的偏见"，因而，批评是无限的。不过，每个时代的批评，应该提供特定时代的思想声音与立场，也永远应该对伟大的作品形成时代的读解，从而对读者的生命文化选择和文学史的历史叙述起到价值引导的作用。

第二节　文明的声音：文学批评与文学
作品的精神理解

文学批评，永远有自己的"大地"与"天空"：前者是指文学批评必须面对具体的艺术作品，从具体的作品出发，对经典作品进行深入的解释，保持与经典作品的最牢固的联系；后者则是指文学批评必须对文学的历史和文学的作品进行系统反思,对文学形成系统的理论认知,形成新的文学观念,对文学经典作品形成真正的综合性评价。文学批评,一方面立足于现实生活反思,一方面借助审美理想的自由想象。

从文学批评意义上说,现代文学批评的解释学反思,意味着必须对历史的文学批评形态进行认真的清理与反思,这不仅包括中国的文学批评经验而且包括外国的文学批评经验,不仅包括现代的文学批评经验而且包括古典的文学批评经验。也就是说,"当批评培育恰如其分的文学历史感之时,超越了文学的历史并没有停止存在或者同批评家断绝关系,同样,把文学本身视为整体并不会使它脱离社会语境,相反,我们能够更容易地看出它在文明中的地位。批评将永远有两个方面:转向文学结构,转向组成文学社会环境的其他文化现象。它们在一起相互平衡:当一个发生作用排除另外一个时,批评的观点失去中心;当批评处于恰当的平衡时,批评家从批评移向更大的社会问题的倾向就变得更容易理解"①。任何人类活动方式的存在,总有其历史合理性,那么,应该如何认识文学批评这种独特的人类精神活动方式?考察文学批评活动的起源,可能有助于说明这一问题。具体说来,文学批评是相对文学创作而言的,因为有了文学这种活动方式才会形成文学批评这种活动方式。文艺起源于人类精神生活的需要:人们要歌唱,于是有了诗歌;人们要庆典,于是有了戏剧;人们需要动人的英雄故事,于是有了史诗、传奇和历史。

文学这种活动方式,就是在人类的生命活动与生活实践中形成与成熟的,它首先是民间化民众性的艺术活动方式,随着文化的发展以及文人参与改造这种艺术形式,逐渐发展为高级的艺术活动方式。文学的"文人化过程",是对文学的"民间化过程"的学习、借鉴与超越,但是,文人化艺术形式不会取代或消解民间化艺术形式,因此,文学永远是多层次多样化的艺术活动方式,它表达了全民族乃至人类精神生活的无限情感性与想象性。有了文学,自然就有关于文学的各种评价和议论。素朴的批评,往

---

① 弗莱:《批评之路》,王逢振等译,北京大学出版社1998年版,第10页。

往表达的是喜欢与不喜欢之类的情感。在艺术实践过程中,随着文学经验积累的不断丰富,人们对文学的认识也就日益全面、系统和深刻,于是,逐渐形成关于艺术和思想的深入系统的解释。布莱指出:"它存在着,可以被穿透,可以被跑遍。它朝着一系列的洞穴开放,这些洞穴个个不同,又虚又实,其中,回响着对于存在的同一性排他性的肯定。深入者不仅要离开对象的世界,还要离开他自己的人格,因为思想一旦成为思想,就想独处,不能容忍任何陪伴。"①

　　自从有了文艺创作与接受这种独特的精神活动方式,智者们开始关心它的发展、它的变化、它的自由创作问题,同时,开始探讨它的精神根源、心理特征和社会文化功能,诸如此类的问题一旦形成,就有了关于文艺的批评,这是文学社会化的必然结果。文学创作与接受,一旦成为社会化活动,就不再是单纯的个人活动,必然成为"共同性的文化价值创建活动"。文学需要批评,因为文学创作有其自身的艺术规律、独特的心理过程和特有的审美目的和审美效果。文学如果没有批评,也就意味着没有读者和观众;只要有读者和观众,就必然会出现文学批评活动。文学批评与文学是血脉相连的,因为文学与文学批评本身,就是相互交流促进的精神活动。在文学的原初阶段,文学创作者往往需要批评者,因为对于创作者而言,他需要倾听批评的声音,以便改进自己的文学创作,与此同时,对于创作者而言,他本身就是欣赏者和批评者。作家对前人作品的研究和欣赏,实际上就是在不自觉地运用批评。但是,在文学创作与文学批评成为相互独立的精神活动之后,他们应有共同的生命价值追求与精神信念确证。

　　对于创作者而言,他对作品的批评往往是双向展开的:一是"考察作品的艺术性"。作家在创作过程中往往能对作品的艺术性有其精到的感悟,特别关心艺术的表现形式和方法,因为好的艺术表现手段往往会给创作者带来灵感,促使他能够自由地表现生活的美感与价值。二是"考察作

---

① 布莱:《批评意识》,郭宏安译,百花洲文艺出版社 1993 年版,第 192 页。

品的思想性"。对于创作者而言,选择什么样的主题,以什么样的思想态度去评价生活本身十分重要。① 许多创作者对于前人作品的批评,与其说是公正地评断作品的优劣,不如说是到作品中去寻找创作智慧和创作灵感。对于创作者而言,他对自己喜欢的作品往往情有独钟。作家不必"无度地"去阅读作品,因为"在无边的阅读中"可能失去自我的创造性,实际上,作家更"钟情"他喜爱的作家作品,这能够直接激活他的创作灵感,因为创作者的批评是建立在创作借鉴、创作智慧和创作灵感寻求的基础上。创作者有其批评的眼光,接受者也有其批评的眼光;对于不以创作为目的的接受者来说,"批评",不是为了创作,因为它在很大程度上就是为了判断作品的价值,以便在文学的历史中给作家作品定位。正如前文所言,接受者的批评有职业与非职业之分:非职业批评家,对待作品的态度,主要以个人的喜爱程度为标准。职业批评家,则必须找到共通性"审美尺度",对不同作家作品形成主观与客观相统一的价值判断。批评家不会简单地表达个人的爱憎情感,但批评家的价值立场,往往直接影响他对作品的肯定或否定评价。

　　批评是必要的,这是无可否认的,因为没有批评,文学很难进步,当然,没有文学,就谈不上批评。批评具有一定的依赖性,因为作家也需要批评,但是,批评对于作家而言,可能产生两种积极效果:(一)"个人的写作,通过批评的评价可以引起社会的真正关注和重视。"如果是肯定性批评,又能深刻地揭示作品中蕴含的深意,创作者就如获知音。谁都希望自己的作品能够得到社会的真正关注,即发生社会性作用,有人接受它,有人评价它,这本身就是对创作价值的评断,这种批评可能"激活"作家的创作。(二)"个人的创作缺陷,也可以通过倾听他者的声音而引起创作者重视。"批评者的视界,往往比创作者显得更开阔,因为创作者有时只欣赏自己或同类的创作,对于不同风格不同作家的作品,往往缺乏公正的评价态度。批评者则不然,他们往往在比较中确立作家作品的独创性价值。对

---

① 蒂博代:《六说文学批评》,第 182—183 页。

于作家来说,创作局限由个人的才能、性格和思想所决定,而且,对于大多数作家来说,他无法超越个人的创作局限,必须不断加以克服。作家通过倾听他者的批评能够有意识地克服自我的"创作局限",因为创作毕竟不是为自己而写作,作品也不是只留给自己阅读。创作必然要形成社会性文化性交流,因而,听取批评的意见是很重要的。① 问题在于,批评的意见往往很难被创作者接受。当然,批评者的批评,在多大程度上,具有思想与艺术合理性,也是一个问题,因为批评者也有其个人的不可克服的局限性。

前面已经谈到,"批评的目的",不是为了创作而是为了进行价值判断,批评者的价值判断,必有其"个人性立场"。不少人关心这样的问题:批评家的智慧与创作者的智慧是否对等? 如果批评家的智慧逊于作家,那么,作家很难心悦诚服地接受批评家的批评;如果批评家的智慧高于作家,那么,作家又无法领悟批评家的智慧。只有在创作智慧和文学批评智慧对等的情况下,创作与批评之间才能达成双向交流。创作与批评之间,常常发生精神取向背离的情况,因为"批评家"受制于个人的精神局限,容易武断地评价作品。例如,从时代性的政治伦理观去评价作品,往往让作家愤怒,因为作家的创作源于生活真实,而且,在生活真实向艺术真实的精神转换过程中,有其自身的精神尺度。批评家一般站在社会伦理的立场上发言,要求作家表现美好的事物,但是,对于作家来说,他必须忠实于生活真实和生命真实。例如,性欲或情欲问题,在一般社会伦理方面属于禁忌话题,但是,许多作家却总喜欢突破禁忌,大胆地表现人的"生命原欲"。这种"生命原欲"的表现,虽源于生活真实,但不符合社会伦理禁忌。站在社会伦理的立场上,批评家反对作家过分地表现人类的"生命原欲"的

---

① 现代中国文学批评已走过了百年漫长旅程。这一百年,中国文学批评,比以往任何时代更具有创造活力,也比以往任何时代包容更多的经验教训。新的世纪已经到来,该如何评价现代中国文学批评的成就? 或者说,现代中国文学批评取得了哪些重大成就? 走在新世纪的征途中,文学批评,应该做出怎样的智慧选择? 这都不是一些小问题。对于文学批评者来说,关于百年文学批评的历史思考非常必要。只有通过深刻的反思,才能做出智慧的选择;只有做出智慧的选择,才能问心无愧地充满自信地言说,并真正为民族文学的发展做出应有的贡献。

粗野和原始,自有其合理性,但是,这种批评,无法与作家获得精神上的一致。① 在艺术性判断上,作家与批评家不至于太冲突,在思想性判断上,作家与批评家常常水火不容。

这就导致了批评家与作家的紧张关系,批评家从正价值的角度去认识作家作品,大多数作家表示欢迎,也有少数作家不以为然。他们只希望自己的作品被阅读,并不喜欢批评家对其作品"实施解剖手术"。自古以来,作家与批评家为友的佳话,似乎并不多,作家与批评家为敌的情况,倒是很常见;不少杰出的作家极端厌恶批评家或蔑视批评,这在西方文学史上特别明显,不过,作家与作家之间的相互欣赏与相互激励倒是很多。作家与批评家之间,为什么会形成思想的紧张关系? 首先,"批评家未能真正理解创作者的创作"。无论是思想判断,还是艺术判断,批评都很难说到根本问题上去。这种情况确实存在,批评家一般喜欢带着观念和原则去评价作品,而不是带着创作悟性去评价作品;外在的观念和原则与作家的创作之间,常常有分裂,因而,作家的创作无法获得批评者的真正理解。其次,"我所创作的优秀作品,根本就不需要批评家的解释"。无论你解释与否或批评与否,只要作品在,总会找到属于它的读者。从根本意图上说,作家更偏爱狂热的读者而不喜欢挑剔的读者。有的作家更是极端地认为,"批评对作品本身的存在毫无影响,所以,我不需要批评的解释"。有的作家,则强调批评家必须是艺术家,甚至据此提出:"批评家就是艺术家。"在他们看来,批评家必须是艺术家,才能进行真正的批评,所以,出现了下列情形:作家不在意批评家的批评,但非常在意作家的批评。作家的批评,常常从艺术性和生命体验出发,基于艺术智慧和思想智慧两方面进行体验判断,而且,更能理解创作者的个人独创性,因而,作家之间能够获得深刻的同情或理解。作家的批评,更多本源的思想体验,更少纯粹科学的批评规范。

这种局面的存在,对批评家来说,是很尴尬的一件事。不少批评家深

---

① 劳伦斯:《劳伦斯作品精粹》,陆锦林选编,河北教育出版社1990年版,第541—543页。

刻地解释了一位作家,但往往不被作家理解,在作家看来,批评家都是"寄生于"作品之上的言说者。难道批评家真的只能扮演在作家背后说话的角色? 无疑,批评家不会甘于"落后"。从思想意义上说,"批评家",必有其优越感,特别是那些人文科学思想方面有高深智慧的批评家,能够从跨学科的眼光看待文学创作,从作家的创作中,发现作家本人也发现不了的东西,这给文学批评提供了最有价值的证据。① 批评家相信他对作品的评断是智慧的,因为批评家往往在历史的文化大视野中"说话",在每一审美判断中,融入了人类精神文化的智慧,与此同时,批评家也看到,作为自由思想的批评家有其自身的优越智慧。批评家为什么总在作品背后发言? 批评家认为,批评完全可以独立地进行文学宣言,正如作家不理解批评那样,批评也完全可以不理会具体的作家作品。批评家可以通过自己的"智慧言说"获得批评的独立地位,正因为如此,不少批评家厌倦了就具体作家作品进行评论。

从文学的总体性中,批评家找到了自己的审美言说方式与思想言说方式,因而,批评家与作家,作为文学艺术活动的"双驾马车",很难走在同一条道路上,于是,他们希望"各行其道"。大多数批评家,还是希望针对作品说话。一部重要的新作品发表,必然可以看到大量的批评文本和批评家的价值判断,这种判断,直接推动了作品的接受,实现了作品的时代价值。至于作品的精神价值,有时并不是这种时代性批评所能涵盖的,因为立足于当代性立场的批评很容易失去它的历史性认识价值。那么,作家希望什么样的批评呢? 自然,希望有真正能理解作家作品的批评。这种理解是非常难的,因为"知人论世"并不是一件易事,所以,批评家不能"随意地"评价作家作品。批评家希望有什么样的批评? 他们希望,能最

---

　　① 例如,在评价《牛虻》时,刘小枫有一些解释超出了作品本身。他说:"牛虻的革命动机已经没有什么好想的了。一种伦理:基于私人的痛苦的伦理却强烈地吸引了我。很清楚,丽莲讲述的不是革命故事,而是伦理故事。没有那些革命事件,牛虻的故事照样惊心动魄,若没有了那些伦理纠葛,牛虻的故事就变得索然无味,还不如我自己亲历的革命事件。"刘小枫:《沉重的肉身》,上海人民出版社 1999 年版,第 42 页。

大限度地体现个人智慧和文化智慧。这类批评,显然,要超越具体的作家作品之上。这就是文学批评的内在困局,也是批评家与艺术家最内在的思想紧张。

第三节　文学批评的审美意向性与话语
　　　　意识的价值支撑

从历史的经验来看,批评家与作家之间,只有真正"相互理解",才可能形成真正自由的文学批评。一般情况下,文学批评,在很大程度上"扮演"的是"推荐作品"的角色。西方文学批评家,有学院派和专栏派之分:"专栏派批评"以批评快捷著称,它直接决定作品的发行和时尚效果,因此,不少艺术家有新作品问世,总是关注当前的专栏批评。专栏批评家,有其精神独立性,即专栏评论家可以自由评价艺术作品而不必在意作家或艺术家的社会地位和名声。新的作品发表了,有哪些好作品? 这些作品好在哪里? 这就是专栏派批评家的任务;作为时尚性的文学批评,永远面对着新的作品,似乎"新的就是好的"。也正因为如此,这种文学批评,缺乏理性主义和历史主义的态度,于是,不少专栏性批评,除了有一些时代性和新闻性特征以外,对于文学和文学史不起任何作用。

在文学批评领域,确实存在大量的"无心化话语",不少批评文本,常常在一两个月后就显得过时,同样,不少文学批评刊物,也因此变成明日黄花。学院派批评,则是相对严肃的,它需要在大量阅读和文学比较的意义上对文学作品形成自由的价值判断。时间是无情的,它只"淘选"那些优秀的东西,对于那些没有智慧的话语,总是要将其无情地"淘洗掉"。文学批评工作者,应该严肃地反省这样的历史事实:"推荐作品",在很大程度上是报刊专栏作家的工作,"文学批评工作者",应该更为严肃地对待批评工作本身。因此,历史性地回顾现代中国文学批评的话语转换,无疑是值得重视的工作。从现代中国文学批评的基本事实出发,可以看到,现代中国文学批评的话语转换,大致是在四种"文学批评话语"之间进行的,即"审美批评话语""思想批评话语""政治批评话语"和"文化批评话语",这些"批评话语",往往同时并存,只不过,在特殊的历史时期,某一"批评话语"占据主导地位,而其他批评话语则退居次要地位。当然,在相对自由的时代,文学批评的这四类批评话语形态的多元并存,也是可能的,因为文学批评的话语意识,是批评家思想信念的自由选择与价值偏好的结果。

先看审美批评话语对文学作品的诗性理解。从比较意义上说,"审美批评话语",是有关艺术本身的批评性话语,因为审美批评话语是以艺术为本体、以艺术为目的的批评话语,审美批评话语的发达有利于文学批评的发展。① 在现代中国文学批评史上,审美批评话语形成了两次高潮:一是 20 世纪初,审美批评话语的兴起带来了新文学的独特审美化追求。当时,一大批留学归来的诗人、散文家、戏剧家和小说家,立足于西方现代文学立场,以西方审美批评话语引导和促进中国的新文学创作。胡适、吴宓、闻一多、周作人、梁实秋、朱光潜、俞平伯、朱自清、徐志摩等,在审美批评话语方面,皆卓有建树。审美批评话语的基本价值取向是:以欧美文学批评话语作为新批评的精神价值导向。这些新文学的先驱者们,立足于"审美主义"立场,根据中西文学的历史精神,创造性地提出若干有价值的审美批评观念。例如,周作人对希腊文学和明清小品文情有独钟,将希腊文学的自然浪漫主义精神加以阐释,提供给新文学以人文主义的精神视野,与此同时,对明清小品的创新性阐发,使新文学的审美情调得以加强。当时,古文派对白话文反对尤烈,如何写出优美动人而且具有审美韵味的白话作品,无疑是对复古派和传统派的最好回答。

这些先驱者们,确实写出了许多优美动人的白话作品。应该说,朱光潜在审美批评话语方面贡献最大。他评价陶渊明,评价古代诗歌,完全是审美化立场,而且,还创造性地引进了弗洛伊德的精神分析学说,开辟了文艺心理学的新领域,直接激活了现代审美文化批评。所以,他的《诗

---

① 李咏吟:《诗学解释学》,上海人民出版社 2003 年版,第 259 页。

论》，就是现代诗学中最具"审美批评话语力量"的一部作品。俞平伯的散文创作与批评，也是审美批评话语的具体实践，他的《红楼梦研究》，就是审美批评话语的范导性作品。① 在 20 世纪二三十年代，审美批评话语的主张者，除胡适、鲁迅和周作人之外，还少有批评家直接针对五四新文学进行具体评论。他们立足于"审美批评"，重新评估中国古代作品，当时，批评家还未充分考察当代性作品。由于特殊的历史原因和时代政治原因，"五四"审美批评话语，未能得到真正自由的发展，它逐渐被思想批评话语和政治批评话语取代。

二是在 20 世纪 80 年代，审美批评话语的复兴，导致人们重新探索人道与自由意义上的文学美感精神。因为文学创作自由了，文学出现了新的审美文化精神，它需要新的审美文化批评，正是在这一历史条件下，审美批评话语得以复兴。事实上，审美批评话语，对于文学创作具有指导性价值，也真正能够发掘和体现艺术的审美价值。在审美批评方面，作家与批评家，较易达成和谐并能获得沟通。审美批评话语，基本上充分发掘了作品的审美价值，甚至将作家的审美精神系统夸大了。审美批评话语，立足于艺术本身，先在诗学方面获得突破，后在小说叙事学方面显示实绩，客观地说，叙事学与美学的联姻，是 20 世纪 80 年代以来的审美文化批评的重要收获。

再看思想性批评话语对文学作品的价值阐释。思想性批评话语，在五四时期，几乎与审美批评话语同时兴起，五四前后，在思想性批评话语方面，卓有成就的两位批评家是鲁迅和瞿秋白。鲁迅，最初为批评名家，后转向创作，他的《摩罗诗力说》等批评文章，至今仍是文学批评史上不可多得的文学批评或文学理论范本；瞿秋白，则在文学的政治思想批评方面成就卓著，特别是有关鲁迅创作思想的解释，显得深入独到。他们在 20 世纪 30 年代，被公认为两大思想性评论家，最为重要的是，他们重视文学的思想革命性力量。② 鲁迅主要从俄罗斯文学思想

---

① 俞平伯：《红楼梦研究》，上海古籍出版社 2005 年版，第 172—175 页。
② 李何林：《近二十年中国文艺思潮论》，陕西人民出版社 1981 年版，第 9—26 页。

出发,重视文学的社会功能和价值;瞿秋白对鲁迅杂文的评价成了思想性评论的典范,而且,他对茅盾《子夜》的评价也是划时代的断言,这是现代中国文学思想性评论的光辉篇章。鲁迅有关"左联"五烈士的思想评价和艺术评价,是思想性评论的典范,因为思想性评论以其深刻的认识见长。

20世纪80年代以来,中国文学艺术的思想性评论,也开始复兴,张志扬与刘小枫,可以说是思想性评论方面的两位代表性人物。张志扬,立足西方现当代艺术,特别是电影,把时代生活的体验与存在的内在呼声有机地结合在一起,有着肉身撕裂般的思想阵痛;刘小枫,则从浪漫派思想出发,对文学的宗教精神与古典精神进行了自由阐释,在他的批评中,始终闪烁出思想的火花。如果说,鲁迅与瞿秋白的思想性评论,重视思想启蒙及其社会价值的阐释。那么,张志扬和刘小枫的思想性评论,则更重视个人性体验和生命价值的阐释,他们关注现代性中的个人的生存体验和精神处境,关注现代主义创作的精神世界,把个人的分裂式内心体验和现实生存原则结合在一起,很有思想性意义。这是时代精神的大转变,显示出现代中国文学批评独有的思想价值。

三看政治批评话语对文学作品的时代生活意义的政治理解。在现代中国文学批评史上,政治批评话语具有重要的地位,因为"五四"时期的政治性批评话语是一大批马克思主义者确立的。像陈独秀、李大钊、鲁迅、瞿秋白等,对此皆有巨大贡献,此后,一批革命者领导文学运动和文学革命,把文学视作中国革命事业的重要组成部分,因而,政治批评话语具有十分强大的力量。他们立足于马克思主义文艺理论,从俄苏文学批评中直接汲取思想力量,在这方面,周扬、冯雪峰等显示出理论批评实绩,与此同时,毛泽东的《在延安文艺座谈会上的讲话》,无疑是政治批评话语的典范。自20世纪50年代以来,周扬、李希凡、陈涌等,对于马克思主义文艺批评做出了重大贡献,他们的文艺批评,显示了政治批评话语的力量。他们从中国革命实践出发,从马克思主义理论出发,把文学与中国革命紧密地联系在一起,把文学的时代性力量和革命性力量做了特殊强调,从而对中国文学批评产生了巨大影响。由于新时期中国社会文化和文学的巨大变革,自20世纪80年代以来,政治批评话语逐渐减弱其巨大力量,新的批评话语随之形成或复兴。或者说,政治批评话语,由一元走向多元,政治自由主义思想的政治批评,特别是西方马克思主义的文学批评,对现代文学的发展起到了重要推动作用。

最后看文化批评话语对文学作品的文化历史价值的深度阐释。20世纪80年代中期以来,文化批评话语,逐渐在文学批评中开始受到重视。文化批评的兴起,一方面,与中国古代文学批评传统得以重视有关,另一方面,则与日益兴盛的原型文化批评思潮和人类学批评思潮的兴起有关。叶舒宪、萧兵、胡河清、王昆吾等,皆在古典文化批评方面显示出实绩;赵园、杨义、陈晓明、王一川等,则在现代文化批评方面取得了重要成绩。①文化批评,不太重视文学自身艺术性的探求,往往把文学放到文化的大背景中去探索文学的价值,揭示文学生成的内在秘密。批评家们开始重视文化仪式、文化惯例、文化习俗对于创作的影响,重视作家的文化心理背景,将文学的文化价值予以特别强调,这样,文学不仅涉及当代性的一些问题,而且涉及文化史的一些大问题,文学创作对于民族文化建设和民族精神传承的意义开始受到重视。文化批评的兴起,主要受西方学者维柯、弗莱、福柯、巴赫金等思想家与批评家影响,也受到中国古代历史学传统的影响。人类学与民间文化价值的重估,无疑推动了文化批评的发展。文化批评的兴起,还与文学叙事与抒情中的文化还原倾向以及文学创作中的文化皈依倾向有着具体联系。

在现代中国文学批评史上,不同的批评话语之间形成历史性转换。话语的转换,受制于时代,也受制于思想,因为新的时代,必定需要新的话语,旧的话语形式自然被扬弃,或加以创造性改造。批评家们越来越重视思想性批评话语和文化批评话语,审美批评话语和政治批评则在不同程度上被冷落,这是由当前的时代文化格局决定的。这种历史性文化格局,

---

① 叶舒宪:《高唐神女与维纳斯》,中国社会科学出版社1997年版,第407—420页。

迟早会发生改变，那时，文学批评势必要寻找和选择新的话语系统。所以，现代中国文学批评话语所包含的丰富性历史经验，应该受到高度重视。

第四节　批评之道的领悟与批评解释学的内在价值追求

文学批评者，在批评话语的历史选择和历史转换中，如果没有独立的价值判断和独立自由的精神追求，那么，很容易失落自己或迷失方向，因此，批评者应该关注批评本身的价值追求。在我看来，批评家做不了文学作品的"最终裁判官"，只是作品的读解者，内行的读解者。批评家，可以引导读者去读解作品，让读者做出自己的评价；如果批评能激发读者阅读作品的兴趣，那么，他的文学批评的目的也就实现了。批评家"面对作品"并"读解作品"，感悟生命历史与文化；批评家不是因为作家而进入作品，也不必因作品读解而"亲附作家"，更应该是"思想的智者"。读解作品，即"读解"社会，"读解"人生，"读解"文化，"读解"时代，批评家不必扮演"审判官"的角色。作品，只要是客观存在就可以走向未来，因为作品是开放的，总会有别的人来读解。批评家，应该在作品读解过程中，激活自己的智慧，表现自我的激情，理解生命的真谛。批评家，不必拘泥于具体的作家作品，应该超越具体的作家作品之上，总之，批评应该成为批评家思索人生、思考社会、思考文化的创造性的精神活动方式。①

批评话语，应该是批评家个人智慧的独特体现，例如，茨威格在批评尼采时谈道："音乐闯入尼采的内心世界，是在包裹他的生命的语文学外壳，那种学者式的冷静开始松动，整个宇宙被火山爆发般的冲撞所震撼和撕裂之时才发生的。河道裂开了，河水顷刻弥漫过来。音乐总

---

① 徐静波编：《梁实秋批评文集》，第126页。

是在那种激动虚弱的人、那种极度紧张的人、那种被某种热情拉至极限的人身上爆发得最强烈。"①这里,显示了批评家的独特个人智慧。"批评家就是艺术家",王尔德的这一说法,更准确地把握了文学批评的本质。如果批评家有自己的思想立场,有自己的政治自由理想,有自己的审美观,有自己的文化观,那么,批评家就会有说不完的话题。批评家,可以自由地表达他对艺术的看法,维护人类的审美理想和道德理想,关注人类的时代性问题,也应该看到文学与文化之间的密切关系。自由的批评家,绝不是某一作家作品的读解者,他不仅能读解具体的作家,还能够超越于作品之上,提出自己的看法,表达自己的思想,从而激发人们的自由思考。

从诗学意义上说,"批评之道",就在于立足作品,尊重作家作品的优先地位,同时,又能超越于生活与作品之上,贡献独特的人生智慧、艺术智慧和文化智慧。艺术中有许多奥秘,这许多奥秘需要批评家去揭示。如果批评家只能还原作家的世界,或者,只能对作家的艺术世界进行种种分类和归纳,那么,这样的批评是缺乏智慧的。批评之道,就是对艺术本身的审美文化价值的自由思考。艺术是什么? 艺术有各种各样的形态,各种各样的艺术形态又各有其思想价值。艺术创作是对生活的再发现,是对生命的自由理解。文学艺术,在很大程度上就是为了让人们认识世界,理解世界,创造世界;文学艺术,在本质上是为了给予人以生命美感;只有那些能够给予人以生命美感的作品,才能真正震撼人心。

对艺术本身的思考,是关于文学的艺术性之思考。文学的艺术性与诗人的抒情智慧、小说家的叙事智慧、散文家的人生智慧密切相关。诗歌抒情,看来是简单的,其实,抒情的内在奥秘却被忽视了。诗对人类的意义,诗本身的音乐性,诗本身与生命的内在契合,皆需要加以阐释。诗的意象组合,诗的话语方式,诗的抽象与具象,诗的隐喻,诗的神话与神秘,诗的历史浓缩感,诗的哲理穿透,诸如此类的问题,永远也阐释不完。对

---

① 茨威格:《与魔鬼作斗争》,徐畅译,北京西苑出版社1998年版,第245页。

艺术的精到领悟愈深刻,愈能真正把握生命的本质。小说叙事方式,小说叙事结构,小说叙事话语方式的转换,小说叙事与意识流,小说叙事与文化仪式,小说叙事与象征形象,小说叙事与典型形象,诸如此类的问题,也永远会有新的解答。

对艺术的思考,就是关于艺术独创性和生命意义的解释。艺术创作的个人价值非常重要,因为艺术家在艺术创造过程中,对人生和世界的领悟相当独特。有创造性的批评,就要善于理解艺术的独特性。一般说来,批评家对那些拙劣的或流行的畅销的通俗作品进行评价,往往缺乏真正的文学意义。有些文学作品,是用不着批评的,因为批评是严肃的精神活动,真正的文学批评,只能是关于有创造性的文学作品的精神性和艺术性阐释。不过,应该承认,文学批评有关艺术的阐释永远不会过时,但它永远也不会特别激动人心。

"批评之道",也是关于生命本质和存在本质之领悟和阐释。批评可以从具体的作品出发,但是,自由的批评永远不会针对某一具体作品本身。批评家要善于把生活中、社会中和生命中一些根本问题提升出来,例如:海德格尔作为思想者,很重视艺术作品的精神阐释。他对凡·高作品的评价,对里尔克,对荷尔德林,对特拉克尔等诗人的作品的评价都"深合"批评之道。对于海德格尔来说,批评是进入独特思想活动之中的最佳方式。他从凡·高的《农靴》中"读解出"了"存在的真理",这其中融入了批评家的思想体验。对于海德格尔来说,荷尔德林特别富有意义。批评家,并不在意他所解释的是否是荷尔德林诗歌的本义,而在意他解释荷尔德林是否解释出了有价值的东西,他是否从特殊的角度理解了荷尔德林。[1] 作家、诗人无权阻止批评家从他的作品中读解出另类的思想文化内容,哪怕是与他的作品不太相关的东西,这正是"批评的自由"。批评,也是思想智慧的探索。在《荷尔德林与诗的本质》中,海德格尔只是紧紧抓住了荷尔德林的一句诗:"人诗意地栖居在这片大地上",他不关心荷尔

---

[1] 海德格尔:《林中路》,孙周兴译,上海译文出版社 1997 年版,第 17—21 页。

德林诗歌的结构和内在构成,也就是说,不在意荷尔德林诗歌的艺术性。他在意诗人所表达的思想:"诗意栖居如何可能"?"天地神人的四维时空如何建构"?在海德格尔的诗意解说中,诗本身获得了特别的意义,因而,像这样的批评,极具思想智慧。

在当代批评家之中,有些人善于从具体作家作品的批评出发,在自由理解与诠释中,做出超越作品之上的诗学分析,这本身就是批评的超越,也是批评的智慧。如果批评家总是担心自己说的话不符合诗人和小说家的作品本身,那么,批评永远也不可能获得创造力。与此同时,还应看到,创造性的批评,不能仅局限于作品,还可以就一些思想性问题进行深入探索。在这方面,作家和艺术家的批评,往往做得比批评家更成功。提起有创造性的思想批评,人们会想到萨特、加缪、罗丹、泰戈尔、昆德拉、鲁迅、王蒙、张承志、刘小枫,等等。他们在创作的同时,还能发表一些深刻的思想评论,在《西西弗的神话》中,加缪谈道:"本书的宗旨就是要讨论荒谬与自杀的关系,讨论在什么范围内自杀成为荒谬的结果。"[①]应该说,他思考的问题相当严肃。如果说,批评家能对生活与存在的问题作如此深刻的思考,那么,批评本身也就具有特殊的价值。对于创造性批评而言,你必须把你独特的人生智慧融入批评中去,因为有思想的批评不是简单的言说,它会成为独创性思考。批评家应该重视思想的力量,能够超越于作品之上,对作品所涉及的原初生活本身做出自己智慧的回答。

"批评之道",还是关于文化与历史智慧的再阐释。有关"当代性"作品的评价,难以简单地把它与文化关联起来,但是,批评必然有宏大的历史文化背景,这在古典文艺作品阐释中,倒是一件很自然的事。文化历史批评话语,往往揭示了深度历史文化空间。事实上,近几年来,古代文学批评的成功经验开始引人注目,因为古典文学作品不能简单地运用现代批评方法或西方批评观念去加以阐释。古代文学批评,必须坚持文化历史批评,越是本色地坚持文化历史批评,越能显示文学批评的内在力量。

---

① 加缪:《西西弗的神话》,杜小真译,生活·读书·新知三联书店1987年版,第6页。

文化历史批评,能够克服文学批评的一些陋习,开拓出新的艺术世界。雅斯贝斯说:"选择一位伟大哲学家而研究他的著作,并不意味着将你自己局限于他。相反,当你研究一位伟大的哲学家时,还应当考虑与他完全不同的另一位哲学家。如果你将自己限定在一位哲学家那里,即使是最无偏见的哲学家,其结果也将是偏见。哲学与任何人的神化都是不相容的,在这种神化中,总是将某个人看作是独一无二的支配者。哲学思想的真正本质,是对作为整体的真理的开放,这种真理不是贫乏而抽象的真理,而是在其辉煌的实现中具有多样性的真理。"①雅斯贝斯关于哲学的看法,其实,也适合于文学批评,值得文学批评工作者思考。

　　"文学批评之道",已呈现在文学批评的"历史之镜"中,前人的探索,可以成为现代人的借鉴,当代文学批评大多还是建基于具体的作家作品之上。如果批评满足于图解作品、还原作品,那么,批评就无法达到思想与艺术的深度;真正深得批评之道的文学批评,必将在文学解释过程中做出自己的创造性探索。"批评之道",立足于文学而又能超越于文学之上,就在于能对艺术规律进行深刻的文化心理揭示,通过理性话语方式进行深刻的思想表达。批评的深度模式的建立,必然建基于历史文化批评之上,建基于思想创造与生命体验之上,这样,在批评中才不会迷失方向,才会充满探索的乐趣,获得审美的智慧与生命的力量。文学批评是相当困难的事,难就难在它不易走向深度,我们现在见到的有个性的成功的文学批评本文,往往是富有才性的批评文本,即批评家以优美的文采和艺术体验,把人们带往艺术的优美胜境,但是,批评很难把读者带入思想的深处。人们往往在思想的入口处止步,像海德格尔解读荷尔德林诗歌的批评著作,古今皆少见,这说明:文学批评不以思想见长,往往以优美的体验见长,这正是文学批评无法走向深度的根源。当然,文学的历史考证,使文学批评具有坚实而确定的基地,这是文学批评的重要价值所在,但这样的批评毕竟是历史认知,无法真正改变文学的品质;要想改变文学的品质,

---

　　①　雅斯贝斯:《智慧之路》,柯锦华译,中国国际广播出版社 1993 年版,第 137 页。

确实需要思想的深度,所以,"批评即思想","批评就是在文本和现实历史生活之间的诗意沉思",进而,我们说,"批评家就是思想家",这正是我在文学批评学中反复论证的真理语句,也是对批评与批评家思想活动本质的理性回答。

第二章 以文学思潮为对象：
批评解释学转型

第一节 思想路标:现代文学批评的话语
形态及历史命运

1. 现代文学批评的三大话语形态

文学批评,在很大程度上,是对时代性的新文学作品的追踪。这些时代性文学作品,以其创造性构成丰富多变的文学思潮,所以,文学批评的时代性任务,决定它不可避免地要对文学思潮进行反思。值得注意的是,与文学思潮变化相关的,就是文学批评思潮的变迁。文学思潮决定了文学批评思潮的主题选择;文学批评思潮反过来又影响了文学思潮的发展,推进了文学思潮发展的深度与广度;现代文学批评思潮的转型,就是适应文学思潮并影响文学思潮的活动。因此,文学批评以文学思潮为对象,并通过批评思潮构造了自己独特的文学活动。

反思现代中国文学批评的解释学形态,从根本意义上说,就是为了重估现代文学批评思潮,寻求文学批评的历史经验和思想动力。应该说,中国现代文学批评,充满着丰富复杂的经验和教训,始终摇摆于文学与非文学之间,时而切中了文学创作的要害,时而又将文学创作引入歧途。要想考察现代中国文学批评的成败得失,必须回到现代中国文学批评的历史语境中去,而历史文本与历史话语是最好的思想见证。从文学批评本身来看,话语意识与话语形态,更是批评价值的范式体现,因此,从话语形态出发,去考察中国现代文学批评的历史经验成了当然性选择。事实上,"话语"(discourse),是现当代语言学乃至哲学的一个基本问题,例如,福科就曾指出:"我们应该时刻准备在话语介入事件中接收话语的每一时刻;在它出现的准时性中,在这种时间的失效中,它使话语被重复、知晓、遗忘乃至它的微小痕迹也被消除干净,被淹没在书本的尘土之中,得不到人们的重视。不应该把话语推回到起源的遥远出声,而是应该在审定它的游戏中探讨它。"①应该说,"话语分析",是关注本文和语言自身的独立研究,因为思想的意义是通过话语来确立的。话语是个性化的,同时,也隶属不同形式的话语类型,因为话语的表达有其确定的价值取向和精神意向。

从这一维度出发,我们可以发现,20世纪中国文艺批评可以归并到三大话语系统之中,即马克思主义文艺批评话语、中国古典文艺批评学话语和西方文艺批评学话语。这三大话语系统,虽然皆可用现代汉语予以表达,但是,三大话语系统的价值取向与言说方式,则存在根本区别和内在冲突。这种冲突是难以调和的,因此,有的论者试图消解这种冲突,有的论者则认同这种冲突并主张批评话语的多元并存。不管采取什么样的对策,应该看到,这三大话语系统的内在冲突,是无法真正克服的。因而,认同三大话语系统之冲突的合理性,寻求当代文艺批评话语的丰富性,不失为文学批评解释的理性策略。

任何话语方式皆有其历史继承性,20世纪中国文艺批评的三大话语系统,皆有其深厚的历史文化根基。我们也应看到,在特定的历史时期内,每种文艺学话语皆相对形成一个特定的语境,具有一定的封闭性,因为思想自身的局限带来话语的特殊性。为了打破这种局限性,不同民族的文艺批评学话语间的对话和交流也就显得日益迫切,事实上,单一的理论格局,已不能满足时代的要求,理论自身需要呈现多元并存的格局。这

---

① 福科:《知识考古学》,谢强等译,三联书店1998年版,第29—30页。

种多元并存的批评理论格局,只有在思想交流的"力的平行四边形"中,才能真正形成内在的张力。从历史的纵深界面来看,这种张力与冲突,构成了文艺批评学历史发展的内在动力。

基于历史的尺度来加以判断,在20世纪中国"三大文艺批评学话语系统"中,中国古典文艺学话语,可以看作"本位话语方式",因为从根本上说,"本位话语方式",即以本民族的语言、本民族的文化传统、本民族的思想逻辑和本民族的价值取向来表达本民族精神生活创造的话语方式,也就是说,"本位话语方式"是以民族话语参与世界文化间的思想对话。① 中国古典文艺批评学话语方式作为本位话语,不仅体现了汉民族的思维特点和价值原则,而且体现了汉语言独特的形式语法及其表情达意的复杂意义域。所以,不论从何种意义上说,中国古典文艺批评学话语是不可忽视的,这不仅是就话语方式的历史继承而言,而且是就古典文艺批评学话语的创新而言。中国古典文艺批评学话语,具有自身的一些基本特点,例如,古代汉语的灵性及其与现代汉语相比所显示出的多义性。古典文艺批评学话语,是以古代汉语作为基本言说方式的;从批评的发生意义上说,古典文学批评话语是在相对独立和封闭的文化语境中进行的。

尽管如此,我们也应看到,汉代以来,中国古典诗学话语,一直自觉地与印度诗学思想形成交流语境,所以,佛教思想成为诗学批评的新型观照角度。中国古典诗学话语,始终保持自身的独立性,话语是本民族的,思想则可能是借鉴外国的。现代中国诗学话语的革命,是对古典诗学话语的一次最大挑战,是寻求内在融合的新形式,这种融合,是以本位话语的方式呈现的。② 从话语维度来分析文艺批评学话语,正是力图把握这种独特性和思想关联域。③ 郭绍虞指出:"口头词语虽有趋于复音的倾向,

---

① 马克思主义文艺批评学话语和西方文艺批评学话语,皆是19世纪末至20世纪初以来传入中国并与中国文化相结合,进而形成的新的文艺批评话语系统。

② 刘若愚:《中国诗学》,赵帆声译,河南人民出版社1990年版,第8—20页。

③ 在谈到古典汉语时,郭绍虞也试图从语言入手把握诗学特点,他在《中国语词之弹性作用》和《中国语词的声音美》中,特别强调了汉语言的独特性。

而在字本体的书面语中,依旧保存着较多的单音语词,这就引起了语词本身的不固定性,这不固定性即是我们所说的弹性作用。""古人因为没有标点符号,所以只有在句法上注意。""第一求其匀称,匀整则无论如何复杂的意义均可曲折表达出,而不流晦涩。""第二求其对偶。骈文在意义上虽常见难懂而在诵读上却是方便。""第三求其叶韵,不匀整的固须用韵以为断句的标识,即匀整的也因用韵以后更觉朗朗上口。""所以,中国文辞重在音句而不在义句。"由此,郭绍虞进而指出:"中国语言文字是有单音缀的而同时又是孤立的,差不多已成为一般研究语言学的人所公认的事实。固然,这种讲法,不能没有例外,就中国语词演变的趋势言,似有趋于复音的倾向,然而,这些复音语词,或为重音,或为双声连语,或为叠韵连语,依旧是从单音缀的语词演化出来的,所以,就大体而言,单音缀与孤立,依旧不失为中国语言文字的特质。"这些语言特点,正是古典文艺批评学话语之独特性所在。所以,在古典文艺学话语中,特多单音词作为基本范畴,例如:气、神、韵、境、象、志、骨、风、雅,等等,这种话语方式在谈诗论艺时极有表现力。①

事实上,古典文艺批评学话语,多从生命哲学出发去寻求表达的韵味,因此,文艺批评学话语中多有"生命之喻"。这种生命之喻,不仅以人的生命、以人体来比拟,而且以自然乃至动物的生命体来比拟,所以,颇具生命象征意味。例如,把"文气"看作是同天地之气相接,把神韵比作人的丰神气韵,把作品之风格比作大自然的各种气象和生命状态,处处充满隐喻和象征意味。又如,古典文艺批评学话语重体悟,因此,文艺理论话语大多为个人经验,少有理论的逻辑系统阐发,多为直觉或顿悟,通常以只言片语加以表达,可见,古典文艺批评学话语颇具生命力。在 20 世纪文学批评实践中,有一个现象也很值得注意,即一些理论家运用西方诗学的逻辑结构来建构中国诗学的体系,因而,古典诗学话语的"零简断篇"被有机地组合在一个本位的话语系统中。还有,古典文艺批评学话语,重视神

---

① 郭绍虞:《照隅室语言文学论集》,上海古籍出版社 1985 年版,第 15—18 页。

秘经验和主体之灵性,正因为如此,古典文艺学话语通常显得神秘难解,诗学解释者则极力强化这种美感经验的无法传达性,通常以神秘的体悟和单音性生命隐喻词来强化这种经验。事实上,无论是钟嵘,还是司空图,无论是严羽,还是王国维,其理论话语中皆充满着诸多歧义难辨之处。

古典文艺批评话语中的优缺点,在近代中国的社会变革中,产生了话语或思想转型。这种转型,具有两大特点:一是以传统话语方式为基础进行话语重建,二是以新的话语方式代替了这种古典话语方式。西方诗学话语的汉译和马克思主义诗学的中国式探索,就是新的话语选择,其中得失,只能在历史维度中予以评断。

西方文艺批评学话语和马克思主义文艺批评话语的引入,与现代中国寻求政治变革和社会变革的步伐相一致,一大批仁人志士在中西文化的交流和传播中作出了划时代的贡献。① 西方文艺批评学话语与中国古典文艺批评学话语之间,是完全异质的,事实上,在中西比较中,这种异质性更加突出。文艺批评学话语的异质性,不是由于生命体验和生命活动而造成的,而是由于中西思想构成中的不同文化观念和价值观念造成的;从特殊的思维方式、特殊的价值原则、特殊的言语方式出发,就有可能对同一问题做出不同的表达。西方文艺批评学话语的主导趋向,较少受到中国古典文艺批评学话语的影响,相反,中国现代文艺批评学话语则受到西方的巨大影响。因此,西方文艺批评学话语的中国化道路,实质上,是由汉语语法句式的复杂转换而不断定型的。两种异质的文艺批评话语,在不同语境中,是无法对话的,除非言说者本人超越了两种语言的局限。

一般说来,大多数文艺批评学的理论言说者,总是把"异质话语"化解成"本土话语",在本位话语阐释与表达中进行创造。这种同化的过程,尽管与本土文艺批评学话语并非完全重合,但其中已显露出融合的迹象,至少,在异质性话语中,找到了共同点与可交流处,但是,真正意义上的融合实难真正完成,因为大多数融合往往是以牺牲一方满足另一方来完成的,

---

① 李何林编著:《近二十年中国文艺思潮论》,第5—10页。

所以，大多数西方文艺批评学话语言说，干脆抛开古典文艺批评学话语而进行独立自由的言说。西方文艺批评学话语，"源于"古希腊诗学传统，尽管后来演化为英、德、法、意、俄等不同语言的诗学，但其思维内质是可以贯通起来的，因而，人们较少从民族语言学的角度去对待西方文艺批评学，相反，总是抹杀差别性而从一般意义上去言说西方传统。西方文艺批评学，是建立在"人文"和"神学"基调之上的，因而，他们一方面特别强调知识性话语的系统重构，另一方面则特别强调生命意识和文化意识的精神表达。如果从"西方诗学"的思想起源上看，柏拉图和亚里士多德代表了诗学的两种不同传统，柏拉图开导的是价值论诗学话语系统，亚里士多德开导的是知识论诗学话语系统，这使得西方文论具有了逻辑体系性和诗意启示性。应该承认，西方文艺批评学话语，特别强调人的自由生命意志与生命美感想象。因为文艺创作源于主体的生命力感，源于主体的心灵创造，所以，创作活动本身，总是被理解成主体心灵的扩张，而且，想象、情感、体验、无意识等问题，总是被提升到特别的高度予以洞察。从主导地位来说，西方文艺批评比较多地关注心灵性与形式性问题，同时，也很关注意识形态和社会政治问题。

马克思主义文艺批评学话语，往往特别关注文艺的意识形态性，所以，这一文艺批评话语系统，相当重视文学与政治的关系，文艺的社会价值和作用，文艺的党性原则，文艺的时代意义，文艺对于工人阶级的解放和无产阶级的胜利所具有的推动作用。马克思主义文艺批评学话语，自20世纪20年代以来，对中国文艺批评学话语产生了巨大的影响。在一个时期内，西方文艺批评学话语和中国古典文艺批评学话语皆被挤到了边界之外，一切皆以马克思主义文艺批评话语作为基本尺度。这一方面推动马克思主义文艺批评学的中国化道路，另一方面则使中国当代文艺批评学的本位话语有所影响，并与古典文艺批评学和西方现代文艺批评学切断了经常性联系。

随着开放性文学观念的形成，马克思主义诗学话语、中国古典诗学话语和西方文艺批评学话语的汉语言说，构成了中国诗学的多元化格局。

这三大话语系统的合理冲突表明:不同的文艺批评学话语,皆有其合理性。① 要想真正建构起当代文艺批评学的本位话语,必须以本土文艺批评学话语作为基点,与西方文艺批评学话语形成真正对话,才可能形成交流语境。不能强硬地将三大文艺批评学话语系统合而为一,必须看到各自理论的独特性,只有这样,才可能创造当代中国文艺批评学话语的独特言说方式,在中外文艺理论交流中显示出自身的立场。

2. 现代文学批评话语的冲突

这三大话语系统,事实上,并不像人们所预定的那样和谐共存,因为20世纪中国文艺批评学三大话语系统之间,始终存在着冲突,相互间的缺乏理解与深刻的偏见,导致文艺批评学三大话语系统形成"波浪形运动",即当某一话语方式占主导地位时,另外的话语方式则退居次席,处于隐蔽状态。不过,当声音的单调与思想的贫乏引起厌倦时,人们就会在文化通观中,让真正具有"原创力"的隐蔽式文艺批评学话语重新显示出力量。事实证明,以任何外来的文艺批评学话语来充任中国文艺批评学话语的主导方式,皆不可避免消化不良,因为找不到精神生长点和理论根基的文艺批评学话语是很难具有持久生命力的。20世纪80年代以来,"西方诗学"的新话语体系,像走马灯一样,在中国诗学批评中登场,但是,没有任何批评话语在中国文学批评中得到持续地创造性发展。例如,神话原型批评,虽然被有效地借鉴和运用,促成了中国文学批评的深度表述,但是,真正独立自由的文学批评者,也未能对这一理论进行真正的批评与创造性改进。② 正因为如此,就有必要对中国古典文艺批评学话语与马克思主义文艺批评话语的冲突、中国古典文艺批评学话语与西方文艺批评学话语的冲突,以及西方文艺批评学话语与马克思主义文艺批评学话语间的冲突,进行比较分析。

中国古典文艺批评学话语与西方文艺批评学话语的冲突是客观存在

---

① 李咏吟:《诗学解释学》,第 295—298 页。
② 叶舒宪:《高唐神女与维纳斯》,第 125—168 页。

的,正因为存在着冲突,所以,通常有两种偏向:一是中国本位者,一是西方本位者。本来,以中国文艺批评学或西方文艺批评学为专攻无可厚非,但随之而来的往往是因误解而带来的偏见,或以中国文论否定和排斥西方文论,或以西方文论来否定和排斥中国文论,这两种偏向,皆是要不得的。中国古典文艺批评学话语的中心,实质上,是偏重于鉴赏和体味的探讨,较有影响的理论话语大多关涉鉴赏判断。在文艺批评中,似乎存在着基本的分工:思想家偏重于文艺理论的本性、功能与价值的探讨,而艺术家则偏重于文艺特性的体悟和阐发,因此,在古典文艺批评学话语中,占主导的是"鉴赏判断"。中国古代文艺批评学有其自身独特的发展道路,因而,文艺批评学话语本身,也存在着许多理路需要打通,过于简单地去把握古典文艺批评学话语不会做出真正的判断来。

在探讨中国文化之特质时,现代新儒家的代表人物徐复观的价值立场,正是与西方文化相比较而确立的,在他看来,中西文化冲突,应归结为文化的差异。"中国文化与西方文化,在发轫之初,其动机已有不同,其发展遂分为人性的两个方面,而各形成一完全不同性格。""希腊学问的主要对象是自然,是在人工外的事物,而其基本用力处则为知识。""中国学术之思想,起源于人生之忧患","主要为自己的行为规范"。一方面,努力"把人建立为圆满无缺的圣人或仁人,对世界负责"。另一方面,则努力"使人与人的关系,人与物的关系,皆成为一个仁的关系"。① 这一比较阐释,是有其客观合理性的。事实上,中国古典文艺批评学话语中的许多体悟是深刻的,皆关涉个体与民生,例如,在《国语·周语》中,曾有一段话专门论乐:"夫政象乐,乐从和,和从平,声以和乐,律以平声。""物得其常曰极,极之所集曰声,声应相保曰和,细大不逾曰平。"仔细体味,这其中大有深意在。面对中西文化的差异,对待中西文艺批评学理论,必须科学严谨地去探讨各自的独特性,不寻求盲目的会通,而寻求深刻的把握,认同两者的合理存在,冲突也就必然消解,因为真正的融合往往是最高意义的相

---

① 黄克剑等编:《徐复观集》,群言出版社 1992 年版,第 250 页。

互理解,而相互理解是建立在会通的基础之上。

从文学批评本质意义上说,对古典文艺批评学与马克思主义文艺批评学之间的冲突,亦应作如是观,因为马克思主义文艺批评学偏重于文艺的社会学研究,而且,马克思主义文艺理论具有强烈的现实主义精神。与过去的全部文艺批评学话语不同,马克思力图在现实革命斗争中,在社会经济政治的现实命运中来真正理解文学的使命和意义,从而规定文艺批评学的任务。这种精神立足点的差异,使马克思主义文艺批评理论家大多具有革命者的胸怀。① 无疑,这一话语系统,对于文学的功能、价值、属性、使命,皆有其清醒的社会学和政治学的任务,所以,他们把文艺理论规定为特殊的审美意识形态,强调文艺的"党性原则"。在无产阶级革命运动中,马克思主义文艺学,作为无产阶级革命理论的一个组成部分,它追求崇高的理想和未来的共产主义社会的精神品格,这就决定了马克思主义文艺学较少从心灵入手去探究文学创作的内在奥秘,这种全新的理论思维,势必与古典文艺批评学话语形成内在冲突。

运用马克思主义文艺理论,可以重新评价古代艺术,但是,马克思主义文艺批评话语,又不可能完全取代古典文艺批评学话语。古典文艺批评学话语,往往从儒家精神出发,对艺术的教育和感发力量,对艺术的讽喻和批判功能皆有特殊的规定,尤其是对"诗和文"的品鉴往往能够点染出技术的高明和心灵的巧智。因此,古典文艺批评学并非完全忽视对文艺社会本性的思考,只不过,这种思考,与马克思主义文艺批评学理论有着根本性差异。可见,任何冲突和差异,皆由基本立场所决定,只有在相同的语境中交流,思想观念才易于获得认同。在不同的文艺批评语境中,交流必然形成根本性断裂,从各自的立场出发,对文艺能够进行某种合理的阐发,但各种阐发之间必然形成巨大的差异,无法取得根本性的统一。

相对说来,西方文艺批评话语与马克思主义文艺批评学话语之间的冲突,主要不是语言上的冲突,而是思想上的冲突,因为这涉及文学的根

---

① 卡冈:《卡冈美学教程》,凌继尧等译,北京大学出版社1990年版,第29—56页。

本性认识。西方文艺批评学话语的基本特点在于：强调文学艺术本文的结构分析，因为文艺批评学作为知识体系，总是试图解释文学语言文本结构的奥秘，所以，西方文艺批评学关于艺术结构的分析，显得特别发达。在西方古典文学批评话语中，情节的分析、三一律原则、故事性总是受到强调，巨大的时空感是他们认同的目标。无论是荷马史诗，还是但丁的《神曲》，无论是莎士比亚戏剧，还是歌德的诗剧，皆很强调结构艺术，新批评派和结构主义诗学，更是把这种思想发挥到了极致。① 当然，强调文学的心灵特性的分析，例如，想象力问题，一直是西方文艺学的中心问题。无论是再现，表现，还是"体验流"，实际上，皆与想象力和主体性创作意志相关。

对于"想象问题"，罗斯金有着独到而深刻的解释，他说："一个富于想象力的人所写下的每个字，其中皆包含有可怕的意义的暗流，在上面有他所出自的深处的印记和影子。它的意义是含糊不清的，常常是半吞半吐的；因为写它的人既然清晰了解到底层的事物，可能不耐烦作详细的解释；因为，倘若仔细研究它、探索它的由来，它总会把我们完全地领到灵魂领土的首都，从那里我们可以查明所有通往它最远的国境的道路和足迹。"② 有关想象问题的探讨，构成了西方浪漫主义诗学的中心话语。

强调文学语言的独特性，现代西方文艺批评学的"语言学"转向，正是对文学本性的强调。无论是诗性语言观，还是形式主义语言观，皆极大地推动了文艺批评学的发展。在目前状态下，话语分析、叙事话语、叙事句法、叙事时序等问题之所以被高度关注，正与语言学之兴起相关，而且，语言与存在的关系，语言与解释问题，语言与间离效果问题，使得西方现代文艺批评话语呈现出蓬蓬勃勃之势，特别强调文学创作的新观念新思维和新探索。

从西方文艺理论史上，可以看到，西方文学思潮此起彼伏，尤其是现当代文艺理论，新思潮格外突出。从象征主义、意象派、意识流文学、存在

① 赵毅衡编：《新批评文选》，中国社会科学出版社1988年版，第269—362页。

② 赵毅衡编：《新批评文选》，第15页。

主义、表现主义到未来主义、魔幻现实主义、荒诞派,文学观念和文艺理论观念产生了巨大的飞跃,发生着日新月异的变换。这说明,西方的文艺批评学热衷于话语创新的极端努力,力图在冲突、动荡和巨变中为文艺批评学的发展寻找推动力量。① 西方文艺批评学话语,一方面屈于创作新观念新思潮,一方面屈从于哲学新观念和新思潮,两者之间并不完全一致;文艺批评学的变革,往往不足以推动文学创作的革命,因为文艺批评学理论自身并不是完全建立在创作的基础之上的。在西方文化语境中,马克思主义文艺话语并不是作为对抗和分离的话语出现的,相反,它是作为一个思潮和派别而出现在西方文艺思潮中。20世纪以来,马克思主义文艺批评学话语,先后被存在主义、精神分析学和生命哲学所改造,显示了马克思主义文艺批评学话语的当代发展趋势,这尤其表现在法兰克福学派之中。因此,文艺批评学话语之间的交流与对抗,是同时发生的:没有交流就没有对抗,没有对抗也就无法产生真正的交流。理论探索的真理性追求,似乎越来越受制于存在的信仰,逻辑本身作为一个工具,同时,建构和瓦解着文艺批评学自身,所以,冲突将持续存在,焦点在于文化自身的价值基础的进一步巩固。

3. 现代文学批评的话语危机

从历史的眼光来看,20世纪中国文艺批评学的困境,与文艺批评三大话语系统之间的冲突很有关系,因而,当前的文艺批评学探索显示出种种不足,在重复与自语中徘徊,找不到思想的彼岸,看不到思想的绿洲。当前文艺批评学的探索,主要是思想的危机、方法论的危机和话语分析的危机,这种危机境况,从语言与思想方式上看,主要有三个方面的表现。

首先,隔膜与封闭状态,表现出现代文学批评话语内部的思想危机。从事实出发,20世纪文艺批评学三大话语系统之间各设壁垒,极其封闭与隔膜,因此,从真正专业意义上说,当前文艺批评学三大话语系统之间

---

① 拉尔夫主编:《文学理论的未来》,程锡麟等译,中国社会科学出版社1993年版,第2页。

少有真正的沟通者。古典文艺批评学探索者"死死守住"古代典籍，论断必须出自"原典"，讲究"释字解词"或"说文解字"，大多数中国文论著述拘泥于一人或一书"做文章"，这样，就出现了相同的话语方式。例如，关于刘勰的文学理论思想，大家往往就本文加以系统归纳而阐释，这种言说方式，实质上，是原典的通俗化，谈不上理论上的发现和话语的创造。① 事实上，关于王国维的《人间词话》的研究，解释者的言说方式，几乎大致雷同，少有出新意者。我经常思考这个问题：为什么刘若愚、熊秉明等汉学家，在解说中国古典文艺批评学思想时，往往有新的话语表达？在我看来，重要原因就在于：思维方式上的革新与中西诗学观念的自由融合。当然，对于国外汉学家的汉语诗学阐释，也应保持警惕，因为他们大多思维新颖而内容空洞，缺乏对中国原典的深入解释。但是，他们从西方文艺批评学话语方式找到某种富有生命力的言说方式，以此来解释中国古代文论、书论、画论，自有新异独特的创见。这还可以通过黄仁宇的《万历十五年》、费正清等的《剑桥中国史》和唐力权等的新儒学探索中，找到创新的思想踪迹；其实，古代中国文论，完全可以换个说法，从中讲出新意。

　　中国本土文学批评的思想封闭性，往往导致与其他文艺话语的隔膜，对于许多中国文论的言说者而言，他们对马克思主义文艺批评话语，尤其是西方文艺批评学话语往往知之不多。同样，对于马克思主义文艺批评学和西方文艺批评学而言，他们对中国古典文学批评也是知之甚少，因为这两种文艺批评的言说者对于中国古代文论显得异常隔膜。西方文艺批评学的言说者，主要阅读西文，西文浩如烟海，因此，大多数西方文艺批评学话语的言说者，不能形成"诗学通观"，只能就"某家某派"进行研究。对于大多数人来说，"粗略的通论"胜过"精细的专论"，因为专论涉及许多分类问题，而有所影响的西方文学理论往往是通过翻译实现的。由于找不到语言支撑，因而，对于西方文艺批评学的言说，往往也是一筹莫展，缺乏思想方法上的独创，只能进行分类的收集和汇编。大多数西方文艺批评

---

　　① 戚良德编：《文心雕龙学分类索引》，上海古籍出版社 2005 年版，第 575—583 页。

学的汉语言说者,只能给国人提供一些文学批评思想或思潮的学术分类,而不能与西方文艺理论界形成真正的对话。

现代学者承认,相比陈康在希腊哲学解释方面的创造性和冯友兰的中国哲学新释在西方文化语境中所发挥的重要影响,文学批评有许多工作要做。一个真正的理论家,必须在东西方文化对话中具有可沟通性,不仅要在当前中国文艺理论中产生作用,也必须对世界文艺学产生新的推动力。把西方文艺理论译介到中国,自称"先锋派",实质上是欺诈行为,因此,这三大话语系统,无论在实际探索中以哪种言说方式为本位,必须兼顾其他话语方式,否则,就是封闭性的探索。任何封闭式探索,是无法取得真正的理论进展的;有生命力的文艺理论,大多是在文艺批评学通观中取得突破的。①

其次,文学批评话语的无限膨胀,导致文学批评解释的生命本体论价值的失落。由于封闭与狭隘的阻力,导致中国文学批评取向中先锋与传统间的冲突,在这三大话语系统中,马克思主义文艺批评学话语曾经占据绝对的主导地位,但是,由于这种话语方式在如何阐释马克思主义诗学方面未能适应新思想的挑战,其言说方式日益显得单调重复,因此,西方文艺批评学话语者和古典文艺批评学话语者,试图通过话语的膨胀而构成新的反动,于是,以话语的膨胀代替理论的思考与创造。传统与先锋的冲突构成话语的多元化,这在西方文艺批评学的汉语解释和研究中尤其突出。大多数研究者以翻译为己任,因而,范畴的对译,导致文艺批评学话语的极大膨胀。在特别封闭的时代,在对新话语漠视乃至敌视的时代,新的话语方式往往可以给人们带来新的发现和新的理解,但是,在诗学话语自由的时代,过分重视新话语的传播,实质上,妨碍了思想的真正创造。可以说,新的话语的巨大渗透力,仍然在当代文艺批评言说中占据着主导趋势,人们以新的话语言说作为理论创新的标志。由于生吞活剥,大多数理论话语缺乏科学的界定,因而,译作的晦涩性导致理论自身出现贫乏,

---

① 叶维廉:《中国诗学》,生活·读书·新知三联书店1992年版,第289—303页。

许多新的文学批评话语往往在短暂的狂欢之后,带来的后果是理论话语本身的沉沦。所谓"视界融合""历史效果""合法的偏见""解构""言说""能指""所指""后现代主义""话语""叙事话语"等等,曾经在当代文艺学中产生过极大的影响,先锋者乐于在这种话语膨胀中来对抗旧理论的局限和束缚。① 事实上,对于这些批评话语,只是求新求异,并未真正为批评与诗学的重建奠定基础。

古典文艺批评学研究,则以另一思想方式来激活古典文艺批评学话语,也带来了新的话语膨胀。这种新的话语膨胀,是从古代语言中找出一些不习见的范畴构成的。例如,"现量说""解衣盘礴""澄怀味象""境""无""禅趣"等,这种话语方式,显示了中国古典文艺批评话语的独特生命力,因而,从话语膨胀而言,古典文艺批评学话语也具有很大的活力。相对说来,马克思主义文艺批评学话语,在当下语境中,缺乏 20 世纪 30 年代在中国传播的过程中所具有的膨胀效果,因为当时的中国文艺批评话语是以古典文艺批评话语为主导。同时,可以预见,当前马克思主义文艺批评学话语的冷寂,可能导致若干年之后的再次膨胀,所以,话语的膨胀与人们的理论视野相关,只有陌生的理论话语才能导致陌生化效果。话语膨胀,并不能视为理论前进的象征,它只能是理论重建的一个前奏,话语膨胀势必导致话语的重复。

当前的后现代主义文化语境,已使人们对这一理论话语出现了失望,"后"的高度重复,无助于理论的真正进步,因此,话语膨胀,在目前状况下,已预示着理论自身的危机,大多数人正在"返本归原",试图清理话语自身,从而进入文艺学的深层语境。福科谈道:"人们以这样的方式研究这个整体,以至试图在陈述本身以外重新找到说话主体的意图,他的有意识的活动,他想要讲的话,或者还有他情不自禁地在他所说的东西中,或者在他公开表露话语的几乎察觉到缝隙中流露出来的那种无意识游戏;总之,这是要重建另一种话语,重新找到那些从内部赋予人们所听到声音

---

① 罗斯诺:《后现代主义与社会科学》,张国清译,上海译文出版社 1998 年版,第 255—260 页。

以活力的、无声的、悄悄的和无止息的话语；重建细小的和看不到的本文，这种本文贯穿着字里行间，有时还会把它们搅乱。"①看来，"返本归原"的工作是有意义的。

第三，文学批评中的思想盲从与话语重复，显示了现代中国文学理论思想原创的深重危机。具体说来，文艺学话语的危机与普遍存在的盲目有很大关系，在人的本性中，对传统的、已成的理论系统和话语方式有本能的对抗，因而，人们不断地寻求新的理论话语来改变和调整当前的困境。然而，人的思想视野是有局限的，对于一些不解外文的读者而言，西方文艺批评学话语完全是一块高地，同时，许多文艺理论探索者，对于古典文论的"真正解读"也存在困难，这就导致许多文艺批评学探索者出现盲从倾向。他们在不自信中盲从西方话语言说者，这是占主导势力的力量，所以，一旦新的话语出笼，随之而来的是普遍地借用和滥用。文学批评者往往很少对之进行科学的判断和清理，理论自身的障碍和局限导致许多研究者在理论探索中缺乏真正的主体性。这不仅导致话语的盲从和重复，而且导致理论命题的盲从和重复，尤其是当前的期刊编辑出版和学者自身的理论偏向及其局限，导致中国文艺学话语和命题的低水平重复和无谓的争辩。可以发现，很少有理论思潮把中国当代文艺学真正引向深入，这种盲目和重复，导致中国当代文艺学的巨大危机与极端贫乏。

理论的盲从有时是迫不得已的，因为对于接受者而言，人文科学的思想必须经过接受主体的考验才能真正相信。事实上，接受者个人的精神局限，不可能"亲历和参验"批评的每一领域。没有"亲历与参验"，批评的言说失去了真实的依据，而"亲历与参验"又因为个人的局限而缺乏普遍性意义，因而，人文科学的言说者只能在特定的语境范围内进行。个体的局限，必然带来理论的局限，这是文学批评的三大话语方式皆无法真正避免的缺陷。正因为如此，文学批评的交流语境的形成，显得十分重要，因此，人们强烈地呼唤真正的探索者②。种种迹象表明，复杂的文艺话语言

---

① 福科：《知识考古学》，第 32—33 页。
② 李咏吟：《交流语境与中国美学》，《学术论坛》1995 年第 4 期。

说系统间的兼容是明智合理的,唯有在冲突中才能进步,但解决冲突,必须对抗话语膨胀危机、话语重复危机和话语创造危机。

真正富有生命力的文艺批评学话语系统,必定融通或渗透到其他话语的血脉中,它可以在圆通中获得"观照",同样,真正富于探索性的文艺学话语系统,也不会是封闭狭隘的。冲突必然存在,化解冲突的真正方式,只能是"博识通观",所以,当代文艺批评学只有在多元互补和博识通观中才能真正走向成熟。"文艺批评学"正处于自由语境中,每一话语系统皆会找到自己的最高规范,找到自身的生长点和生命力,这正是当代文艺批评学的希望所在。我们就是试图在广泛的求索过程中,超越个体的局限,达成诗学话语之间的内在沟通,实际上,现代文学批评的话语危机,与文学批评思潮的时尚性有关。人是一个奇怪的生物,我们不愿意总是重复真理,而是希望有所创新,不断通过新的言说方式给予人以思想的新鲜感,但是,思想自身并没有如此多的新鲜感,所以,新的话语只是构成了思想的刺激方式。真正的文学批评话语活动,必须寻求思想的深刻表达,超越于时尚性表达之上,直面文学批评思潮,在独立而深刻的言说中接近真理,这才是文学批评的价值基础。

4. 现代文学批评思潮与中国革命

从文学批评的话语方式转变的历史进程中,基本上可以把握现代中国文学批评的内在思想脉动,但是,从文学批评思潮本身的历史发展来看,批评思潮的根本变化,不只是话语方式的转变,更重要的,还是文学价值观念的变迁。新的文学批评思潮,适应新的文学创作观念;传统的文学批评方式,则坚守文学创作的古典价值。构成现代中国文学批评思潮的根本动力因素,还是文学批评背后的政治思想价值取向。综合这些因素,对现代中国文学批评思潮,我们从四个历史阶段出发进行主流形态的文学批评思潮的历史描绘。

一是"五四"以来的民族主义与自由主义文学批评思潮。中国真正自觉的文学批评思潮,严格说来,自"五四运动"开始,因为古典文学批评往往从创作与欣赏出发,并不关注文学的时代价值与文化命运。"五四"时期的文学批评就不一样,它自觉地担负了民族文学思想启蒙的任务。在陈独秀那里,文学革命与社会革命和思想革命具有血肉相连的关系,文学革命是社会革命的先声。在鲁迅那里,文学创作就是呼应革命者的"遵命文学",为中国革命鼓与呼,为中国底层劳苦大众的生命存在呐喊,所以,鲁迅对叶紫、萧红、萧军、殷夫、白莽等作家面对中国劳苦大众的文学创作,极力进行革命价值与思想价值的肯定。值得重视的是,周作人在文学批评中肯定文学必须是"人的文学"。[①] 应该看到,"五四"文学批评思潮,是寻求民主与科学的思想过程,也是寻求自由与革命的思想过程,所以,许多文学批评家放弃了中国传统文学批评的价值原则,从西方文学批评原则,或者说,从西方民主自由思想原则出发,对革命文学的创造性贡献进行了充分肯定,同时,对反革命的文学进行了毫不留情的批评。以鲁迅为代表的现代主义文学批评传统,把中国传统社会的农民苦难和知识分子的心灵苦难进行了本质而痛苦的抒写,结果,引发了中国人民对自身文化传统的深刻反省,并从愚昧落后中得以觉醒。如果没有批判现实主义文学批评理论的指导,"五四"新文学是不可能取得如此重要成就的。这一时期的文学批评思潮,从理想意义上说,就是引导人们认识"什么是真正自由的社会生活",从现实意义上说,则是引导人们认识"传统社会生活的愚昧落后以及反抗这种愚昧落后的革命必要性"。这一批评思潮,是思想革命与社会革命作为基本价值原则,开启了新文学的启蒙精神与革命思想传统,是中国自由主义文学批评的真正贡献。

二是抗战以来的批判现实主义与新民主主义革命文学批评思潮。"五四"以后,现代中国文学在批判现实主义文学创作方面获得了巨大的成功,作家自觉地探索和表现中国劳苦大众的新的命运以及对无产阶级革命的期待。20世纪30年代,中华民族所遭受的战争苦难,使得中国作家必须担负起抗日救亡的历史使命,我们的文学创作转向"抗日文学"的

---

① 杨扬编:《周作人批评文集》,珠海出版社1998年版,第29—37页。

思考,同时,我们的文学批评则探索民族救亡的意义以及我们的时代任务;文学批评,一方面要面对具体的文学作品;另一方面则必须具有时代的思想,为民族为人类的自由美好的生活而战斗。中华民族有其伟大光荣的传统,也有屈辱和痛苦的历史。如果说,"五四新文学批评思潮"是清王朝崩溃后中国思想家对民主自由与个性解放和社会革命的最自由呐喊,那么,"抗战文学批评思潮"则直接呼唤中国人必须勇敢面对侵略者并与侵略者决一死战。民族觉醒与民族救亡运动,决定了这一时期文学批评思潮的价值方向。从文学运动意义上说,团结一切可以团结的力量,反抗侵略者,为民族的自由解放而勇敢战斗,就是文学批评思潮的现实理论要求。

三是新中国成立以来的无产阶级革命与社会主义革命文学批评思潮。在中国革命获得了真正的胜利之后,置身于中国革命洪流的作家,在新中国面临着新的思想任务:一方面,革命作家必须探索新时代新的思想新的形象;另一方面,革命作家还必须对苦难的历史中国生活,特别是农民革命的生活进行全方位的表现。也就是说,如何表现翻身农民的历史与现实生活,如何表现翻身得解放的工人阶级的生活现实,成了中国革命文学的新的时代任务。自然,文学批评也必须紧跟这一革命文学思潮,当时,自由主义与浪漫主义文学思潮,在中国革命的历史生活之中,还不能获得相应的合法性地位,因为中国革命与中国文学皆面临着许多紧迫而巨大的问题,需要我们的艺术家和批评家一同思考。

在中华人民共和国成立之后,文学批评思潮转向了文学与政治关系的思考,由于毛泽东直接主导了这一时期文学批评思潮的思想理论基础,因而,此时的文学批评思潮直接围绕着革命运动而展开,把文学与政治的关系定位于政治决定文学,"政治第一性,艺术第二性",所以,文学批评思潮充满强烈的意识形态倾向,甚至可以说,就是无产阶级革命思想在文学艺术批评中的直接运用,因而,文学批评的独立性受到很大制约,思想的自由,或者说,思想的开放性与多元性显得不足。结果,文学批评思潮成了政治革命思潮的简单回应,它影响了现代中国文学批评的独立自由发展，甚至是对"五四"新文学批评传统和民族救亡民族自由思想传统的背离。

四是改革开放以来的政治意识形态批评与文化多元主义批评思潮。中国革命经历了极为漫长的历史反复之后，终于意识到经济建设乃立国之本，于是，中国革命的任务转向了经济建设，以经济建设为中心，而不再以革命斗争为中心，这是中国社会的最根本性的变革。在这一历史过程中，新思想得以引进，改革开放的过程，实际上，就是如何评价生活的真正价值的过程，也是生命自由价值真正觉醒的过程。在这一过程中，作为主流的意识形态批评自然不愿意放弃自己的主导性价值立场，但是，新兴的文化多元主义与自由主义思潮，以其不可阻挡之势，全方位地思考和介绍外国的思想与文化价值，这是中国价值与外来思想的交锋，也是革命思潮与经济思潮的真正较量。这一时期的文学批评思潮，一方面可以视作"五四"新文学批评思潮的恢复与继承，另一方面则可以看作是中国民族在饱经战争创伤与专制愚昧后的思想大解放。尽管这一时期的文学批评思潮也存在极"左"或极右的思想倾向，但是，应该肯定，这是现代中国文学批评思潮走向多元走向文学自身的最富探索精神的时期。当然，我们的文学批评在这一思潮中，还远未走向自由理性与独立，不过，思想的多元性与思想的开放性，显示了文学批评思潮的自由思想道路。①

从文学批评思潮的历史变迁中，可以看出，文学批评必须永远思考文学的审美价值，时代生活的价值，人的生命存在的真正价值。也就是说，它不仅要担负文学创作解释的任务，而且要担负民族革命与社会变革的思想任务。文学批评家心中必须永远有自己的民族国家观念，必须永远有自己的自由民主价值观，也必须永远有自己的人类自由平等观念。"我是一个世界公民"，真正的作家要以此为最高目标，真正的批评家也必须以此为思想的宗旨。

现代中国文学批评思潮，既有话语方式的选择问题，又有思想价值的

---

① 《钱中文文集》第三卷，黑龙江教育出版社 2008 年版，第 89—102 页。

探索问题,实际上,无论是话语形态的革命,还是思想价值的革命,从根本上说,皆是现代中国社会政治革命的必然要求与历史回应。当社会革命与政治革命处于混乱和摸索之中时,文学批评就很难找到自己的正确方向。我们可以主张文学批评思潮与社会革命思潮和政治革命思潮相分离,但是,文学批评思潮总是受制于社会革命思潮与政治革命思潮,因此,在探索文学批评的自身立法的同时,必须认识社会与历史、政治与文化之间的复杂性。只有建立真正的社会生活价值观念与政治民主生活价值观念,文学批评思潮才不会迷失方向,这是我们必须认识的文学批评学原则。

第二节　从政治意识形态批评向历史的美学的批评转变

1. 重估意识形态批评

文学批评思潮,与时代的文学思潮和政治思潮有着密切的关系。从文学与政治和美学的关系出发,可以发现,在现代中国文学批评史上,文学批评思潮总是呈现出鲜明的政治思想倾向与审美历史主义倾向,由此,形成了意识形态的批评与审美历史主义的批评。"意识形态批评",强调从政治社会文化思想出发对文学的价值进行思想确证;"审美历史主义批评",则强调从审美性与历史性的双重价值立场出发,对文学的审美价值与历史价值进行确证。从现代文学批评实践中,可以看出,意识形态概念,经过马克思主义经典作家的创造性阐释和发挥,显示了特别重要的思想意义。在马克思主义看来,意识形态是对复杂的精神观念体系的高度概括,它通常是指国家意识形态,即处于支配性权威性和核心性地位的意识形态及其对社会的政治法律与文化制度乃至生活行为形成根本性规范,相对而言,处于边缘地位的意识形态往往也能对社会生活形成一定的思想影响,并对权威意识形成挑战。宗教、法律、哲学、道德和文学艺术等意识形态形式,作为上层建筑领域,总是植根于一定社会的经济基础之中,所以,政治文化意识形态,一方面源自于现实生活的要求,另一方面又制约和规范着现实生活。如果要寻求文学艺术的深度意义空间,那么,意识形态与文艺批评之关系就显得至为重要,因为批评的取向在很大程度上决定了文学批评的思想特色、文化价值和历史局限性,即有什么样的批评取向就可能带来什么样的批评效果。从美学的价值要求来看,文学批评思潮的转变,根源于审美趣味和审美观念的变革,但是,从思想的时代要求而言,文学批评思潮的形成,则与政治意识形态参与文学的力量有着重大联系,甚至可以说,没有政治意识形态的作用,就没有现代中国文学思潮与批评思潮的巨大变革。①

在此,我们主要分析现代中国文学批评思潮如何在意识形态批评与审美主义批评之间进行价值取舍。从中国文学批评的历史语境出发,所谓意识形态的批评取向,即以社会主义革命的思想原则为根本,以社会主义价值观念去评价文学作品、衡量文学作品。具体来说,20 世纪 50 年代至 70 年代的文学批评,就是以毛泽东的文艺思想为基本准则的意识形态批评,而毛泽东的文艺思想又集中体现在《在延安文艺座谈会上的讲话》之中。按照这一意识形态批评原则,"文学批评"必须坚持政治第一性、艺术第二性的立场,这个思想纲领,对特定时期的现代文学批评思潮的政治化倾向形成了决定性影响。也就是说,文学批评必须以政治标准为主并以艺术标准为辅,它直接决定了 20 世纪 50 年代至 70 年代文学批评的基本价值取向,不仅如此,20 世纪 80 年代初的文学批评多多少少也受到这一思想倾向的影响,因为大多数批评家坚持以马克思主义毛泽东文艺思想来分析作品,评价作品。

现代中国意识形态的批评取向,非常强调文艺的时代性和政治性意义,他们衡量文学作品的思想价值,以作品是否表现了社会主义时代的审

① 《钱中文文集》第三卷,第 145—160 页。

美理想为重要价值尺度。即只要创作反映了新时代的进步精神,塑造了
社会主义的新人形象,表现了中国人奋进不已的高昂的战斗热情,就会受
到批评家的欢迎,相反,过于重视艺术的表现形式,缺乏激进昂扬的思想
风貌,表现出一些颓废、软弱、温情乃至消极的情绪,就会受到严厉的批
评。这种特定时代的意识形态批评,坚持思想的进步性和倾向性,对艺术
的形式特性往往较少加以分析,即使进行艺术分析,往往仅仅停留在语言
和结构之上,较少新的艺术观念和形式观念。现代中国意识形态批评,以
马克思主义毛泽东思想为主导,往往对西方自由主义思想观念进行毫不
留情的批判。这一批评取向,在一定程度上,参与了中国社会主义现代化
进程,与社会主义的主旋律相谐和,决定了文学创作的方向和基本价值
取向。

意识形态批评的最大特点在于:它不让文学孤立于主流政治文化之
外。按照意识形态批评的要求,现实政治理想需要文学艺术通过具体的
形象创造去贯彻落实,时代政治文化精神需要文学艺术表达去弘扬,因
此,文学批评不是个人的事业,而是"党的事业"。① 列宁关于文学的党性
原则的说明,成了这一文学批评思潮取向的核心理论,可以说,把文学批
评与党的事业联系在一起,是现代中国意识形态批评的关键。在这一点
上,意识形态批评与其他批评有其根本的差异。一般说来,批评家们乐于
把文学批评当作个人的事业,通过个人智慧的抒发,通过审美体验与感悟
去"践履"审美文化原则,弘扬民族文化精神,当然,这很容易使批评游离
于政治之外,与政治无关,甚至与时代的生活无关。意识形态批评拒斥这
一批评取向和创作取向,极力提倡现实主义创作原则,并不是特别在意文
学艺术的审美原则或审美效果。

不过,从现代中国文学批评的历史出发,就应承认,"意识形态批评",
在20世纪中国文学批评史上,确实具有重要的地位。特别值得重视的
是,李大钊、陈独秀、鲁迅、瞿秋白、毛泽东、冯雪峰、周扬等,对20世纪中

---

① 卢那察尔斯基:《关于艺术的对话》,吴谷鹰等译,三联书店1991年版,第163—176页。

国的文艺批评思潮的发展与演进具有决定性影响,他们树起了 20 世纪中国文艺批评的革命思想丰碑。一方面,他们积极传播了马克思主义理论,发展了马克思主义文艺理论,译介和翻译了大量的马克思主义文艺理论著作,另一方面,他们的批评充满着理论的激情、思想的风采和时代的精神,他们的批评是有魂的,不是那种软绵绵、无关痛痒的审美呓语。对于这样的文学批评,理应予以科学地评价或辩证历史的分析。必须承认,这类文学批评,充分显示了现代中国文艺批评家的政治思想家气质,显示了他们的政治敏感性,不是那种纯粹审美的自由主义批评观念。这样的批评,具有特殊的感召力,往往成为时代文化精神的理性表达,对中国人的精神生活产生了特别重要的影响,极大地鼓舞和推动了中国 20 世纪批判现实主义或社会主义现实主义新文学的创作。在马克思主义意识形态批评中,瞿秋白、冯雪峰的批评,显示了独有的思想激情和理性风采:瞿秋白对鲁迅的评论以及他对《子夜》的认识,依然是现代中国意识形态批评的经典;①同样,冯雪峰的“鲁迅论”,仍然是鲁迅研究史上的一座思想丰碑。不过,也应看到,政治意识形态批评对批评家提出了极高的政治思想要求,它不仅要求批评家具有革命性与人民性立场,而且要求批评家对社会发展与无产阶级革命的现实前景具有科学性预见,否则,政治意识形态批评极易庸俗化,并且,可能使文学走向自己的反面,最终导致文学的衰落。

就现代中国意识形态批评思潮而言,如果说,鲁迅与瞿秋白代表了中国早期马克思主义文学意识形态批评的思想主潮,那么,何其芳、陈涌、李希凡等批评家则显示了后期意识形态批评思潮的主要成就。20 世纪中后期的中国意识形态批评,主要表现为对毛泽东的政治意识形态学说及其文学意识形态观念的认识,是毛泽东意识形态思想的批评实践。何其芳,既具有革命家的风采,又是一位典型的学者,这位极富才情,而且具有相当浓郁的唯美主义倾向的诗人和批评家,不仅参与了 20 世纪 50 年代以来的文学批评活动,而且组织和主持了这一时期的文学评论工作,具有

---

① 《瞿秋白选集》,人民文学出版社 1959 年版,第 277—280 页。

相当大的影响力。他的意识形态批评，在坚持社会主义党性原则的同时，也很注重美学的感悟和阐发，尽管在政治与审美之间，表现出深刻而内在的矛盾，他注重政治与审美间的调和，对于审美历史主义文学批评的形成起到了积极作用。

作为一位批评家，陈涌也具有革命家的风采，他长期在中国共产党的重要宣传岗位上工作，这使得他葆有革命的激情和无私无畏的理论品格。他的批评大气磅礴，极具革命者的理论激情和思想风采。他强调批评的意识形态性，强调文学服务于现代中国的革命事业，相对忽略批评的审美性追求，结果，由于批评思想的非独立性，最终只是对政治意识形态的简单图解。李希凡则是 20 世纪 50 年代成长起来的批评家，他没有参与中国革命的经历，但是，他的批评直接受到毛泽东文艺思想的巨大影响，因而，在青年时代，就向俞平伯的《红楼梦》研究发难，以意识形态批评否定了俞平伯的审美文化批评取向。在今天看来，这是两种不同批评取向的较量，两者之间不可代替，但是，李希凡试图以意识形态批评否定俞平伯的审美文化批评或审美自由主义批评，由于符合毛泽东思想的理论要求，确实获得了特别的政治思想影响力。事实上，这一批评思潮的转变，由于受到当时的政治意识形态思想的推动，产生了重大的思想影响或革命性影响，支配了时代的政治文学价值观。本来，在一种批评取向"占"主导地位时，另一种批评取向的诞生也是非常正常的，但是，由于政治意识形态批评的权威作用，李希凡的文学批评，成了"正确的文学批评"的代名词。① 历史与批评，就是如此不以个人意志为转移。李希凡的政治意识形态批评的基本取向，就在于他对毛泽东文艺思想和毛泽东的批评话语的理解和继承，他能用行云流水、通俗易懂的文字来言说文学形象，分析文学作品中的阶级动向与革命性意义，特别关注被压迫者被损害者的现实历史命运。他的文学批评，重视文学的政治功能和文学的意识形态倾向，但是，这一文学批评形式对文学艺术的多样性和政治思想的多样

---

① 李希凡：《红楼梦评论集》，人民文学出版社 1973 年版，第 16—30 页。

性,显然估计不足,因而,当多元文学思潮兴起时,人们就从这一权威性意识形态批评转向多元化的文学批评。

从现代文学批评思潮出发,应该承认,这三位批评家的政治意识形态取向,具有一定的时代思想意义,它适应了政治意识形态的时代要求,顺应了无产阶级革命的内在渴望与价值准则,标志着 20 世纪 50 至 80 年代中国文学批评思潮演进的历史路向,代表着中国文学批评政治意识形态取向所可能具备的精神风貌、批评立场和思想成就。

因此,要想真正理解 20 世纪 50 至 70 年代的主流文学批评或政治意识形态批评的得失,不能不评价何其芳、陈涌和李希凡的文学批评实践。每当人们从审美形式批评和审美文化批评逃离时,往往可以领略到政治意识形态批评特有的政治理论倾向。他们善于理解时代思潮中的马克思主义的政治策略和思想原则,喜欢以中国马克思主义革命理论去感知和评价文学作品,因而,在对作品进行评价时,他们既要对文学作品的时代价值进行政治裁判,又需要以政治意识形态观念剖析时代,认识时代,评价时代。他们以共产主义理想作为批评的指南,通过社会分析和阶级分析,寻求中国社会主义革命的可能性道路或社会主义新人形象的现实意义,并且对传统中国社会的等级意识或阶级立场进行深入批判。他们的批评虽带有浓厚的政治色彩,但是,由于对社会主义革命理想的强调,又显示了革命者和政治理想者对摧毁旧文化建设新文化的豪情与壮志。他们的批评,既是无产阶级革命政党政治理想的体现,又是文学人民性原则的具体捍卫,所以,这样的意识形态批评,具有特定的历史文化思想价值。①

尽管从今天眼光来看,他们的批评仍有简单化倾向,受到政治时尚的充分影响,缺乏主体性思想精神,然而,必须看到,他们的政治意识形态批评确实具有时代的革命思想价值,具有一定的社会革命推动作用,这种批评取向,代表着他们对社会发展可能性的探索。政治思想观念就是如此

---

①　陈涌:《文学评论集》,人民文学出版社 1953 年版,第 26—35 页。

深刻地影响文学和文学批评,当某种政治意识形态具有决定性影响时,文学批评就成了这一意识形态的工具;如果把政治意识形态看作是特定思想价值观念的具体体现,那么,无论如何具有独立性,还是很难摆脱意识形态批评的影响。如果以新的一元论批评观来否定某一批评取向,那么,中国文学批评可能走上另一个极端,因为批评的时代性、文化性、审美性、历史性必须同步。现代中国文学批评思潮,给予我们的充分教益是:必须寻求多元化的文学批评观念或意识形态批评观念,只有在多元化的文学批评思潮的相互竞争中,真正的思想或正确的思想道路才可能形成。

2.无产阶级革命与文学批评

从历史事实出发,就得承认,在 20 世纪 50 至 70 年代,何其芳、陈涌、李希凡的文学批评确实产生过巨大影响,总体上说,他们的批评与时代的意识形态主旋律相谐和。尽管如此,他们的批评还是想从文学艺术的形象创造价值中发掘艺术本有的思想和审美价值,因此,他们的文学批评既具有批判倾向,又具有建构倾向。在他们的批评文字中,包容着特定时代的政治文化批评的思想激情。这其中,体现了他们在意识形态批评与审美主义批评之间的内在思想挣扎。他们已经意识到,粗暴的意识形态批评只可能使文学走向自己的反面,只有与审美主义思想相结合的政治意识形态批评才可能真正把握文学的内在精髓。

何其芳是一位极具诗人气质的批评家,他早期诗歌集《画梦录》,就"流射出"相当浓郁的唯美主义情绪。他对语词的选择,对内心的体验,对美与理想的怅惘,充分反映了一代青年知识分子的内心渴望与苦闷。就何其芳的气质而言,如果他不参加革命,不奔赴延安,而是到西方留学,然后,回到中国的高等学府担任文学教授,那么,他也许是唯美主义文学批评的倡导者。① 他的批评才能和批评阐释倾向,在早期批评实践中,与朱光潜、梁实秋、林语堂等比较接近,他的个人气质与人格气质很容易使人

---

① 尹在勤:《何其芳评传》,四川人民出版社 1980 年版,第 3—8 页。

想到朱自清。他是那种清峻通脱、虚怀若谷的学者,但是,生活理想给他带来了新的机遇,在"延安"这座革命的熔炉里,他得到了无产阶级革命思想的锻炼。他不仅系统地接受了马克思主义理论,而且明确了无产阶级文学艺术的根本目的。当毛泽东的《在延安文艺座谈会上的讲话》被确立为当时文学意识形态批评的基本纲领时,对于何其芳来说,文学的政治批评与审美批评的地位就基本确立了。

问题在于,如何把握政治批评与审美批评的内在矛盾与冲突。他的鲁迅研究,他的《红楼梦》研究,他的新诗评论,他的小说评论,自觉地实践马克思主义文艺思想,捍卫无产阶级的文化理想。但是,他绝不是单纯的意识形态批评家或政治批评家。在他内心深处,始终有着对文学审美价值的内在坚守,他不自觉地与早期唯美主义批评取向靠拢,是对古代审美文化和西方浪漫文化有着深刻认同的批评家。他知道,中西古代文艺批评中充满着真正的思想智慧,尽管他知道意识形态批评的价值,并且自觉地坚持意识形态批评,但他时刻不忘从审美的角度去评价作品。这种政治与美学间的批评紧张,使得何其芳的文学批评极容易受到政治意识形态的否定。他尽力想在政治与审美之间寻找平衡,然而,这两者之间的平衡,很容易被"政治第一性、艺术第二性原则"所打破。

在20世纪文学批评史上,何其芳是在政治意识形态批评与审美文化历史批评之间艰难挣扎的知识分子。一方面,他试图把握文学艺术的审美特性,另一方面,又自觉地寻求文学艺术的社会价值和文化价值。他的政治意识形态批评很少流于简单的政治思想呼号,即使是对自由作家的批评,也从未有过激烈而莽撞的话语。他的政治意识形态批评,流露出深刻的个人生命反省意识,因而,他的意识形态批评总是给人小心谨慎的印象。他似乎害怕在政治思想取向上出现错误,批评的话语很少显得那么激昂自信或理所当然,相反,他一如既往地流露出对美和艺术的执着热爱。可以看到,他的批评集《文学艺术的春天》,始终以抒情为主调,当文学艺术从极"左"思潮中获得解放的时候,文学迎来了百花齐放的短暂春天,他为之热烈地欢呼,这类批评话语,在《文学艺术的春天》中很有代表性。①

　　还应看到,在鲁迅研究方面,何其芳也是相当有成就并且认真踏实的批评家。在他的时代,文学艺术创作中典型形象问题的讨论方兴未艾,他提出的"共名说"曾受到了激烈的批判,李希凡等许多批评家的观念与他相左。在他主持的《文学评论》上也发表过批判他的"共名说"的文章,在正常的学术争鸣的时代,本来是无可厚非的,但是,在政治意识形态支配一切的时代,何其芳依然从马克思主义的审美历史主义批评立场出发对文学艺术作品的价值进行辩证的解读。正因为何其芳是敢于坚持真理的人,所以,他"敢于"与不同的批评观念争鸣讨论,显示了一位批评家的真正的理论勇气。应该承认,阿 Q 作为旧中国乡村农民的典型,这一形象创造自身,确实具有重大的社会意义,对这一形象的关注,是理解鲁迅伟大的人格精神的关键。当时,就如何界定阿 Q 这一个典型形象的典型性格开展了持久的争论,在何其芳看来,阿 Q 这一典型的创造必须从创作出发去理解。他认为,阿 Q 的怯懦、自高自大、盲目、愚昧具有普遍意义,他是中国农村类似人物的代表,故而,不赞同把阿 Q 这一形象说成某一阶级的代表。他认为,阿 Q 性格在不同阶级的人物身上都有其深刻的烙印,所以,他把这一现象,称之为"共名"。②

　　何其芳强调的是阿 Q 的普遍性意义,他就阿 Q 这一形象还原生活现象,强调阿 Q 形象是中国社会文化生活现实中民族文化劣根性的再现,揭示了阿 Q 这一性格形成的深刻社会根源。他的观点,肯定有其历史局限,当时盛行的批评风习总具挑衅性,批评者很少考虑他人观念的合理性,眼里全是别人的缺陷,这自然有些意气用事或无限上纲。从今天的立场来看,鲁迅创作的这一典型形象,确有自己的文化批判意志,带有普遍性精神意义,对于改造国民性具有普遍性启示作用。问题在于,阿 Q 的悲剧,不是自身造成的悲剧,而是特定的社会政治文化制度造成的悲剧,

---

① 　何其芳:《文学艺术的春天》,人民文学出版社 1964 年版,第 27—38 页。
② 　何其芳:《文学艺术的春天》,第 124—185 页。

因而,从政治法律文化制度的批判反思出发可能更有意义,将阿 Q 形象作为"共名"来理解,只是看到普遍的生活真实,没有真正认清这种特定的生活真实或社会生活悲剧的政治文化根源。严格说来,是特定的政治文化制度造成了阿 Q 的悲剧或文化劣根性,所以,只有寻求平等自由的政治文化制度,才可能根除阿 Q 的悲剧,让阿 Q 重新获得做人的尊严,何其芳显然还没有认识到这一点。

何其芳不会简单地运用马克思主义的一些语词为自己的文学批评与理论实践辩护,他总是实事求是地从创作入手谈出自己的感受,从今天的眼光来看,这种批评的风度很有意义。正因为如此,何其芳相当尊重他人的批评,对有成就的批评家的观点并不轻易否定。因而,在编辑尖锐的文学批评文章时,他能够在激进政治思潮中保持理智,在思想认识上保持着必要的警惕,本能地保护老一代批评家,不愿意以简单的政治意识形态批评伤害那些真正优秀的文学批评家。像他对俞平伯的"红学观"就有不同程度的保护,因为当时的文学批评思潮有关文学的分析与讨论,很容易上升到政治批评和人格批评上去,所以,他往往坚持不发纯粹的政治意识形态批评的文章,更愿意就文学的审美特性发言。

20 世纪 60 年代初期,在他的组织下,《文学评论》上相当显著地发表了著名学者林庚、朱光潜、俞平伯等人的文学审美主义批评的论文。实事求是地说,由于较少地受到当时的政治观念的直接干扰,在今天,这些论文仍经久耐读。当然,何其芳这种相对保守的批评原则,必然对激进的文学批评构成不同程度地压抑,所以,在老一代批评家与新一代批评家之间,何其芳的处境相当艰难。从当代学者披露的有关材料来看,何其芳主动接受政党对文学批评的领导但又对当时新生事物的认识相对迟钝,其实,这一文学批评立场的选择,与他固守的唯美主义倾向有很大关系。他是"生错了时代,放错了位置"的批评家,本不适合从事政治意识形态批评,缺乏政治家的敏感和思想家的尖锐,更适合在审美文化批评与意识形态批评之间寻求平衡,结果,他的文学批评实践活动仿佛总是在内心深处为寻求真理而艰难地挣扎。何其芳的文学批评,留下了一代知识者艰难挣扎的心灵轨迹，他的批评追求，在今天看来，依然是有价值的。只是由于历史观念的局限，他的批评文本中只有很少篇章值得细细品味，倒是他的《画梦录》依然是文学史家的必要读本。幸耶？不幸耶？当代批评家应从何其芳的内心挣扎中看到一代学者的思想命运。

与何其芳不同，陈涌是一位相当自信的意识形态批评家。他的内心不像何其芳那样敏感，他时刻展望着中国革命的历史与未来，对现代中国革命抱着乐观而盲从的态度，缺乏独立的政治反思性意识，更不可能对广大人民的现实生活有着清醒的认识，对中国革命的许多错误更是置之不理。不过，在伟大的文学先驱和思想先驱鲁迅身上，他看到了文学的现实价值和批判现实主义文学的文化命运。他那种抗争的勇气和展望新时代的决断力，使他的意识形态批评极富时代政治论文的思辨色彩和理论激情。政治思想的思辨与革命生活的激情，在他的批评中获得了奇妙的统一。陈涌有关文学艺术的政治意识形态批评颇具时代政治思想风采，他是 20 世纪中国文学批评家中，少数几位能够自觉地仿效俄罗斯苏联批评家进行中国文学批评的人。从他的批评风格中，你能感受到别林斯基、车尔尼雪夫斯基、杜勃罗留波夫和卢那察尔斯基的批评风采。他那种政治意识形态观念的时代理论视野，能使你感受到他的批评的政治思想锋芒。必须指出，陈涌对鲁迅创作的时代精神、革命价值的把握是具有特定的意识形态立场的，这可以说是他选对了对象的政治意识形态批评。鲁迅作为一位文化伟人，毕生致力于中国专制文化的批判，注重刻画专制文化下承受着巨大牺牲的农民形象与知识分子形象，对专制的古代中国社会现实生活进行了深刻的批判和无情的否定，因此，从马克思主义的意识形态观念出发，鲁迅的政治思想与社会批判性探索，能够得到陈涌的充分肯定。

从政治意识形态批评意义上说，在"四代"鲁迅批评家中，陈涌是不可缺少的环节，因为他是如此关注从政治学与阶级论角度对鲁迅的文学思想贡献进行价值阐释。与何其芳不同，他并不就鲁迅创作中的某一具体问题作精细分析，而是时刻体会着鲁迅思想的激情，从无产阶级革命和反

封建的角度深刻地把握鲁迅。与第一代鲁迅研究者瞿秋白和冯雪峰相
比，陈涌更侧重对鲁迅思想的时代意义的阐释，他的批评，自然不可能像
瞿秋白和冯雪峰那样对鲁迅有相知感、亲切感。与同时代的王瑶等相比，
陈涌的思想更具意识形态理论风采，他不能像王瑶等批评家那样在中西
文化的纵横比较中认识鲁迅在艺术上的伟大。与李希凡这一代批评家相
比，陈涌的文学批评，更带有无产阶级革命者的世界性眼光，很少把鲁迅
与具体的现实政治联系在一起。与刘再复、王富仁、杨义这一代文学批评
家相比，陈涌的艺术观念和文艺解释思想则显得比较贫乏，但新一代鲁迅
批评家远不能像陈涌那样自觉理解鲁迅在中国文化革命中的实践意
义。① 陈涌逐渐认识到了自己的思想倾向性，始终坚持他自己的文艺原
则，这是他在中国革命的风风雨雨中获得的宝贵经验，因此，他与刘再复
之间的思想论争也就不足为奇。从今天的眼光看，这一论争，与李希凡和
俞平伯之间的论争颇相似，完全是这两种不同观念的较量，根本不存在简
单的"此优彼劣"，只是争辩的双方在政治上得到的支持完全不同。如果
批评依赖外力作用而显示其思想威力，不是依赖自身的思想而发挥作用，
那么，对这样的文学批评应保持警惕。思想在历史进程中相互较量，思想
又在历史进程中相互丰富，历史很难相似但往往又有其惊人的相似。

　　陈涌之后，在意识形态批评方面卓有成就的批评家是李希凡，他作为
一位批评家，曾直接受到毛泽东的赞扬和支持。毛泽东之所以欣赏李希
凡，一方面与李希凡的批评勇气有关，另一方面也与李希凡的批评取向和
批评话语相关。可以说，毛泽东关注的文学作品，就是李希凡文学批评的
出发点，毛泽东对《红楼梦》、《水浒传》和鲁迅的发言，构成了李希凡政治
意识形态批评的思想立足点。在山东大学读书的时候，李希凡和蓝翎就

---

① 　陈涌：《鲁迅作品论集》，中国青年出版社 1956 年版，第 52—86 页。

《红楼梦》问题向俞平伯的审美观点提出质疑。① 他先后出版了《题材·艺术·思想》《红楼梦论辩》等批评文集,他的行文风格与毛泽东话语系统很有些近似,轻松舒展,简洁明快,通俗易懂,产生了很大影响。即使在今天,重读李希凡的批评文章,仍然可以看出这位批评家所具有的历史时代的批评话语特点。

从文学批评思潮意义上说,批评家属于他的时代,李希凡是他所属的时代最活跃的文学政治意识形态批评的代言人。人难免存在自我局限,重要的是,要最大限度地发挥批评家的思想能量。尽管陈涌和李希凡的批评带有很浓的意识形态色彩,但是,人们很难将他们的批评弃之不顾。在特定时代,陈涌和李希凡最大限度地发挥了批评的力量,他们的批评充满了理论的激情。虽然用今天的尺度去评说他们,他们的批评不是自主型批评,但是,当他真诚地表达他虔信的无产阶级革命信念和马克思主义文艺思想时,又怎能说这不是自觉自主的? 应该肯定,陈涌和李希凡的政治意识形态批评,特别关注政治思想问题的分析,即使是人物形象分析也从未离开阶级论与革命论的思想视野,与自由的审美主义批评确实保持着相当大的思想距离。他们让文学和文学批评更好地服务了时代政治,而不是为了生活现实的自由与真理探索。说到底,从特定的意识形态观念出发去理解文学,无论你从何种意识形态去理解文学,皆难免具有思想狭隘性,重要的是,文学批评应该从思想或哲学的附庸中走出来。批评家作为思想家的面目出现,或者说,让批评家作为艺术家出现,也许,这样的批评家能够更好地理解文学,更能在文学的意识形态批评与历史的美学的批评中寻找到真正的平衡。

3. 审美价值观与革命价值观

观念的变革,对于成熟的思想头脑来说,不啻是暴风骤雨的侵袭,新

---

① 当时,山东大学的文学理论与批评极为活跃,不少与李希凡同年龄的批评家先后脱颖而出,这与《文史哲》也极有关系。由于在《文史哲》上发表的李希凡和蓝翎的《红楼梦》研究文章,受到毛泽东的重视,此后,李希凡一发不可收拾,在《红楼梦》研究、鲁迅研究、文学理论与当代文学方面发表了大量批评文章。

的价值规范,在特定的时代,以其思想潮流,吸引人们的关注,总能使固有的价值规范失衡,甚至遭到毁灭性打击。何其芳、陈涌、李希凡这几位马克思主义文艺批评家,在"文化大革命"中,曾受到不同程度的政治冲击,他们的批评声音,在"文化大革命"时期皆暗哑了。他们不得不中止文学批评,停止了关于文学的独立判断,不过,政治命运并不能阻止他们对文学的思考。历史的错觉,也使他们学会了深刻地反省,但这种反省又受到历史的局限,无法形成根本性转换乃至反叛。他们只能进行有限性怀疑,把矛头和灾难指向邪恶势力,而对无产阶级事业和社会主义的信念,则从未有过动摇,这就使他们的文学批评始终固守本有的立场。在他们的时代,西方文艺思想受到了简单批判,这使他们不可能与东西方古典文艺思想形成强有力的对话,更不可能与西方现代思想乃至后现代思想进行对话。观念上的根本冲突,在思想禁锢之后,比洪水猛兽更为可怕,因此,当新时期文学创作和文学理论急切地与西方文学创作和文艺理论形成直接对话之后,陈涌、李希凡等批评家的思想准备和知识准备严重不足。

20 世纪 80 年代以来,中国政治思想的解放,有些让他们猝不及防,但毕竟是思想解放早期,他们所信守的价值观念和批评原则仍具有强大的思想力量,因此,新的文学时期,对于陈涌和李希凡来说,是生命的又一次复活。他们的批评在新时期又重放光彩,他们举起自己曾经举过的大旗,面对新时代,开展文学批评。遗憾的是,何其芳虽盼来了文学艺术的春天,但他的生命却走进了冬天,他在新时期不能有任何作为。陈涌和李希凡,则显得意气风发,重新拣起了鲁迅研究的论题。陈涌接续 20 世纪50 年代和 60 年代的鲁迅研究,重新认识鲁迅,思考鲁迅,写出了一批有影响力的鲁迅研究论文,为复苏了的鲁迅研究领域增添了思想活力。事实上,由人民文学出版社结集出版的《鲁迅论》,成了陈涌自身文学批评思想成熟之标志。李希凡则开始重写他的《〈呐喊〉〈彷徨〉的思想与艺术》,取名《一个伟大先驱者的求索》,他的古典小说研究,特别是《水浒传》研究取得了令人瞩目的成就,他先后出版了许多重要而系统的批评著作,那些过时的批评,重新以修订版的形式结集出版。作为意识形态批评家,陈涌和李希凡,在 20 世纪 70 至 80 年代的文学批评的转折时期,发挥了一定的历史作用。①

作为批评家,陈涌喜欢从思想与艺术二元论的立场对文学进行解读,相对说来,他更重视文学的意识形态批评。正是从思想出发,在重新理解俄国革命民主主义批评家的思想过程中,他对鲁迅的解释,视界更为博大。在巴黎举行的"鲁迅研究"世界大会上,他自觉地开掘出鲁迅思想的民族意义和世界意义,把鲁迅作品的社会意义和社会价值作了相当深刻的阐发,但他的批评毕竟代表着一个时代的政治意识形态,代表着特定时代的历史批评观念,存在自身思想与观念的局限性。他不可能取代新一代的思想探索,因而,他的批评观念在产生了重大影响之后,开始受到中青年批评家的挑战。1985 年前后,现代中国文学批评史上,形成了短暂的批评狂欢节,各种文学批评观念纷至沓来,新锐的批评意识与意识形态批评形成激烈较量。西方文学批评观念开始了有系统的译介,中国传统文学批评和意识形态批评面临着强有力的挑战。在与李泽厚的思想交流中,刘再复提出了"文学主体性"观念,试图加强文学的"内部研究"。主体性思想的提出,应该说具有一定的时代意义,尽管这一观念源自于德国古典唯心论思想家康德、黑格尔、费希特的理论,但是,移植到文学理论中,对于当时进一步解放思想,发挥作家的真正创造性、保证作家创作的真正自由,应该说具有特殊的意义。这一理论倾向,确有淡化意识形态批评的努力,陈涌对此提出批评,在《红旗》杂志上发表了批评刘再复主体性文艺观的理论文章。老实说,陈涌是一位意识形态型的批评家,但并不是一位高明的理论家。他没有独立的哲学思想基础,缺乏深刻而又严密的逻辑推断,因而,他的理论与当时风行的思想探索精神相比,显得过于保守。当然,这并不是他个人的缺陷,可以说,现代中国文学理论往往是批评家代替了理论家。批评家作为理论家出现,往往有着自身不可克服的理论局限,由于缺乏理论的系统训练,批评家的思想往往尖锐明快而缺乏理性

---

① 《钱中文文集》第三卷,第 110—142 页。

尊严,总会显示出逻辑与思想的混乱。

其实,陈涌与刘再复,代表的是两种彼此不可代替的批评观念,二者皆没有完整而系统的理论支持,所以,两大观念之间论争之成败,就看谁能赢得时尚的支持。① 思想在很大程度受到时尚的蛊惑,在日益变动的思想时代,谁都不可能说自己的思想能保持永久的优势。昔日的英雄,今天又能怎么样? 历史就是如此无情,历史人物只能是历史的英雄,谁也不可能永远主宰时代。时代是多变的,思想是多变的,谁的思想能够适应时代,谁就可能成为时代的文化英雄。虽然不能说"最新的就是最好的",但当代人关心的往往不是"什么是最好的",而是关心"什么是最新的",于是,陈涌在这一文学批评思潮的争鸣中退场,成为不可避免之事。即便是刘再复的"主体论"思想,在今天,也早已是明日黄花了。历史就是如此冷峻,陈涌以倔强的姿态,固守自我价值观念,反省文学批评历史,坚守自我,代表着思想的独立性与多元性,显示特定的思想价值。人总要从历史舞台上退出的,关键是,在退出历史舞台之前,是否创造过审美的辉煌。小丑与奸臣也在历史舞台上表演过,但那只是耻辱的表演,真正的英雄即使退出历史舞台,仍可从中获取美学的智慧和人生的意义。

何其芳、陈涌、李希凡的批评可以给予我们一些理论的反省,即批评与时代的思想意识形态必然保持着密切的联系,关键是要坚持思想的多元性,唯有坚持思想的多元性,才能保证文学批评的健康发展。单纯的意识形态批评和简单的意识形态批评,必须坚决杜绝,它可能炫耀一时,但毕竟昙花一现。缺乏思想性和探索性的批评文本,自然要被历史淘汰,它的存在本身,不仅是个人的耻辱,也是文化的耻辱,因此,文学批评探索本身必须拥有真正的人类价值原则,唯有那种坚持人民性观念和个人创造性的批评实践才能显示出历史的意义。文化的理想、生活的理想和文学的理想是能够取得一致的。

在 20 世纪 80 年代对《水浒传》和鲁迅的研究中,李希凡显然超越了

---

① 杨春时:《生存与超越》,广西师范大学出版社 1998 年版,第 25—73 页。

60 年代的批评水平，但未能真正与 60 年代的批评取向分离。他 80 年代的批评，依然有着 60 年代批评的投影，但毕竟从单纯的意识形态批评中觉醒了。在注重思想批评的同时，他已非常注重艺术批评，尽管他的艺术批评话语比较平和朴实，但他对民族艺术精神和艺术的时代精神之把握仍然富有意义。应该看到，他在与伟大的艺术灵魂对话的同时，逐渐把握了艺术的一些真理，虽然不曾从根本上否定他的《红楼梦》阐释，但他对《红楼梦》显得有了更多更丰富的理解。走入暮年的李希凡，也学会了宽容地对待不同文学批评取向。批评就是如此多元，批评就是如此不可置换，每一批评皆有其历史地位和历史价值。①

从何其芳、陈涌、李希凡的意识形态批评的分析中，可以看到当代文学批评思潮的政治意识形态影响的缩影。意识形态批评之所以成为一股极具影响的批评思潮，绝非一两个英雄可以造就的。这一批评思潮，还与其他一些优秀的批评家相关，例如，孔罗荪、荒煤、梅朵、顾骧、程代熙等，皆作出过自己的贡献。一种批评的历史局限，只能通过另外或多种文学批评来加以克服，这几乎是历史的法则，批评观念之间形成了历史循环。当人们已经习惯了瞿秋白、冯雪峰、周扬、茅盾、丁玲、何其芳、陈涌、李希凡的文学批评时，如果转换思路，重估朱光潜、林语堂、梁实秋、周作人、胡适乃至王元化、王蒙等的文学批评时，就会获得新的智慧的启示，同时，当人们长久地研读唯美主义批评和审美文化批评的同时，重估意识形态批评的价值，也会有新的创获。马克思主义文艺批评应该得到发展，在不同的马克思主义诗学学派中，展示了多元化发展前景，例如，詹姆逊等新马克思主义批评家，从新的立场上去理解马克思主义文艺批评，有其特殊的意义。多元文学批评观念共存的时代已经到来，这是中国文学批评黄金时代到来的一曲前奏。

在回顾和反省意识形态批评的同时，也能深深地感到当代文学批评的"无主题变奏"的悲哀。批评的黄金时代，既不是一花独放、一个声音的

---

① 彼埃尔：《社会学批评概论》，吴岳添译，广西师范大学出版社 1993 年版，第 139—172 页。

时代,也不是众声喧哗、不知所措的时代。批评的黄金时代,应该是多种声音、多种观念的合奏,共同奏出这个时代的自由旋律,共同奏出中国民族的充满生命力的自由旋律。这个时代的到来,必然诞生一大批杰出的批评家,唯有在英雄灿烂的时代才能真正领略批评的风采。当蓦然回首时,在 20 世纪中国文学批评史上,就可能找到这样的人物,对于何其芳、陈涌、李希凡等代表的意识形态批评话语,千万不能擦肩而过,而应进行深刻的反思与解剖,因为"批评的智慧"此时才可能真正诞生。

4. 审美主义文学批评观的觉醒

既然在文学批评中,政治意识形态批评与审美主义批评之间,始终构成思想的内在张力,那么,深刻地理解政治意识形态批评对审美主义批评的影响,反过来,探讨审美主义批评思潮对政治意识形态批评的有力颠覆,就是极有意义的事情。事实上,历史意识与审美解释之关系,涉及意识形态批评的根本原则,但是,批评如何才能达到深度表达,是批评家尤为关注的问题。由于文学所揭示的对象生活本身就是历史,因而,在文学艺术背后,人们总能看到历史的精神深度,所以,历史文化还原,常常成为文学批评的价值立场和线索,与此同时,追寻艺术的美学深度,在很大程度上,涉及对生命的自由阐释,因而,历史的美学的批评,成为现代中国文学批评最重要的批评模式。

回顾 20 世纪中国文学批评思潮发展变化的历史,应该看到,解释者的理论视野,总在历史的长河中起起落落,总不免有苍茫感,尽管文学批评总是鲜明地体现出时代性,但是,这种时代性并不能保证批评的历史独立自主,它总是要受到意识形态、审美时尚和认识水平的限制,因而,对批评家的评价,也必须置于历史文化背景中。许多批评在当时具有一定的创造性、引导性和独立性,但是,从今天的眼光看来,这些批评的价值,往往不能真正体现出来。文学批评特别追求即时性和时代性,这就注定了一些批评的价值不可能太大。通常,一部新的作品诞生,批评继之而出现。在 20 世纪文学批评思潮史上,存在着这样的事实:即批评非常重视作品的轰动效应，一旦人们对作品的热情减弱，批评也就显得多余。其实，这是极不正常的现象。批评必须有其自身的独立性和学术性，不能因为作品已成了历史，就丧失了批评自身的判断力。正因为大多数当代文学批评家，不能很好地解决批评的时代价值与批评的历史价值之间的矛盾，因而，大多数批评在实现了其当代性职能后，也就没有什么价值。如何超越这种批评的困境，成了批评家解释学探索的中心问题。

如何从政治意识形态批评的重负下有限地解放出来？先驱者是要冒一些思想风险的。如果说，审美历史主义批评已经成为不可抗拒的文学批评思潮，那么，审美历史主义批评对政治意识形态批评的挑战就不再具有特别的意义。但是，最初从政治意识形态批评的重压下回归审美历史主义批评的思想努力就值得特别重视，基于此，可以看到，冯牧、阎纲和雷达这三位批评家，在 20 世纪 80 年代初勇猛出场就显得颇有意义。① 这三位批评家，有一些共同的特点：他们都是中国作家协会的创作研究室的理论批评人员。自 20 世纪 50 年代开始，作家协会的创作研究室，扮演着特殊的角色：他们由于受中国作家协会领导，因而，对党的文艺政策和文艺路线的领会往往比学院派批评家来得迅猛，与此同时，由于职业关系，他们与现当代中国的广大作家保持着十分密切的联系，对于新的创作动向和新时代的创作思潮极为敏感，所以，这三位批评家，在新时期的纵情歌唱，也就可以得到很好的理解，他们以小说批评为主导，兼及文学理论问题。必须指出：冯牧、阎纲、雷达，皆不是真正意义上的文艺理论家，因为他们在理论上没有大的建树，但是，他们的批评实践敏锐独特，不愧为真正的文学批评家。

这三位审美主义批评家，在 20 世纪 80 年代的小说批评进程中具有一定的影响力：冯牧以中长篇小说的批评为主，非常注重长篇小说的批评；阎纲以中短篇小说批评见长，同时，很注重对文学现象的观照，他总是把新时期的中短篇小说创作，放置于参照系中，给予某一具体作品以深入

---

① 宋剑晖主编：《20 世纪中国文学批评史》，海南出版社 2003 年版，第 783 页。

的评价;雷达则以短篇小说和长篇小说批评为主,他的批评,因为不断吸收新的理论,不断拓展新的批评观念,故而,雷达的批评探索,往往有着敏锐的洞察。总之,他们始终与创作界保持着密切的联系,他们的批评话语总是来得快捷及时,与学院派批评家相比,他们的批评总要快一个节拍。这也难怪,许多作品在未正式发表之际,这几位批评家往往能够先睹为快,对作品有直觉的把握,所以说,实践派批评家和学院派批评家之间,往往有着比较显著的差异。冯牧的批评简短、明快、有力,阎纲的批评则宏阔、快捷、率直,雷达的批评感性、形象、优美。这几位批评家,之所以在20世纪80年代初期发挥了重大作用,就是因为他们在20世纪60年代就已对当代文学自身有比较深刻的把握,因而,20世纪60年代的批评实践以及对十年动乱时期的痛苦反思,无疑使冯牧、阎纲、雷达变得深刻成熟。个人思想的成熟,社会变革的反思,十年动乱的体验以及新时期文学的曙光,足以唤醒他们的批评灵感和想象力,因而,他们实际上是转型期的实力派批评家。[①] 经历过岁月的严寒体验,无疑对新时代的阳光倍感珍贵,这三位批评家在新时期的歌唱,也就显得比较新颖突出。冯牧、阎纲和雷达,皆是复活在新时期的批评家,他们在新时期文学批评中发挥了重大作用。

只要通观一下冯牧、阎纲和雷达的批评著作,就会发现,他们的批评著作几乎全都是文集,皆是单篇评论文章的汇编。对于这一现象,可以作一些具体的分析。首先,由于他们始终关注新人新作,因而,他们的批评总是针对具体的作品而写的。每看到一部新的作品,他们就情不自禁地拿起笔,为这一新作品讴歌。在他们的新时期批评文本中,凡针对文学创作缺点的否定性批评往往大而言之,少有切实具体的作品的分析,相反,对具体作品的评价和分析,基本以上肯定评价为主。因此,他们的批评文本大都针对单篇作品,少有历史的宏观的系统的综合性阐释著作。在我看来,这是创作论批评与学术性批评的一个分界。创作论批评针对某一

[①]　陈剑晖主编:《20世纪中国文学批评史》,第795页。

具体作品,往往有着精到的感悟和细致的阐发,鉴赏力比较独特,善于发现作品中的新的创意与新的思想。不少学院式批评家,尝试过对单篇作品的评价,在评价的过程中,往往感到无话可说,可见,评价一个具体的短篇作品,在言说过程中获得思想的自由是困难的。大的思想框架不能置入某一具体作品中,而任何一部单一性作品,尤其是中短篇小说,其思想蕴含是有限的。

批评家不能超出作品之外自言自语,因而,就中短篇小说的批评而言,冯牧、阎纲和雷达能达到这样的高度并不容易。同时,必须看到,正因为他们始终关注具体的作品,总是试图寻找某一作品的独创性,缺乏包容性和对比性的批评眼光,他们的小说批评本身,往往在思想和观念上显得比较单薄,甚至在批评话语上还存在一定的重复性,可见,基于创作论的审美历史主义批评也存在着问题。在批评活动中,他们往往因为缺乏深刻的思想背景和综合性评价能力,导致批评自身的乏力;这种乏力感,在冯牧、阎纲和雷达的批评中日益见出,但他们对新时期的文学产生的推动作用,又不可忽视。冯牧、阎纲和雷达在新时期的历史进程中为新人新作新思想进行了不遗余力的赞许和歌唱,他们认为,新时期文学,不仅超越了新中国成立以来的文学创作成就,而且与"五四"文学革命获得了有力的呼应,并且构成了与世界文学发展的某种同步性。这一看法,代表了他们对新时期文学的充分肯定性意见,正因为如此,他们的批评自始至终洋溢着热烈的情绪。这种情绪,在今天看来,可能有某种陌生感,因为,在历史语境中,将20世纪80至90年代的文学与20世纪70至80年代初期的文学相比,无疑可以看到显著的差异,这种差异,标志着当代文学的成熟和进步,这是"由后向前看"的批评方法。回顾性的评价,不可避免地有某种优越感,同样,阎纲、冯牧和雷达把新时期的文学创作与"文化大革命"时期的创作相比,也有这种历史的优越感、历史的庆幸感、历史的惊奇感,所以,他们的批评中洋溢的那种幸福基调实可理解。

必须承认,冯牧、阎纲和雷达的批评,标志着从政治意识形态批评向审美主义文学批评的转变。他们为新的文学观念而欢呼,为新的文学形象而欢呼,为新的人道主义观念而欢呼,这一批评流向,代表了 20 世纪中国文学历史的美学的批评的新方向,他们总是从历史的、审美的、政治的、道德的、心理的维度入手去评价新的作品和新的文学形象。从他们的批评中可以看到,20 世纪中国批评话语逐渐摆脱政治意识形态的艰难努力,他们的批评强调感悟,强调独创性,强调时代性,强调社会主义文艺的主旋律和使命感,因此,在 20 世纪 80 年代以来批评话语多元并存的时代,冯牧、阎纲和雷达的批评自有他们的一席之地,尤其是雷达的批评,逐渐摆脱了那种就事论事的批评习性。在批评实践中,他注重对作品的历史文化精神和时代精神的感悟和阐发,从而超越了单一性的感悟鉴赏批评模式,使审美的历史的批评与文化的心理的批评在审美精神现象学中获得了创造性整合与统一。①

在冯牧、阎纲的批评活动终止之后,雷达能够使这一批评方向得以延伸,又显示历史的美学的批评的新的活力,不能不说是可贵的探索。无产阶级的艺术原则还是值得强调的,卢那察尔斯基曾专门阐释过无产阶级的美学原则,这一立场和观点的现代意义可以进行创造性转换。他说:"作品中的集体主义的调子,也许对无产者来说是最为独特的。""工人诗人就将成为群众的诗人。他们已经开始向群众,为群众和通过群众,歌唱起自己的赞美歌来。""无产阶级的这种特征的整个独创性只有在这种时候才能表现出来:当它能够自己建设自己的宫殿和一连串的城市,用壁画来记录下不可计量的城墙,在城市里树立起人的雕像,使这些自己的宫殿响起新的音乐,在自己城市的广场上安排宏伟的场面,使观众和出场人物在一个欢庆的节日中打成一片的时候。那时,无产阶级用资本主义的地狱来培养的个体创作的特征就表现出来了,用无产阶级艺术的所有一切基本特征:热爱科学和技术,对未来的广博的看法,战斗的热情,不留情面的真实,在对世界的集体主义感受和集体创作的底布上描绘时,就获得了前所未闻的规模和难于预感的深度。"②这种无产阶级美学原则,在审美

---

① 雷达:《文学的青春》,湖南文艺出版社 1983 年版,第 36—39 页。
② 卢那察尔斯基:《关于艺术的对话》,第 57 页。

历史批评中应该得以发展和坚持。

5. 先锋派文学与批判现实主义

为了深入地理解美学的历史的批评实践活动,很有必要对冯牧、阎纲和雷达的批评实践作一些具体的分析和评价。冯牧的文学批评活动从20世纪50年代即已开始,他有着革命的经历,因而,对于军事题材的艺术相当熟悉。从20世纪60年代开始,冯牧开始担任中国文联与作协的有关领导工作,因此,他的批评视野获得了很大的拓展,广泛涉及小说、诗歌、电影、美术等方面的批评,但冯牧在20世纪文学批评史的真正位置,实际上还是在"文学新时期"。他不仅直接担任《中国作家》等大型刊物的主编工作,而且参与新时期文学的许多重要讨论,他的批评有一定的理论色彩和创作导向意识,这就使他能够对社会主义文艺时期的一些影响比较大的问题保持某种敏锐性。新时期文学批评史,尤其是20世纪80年代早期的文学批评,不能不提到冯牧。他相继出版了许多文学批评集,其中,比较有影响的是《文学风雨十年路》、《新时期文学的主流》、《冯牧文学评论选》,这几部较有影响的批评著作涉及的大都是新时期的文学创作。历史往往是不堪回忆的,站在世纪末的高度来俯视20世纪70至80年代初的文学活动,如果没有特定历史时代的切身体验,对于这段文学史和批评史,定会有许多隔膜和困惑之处。正因为如此,不能以20世纪90年代的批评眼光来评价冯牧在70年代和80年代初期写作的批评文章。他的批评有其特殊的历史背景,面临着艰难的转型,从冯牧的批评文本中,可以看到他探索的勇气和内心的挣扎过程。70年代末的文学批评,基本上沿用50年代建构起来的文学批评模式,当时,稍有出格的作品,往往会引起批评界的热烈争鸣。

可以回想一下,80年代文学批评界对徐星的《无主题变奏》和刘索拉的《你别无选择》的态度。对于这些新锐的作品,老一代批评家极力反对,而新一代批评家则用力支持。探索性的作品,通常是以反对传统写作观念的面目出现的,因而,以50年代的文学批评模式来解释这些探索性作品,往往不知从何说起。对于这样的作品,需要新的批评观念和新的批评策略。冯牧的批评,对于完全新锐的探索性作品较少涉及,既不反对,也不支持。冯牧的这种态度是实事求是的,人不可能为了适应新的创作,不断地改变内心建构起的一套文学价值观念。每个人皆有其时代局限性,一味地跟随新潮的批评家,不见得就能说出内心的创造性体验。像冯牧这样的批评,内心始终有一个强大的信念,即批评必须为那些现实主义作品唱赞歌,社会主义文艺的主旋律必须反映正在变化的社会主义中国新的精神风貌。就冯牧个人而言,他十分欢迎那些反映中国农村和中国知识分子的新的精神风貌的作品,坚信社会文艺必须具有社会主义的文艺精神,这种精神就在于勇敢地面对苦难的历史,积极地参与社会主义祖国的革命建设,在个人道德情感方面,总是以奉献、忍耐、牺牲、不屈不挠的战斗精神作为支撑。因而,在动乱的岁月结束后,一些作家写出了人民战胜苦难,面对新时代,勇猛向前的作品,冯牧总是深情地为之歌唱。① 由此,可以看到,冯牧不可能像新潮批评那样,关注叙事文本、叙事策略、叙事变奏等艺术问题,也不可能像新潮批评那样关心审丑、反讽、荒诞等思想主题。冯牧老老实实地以社会主义文艺的主旋律来衡量作品、评价作品,尽管也呼唤人性,人道主义,但是,他的批评并未超越政治学社会学模式,相反,审美的历史的批评的观念贯彻得很不够。

从政治的社会的批评模式出发,评价作品无疑要以歌颂社会主义的新人新事为主导,事实上,当时,大多数中青年批评也未能超越这一创作模式。写社会,写典型,写变革,而较少涉及个人独特的内心生活,也很少涉及深层的民族文化精神,因而,冯牧的批评非常强调突出文艺的思想性,而较少考虑文艺的艺术性。即使在批评实践活动中,也较少涉及艺术问题,往往只是做出一般性分析,并附带在思想性分析之后。实际上,冯牧没有建构一套关于艺术分析的美学规范,因此,他的艺术分析只能从人们习见的情节、典型、叙事、抒情、议论这些创作观念去判断。这些观念,

---

① 　冯牧:《文学十年风雨路》,作家出版社 1989 年版,第 52—78 页。

对于现代艺术的分析只能是浅表的,所以,冯牧的批评尽管在当时产生了较大影响,而且带有一定的创作导向性,但是,从今天的眼光,这些批评文本的可读性往往不高。一旦抽去了当时特定的思想背景,以更系统深入的批评观念来评价作品,冯牧的批评文本往往显得过于政治化,少有艺术的灵性意识和审美意识。可见,批评的时代性并不能代替批评的历史性,批评自身的价值少不了对艺术的真正分析,而不能只就艺术的时代性和思想进步性立论。

与冯牧的批评相比,阎纲的批评似乎对新时期文学的总体把握不够。他立足于对具体作品的具体分析,没有系统的理论著作,他的著作也大都是文学批评集,他的《小说论集》、《文坛徜徉录》在80年代初期发挥了很大作用。他的批评简短、充满感情,因而,阎纲的批评,在当时就受到了刘再复等人的好评。阎纲的批评是作家式批评,他虽没有写出什么有影响的文学批评本文,但是,对作品的感知和体悟是很本色的。每当碰到一个新作品需要评价,阎纲总能一下就抓住这个作品的独特性,正因为如此,他的批评往往触及作家的创作智慧,他的批评自然也就受到作者和读者的欢迎。阎纲的批评主要立足于小说,对于其他文体,例如,诗和报告文学,虽也有涉及,但他的评价本身往往显不出思想光彩。他的一些有见识的批评,还是在于对中短篇小说的思想和艺术的把握。① 必须承认,在他那一代批评家中,他是有才气和灵性的,他的一些评价直抒胸臆,自然而又自由地言说。没有深刻的哲学背景,没有玄奥的理论术语和结构分析,他把艺术本身所具有的价值,从创作的角度给予了充分地言说,因此,读阎纲的一些精粹而又明快的批评,仍能感受到他的批评风采。

由于阎纲在哲学、心理学、美学诸方面的训练不够,因而,与20世纪80年代成长起来的一些学院派批评家相比,阎纲批评的理性色彩相当薄弱。他与作家很熟悉,对作家的创作观念、创作追求以及创作境界把握比较准确,同时,受到当时具有普遍意义的一些创作理论观念的束缚,阎纲

---

① 阎纲:《小说论集》,湖南人民出版社1982年版,第1—3页。

的批评,一方面忠实于个人的直感、直觉,另一方面则自觉地认同了社会主义文艺创作的思想准则。他的批评,一方面充分体现了社会主义文艺的创作主旋律,另一方面又充分表达了个人对作品的独特体验和直观感受。每当他读到作家对社会主义新人的新的精神、新的追求的朴素描写,他就禁不住怦然心动,总要热情地歌颂作家所发现的真善美。批评必须相信直觉以及直观的感受,像阎纲这样的批评家,有权讥笑那些未读作品而胡说一通的批评家,这一类批评家可能理论修养较好,但理论修养与具体的艺术判断之间,毕竟有着很大差异。具体的艺术创作有其作家的个人特点,这是不能以康德、胡塞尔、海德格尔、萨特乃至维特根施坦的理论来套用的,有一些批评,动辄即运用《存在与时间》和《存在与虚无》中的一些观念来解读中国作者的作品,自然会产生许多意想不到的困难。大多数中国作家对生活的感受,对生命的探索是建立在直接而且自觉的生活体验的基础上,很少作家先验地运用哲学观念来建构作品,因而,现当代中国作家的创作,真正能与西方哲学家对话的毕竟是少数。用存在主义的观念来分析文学作品显得有些矛盾,相反,从个人直感出发,体会作家特定的时代思想意绪,可能更能准确地把握作品本身。

像阎纲这样的批评家,是反对用哲学理论、心理学理论和社会学理论来解读作品的,他认为这样解读作品必然文不对题,阎纲坚信,对作品的切身体验和直观把握是文学批评的正道。① 一个人坚持某种观念,总能有所发现和创造。事实上,阎纲运用这种直观的方法把握具体的作品是行之有效的,但是,一旦更加深入地系统地宏观的把握文学创作史,阎纲的这一批评策略就显得小家子气了,因而,阎纲从未写出像样的深刻的宏观的文学批评文章。他的思想个性和理论准备,使他不能完成这种大题目,只适合于写具体的作家作品评论。这种批评自身,对于跟踪文学创作实际非常有效,但是,对于文学的总体反思就显得严重不足。必须承认,未来的文学史在评价某一具体作品时,可能还会参考阎纲的评论,但对于

---

① 阎纲:《文坛徜徉录》,人民文学出版社 1984 年版,第 78—92 页。

20 世纪 50 年代、60 年代、70 年代乃至 80 年代文学进行深刻反思,就必须超越阎纲的批评。学院派批评家,往往在整体把握文学作品时比创作式批评家来得系统深刻,而在某一具体作品的评价上就不如作家式批评来得敏锐独特。阎纲的批评实践活动,在 80 年代后期基本上终止了,这一方面与他的年龄相关,另一方面也可能与他对 80 年代中期以后的探索性作品的陌生有关。对于具体作品的具体分析,本来是作家式批评的专长,但是,探索性作品与探索性观念是一致的,用传统批评观念无法读解探索性作品,这大约是阎纲终止批评的又一个原因。

6. 乡土文学作品的历史美学价值

从意识形态批评向审美历史主义批评的转变,雷达显示了充分的思想实绩。无论是新潮批评家还是稳健批评家,皆给予过雷达的文学评论以好评,尽管如此,雷达的文学批评仍应定位在历史的美学的批评中,在实践派文学批评与学院派文学批评和探索性文学批评之间,仍有着不可逾越的沟坎。他先后出版过《小说艺术探胜》《文学的青春》《蜕变与新潮》《灵性激活历史》《民族灵魂的重铸》和《文学活着》等多部文学批评集,在这一点上,他与冯牧、阎纲非常相似,没有系统的理论著作,只有批评文章的结集。他的批评的有效性,源于他对作品的深入解读,因为职业关系,雷达不自觉地担当着职业批评家的责任。许多新老作家写出作品之后就会寄给他,这就使他比学院派批评家有更多机会读到作品,与此同时,一些大型刊物在发表一些有创新性的作品拿不定主意时,往往很依赖这些职业批评家,所以,雷达读到的作品,往往是校样。等到一般批评家在期刊杂志上读到某位作家的新作时,也就一并读到雷达的评论,情况并非永远如此,也有不少大作品,雷达与人们同时读到。他早期的评论出手极快,可能与他先睹为快相关,而晚近的一些评论,往往是在作品产生了一些影响后,才形成批评解释。他对作品的解读,总体上说比较精细,大到篇章结构、思想主题,小到局部用词和细节描摹,在解读的基础上,他喜欢找到一个诗句,以诗性的句法来表达他对作品的直观感受。我特地重读了他早期的评论集,如《小说艺术探胜》和《文学的青春》,其中的大多数篇章还能一读,也有些艺术启发,可见,精到的艺术分析,对于批评自身而言,十分关键。一旦放弃了艺术分析,批评的价值也就受到极大损害。

雷达的成功之处在于:他较少从社会主义文艺的政治社会学模式去评价作品,而是运用历史的美学的批评模式去解读作品,因而,他的评论比较成功。从批评的自由意义上说,雷达的批评源于他的超越意识。作为一位不断追求批评超越的批评家,他不满足于早年的批评,总是寻求对作品作家更为圆融更为深刻的把握,尤其是富于历史感和文化感的作品,雷达在批评过程中尤为关切。如果说,他早年的批评忠实于思想性和艺术性的分析,那么,晚近的批评则关注民族文化精神的把握。在他看来,写出真正的民族精魂的作品才是好作品,才是大作品,因此,雷达对长篇小说的评价愈来愈关注,较少就中短篇小说作微言大义的阐发。他的一些有影响的批评文章,大都是长篇小说评论,或者是对新时期文学总体精神的把握。相对于冯牧、阎纲的批评而言,雷达的批评实践有长足的进步,他把冯牧一代的批评观念和批评模式推展到了新的阶段,只有不断超越自我的批评家,才有可能达到这个雄浑的境界。①

从文学批评理性自觉的意义上说,雷达已建构了属于他的历史的美学的文化的批评模式。他的批评,超越了单纯的意识形态批评或简单的历史的美学的批评,还融入了文化的心理的批评。他的批评,以人本主义为核心;他的批评的自觉形态,是对民族文化精神的阐发和弘扬。由于雷达关心的是什么样的作品才是真正的民族的文学作品,因而,他的批评取向也就相对比较关注历史主义的小说创作。与早期的雷达批评相比,晚近的雷达已相当自觉,他知道,批评家不是万金油,不能对任何作家的作品都说上一句,批评家有其思想局限,批评家也是有着特定的历史生活经验的人,他有其独特的价值取向,特殊的生活体验,独特的文化背景,不可能对任何作家的创作发言。雷达已相当沉着,对不熟悉的作品很少评价,

---

① 雷达:《文学活着》,人民文学出版社1994年版,第63—78页。

对他不喜欢或不理解的作家作品也极少阐释,这是十分明智的批评态度。批评家不是神,不是万能钥匙,不可能打开全部的锁;批评家总有其独特的个人偏好,对于他偏好的作品,往往能够做出深刻的阐释。唯有深刻地理解了生活,才能对某一类型的作品情有独钟,才能对某一类型的作品有着深刻而又精到的阐发。我非常怀疑那些什么都敢评的批评家,这种什么都敢评的批评家是无心的人,胡言乱语的"智者",是实用主义者。

雷达的批评实践持续到今天,他真正理解了的作家,还是陈忠实、贾平凹、张炜、凌力、莫言等,由此可以看出,雷达真正能够评价的作家其实是乡土小说作家,因为这里有他的生活体验,有他的美学情味。从乡村走向都市的评论家,应该在乡土小说批评方面大显身手。从雷达的批评文本来看,他对这几位作家的理解非常深刻,雷达的批评之所以有这么大的影响,与其对文学的深刻感悟有关。雷达不是理论家,他不像新潮批评家那样,熟悉西方哲学和现代思潮,因此,他不愿用萨特、海德格尔、德里达、福科、拉康的观念来评价当代中国文学作品,他不可能从西方现代思潮出发来关注荒诞等重大主题。雷达的思想局限是明显的,他在中国哲学和近现代思想方面也少有修养,对中国古代思想背景和近现代思想背景也相当陌生。雷达信奉的是独立的不可替换的个人生命体验,因而,批评本身,一方面成了他去读解和体验自己熟悉的那种生活的机缘,另一方面则成了他本源地去反思生活和生命价值的内心历程,因而,同大多数作家一样,对中国社会的本源直观而又深刻的切身体验成了他批评的思想据点。他的批评由此出发,去体验,感悟和把握作品,做出直观的深刻的文化判断和审美判断,因而,他的批评是有魂的,与此同时,他热衷于用作家式笔法、散文式笔法、散文诗体结构去结撰批评文本。批评家的个性体验融入到批评过程中去了,这是批评家的一份才情,这是批评家的一许灵性。遭遇这种灵性的批评文字,谁能不怦然心动,谁能不升华生命般的理性与激情!雷达的诗性文字,火一样的体验文字,像作家的语言表达一样,在批评中自由地恣意地燃烧,因而,这种批评有其生命般的力量,有其感性的力量,有感动人性的光辉。这样的批评与创作相似,让人激动一番之后,也就不值得再去吟哦,再去解读,再去体会了。

我在现当代批评家的大多数文本中,皆看到了这样限度,一旦热情冷却,寄希望从中读到更深邃更复杂的智慧时,往往空空如也,一无所得。批评文字中所蕴藏的思想是有限度的,当批评家洋洋洒洒恣意发挥时,往往就失去了思想的容量和思想的重量。坦率地说,雷达的批评也未能逃脱此劫,作家的思想,总体上说,还是浅白的,缺乏某种深邃性,过于浅白的思想肯定穿透不了生活的内核,因而,雷达的批评在亮明了个人特色之后,也就不知怎样深入下去了。据说,雷达想转向哲学、心理学、文化学和美学的探索,①雷达未必能担当此任,因为他的心性、志趣、思维习惯与这些理论科学格格不入。依我看,雷达的价值还在于守住他那份灵性,他那种生命直感和批评的激情。

在比较系统地分析冯牧、阎纲和雷达的批评之后,作家式批评的优长与局限即可得到深刻体认。批评家不仅应体会作家的内心世界,也应体验思想家的内心世界,缺乏深刻思想的批评,就不能令人满足。批评总有一天会走向沉雄博大,只有超越批评的功利主义与印象主义,深刻的批评才有可能产生。冯牧、阎纲、雷达正有后继者开拓,审美历史批评所提供的文化智慧与生命智慧及其社会价值不容低估。从 20 世纪 50 至 90 年代,现代中国文学批评思潮,远比我们在这里描述的要复杂得多。从意识形态批评的主流价值看,我们不能忽略这几位重要的批评家,但是,从当代文学批评的思想自由意义上说,真正的文学批评还是在大学进行的具有青春热情和力量的先锋文学批评,他们从西方思想出发,从古今中西思想的自由融合中,找到了当代中国文学批评的更广阔的思想言路。正是他们,构成了当代中国文学批评的自由思潮,显示了当代中国文学批评从20 世纪末至 21 世纪初的思潮转变及其思想探索的自由道路。

---

① 《当代作家评论》1996 年第 1 期。

第三节　文学思潮的命名与回归文学自身的
审美体验批评

1. 乡土文学思潮和先锋思潮

批评思潮与文学思潮密切相关,但又具有自己的独立性,前者是对后者的描述与历史构建,后者则是对社会思潮或生活历史现实的重建,并受到批评思潮的间接影响。从时间意义上说,文学思潮是不断发展演变的,这是文学的历史发展必然性,与此同时,文学思潮又是时代生活的创作主体主动探索和适应文学新潮的结果。时间范围的限定,往往是文学思潮历史描述的重要依据,因此,我们可以选择不同的时间变量来确定文学思潮的内涵。相对而言,时间范围越小,其文学思潮的描述越详尽,而时间范围越大,其文学思潮的描述越综合。现代中国文学思潮,特别是当代文学思潮,构成了文学批评的最重要内容。事情是这样发展的,总有文学先锋者在探索文学的新的可能性,以有别于"我们熟悉的文学",特别是从外国文学思潮或古典文学思潮寻找创新性文学的思想动力。在这种创新性文学创作力量的推动下,批评家通过诠释扩展了这些新文学的思想动向,从而成为许多创作者和接受者的文学认同观念。如果用形象化的语言来描述的话,就是在一条河流中突然涌入一股新的水流,它们奔腾向前,构成了历史的动态记忆。就现代中国文学批评思潮史的发展演变而言,从审美历史主义的批评向生命本体论批评和文化价值论批评的转变,是当代文学批评思潮最重要的方向,这一转变,使得文学批评思潮与文学思潮、哲学思潮、社会思潮和文化思潮之间,构成了内在的统一。用"思潮"这个概念,描述社会、文化、思想和艺术的历史性变动格局,是非常形象的,因为它真正把握了现代中国思想发展变化的内在脉络。社会思潮,是对政治、生活时尚和价值取向的描述;文化思潮,是对文化时尚的描述;哲学思潮,是对哲学新的探索及其历史影响的描述;文学思潮,则是对文学创作时尚和新的创作取向的历史性描述。不同的文化思潮之间,具有一定的独立性,同时又构成交互性影响。从本质意义上说,思潮就是思想文化时尚的表现。在文学的历史发展过程中,思潮是不可避免的,有的文学思潮推进了文学的发展,有的思潮则把文学的发展引入另一方向,思潮之间此消彼长,构成了文学发展的历史脉络。忽视文学思潮,文学会失去活力,过于重视文学思潮,文学创作会显得太浮躁,这本身就是根本性的思想矛盾。①

　　文学批评思潮,是哲学思潮与文学思潮综合作用的历史结果,正因为如此,现代文学批评试图对文学思潮加以界定、归纳和命名,也表现出深刻的矛盾,在文学思潮与文学批评之间,有许多不一致之处。如何对新的文学思潮进行批评性阐释,也就成了批评家的文化难题。一般说来,对文学思潮进行历史性归纳和界定,比较符合文学创作的历史实际,相反,试图通过批评的命名和阐释去引导文学思潮,则常常显得名实不符。在当代文学批评实践中,不少批评家和作家,试图创造出种种文学思潮,从而导致文学批评与阐释的极大混乱。这种批评的阐释方式,应该引起重视,从而使文学批评能够始终在健康的文学轨道上发展。文学思潮的历史性命名,既然要符合文学发展的历史实际,那么,有关文学思潮的历史性命名也就成了一项严肃的学术工作和文学史研究的任务。文学思潮的历史性命名,必然遵循文学发展的历史实际,不能把批评家的个人主观性想象和主观性意志强行介入到文学阐释中去。批评的危机与生机有时是兼容并存的,在一般情况下,通常把批评的不断否定看作批评的生机。"文学批评对文学思潮的命名"即是一例,所谓文学批评对文学思潮的命名,是指在当代文学批评中,许多批评家急于对新作家新作品进行归类命名和思潮引导的批评活动。由于这种应急的命名较少考虑分类原则和历史原则,总是试图以新的名称赋予作品以独特意义,结果,不仅造成对作家全

---

① 塔迪埃:《20世纪的文学批评》,史忠义译,百花文艺出版社1998年版,第1—9页。

部创作的肢解，而且造成了对当代文学创作取向的错误诱导。这种批评所造成的雷同化和类型化倾向是致命的，因而，每一次批评命名，意味着设置一重符咒，这符咒加速了文学探索的终结，让文学被抛入无根状态之中，并期待着新的命名。

通过文学思潮的命名，可以看出现代中国文学批评思潮的历史踪迹。从反思视野上看，这种批评运动是需要加以控制和诱导的，因为主观的批评命名往往造成了文学认识的混乱。命名是人类认识自然社会，创造文化的重要实践活动。没有命名活动，人类就不可能形成今天的文化格局。在儿童思维中，这种命名就起了极大作用，他是通过大人的命名而知道何物为"树"，何物为"水"，何物为"马"的。现代分析哲学很重视这一问题的研究，名词在儿童思维中作用最大，这说明命名的原初意义不可低估。①由于文化、地域、语属的区别，命名呈现出复杂趋势，甚至一物有不同的命名，不同文化语言的对译，就是借助物的共同性而将不同命名对等起来，然而，抽象的命名，却无法获得直译，因而，翻译的概念和命题总是充分显示出命名所具有的本土文化意义。不同语言文化的命名形成理解的障碍是为人所共知的事实，但是，本民族同一语属之内的命名也形成不可理喻的事实，却为大多数人忽视。前者是客观原因造成的命名障碍，后者是人为禁忌和生搬硬套造成的命名障碍。正是有鉴于此，语言哲学才引发了一场哲学革命，因为现代语言哲学家们认为：理解的困难，实质上是语言的障碍，哲学的治疗力图拒斥形而上学的命题，而注重语义和语用的分析。还是维特根施坦说得好："哲学的目的是对思想进行逻辑澄清。哲学不是理论而是活动。哲学工作实质上是阐明。哲学的结论不是一些哲学命题而是使命题清晰。哲学应该使得那些晦涩、模糊不清的思想变得清晰和界限分明。"②语言哲学将形而上学的命题取消使文学批评处于尴尬地位，例如，在《心的概念》中，赖尔几乎将全部想象心理概念进行了清洗，他要求人们使用概念时需要格外小心。语言哲学对命名和命题本身的分

---

① 穆尼茨：《当代分析哲学》，吴牟人等译，复旦大学出版社1986年版，第320—384页。
② 穆尼茨：《当代分析哲学》，第216—258页。

析研究敲了警钟。惯于模糊的文学批评受到了挑战,语言哲学警告我们:当使用某一概念时必须有清晰而不含糊的所指,当提出某一命题时必须有周全的逻辑的考虑,至少,语言哲学使我们再次意识到批评的严肃性,然而,语言哲学的这种深刻革命在文艺学中似乎反响甚微。在《美学新解》中,布勒克借助语言哲学的方法清洗了常用的再现、表现、形式诸概念。结果,这种清洗,不但不能让人们对审美概念的理解准确,而且让人们对此更加迷惘。那些在具体语境中还比较清晰的概念也被布勒克清洗掉了,这显然是为了分析而分析。同样的悲剧,还发生在他的《原始艺术哲学》之中,结果,什么是原始,什么是艺术,思维整体中的直观把握被他弄得支离破碎。对传统命名的怀疑,是语言分析哲学家的纯粹兴趣,但摧毁人们习见的命名和语义指涉,导致思维的混乱,这亦是错误。我的文学批评命名观已经表明:既不赞同那种随意的命名,也不赞成对命名的随意肢解,而是力图以严格的态度命名,遵循逻辑与思想相统一的原则,并力图赋予命题和概念以普遍意义。这是命名观,也是一般的批评观念。

实质上,批评所进行的命名活动总是离不开专名和通名,专名通常是特殊命名,通名则是为人所普遍接受的命名,但总体看来,专名应该明确,不能含糊其辞。只有站在通名的立场上,批评才能舍末求本,直接接触思想事实,而不至于"得鱼忘筌","得言忘意"。当代文学批评的可悲事实在于:这种专名的不断衍生,而通名则较少形成。专名较少得到人们的认可,因此,专名的提出,批评可能一时热闹,但人走茶凉,批评的有效性成了无效性,经不起时间尺度的衡量。当代文学批评对文学思潮的命名造成文学的虚假繁荣,使读者对当代文学形成错觉和幻景,这既是某些批评家之失,也是某些作家之过。他们通常在一个小圈子里酝酿,然后,提出一个文学命名,再发动作家写作。这是颠倒了的事实,一般说来,批评命名总是在历史的维度中给新的创作现象以命名的,法国"体验派"这一专名的形成很能说明问题。[①] 当莫奈将《日出印象》和其他画家的绘画探索

---

① 朱朴编选:《林风眠艺术随笔》,上海文艺出版社 1999 年版,第 157—170 页。

作品放在一起展览时，人们看到了绝不同于现实主义绘画和古典主义绘画的新的笔法、构图和光彩处理，于是，一位批评家借"印象"一词来命名这一新流派。由于这一专名抓住了这一新画派的实质，所以，命名本身逐渐获得了人们的认同。一些作家与批评家在一起合谋，总是以新的命名来显示文学的进步，借以否定以前的创作，结果，当人们穷于应付这种所谓新的创作现象时，失却了对文学的本真理解和深刻认识。人们总是马不停蹄地探讨这些批评的专名的内涵意义，例如，什么是"后现代主义文学"，可能许多读者无法回答。当这些批评家所认可的"后现代主义文学"作品交给读者，读者并没有异样之思，这便是批评浮躁化所导致的悲剧事实。

如果把近 20 年的文学思潮变迁看作是相对确定的时空单位，那么，当代文学批评对文学思潮的命名大致经历了两个阶段：1985 年以前的文学批评对文学思潮的命名，大多从创作内涵入手，因而，文学批评对文学思潮命名的专名其实是通名的新的组合。例如，伤痕文学、大墙文学、改革文学、现实主义文学，接受者对这些专名的理解，通常是和特定的创作题材结合起来认识的，不过，当时的"朦胧诗"和"意识流"小说，已预示了后来的文学批评对文学思潮的命名的困惑。这种涉及本体形式的专名，理解起来通常十分困难。1985 年后，随着新方法论的兴起，新的小说作家群体和新的诗人群体各立山头，创立宣言，给自己的创作命名，于是，出现了虚假的繁荣，这实质上是一场文学批评命名带来的"语言的混乱"，并不是真正意义上的文学批评思潮。所谓非非诗派、达达诗派、新纪实小说、口述文学、寻根小说、后殖民地文学、留学生文学、新体验小说、新乡土小说、实验小说、后新时期文学、后批评、结构主义批评、解构主义批评、新批评，诸如此类的专名以天文数字爆炸。

这种命名新潮，使得文学批评和文学创作变得格外恐怖，那种"上午看书听报告、下午杜撰批评专名"的所谓沙龙文化或咖啡文化，使批评变得格外随心所欲，这是从政治批评中解放后的批评"狂欢节"。事实上，这种批评除了描述了部分历史现象之外，较少有新的突破和建构，批评的随心所欲性往往使文学批评的价值失效。客观地说,朦胧诗的讨论使批评建构起新的诗歌观念,意识流小说使批评意识到新的叙述方式的重要性,而寻根文学则进一步证实了乡土风俗题材的现代价值。据有关记载,"寻根文学"这一命名,是作家与批评家在杭州的一次座谈会上归纳总结出来的,由于围绕这一主题的小说作品成功的范例较多,因而,这一文学批评的命名在推动文学创作新思潮时所发挥的作用被人们逐渐默认。①

严格说来,这是比较成功的三次文学批评命名,之所以说这是三次严格的批评命名,是因为这三种命名都有比较宏阔的世界文学背景:"朦胧诗"的命名,使人学会了重新评价戴望舒和李金发的诗歌创作,使人开始重视意象派诗歌、象征主义诗歌和抽象派诗歌,这对于改变中国新诗创作的民歌化格局和口语化、通俗化格局起到了重要作用。朦胧诗是民间精神的发掘、对自然朴素的韵律和复杂韵律的重新领会,诗人不能满足于形式上的民间性,而失去了书面语言应有的歌唱旋律,所以,这一命名很值得重视,这是有世界文学背景的。意识流小说,也可作如是观。当时一部分作家极端敌视这种新形式,应该说,意识流概念的深入人心,其实也是文化革命的标志,这种新的叙述方式,新的思想方式,新的感觉方式给当代小说发展提供了契机,使当代小说发展重新回到"五四"文学的正道上来。这种"意识流"的方式,实质上是对民间性的反抗,因为民间性与书面文学的信息聚合之间构成尖锐的对抗。民间性强调听觉效果,而书面文学则强调视觉效果,而把两种不同文学效果混淆等同起来则是当代批评的误区。意识流小说观念就在于逃出了这种批评误区,还原了文学的复杂性。民间性的文学表达意向自然受到了书面文学的对抗,这种讨论也可以视作新文学观念革命。

"寻根小说"则选择的是魔幻现实主义、艺术原始主义、乡土文学和中国传统文化相重合的立场,这种多元因素的融合,是当代寻根文学产生了较大影响之深刻原因。寻根文学所包含的问题比较复杂,既有新旧观念

---

① 李庆西:《文学的当代性》,人民文学出版社 1991 年版,第 38—86 页。

的转换问题,又有原始生活方式的重估问题;既有乡村文化的再现问题,又有国民性的再批判问题;既有中华民族的根本精神问题,又有中国农民的精神重负和内心分裂问题;既有原始野性的弘扬问题,又有民间精神的重估问题,总而言之,寻根文学涉及原始思维、原始主义艺术、传统文化学、民俗学、生命哲学、文化批判、性心理学、弗洛伊德学说和魔幻现实主义等十分复杂的现实问题。正因为寻根文学包容的内容如此之广,加之中国文学中最优秀的乡土文学传统的发扬,势必使这种文学观念的提倡变得更为迫切而且极具现实意义。

文学批评的命名,对文学思潮解释的有效性,往往能够真正推动中国当代文学的发展,这说明文学批评对文学思潮的命名并非毫无价值,而是批评应该如何命名的问题。命名必须站在思想文化艺术革命的高度,其目的是推动文学的真正开拓和发展,而不应停留在各式术语的花样翻新之上。当文学创作和文学批评受制于市民文化时,文学批评对文学思潮的命名的随意性,不仅没有受到抑制,相反,进一步向抽象化方向发展,这便是"新"、"元"和"后"的泛滥。所谓"新批评""新现实主义""新纪实""新体验小说""新历史主义""元批评""元范畴""后现代主义""后新时期文学""后批评",似乎批评不带这几个字,就不会具有思想的力量。这是盲动,是误置,正因为从命名的立场来进行批评,因而,批评变得完全随意化。许多批评大量搬用德里达、福科,用新异的术语标明立场,其实内涵则异常空洞,根本就没有对艺术本身的体验、解读和分解,而满足于对解构主义大师思想的拆解,生搬硬套,使批评变得十分花哨,这是不正常的批评文化氛围。

2. 文学批评思潮的命名困境

文学批评解释的有效性和思想的有效性,便成为十分突出的问题,当然,满足于庸俗社会学的批评也是我所极力抗拒的,关键是,命名本身必须具有深刻的意义,而不能随意化。文学现象是极其复杂的,文学批评不可能对每一个别现象都给予命名,命名的随意轻率,是文学批评对文学思潮的"命名失效"的根源。在文学批评对文学思潮的命名的诱导下,批评变得越来越无主见,而在批评中,"主见",批评家的独立见解又显得如此重要,这就不能不令人深思。事实上,每一次命名,实质上等于给批评家自身设置了一重符咒。例如,《抱朴子》中很强调符咒的重要性,当人们进山去,出外去,或者在家里,为了防邪防魔防怪,通常都应画一特殊的符咒,据说,这种符咒对于制止鬼怪特别灵验,一旦符咒标出,鬼怪就不敢侵犯。这种符咒基于道家的特殊观念,从方士那里发展而来,富有神秘主义色彩。在道家的经典《抱朴子》和《太平经》等著作中,陈列了各种各样的符咒,其意义只有创作者自己知晓。批评家所进行的文学批评对文学思潮的命名,如果过于随意,除了显示批判特权和批评身份之外,就缺乏其他意义,当人们厌倦之时,便会自动地抛弃,这与道教的"鬼画符"的欺骗效果没有什么两样。为什么有些观念,人们始终守卫着,而有些批评的命名,却随时有可能被抛弃呢? 这便涉及批评的内在价值问题,因为文学不断发展,作家的创作不断变化,而任何命名皆有自身不可克服的缺陷,批评家不可能以偏概全,这样就始终跟着作家后面,不断地做出新的命名。这种命名,不仅肢解了作家的全部创作,也误解了作家的本真意图,因为当主体从批评观念出发时,便会为了观念而牺牲作品。削足适履,是许多文学批评对文学思潮的命名的通病。把并不相关或没有亲缘关系的作家硬塞进同一流派之中,必然导致对创作风格和个性的漠视。事实上,将一个时代的某一特定的历史现象和作家的创作联系起来,不可能做出具有普遍性意义的价值承诺,结果,便会漫无目的地流浪在文学的复杂现象中,失去了批评家独立的生存价值原则和生命哲学理想。因而,在文学批评对文学思潮命名的同时,更应深入到创作活动中去,这样,才能真正逃离文学批评对文学思潮的命名的语言符咒,否则,文学批评对文学思潮的命名只能提供错觉现象。① 文学批评对文学思潮的命名的混乱,并非只是中国当代批评独有的现象,这也是西方文学批评和中国古代文学批评

---

① 《钱中文文集》第一卷,第 277—304 页。

中存在的突出问题。西方现代文学的流派迭起,创作主张各异,完全是批评家和作家人为地强化了不同文学之间的差异,其实,从根本精神上和创作取向上,西方作家的创作并非如此复杂。文学批评对文学思潮的命名,在某种程度上,可以看作是创作衰败和思想衰退的垂死挣扎,当代西方哲学、文学和批评的思想混乱,直接影响到了中国当代的文学批评对文学思潮的命名。

从历史的眼光看来,文学批评对文学思潮的命名必须进行价值重估,当代文学批评对文学思潮的命名的最大缺陷就在于:让读者远离本文,通常因看不懂批评而失去了与作品的亲近。批评家所做的观念强化工作,使批评与作品之间出现了裂痕,批评应该最大限度地调动读者接近作品而不是远离作品。如何克服文学批评对文学思潮的命名所导致的混乱?最本真的选择,还是回到道家的立场上来,即"抱朴守真",唯其能抱着求实务实的批评精神,才能真正找到批评的位置和价值。批评并不是概念的演绎,任何外在的概念,如同美丽的衣服一样都是外在于人的,只有生命本身才是属于人的。批评自身,就是批评家的生活哲学、审美哲学,是批评家对生活与艺术的双重理解,只有抱着本原的求实态度,才会从批评中找到生活创造和生命体验的价值。古代批评的优秀传统就在于这种"抱朴守真"精神,对本原,对思想本身,对艺术本身的亲近,对生命本身的彻悟,是古代批评具有强大生命力的直接原因。古代文学批评,一直很重视开发这种生命的价值和审美的价值。集希腊思想大成的亚里士多德的《诗学》和集儒佛道思想精髓的刘勰的《文心雕龙》,皆是这种生命意义与审美意义合二为一的批评经典。亚里士多德对文学的批评命名,至今仍具有强大的艺术生命力,他将研究文学的精神科学称之为诗学,他的艺术分类原则根据文学的功能属性和文体特性综合分类,极具逻辑统一性。这便是抒情体文学、叙事体文学和戏剧体文学,这种分类原则,一直延续到今天,尤其是他的悲喜剧理论持续地延伸到20世纪。亚里士多德的分类原则和批评命名,遵循的是历史与逻辑相统一的原则,因而,这种建立在深刻思想基础之上的命名具有强大的理论生命力。与亚里士多德比较而言,刘勰则对文学科学的总体构思比亚里士多德系统深入,既从总体上给文学界定位置,又具体地探讨文学的类型和文学的形式规律、文学流变、文学的创作、文学批评和接受心理。他所遵循的文学批评对文学思潮的命名原则是现象归纳和历史综合原则,这种历史综合原则的最大特点是易于形成文化通观,建构完整的文体形态,不过,这种历史综合原则,正是文学批评对文学思潮的命名滥觞的根源。

刘勰在对文学的认识和文学创作欣赏的特点的分析上极有见地,但是,对于文体的认识却缺乏统一严格的逻辑标准,因而,他将非文学的书面文字形式也纳入文学体系中。对于文学观念的认识,只是现象的还原,缺乏历史与逻辑相统一的贯通,所以,他将诗、乐府、赋、骚等文学文体与谏、赞等非文学文体并置一起,削弱了文学的审美独特性。这种命名,使他对文学本性的认识缺乏系统性和深刻性,因此,刘勰的文学批评在命名上缺乏亚里士多德的逻辑统一性,实质上,展示了中西文学的两种不同理论体系。西方诗学中那种比较严格意义上的文学批评对文学思潮的命名影响了批评家的探索,他们力图从文学外部规律和内部规律的双重方向上,揭示文学的多元文化特征。现当代文学批评对文学思潮的命名的多样化,主要偏重于思想上的锐意探索,而诗学观念则一直遵循亚里士多德的传统,同时,他们的文学批评对文学思潮的命名通常建立在文学运动之基础上,诸如,意象派,象征主义,表现主义,魔幻现实主义都产生了较大的影响。① 当代中国的文学批评对文学思潮的命名,则显得过于随意化,不到十年时间内,批评的命名和归纳竟然如此,这不能不说是模仿、因袭、随心所欲的结果。批评家力图造成批评的生机勃勃,但这种命名实质上导致了文学的极大混乱。文学批评对文学思潮的命名是否有效,只能借助时间尺度予以评判。从时间观念来看,所谓的"现代"和"当代"是最靠不住的概念,从时间维度来说,"后现代主义"和"后新时期"这种命名,是批评家人为设置的障碍,因为任何现代时间都将没入历史时间中。"新"

---

① 《钱中文文集》第四卷,第 12—32 页。

与"后"这两个时间评判词本身,就是语言符咒,如果不是过于随意,过于崇拜西方批评的权威性,那么,这所有的命名就会更科学。当代人的内心状况和思想精神,在文学作品中,得到了出色表现,但复杂而又单纯、传统而又先锋的多元并存之文学现实,无论如何都难以用"后现代主义"一词笼括之。后现代主义,对于解构思维的强调有一定的意义,但是,对解构思维的消极影响却缺乏应有的批判性眼光,这只不过是少数人对当代文化和文学的命名而已。有人提出"新历史主义"和"新体验小说",其实,这所有的问题不过是传统的历史问题的某种翻版而已,既然时间尺度是检验批评是否有效的标准,那么,也应以时间尺度为原则来规范文学批评对文学思潮的命名。

拯救文学批评对文学思潮的命名的途径是返璞归真,回到本原的文学阐释方式上来,回到哲学思想文化观念上来,回到价值原则的确证上来,而放弃空洞而又浮华的命名。一个不可忽视的事实是:前些年引起轰动的批评家的文本,在今天看来,显得非常单薄。许多观念和命名又显得过于近视,"后之视今亦犹今之视昔",当前的文学批评对文学思潮的命名的主宰者,到底为当代文学批评提供了什么? 这不能不令人深思。像一些时髦批评家的许多长篇评论,今天看来过于背时,就在于文学批评对文学思潮的命名和政治批评的无效性。每当人遁入中国文学批评史时,尤其是置身于现当代文学批评,发现还是返璞归真、抱朴守真的批评经得起时间的推敲,相反,那种急于命名的批评处处显得与文学事实之间存在极大差距。这种批评原则,在古代诗歌、小说艺术批评方面,显得尤其突出。陈寅恪、闻一多、钱钟书和林庚的批评,就很能说明问题,他们对古代诗歌的批评很能经得起时间的检验,忠实于情感的批评和历史美学的批评的统一。陈寅恪以诗证史和以史证诗,是社会学文化学和历史学相统一的批评典范;闻一多的情感体验式批评之中,极大地表现了诗人独特的灵性,而钱钟书的批评则处处体现了文化智慧,林庚以纯洁、直白富有灵性的文字对唐诗所做的批评给予人的启示良多。他们的批评大多针对具体对象而言,较少命名,但具有特殊的艺术感染力。① 如何重估 20 世纪中国诗学或中国文学批评,必须有冷静而又理性的历史眼光。可以发现,那种占绝对数量优势的时尚性批评,已失去了创造性转换价值,相反,那些独立的具有历史文化精神的学术性批评越来越值得重视,其思想的生命力不容低估,因而,在 20 世纪文学批评史上,不可忽视的人物倒是那些严肃而具有创造精神的学者。时尚人物在历史时尚的追寻中失落了自己,自然也该让文学批评的历史速速忘记。

3. 文学思潮与批评命名的创新

文学批评就文学思潮本身所命的"名",如果经不起时间的检验,迟早总会死去的,例如,陈平原等提出的"20 世纪中国文学"概念,其实,就在于打破当代批评的显微镜式的命名方式,从而形成文化通观,而且,与西方文学批评的时间维度取得了统一,因为在时间尺度上具有较大的灵活性,从而跳出"解放初期的文学""文革文学"和"新时期文学"这种近视的时间区分所造成的阐释障碍。文学批评对文学思潮的命名,必须在历史维度中才能建立,鲁迅在研究中国小说史时,很注重文学批评对文学思潮的命名,但鲁迅的命名主要是为了抓住不同历史时期不同类型小说的本质特征。他将神话小说、历史小说、志怪书、传奇文、话本、讲史、神魔小说、人情小说、讽刺小说、狭邪小说、侠义小说、谴责小说分门别类地进行命名,一方面为了尊重历史事实,一方面是为了尊重不同时期小说的历史个性。借助独特的命名,勾勒时代文学的独特面貌,这种命名遵循主题学与美学相统一的原则进行,命名之后,容易为人所接受,因为他的命名跳出了时间维度又能勾勒文学的总貌,因而,这种命名一般是有效的,而且是成功的。这所有的命名,在古代文学史中不断得到证明,鲁迅对于现代文学创作,即便是自己的创作,也不乱加命名。如从西方角度来看,命名《野草》为散文诗,而从中国文学角度来看,将《朝花夕拾》等命名为散文,

---

① 　李咏吟:《诗学解释学》,第 313—330 页。

将《坟》等命名为杂文，这种命名适合于中国古代文体分类原则。在小说批评方面，鲁迅除了将"乡土小说"予以命名外，则较少进行其他文体文学命名，事实上，乡土小说的命名具有深远的历史意义。鲁迅的文学批评对文学思潮的命名，是在历史、美学、文化思想的高度上予以命名，因此，他的文学批评命名，通常抓住了事物的本质，而较少在短暂的时间跨度内归纳现象，这是极具现实意义的。① 看来，文学批评对文学思潮的命名是极其严肃的事情。

当代文学批评由于时间过于迫近，缺乏观照的距离，同时，批评家又难以逃出时间的约束，因而，当代文学批评所追求的科学性审美性历史性通常异常困难。怎样正确地评价当代文学是批评家苦苦思虑的问题，有的从叙事学、抒情学和文艺美学的角度去批评当代作品，这种批评视角通常较难把握文学的艺术特征，其生命力一般证明是比较强的。有的从哲学、文化的角度进行批评，这种批评特别容易受到西方现代哲学和中国古典哲学的影响。从西方哲学的角度来批评当代文学，总是显得牵强附会，从古代哲学的角度批评当代文学，通常又显得过于迂腐，缺乏时代价值，因此，许多人热衷于从哲学、思想、文化角度批评文学，但少有成功者。文学批评对文学思潮的命名通常更糟，在哲学与文学之间，有可以贯通的文学阐释道路，但必须要有真正的哲学思维才能进行。在 20 世纪文学批评史上，海德格尔与巴赫金，不仅是两位有独创性精神的哲学家，而且也是两位极具思想魅力的文学阐释者，前者对诗的阐释，后者对小说的阐释，显示了文学批评的最高境界。有的人则从心理学的角度来批评当代文学，这种批评通常融入了过多的主体性经验内容，因而，对生命的意义和生命的感受以及生存状态的阐发具有积极意义，给予人的启示也比较多。有的人从历史学和主题学的角度来进行批评，时刻抓紧文本，选择恰当的命名，以反映当代文学创作的总体面貌，此时，文学批评对文学思潮的命名通常难以深入。总之，用新的方法，新的价值观念来评判当代文学创作

---

① 《鲁迅全集》第 9 卷，人民文学出版社 1981 年版，第 5—17 页。

现象确实不是一件容易的事,因而,许多批评家急于命名,以造成某些文学创作的繁荣假象是必然的。①

真正的批评家必须是思想家,既要站在历史的视点上,又要站在时代的视点上,还要放眼未来,这样,批评才不至于偏离时代或逃离时代。在这一点上,俄苏文学批评家和法国文学批评家的探索很值得效仿,他们的批评家大多是诗人和思想家,因而,批评敏锐而又深邃,总有新的独创,从不满足借鉴异域民族的批评来为本民族文学批评命名,这是最自信的文学批评精神。巴赫金和德里达,之所以能发前人之所未发,开创批评的新时代,就在于他们不断进行思想探索,他们不满足于命名,而在乎从整体上把握批评的历史动向和现实动向。文学批评对文学思潮的命名的危害性已逐渐显示出来,这不仅指文学批评对文学思潮的命名的空洞性,而且包括文学批评对文学思潮的命名的僵死性。文学批评对文学思潮的命名缺乏文化创造和社会批评的活力就是明证。我们的时代有不少文学批评家关注对文学思潮的命名,但未诞生真正具有影响力和真正具有历史美学批评眼光的当代批评家。批评家必须从这种空洞的命名中逃离,一旦急于命名,默认文学发展的虚假事实,文学就会变得更加放纵。西方艺术家在观照中国批评界的现状时指出:"中国批评家过于客气了",的确,批评家过于客气了,硬要将孙甘露、格非等拉入到世界文学先锋作家之列,硬要将王朔、琼瑶、金庸视作中国当代文学的主流现象,硬要将苏童、余华纳入后现代主义文化背景中去讨论,批评当然会失去主体性和权威性。过于顺从当代作家的"创作惯性",而不能做出深刻的批评,这正是当代文学批评对文学思潮的命名的悲剧所在。

文学批评对文学思潮的命名,通常只有当前的批评眼光,而缺乏历史眼光,更不能将当代文学的历史变迁置入历史文化的理性观照之中,因而,当代文学批评对文学思潮的命名在关键时刻的缺席,对批评功能和批评价值的放逐,也就成了当然之则。文学批评家放逐自我使命,遁入命名

---

① 李咏吟:《通往本文解释学》,广西师范大学出版社 2006 年版,第 305—316 页。

的游戏之中，正是当代文化的深刻悲剧。什么时候，文学批评能建立起多元的平等的和谐的价值观念，能够引导文学的多元并行多向选择的格局，批评才能真正从文学批评对文学思潮的命名中自救。在这种和谐的文化秩序未建立之前，拯救文学批评对文学思潮的命名的唯一策略，就是返璞归真，抱朴守真，回到文学艺术自身应有的文化使命上来，回到文学的历史价值准则上来，这样，批评的命名不仅有效，而且具有文学史价值。

4. 文学批评的体验论与生命观

通过文学思潮与文学批评思潮的反思，我们发现：最好的文学就是不受思潮影响的文学，或者说，是能够开创思潮的文学；最好的批评就是直面文学自身的生命体验与审美解释，回到文学作品自身的本色理解，所以，在文学批评思潮的反思中，应该找到通往"体验论批评"的道路，而不能再拘泥于"思潮的追踪"。消解文学批评对文学思潮命名的弊病，在很大程度上，就是要回到文学自身。生命体验与审美体验的解释，在文学批评中具有重要的地位，原初的文学批评，立足于作品体验而不必借助诗学概念的解释，这种批评解释，将自己理解成创作者，即置身在创作语境中来理解文学艺术，以创作的经验来评判文学的思想价值和艺术价值。批评本身不受制于理论模式，解释本身是批评者感悟与理解作品的精神行程，所以，从理论意义上说，这一批评模式并没有确立具体的批评价值范式，相当于审美体验解释。正因为如此，"体验论批评"这一术语的形成，就是对这一批评现象的总结。① 不过，许多批评家把意义论批评和形式论批评视之为科学的批评，而将"体验论批评"视之为非科学的批评，其实，很有必要澄清这种深刻的误解，因此，必须对"体验论批评"进行价值重估。

体验论批评，在中西文艺批评史上有其悠久的传统，可以说，"本原的批评"几乎大多是体验论批评，中国古典诗论、文论和小说论、曲论皆如

---

① 吴甲丰：《对西方美术的再认识》，文化艺术出版社1998年版，第3页。

此,这种体验论批评源于对"本文"的鉴赏、感悟和妙解,因而,往往能够开发本心,表达出诗文独异之美。事实上,中国古代诗话、词话、曲话、小说评点是极其宝贵的文学批评遗产,不要小看那三言两语,它们往往直指本心,胜过长篇宏论。的确,"体验论批评"较少受到逻辑框架和理论定则之影响,由于重视那种本原的体验和直接的感悟,批评本身少有"浮词赘语",思想锋芒毕露,不加任何修饰,这种原本的批评给予人们沉甸甸又无限神秘的思考和体悟。事实证明,这种体验式批评魅力无穷又极具民族风格,其世界胸怀和民族精神,在体验论批评中放射出奇异之光彩;若无灵犀一点,就无法领悟诗文之滋味,体验论批评颇有独异之处,这是因为那零篇断简是"发自生命深处的歌声"。

　　正如前文所论,体验论批评的独异之处,特别表现在文体上。批评的文体,乃文章的自由象征形式,意义论批评和形式论批评在文体上崇拜科学范式。所谓科学范式,即严格地遵循思想的逻辑,因为论点的引入,论点的提出,观点的证明,文本的分析和结论的升华,皆有其严格的思想运行轨迹,这种科学性批评,一般采用亚里士多德的逻辑三段论,因而,从某种意义上说,批评的文体决定了意义论和形式论批评的局限。这种论证性的文体,往往是先有一整套思想观念,即对文学艺术形成根本的理性认识,这种理性认识通常在批评中先于感性认识而存在,或者说,阅读作品,只是不断地在印证某种理论,某种美学学说的正确性,这无疑是用固定尺度去衡量创新性个人性作品。因而,这种从观念出发,从创作规律出发,从美学思想出发的批评,通常令文学艺术家极为反感,因为文学创作的复杂意识、创新意识和多元意识,不可能贯彻在文学的创作规律之中。永远无法以一般去概括个别,因为文学创作的"这一个"无法用理想尺度去衡量,意义论或形式论批评,在强调批评的科学性同时,往往失去了对文学艺术的本原的生命直观。由于体验批评的成功范例,大多是作家,因而,可以专门就作家的批评来探究这种批评的真谛。

　　作家式批评,在文体上大有不拘一格的气派,因为他们从根本上就不信奉什么文艺学、文艺美学、诗学、叙事学,他们在作品、生活和想象的世界中飞翔、感悟、判断,相信在生命活动中所发现的真理,相信在审美体验中发现的真理,较少受到文艺理论观念和美学观念的束缚。[①]　他们往往不抱成见,顺从生命的直感,奔向作品,表达出心灵的感悟和心灵的历史,通过情绪记忆的方式来完成体验论批评。这种情绪记忆,是充满感情的,贯穿着丰富生动的生活图画,充满生命力感和强力意志。正因为如此,体验论批评的文体极为活泼自由,而且,没有一点科学性意味,因为那是源于生命,发自生命的诗章,那是生命体验的审美爆破。其中蕴含着体悟不完的美,感叹不尽的情思,因而,这种体验论批评具有很高价值。[②]　这些体验论批评,在文体上极端随意自由,非语言艺术之高手,做不出这等绝话。体验论批评在文体上的自由,对批评家实质上提出了更高的要求。如果说,科学的批评有章可循,那么,体验论批评往往是灵性感悟之绝品,无迹可寻,不可重复。这种文体的自由,实质上,源于思想的自由或源于审美的自由。体验论批评之文体,切近随笔和散文,因而,它莫名难状且极端自由,而且,源于生命直感的体悟、思想必须找到这种自由的文体。

　　文学批评文体的自由,实质上,出于思想的自由。体验论批评家大多有其独异的生命体验,在《批评的灵性》中,张炜指出,批评家如果不是艺术家,"我们彼此就站在了两个世界里","他不是诗人,可是他在严厉地裁决诗章,千篇一律,怪腔怪调又严肃得可怕","没有感悟,也没有灵性","只有一位真正的诗人才可以充任批评者的队伍"[③]。"体验派批评"特别强调切近生命本原,而不是从观念出发。体验派批评,喜欢就生命现象本身质问,在体验派批评家眼中,只有"活态的"生命现象本身,对这种原生的生命现象的体察和感悟往往成为批评的出发点。张炜的《融入野地》很能说明问题,他说,"无数的生命在腾跃,繁衍生长,升起的太阳一次次把

---

①　《罗丹艺术论》,沈琪译,人民美术出版社 1962 年版,第 16—32 页。

②　例如,张承志的《美文的沙漠》,莫言的《我的故乡和我的小说》,张炜的《融入野地》,池莉的《写作的意义》,韩少功的《夜行者梦语》,王安忆的《岛上的顾城》,贾平凹的《四十自述》,王蒙的《风格散记》。

③　张炜:《随笔精选》,山东友谊书社 1993 年版,第 124 页。

它们照亮。""我所追求的语言是能够通行四方,源于山脉和土壤中的某种东西,它活泼如生命,坚硬如顽石,有形无形,有声无声。""它就撒落在野地上,潜隐在万物间。""在我投入的原野上,在万千生灵之间,劳作使我沉静。"这样的批评,是反思,是警醒,是灵魂的自语,是神智的独白,富有创造性,给予人们以启示。它不再是某种孤单寂寞的东西,而是温暖人心的"灵示",这种创造性的话语,源于灵性的话语体验,胜过烦琐的历史证据。它必须充满真性情,必须是发自灵魂的声音,因而,体验式批评从生命的沉思引发。无边的情绪记忆,所有的生命情景,皆在心灵复活起来,对批评对象本身有透明的诗意领悟。情绪记忆,关联着万千种生命景象,等待着喜悦,等待着对话和独白,一旦情绪记忆敞开,生命的全部历史也就富于启示的意义。体验式批评关涉的情绪记忆,注重就写作意义本身进行质问;体验式批评之所以意义重大,最重要的原因,便是对写作意义本身进行质询。本来,写作是生命活动,其意义不言自明,但恰好是这种"自明性"造成了写作的困境,因此,必须"追问写作意义本身"。在池莉看来,写作本身首先是生命活动,其次是生活发现,即没有对生活的发现和思考,写作也就失去了意义,写作"确证着"作家的自我本质力量。写作必定是有意义的,为兴趣写作,为游戏而写作,为钱而写作,毕竟偏离了写作的本义。在大多数作家看来,写作是对自我生命的塑造,是对生命秘密的显示,是对生命价值的体验。在写作者看来,必须面对拂之不去的生活疑问,必须为生命本身找到某种解释。这是一条漫长的苦旅,"语言表象所遮蔽的真实纵深,总是被不断揭发出来,令言说者大吃一惊"[1]。不同的作家,对写作的智慧追求有不同目标,但探索生命的神奇,这一点有共同之处,的确,"艺术与心灵的活动连接在一起,生命的激情融化了一切。人物的根脉可以深植泥土,人物的灵魂可以融于万物。心界是我们已知的最大的一个世界。这个世界里,有着无法预测和感知的全部奥秘。""我想,人格的力量最终还是表现在关怀巨大的事物上,只有无私的人才会将

---

[1]　韩少功:《韩少功随笔》,上海知识出版社1994年版,第5页。

一腔心血花费在探索终极隐秘之上。只要有了那样一颗心,就可以做出各种曲折的表达来。"①只有明了写作的意义,写作的信念才不至于动摇,因此,体验论批评,关心生命本质和生命自由之探寻,因为真正的作家往往会感到生命探索的艰难。生命的本质是什么? 有的作家倾向于从神的角度去理解,坚信神不在异国,天国在我心中。② 有的作家,倾向于反抗荒诞和酒神精神,那从生命深处表现出的强悍之力向四周放射,就是自由之美。有的作家,倾向于对历史的透视,写出那历史中的生命真实,写出历史生命的当代意义。生命应该显示勃勃生机,放纵而又自由,生命应该充满美丽的霞光奇彩。生命不应受到压抑,生命中不能容许卑污,生命中必须对抗黑暗,生命中必须充满希望,因此,必须写出那些有生命价值的人物形象,必须写出有生命的语言。"土地的语言是久远深长的,特别广阔的,谁能沾上一丝一毫它的气味,那都预示着永恒。""没有语言可以模仿和造就千万种声音而不相互重复,也可以只传递出永久的声音而不使听者感到单调。"③因此,建基于这种生命体验和生命哲学基础之上的批评,就具有了神奇的力量,所以说,体验式批评源于生命直感,达于生命的神圣和庄严,必然充满无穷的力量,最终,超越无心的机械的冷漠的批评,拨动了人们心灵的和弦。

5. 体验论批评与审美价值确证

体验式批评,在本质上就是诗性批评,是创造性的批评,是生命哲学的诗性表达,是美的散步,是自由的歌声,因为只有独异的灵魂,才能创造出"体验论批评"的奇迹。之所以说体验论批评更为切近艺术的本源,就是因为作家独有的创作经验、审美经验和生命经验在艺术对象中能够高度契合。体验式批评,有其基本的前提,即源于独有之审美经验。事实上,体验式批评的审美经验,与常人的经验有很大不同,他们能在平凡处

---

① 张炜:《随笔精选》,第68页。
② 列夫·托尔斯泰:《天国在我心中》,上海三联书店1990年版,第10页。
③ 张炜:《散文精选》,山东友谊书社1993年版,第211页。

发现神圣,能在众声喧哗中发现危机,能从新异怪诞中发现未来艺术形式。体验式批评家,皆重视审美经验的总结和发现。个人的智慧极其有限,即便是天才,如果不深入探究历史,不接触历史经典,不与古人和今人进行心灵对话,内心的创作火焰很容易熄灭。审美的视界,毕竟是有限的。在许多人心目中,天才喜欢读"无字天书",而实际上,天才也要接受经典。鄙薄伟大作品的作家,只能说明自身的浅薄无知。在《读在泰山》里,张炜写道:"我眼里的好书大致有三种:一种是精致的书,另一种是大气的书,第三种是奇异的书。""精致的书",一般都写得诗情荡漾,有情致,有韵味,有独到的思想。"大气的书",才是真正地教导读者怎样成为最有力量的人。"给你探索的活动和勇气,给你生存的决心和意志,让你毅然地投入创造和追求。""奇异的书",不是一般的新颖和别致,而是奇特到了深邃。① 在读《热什哈尔》时,张承志写道,"民众与国家,现世与理想,迫害与追求,慰藉与神秘,真实与淡漠,作品与信仰,尤其是大迎送的日子和人的心灵精神,在一部《热什哈尔》中,都若隐若现,于沉默中始终坚守,于倾诉中藏着节制。""愈是采用更多的参考文献,愈觉得这部书的深刻,愈是熟悉清季回族史和宗教,便愈觉得这部书难以洞彻。这不仅仅是一部书,这是被迫害时代的中国回族的形象,是他们的心灵模式。"② 正因为体验论批评家对艺术品有其独特的审美发现,因而,他们的批评给予人们的启示也就丰富生动。

在体验论批评家中,我想特别指出其中两位重要的代表人物,即王朝闻和王蒙。可以肯定,他们两位的心灵悟性极高,因而,在评价艺术作品时,其审美经验显得生动丰富。在这种体验论批评中,我们看到的是批评家的"妙心"和"妙赏",他们引导人们发现作品中独异的美。他们的批评较少引经据典,较少边缘性探索,而是从生命直感和审美直觉出发,例如,评判《红楼梦》的创作本身,他们坚持体验论的理解。这里,既没有版本考证也没有红楼家谱,既没有烟酒茶的文化常识也没有无聊的争议,只有

---

① 张炜:《散文精选》,第 187 页。
② 张承志:《荒芜英雄路》,上海知识出版社 1994 年版,第 98 页。

"妙心"和"妙赏"。批评家以其独有的智慧带领进入红楼梦那奇妙的世界之中,让人去体验曹雪芹的艺术创造力和艺术生命力,让人去和曹雪芹笔下的人物作深情的交谈,让人去理解专制时代的青年的心灵痛苦,让人去理解生命的压抑,生命的悲哀,生命的悲喜剧,生命的无常和神秘,让人去理解生命的哲学,让人去领悟生命的真理。曹雪芹的心灵世界,仿佛被王朝闻和王蒙彻底打开了,那是新鲜而又独异的体验,聪明的读者会借此重新遁入《红楼梦》世界,去洞悉所忽略的美,这种美的启示,是任何考证,是任何文化批判所无法达到的。

从生命体验与审美体验意义上说,王朝闻在人们心目中是个"美学家"。他不是那种运用术语构造美学体系的美学家,而是一位顺从生命直感,把握审美直觉的艺术家,是体验论批评家,这是"艺术家的美学",正如《罗丹艺术论》一样,王朝闻是一位带领接受者去领略美的胜境的高明艺术家。他的《会见自己》《雕塑雕塑》《审美谈》《论凤姐》《一以当十》《新艺术论》所提供的,皆是这样的范例。他完全沉醉在艺术对象中,对艺术品的强烈生命体验,浸透着诗性的激情,他对画,对雕塑,对戏曲,对诗文,对小说,对音乐的深情体验,显示出博大的宇宙般的境界。如果要从他的体验论批评找出一套理论范畴体系,那么,你一定会大失所望。他是一位完全浸泡到艺术之中的体验论批评大师,也许正因为他怀抱着对艺术的无限深心和情致,所以,才能那么强烈地感受到艺术美。当他被艺术所征服时,那心灵的话语就像淙淙的清泉喷薄而出,《论凤姐》中所选取的一些小标题,完全可以称之为"美的眼睛",它使灵魂获得了某种震惊,使迟钝了的审美鉴赏和审美判断力得到了振奋。王朝闻有特别的神力,能从纷乱的文字中拣出黄金,这是一双敏锐的慧眼的审美发现。王朝闻尽管力图用马克思、黑格尔的艺术辩证法来分析这些问题,但这种理论框架其实完全融合在体验式分析中,并不占特殊位置,只有他那独有的鉴赏力在体验论批评中沉浮。我们很少看到有批评家像他那样对一山一水、一草一木、一画一景充满如此的深情,他无疑是 20 世纪中国最有影响力的体验论批评大师。体验论批评并不排斥理论,并不排斥哲学,而是艺术化的哲学,审美化的哲学,是生命的彻悟。

王蒙则是另一位有影响力的体验论批评家,他解《红楼梦》别具一格,解李义山别具一格,解当代作家皆别具一格。他的体验论批评,甚至超过了其创作影响力,他说:"《红楼梦》对于我这个读者,是唯一一部永远读不完,永远可以读,从哪里翻开书页读都可以的书。同样,当然是一部读后想不完、回味不完、评不完的书。"①王蒙的体验论批评,写得极快,极自由,想写就写,想说就说。在做"体验论批评"时,王蒙比其长篇中篇短篇小说之创作更为随意和自由。王蒙的体验论批评,好突发奇想,极具戏谑性情调,那种幽默智慧和悲剧式体验,奇妙地融合在一起。在《天情的体验》中,王蒙就宝黛爱情所作的"生生证悟"极具灵性,那是何等雄奇、泼辣、惊险之文字,那是何等恣意、自由散漫之判断!心灵在这种自由体悟中完全敞开了,没有任何神秘,也没有特别庄严。正因为如此,他才为李义山之雨所动,在《雨在义山》中,他写道,"当他写诗的时候,一方面可以说与红楼、雨、飘零、灯、冷以及阻隔而又寂寞的心情亲密无间,体贴入微,另一方面却又以审美主体的身份君临于这些对象之上,自问自答,自怜自爱,自思自感。美的体验成为美的陶醉,美的享受,成为诗的灵魂,诗的魅力,诗的色彩。"②能写出如此神性激扬的文字,怎能不沉醉在艺术的生命体验之中。王蒙之所以能如此独异地发现了艺术的美,除了他的丰富的审美经验之外,还有他的创作体验和生命体验的契合。

体验论批评最为重要的一个方面,是把作家全部生命体验表现了出来。当作家有长期切身的创作体验时,他对生命体验和审美体验就有独到的美的悟性;这种悟性,不仅决定他能进行智慧的创造,而且能引导他进行美的发现。他能从古代或当代作品中,一眼便发现艺术的秘密,一眼便洞悉独创的价值和意义,对于杰出的作家来说,他的体验论批评,不仅

---

① 王蒙:《红楼启示录》,生活·读书·新知三联书店1993年版,第12页。
② 王蒙:《风格散记》,人民文学出版社1993年版,第196—210页。

欣赏同类,更为欣赏异类。① 当人们沉醉于传统中时,他们已趋向先锋;当人们对先锋艺术漠视时,他们已预言未来世纪文化的前兆。体验论批评必须重视创作经验,因为这种私人体验寄托着作家的全部智慧,包含着作家的酸甜苦辣。他们创作出优秀的作品,因而对作品判断就有了高品位的判断力。他们较少随意吹捧某一作品,也不"骂杀"某一作品,而是出自深情地赞叹和解析某一作品,他们的慧心独运,因而,在他们的体验论批评中自然寄托有奇美的文字。这就是智慧、正义、优雅、高贵。如果体验论批评中缺少这种东西,那么,这种批评就毫无意义。为此,人们不仅欣赏昆德拉的《小说的艺术》,也赞叹鲁迅先生的《中国小说史略》和《汉文学史纲》;不仅欣赏韩少功的《夜行者梦语》,也赞颂张承志的《荒芜英雄路》。韩少功评史铁生时写道:"他是一尊微笑着的菩萨。他发现了磨难正是幸运,虚幻便是实在,他从墙基,石阶,杂树,夕阳中发现了人的生命可以无限,万物其实与我一体。"对此,我们怎能保持心灵的平静,而不为他出色的体验式批评所激动。

体验论批评,正是以这种通达的人生感悟和生命体验,发现批评对象的奇异之美,这是世界之美,这是灵魂之美,这是精神之美,能够遭遇这样的批评,是读者的幸运,是作家的幸运,是文学的幸运。艺术、生命、历史、社会、未来应该融通为一,体验论批评,打破了其中的界限,一切皆自由敞开,让我们听到生命深处的歌声和神秘体悟者的"独语"和"慧悟"。体验论批评,以审美经验、创作经验和人生体验来"解读"文学作品,文学批评也因此而具有新异的面貌,这是思想的契机,是拯救文学批评危机的可靠途径。我们呼吁批评家,一定要从单纯的批评思潮中觉醒,贴近生命本原吧,贴近艺术本身吧,批评定会产生新的思想与艺术活力!

---

① 雨果预言波德莱尔的《恶之花》将带来整个世界的震撼,就说明这位杰出的体验论批评家具有神异的判断力,鲁迅对殷夫、白莽、柔石的作品之评价,显示出:体验论批评文字就是诗,就是诗化哲学,就是生命的"圣经",因为批评家有其独异的创作体验,对作品的美也就具有奇特的敏感性。

6. 文学批评的生命自由主义原则

　　体验论批评中确实充满了奇光异彩,在学院式批评中,我们获得的是大量的文学知识,批评家可以"如数家珍"地叙述创作者的经历,作品的流布和版本,除了知识,还是知识,这些知识,使你对批评家的博学感到敬畏,但是,你找不到照亮你心灵的只言片语,找不到令你感动令你梦绕魂牵的语言提示,找不到令人沉思遐想的智慧低语。体验派批评则不同,有关作品之外的身世家谱,创作年代,文字脱漏,他们可能知之甚少,甚至会发生误读,但是,他们最贴近作品,最注重心灵感悟和体验,艺术作品之性情被批评家解说得灵动飞扬。其实,有必要认真地反思一下学院式批评的真正价值。有人相信考证和年谱可以不朽,难道它代表着真正的批判精神,批评难道应该是历史编年和生平考证? 不可否认,这种考证和年谱有助于批评,但它决不代表真正的批评精神,"数风流人物",还看"体验论批评"。王国维是不朽的,宗白华是不朽的,体验论批评具有无比重要的价值。体验论批评源于生命直觉,洞察艺术独有的美,更为重要的是,它能点燃创作的激情,促发读者去建构一片诗性天地。诗性天地的建立,源于生命的激情,源于艺术体验,源于审美体验,源于价值的体验,张炜认为,"体验"两个字,反映了很内向的精神色彩,"体"是身体,是感觉的起码条件,是血肉之躯,是眼耳鼻舌身的总和。身在动,在感觉,身体的全部在移动,在接触,而"验"是经验,是试验,是个过程,躯体一动,一接近,来了各种复杂的感触,这一过程就是体验。这个词,充满了觉悟,妙悟,领悟,参悟的意味。[1]"应该懂得从土地上寻找安慰,寻找智慧和灵感。原野的声音正以奇怪的方式渗透到心灵深处,细碎而又柔和。""漫漫的,徐徐的,笼罩了包容了一切。"[2]批评,就应该如此引发生命的激情。

　　批评不只是提供知识,也不只是提供历史判断,更不只是对本文的客观解析,应该是对创作的生命价值之证悟,对生命之美的深度把握,对创

---

① 　张炜:《散文精选》,第212页。

② 　张炜:《散文精选》,第33页。

作激情的自由点拨，促成生命能量的释放和燃烧。体验论批评，必能引发对本文的阅读兴趣。文学本文，数不胜数，这就需要评价和发现；真正的批评家和接受者总有所钟情，也有所选择，而不是把爱"伸向"每一片绿叶。正因为接受者的视界是有限的，所以，特别需要批评家的不同"发现和点悟"。体验论批评家将自己发现到的美，体悟到的美以诗的语言表达出来，引发人们的创作激情，引发人们的阅读欲望；不能激活读者的创作激情和阅读欲望的批评，绝不是真正的体验论批评，因为独特的体验论批评是激发人们阅读欲望的兴奋剂。例如，王蒙的《读"天堂里的对话"》，足以煽动我们对残雪作品的阅读欲望；他之评价《北方的河》，更足以激发阅读张承志作品的强烈欲望。这就是体验论批评的魅力，它不是为了全面地评判作品，而是出自生命直感，表达那种"体验和慧悟"。同样，韩少功的体验论批评也极具魅力，在《灵魂的声音》中，他试图激发对张承志和史铁生作品的阅读欲望。只有激发读者的阅读欲望，参与到文学批评中去，才实现了对话和交流的目的。

从某种意义上说，我们对昆德拉作品的阅读欲望，就是由韩少功的体验论批评所激发起来的。体验论批评的巨大诱惑力，把诗歌和小说的阅读欲望调动到了极限，洞悉了艺术的奇美，超越了一切纯粹的知识性科学性批评范式。体验论批评，揣摩了创作的神秘智慧，你可以通过体验论批评了解作家的所思所爱，理解作家的创作取向，了解作家的思维偏向，这也使得意义论批评乃至文艺心理学和比较文学批评有了客观依据。在这方面，莫言算得上是坦诚的体验论批评家。在《我的故乡与我的小说》中，莫言最为清醒地揭示了他的小说创作与故乡的精神联系。[①]他的体验论批评告诉我们，作家必须珍重那种独有的本原的故乡生活体验，那是作家不竭的生命源泉。在《话说福克纳这个老头儿》中，他仿佛真正理解福克纳创作的心智秘密，这给予他许多生动的启示。在一系列体验式批评中，他强调作家要有"天马行空"的狂气和大气，要敢于往"上帝的金杯里撒

---

① 《当代作家评论》1991 年第 4 期。

尿"，并视之为英雄的壮举。莫言虽较少写关于波德莱尔的文字，但可以想见，莫言对波德莱尔心领神会，有其特异之体验，倘若要他进行体验论批评，我想那一定是绝美的故事和篇章。体验论批评呼天叫地，震撼山岳，搅动海洋，具有雷霆万钧之势，这是生命的批评。只要透过体验论批评，就可以看到作家也有"常师"，张炜关于陀思妥耶夫斯基和托尔斯泰的解说，正是作家心领神会的创造。与莫言相比，张承志更有煽动性，他可以让你对凡·高无比崇拜，可以让你对鲁迅充满敬意，可以让你膜拜《热什哈尔》，让你崇信"哲合忍耶精神"，这就是批评的力量。在这种赞美中，你也会充分体验到张承志的精神意向，他的创作激情，正是源于对他所激赏的对象的理解，源于生命的无比激情和审美冲动，源于清洁的精神和崇高的理想。人们深深地为这种体验论批评所感染，并借助这种批评"真正理解"作家。作家被这样的批评家所理解，就是幸福；作品被这样的批评家评判，就是幸运；杰出的作家正是遇上杰出的批评家，杰出的作品正是得益于杰出的阐释，才光耀于文明的历史。例如，萨特之于福楼拜，海德格尔之于荷尔德林，张承志之于鲁迅，皆是光辉的范例。诺贝尔文学奖的批评准则，也可以视之为体验论批评，体验论批评道出了神奇，激起了无边的想象和审美冲动。

体验论批评的最大价值在于：激发创作冲动和审美想象，调动人去创造生活，创造艺术，确证自我的生命价值，追寻美妙奇特的人生，理解复杂荒诞而又独异的生命。劳伦斯大胆宣言，"哪里有生命，哪里就有性。""整个生命世界，可以也只能通过直觉而为我们所感知并享有。""美是体验而不是别的什么。""只要它存在着，这性之火，这美与愤怒的源泉，它就在我们体内无法理喻地燃烧着。"他在评价惠特曼时，用诗性的文字写道："所有的灵魂都在大路上行进，满载着彼此承认的欢愉。当一个灵魂遇见比自己更伟大的灵魂时，它会十分乐意接受那更伟大的灵魂，满怀欣喜地崇拜那更伟大的灵魂。"[1]批评不是目的，批评就应该点燃生命的激情，点燃

---

[1] 劳伦斯：《性与美》，于远红译，上海知识出版社 1989 年版，第 205—221 页。

创造的激情。如果体验论批评能够让人热爱生命，崇拜生命的神奇，赞生命，那么，它就具有无比重大的价值。批评与创作应该钟情于这种生命的灵性，应该崇拜生命的那种神奇，人们不应在杰作面前保持沉默，也无法在沸腾的生活面前保持平静。展示生命的力与美，贡献和发掘人的全部智慧和潜能，人们被"体验论批评"所激动和感染，不断地与伟大的心灵对话，不断地回忆生命的历史，于是，每一个人的语言潜能，体验潜能，亟待开发。当你把生命消耗在无益的文字游戏和枯燥的历史往事之中时，实质上是在亵渎生命，或者说，是在背叛生命。每个人皆有那份"灵心"，皆有那份灵性，皆有那种神授，为什么不发出自己独特的声音！世界需要这种独特的声音，人类需要这种独特的声音，生命更渴望这种独异的歌唱。

真正的作家，他们没有违背神圣的使命，他们用自己的心灵，用自己的智慧去创作去判断去体验那无比奇妙的美。真正的体验论批评家，往往是那些独创性的思想家和艺术家，所以，尼采的声音，永远在时空中回旋，"你应当追求柱石的道德，它愈是高耸，就愈是美丽、雅致，但内部也愈是坚硬、负重。是的，你高超的人，有一天你也应当是美的，并且临镜自赏你的美。"体验论批评，必然带来新生命的神奇，因为体验论批评是继往开来的批评。当学院派批评走向语言游戏，走向考据，走向衰落时，人们呼唤体验论批评。学院派批评，代表了另一价值取向，代表的是另一批评的智慧，在其根本取向上，学院派批评与体验论批评之间，有着根本性冲突。体验派批评呼唤批评的灵性，批评的激情，批评的自由，这是多元化批评共存的时代。唯有多元化批评，才能维持时代文学与时代思想内部的健康。如果说，文学批评思潮的形成得益于哲学思潮和文学思潮，并且只是对这两种思潮的图解，那么，文学批评真正应该坚守的，不应是对文学批评思潮的追踪，而应是对本源的生命体验与审美体验批评的回归。我们应该置身于文学思潮、哲学思潮和批评思潮之上，寻找纯美而自由的人性，这才是文学批评对思想与艺术真谛的把握。

第四节　西西弗斯:先锋批评与文学批评内部的思想转型

1.先锋批评与先锋派文学

在《置身于阳光与苦难之间》中,加缪重温了古老的"西西弗斯神话",他看到了人类生活的种种努力不过是永远不断进行的无益的劳动,他正视了人类生活的无限反复的生命困境。其实,文学批评亦如此,批评家永远重复西西弗斯的艰难而又找不到答案的劳动,只知道永远挑战自身,永远追求创新,并不在意目的本身。创新的虚假要求,使得先锋性文学艺术实验总是具有它那独有的反叛价值。文学批评内部,永远充满着无休无止的思想斗争,先锋文学批评思潮,在响应先锋文学的同时,也对传统文学批评构成最直接的挑战。应该看到,"先锋"是相对性概念,在很大程度上,往往成了"锐意创新"的代名词,带有敏锐性、探索性、反抗性和预言性。不过,"先锋",永远只有在历史性与时间性语境中才能成立,此时的"先锋",在彼时则是"历史"。从某种意义上说,"先锋批评"推进了文学的进步和发展,推动了文学思潮的形成,传播并确证了新的审美观念和价值观念。

在特定的历史时期,先锋批评的时代价值与精神危机,是同时并存的。一方面,先锋批评总是与传统批评相对抗,开创新的批评方式,传达新的文化观念,支持新生事物,促进艺术家的锐意探索。先锋批评家总是不畏艰险,披荆斩棘,迎接新艺术的诞生,这种批评,促进艺术在形式上常新。另一方面,先锋批评易于走极端,为反抗而反抗,把一切新生的事物都看成是最好的,这样,在审美判断过程中,不可避免地形成错误的判断和观念误导,因此,方法论上的局限和思想价值原则的局限,赋予了先锋批评不断读解拙劣的试验作品从而使解释本身失效。"先锋批评",并非是那种借用新名词新观念造成陌生化效果的批评。真正的先锋批评应该是有预见、具有进步倾向和反抗一切堕落和精神危机的批评，但是，那种伪先锋批评和真正的先锋批评，"生活在同一片天空之下"，要想对先锋批评做出真正的估价和判断，必须选择文化、哲学、心理学、美学和艺术学等多元视角，同时，还必须联系先锋批评的实际操作及其对当代文学创作的思维偏向所造成的社会效果来加以分析。

这需要追问：先锋批评意味着什么？先锋批评首先意味着发现，只有具备发现力的批评，才能担当得起先锋批评的任务，而批评的发现，意味着批评家在文学的历史视野中对文学独创性的发现，意味着批评家洞察到艺术家的内在灵魂，还意味着批评家透视出人类的精神危机及其解救策略，更意味着批评家预见到文学艺术对现实社会的积极推动作用，同时，也意味着批评家迷醉于文学艺术创作中表现形式的新奇独创。先锋批评必须有所发现，有发现才有独创的批评，才是真正有价值的批评。塔迪埃说："批评照亮了以前的作品，然而不能创造它们，它主导着它们，却无法产生出堪与它们媲美的新作品：它是亚里山大港的灯塔。"[①]这一说法是很形象的。先锋批评的艺术发现，并不是一件容易事，最为有力的干扰来自传统批评。从接受理论的角度来看，传统批评与接受者之间，有习惯的亲和性。当人接受了习惯性的礼法，也就自觉地认同乡规并入乡随俗，这根源于"以不变应万变"的古训。因此，固守祖宗遗传的家规，恪守传统的经济伦理和文化信仰，能长久地保持内心的平和，进而形成消极退避、全生保身意识。蔑视新法而墨守成规，曾经是传统中国社会亘古不变的文化心理，这种接受意向的形成过程，是日积月累的，要想改变这种接受意向，不能一蹴而就。当然，这种传统的接受意向并非不可改变，从外在的思维观念的革新来看，自"五四"以来，中国人的文化思维发生了巨大的革命，但是，从内在生命观念和社会思维来看，中国人的日常思维和社会意识并未真正得到改变。能够不断改变生活观念，以适应日新月异的

---

① 塔迪埃：《20世纪的文学批评》，第9页。

社会变革,但内在的深层文化心理结构却很难得到真正的改变。这种奇异的矛盾,导致中国人的思维意识的实用化倾向或感性冲动倾向;坚持传统与打破传统,就分别成了传统批评与先锋批评的立场。传统文化批评或文化价值信仰的势力极其强大,这种传统势力的形成,不仅是借助文化传播和文化控制实现的,而且是借助政治势力、军事势力、法制势力和经济势力得以强化的。

就文学批评而言,这种传统批评倾向具有哪些特点呢? 传统批评立足于道德主义的批评,在孔子那里是"思无邪",在朱熹那里是"以理制情",在近代则是"文以载道",无论怎么变革,传统批评始终重视文学的教化功能,因此,文学批评中始终高悬道德主义理想,批评者在文学批评中自觉守护着的人伦人性。这种道德主义批评,主要是儒家哲学思想观念的体现,人生活在社会中,就必然坚持对社会道德伦理的维护。孔子的道德教化,主张仁和礼的结合;孟子则着重发挥孔子关于仁的学说,并把仁和义结合起来,视仁义为最高道德理念。这种"比德"的批评,在传统批评中占据主导地位。① 先锋批评的思想活力,来自于外来的思想,只有外来的思想才能突破固有的惯性,给予人们别样的体验。现代中国文学史的先锋性试验,皆是对外来文学思潮的强有力回应。先锋,就是挑战传统,就是挑战惯性,就是面对不确定性,勇敢接受叛逆性原则的启示。其实,先锋并非总是将文学或人生带入"生命的坦途",相反,我们可能在先锋中陷入生命的根本性困境。先锋文学思潮,是要在文学创作上标新立异。先锋哲学思潮,是在思想价值观念上标新立异。先锋批评思潮宗法先锋文学思潮与先锋哲学思潮,所以,也是对时尚或外来文化的最强有力的回应。这对于挑战传统社会观念,挑战不成文的文学创作程式,特别是挑战社会生活的伪价值信仰和虚假的生活理想或愚昧落后的政治理想,具有特别重要的意义。因而,先锋文学思潮、先锋哲学思潮和先锋批评思潮,在封闭或单调的社会生活面前总能激起巨大的思想火花,实质上,当人们

---

① 郜元宝编:《李长之批评文集》,珠海出版社 1998 年版,第 284—295 页。

沉沦于肉身生活或崇拜物欲主义价值时,所有的先锋就变成了少数精英的游戏。真正的先锋,在于挑战传统,开启人心;虚假的先锋,则是为了表明反叛的姿态,以引起大众更大的关注。

先锋文学和先锋批评,永远是不确定的,我们并不知道文学或批评可能飘向何方。相对说来,文学批评不是感性的思想活动,而是理性的思想活动,它应该更少受到先锋的影响,但是,当创新成为唯一法宝时,当主体性张扬让艺术家变得不可一世时,艺术家的自由立法,就决定了先锋文学艺术是思想与存在的必然。先锋文学永远是变动的,从文学艺术和哲学思想的历史,可以看到,"先锋总是昙花一现"。如果说,哲学思想的每一次反动或反叛,是为了更好地回归传统,理解传统经典,那么,文学思想的每一次反动,则是为了另辟蹊径,试验文学想象与感性生活体验的可能性。人类生命活动的感性表达形式,永远充满了试验性,文学艺术的先锋性法则,满足了人们追新逐异的心理需要,所以,先锋文学更多的是感性精神与时代精神的个性化表达。先锋批评往往就是对这种感性探索的肯定,不过,如果没有先锋哲学的支持,先锋批评就会陷入盲人摸象之境。只有先锋文学是真实的,因为它永远忠实最新的感性取向,先锋批评则可能是虚伪的,它理解不了感性多变的先锋文学,所以,我们对那种抄袭先锋哲学思想的先锋文学批评必须保持警惕。不过,也应肯定,没有先锋批评对先锋文学艺术的追踪和肯定,先锋文学艺术可能会孤独死亡。

2. 保守主义批评与先锋批评

传统批评立足于功利主义批评,传统批评家,十分重视借助文学这种形式培养人的理想和鼓舞人的积极进取的精神,因此,功利主义通常表现为对"志"的特别推重。"志"就是理想,"诗言志"即在于文学要表达人们的理想,即使是"诗缘情"的"情"也服从于这种"志"。在传统批评中,情与志是不能根本分开的,现代文学批评虽然在观念上有一些变化,尤其是批评范畴发生了较大转换,但许多批评在骨子里仍坚守这种功利主义精神。从功利主义出发,传统批评比较重视那些积极浪漫主义和积极现实主义的作品,而排斥那些消极浪漫主义的作品,"屈原赋"并不尽是忠君爱国的思想主旨,但是,在解释者的批评视野中,似乎只有"忠君爱国"这个词。在现代文学批评中,也有不少批评者从文化入手去解释"屈原赋",这种新的批评方法虽然更贴近屈原作品本身,但似乎仍不足以抵消那种传统伦理批评的顽固影响。在文学批评中,有不成文的法则,即以歌颂现实为主导原则,不自觉地坚持传统批评的评判标准。所谓"政治标准第一,艺术标准第二",也与这种功利主义相关。正是从功利主义出发,文学批评对那些歌颂英雄人物的作品总是给予高度评价,而对那些表达个人主义情感的作品则加以否定和批评。功利主义批评多多少少具有美化现实的道德伦理倾向,不肯正视现实,尤其不愿面对社会的危机和精神的危机,在乐观的热情的批评话语中,传统批评掩盖了日常生活的焦虑和疑惑。这种批评对社会文化是有积极意义的,但这种批评通常总是简单地图解作品,而无法做出深度的超越性的思想探求。传统批评忠实于精微的艺术品鉴,却缺乏思想综合力,由于道德主义和功利主义批评一般忽视心理分析,满足于外在精神原则的图解,因而,也就相对比较重视艺术的说教效果。

　　在中国文学传统中,说唱一直占主导地位,诗歌是吟唱的,小说是说书的范本,从这种说唱艺术出发,相对地说,批评突出技法意识,古代小说批评在评价情节艺术时就极重视传达效果。例如:"借勺水兴洪波";"使读者心痒无挠处","不险则不快,险极则快极";"山摇地撼之后,忽又柳丝花朵"。① 诸如此类的评点,夹杂在小说文本之中,这类批评,侧重于对小说叙事效果的分析,能够重视局部而少见整体的纵深探究。现代小说批评中曾经以思想和艺术二分法作为评价原则,基本上也未脱离古代小说批评的套路,这种传统批评,易于定型并形成八股规范,而少真知灼见的思考。相对而言,西方接受理论和读者反应批评,将这些问题深化并上升到一定理论高度加以认识,堵截了批评的平面效果。传统批评忠实于娱

---

① 　郭绍虞主编:《中国历代文论选》第三册,上海古籍出版社1980年版,第244—254页。

乐趣味,是比较狭隘的批评意识;在传统批评中,鉴赏侧重于对艺术的精细分析,例如,一首诗中的每处关键用字,批评者可以将其好处说上一大篇。在"白日依山尽"的"尽"字上可以大做文章,在"大漠孤烟直"的"直"字上也可以抖擞精神。这种比较精细的分析,确实能契入艺术家的心灵深处,但是,这种评点分析,通常流于趣味化和娱乐化,失去了对诗歌总体精神的把握,更失去了对诗人宇宙意识和自我意识的深入开拓。这种情况,在小说批评中更为明显,例如,毛宗岗所归纳的"十二条叙事方法",基本上侧重于小说叙事的喜剧性效果的分析。古代文学批评的这种思想上侧重道德伦理主义和功利主义,艺术上侧重技法意识和喜剧效果的评断偏向,在现代文学批评中演化为思想上侧重于理想主义而拒斥个性主义,艺术上重视技巧意识而忽视自我意识的批评趋向。这种批评趋向,虽与传统一脉相承,但批评的简单主义倾向必然导致艺术分析的失效。通行的原则,毕竟不能涵盖艺术上的个性主义,因而,先锋批评力图突破这些传统批评所造成的规范意识。

先锋批评,通常反对这种先入为主的做法,也不愿迁就情感上的保守主义,力图以启蒙哲学精神恢复批评自身的使命。先锋批评力图确证"天才为艺术立法"的思想,而与一切艺术上的复古主义和保守主义划清界限。[①] 先锋批评一方面重视艺术的发现,另一方面则重视理论的独创。先锋批评,并不愿担当单纯的艺术作品的解释者和传声筒;先锋批评的"主见"和"偏见",总是直接影响到对文学艺术作品的评价;先锋批评虽然也重视从作品中提炼思想,但他们更重视从思想出发去寻找作品。在这里,我们赋予"先锋批评"以广泛的意义,它并不只是当前时刻先锋批评的专名,而是所有先于时代的文学批评的称谓。每一时代皆有先锋批评,先锋批评与传统批评密切相关,但是,先锋批评时时刻刻准备反抗与革命,力图挣脱其与传统批评的精神联系。思想的创造和传达,在先锋批评中变得刻不容缓,他们不惜将自己的思想观念强加于作品之上,敢于打破传

---

① 康德:《判断力批判》,宗白华译,商务印书馆 1987 年版,第 154 页。

统,以新的思想去解说作品。即使作品并不包含批评的所指,他们也在所不惜,先锋批评的创新意识和创造倾向显得特别强烈。

对于先锋批评而言,正视当代人的精神状况是最重要的,人们往往从传统批评入手,这样,当代人的精神状况容易遮蔽。先锋批评力图打破现代人单维的思维格局,而建立立体的思维方式。20 世纪 80 年代初,批评家对朦胧诗和意识流小说的评价,显示了当代中国先锋批评的创造实绩;惯于中国传统思维的时代读者,一开始面对西方现代主义文学作品简直不知所措,这是封闭锁国政策的后遗症。对这种先锋艺术,当时,接受者有陌生的冲动和天然的对抗,于是,传统批评与先锋批评产生了较量,结果,先锋批评以其新异的观念和全新的价值原则赢得了青年读者。青年读者最易接受先锋文学,先锋艺术的传播总是锐不可当。从今天的眼光看,80 年代的先锋批评,主要是启蒙意义上的先锋,还不是后现代意义上的先锋,即在特定时期的中国,呼唤人的主体性自由。这一方面是对人文主义精神的复归,显示了启蒙主义意向,另一方面则是对新的审美意识和艺术创新原则的弘扬。与西方先锋批评相比,即使是最具先锋意识的 80年代初期的批评,也够古典的了,而与中国传统批评相比,它确实够先锋的了。先锋批评通常是由青年主导的,关于现代诗和小说的探讨很快让位于探索诗和探索小说的实验。此时,先锋批评选择的,不是中国式坐标系,而是世界性坐标系,不再进行纵向的比较,而是进行横向的比较,这种横向比较,强化了当代中国文学与世界当代文学的差异,因此,先锋批评便沉醉于后现代主义文学的探险之中。先锋批评的超前意识与西方先锋批评同步,先锋批评的观念、原则成了简单的"位移",这种"位移",使中国当代先锋批评具有特殊的色彩,那便是将西方的正方向的批评移位于中国的负方向的批评。这种位移现象很值得重视,先不要忙于分析先锋批评的负面效果,应该正视当代先锋批评的正面效果。

先锋批评的主观意图,是促进中国文学的世界化和后现代化,因而,先锋批评的首要任务是接受西方的先锋批评观念。西方的先锋批评,通常是作为先锋艺术的宣言而出现,它打破一切传统的禁忌,面对 20 世纪西方艺术的破碎景象。西方的先锋批评是变动不居的,这些先锋批评,既有简单的口号与宣言式的表达,也有深层的哲学、心理学和文化学的表达。西方的先锋批评,不是平面性的单一性的,而是多元的、复杂的。现代中国先锋批评探索者,常常对西方先锋批评只作局部性观照,而缺乏历史贯通意识,这样一来,先锋批评家本身不免显得褊狭激进。批评应该具有的独创性意识,在这种褊狭中被磨平。回顾20世纪西方文学批评,不少研究者看到:西方先锋批评构成了西方文学思想发展的历史主线,其积极意义得以彰显,其消极意义则在多元化的先锋批评中得以克服。① 在西方文学和文学批评中,可以看到极端化景象,即先锋文学和先锋批评对传统审美观念的根本背离。在先锋艺术那里,美让位于丑,真让位于荒诞,善让位于邪恶,艺术让位于非艺术,创造让位于移植,艺术训练让位于冒险。一切都发生了根本性错位,先锋艺术使人看到了对传统艺术的反动,这是西方人精神危机的征兆,这是西方艺术危机的某种暴露。西方先锋批评,混淆了传统批评关于艺术与非艺术的定义。社会的急剧变革,直接导致中国式先锋批评的形成,中国先锋批评对西方先锋批评的新观念的理解和传播,无疑使中国人也预感到了世界性精神危机的焦虑感。这是对中国现代封闭意识的最强有力的一次突围,一切被破坏,人所面对的正是废墟,是先锋批评让人清醒地意识到这一现实的精神病况。

先锋批评,使得我们的传统本文(作品)观发生了真正的突破和转换。先锋批评与中国古代诗文小说评点传统一刀两断,所有的传统观念被废弃不用,而代之以新的诗歌小说观念。小说叙事学异常受到重视,对本文的解构策略,使新的叙事话语变得像外星人那样富有神秘色彩。新叙事话语,关于"顺序"的理解,突出强调"时间倒错"和"走向无明性",关于叙事频率的研究,已经深入到外历时性和内历时性的问题中去。关于小说的叙事语式,则强调投影、聚焦、变音和复调;关于叙事语态,则设置了叙述者的职能和受述者的关系,渗透到叙述时间和无故事叙事概念中。先锋批评,力

---

① 托多洛夫:《批评的批评》,王东亮等译,三联书店1988年版,第1—10页。

图敷衍出一套完整的叙事话语,使平面化的内涵富于立体效果,形式主义倾向和破碎意识对应于冷冰冰、残酷如铁的现代艺术世界。人文主义精神被彻底抽干了,浪漫主义情调则与之无缘,抽象化、形式化、科学化、病理化,这就是先锋批评所预言的事实。这些新叙事话语,仿佛让人重新谛听黑格尔关于"艺术终结"的声音,从这一意义上说,先锋批评看到了人主观上不愿正视的现实世界。最后,先锋批评,将大众艺术与精英艺术处于并显的位置。先锋批评看到了传统道德主义和功利主义的彻底破产,大众艺术接受和大众话语,从根本上与传统批评形成对抗。先锋批评不从命定的历史的理论话语出发,而从现实的精神危机中走出,一开始就带上了反讽、荒诞、自嘲的色调。大众接受与真实的理想原则相距极远,他们更重视感觉,恶作剧者,投机者,艺术的宠臣、跳梁的小丑,十足的恶棍,只要契合大众接受心理,就有可能成为明星,掀起大波浪。古典的英雄被嘲弄,古典主义英雄精神没落了,式微了,连最后的辉煌也无人眷顾。① 大众接受的疯狂,与先锋艺术之间有十足的机缘,先锋艺术,既可以是孤独艺术,无人理会,又可以是思想潮流,掀起人们的情感波澜。人们在嘲弄中,在恶劣的游戏中,认同了这种"俗"的先锋艺术。先锋批评并不能预见什么,但先锋批评能领导新潮,并与古典原则和传统精神相抗衡。

先锋批评以先锋的面目出现,自有陌生化效果,通常把这种陌生化效果和真正的独创混淆起来,更给予了先锋批评以特权。先锋批评乱加命名,随意命名,翻新出奇地制造信息爆炸效果,因而,也就与真正的艺术精神背道而驰。即使远离先锋批评,仍能受到先锋批评的干扰。先锋批评并不是时代的弃儿,而是时代的宠儿。在更新批评观念、价值观念和审美观念上,先锋批评有着自身特殊的贡献,与传统批评相比,它也显示出较大的创造活力。然而,任何先锋批评必将同化到传统批评之中,先锋批评的危险性和冒险性也就在历史选择过程中得到克服。在肯定先锋批评的发现和独创的同时,必须警惕先锋批评的危险。

---

① 李咏吟:《创作解释学》,广西师范大学出版社 2003 年版,第 314 页。

3.先锋派批评的激进立场

先锋批评在批评活动中一直占据主导地位,这是由先锋批评的敏锐性和探索性决定的。先锋批评与传统批评不同,它不愿从固定程式和习惯话语出发去分析当代作品,而是力图站在先锋的立场上,选择最新潮的理论话语,选择最具反叛性的价值观念和自由意识,接受西方现当代哲学的启迪,对当代文学作品做出新异的评判。这种批评的最大功绩在于:加速了当代文学的发展变化及其在文学技法上与西方文学的靠拢。我不想多谈现代叙事学和现代诗化哲学的表达方式对中国当代文学的影响,这种影响是具体的,也是有意义的,但是必须探讨的根本问题是:惯于从西方现当代哲学衍生出一系列批评观念的先锋批评,对中国当代文学的分析是否有效? 如果说,20世纪80年代前期,先锋批评的哲学依据,主要是西方启蒙哲学和人本主义哲学的话,那么,80年代后期以来,先锋批评的哲学依据,则主要是后现代主义哲学。在后现代主义哲学中,先锋批评家津津乐道的几位哲学家是德里达、巴尔特、拉康、福科和利奥塔等。他们将后现代哲学的观念直接运用于当代文学批评中,并改造出一套批评话语系统,先锋批评所依据的后现代哲学对于评断当代文学是否有效,的确发人深思。

时间观念,是最模糊又最清晰的,如果以数字纪年,时间观念在历史链条中就显得异常清晰。如果从当前的时间出发,从过去、现代、后现代来评断艺术历史的进程,通常在未来的视阈里显得特别可笑,因而,当代文学批评者已充分意识到时间概念在话语表达过程中所造成的尴尬,尤其是现代和后现代成了随意的时间原则。例如,对西方现代哲学的划界,从19世纪中后期开始,而对西方后现代哲学的划界,则从70年代开始,这种划分本身带有极大的随意性和人为性。如果生活在西方话语系统之中,那么这种划界也许司空见惯,但从本位话语的立场来看,这种后现代哲学,实质上是"人为的烟雾",遮蔽了当代人的"澄明之思"。从观念上说,先锋批评接受后现代哲学话语完全立足于"西方立场"。但是,这种

"西方立场"与"中国立场"是有差异的,且不说科学、文化、政治、法律的差异,仅就价值观念和现代意识而言,东西方的差异是极为明显的。从这种时代意识来看,先锋批评的文化立场是靠不住的,带有抄袭、剽窃、移植、卖弄的意味,而少有自出新意的独创。因此,即使不站在保守的立场,仅仅站在现实中国的立场上,对这种先锋批评的简单移植难免不产生精神的对抗。先锋批评所津津乐道的"后现代主义文学"正在远离或正在死亡,批评话语成了先锋批评家的孤独梦呓和自言自语。

先锋批评的哲学根基,之所以不可靠就在于他们不是站在本位文化立场上的阐释和创造。与文学批评的三大话语系统相似,中国当代哲学,实质上,也有三大话语系统:一是马克思主义哲学话语系统,二是西方哲学话语系统,三是中国古典哲学话语系统。这三大话语系统,是不可通约的,尽管在哲学的根本问题上,三大话语系统具有某种一致性,但是,在哲学本身的建构上,三大话语系统彼此对立。对于哲学研究者来说,只能站在某一话语立场上,以本位话语立场解释自己的哲学并改造其他哲学,没有本位话语立场的哲学是不可思议的。海外新儒家哲学家,例如,陈荣捷、杜维明、成中英等,以中国哲学为本位话语,融通西方哲学观念,他们的探索虽有新意,但距离中国哲学的真正理解仍很遥远。他们在中国古典思想的现代转换上迈出了创造性的一步,但毕竟是以诠释中国哲学的文化精神为前提。对于海外新儒家的哲学探索,应进行新的评价,这一原则,也适应于中国古典诗学的西方语言言说。例如,张隆溪的比较阐释,在多大程度上能够契合中西诗学的特质,是值得特别加以思考的。他在中西诗学对话方面作了一定的努力,并试图在英语语境中解释汉语诗学。[①] 海德格尔曾探究东方哲学,尤其是接近过老庄哲学,但是,他后期哲学的根本表述仍是以西方哲学作为本位话语立场。最可怕的是,站在非本位话语立场上套用西方哲学来解释本土文化问题,其结果必然是不伦不类;本来,三大哲学话语系统不存在此优彼劣的问题,关键是如何确

---

① 张隆溪:《道与罗各斯》,冯川译,四川人民出版社1998年版,第16—85页。

定本位话语，去发展去创造新的思想价值观念。

以中国学者为例，研究西方哲学、中国哲学和马克思主义哲学的专家不乏其人，专研一艺，熟悉其本位话语、解释本位话语，必定对当代哲学建设有所贡献，因此，把西方后现代主义哲学作为哲学思潮去研究无可厚非，因为这种研究根源于历史事实本身。研究的目的，当然是为了创造，但这种创造必须是内在的，有主见的，而决不能简单比附和简单移植。那种立足于中西哲学的局部问题和个别范畴的比较及其关于哲学家之间的比较，从目前来看，少有成功者。金岳霖的《知识论》，之所以富有独创性，是因为他真正融通了西方哲学，尤其是洛克和休谟哲学。中国当代文学所反映的社会问题，所表达的社会情感是中国的，当代文学中所表现的特殊问题和文化精神以及生命精神烙上了鲜明的文化印痕，在根本特性上，是与西方后现代哲学相冲突的，或者说，不具备西方批评话语的历史文化语境和生存语境。当代作家虽熟悉西方文学，但他们在内在品格上是与西方作家的创作有冲突有矛盾的，先锋批评不顾这种外在的社会现实生活的差异，主观地将后现代主义哲学话语运用到当代文学中来，分析和评判当代文学作品。

这种强制性的批评，必然带有偏见，以"先见"去寻找，去同化，去选择当代文学所表达的中国问题意识。从表面上看，先锋批评赋予了当代中国文学以后现代主义的世界性的文化品格，而从本质上看，先锋批评拔高和误解了当代中国文学的根本特性。先锋批评的这种单向度的探索必然会很快失效，他们的批评本身，需要进行重新反省和反思。先锋批评构成了历史痕迹，这种历史痕迹是抹不去的，但是，这种批评本身，显示了中国批评家创造力的衰败。在先锋批评中，如何坚守本位话语立场和批评思想的独创性，显得非常重要。先锋作家在先锋批评的误置中获得了替代性、陌生化的冲动和满足，而淡漠了先锋批评对其创作的曲解和误导。这一方面反映了当代作家的思想平面化、感觉化，无法获得穿透现实生活的思想利剑，另一方面反映了当代作家与批评家之间的合谋，即满足于文学的表面的虚假繁荣，而失却了对文学最本真意图的追求。批评的无心化和创作的无心化,是当代文学流于表面而缺乏独创的根本原因。尼采曾极力嘲笑过学者与哲学家的差异,在尼采看来,哲学家必须是真实的人,即天生健康、真诚、有创造能力的人,学者之不能胜任哲学的使命,正由于他同人生处在根本错误的关系中,他漠视人生,远离人生,虚度人生。①这种看法,从某种意义上说是很尖锐的。哲学家最关心思想的独创,而反对将其思想纳入某一思潮之中,最忌讳将其思想简单拼接和移植。先锋批评家则千方百计把相关的哲学家纳入一定的类型中,不惜以类型来抹杀思想上的差别。先锋批评所激赏的后现代主义哲学家,其实,根本不在同一思想层面上,也根本无法用"主义"来笼括。思想的独创性被淹没在主义的潮汐中,正是哲学家的悲剧所在。再以"后现代主义哲学"这一学术命名为例,当代学者将解释学、接受美学、解构理论、工业社会的文化理论、女权主义、新历史主义全部纳入系统中,将海德格尔,德里达、伽达默尔、哈贝马斯、罗蒂、福科、拉康、阿多尔诺、伊格尔顿、巴尔特纳入系统里,不知出于怎样的哲学意图和文化目的? 由于不严格的运用,这一理论思潮的消极后果将会愈来愈受人重视。从后现代主义的角度通观当代哲学,势必削平了所有哲学的独创性。再说,并非新潮的哲学就是最好的哲学,先锋批评以这种"大杂烩"的后现代主义哲学作为理论基点,势必陷入极大的迷茫和混乱之中。

先锋批评最乐于征引和称道的后现代哲学,是否适合当代文学创作的实际? 通过阅读当代文学作品,就会发现,先锋批评的粗暴解释和故弄玄虚,将当代文学作品曲解到令人无法容忍的地步。先锋批评家认为余华、格非、苏童、残雪、马原、北村、潘军、韩东、陈甘露等作家代表了中国的后现代主义文学创作风格,他们的创作预示着中国文学创作的历史性变革,这肯定有一些道理,但是,对于具有独创性精神的作家来说,他无法容忍这种简单的阐释。事实上,不少作家已公开表示对这种批评的反感和彻底否定,这种变化,正反映出作家创作个性和创作精神的强化和突出。

---

① 周国平:《尼采:在世纪的转折点上》,上海人民出版社 1987 年版,第 40 页。

随着作家创作自由度的提高，真正的作家决不会满足于对政治和当前现实的某种图解性作品，尤其重要的是，在创作精神上，力图与那浮表的纪实作品划清界限，更愿意透视当代人那种潜意识的压抑感和焦虑感，更愿意思索历史的苍茫感，人生的神秘虚幻感。洞悉到更为本质的东西，撕破人性善恶和社会道德的假面，这就不可避免地将人性中残忍无情，甚至变态扭曲的东西加以发掘和分析，因此，真正的作家对思想的探究，比对情节、故事、游戏的探究更为执着。放弃一些令市民狂欢的题材而正视深度的自我体验，正是一些青年作家的执着追求，说到根本上，这些青年作家从现实表象中逃离，而遁入历史记忆中去，对历史的记忆做出新异的叙述性解释。例如，余华的《呼喊和细雨》，并不像先锋批评所阐释的那么"后现代"，他只不过放弃了当前情景的创作，而关注童年历史经验问题。人性恶，作为小说家的创作探求的目标，在历史画面中获得了新的叙述，尽管余华在小说叙述上力图有新的追求，那在细雨中的呼喊，早就冲破了这种叙述表层，而落实到那人性的呼唤这个基本命题上去。人的生存之本真状态被揭示，被敞开，而人的理想生存状态，再一次迫在眉睫地提升到理性层面上来。

先锋批评，在这种思想性阐释上通常过于匆忙，而急切地回到语言的结构和解构中去，回到拉康和福科对权力、知识和话语的分析上去，失却了批评家自身对作品的真正理解和生命阐释。杰出的作品本身就是一部"活态哲学"，只有提升到形而上学层面，才会获得超越经验的评判，但对待作品本身，批评家不必担当哲学家的角色，而先必须说出生命的理解和感受，这对于批评显得更具积极意义。先锋批评力图制造出接近哲学的深刻，所以，尤其重视德里达，德里达尽管在理论表达中不时涉足文学本文，但在骨子里，他更关心的是哲学问题，而不是对文学的批评。德里达的解构策略，具有极大的破坏性，他试图改变传统思维中的全部结构原则，打破所有的学科界限，回到话语本身的整一性和浑融性上去，拆解文学与哲学的界墙，从骨子里看，德里达是反哲学的，并不想回到任何哲学中去。他对哲学传统作了史无前例的无情破坏，又为文学的反哲学倾向、反理性结构提供了支持。他使文学话语获得了极度自由,语言游戏成了他思想的核心,他并不想建构什么,只想解构什么,这正好适合一些作家的创作状况,因此,德里达受到文学批评家的特别关注绝非偶然。[①] 先锋批评更多的是看到了德里达哲学的生机,却从未真正意识到德里达哲学的危机。[②] 诚然,德里达拒绝建立任何中心,颠倒在本质与现象、内心与表现、隐含与显现、物质与运动上的传统观念,对绝对理性、终极价值、本真、本源、本质等有碍于自由游戏的观念提出质疑,从而达成对西方传统形而上学的彻底消解,这种不懈努力是有积极意义的,但是,在拆毁传统哲学的价值承诺时,是否意识到"神的流离失所"? 先锋批评对德里达的过于迷信,导致他们对当代文学中的创新意识不能做出契合生命的阐释,而游离在语言游戏和玄虚迷离的语言试验之中。

先锋批评依据后现代主义哲学读解余华、苏童等作家的作品的文本,稀奇古怪,疯言疯语,貌似有深刻思想的哲学表述,实质上是观念的移植和抽象语词的拼接。因此,先锋批评,不仅没有真正阐释这些新潮小说,而且人为地设置了一些语言障碍,阻挡了读者向这些新潮作品的接近。既然后现代主义文学批评将这些小说谈得云深雾里,那么,非后现代主义读者也就不自觉地拒绝阅读,先锋批评使先锋文学失去了读者,这才是先锋批评的真正悲剧。中国先锋批评始终处于一系列矛盾之中:西方后现代主义哲学家主张清理语言残渣,先锋批评则寻找语言断裂的神秘意义;西方后现代主义哲学拒斥形而上学,先锋批评却不断重温形而上学命题;西方后现代主义哲学家面对人类精神的危机忧心忡忡,而先锋批评家在批评的狂欢节中猎取话语的权力。西方先锋批评的理论指向是反传统的,反理性主义的,反中心性的,他们的反对姿态本身也是引火烧身,同时消解了解构者的话语意义。个人的失身无据与批评者的孤立无援,的确可以看作是后现代主义困境。这种困境,在生存态度上也是反传统的,他们并非在观念上反传统,而在实践中坚守传统。先锋批评是找不到彼岸,

---

① 陈晓明:《解构的踪迹》,中国社会科学出版社 1995 年版,第 26—49 页。

② 《批评的循环》,兰金仁译,辽宁人民出版社 1987 年版,第 91—105 页。

找不到家园，在话语中感受生命状态的理论取向。批评的特殊处境是：尽管批评家在观念上是反后现代主义的，但是，在骨子里却忠实于中国的排他主义、利己主义和逍遥主义。不管怎么说，吴亮所说的"批评的缺席"，代表了大多数人对批评的看法，这正是先锋批评的内在危机。

4. "批评即选择"与作家和读者

话语转换与批评解释的形态有着密切的联系。从批评的历史事实来看，文学批评的话语形态是多种多样的，很难用逻辑尺度去评判不同的话语形态。要想确立不同话语形态的普遍意义，只能从不同角度切入文学批评实践中去。事实上，我所做的"批评的批评"工作，正是力图从不同角度探究现当代文学批评的历史意义，总结文学批评的历史发展规律，这是认识客观事物的科学态度而不可能就此把握文学批评的总体特征。如果从多维视角去观察现当代文学批评，就会发现许多特殊性的东西，所有可能的方面得到重视，自然就能对现当代文学批评做出客观的历史性评价。历史性研究，在文学批评的批评中显得非常重要，因为只有在具体的历史语境中，才能真正评判批评话语形成的历史原因、历史意义及其历史局限。批评是需要超越的，某一批评对另一类批评的超越，不仅是话语方式的转换，而且是价值观念的转换。文学批评的历史发展方向，是无法决定的，但是，文学批评的历史过程和历史意义，是可以把握的。文学批评话语形态的历史转换，是个人创造与时代创造的必然，也是人们试图更好地理解文学本身的尝试和探索。对当代文学批评的批评，似乎一直停留在对具体的批评家的分析和评价上，很少对当代文学批评进行总体性反思和理性审视。面对时代的喧嚣，只能笼统地感到这是多元共存的批评时代，随着权威化批评的消解，批评的个性化日益显得突出。批评家可以自由地伸展自我的批评个性，很能找到共同的特性，因此，批评的个性化同时也容易使批评失范。尽管如此，如果从批评的审美取向、创作取向和价值取向入手，还是可以捕捉当代文学批评的历史轨迹。

当代文学批评的多元并存，实质上，是三种形态的批评活动的并存。

由于任何人都必然带有自身的价值规范,这三种形态的批评活动也就必然表现出各自的批评取向。观念之间的重大差异,必然带来思想间的巨大冲突。当代文学批评的思想冲突所构成的表面混乱而实则有序的批评形态,很有探讨的必要。这三种形态的批评规范,从当代文学批评的历史转型过程来看,大致可以确立为:"意识形态批评""价值论批评"和"先锋性批评"。① 关于这种批评形态的确立原则向来有其不同看法,目前,至少有两种看法比较富于代表性。一种意见认为,当代文学批评可以分成主流批评、边缘批评和中介性批评,这种分类方法,是就文学批评形态在特定历史时期的主导作用而言的。这种分类方法,侧重于共时性考察,而忽略了历时性考察,不能突出批评的转型特点。另一种意见认为,当代文学批评可以分成"本位话语系统""非本位话语系统""主导性话语系统",这种分类方法,侧重于批评的话语的分析,把民族性批评话语视之为本位话语系统,而将非民族性的外来的批评话语视之为非本位话语系统,同时,把当前批评中占主导趋向的批评话语视之为主导性批评话语系统。这种分类方法,看到了当代文学批评的多元并存的事实,并且侧重于批评文本的分析,有其合理性,但不足以从根本上描述当代文学批评的形态转换,尽管它具体地把握了批评话语的历史形成过程及其现实意义。从批评形态的转换而言,把当代文学批评划分为意识形态批评、价值论批评和先锋性批评更加合理,它代表了文学批评的历史的脉动和精神价值观念系统的差异,实际上,这是文学批评思潮的历史演进或哲学思想运动在文学中的体现。

何谓意识形态批评?意识形态批评,是指以意识形态的观念与立场评价时代文学创作价值的批评话语形态,这种占主导地位的批评话语是经历了四十多年的风风雨雨而逐步确立的。具体地说,这种意识形态批评即马克思主义文艺批评,这种话语形态非常重视马克思主义经典作家的经典论述,以马克思主义文艺思想作为基本原则,关注文学的社会性和

---

① 李咏吟:《审美价值体验综论》,第172—186页。

意识形态性。意识形态批评,是具有时间性限定的概念,它的内涵在不同的时间限定里会发生根本性变化。这一界定,站在马克思主义文艺批评立场上来立论,这一界定本身,比较准确地把握了 20 世纪 50 年代以来的中国文学批评的实际情况。若要试图把握当代文学批评形态的转换,就必须找到当代文学批评的历史基点,当代文学批评的历史基点,可以在毛泽东时代与邓小平时代的转捩点上寻找。因而,在时间上,当代文学批评的原本形态是以毛泽东文艺思想为主导的批评形态,这种批评形态有其自身的特点。例如,在批评观念上,倾向于政治的社会的批评;在批评原则上,倾向于现实性原则;在批评的文本中,倾向于对作品中典型形象所具有的现实政治社会意义的分析和把握;在批评的导向上,倾向于社会主义文艺原则;在批评的话语上,则有权威化倾向。在批评的思想依托上,则倾向于以马克思、恩格斯、列宁、毛泽东的文艺思想为根本,辅之以俄罗斯民主主义文艺理论家和无产阶级经典文艺理论家的思想观念。因而,这一批评形态可以称之为"意识形态批评"。

"价值论批评",则可以视为对意识形态批评的扬弃,所谓扬弃,即对意识形态批评既有继承又有否定。价值论批评,可以说是辩证的历史的批评话语形态,它一方面强调文学的审美作用,强调艺术形式的本体意义,另一方面又强调文学的社会作用,强调艺术的文化功能。在价值论批评中,他们把艺术本体论置于社会本体论之上,强调艺术与社会的密切关系,这种批评话语改变了过去那种只重视社会本体论,而忽视艺术本体论的批评倾向。[①] 当代文学批评向价值论批评的转换,开拓了中国文学批评的新局面,因为价值论批评,更为深入地理解了别林斯基、车尔尼雪夫斯基、杜勃罗留波夫、普列汉诺夫、卢那察尔斯基的批评活动的意义,同时,又看到了西方古代批评家乃至现代批评家的历史贡献,因此,价值论批评家们很自然地回归到"五四"传统文学批评观念上来。从根本上,价值论批评真正把历史批评美学批评有机地结合在一起,而否定那种单纯

---

① 卢卡契:《社会本体论导论》,华夏出版社 1988 年版,第 32—86 页。

的政治阐释原则。价值论批评，从真正意义上，实现文学批评的审美原则
和历史原则，尤其是对创作心理精神的内在把握极具美学意义，因而，价
值论批评对创作家批评家和艺术哲学的建构，开创了当代文学批评的新
时代，使人们重新呼吸艺术的芬芳。① 所谓自律，即从真正意义上实现了
批评的自主和自由，实现了批评的审美追求和价值追求。

　　在理解了价值论批评之后，又该如何把握先锋性批评呢？"先锋性批
评"，人们又称先锋批评，这就是说，最先提出某种新观念和新型美学原则
的批评，并从根本上否定传统、批判传统的批评可以称之为先锋批评。在
特定的历史时期内，先锋批评也可能处于边缘性地位，而在新的历史时期
内，它又可能处于中心性地位。批评的权威性和意识形态性的呈现，是先
锋性批评占据主导地位的关键，必须认识到，先锋性批评占主导的时代，
是不容乐观的时代，是喧嚣、混乱和焦虑的时代，这与先锋性批评自身的
特性有关。先锋性批评推动并加速了当代文学批评的观念革命，但是，由
于先锋性批评以破坏为主导，以怀疑主义精神为主导，以标新立异为主
导，因而，它往往瓦解了传统的批评观念和文学观念，不能建构起新的艺
术规范和批评规范，类似于"在无底的棋盘上游戏"，从而使人们的心态失
衡，精神失据，加速了文学危机和社会危机意识。彻底性的先锋批评，往
往使人震惊不已，西方当代文学批评，正是陷入这种彻底的否定主义和怀
疑主义的危机的恶性循环中。从某种意义上，先锋批评正是力图与西方
的这种后现代文艺思潮和后工业社会的文化观念沟通与对话。先锋性批
评，推动了文学批评的历史发展，又使文学批评陷入混乱和自我搏斗中，
这是悖论，先锋性批评所无法克服和解决的悖论。

　　这三种形态的批评，在特定的历史时期各自占据过主导地位，然而，
在文学批评的历史进程中，没有永久性的王位，一批评形态形成中心性优
势，另一批评形态就在密谋颠覆性革命。文学批评话语的每次革命，皆会
找到合适的理由，获得新的听众与信徒，批评形态的转换应该视之为必然

---

① 赵园：《艰难的选择》，上海文艺出版社 1986 年版，第 343—367 页。

性过程。批评形态的转换,有其特定的历史契机、文化契机、社会契机和心理契机,不能只看到中心性批评而忽视边缘性批评。在当代文学批评的总体格局中,已经形成了多元互补和多元互动的历史格局,正因为具有这种格局,当代文学批评才处于不断的转型过程中。

5. 批评家作为文学的创造者

从历时性与共时性相统一的维度,把当代文学批评确立为三种基本形态,为下面的论述奠定了基础。任何界定皆是相对的,尤其是关于历史的总结性陈述,不同于逻辑性陈述。逻辑性陈述必须置于思想的逻辑语境中,保持其逻辑的一致性;历史性陈述,则有所不同,它可以由陈述者加以总结和界定。历史性陈述始终必须面对历史本身,陈述只是对历史的总结;逻辑性陈述则不必面对历史,不必处处照应历史事实本身,它追求思想的内在逻辑,概念的统一性。正因为如此,"批评的批评",有关文学批评历史经验的陈述,在概念的使用上有不同的规定,这种规定,在具体的历史语境中是可以解释清楚的,也是当然与应然相统一的话语形式。我们所讨论的文学批评的历史转型问题,不仅就形态的转换而言,而且指当代文学批评的主导倾向而言。"转型",实质上,构成了当代文学批评发展的标志,正是从转型的角度出发,看到了当代文学批评的进步倾向。当代文学批评的精神形态之转换,不仅促进了批评的活跃与批评的自由,而且还极大地推动了当代文学创作的深度探索。当代文学批评的转型,也就必然伴随着当代文学创作的转型。

从这种共通性出发,从创作与批评的历史互动关系来看,当代文学批评进行了两次重大转型:第一次转型是"文化大革命"运动的终结,新时期政治经济文化变革的开始。时间可以界定在1978年,在这一历史转型过程中,一大批老作家和老批评家开始重新歌唱。在这一时期,以周扬、巴金、丁玲、荒煤、冯牧、罗荪、阎纲、李希凡、王蒙、陈涌、张光年、许觉民、严家炎、秦兆阳、张炯、唐达成、钱中文、王元化、雷达等批评家的文学批评最具代表性。他们大多在文学批评领域沉寂了十多年,受新时代的春风感召,他们重新拿起了批评和理论的武器,急于为解放了的文学创作而歌唱。复苏后的文学创作是特别繁荣的,由于批评家的观念与创作的冲突,这一时期,批评之间的论争,也就极其剧烈。解放了的批评家,大都以50年代以来形成的文学批评观来批评和判断作品,因而,他们一方面欢呼解放了的文学,另一方面又对暴露性文学和新的文学探索感到困惑。这就是说,批评的权威意识仍然支配着批评家,可以说,这一类型的批评家,在批评观念上是有一定的模式的。在这些批评家和理论家中,并非是完全统一的,有的批评家倾向于从50年代的批评模式出发,认可那些符合其批评准则的作品,而对那些探索性的作品或者表示沉默,或者开展争论和批评。当时,新的文学观念之提出,仍有可能被上升到政治事件来处置,这说明,这种类型的批评并未真正划清文学与政治的界限。另一些批评家则不然,他们从创作出发,从"五四"文学精神出发来衡量当代文学批评,理解当代文学的探索。我之所以把这两种类型的批评放置在一起,是因为他们在思想根基上有其共同之处,尽管在思想倾向上还存在着尖锐的对立。

这一形态的两类批评家之矛盾,也预示了意识形态批评的分裂和分离,而意识形态批评的分裂,极大地促进了这种文学批评向价值论批评转型。应该说,真正促进当代文学批评转型的,并不是单纯从事当代文学批评的批评家,而是来源于现代文学批评的学院派的冲击。王瑶在北大重执牛耳,李何林在北师大导航,钱谷融在华东师大开路,贾植芳在复旦主事,陈瘦竹在南大坐镇,于是一大批青年荟萃在这几位先生的旗下,他们以探索精神,以文学的审美阐释为本,迎来了现代文学批评的新格局。①与此同时,王蒙、王元化等批评家应时而动,王蒙很快放弃了意识形态创作论,以体验和创造为批评之根本,与新的文学观念认同,王元化则转向古代文论的探讨。这种现代文学批评的学院派倾向的最大贡献在于:他们使当代批评家重新重视五四文学传统,恢复了文学的审美探索,还原了

---

①　陈剑晖主编:《20世纪中国文学批评史》,第511页。

作家的内心世界。

现代文学批评的黄金时代,确立了价值论批评范式,完成了当代文学批评从意识形态批评向价值论批评的转换。他们一方面研究现代文学,重估鲁迅等伟大作家,一方面关注当代文学,针对当代作家发言。刘再复、谢冕、孙绍振、王富仁、凌宇、赵园、汪晖、陈平原、王晓明、曾镇南、黄子平、季红真、南帆、陈思和、蔡翔、李庆西、周振保、许子东、张志忠等共同创立了新的批评范式,向"五四"文学传统进行超越性回归。价值论批评,对作家创作精神的把握,对作家创作心理的分析,对作家的艺术技法的阐释,开创了全新的境界,使文学青年感到新异,也使老批评家感到振奋和陌生。这是不可阻挡之势,关于鲁迅、郁达夫、王蒙、曹禺、沈从文、老舍、艾芜、沙汀、莫言、张承志、公刘、林斤澜,这些价值论批评家皆拿出了扎扎实实的批评专著或专论,现当代作家在这些批评家心中获得了深刻的理解,与此同时,他们极大地推进了关于诗的理论,关于小说叙事学和结构艺术的理论,关于文学的语言的理论,关于新的方法论在文学阐释的作用。一切浪漫而又抒情,一切从容而又热情,那是批评家最舒坦,最自信的日子! 尽管意识形态批评与价值论批评之间存在分歧,但前者对后者基本上持认同态度,然而,尖锐的声音,总不能令意识形态批评家和价值论批评满意。那便是"当代中国文学面临危机"这一口号或理论宣言,在20世纪80年代中期被提出,不免使许多批评家震惊,也不免使许多批评家扫兴,这是先锋性批评登台的先兆。提出这一观点的刘晓波,在当时的批评领域并没占据主导地位,只能在一些小刊物上推出《赤身裸体,走向上帝》,与弗洛伊德和尼采的思想对话。于是,先锋性批评否定意识形态批评,与价值论批评对抗,走向批评的中心领地。

价值论批评的地位已开始动摇,它已不再能唤起人们强烈的兴致,人们以极大的好奇心跟踪这些先锋批评家。先锋性批评确有其独异之处,那声音和思维确实有些尖锐刺耳,异想天开。具有叛逆性的东西在遭遇残酷的谩骂之同时,也必将获得强烈的喝彩,人们从此开始密切关注刘晓波、吴亮、孙津、张志扬、朱大可、陈晓明、张颐武、王一川、王宁、王岳川,等等。从价值论批评向先锋性批评转换的最大动力,来源于西方的现代主义和后现代主义,因为无序和混乱,标新立异与破坏一切,认同一切与拆解中心,正是后现代主义文化的景观。中心被打破、主体被消解、深度被拆穿,人们习惯于语言的游戏,在无底的棋盘上狂欢,先锋性批评的无边试验,构造了当代文学批评的最混乱局面。批评家充满焦虑和混乱,无所适从,不知何往,反观一下历史,就会看到:整个文学史正是通过转型构成深刻的文学律动。就中国文学史而言,诗经体向楚骚体转换,楚骚体向汉赋体转换,汉赋体向魏晋诗风转换,唐诗向宋词转换,民间故事向戏曲小说转换,这些文体形态和精神形态的转换构成了中国文学革命的内在动力。十分有趣,中国古代文论诗论似乎不存在真正的转型,那种鉴赏和评点方法,自成理论体系,似乎一成不变,但精神体验倾向的转换倒是存在的。从先秦理性主义向楚骚浪漫主义转换,从楚骚神秘巫术崇拜向魏晋山水田园自然主义转换,从玄学自然主义向佛禅神秘主义转换,从宋明理学之佛儒道的交融汇合向东西方文化沟通的转换,构成了"一部精神转型史"。转型是历史的必然,是思想发展的必然,转型有否定也有肯定,是扬弃的过程,是精神整合的过程。[①]

就当代文学批评而言,意识形态批评必然向价值论批评转换。首先,意识形态批评有其思想定势,他们不肯认同新的艺术观念。例如,阎纲在肯定王蒙的新形式小说时,就不承认王蒙的小说与西方意识流小说同宗同种,而视作现实主义小说的新品种。其次,意识形态批评关于艺术形式美和艺术的表现手段的理解,在精神资源上过于贫乏,他们无法创造新的观念来评价当代作品,这显然不利于文学创作。在当时,批评的新艺术观对作家来说是很重要的。从意识形态批评向价值论批评的转换过程中,可以发现,外国文学批评和创作技法的转述充当了有力的杠杆。高行健《现代小说技巧初探》所带来的欢悦,可以视作批评转型的有效动力,这种艺术理论解释,对于当代作家的创作转型极为关键。价值论批评的真正

---

① 《李泽厚十年集》第 1 卷,安徽文艺出版社 1994 年版,第 3—20 页。

确立，还是源于当代批评家对"五四"文学传统和批评传统的继承。对于这些批评家来说，意识形态批评一方面存在简单化倾向，满足于对文学进行社会政治批评，另一方面又受杜勃罗留勃夫等的影响，过于追求那种思想的豪情。价值论批评必然以艺术阐释来消解政治阐释，他们有关文学的稳健的审美历史阐释在今天看来仍未过时。由此看来，价值论批评应该始终作为文艺批评的主导方式，当然，也不可忽视和否定其他文学批评样式。从意识形态批评向价值论批评转换的历史必然性在于：当代文学有其自身的艺术规律，必须选择新的阐释来适应它；当代作家的创作心理日趋深沉复杂，当代人的审美需求日趋多元，因此，必须对作家的创作心理进行深度发掘；当代文学的精神现象，必然关联着哲学、宗教、心理、伦理、法律、历史等深层问题，因而，不能仅仅满足于就文学解释文学，必须从其他视角来判断文学，对文学所表现的复杂文化现象进行深度阐释；人本主义和理性主义精神对当代人的精神之影响，必须被极大地高扬，从而打破单纯从政治方面解释文学的机械倾向。说到底，文学批评转型，源于批评家对当代文学精神的深度思索，源于批评家独特的生命体验、生命智慧和社会文化使命感，这是"四五"一代的精神理念。①

　　人生最荒谬的事莫过于追求事物的未来性，人们总是对已有的东西不满足，对现行文化秩序进行反叛和怀疑。如果说，价值论批评立足于建设，对中国的当代变革表示欣喜的话，那么，先锋性批评则反思中国的社会变革与思想变革之不彻底性，因而，立足于彻底地怀疑、激烈地批判和疯狂地破坏。先锋性批评力图突破一切禁区，对于他们来说，没有禁区可言，哪里有禁区，先锋性批评家就有闯禁区的冲动。的确，中国文化的现代性悲剧被价值论批评温情脉脉的面纱所遮掩，而先锋性批评则在现代主义和后现代主义文化背景和思想背景中看到了中国文化的内在缺陷，先锋性批评家总能找到契入民众心灵的思想兴奋点。"西化"或"现代化"，成了先锋性批评毫不妥协的主张，尽管"西化"和"现代化"是两个不

---

① 刘小枫：《这一代人的怕与爱》，读书·生活·新知三联书店1996年版，第121—135页。

同的概念,但是,在先锋性批评那里,这两个概念获得某种一致性。"现代化"必然要接纳西方社会文化模式,"西化"也就成了"现代化"的代称。彻底的文化改造和社会改造,成了他们改变社会现实的唯一策略,在先锋性批评看来,没有理由对当代文学取得的那点成就津津乐道,更应该在世界文学的比较和参照系中,看到中国当代文学的不足。的确,由于文化的不同和思想的束缚,尤其是功利欲与探索精神的冲突,使中国作家的创作充满虚荣感。即便是王蒙的意识流,也无法与乔伊斯相参照,张贤亮的性小说,虽在 80 年代文学中有一定的创新性,但仍不足以与劳伦斯的性小说相提并论。尽管张承志、张炜的作品可以与世界文学大家相抗衡,但是,毕竟不足以显示巨大的思想深度和艺术的独异性。因此,在先锋性批评看来:中国当代文学充满保守主义和故步自封气息,当代批评过于热衷于审美主义的阐释。

中国当代作家缺少精神上的独创性,而价值论批评又过于执着于理性主义精神,在当代文学批评中需要一些极端的东西。中国当代文学批评更需要发现和警醒,先锋性批评宁愿为昙花一现的青年作家鼓噪,也不屑于为经典作家和著名作家作深度阐释,而且,他们更多地采取仇视态度。中国当代文学批评应该跟踪西方最新锐的思想,不断调整批评观念,而达成后现代主义的前卫理论或先导理论,所以,他们始终渴望以顿悟、震惊的方式保持自身的孤立,从而走在中国文学批评的前面。由于先锋性批评看不到任何理论皆有其内在合理性,而只是为了标新立异,从而与大众分离,站在塔尖上狂舞,从而给当代中国以不断的新思想震荡。可见,每一形态都有其内在追求,有其独立的价值取向,有其独立的思想方式和思想背景,同时,还有其外在的社会文化的巨大变动和价值秩序的颠覆,当代中国文学批评的转型是必然的,是多元共存又使人倍感困惑的。"文学失去了轰动效应之后",只有那些真正的作家才能坚守文学的阵地。"批评失去了轰动效应之后",批评家可更加冷静、更加理智、更加成熟地去探索文学的真正价值。

6.文学批评的思想创新要求

新的形态之形成,是在激烈的思想冲突中确立的,当代文学批评的转型也免不了这种思想的冲突。激烈的思想冲突,尽管不时上升到政治法庭予以审判,但最终的胜利必然是代表着进步的合理的力量。在激烈的思想冲突中,文学批评者即使借助任何外在的力量,皆不足以改变批评自身的命运。批评只有在自由的思想交锋中寻求到合法的地位,当代文学批评的转型,其激烈的思想冲突主要表现在四个方面,即"现代性问题"、"生命原欲问题"、"个体与社会问题"、"批评的话语问题"。当代文学批评的第一次转型,主要针对文学的现代性问题而展开。文学的现代性问题在中国当代有其特殊的语境,20世纪80年代以前,人们认同的文学观念停留在现实主义与浪漫主义的解释上。对于西方现代主义文学的认识,基本停留在象征主义、意象派、表现主义文学这几个文学流派之上,而且,按照当时的习惯,这些西方文学流派一律被斥之为资产阶级文艺思想,并予以拒绝。在当时,认同现实主义原则,还是认同现代主义原则,成了文学批评论争的焦点。[①] 这两种观念的冲突,在今天看来似乎极易理解,而在当时,这种观念的冲突大有水火不相容之势。

80年代,舒婷、北岛、顾城的"朦胧诗"形成了焦点,在今天看来,"朦胧诗"这一命名仍带有封闭保守甚至讽刺的意味,尽管人们已从褒义上去理解了。这一诗派的形成,从根本上说,构成了对50年代以来的现实主义诗歌的否定,徐敬亚在《崛起的诗群》中所做的尖锐讽刺,正说明他们对现实主义诗歌的不满。如果站在后现代的立场上看,舒婷、北岛、顾城的诗,无论就思想而言,还是就艺术而言,皆表现了这些作家对"五四"诗歌和西方现代主义诗歌的认同。与当时的现实主义诗歌的政治意图和图解倾向相比,朦胧诗主张心灵的真实和现实的批判性,他们的诗在文化禁锢的时代显得深邃,而在今天则已很易懂。后现代主义诗人,在形式探索上

---

① 在现实主义与现代主义问题上,钱中文有比较深入的思考,他的专著《现实主义与现代主义》是了解这一论争实质的有价值的文献。

早就超越了北岛们，原本进步的创作倾向，却受到激烈的批判。当谢冕写出《在新的崛起面前》和孙绍振写出《新的美学原则的崛起》后，竟然引发那么大的反响。历史无法再现，历史无法理喻，它所表现的就是现实存在性。也许主宰文学批评和文学创作的必然是青年，因而，这场现代性讨论连同王蒙的意识流文学，很快获得了青年的普遍认同。

既然现代主义是文学的合法道路，那么创作中的所有禁区皆可以打破。性禁忌和性描写的禁区被打破，成为当代文学乃至批评又一冲突的焦点，"生命原欲"问题，作为重要的批评问题而讨论。在生命过程中，时刻面临着欲望问题，在莫言、张贤亮等作家看来，这种生命的原欲应该获得壮丽的表现。莫言对性欲的表现充满原始的野性，张贤亮对生命原欲的表现则充满反抗性禁忌的渴望，他所虚拟的阳痿的张永麟与原欲的马樱花，带有白面书生的"白日梦想"，而莫言关于生命的原欲之畅想，获得了普遍的认可。于是，一时间，文学的性欲描写几乎表现得毫无节制，连同弗洛伊德理论皆成了批评的对象。批评家对这一文学现象，基本上持认可态度，但这一文学现象所表现的负面影响在 90 年代的长篇乡土小说中仍有推进。乡土中国的原欲问题，连同愚昧、压抑、残酷，应该说引出了特别焦虑问题，这一问题极有探索价值。中国现当代批评家有关知识分子主题和乡土主题的探索，正与上述两种批评取向有关：知识分子关注人现代化和社会的现代化，乡土中国变革则面临着生命原欲的自由问题，作家与批评家在思想表现主题上逐渐达成了共识，并获得了精神对话的可能性。生命原欲的演化，必然涉及把个体置放到什么位置上去的问题。

对于当代批评家来说，对个体与社会的关系之认识很不相同。意识形态批评家力图把个人与社会联系着，个人必须以自己的力量去推动社会，而理想社会又必须提高个人的生活质量。价值论批评对传统的个人与社会的关系提出了质疑，个人的主体性应该被充分重视，当《乡场上》的幺爸，《愤怒的秋天》中的李芒与书记作对时，个体主体性终于获得了胜利。这是个人尊严的胜利，也是个人自由法权之胜利。对于政治主体性和长官主体性采取的否定性解释，达成了对集体主义的解构，这种主体性的觉醒,得到价值论批评家的喝彩,而那些扭曲的主体性关系则放在新的批评视野中予以审判。在先锋性批评家看来,不只是需要个体主体性觉醒,个体原欲的解放必须受到高度重视。我怎么生活,取决于我的生活原则,你无权评说,我想怎么样就怎么样,根本就不必遵循共同的社会准则,于是,个人的膨胀欲,选择欲,权威欲,反抗欲,侵犯欲连同"你不可改变我"而成了新的声音和生命法则。个体的自由放任压倒了一切,不存在种种社会法则。人各尽其能,为达到目的可以不择手段,社会的法制秩序的本有规则,受到这种虚无主义的冲击,使批评之间的对抗与冲突无法解决,无法理喻。既然放逐了这一切价值准则,那么,批评者便陷入了话语的游戏中,在这一批评游戏中,批评的命名与批评话语的新锐和空洞浮华感被彻底强化突出,于是,批评陷入后现代主义的语言之"能指""所指"之中。批评家在言说,不知批评家在言说什么?他们本来就心中无数,解构意味着投入无意义的生活之流中。

由于当代文学批评处于不断的转型过程中,新的批评与旧的批评之间缺乏交流和沟通,相反,还存在"否定性对抗",因此,当代文学批评形成了"批评的杂语"。① 批评的杂语,是各行其道的批评策略,杂语的构成源于人们的批评欲望。每个热爱文学的人,不免有话语冲动,这种种话语冲动,使他们根据各自心目中的文学形式发言。话语冲动,总是以自我的语言构造为前提,而个人的知识构造和语言构造存在差异,因而,批评的话语差异也极大。批评的杂语,使人领受到言说的混乱,意见不一致才会混乱,每个人乐于固执己见,而拒绝交流与沟通。批评的杂语,类似于野草丛生和没有秩序的矿产开发,批评家的内心骚乱,总想千方百计地抓住点什么,与此同时,必须很近视地对当前的作品做出评判。由于缺乏时间的跨度,这种批评的话语更显得微不足道。批评的杂语,既可看作是文学批评的生机与活力,又可看作是文学批评的衰败与混乱。在批评的杂语中,深刻的批评与飘浮的批评,人们还是易于判别的,因此,批评的杂语,就积

---

① 王一川:《中国形象诗学》,上海三联书店 1998 年版,第 28—97 页。

极意义而言,构成了批评的相互激发,相互启迪的交流语境,例如,李泽厚对鲁迅乃至舒婷进行了思想史的批评,使人们看到了批评的深度解释的希望。黄子平对公刘、林斤澜所进行的激情体验式批评,使人们看到批评的诗情,他对小说文体和诗歌文体的历史把握,又使批评家看到了批评的艺术阐释的历史可能。黄子平与陈平原、钱理群等,共同提出的"20世纪中国文学",更使人们感受到了文学批评具有的整体把握力。赵园对作家心理及其心理积淀的历史文化社会内涵的品味,又使人感受到批评的心灵模式。这就是说,批评的杂语构成了自由思想语境,这一语境的平行比较和最佳选择,往往使某一类型的批评话语显得尖锐突出。与意识形态批评话语相比较,价值论批评话语对"反封建主题",对作家的精神心理和文化规范的把握,就显得深刻而有力,同样,与价值论批评相比较而言,先锋性批评更为尖锐有力。他们一方面看到了价值论批评对传统的文化认同趋向,一方面又力图粉碎价值论批评中庸的社会使命感,他们要么在思想上,要么在艺术上,把文学推向极端,构成孤立而又尖锐的声音,因此,批评的杂语一方面使人感到无所适从,另一方面又使人面临选择。批评的杂语,不只是当前话语的杂乱,还指古代批评话语与当代批评话语共存,外来批评话语与本土批评话语共存,他们共享同一批评空间和同一批评时代。

认识到这一点非常重要,对于许多批评家而言,他们只有当前的文化语境,缺乏广阔而自由的历史文化语境。这种批评的杂语,预示着某种批评的可能性,它需要决断和选择。批评的杂语并不可怕,可怕的是:人们力图割断多元批评对同一空间的共享。一旦人们把古代批评从批评的杂语中排除,批评话语就显得孤立,就显得缺乏再生的可能性,也就不可能形成圆通观照。尽管批评并不乐于去重复古人,但古人的智慧不可不与之交流,同样,批评的话语不应把外来话语与本土话语隔离,否则,批评就显得保守而狭隘,在批评的杂语中,最应反对的就是思想的狭隘,而当代文学批评家却最难克服这种不可避免的思想狭隘。刘小波对钱钟书所坚守的批评话语、批评策略和批评模式不以为然,同样,李泽厚也感到刘小波的批评话语过于偏激狭隘。批评家总是力图在批评的杂语中一枝独秀、尖锐有力,却缺乏稳健的精神去从事真正严肃的批评探索。渴望批评的话语构成新闻主题,这实质上是另类权威化的思想渴望,他们打破老权威,正是为了树立新权威,这种新权威秩序的建立,不是以建设赢得的,而是以彻底的破坏和否定劫获的。只要有人热衷于极端化话语,就有可能诞生破坏型批评家,其实,建构与破坏同等重要,这样,批评的共存局面就发生倾斜,随波逐流者只能盲目地迎合新的批评动向。

因此,在当代文学批评转型背后,我们看到的是虚无的东西,这种虚无的东西使人们对批评失去了信仰,同时,又使批评固有的根基朽腐。这样,批评一方面处于喧闹状态,一方面又处于无根基状态,不知道批评走向何方,只知道批评。正在进行,但却怀疑批评的价值,无法确证批评所具有的意义,这才是文学批评中最不敢面对的现实。在这种前提下,只有融通性观照,只有融通性综合,才能帮助人们选择前行的路,但未来的文学批评肯定会发生新的转型。这一转型,谁也无法预测,在文学批评多元共存、杂语并存的局面中,看到了批评的深刻危机,因此,在话语自由的时代,坚守文学批评的生命立场和价值立场也就显得越来越重要。① 基于此,必须再次澄清:"批评家就是思想家","批评家就是艺术家"。

---

① 杨扬编:《周作人批评文集》,第114—120页。

第三章 以文学文体为中心：批评解释学判断

第一节 文体意识的自觉认同与文学审美本性的重新理解

虽然文学批评必须强调"思想优先原则"，但是，审美本体立场也不容忽视，因为文学批评毕竟是有着特殊任务和特殊对象的批评活动。事实上，"文学文体"的重要地位，在文学批评解释活动中必须得到充分考虑，这就要求批评家尊重作家作品的文体独创性，尊重作家作品通过具体的文体所呈现的形象构建意图及其思想意义。文学批评的特殊对象与特殊性质，决定了文学批评解释活动：既是审美的活动又是思想的活动。没有审美判断，文学自身的价值无所凭附；没有思想判断，文学批评活动则丧失了真正的社会价值。从审美判断与思想判断意义上说，文学文体在文学批评中具有极重要的地位。每一文体，皆可以进行极具个性的主体创造；同一文体，必能显示共有的审美艺术价值与思想创造价值。如果说，同一文学文体形式方面的研究，显示了该文体的共同性或普遍性特征，那么，同一文学文体内容构成的研究，则显示了该文体的个别性或特殊性要求。文学文体，如同影像或理念，如同空框或结构，每个创作者如果不能把握这种特性，就无法进行文学创作，只有适应了这种形式共同性，才能赋予这种文体以独特的情感或思想内容。因此，在每一文体内部，显示着完全不同的思想情感内容，这样，文体的形式与内容，是同一事物的两个不同方面,舍此而不能识彼,形在则神存。自然,文学文体的形式具有优先性地位,因为这是事物的共同性要求或普遍性特质,在进行文学批评时,必须对文学文体的形式特性有深刻的认知。事实上,诗歌的形式不同于散文,散文的形式也不同于小说,正是由于不同文体的内在审美特性各自独立。严格说来,不同文体之间的差异性极易识别,困难在于,如何就同一文体的形式与内容的关系进行深入体察?

应该承认,经过漫长的时间积累,经过无数批评者的努力,我们已有许多好的、成功的文学批评解释文本。相对而言,人们对批评自身的反思,始终没有形成真正的自觉,所以,具有实用性与创建性的文学批评理论,没有引起人们的高度重视。这样,文学批评自身,始终在经验层面上运行,或者,只受到一些先锋的文学批评观念的影响。文学批评,有时过多地承载了思想的任务,有时过多地陷入文学形式分析的泥淖,总之,它始终没有获得自身的政治正义性与思想深刻性,既不能与作家形成平等的交流,又不能给人们思想的启发。究其原因,就在于:我们的文学批评在价值取向上始终处于分裂状态,文学批评自身的立法没有真正建立。从文学批评解释的目的来看,文学批评的目的,不外乎两点:一是真正地理解文学的审美本性和形象构成,即分析和理解"文学之为文学"的特质,二是真正理解文学艺术的丰富复杂的思想承载和生命社会文化内涵。自然,可以将这个目的,简化为艺术的理解与思想的理解,那么,何者具有首要的地位呢? 在我看来,文学的艺术性理解是基础,具有第一性地位与作用,离开了艺术的分析,文学就失去了文学自身的独特性。进一步,文学批评还必须从艺术性出发,探索文学的思想精神蕴含和生命本质。从文学理论意义上说,这一问题早就解决,而且,已经形成了文学解释的自觉规范,但是,从文学批评意义上说,仅从文学文体出发仍不足以真正地理解文学的艺术性,因为文学的艺术,不是指文学共有的审美本性,而是指文学的具体存在方式所具有审美可能性,所以,"文学文体"应该处于特殊的地位,即只有真正从文体出发,才能真正理解文学的审美本性。事实上,文学批评者从来就是基于具体的文体形式来从事文学批评,即诗歌批评、散文批评、小说批评等，并没有笼统的文学批评。

清醒的文体意识，对于文学批评来说十分重要，唯有从文体出发，才能真正理解文学。在《文心雕龙》中，刘勰有着清醒的文体意识，例如，"明诗""乐府""诠赋""颂赞""祝盟""铭箴""诔碑""哀吊""杂文""谐隐""史传""诸子""论说""诏策""檄移""封禅""章表""奏启""议对"和"书记"，等等。① 这里，既有文学文体，又有非文学文体，正是由于对文体的重视，人们在写文章时就必须严格遵守文体的要求。就文学文体而言，文体规范不只是形式规范，更是审美规范，或者说，只有真正理解文体的审美规范，才能创造出真正富有思想深度和艺术效果的"文学本文"。文学文体，是文学的具体存在方式。每一文体的存在方式，实际上，皆有自己的审美规范和审美职能，这些规范和职能是不可替代的。文学批评者必须真正理解每一文体自身的审美特性，只有真正理解文学文体的审美本性，才能真正理解文学的创造性意义。西方的文体分类，强调文学的"类的共同特性"，所以，用"诗性"来统帅文学文体的审美规范；中国传统文论中的文体分类，强调每一文体所具有的审美特性，所以，采用自然归类的方法，强调每一形式所具有的审美规范和创造功能。这在很大程度上，使得西方人对文学共性的认识比我们清晰，但是，对文体内在审美性的认识方式，中国传统文论有其自身的价值。就今天的文学批评而言，中国传统文论的文体批评方式对我们有着潜在的影响。中国传统的文体分类，大致可以分成诗歌、散文、小说和戏剧四类，由于戏剧涉及剧场和表演问题，所以，在这里，我不打算讨论戏剧或剧本这一文体。

诗歌文体，有其自身的规范性，应该承认，诗歌是发展最早的文体，诗歌起源于歌唱，而歌唱是人的生命本能。具体说来，诗歌的形成，源自"颂歌"与"民歌"，颂歌是对神的赞颂，而民歌是对民间生活的歌唱。颂歌，也可以称之为国家诗歌或民族诗歌，因为它需要歌颂民族神或民族英雄；民歌，则是民间的歌声与地域的歌声，它是"国风"。按照刘勰的解释，"是以

---

① 黄叔琳等：《文心雕龙校注》，中华书局 2000 年版，第 1—3 页。

怊怅述情,必始乎风;沈吟铺辞,莫先于骨。故辞之待骨,如体之树骸;情之含风,犹形之包气。结言端直,则文骨成焉;意气峻爽,则文风清焉。"①民歌野调,最具生命活力,它是抒情诗的最早起源,它决定了诗歌的歌唱本性,颂歌很有可能发展成为"哲学的诗篇",也可能发展为"英雄史诗",所以,严格说来,颂歌对真正意义上的诗歌影响更为深远,长诗与后来的颂歌标志着诗歌的重要成就。

如何评价诗歌?要从诗人、歌唱和理想等方面来加以评判。诗歌的创造,是极自由的,但它越来越远离实用精神,诗歌成为理想与自由、思想与情感的最个人性表达,它需要生命的反思,需要生命的理想追求,所以,诗歌成为民族的思想精粹,但日益远离大众。在诗歌与歌声完全分离之后,诗不断没落。"诗的没落"是思想的没落,是智慧的没落,真正的诗歌依然是民族艺术的最伟大的思想寄托。民歌,是民间的自然而真正美好的歌唱,它是生命最纯朴的激情的表达。"夫乐本心术,故响浃肌髓;先王慎焉,务塞淫滥。敷训胄子,必歌九德;故能情感七始,化动八风。"②诗歌文体,最初是为了歌唱而创作,后来,变成了自由抒情的语言方式。在中国诗歌中,由于语言的特点,短篇抒情诗歌具有重要的地位,长篇诗歌反而得不到重视,相反,西方诗歌主要是长篇诗歌,在史诗、诗剧和抒情诗方面,皆有长篇构造。诗歌的文体特性,决定了诗歌的韵律节奏特征及其音乐或绘画特性。由诗歌的音乐特性而呈现的意象与意境,由诗歌的神话叙述结构而呈现的形象性与戏剧性,由诗歌的美术特性而呈现的意境与形象,其目的皆是为了独特的思想表达与情感象征。歌唱是自由的生命快感活动,也是崇高的生命本质活动,它体现了生命最自由的精神和最快乐的想象。

散文文体,有其自身的规范性。散文,是自由的文体,由日常生活的具体需要发展而来。从文体与歌唱意义上说,散文后于诗歌而形成。最初,它的应用性很强,例如,思想表达、历史叙述、时事政论,皆与散文有

---

① 刘勰:《文心雕龙·风骨》,齐鲁书社1995年版。
② 刘勰:《文心雕龙·乐府》。

关,但是,散文叙述与艺术虚构是相反的,它追求叙述的真实、思想的真实与情感的真实。不过,散文的历史叙述与小说叙述之间有密切的关系,甚至可以说,小说叙述就是在历史叙述的基础上发展起来的。由于散文文体在历史、思想与情感叙述上的真实要求,故而,散文不是特别自由的文体形式,它往往要受到种种限制。散文艺术,在中国文学传统中具有重要的地位,在古代,就是思想表达的方式,除了诗歌之外,散文方式可以说主导了日常文化生活中的一切。事实上,文化生活中的"书写",皆有散文的意义,形成了议论散文、抒情散文和哲学散文的分类方式。后来,则形成了抒情散文和哲理散文两种形态。在历史的传承中,散文不仅是思想的表达方式,不仅是受尊重的文学表达方式,而且,形成了自己的叙事经典与抒情经典。散文有自己的文体规定性,但它的目的是为了自由地表达个体的丰富的生命情感。谁也无法想象散文的无限可能性,即在散文文体下有无限的生成空间。谁能在散文文体上取得巨大成就,必有语言的天才、思想的天才和艺术感知的天才作用。散文艺术构建生命的自由与亲切体验,以真实的历史生活与现实生活情感记忆作为生命的自由想象动力,通过人类生命情感的亲切体察,让人类心灵在自由的情感体验中形成"深度精神共鸣"。[①]

小说文体,也有其自身的规范性。小说是影响极大的文体,它来自民间故事和历史叙述,把民间故事与生活故事、历史故事融为一体,同时,加以虚构、变异,显示出最大的创造性。小说的文体规定性是什么?小说如何最大限度地体现个人创造的天才?简单地说,小说的文体特性,就是故事叙述与生命存在情境的叙述。生活中有无数的故事,生活中有无数的生命存在境遇,小说就是要把生命的无限境遇表现出来。生命的情景境遇,具有无限的故事性,这些故事有些是完整的,有些是不完整的。个人记忆与民族记忆,时代记忆与民众记忆,记忆的内容在很大程度上决定了小说叙述。小说一定要把生活的历史情境、生命的历史记忆、国家的记

---

① 范培松:《中国散文批评史》,江苏教育出版社 2000 年版,第 2—5 页。

忆、民族的记忆完整地进行个人化呈现,从而形成无穷的自由组合。每种组合方式皆是不可替代的,因为个人的体验与个人的记忆不可替代,而任何时代民族国家的历史记忆,在小说中只能通过个人记忆与想象体现出来,因而,小说叙述具有自由的特质。只有了解这些文体的本性,才能真正创造出优秀的小说,才能充分地理解和评价小说艺术本身。小说本身,是生命需要与文化生成的结果。当故事讲唱能够满足人们的想象要求,当故事叙述能够给予人们以听觉想象与生活想象的快感,小说的故事属性就得到了极大扩展。故事与形象,具有天然的依赖性,故事的叙述中必有相对完整的形象,形象必借故事才能得到丰满的体现。文学文体,皆是适应语言和生命的要求产生的,它出自生命的内在要求,满足生命的本质需要,让人们在文体接受与体验中获得无穷的生命快感。这样,每一文体皆获得了自己独立的存在地位。小说记忆,构建了最自由而真实的生命故事形象。生命在虚拟而真实的人生时空中行动,情感在时间的历史境遇中表达,人物的生命纠葛在特定的历史时间与空间中行进,构成最自由、最生动的生命形象。艺术形象,既是民族生活的生动记忆,又是民族精神价值的实在象征。形象,只有形象,才能最生动、真实地呈现民族的历史与心灵现象,因此,作为叙事艺术的小说文体和戏剧文体,往往成为民族精神形象创造最自由的文体。

第二节　文学创作者的文体创新
与文学批评的文体意识

　　在文体分类确定之后,不是要寻求文体的共性问题,而是要寻求在每一文体内部,作家是如何进行独创性创造的。文体是确定的,每一文体的基本构成元素也是相同的,但是,在相同的文体和文体元素下,却有着截然不同的创作。这说明:文体只是思想文化生活的承载形式,这种承载形式有其独特的表现力量,但是,在每一文体内部,由于所要呈现的内容不同,结果,相同的文体给予我们完全不同的感受,这其中并没有类似性,特别是"情节的类似性"是文体创作最应该避免的。文体的组织极其重要,即在遵循文体审美本性的前提下,让文体本性服务于创作者的生命体验、记忆内容的传达。创作者与批评者,皆需以文体为本。文体本身,不仅提供了想象的无限空间,而且提供了语言表现的本质约束。当创作者超越了文体的外在约束,当文体变成创作者的自由工具时,文学创作就获得了自己的真正自由。作为小说家,需要在文学的广泛开展阅读中寻求自由的文体表现方式,这不仅包括语言抒情方式,而且包括故事呈现方式和形象的建构方式。文体的规范与文体的自由,有三重规定:一是文体的语言规定;二是文体的抒情或叙述规定;三是文体的形象规定。每一文体皆有自己的语言要求,只有当语言与文体自身亲密无间,语言能够最大限度地表现文体的审美特性或激发文体的审美想象时,文体才获得了个体的自由。语言与文体的内在构成之间,有朴素自然或简约美丽的语言效果,有浓烈激越或繁复绵密的语言效果。当语言达到自由的抒情效果,激发最自由又美丽的想象时,文体就显示了自己的价值。当语言的美丽在文体中自由呈现时,思想或形象就获得了最自由而抒情的效果。

诗歌文体的审美本性,是抒情的自由与想象的幻奇。我们在批评中不能只关注诗歌的几个审美要素,关键要看:作家如何将这些要素化成"动人的诗篇"。文体具有永远的不确定性和永远的不重复性要求,不论是语言文字,还是思想情调、感觉体验,皆应该是新的。诗歌文体是确定的,从创作意义上说,任何创造者必须在诗歌的历史中寻找自己的位置。什么是诗歌? 每个诗人有自己的理解与选择。在诗的海洋或诗的大观园里,有的人喜欢荷马、但丁,有的人喜欢雪莱、济慈,有的人喜欢惠特曼、艾略特,有的人喜欢屈原、陶渊明,有的人喜欢李白、杜甫,有的人喜欢王实甫、汤显祖,也有人喜欢顾城、海子。诗人是如此之多,创作诗歌的诗人之选择是不确定的,他们从诗的历史上选择某一诗人,完全出自生命的兴趣,他们热爱生命,热爱诗歌,通过诗歌与古典精神生命相联系。从创作意义上说,诗歌应该如何选择? 诗歌应回到生命存在本身,诗歌应该自由地歌唱生命。只有自由地理解诗歌创作,才可能正确地评价诗歌。评价诗歌,就是要寻找诗歌创作的根源。评价诗歌创作的意义,回到诗歌,追踪诗歌并指导诗歌,这才是诗歌评价的关键。诗歌是最自由的思想方式,它是最快捷地进入心灵深处的语言方式。当诗歌语言进入听觉通道时,它立即调动生命的情感想象神经,优美的形象与自由的思想暖流直扑心灵最隐秘的部位,从而牢牢占据心灵的神秘思想空间。

诗歌文体,有其审美规范和自由空间,规范给予人以限制,自由给予人以创造。个体的诗歌创作,有一些大主题的引导,例如,诗歌的深度与生命的自由情感有关。诗歌要回到故乡,诗歌要回到原始,诗歌要回到生命的宗教,也要回到神与英雄。诗歌当然也可以回到政治,但诗歌是自由的政治理想表达,不是党派或国家政治的表达。诗歌的政治,必须具有普遍性意义,诗歌要走向深度,这是诗歌的关键。面对个人的诗歌,面对诗人的自由创作,我们虽然要从诗歌的一般价值出发,但是,更多的是要从具体的诗歌出发。在具体的诗歌中,能发现什么就探索什么。共有的主题,只能通过具体的诗作来进行证明,更重要的是,诗人在诗歌中提供了什么样的新鲜经验。

诗人必须有新发现,即使是重复,也只是对诗歌的伟大主题与伟大思想的重复,但真正的诗人不能重复前人,只能源自独创。诗人的经验在于自由的表达、自由的想象,以自由的形象与思想给予人们以生命理想与美感。诗歌如何获得自己的美丽?诗歌的语言极其重要,纯净的语言或丰满的语言,是诗歌文体自由的关键。这些纯美的语言,有着自己的生命特性,不具有时尚的内容,能够超越时代,获得自己的生命抒情效果,提供无限美好的生命想象。语言的纯美,如果服务于高尚美好的情思,那么,这些纯美的语言与思想和形象之间就获得了最内在的亲和力。诗歌思想与形象,必须具有自己的理想性与浪漫性。当美丽的情思与神秘而美丽的形象在诗歌语言中获得透明式表达时,诗歌就获得了自己的永恒价值。语言的纯美性,是诗歌文体自由的关键;诗的精神超越性,通过自由而美丽的形象获得了确证。美丽的诗歌,几乎皆有这些特点。文体不是空洞的骨架,不是可以随意填充的曲谱,而是通过自由的语言和美丽的形象实现的"思想与情感的自由"。①

散文的个体写作,是艺术的自由思想与情感表达。散文提供真实的生命记忆,它要表达自由而伟大的思想情感。散文,一定要有美的追求与思想的追求,从创作意义上说,要以情感打动人心,要以生命的美的记忆打动人。在散文中,一个故事,一个美的回忆,让读者产生无限的自由联想。散文的短小性也是散文的优势,它可以是短篇,也可以是合集,散文创作者必须是富有生命情调的人,即只有具备自由的生命情调,才能创造激动人心的语言和形象。评价散文,就是要重视散文的思想与情感价值,散文最能激发人的生命体验,而且是真实的思想与情感。在散文评论中,要反对过分的思想与情感造作。说实在话,并不是每个人的生活与生命情感都具有散文创作的价值,这需要创作者的伟大情感与高尚的思想倾注。许多散文创作即死亡。实际上,只有两类散文可以给予人们持久的启示:一类是生命的独特经历通过自由而美丽的语言来呈现,另一类是生命的诗思与存在的顿悟通过优美而自由的语言呈现。优美而自由的散文语言,可以是自由的、柔软的,也可以是美丽的、雄壮的。散文语言的简洁美与柔软美,是散文的最高境界所在。中国散文创作在世界文学中具有独特的地位,与中国散文的独特语言与形象构造方式有关。由于古代汉语的特点,中国作家喜欢创造短篇作品,从几十字到几千字,皆可成文章,千字文章就是长篇散文。在中国文学中,作品集或文集是常见的现象,由短篇作品构成文集。散文经典往往是短篇,长篇往往是短篇合集,如《浮生六记》。中国历史学著作,除了纪年年表之外,史传往往是精粹的散文作品。明清之前,中国文学多文集式的短篇合集,由短篇构成长篇;明清之后,小说出现,大型的叙述作品才开始出现。

长篇小说或故事情节的要求,使得新的文体得以产生,这与市民社会的需要有关。小说的个体创作,在于自由地表达个体的生命经验,但是,

---

① 朱光潜:《诗论》,生活·读书·新知三联书店 1984 年版,第 5 页。

小说的个体创作，重要的是要雕塑自由的形象。小说形象，是小说评论最值得关注的因素。小说的个人经验极重要，任何个人经验皆是有价值的，但并非任何个人经验皆能够给予人以自由的美感。个人的经验，只有当它调动人的生命经验时才具有伟大的价值。个人经验的形象呈现，应该以自由美感为上，你可以创造现代主义的小说形象，但是，只有自由的美感形象才是小说的真谛。我们可以创造丑感形象，丑感形象是生活的真实呈现，但是，只有美感的形象，才能给予人们以无穷力量与美感想象，特别是给予人们以奋进的美感形象，才是小说最应该坚持的价值。在文学批评中，批评家一方面要宽容小说家，另一方面又要极其严格地要求小说家。在小说表现生活自由地呈现个体经验探索生命的无穷复杂性上，批评家必须给予小说家最大的自由，但是，在小说的思想价值上，在小说的美感表达与生命理想表达上，批评家绝不应宽容小说家。在小说叙述与语言呈现甚至在人性洞察上，小说家可能是批评家的老师，但是，在生命价值的反省上，批评家绝不应该逊色于小说家，否则，批评家就没有批评的资格。批评家必须是存在的探索者，生命的思想者。

在中国文学传统意义上，小说主要指长篇小说，明清之后，长篇小说极盛，这与西方文学有相似之处，虽然西方古典作品中也不乏长篇作品，例如，史诗、戏剧等等，但是，长篇小说的盛行，与市民社会生活的变化直接相关。西方长篇小说的繁盛是在 17 世纪之后，到了 19 世纪则达到了艺术与思想的高峰，至今影响不衰，并影响了电影和电视以及戏剧艺术。小说的质感，主要通过语言的形象生动呈现和形象间的奇妙故事构成来实现。当小说语言清丽细腻时，语言的快感伴随着艺术的节奏，艺术的语言刺激着生命的想象，生命的想象完成英雄形象的塑造。真正的文体，不是抽象的形式，而是完整的生命艺术，它通过语言、故事和形象实现艺术的自由想象。[①]

每一文体的艺术，皆有自己的语言要求、抒情要求或叙述要求，它具有

---

① 李咏吟：《创作解释学》，第 69—86 页。

不同的文化功能。例如,诗歌作为歌唱与表情的功能得到充分体现,散文作为回忆与说理的功能得到具体体现,小说作为故事叙述或形象建构的功能得到充分的重视。正因为每一类文体艺术能够满足不同的要求,因此,文体的多样性满足了人们抒情想象和形象认知的多样性要求。每一文体皆有自己的边界,虽然文体的边界可以形成突破,但是,最核心的品质依然是文体自身的独特性或文体自身的无法替代性要求。无论是诗歌,还是散文,无论是小说,还是戏剧,皆有自己的语言无限性、结构无限性和形象无限性,当然,文体更主要的是"有限性要求"。作家的最大困难就是要突破有限性,只有在文学艺术的无限性中或在文体创造和形象承载的无限性中才能实现艺术家的自由。

"无限性",在作家那里,就是独特性,当诗人艺术家的创造具有独特性时,就意味着对艺术的有限性突破。这种突破,既可能是艺术文体的突破,又可能是艺术思想或形象创造的突破。作为创作主体的艺术家如何在文体的限制中求得自由,或个体创作如何赋予文学语言和文学形象创造以自由,这是批评尤其要加以关注的。在每一文体的具体创作背后,呈现的是崭新的生命文化形象与思想内容,它能够给予人们最独特的美感与生命思想震动。"在限制中求得自由",极为重要,即让文体和创作者要表达的内容丝丝入扣,天衣无缝。文体的局部创新,永远是可能的,尽管我们不能真正颠覆文学文体的审美本性,但是,改变文学文体的语言呈现方式是可能的,而且,文体界限的有限突破是可能的,特别是文体属性的交互影响与自由综合。文学批评,从文体入手,就是从文体的原创性或独创性出发,在文体中寻求自由,然后,在文体中寻求思想的最充分表达。"文体中的自由",最终是思想的自由、形象的自由与生命的自由,因为所有的艺术皆必须规定艺术的最高生命价值。

第三节　文学文体的丰富性传统再体认 与思想原创性要求

　　文学是语言的艺术,通过语言构成艺术的形式。文体有其形式规定性,即通过本文的语言构建形式,显示文体的艺术原创。文体意识基于文学语言的自由构成,由于所有的文体,皆是在口头文学的基础上形成的,因此,书面文学总是保持着口头文学的自由特质。口头文学的歌唱,形成诗歌文体;口头文学的叙述,形成散文文体;口头文学的表演对话,形成戏剧文体。一方面,文体是这些口头文学艺术的语言功能体现,另一方面,文体是文学艺术功能的内在规定性。在历史的发展过程中,每一文体自身,皆形成民族的内在规定性和经典本文范式。文学艺术要创造自由的形象,但是,在文学评论中,还要考虑一个重要的问题,即文学艺术作品如何才能进行深刻的思想表达？文学批评所要追求的思想深度,必须源于艺术自身的深度。就这一问题,人们可能会问:如果必须追求深度,那么,艺术如何能满足不同读者的需要。我们的读者经常是不需要深度的。对于这一问题,我的看法是:生活中从来不缺少文学艺术作品。通俗的文学艺术作品,像漫山遍野的山花一样到处开放,我们用不着对一般的作品进行评价,读者就是这些作品的最好评论家,他们喜欢就阅读,不喜欢就放弃。

　　批评家作为职业审美家,只有少数人才能承担,他们的责任是为了传播优秀的文学作品,当然,在时代文学的繁茂生长过程中,也需要有批评家的选择、引导和评价。文学批评,可以构造自己的时代文学史。文学批评家是自由地思考文学价值的人,应该说,文学批评家必须具备充分的学养。他可以没有创作成就,但是,严格说来,应该懂得创作,至少有过具体的创作经验,可以不发表作品,但不能不创作作品。事实上,文学批评的写作,在很大程度上,与散文写作有可沟通处。批评家要有文体意识,应该说,只有在某一文体上具有充分的学养,才能进行文学批评。我们见过优秀的小说批评家,但很少看到,对小说批评、散文批评和诗歌批评,皆非常纯熟的人。按照美国人的批评观念,他们相信,"诗人可以成为最好的批评家"。也就是说,批评家如果是诗人、哲学家或人文学者,可能成为真正的批评家。批评家必须理解文学创作,还需要探索人文社会科学,因为有了思想的指导,就能更好地评价文学。

诗歌批评,要寻求它的生命思想情感的浪漫表达。诗人应该是最勇敢的人,最富有浪漫童心的人,最有正义感的人,最宽容、博爱的人。诗人的艺术表达,对于批评家是否重要?我们的批评家,特别是文学史意义上的批评家或学者,更重视艺术技巧与艺术理论,他们的批评喜欢从历史出发,把文学与历史密切联系在一起,以此对文学进行深入的评价。批评家的批评,特别是诗歌批评,要讨论诗歌的技艺,更要讨论诗歌的思想。诗歌的思想,可以从民族历史文化传统出发理解,也可以从政治文化出发来理解,还可以从人类文明史的角度加以理解。我现在越来越关注的问题是:诗歌与政治的关系,诗歌与哲学的关系,诗歌与文明的关系。对存在的理解,对心灵的理解,对生命的想象,这是诗歌的重要任务,也是诗歌批评应该追寻的思想目标。诗歌的传统,既是创造的动力,又是创造的压力,当它能够激活后来的艺术创造时,就是艺术的思想或形象创造源泉。它能够提供艺术创造的不竭的思想力量;当它形成后来艺术不可超越的规范时,就构成思想与艺术突破的巨大阻力。一般说来,艺术的伟大传统是值得继承的,即使没有任何创造,只要能够继承民族艺术的伟大传统或者模仿外国艺术的伟大传统,形成新的艺术力量,也是有意义的事情。现代中国诗歌创作,正是在模仿外国诗歌艺术的基础上形成新的文体创造和思想创造,同样,全部的古代中国诗歌传统,依然可以对今天的诗歌创作形成积极影响。①

散文批评,要追寻它的思想情调与情感的真诚性。散文文体,在所有

---

①　谢冕:《北京书简》,人民文学出版社 1981 年版,第 8—10 页。

的文学批评中,可能是最不好把握的文体。我们见过许多散文批评研究,但几乎没有优秀的散文批评给我们留下深刻的印象。为什么散文批评不易? 这可能与散文自身的封闭性有关。散文很难达到思想的深度,一般说来,单篇散文只可欣赏,很难评论,因为小散文很难具有深刻的解释价值。如果是富有思想的散文,就需要从哲学和文化心理学的角度研究,散文的艺术性就不太值得重视。散文艺术,如果在情感与艺术方面很有价值,那么,应重视语言和历史的评价,这实际上给散文批评提出了问题。相对诗歌与小说批评而言,散文批评皆发展不成熟,因此,需要对散文形成更多的认识。现代以来,散文批评并没有获得真正的发展,这是因为散文的发展空间极其有限。从现代散文的发展来看,散文创作的突破,在很大程度上取决于创作者的个人经验的突破与思想文化价值观念的突破。没有独特而广阔的个人生活经验或文化游历经验,没有高山大河或湖泊草地的旅游经验,是无法创作出优美的散文作品的,与此同时,独特的思想文化经验也是散文突破的关键。散文写作,越来越对时间与空间观念,越来越对生命经验提出了独特性要求。只有把奇人逸事、风光美景尽收笔底,才可能写出优美的华章,因此,"行万里路",对散文作家来说,比"读万卷书"显得更为重要,要么提供新鲜的生命经验或文化经验,要么提供新鲜的思想或价值理想,散文对陌生化或传奇性,对浪漫性或思想性,提出了深刻而持久的要求。那种轻松的文字叙述或思想感受,无法让散文获得真正价值。散文批评的语言敏感和情调敏感,在古典散文中,具有最重要的力量,通常语言叙述直接唤醒生命经验,形象生成直接唤醒生命的情感记忆。

小说批评,要追寻它的思想形象所具有的文化深度和生命震撼力。小说创作,其实并不追求思想深度,更重视世俗生活的想象。小说就是叙述生活与历史中的故事,通过虚构重建生活的故事,这些故事是小说家在生活意义上想象的故事。伟大的小说家,能够自由地想象生活,他们是具有思想的,例如,托尔斯泰的作品具有深刻的思想价值。在探讨生命,探讨社会,探讨人性方面,艺术家有其深刻的思考,能够直接推动批评家的思考，这就是"寻求生命价值的最好表达"。小说批评，不能只重视小说技艺，更要重视小说形象所表达的心理以及小说形象中所要表达的生命理想。小说批评与历史文化、生命哲学和文化心理有着更为紧密的联系，所以，小说批评最能提供人们丰富的生命想象。小说的地位之所以能够超越诗歌，成为文学史上最重要的文学表达方式，是因为小说与广阔的人类生活能够最紧密地联系在一起。世俗的人类生活，能够在小说中获得证明；传奇的人类生活，能够在小说中得到确证；想象的人类生活，能在小说中得到实现。这样，小说创作开辟了人类生活的无限自由的体验领域，因此，小说批评对形象的理解以及对形象所表达的广阔生活价值，就具有特别重要的意义。事实上，从文学文体出发，认识文学艺术的思想价值，并确证文学文体的独立审美价值与形象创造价值，应该成为文学批评的中心任务。"小说形象"，在民族文学或世界文学的历史长河中，总能构建自己的独特形象谱系。通过这个形象谱系，我们不仅可以走向民族的心灵深处，而且可以获得理解民族最独特的精神力量。

文学批评，通过文体的形式进入文学的生命自由想象和体验。作为批评家，往往有着丰富的艺术体验，特别是有无数的人生感受作为价值支撑，这使得批评家可以自由地评价文学艺术的得失。即使是先锋小说艺术，也不是突然发生艺术革命的，在开放性语境中，小说艺术具有无限的生成性与价值关联性。小说批评家的文体意识，就是通过优美而伟大的经典再体验，进入当下的小说文本的自由理解与形象的自由感知的结果。体验小说的成败得失，建立小说的语言形象与思想形象的自由体验，这就是批评的价值。小说的文体意识，实际上就是通过经典小说完成生命形象与文化形象、生活形象与历史形象的审美想象，从而获得自由而美丽的生命快感，完成人生的认识或生命的顿悟。

第四节 文体自由变革与文学的个性自由和时代精神表达

文体的历史是经典的构成史，文学的历史是经典作家的构成史，因而，寻求经典文本和经典作家，解释经典文本和经典作家，就成了文学批评的重要任务。寻求文学文体创作的经典性，要从世界文学语境下寻求文学文体的经典性。文体批评与文本批评之间并不矛盾，文学批评自然要以本文为中心，但任何本文，必定是某一文体的本文。如果不了解一个作家本文的文体特性，那么，批评在很大程度上可能失效。从文体入手，然后，探究文学本文的思想与艺术价值可能更具合理性。从文学文体出发，文学批评必须关注经典文学本文与经典文体作家，在评价某人是诗人、小说家和散文家时，实质上，就是从他们的文体创作出发来评价。因此，作家文体成就的认定，可能更具优先性。我在创作解释中已经谈到，作家可以进行各种文体写作，但是，从创作才性出发，真正的作家往往擅长某一文体，是某一文体的天才。在某一文体上有伟大成就的作家，就是"经典作家"。在某一文体上有成就的作家，一定有其特殊的禀赋，例如，诗人可能擅长诗歌，并具有理想性生活信念，对雅致的生活与自由的生活富有想象力，特别是对歌唱充满向往。有了这样的艺术追求，诗人的创作就充满了魅力，特别是诗人对哲学充满兴趣。通过诗歌与哲学的思考深化生命的理解，诗人可以在传统的诗歌文体上发展，但赋予诗歌以新的思想与文化内涵，特别是表达独异的生命文化精神。小说文体的创造者，应该在故事叙述方面具有天赋，在人物形象创造上具有独特的思想力量。小说家最重要的是要刻画人物性格，人物性格越丰富，小说就越成功，与此同时，小说的思想与形象越丰富，越具有生命存在的力量，小说就越具有思想与文化的深度。

文学批评确实需要对文体有其独特认识，更为重要的是，要重视如何识别经典作品？在一大堆作品中，你如何辨别优秀的作品，你如何确定优秀的作品，这对艺术评论家是非常特殊的考验。文学作品，不像绘画作品，只需直观。文学批评判断必须通过本文读解，通过本文读解，在大量的本文阅读中形成比较。更重要的是：通过本文阅读构建存在的历史，构建文明的历史，从而形成深刻的批评读解。重视文体，是因为文体对创作具有自己的约束力。每一文体，即语言、情感与结构个性的最独特体现，例如，诗歌的特性是为了歌唱，不是为了叙述，它必须展示自己的抒情特性。歌唱的节奏与歌唱的韵律，对诗歌文体具有决定性影响，诗歌文体的韵律限制，使得诗人可以将之构成韵律段落。西方诗歌的韵律段落，有商籁体（Sonnet）和诗章（Canto）之分，即只要符合这些韵律规定，就可以创作诗歌。中国古代诗歌的韵律，讲究以自然为美，所以，诗歌往往是五言或七言，诗句不会超过百句，最常见的是四句或八句。诗人的诗集，往往就是若干抒情短诗的集合，不过，很难将之称为长篇诗歌，因为不同时期的诗歌即兴而作，并不像西方诗歌那样符合共同的诗歌主题，或者化用神话故事构成完整的形象体系。西方诗歌的诗章观念，具有重要的文体约束力，诗人习惯于通过诗章的约束，构成长篇诗歌。许多经典诗歌作品往往长达几千余行，例如，荷马史诗每部皆长达万余行，每一诗章则在五百行至九百行之间，这使得长篇诗歌的叙述，能够完成思想与形象的系统建构。文学批评，必须理解文体的这种发展过程或发展规律。①

从具体的文学文体出发，具有文体创作性的经典作品是一个奇迹。有些经典作品，已经经历无数人无数时代的证明，这样的作品往往经得起考验。有些经典作品，只是特殊时代的产物，它引起了巨大的反响，其实，并非了不起的作品。文学批评的历史，有时非常荒唐。我们可以打开历史时代的文学评论杂志，看看有几篇文章能够经得起历史的检验？我们的批评在批评什么？我们的批评家在做什么？批评家受制于时代与历史的流行观念，许多批评发生了变异。文学批评为何必须理解文体？就是

① 王力：《汉语诗律学》，上海教育出版社 1979 年版，第 822 页。

因为批评必须理解创作，即通过文体还原，理解作家的创作过程及其艺术思想追求，这一切皆可以通过文体的探索来实现。散文文体是自由的文体，也是最缺乏变化的文体，所以，许多文学理论不讨论散文文体，但是，在讨论中国文体时，刘勰极重视散文文体的重要地位，因为散文文体是日常生活或文化中应用最为广泛的文体形式。相比而言，小说叙述文体是最重要的文学文体。它最重要的特点，是人物形象叙述。故事叙述，构成了小说的灵魂；这个故事叙述，离不开人物与人物关系的展开。只有了解了不同文体的特性，才能正确地规定文学的价值，深刻地理解文学的自由创造。

时代性文学批评是最难进行的。我们对自己的批评可能并不自信，但是，任何批评都不可能永远具有先锋性。任何评论总能找到共同的心灵回声，因此，不存在"第一批评家"，我们所要做的是：把好的作品予以正确评价，对不好的作品不做恭维。文学批评家需要有清醒的文体意识，这样才能自由地评价作品。如果能够从小说、诗歌与散文文体出发，正确地评价这些文学作品，对优秀的文学作品形成深度解释，文学批评家就能够坚守自己的思想责任，就能够为文学创作开辟美好的思想前景。对于批评家来说，最重要的不是批评新的文学作品，而是要确立文学经典的地位。文学批评家的最重要任务就是要确立经典，重新解释经典，使经典的生命在审美历史活动中延伸，使"新的经典"真正获得文学史地位。因此，对于批评家来说，需要在中外文学史长河中形成自己的经典认识和审美趣味。只有在经典世界中形成自己的文学认识和美学趣味，才可能对不同的文学作品形成真正自由的评论，因为当心中有真正的文学准则时，时代的文学作品的创造高下就可能得到真正的评判。经典依然是最重要的尺度，没有经典文学的尺度，文学批评就不可能获得真正的价值认知。经典作家是可以分层的，并非只有伟大经典单一的存在，不同层面的经典，构成文明生活的独特价值。

我的做法是：寻找自由意义上的作家，在广阔的文学史视野中来确立它的地位。在世界文学背景下，我偏爱希腊古典文学作品，西方长篇诗歌作品,浪漫主义文学作品,这些经典作家作品成了我评价时代文学作品的基本参照系,基于此,我真正喜欢的现时代的优秀作家,往往带有自己的审美偏好与价值偏好。在长期的体验和选择中,我喜欢荷马的作品、但丁的作品、莎士比亚的作品、歌德和席勒的作品雪莱与惠特曼的作品,它也不妨碍我喜欢张炜的长篇小说,喜欢张承志与贾平凹的散文,喜欢顾城与海子的诗歌。不同层面的经典作品,不同时代的经典作品,在文学批评的文体认知视野中形成了自由的思想会通。其余的作品,可能也唤醒我的快乐体验,但是,从理性深处,我偏爱这些作家,所以,能够对这些作家的作品进行比较深入的评价。文学批评的文体意识,不是孤立的,而是与许多经典作家和经典作品联系在一起。当文体与作家诗人联系在一起,当文体与经典作品联系在一起,当文体与思想价值形态联系在一起,文学批评就获得了自己的深沉而自由的思想动力。①

　　每一文体皆有自己的历史,皆有自己的审美价值定性,这是不可替代的。诗不能代替小说,小说不能代替散文,散文不能代替戏剧,但是,不同文体之间,在坚守基本文体本性时,可以融入其他文体的要素,使文体之间形成"新的自由综合"。例如,抒情诗与历史叙述的结合可以构成"史诗",小说与诗歌的结合可以形成"小说体诗",诗与戏剧叙述的结合可以构成"诗剧"或"剧诗",散文与诗的结合可以构成"散文诗"。在文体自由结合时,最根本的文体本性并未丧失,这样,文体就实现了自己的突破。必须强调,文体批评的重要性,并不是对文体审美形式的强调,而是对文体内部的语言特性、抒情特性和思想特性的强调。也就是说,通过文体意识,强调文体自身的审美思想本性,从而实现生命的自由表达和文化的形象表达,使文体本身承载思想与形象的美感,实现生命自由本质的体验与内在价值的超越。通过文体的审美本性最自由地把握生命,这才是文体意识最根本的内在价值追求。正是从文体审美本性出发,一切优美的文学作品就在批评中得到价值确证。

---

① 李咏吟:《通往本文解释学》,第56—90页。

第四章　诗歌艺术的心灵性与现代性诗歌批评

第一节　心灵歌声：诗歌文体本性与诗歌批评的哲学沉思

1. 诗歌的本性与文体演进

诗歌本身就是自由的审美活动与思想活动，而且是极其优美自由的审美思想活动，它通过歌声直达思想或存在的深处，直接用歌唱道说生命的真理。诗歌批评的误区在于：评论家总想教导诗人，或者总想指导诗人如何艺术地创作，并且在诗歌语言节奏或诗歌意境方面给予诗人过多的暗示，或者毫不吝惜溢美之词，一味地赞美，其实，诗人更应该借助诗歌而思想，发掘诗歌的内在真理，因为诗歌欣赏是读者本有的能力。语言的快乐或意境的深邃，毕竟是为了思想的纯粹与深邃，因此，诗歌批评必须进行自由的思想，诗歌最有助于深刻地思想，诗人最能担负批评家的重任。诗歌批评，应该是最自由的思想活动，诗比散文和小说更能够自由地思想。追问诗人如何思想，就能直达诗歌的本源，如果只是讨论语言节奏或诗歌意象意境，那么就永远停留在诗歌的艺术表面。我们应该学会直达本源，不要在诗歌的外面进行过多的语言艺术游戏。这种批评原则，可能带有独断的性质，但是，必须看到：如果停留在艺术表面，批评的主体性价值取向根本就不能完成。当然，完全回避诗歌的艺术性，诗歌批评可能沦为政治学或哲学的附庸,因此,应该在理解诗歌艺术的基础上进行真正的思想批评。在诗歌的审美批评与思想批评之间,应该保持必要的张力,在强调审美批评的基础上深化思想批评,在思想批评的过程中保持审美批评的灵性。

诗歌,是具有韵律节奏和抒情效果的文学形式。它最初源于民间口头歌唱和宗教祭祀的需要,前者为了表达在山水间的自由情感,后者则是为了表达对神灵的感激与崇拜。诗歌的文体本性,从起源上追溯,直接与歌唱有关,它必须具备节奏、韵律等因素,只有具备这些因素,才便于记诵和理解。诗歌文体的形成,按照诗歌的发展格局与现实历史生活的需要而得以定型,短歌最易记忆、创作与表演,所以,"抒情诗"在诗歌艺术中具有重要的地位。"诗就是歌",正是从抒情诗意义上说的,但是,抒情诗不能完全满足人们对诗歌的要求,人们需要在故事叙述中歌唱,歌唱英雄的业绩,于是,"史诗"文体得以形成。在诗歌的发展过程中,许多新的表现形式与诗歌结合,丰富了诗歌的表现形式,诗歌的意义不断拓展。人们集合在一起歌唱诗,人们汇聚在一起欣赏诗歌,于是,诗歌的表演与舞台结合在一起,"诗剧"得以形成。按照希腊与印度诗歌的发展格局,宗教需要与文化节日相结合,直接促进了诗歌的发展。在抒情诗与史诗方面,印度诗歌的宗教倾向对于英雄颂赞诗的发展起了关键作用,但是,印度的古典政治制度没有推进诗歌的发展,所以,除了宗教节日生活之外,城邦的公共政治生活就无从想象。希腊社会则不然,当他们的政治发展到一定高度之后,公共空间的政治活动与艺术活动以及公民对公共艺术生活的要求就开始提出,于是,"戏剧体诗"就满足了公民的这一精神要求,所以,随着宗教生活与政治生活的完善,希腊社会比较早地完成了诗歌功能的全面开发,于是,希腊社会形成了完整的诗歌观念或文学观念。社会的自由发展与诗歌的自由发展,获得了内在的同步性,这是诗歌发展的社会文化原因。①

---

① 尹虎彬:《古代经典与口头传统》,中国社会科学出版社 2002 年版,第 28 页。

进一步说，诗歌的文体也与它的表演有关。自由歌唱，只需要在短时间内完成，所以，抒情诗歌文体即"歌行"，当然，也有教化的诗歌为了这一目的。叙述英雄的行为，表现英雄的伟大精神，是需要形象构造的，这不是意境形象所可完全表现的，因此，叙述的要求使得诗歌的表演时间和表达目的不同于抒情短歌。英雄史诗，往往需要万余行的篇幅才能完成；相对而言，"抒情诗"可以长达几百行，也可以只有一两行；"剧诗"，则必须控制在两至三小时的表演时间内。剧诗，在希腊时期，最初是单个人的表演，后来，为了形象的直观性，演员增多，合唱队使得抒情诗的作用在剧诗中得到极大增强。诗歌的表演性，是诗歌文体发展的重要动力，此外，诗歌的韵律节奏，可以看作诗歌发展的基本动力。总之，诗歌与音乐、舞蹈和绘画一道，构造了人类生活的美丽想象空间，满足了人们的精神与想象的需要。诗歌以其生动的具体性把人类生活的历史与现实、真实与浪漫进行了自由的表达，构造了人类艺术最独特的语言表达力量。韵律、节奏与抒情，是诗歌形式的本质构成要素，意象、意境、形象与思想则是诗的精神本质构成要素。诗歌创作，一开始就必须考虑诗歌的韵律、节奏、意象和意境要求，这是对诗人的最根本的考验。如果不能自由地控制这几个因素，或者说，不能在这几个要素之内获得最大的自由，就不能成为自由的诗人。最初的诗人，顺从韵律、情节、思想和想象的指导，通过吟诵的方式，自由编织诗句吟唱，它通过口头诗学的规则，让听者记忆与理解诗歌。经过漫长的历史时间的积累，诗歌的吟唱被语言文字确定下来，从此，人们理解诗歌不再需要直接倾听诗人吟唱，而是直接阅读诗歌文本，模仿诗歌的形式特质，自由地创作诗歌，表达主体内在的思想与情感。

从口头诗歌文体，转向本文诗歌文体，是诗歌文体最重要的变化。前者是流动的，只有韵律和时间记忆；后者是空间的，可以反复记忆。诗歌传播方式的转变，就是寻求确定性并保护诗歌美感的过程。诗歌的文体，因为韵律的分割，具有奇特的分行对称效果，因为韵律的对应，使诗句之间的对称和分行美感效果固定化。口头诗歌，能够更好地遵循韵律的安排，能够自由地呈现诗歌的音乐力量，但是，具有不确定性，虽然易于记忆,但传播空间有限,而且,记忆也是不确定的。由于记忆的限度,口头诗歌的创作数量往往很少,它只有转变成歌唱的语言,反复传唱,才能让人们记忆、传诵。这种歌唱性的诗,往往不能自由地表达诗人的思想与个性,而且,歌唱性要求使诗歌的创作变得有约束力。文字的出现与本文诗歌的形式,是诗歌创作中的重大变化。诗歌逐渐脱离了口语,虽然诗歌的记忆受到一定的影响,但是,诗歌因为文字传达而具有了语言的确定性与精致性。书面语言对诗歌提出了新要求,它要求诗歌的语言更雅致,要求诗歌的语言更具丰富性内含,还要求诗歌语言具有特别的韵律感,总之,书面语言的形成使得人们在创作诗歌时,显得更为从容、更为机智。

从诗歌的语言形式上说,诗歌的长短,是诗歌中争议最大的问题。中国古典诗歌,以歌为基本准则,所以,最长的诗也不超过五百行,最短的诗则只有一行。在中国诗歌中,对称的发展,使得"对联"的诗歌意义得到极大扩展,它成为我们文化的"仪式"。诗歌向戏剧的渗透,剧诗得以形成,诗乐舞形成奇妙的组合,中国诗歌之所以这么崇尚"短歌",与书面语言的确立有关系。当人们很早就能用书面语言记录思想与情感时,诗歌创作的浓缩性要求就出现了,汉字本身就要求"以一当十",即书面语言必须以极其简洁的形式来浓缩口头语言。中国民歌的精致感是千锤百炼的结果,而口头诗歌没有发展成史诗,长度就受到影响。

我们真正意义上的口头叙述,是从宋元话本开始的,在明清的口传小说中达到极点。此时,口头叙述虽然得到了高度发展,但是,叙述性要求与故事性要求已经超越了诗歌的抒情要求,而且,叙述本身不要求韵律叙述,只有插入式的诗歌。全部的叙述是以白话和口头叙述完成的,诗歌的歌唱性在长篇口头叙述中不被强调,所以,"史诗"就没有得到自然的发展。[①] 中国古典诗歌的创作与保存,与两种文化定制分不开:一是采诗官的作用极其重要,二是诗教的地位日益凸现,使得诗歌的发展以短篇抒情诗为正宗。短歌是中国古典诗歌的基本要求,与之相关的则是文,所以,

----

① 王力:《汉语诗律学》,第23—45页。

中国诗歌在追求"短"的同时,比较多的是在诗的句法与语言韵律上下功夫。它基本上表现为诗句字数的整齐与变化两种形式,字数一律与长短句,是中国古典诗歌与现代诗歌的两种自由选择。格律诗的韵律比较强,抒情表达上受到具体的束缚;长短句则形式自由灵活,更能自由地表达思想与情感。相对而言,长短句更能显出自由的意味,当然,唐诗、宋词与元曲中的长短句也有韵律要求。真正的自由体诗,已经在"楚辞"中得到发展,但是,"楚辞诗风"在后代没有真正变成诗歌的正宗,虽然"楚辞"也被理学家极力推崇。中国诗歌的现代化,依然在短篇抒情上继承着格律和自由诗传统。

民族诗歌,由于自身的语言韵律效果不同,构成各自独立的诗歌历史,显示了各自独立的审美价值特性。外国诗歌的抒情诗倾向非常明显,但是,史诗艺术显得更为古老。印度史诗《摩诃婆罗多》长达十万余颂,《吠陀》《奥义书》也相当长。希腊荷马史诗,每部皆在一万行以上,西方抒情诗的长度,大多比中国抒情诗长,当然,他们也有短篇抒情诗。外国长诗的发展,皆与民间口头歌唱有关,英雄故事与戏剧表演,使得诗剧与史诗具有相当的长度。中国诗歌强调短篇抒情诗的核心地位,史诗或剧诗的地位被忽视,特别是剧诗,往往只从戏剧角度予以认识,很少考虑它的诗歌特性,这就使得诗歌永远不能超出短篇抒情的格局。诗歌的意象或意境要求,使诗歌的绘画特征得到特别强调,但是,诗歌的历史性与戏剧性未能得到充分重视,所以,中国长篇诗歌显得极不发达。问题在于:诗歌的民族精神表达或民族诗歌形象的体现,需要长篇诗歌的建构。通过中西诗歌的对比,应该认识到,无论是长篇诗歌还是短篇诗歌,皆应得到充分重视,特别是对长篇诗歌应该进行时代性探索,或者说,必须把古代戏剧纳入诗歌领域给予充分考虑,这样,中国诗歌就具有丰富性思想传统,不再是单纯的抒情诗或意象诗,而是具有自由个性的诗性形象,也有着深刻而复杂的生命文化探索。

因此,诗歌的文体,按照诗歌的本性和诗歌的历史文化现实要求得到了理解。基于此,诗歌的文体本性,可以这样界定:即,诗歌是以韵律、节奏为基本语言运动方式,以意象转换作为抒情和叙事动力,以歌唱或抒情作为表演方式的文体形式,它在本质上是歌唱的,是浪漫的,是自由的。诗歌的文体,从普遍意义上说,是由抒情诗、史诗和剧诗组成的,而在抒情诗之下,又有各种格律诗,同样,在史诗与剧诗的文体规范中,有各种各样的自由诗歌实验。

2. 诗歌创作的经典谱系

诗歌创作,有其自身的民族历史,构成了自己的经典谱系。在经典本文清理的基础上,各民族形成了自己的诗歌史,与此同时,在各民族诗歌历史的基础上,又形成了世界诗歌的"总体谱系"。尽管目前诗歌的谱系或世界格局,以民族文明在政治与军事上的强弱作为传播动力,但是,各民族对自身诗歌的重视,证明诗歌具有伟大的价值。没有诗歌的民族是不可想象的,因为没有诗歌意味着没有歌声,没有生命的自由歌唱,只要有歌声,就有民族的诗歌,歌声最能传播民族文化的精神自由本质。人类最本质的生活,就在于需要歌唱;歌唱是最自由的音乐形式,人们愿意聆听自然之音与生命之声,人与大自然一起构成了生命的自由歌唱。正因为有了歌唱,生命就有了自由的想象和快感的力量。每个人都需要歌唱,哪怕他是文盲;歌唱使我们的生命充满了欢乐,自由就有了寄托。诗歌是本质自由的精神生活,它最自由的形式是歌唱;它最原初的形式,是歌唱,而不是阅读。从诗歌生命存在而言,阅读在很大程度上使诗歌走向了衰退和死亡。诗歌创作是为了歌唱,这是手段,不是目的。诗歌从本质上说,还是为了传递民族的英雄精神,所以,史诗传唱就有了意义。史诗歌唱对传唱者有极高的记诵要求,所以,只有少数人经过专门训练才能成为游吟诗人;人们需要自由歌唱,而且要易于模仿记诵,所以,抒情诗有最大的市场。人们还需要欣赏诗歌表演,所以,舞台给诗人提供了帮助,史诗是游吟诗人自己在唱,剧诗则由一个演员、两个演员,发展到很多演员一同表演与歌唱。

诗歌创作为了不同的目的。史诗为了记述英雄史,它不是自由创作的,需要无数人的合作,也需要伟大诗人的最终创作成型。它永远只属于全民族的共同歌唱要求,没有人可以自由创作史诗,因为它必须以英雄史作为依托。剧诗的创作,可以纪实,可以虚构,它的创作服务于舞台和观众,不能完全屈从诗人自己的天性。只有达成诗歌表演与观众最大限度的自由交流,才会使剧诗获得成功。剧诗是表演的,它不能只为诗人自己而创作,必须为观众而创作。抒情诗是最个人化的,它受到的限制少,所以,它是无限自由的,服务于抒情主体,顺从诗人的内心和自由意志。它不需要向任何人屈服,也不需要讨好任何人,因为只要是自由的歌声,就会有知音的倾听。

　　抒情诗的自由,值得重视,它可以长,也可以短,正因为抒情诗最容易创作,所以,抒情诗也是最泛滥的。中国抒情诗,在自己的发展历史过程中,一方面遵从民族语言的天性,另一方面遵从民族文化的天性,形成自身的基本特点。从语言上说,诗歌形成了整齐的三言诗、四言诗、五言诗、六言诗、七言诗、杂言诗等,与此同时,诗歌强调意象与意境,形成了中国诗歌对诗的"绘画性效果"的特别要求。"诗中有画,画中有诗",成了中国诗歌的最佳形式典范。从思想意义上说,中国诗歌强调"诗言志"和"诗缘情",诗言志,乃中国诗歌的主导思想与精神,因而,诗歌成了中国人思想自由的最基本的表达形式,它可以通过直白的方式表达,也可以用隐晦的方式来表达。诗歌的仪式化,特别体现在对联之上,"对联"是中国人诗意生活或节日生活的文化装饰品,它呈现在客厅和门廊之上,也装饰在庙宇和厅堂之中。人们因为赏诗而聚会,赏诗与赏花和品酒一起,诗意地交游,诗意地娱乐,诗意地享受生活,诗意地想象生命的美好。诗歌构成了中国诗意生活的精神实质,孔子曰"不学诗,无以言",在中国文化中极有道理,当然,在现代中国生活中,这种诗意风范似已荡然无存![1]

　　诗的文化,构成了抒情诗在中国的过分实用性,这在很大程度上影响了抒情诗的自由精神表达。其实,抒情诗不适合过分的交际,但在中国文

---

　　[1]　李咏吟:《诗言志与语言神及文明的价值信念》,《文学评论》2007年第5期。

化中,抒情诗成了交际的产物,结果,中国抒情诗的志向太多,而自由精神的抒发,特别是思想自由、生命自由的神话想象和探索,就显得非常不足。另外,中国诗歌的多元化道路,因为诗歌的功能性要求受到限制,当然,民族的精神生活和英雄精神崇拜,在早期诗歌中也得到了自由表达。在我看来,中国的《尚书》和《史记》,可以称为"民族的早期史诗",而《西游记》则可以称为"民族的后期史诗",因为这些作品具有史诗的独特品质,但是,这些作品,从诗歌的形式本性上说,相差太远,尽管精神本性有其一致性。

中国诗歌的创作谱系,已经形成了确定性认识,即"诗经"与"楚辞"是中国诗歌的两大经典源泉,由此而下,魏晋诗歌的玄学之思与山水之思,唐诗的山水田园与边塞之思,宋词的清歌小调,元曲的剧诗趣味,还有中国民歌的古老传统与独特文化精神,一贯而下,构成中国古典诗歌的浪漫洪流。与此同时,伟大的诗人也灿若星辰。屈原、曹操、陶潜、张若虚、王维、李白、杜甫、白居易、苏轼、辛弃疾、关汉卿、汤显祖、龚自珍、郭沫若、闻一多、艾青、顾城、海子,等等,构成了中国诗歌史上的璀璨明星。中国诗歌的特殊地位,是由诗歌的吟诵性决定的,必须承认,中国是诗歌的国度,但并不是具有无数伟大诗人的国度,这是因为诗人们并没有创造出伟大的生命象征形象和自由的生命精神,许多诗歌还是停留在"诗言志"的基础上。我们的诗人所言的"志",缺乏广阔而自由的生命内容,特别是缺少自由的哲学深度。从思想意义上说,中国最伟大的诗人是老聃,他的《道德经》,以五千言构造了伟大的生命宇宙和独特的精神哲学,这是中国诗歌的巅峰。但是,后来的诗歌并没有继承"老聃传统",也没有继承屈原的"诗歌神话传统",更没有坚守屈原的"美政思想传统",结果,诗歌多忧患意识而少自由意识。诗歌是民族精神的独特表达,诗歌就是要创造伟大而自由的生命形象,应该说,它是民族精神的积极表达,是民族精神的最自由的象征。

西方诗歌的道路与我们不一样,他们的诗歌与宗教文化生活紧密相连。早期的诗歌,具有强烈的神话文化精神;后期的诗歌,则与生命的自由息息相关。西方诗歌较少文化交际功能,特别是抒情诗,只是自由精神者的语言游戏,所以,它永远保持着自身的生命自由本性与神话精神本性。西方抒情诗更为个性化,尽管有的诗歌也与歌唱有关,并且对音乐作曲产生影响,但诗歌本质上是为了音乐的自由,而不是为了生活的交际。西方诗歌史,既可进行生命精神或哲学精神的整体概观,又可以从国别语言来理解,希腊语、拉丁语、德语、法语、英语、俄语、西班牙语史上,皆有无数杰出的诗人,伟大的诗人诗作,构成了西方诗歌的"精神谱系"。西方诗歌的独特而自由的道路,有其民族特性,因此,他们的诗歌并不总是伟大的,每个民族的诗歌皆有自己的曲折道路,但是,在认识一个民族的诗歌时,我们需要理解其伟大而自由的传统。正是通过诗歌的神秘而自由的传统,诗歌的自由而神秘的想象才能将诗歌的丰富思想内涵进行生动呈现。

中外诗歌,在诗歌的本质理解上有着根本区别,这是我们需要加以留意的。西方诗歌更为哲学化,更为音乐化,更为宗教化,更为浪漫化,他们的诗通过宗教保留。真正的诗歌精神也是通过宗教保留,他们服务于公共的文化仪式,而不是人际间的生命仪式。当然,他们的诗歌创作与我们也有共同之处,例如,作为歌唱的诗歌创作,与中国诗歌一样,具有自由的精神快乐,具有绮丽的生命想象,具有音乐与绘画的质感。

3. 诗歌的话语理解与美学立法

诗歌批评,就是要反思诗歌、理解诗歌、创造诗歌、发现诗歌。诗歌批评,在所有的文学批评样式中是最艰难的,因而,也给所有的批评者提出了深刻的思想挑战。诗歌批评之难,不是难在对诗歌形式的理解上,而是难在对诗歌的思想把握上。更为重要的是,诗歌批评如何在批评的过程中融入对诗歌历史和时代价值的清醒认知,从而不仅能给人们以思想与美感启示,而且能给人们以创作自由的启示。创作决定了诗歌的精神特征,诗歌批评就是要正视诗歌的创作特性。诗歌文体的自由力量离不开它的思想和形式,诗的形式带有韵律节奏,具有意象和神话性,具有象征和自然之思。诗歌批评,可以从形式入手,因为诗的形式研究离不开语言,正是通过语言的诗性传达,诗歌文体呈现自由多样性,如颂歌、挽歌、史诗、剧诗,作用各不相同。诗歌批评解释,自然要对诗与非诗进行判断。意象与意境,是判断诗与非诗的最重要手段。韵律形式与思想意味,也是重要的诗歌审美判断形式。所以,席勒指出:"诗人在任何地方都是自然的卫士,他们的名称就说明了这一点。在他们再也不能完全充当这一角色而且已经在自己身上感受到随心所欲的、不自然的形式的破坏性影响,或者曾经与这种影响进行过斗争的时候,他们将作为自然的证人、作为为自然进行报复的人出现。他们要么自己会成为自然,要么会去寻觅已失去的自然,从中产生出两个迥异的诗作方式,把诗的整个领域包容其中。所有真正的诗人,视其所活跃的时代之不同,或视各种偶然的因素对其一般的教育、对其一时的心态所施加的影响之不同,将会要么属于天真派,要么属于感伤派。"①这种认识相当独特,也具有审美的规定性。

诗歌批评,必须考虑诗歌的文体诸多变化以及各种功能价值。诗歌文体,可以在韵律上求变,也可以在抒情效果和抒情目的上求变,还可以在文体交叉上求变,这是诗歌批评的文体和功能定性。通过诗歌文体的认知,应解决诗歌的功能定性问题,因为颂歌与哀歌,情诗与理诗,有着根本不同的功能。诗歌批评,要通过语言进入诗的精神内部,即通过语言意义呈现进入诗歌的思想。这是最难的,即由诗之言进入诗之思。诗歌理解,当然需要回到诗,即追问诗是什么与诗歌何为,因为在现代视野中,人们恰恰遗忘了诗歌曾经是什么。从另一方面来说,人们对诗的理解太多元,使得诗歌的本质被遮蔽,反而使诗歌失去了独有的生命力。诗人到底怎么理解诗歌,这是诗歌批评的关键,因为诗歌评论毕竟代替不了诗歌创作。对于中国诗人来说,诗歌首先是激情表达,即无论诗人的思想是平凡还是激进,激情是第一位的,只要是通过直率的激情吟出韵律的诗篇,即可称之为诗。我们所见过的一些诗人,虽然平庸,但是,他们所具有的激

---

① 《席勒文集》第六卷,人民文学出版社 2005 年版,第 96 页。

情则为普通人所不具备。诗人皆有激情,诗人能用韵律词句表达激情,这就是诗歌才能的表征。最初的诗人,就是唱,唱情与唱事,是诗人的两种形式。唱情依赖的是声音之美和情调之美,即能够通过词语的韵律回环,将人带入声音的生命享受。[①] 唱事则依赖故事性,歌唱本来就需要激情,诗歌在歌唱的意义上是真实的激情表达。

自由的诗人把诗歌理解成"言志"的手段,即诗人内心的渴望直接变成诗句。诗人的"志"不外乎内心之志与外在之志:前者服务于个体,后者服务于社会。诗人之志,从总体上说受制于社会思想水平,即时尚观念和意识形态理想很容易成为诗人的外在之志。个人内心的志向,往往让位于外在的志向,因为发表决定了这种志向表达的外在化与虚假化。诗人本应致力于内心自由的表达,这才是诗歌的正途,但是,许多诗人恰恰满足于干预社会表达的外在之志,使诗歌走向空洞的说教。当诗人之志向表达虚假化时,人们力图回归诗歌语言自身,所以,诗人把诗歌理解成语言和韵律的艺术。诗歌语言确实最关键,由于诗歌源于歌唱,因而,诗歌语言处于韵律性与非韵律性之间。由于中国诗歌直接从歌唱发展而来,因而,中国诗人始终坚守此道,以为诗歌即抒情诗,这从根本上限制了中国诗歌的自由发展。

什么是真正的诗歌? 这是现代汉语诗歌赖以发展的根本前提。应该承认,诗歌应该成为激情的艺术,"激情",是对生命的永远的热情。诗歌,应该成为自由与神圣的表达。现代诗歌的衰落,在很大程度上与诗歌过于干预社会有关。诗歌太关注现实自身,太关注生活情绪,结果,诗歌与生命的原初表达形成了内在的背离。诗歌与歌唱的命运,可能是发人深省的,歌唱的生命力在于它永远是人们内心激情的表达。真正有生命力的诗歌,必定是自由抒情的诗歌,而不是现实情绪的表达。现实情绪的表达,可以让诗歌流行,但不能让诗歌长驻心灵。歌唱的永恒在于:它表达了人们自由的心情与内心的神圣渴望。诗歌可能更多地应与自由、情感

[①]　陈中梅:《言诗》,北京大学出版社 2008 年版,第 333—360 页。

和幻想有关,不能太多地与世俗生活相关。人们可能会说,脱离生活实际的诗歌是没有生命力的,其实,诗歌是心灵的神圣产物,它不需要与人贴得太近,因为过于亲热反而使诗歌没有了神圣的力量。走向世俗的诗歌意味着死亡,走向心灵神圣的诗歌意味着永恒,这是由诗歌的本质所决定的。

　　诗歌批评的本体要求,实际上,就是要求批评家能够真正地理解诗歌,即理解诗歌的本性并理解诗歌的独特精神本质。诗歌批评自然不能完全离开诗歌语言自身,离开了诗歌自身,诗歌批评就可能走向歧路,但又不可完全拘泥于诗歌语言自身,否则,就没有诗歌解释的自由方向。①诗歌批评自然离不开语言,但诗歌批评用不着过多地考虑诗歌韵律自身,这是诗人的事,而不是批评家的事。诗歌语言的意义或思想,是诗歌批评需要特别关注的。诗歌的叙事职能,决定诗歌批评必须关注叙事的英雄性或神话性。象征理解是诗歌解释与批评的关键,形象理解也是诗歌解释与批评的方向。中国诗歌重视意境理解,西方诗歌重视神境理解,前者是自然之境,故诗歌与绘画相通,后者是神秘之境,故诗歌与宗教相通。虽然诗歌批评必须通过诗的语言自身进入诗的内部,但是,诗歌批评不必过于关注韵律与句法形式。诗歌批评的思想要求,在很大程度上应该上升到哲学的高度予以认识。诗歌就是思想,不过,应该看到,诗歌在许多时候恰好不能承担思想性要求,或者说,许多诗歌恰好没有思想,它只是事件的叙述,或只是意象的组合,或只是感情的直接宣泄。在许多诗歌中,人们看不到深度,即诗歌缺乏诗性想象应具有的深沉的美学力量或思想力量。尽管诗歌的创作现实无法为人们所满意,但是,我们不能因此而降低对诗歌的思想性要求。诗歌作为情感表达,诗歌作为自然与自由的想象表达,诗歌作为自由思想形式,诗歌作为神秘认知,这一切,皆需要诗歌批评家进行深刻而独特的思想探索,因为诗歌批评不能满足于讲述历史与现实素描,它应该具有某种预见性和思想指导性,即开辟从历史通向

---

①　陈中梅:《言诗》,第 391 页。

未来的思想与艺术道路。

"是什么使诗歌走向死亡?"这是诗歌批评必须认真思考的问题。诗歌与唱歌的分离,这并非正确的思想方向,因为歌从来就没有死亡,而且生命永恒,歌是诗的原初本质。是什么使诗歌永葆艺术的青春? 是歌唱的力量、美的力量和思想的力量。诗歌失去神圣与神秘的心灵的启示,就会变得庸俗化,诗成了对英雄的献媚。诗歌永远是寂寞的,虽然诗人的诗歌可能在人民的口头永远传唱,但这样的诗歌毕竟是少数。我们正在追求诗歌的阅读而不是歌唱,但阅读的诗歌对诗人的思想提出了极高的要求,我们的诗人在这方面有些无能为力,因为短篇抒情诗确实难以承担复杂的思想。诗歌的解释与批评,既需要形式分析,又需要诗意感悟,既需要诗的历史追溯,又需要诗的哲思,由此,必然形成意象批评、韵律批评、历史批评和哲学批评。自然,诗的哲思是最必要的,也是最难的。许多诗歌解释者只能进入诗的形式之思中,停留在形式分析和意象批评之上,诗意感悟过于玄秘,类似于诗,即以诗评诗,诗歌解释与批评充满思想的诱惑。

4. 诗歌批评的解释学传统与变革

中国诗歌评论有着自己的传统,与西方诗歌评论的发展模式有很大不同。最初,是与"诗经"有关,因为中国重视诗教,把"诗经"上升到文明启蒙的高度,"不学诗,无以言",事实上,诗教处于极重要的地位。中国古代好的诗歌评论,是从评论"楚辞"开始的,因为"楚辞"确实比"诗经"更接近真正意义上的诗歌。自从《尚书》确立了"诗言志"之后,儒家即以此作为诗歌价值信念,无论是诗歌创作还是诗歌鉴赏,皆以此自命。中国诗歌评论在强调"诗言志"的同时,还有"诗缘情"的主张。中国诗歌评论要求诗歌承载的东西比较多,但总体上说,是社会功能方面的,包括人生修养方面的。① 诗歌作为中国社会交往的基本文化仪式,举酒唱和是最自然

---

① 　朱自清:《诗言志辨》,华东师范大学出版社1996年版,第2—30页。

不过的事情。中国古代诗歌评论过于笼统,也过于玄妙,结果,对诗歌的真正理解,就不能建立确定的思想范式。

从儒家和道家的思想传统来看,他们对诗的理解,比较重视诗歌的价值,钟嵘的《诗品》,则从另一个高度强调诗歌的价值。他说:"气之动物,物之感人,故摇荡性情,形诸舞咏。照烛三才,晖丽万有,灵祇待之以致飨,幽微藉之以昭告。动天地,感鬼神,莫近于诗。"刘勰的看法,则显得更为全面,他说:"故铺观列代,而情变之数可监;撮举同异,而纲领之要可明矣。若夫四言正体,则雅润为本;五言流调,则清丽居宗;华实异用,惟才所安。""民生而志,咏歌所含。兴发皇世,风流二南。神理共契,政序相参。英华弥缛,万代永耽。""匹夫庶妇,讴吟土风,诗官采言,乐胥被律,志感丝篁,气变金石。""和乐之精妙,固表里相资矣。故知诗为乐心,声为乐体,瞽师务调其器;乐心在诗,君子宜正其文。""若夫艳歌婉娈,怨志诀绝,淫词在曲,正响焉生!然俗听飞驰,职竞新异,雅咏温恭,必欠伸鱼睨;奇辞切至,则拊髀雀跃;诗声俱郑,自此阶矣。凡乐辞曰诗,咏声曰歌,声来被辞,辞繁难节。"①自此,魏晋诗歌批评与诗歌艺术论,奠定了中国诗歌美学的独有精神品质。

现代中国诗歌批评,一方面承继了古典诗歌批评传统,另一方面又接受了西方诗歌批评观念,这是中国文化具有创造力的表现,因为当原有的文化阻碍了人性的解放和社会的自由时,引入西方诗歌观念是必然的。中外文化之间,自由交流,多元并存,或者说,取其精华,自由创造我们的文化,这是文化发展的必然之路,也是诗歌发展的必由之路。不过,现代中国诗歌文化,以冷冻民族文化和破坏民族文化为宗旨,结果,西方的自由文化没有真正引进,中国好的文化则被破坏,一些恶劣的底层文化严重影响我们的生活与社会秩序。现代中国新诗,一方面在追求自由,另一方面诗歌的功利化更为极端,文学或诗歌的堕落使中国诗歌变得更加劣质,自由精神的缺乏与自由精神的消失,是中国诗歌的不幸,这在很大程度上

---

① 刘勰:《文心雕龙·明诗》。

也影响了诗歌批评的品质。诗人之间陷入意气之争,自以为是,不要批评,反对批评,只要颂扬,结果,诗歌只有走向穷途末路。诗歌批评的庸俗化和媚俗化,诗歌批评的个人化与绝对化,必然使真正自由独立的诗歌批评走向死亡!

诗歌里有民族的歌声与心灵的歌声,自由的歌声与哲理的歌声。诗歌不是道说已有的现实,而是要道说自由的美丽与属于未来的思想。诗歌道说神秘与自由,道说存在的哲理与生命的幸福,显出神秘的力量。诗歌批评必须面对现实的诗歌,而现实的诗歌往往过于考虑当下的功利要求,结果,现实的诗歌往往背离了诗歌真正的自由要求。心灵的歌声,是源自生命的最内在的要求,不是过于现实的功利的流行曲调。真正的诗歌,是源自民族精神深处的自由呼声,是对自由美丽与生命神圣的渴望,是对存在的美丽与国家的美丽最内在的渴望。"一切美丽之声",皆是诗歌的本质追求。

现代新诗批评,主要以西方诗歌批评为原则,无论是诗的灵感观,诗的想象理论,诗的细读法,皆受到西方诗歌批评的影响,各种新思潮也被适用于"新诗研究",特别是文学思潮研究对新诗批评产生了决定性影响。诗歌批评的观念变革,应该是为了更好地理解诗歌,更好地创作新诗。评价的目的,是为了理解新诗,也是为了自由地探索新诗。现代中国新诗评论,在思想解放运动之后,有了好的发展方向,自由的诗歌批评家虽然还有不少局限,但是他们已经在探索自由的诗歌了!诗歌批评需要综合的眼光,诗性、综合的解释方法,具有重大的意义。要想超越当下诗歌批评的形式主义倾向,必须发展诗歌的哲学批评,只有建立诗歌的哲学批评才能使诗歌形成最内在的价值回归。[①]

诗歌的意义是什么?诗歌的价值是什么?什么是诗歌必须坚守的内在品质?这就需要不断地逼问。可能很多人会说,"诗歌必须抓住最时尚的东西",确实,谁抓住了时代,谁就会成为时代的英雄,然而,诗歌有时并

---

① 陈中梅:《言诗》,第 308—318 页。

不需要抓住时代。时代的感觉情绪与时代的变幻价值,最难被抓住,所以,我更希望诗歌能抓住历史与未来,能够抓住最本质的生活与真理。显然,这就要求诗歌具有自己的超越性和确定性,具有自己的坚韧性与优美性,具有自己的神秘性与深邃性,此时,诗歌就需要真正思索生命与存在的价值,思索真正的幸福与文明信念。

5. 诗歌批评的内在目的与意向

诗歌的历史道路已经摆在我们的面前,诗歌批评家应该如何选择,这才是关键问题。诗歌批评家应该不断深化自我诗歌修养,诗歌评论家应该爱诗、懂诗,因为真正地理解诗歌,这是评论诗歌的先决条件。诗歌评论家应该知道世界诗歌史的历史脉络,应该对世界诗歌经典有相当深入的理解,与此同时,诗歌批评家应该知道诗歌批评的历史与现状以及可能的选择。诗歌批评的选择,既是现实选择,也是历史选择。诗歌批评应该重视多元化选择,即允许批评分层,允许批评家寻求不同的诗歌解释道路,这样,诗歌批评解释本身也会因为难易而见出自身的思想与美学的价值。

诗歌批评应该对批评的对象进行明确的选择。诗歌是爱好的产物,诗歌的多样化也是爱好的必然结果,因此,诗歌批评家不可能批评所有的诗人诗作。要想做到公正是很难的,这是否意味着诗歌批评历史的写作不可能呢? 因为诗歌批评者肯定有个人倾向与个人偏好。这种倾向与偏好,决定了评论家对诗人诗歌的选择,也决定了评论家对诗人诗作的价值定位。诗歌史可以是个人理解的诗歌史,但是,真正的诗歌史不可能由个人独立书写。每个重要的诗人,皆有真正的诗歌批评家担任解释者。个人要对所有重要的诗人诗作发言是困难的,对于正在发生的诗歌进行评论,比诗歌史写作更重要。真诗人和伪诗人,皆以诗歌的外在形式活动,这时需要批评家对真诗人进行发现,对伪诗人进行监督。虽然批评家不可能对所有的诗人进行研究,但是,真诗人需要自由的批评家来发现和肯定。我们也应该相信,真的诗人,只要有真的诗歌,就不会丧失自己的历史位置,迟早总会有发现者和解释者。问题在于,正在发生的诗歌太复杂,如果能够及时地选择,发扬和光大好的诗歌,引导诗歌的正确方向,那么,诗歌批评家的思想价值就能得到更好的体现。

诗歌批评家可以致力于诗歌语言、诗歌形式与诗歌美感的研究。语言形式是诗歌的根本要素之一,它具有相当的确定性。诗歌的美感和形式可以通过比较分析,通过语言确证获得肯定,因而,形式研究始终是必要的。诗歌语言,不能只有形式的分析,更有美感思想的语言、文化渊源的分析。诗歌语言本身可以唤醒美丽的世界,但它绝不是孤立的语言,而是生动的语言,扎根在存在深处的语言。诗歌批评家,应该对诗歌的文化功能和社会功能有深入的理解和分析。诗歌毕竟是时代的、社会的、生活的,与人的生命息息相关,因而,诗歌的社会文化学批评就显得极其重要。中国诗歌的过分功能化倾向,对于诗歌的危害是极大的。当然,在战争与混乱年代,"诗人的吼叫"比什么都具有感染力和召唤力,但是,诗歌应该遵循的是自由的道路。诗歌是和平时代的美丽之音,诗歌是人类的美好思想传达,诗歌是对自由的深度渴望。诗歌与战争,诗歌与权力,只可能暂时地结合,伟大的诗歌,必定歌唱自由与爱情,生命与神圣,祖国与土地。①

诗歌批评家对待诗歌,必须有哲学的、文化的分析,必须有宗教神秘主义的分析,这样,诗与哲学,诗与宗教,诗与存在,就会建立最紧密的联系。诗的深度分析是极重要的问题,诗歌与哲学和宗教的亲密程度,在很大程度上也影响了"诗歌批评的深度"。真正的诗人总应该多样化,即不能排斥诗人与宗教和哲学的亲密,因为按照诗歌史的历史经验,自由的诗人与宗教和哲学亲密共在,其诗歌更具思想深度。我们的诗人在现实主义方面,在人格精神志向的表达方面堪称独步,但是,在探索神秘、存在和生命问题上缺乏复杂性,是不争的事实。中国诗歌的最大局限就在于:以为诗歌只有抒情诗是合法的,而且只有短篇抒情诗是合法的,与此同时,

---

①　海德格尔:《林中路》,第23—58页。

以为诗歌只有"言志"才是正途,以为诗歌只有现代主义才是唯一方向,这些偏见,影响了中国新诗的发展。诗歌应该是无限开放的,它应该只对自由与开放负责。

诗歌评论家,不能到处奔跑着解释诗人,必须通过伟大诗人的解读建构自我关于世界的理解,关于伟大诗歌的理解,关于与诗有关的一切伟大事物的理解。我们不能漫无边际地评论诗人,必须以伟大诗人和伟大诗歌经典作为范本自由地解读诗歌作品。以西方诗歌批评为例,被真正解释的诗人是荷马、但丁、莎士比亚、歌德、席勒、海涅、荷尔德林、雪莱、济慈、布莱克、惠特曼、艾略特,在这些伟大诗人中,维科、帕里解读荷马,海德格尔解读荷尔德林,弗莱解读布莱克,奠定了具有真正的诗歌意义而且成就了一代诗歌的批评经典。许多诗人诗作,至今还没有诞生真正伟大的解释者,这说明,诗歌批评家还落后于伟大的诗人。对于中国诗歌批评家来说,最大的成就在于解释屈原、陶渊明、李白、杜甫、苏轼,但是,许多诗人诗作还没有真正优秀的解释者。当代诗歌评论在此显得尤其荒凉,虽然闻一多的诗歌评论曾经起到了重要作用,宗白华、梁宗岱的诗歌评论也有很好的示范作用,但是,我们依然缺乏富有思想的诗歌解释者和批评家,特别是在思想方面有深刻洞见的批评家。[①]

在我的新诗生命体验视野中,顾城的诗歌留给我极为重要的思考空间。是的,他的杀妻行为,毁灭了他作为诗人的不朽名声,但是,这个人在诗歌语言与思想上的成就,他的人格畸形以及对世界的期待与理解等问题,值得深度思考。他的诗歌是值得思考的,正因为有思考的价值,我们不能因为他的杀妻行为而中断对诗的解释,所以,在我的诗歌评论中,主要以他的诗歌作为范本而展开。当代中国诗歌一片迷茫,有许多问题因为意见不统一而没有得到真正的探讨,诗歌好像是衰落了,而且诗歌成了思想的负担。因此,如何重振诗歌,排除成见和意气,走出诗人的小圈子,是当前诗歌评论者的必要选择。对诗人,不能以一两首诗来判断,必须以

---

① 闻一多:《诗与神话》,华东师范大学出版社,第11—15页。

"诗人的诗集"来做整体的判断。没有诗歌作品结集或没有诗歌作品系列,单纯凭一两首诗,无法评价诗人的真正思想与艺术成就。诗歌评论,是为了深入地理解诗歌,为理解诗歌开辟道路,为了确证真正的诗歌而进行思想努力,为了从诗歌意义上理解存在、生命和世界确立自由的途径。诗歌评论,真正要呈现的还是评论家自己。诗歌必须以诗人的作品为基础,尊重诗人的生命历史与生命活动,但是,诗歌评论家不应以诗人作品的精神或形象还原为目的。批评家更多的必须是表达自己,表达自己对诗人与诗歌的理解,进入诗歌的内部。诗歌的精神还原,就是要回到诗歌的心灵理解中去。如果评论家只能对诗人的诗句进行还原式理解,只是对诗人的语言或意象意境进行纯粹的赞美,那么,诗人并不会真正尊重这样的批评。诗人会有诗歌的优越感,让批评家成为诗人的奴仆,此时,诗歌批评家必须显示独立自由的思想尊严。

真正的诗歌批评家,既能进入自由的世界之中,又能进入诗人的世界之中,或者说,通过诗人来理解生命,比诗人更深刻地把握诗人的命题。如果说,文学史家可能更多地陈述诗人的生平与诗人的作品,以诗人活动还原作为历史叙述的目的,那么,诗歌评论家必须在诗歌的自由想象中完成思想的升华。这就需要发现,或者说,评论家必须成为另一意义上的诗人,即不是主动选择诗歌表达思想,而是在诗人的牵引下自由地思想。诗歌评论家是在诗人的启发下再创造思想,或者说,在不显著的思想处给予人们最充分而强烈的思想启迪,当评论家的诗思与诗人的诗思相互激活时,诗歌的生命就会双倍强烈地发挥作用。

第二节　孤独与忧伤:诗人的清醒探问及其语言的宁静之美

1. 以顾城为例:诗人的特质

作为诗人的"顾城"和作为常人的"顾城",皆给人怪异的感觉,这种怪异,最终以悲剧收场。当他举起斧头砍向自己的妻子时,他绝对是精神与肉体的暴徒。作为怪异现象的顾城诗歌,总是闪耀着天才的光辉;作为孤独的诗人,他的生活、他的创作、他的选择令人困惑。在后工业文化时代,无论是讨论顾城,还是讨论顾城诗歌,皆具有特别重要的意义。尽管评论界至今还不能对顾城诗歌进行恰当的评论,但是,随着人们视界的拓展,认识的深入,必定有对顾城诗歌的深刻评论出现。认识真正的诗人,并不是一件简单的事,因为认识真正的诗和真正的诗人,不仅需要特殊的眼光,而且需要深刻的审美经验,更需要一定的思想天赋。就我个人而言,我愿意把顾城视作极具创造力的诗人,他不是那种"豪放的诗人",然而,他的童心、孤独、怪异、灵思、欲望、魔性,具有特别的思考价值。尤为重要的是,顾城诗歌,隐喻着这一代人的生活命运、时代感受和生命困惑。作为诗歌批评的设问,还需要讨论:"顾城的诗歌是否值得批评?",或者说,"顾城是不是现代中国诗歌史上值得批评的诗人?"前一个问题,比较好回答;后一个问题,实在很难回答。问题在于:如果他不是现代中国诗歌史上最值得评价的诗人,那么,诗歌的批评解释往往很容易丧失真正的价值。

由于我对顾城持有欣赏而同情的立场,因而,对顾城的诗歌评价,就有了良好的思想开端。这种立场,既能对顾城诗歌进行比较深入和细致的解读,又能对顾城诗歌形成某种独特的领悟和发挥。在评价顾城诗歌时,必须思索一代人的文化命运,担负一代人的文化反思与价值反思的任务。作为诗人的顾城已经终结了,而他的作品,也形成了完满的系统。顾城的父亲顾工把顾城的全部诗歌,编辑成《顾城诗全编》,提供了可信而又完善的"文本"。[①] 随着研究的深入,顾城的诗歌佚文一直在结集,特别是早期诗歌不断被编辑出版,顾城的传记材料亦陆续编出,值得重视的是,赵毅衡编辑了顾城在海外创作发表的一些作品。[②] 应该说,顾城很善于保护自己的诗歌,或者说,他的亲人和朋友很好地保存了顾城诗歌,这是一件令人快乐的事。作为诗人的顾城,确实给 20 世纪的诗歌阐释者提供

---

① 顾工编:《顾城诗全编》,上海三联书店 1995 年版,第 1—5 页。

② 赵毅衡编:《墓床》,作家出版社 1993 年版;顾城:《英儿》,华艺出版社 1993 年版。

了许多有价值的东西。应该说,顾城诗歌提供了许多可解释的内容,特别是对苦难的中国历史的现代反思,他的诗歌提供了叛逆与反抗的样本,但是,从美丽的中国生活理想意义上说,顾城诗歌显然不是合适的样板。顾城只活了短短的一生,他1956年出生,1993年自杀,在人世间存留了37年,从8岁开始写诗,他的一生,是"为了诗而活着"。从顾城诗歌作品系列来看,共有841首诗,1部诗体小说,20多篇诗论。如果把他的全部未刊诗歌手稿算在一起,他大约写了近2000首诗,包括他儿童时期的大量短歌。顾城已经证明:诗人必须以诗集的方式而活着,而不是以单首诗或诗选而活着,唯有在诗集中,才能完整地理解一位诗人。①

顾城诗歌的历史踪迹,大致可以分为四个历史时期。第一个历史时期从1964年到1978年,即8岁至22岁,这一时期,顾城一共创作了104首诗,这是顾城诗歌的探索时期,诗人的创作显示了向上的精神力量。顾城在北京度过了童年,随后跟父亲流放到农村牧猪牧羊;其后,学过木匠,做过糖工、油漆工、木工。他1963年入学,1969年离开学校,只上过六年小学,从此再未在学校学习过,北京古城的生活,对顾城后期诗歌有决定性影响。他幼年随家流放,促使他以怀疑而又早慧的眼光观察世界,体验个体生命与自然生命的意义。虚弱的身体、聪慧的灵性、屈辱的体验、自然的风光、童心的想象、早熟的怀疑精神,使顾城早期诗歌色调斑斓,既有甜蜜的幻想、大自然的灵气,又有怪异的抽象、淡淡的忧伤。奇怪的是,他在句法上受到了当时的诗歌时尚之影响,但是,诗歌意象、诗歌意境和基本精神则显得灵异清新,顾城的不通世故与精通世故以至反抗世故,在他的诗歌中留下了深刻的印迹。

顾城诗歌创作的第二个历史时期,是从1979年到1985年。他的诗歌创作日趋老到成熟,与同时代的诗歌相比,顾城诗歌有着深刻的精神面貌。这一时期,顾城诗歌创作取得了重大突破,不仅在思想上,而且在诗艺上,皆与众不同。1979年,是顾城诗歌的转折期,他自由地把诗稿投寄

---

① 顾工编:《顾城诗全编》,第3—117页。

给当时的"地下"诗歌刊物,发表了具有象征意义的诗作《一代人》。他作为诗人被人认可,就是因为这些作品,他的探索性诗歌充满怀疑精神,富有思想性,显示出独特的精神气质,也给诗人带来了自信,最终由业余诗人转变成职业诗人。1980年,顾城待业在家,正式开始职业创作,《小诗六首》在《诗刊》上刊布,他与北岛、舒婷等一起,被人视为"朦胧诗"代表,他们创作的新诗引发了当时文坛最激烈的争论。相对说来,顾城引人讥议和诟病最多;批判与争论愈激烈,顾城诗歌的影响也就愈大,这一年,对于顾城诗歌接受具有决定性意义。随着他的诗名大振,他的诗作的发表更为自由,因而,顾城诗歌创作在这一时期可以称为黄金时期。1985年,对于顾城来说,是思想转折时期,"朦胧诗"的思想特性和艺术形式已为人充分接受,青年诗人渴望更为自由而深刻的创作,因而,他更加锐意探索诗的形式。这一时期,出现了许许多多的诗歌群体,诗歌创作在中国获得了又一次狂欢和庆典。顾城一方面总结前期的诗歌经验,一方面试图更新诗歌理想,于是,带有总结性的组诗《颂歌世界》发表,标志着顾城的思想转折。

　　1986年至1988年,可以视作顾城诗歌创作的第三个历史时期。这一时期,顾城开始涉足隐秘的灵魂世界,更加强调那种隐秘而带有魔幻色彩的内心体验,此时,顾城诗歌带有特殊的趣味。值得关注的是,中国当代诗歌在膨胀式繁荣之后,走向了它的反面,开始萧条,人们已不再津津乐道这个或那个诗派。1985年深圳诗歌大联展,预示了当代诗人分化的命运,此后10年,当代中国诗歌再也没有引起人们的充分重视。时代青年除了阅读海子的诗歌以外,对于其余的诗人很少有浓烈的兴致,大多数诗人开始转向散文和小说创作,写诗的已没有几位,《诗刊》老气横秋,已很少被中文系师生阅读。这一时期,人们谈论最热烈的,是新的文学理论和文化理论,西方的弗洛伊德主义、尼采哲学、萨特哲学、海德格尔哲学、德里达哲学、结构主义、控制论、信息论、系统论占据了人们的思想领地。诗走向抽象,走向游戏,被人们抛弃了,时代已没有了诗意,诗人的语言运作激发不起人们的兴致,顾城也未能幸免于难。他的诗歌创作较前一时期明显减少,这一时期,他一共写了 133 首诗,其中,还包括组诗《布林》18首,《水银》48 首。[①] 不过,诗人的特殊意绪和独立探索倾向,充分体现在《布林》和《水银》中。与前两个时期相比,顾城诗歌更少时尚性,相对说来,理解起来更加困难。顾城似乎也预见了诗在中国的命运,诗人在中国的命运,随着对外交流的增多,顾城开始把眼光投向国外,1987 年,他应邀出访欧洲,在德国、瑞典、英国、法国等国讲学。1988 年,顾城应奥克兰大学邀请,赴新西兰讲授中国古典文学,被该校聘为奥克兰大学亚洲语言文学系研究员,顾城从 1989 年开始便移居新西兰,定居激流岛。

顾城诗歌创作的第四个时期,以新西兰的激流岛的生活体验与故国首都北京城的童年记忆作为题材,显示了现实记忆与历史回忆共在的诗歌时空。作为诗人,他无力解决世界的矛盾;作为人,他试图实现自我的生存梦想。这一时期,顾城的精神陷入危机。对于祖国,顾城充满遥远的思念;对于异邦的现实生活,顾城一片迷惘。他渴望像隐士那样自由地隐居起来,与喧闹的世界隔开,然而,他必须生存下去。他的情欲激荡、他的梦想驰骋与他的现实生存能力的匮乏,加剧了生存理想与现实生活的矛盾冲突。家庭生活的动荡和戏剧化,使顾城感到了从未有过的迷茫,置身于新西兰的激流岛,顾城的诗性体验、绘画意识和叙述兴趣,被前所未有地激活。在这一时期,他创作了一大批不可解,或者说,哑谜般索然无味的诗,其中,由 52 首诗构成的《城》,尤其晦涩难解。[②] 不过,他的激流岛画本,标志着顾城诗才与画才之间的沟通。他的《英儿》,则充分体现诗与小说的内在统一;他的钢笔画,表达了线条与构图之间的神秘意趣。从1989 年到 1993 年生命结束,可称之为顾城诗歌的流浪时期。

第四期的诗歌创作,较前三期的诗歌创作,明显地表现出衰败和枯萎之势。作者的诗情更加隐蔽,甚至完全变得冷寂和抽象,诗人的想象变得诡秘,心性越来越不易理解。这一时期,顾城的创作,在另一方面,攀上了新的高峰,这便是《英儿》的完成和若干诗论的发表。《英儿》是一部诗体

---

① 　顾工编:《顾城诗全编》,第 683—801 页。

② 　顾工编:《顾城诗全编》,第 856—891 页。

小说,包含浓郁的诗情、现实的绝望与宗教的理念,具有十分重大的启示意义。诗人找到这样的抒情方式,无疑是对他那抽象晦涩诗歌的救赎,同时,由于他比较深入地理解老子和庄子的自然哲学以及《红楼梦》的精神哲学,因而,他的创作获得思想的深刻蕴含。对于诗人来说,无疑是极其必要的,事实上,顾城也因此攀上了思想的据点,顾城的若干诗化文字和思想文字是在异国他乡讲学形成的,讲学逼迫和催促了他对汉语诗歌和中国思想的深刻反省。道家思想的探索,是他诗思的基本立场,顾城通过对老庄思想和《红楼梦》的精神解读,圆满地完成了他的诗歌哲学。对于这个世界,他既有诗的理解和感悟,也有思想的阐明和求证。他不仅与天地自然相感通,而且与古代哲人和诗家进行着心灵的对话,因而,作为诗人,他完成了他的生命探索。作为诗人的顾城,其创作顺利地完成了精神转换,似乎不存在深刻的内心分裂,但是,作为现实的人,他在生存过程中,却遇到了前所未有的心灵分裂的痛苦事件。

　　顾城作为人,缺少起码的生存本领,或者说,他始终不愿从他自营的精神世界中逃逸,不愿去适应现实的生存方式,这就导致了他的生活悲剧境遇。他以梦想的生活方式、王公贵胄的生活哲学面对现实问题,可是,又不是王公贵胄的子孙,没有不劳而获、坐享其成的生存条件,必须通过写作获得财富来养活自己和妻儿及情人。他在现实生存挑战面前实在太脆弱了,无力在这世界求生存,无法满足妻儿的现实的物质需求,无法调解妻儿与情人之间的现实冲突,无法阻止有钱的商人对他妻子的追求,无法解决灵魂渴望与现实选择之间的矛盾。因而,顾城作为诗人而享誉于世,却无法像真正的诗人那样死去。他最终杀妻并选择自杀之路,是被逼疯了的诗人对荒诞世界的残忍复仇,这是生存怯懦者对世界的残酷报复,其实,他并未真正复仇,因为他杀死的是亲人,而放走了侵略者。

2. 孤独的歌声与自由想象

　　如果说,对顾城诗歌的分期描述力求尊重客观历史事实,那么,对顾城诗歌思想性格的分析则体现了主体性的创造性阐释意图,这需要系统地阅读顾城诗歌,并在阅读的基础上加以总结性概括。由于顾城诗歌已有完善的"文本",因此,关于顾城诗歌不同时期思想脉络的梳理就有了比较可靠的依据。顾城早期诗歌的思想总体上说充满单纯的色调,这个时期的创作与少年顾城的思维水平和认识能力有关。最伟大的天才也有思想形成过程,顾城早期诗歌的单纯表现为他对大自然物象的关注,他曾在《剪接的自传》中写道:"真好看,塔松绿汪汪的,枝叶上挂满亮闪闪的雨滴;每粒雨滴,都侧映着世界,都有无数精美的彩虹,在蓝空中游动。"①儿童天然地热爱身边的自然,所见所闻皆富诗意,充溢纯粹情调,观察本身也给儿童带来了无限快慰。每个儿童皆有自己熟悉的那方天地:山野的闲花,青葱的树林,嫩绿的秧苗,微风吹皱的一池春水,杨柳枝条在碧水中剪接错杂的倒影,水中的野鸭和鸟儿,门前竹林里的鸟雀在清晨时刻的吵闹和夕阳西下时刻的欢聚与喧闹……只要你留心观察,一片风景就是诗情,每种物象都可以构成生命的隐喻,每个人都可以成为这种俯察自然的诗人。

　　顾城由于受到诗歌家庭的影响,较早地掌握了诗歌的审美形式,无论从什么意义上说,八岁的孩子能够写出"我失去了一只臂膀,就睁开了一只眼睛"②,总是一件了不起的事。对于诗人来说,仅仅描摹出习见的自然意象显然不够,他必须在其中隐藏某种喻义,使诗不透明,而具有某种情感象征,如此才能成为诗。顾城早期诗歌在表现自然时总是力图证悟某种真理性,这对于儿童来说,是困难的,但对于青年来说,又是十分必要的。在读解自然时,应读解出某种真理性,否则,从哪里去寻找诗人的智慧呢? 顾城尽力表现出这种寻找智慧的努力。例如,在《美》这首诗中,美绝非少年能够自由地诗思的概念,但顾城通过抽象的语词窥见了某种真理性闪光。"永恒的美,奇光异彩/却无感无情;/生命的美,千变万化/却终为灰烬。"③其中,有种说不出的意味。

　　顾城在写作这样的诗歌时总是冥思苦想,从今天的眼光来看,顾城的

---

① 赵毅衡编:《墓床》,第179页。
② 顾工编:《顾城诗全编》,第3页。
③ 顾工编:《顾城诗全编》,第11页。

这种诗歌追求多少受到时代的影响,仿佛诗人天生就应该是哲人,因此,诗歌里必定要有某种哲理。其实,这种哲理式追寻往往是浮表的,它在很大程度上干扰了诗歌的正常描述,堵塞了诗人与大自然之间的感情交流,因此,那种毫不经意地建立在自然意象之上的诗歌,有时更能给予启示性。1970 年,顾城写作的《芦花鸡》就给人这种超凡脱俗感,例如:"芦花鸡/走着/静静悄悄。雨滴/被一点点啄掉。树梢上/鸟叫/草叶猛然一抖/不,是羽毛。"①由这首诗,你可以想见诗人抒情的某种纯粹性,他是在静观、默察自然,没有隐喻,诗中展示的是纯粹的细节,其中充满了某种安闲的美和淳朴的雅趣。可以看到:芦花鸡寻找着,观察者与对象物之间是动与静的关系,观察者不动,对象物在动;对象物不动,观察者的心思在动。这不是什么令人振奋的场面,不是虎狼狮吼的情景,但恰好流露出日常生活的平静和闲适。诗人,诗心,用简洁的语言捕捉到了如此闪光的日常生活踪迹,这里,并没有重大的生命启示,但恰好流射出日常生活的雅趣,类似的诗歌并不在少数。这一时期,顾城在句式上似乎特别偏爱四句段,这种整齐句法的诗,很少充满灵动感,例如,《岁月的早晨》《石岸》《书籍》《中秋漫画》《铁面具》《虫蟹集》等,皆写得很平淡,很一般。

顾城早期诗歌最有意思的作品,还在于他那些以童心和童年视角观察、体验自然生命的诗章。大多数诗人写诗,很少意识到自己的年龄角色,顾城的诗,则始终保持着这种童年式经验。以这种眼光去看人生,就有些颇不平凡之处,尤为重要的是,他那童话思维对于他的诗句之构造几乎产生了决定性影响。这种童心,既有天真的一面,又有成熟的一面,既有美好的幻想,又有深刻的怀疑和质问。尽管诗人在语言表达时,总是乐于用些比喻式句法:"像……""是……"之类的句法,在顾城早期诗歌中随处可见,但是,他那种童话式思维决定了他能超越了诗的时尚,而葆有诗的纯真趣味。《生命幻想曲》这首诗,就写得很有韵律感与情致感。在这一时期的创作中,顾城特有的孤独意绪和冷静透视的对抗情绪值得重视。

---

①　顾工编:《顾城诗全编》,第 30 页。

在喧嚣的世界中,能够保持冷静与独立,并能对某些谎言和愚昧进行透视是极其不易的。顾城诗歌的童话思维和现实隐喻方式,使人不仅看到顾城身上的童心,而且看到了顾城作为精灵所具有的某种魔性。有了这样良好的开端,顾城诗歌的成熟就奠定了优雅的基调,作为诗人所应具有的眼光、才力和勇气,在此有了基本的表现。

人的思想和诗情被激活,毕竟还需要外在的机缘,顾城的诗歌创作很快就获得了这种外在的机缘,这便是新时代的到来。随着"文化大革命"的结束,邓小平开创的新时代无疑提供了顾城诗歌新生的机缘。他的诗和思想有了现实的回应,不仅找到了诗的同道,而且找到了诗的深度模式和自由独立品格。他真正作为诗人被谈论,就是因为他1979年以来发表的大量诗歌。1979年打头的一首诗,只有两句——"黑夜给了我黑色的眼睛,我却用它寻找光明"[①],诗题为《一代人》。这两句诗,震撼了许多人,确实代表了一代人的精神和心理。顾城作为诗人真正独立而且自信了,他因此还获得了许多青年人的认同。在这一时期,顾城诗歌所具有的那种冷静透视感和反思品格确实不同凡响,在他的诗中,似乎没有感恩式幸福基调,有的是冷峻的灰色基调。在诗人看来,从动荡混乱的时代真正觉醒,不应再陷入新的迷幻和盲从之中,顾城透彻而警醒的思索,给予人们某种沉重的感觉。他关心一切重大的问题,对于牺牲、就义、风暴、死亡、酷刑、坟墓,对于希望、理想、战友、悲剧、土地、小船、蒲公英、黎明、歌曲、太阳、春天,皆有深刻的审美体验。这些诗歌话语充满怀疑主义精神,还包含生命主义意向,因而,顾城的创作成熟时期发表的诗作,尽管具有很大的轰动性,但是根本没有大众关怀的喜剧性和政治性话题,所有的诗歌创作皆源于诗人的独特经验。不能说顾城这一时期的诗歌具有强烈的政治性,但顾城这一时期的诗歌仍涉及一些政治性话题,不然,他的怀疑主义精神就缺乏真正的意义。

值得重视的是,顾城诗歌第三期的创作思想有某种转变,他不再直接

---

① 顾工编:《顾城诗全编》,第121页。

关心社会政治问题,而是把自己封闭起来,放逐了时代诗人的一般使命感。遁入神魔世界,关注鬼魂文化,人生的迷茫感和人的四面危机感,极大地困惑着顾城。顾城无法在这个现实世界找到精神依托,只有叩问灵魂世界,个体面对现实的无力感,在疲惫的心灵中疯狂地折磨着主体的身心。诗人强烈地体验到,世界决不会由你所想象的那样去运行,相反,你必须千方百计地去适应世界,世界就是你的生存必然性。现实世界是由世俗法则、强权交换、无缘无故的仇视、冷漠和自尊自大而构成的。你适应了世俗社会的生存法则,就有了生存的自由;你抗逆世俗社会的生存法则,就必须面对孤独。现实的世俗世界,疯狂的金钱崇拜和权力崇拜,扭曲了人性,诗人面对绝望。白天,对于诗人仿佛是多余的,愈是世俗狂欢处,愈是驱逐诗人,诗人不得不隐匿,寻找那片静谧的自然。白天的喧哗搅碎了诗人的梦幻,唯有黑漆漆的夜晚属于诗人,那灯红酒绿,那摇滚的音乐氛围不适合诗,尽管波德莱尔在这种场地找到了诗,然而,这毕竟是"恶之花",圣洁的、美丽的诗歌与恶之花保持着天然的距离。

顾城遁入魔幻之国,进行着灵魂的抗辩,"不要再想了/那些刻在石块上的日子/它们湿漉漉的,停在那里/用伤痕组成了巨大的表情,沉重/而又不可诉说"[1]。这就是顾城的孤独体验。正如他在《乞求》中所写的那样:"乞求在继续,失望在继续。"诗人的内在心迹被这种忧伤、孤独、苦闷所侵占,诗人的心灵显得格外沉重。顾城关于人的思索,并没有因为时间而轻快起来,在灵魂中,在都市里,他想象着布林,正如所叙述的那样:"布林是孙悟空、唐·吉诃德式的人物,很小的时候就在我心里捣乱。""时间的活塞一直推压到 1981 年 6 月的中午,我突然醒来,我的梦发生了裂变,到处都是布林,他带来了奇异的世界。我的血液明亮极了,我的手完全听从灵感的支配,笔在纸上狂奔。我好像是自焚,又好像是再生,一瞬间就挣开了我苦苦所求的所有抒情方式。"[2]《布林》的写作,充分展示了顾城诗歌的魔性和怪诞性。诗人在现实世界中找不到的答案和倾泻不完的积

---

① 顾工编:《顾城诗全编》,第 683 页。

② 顾工编:《顾城诗全编》,第 757—758 页。

愤,在童话式话语时空中全部释放出来,至此,顾城完成了自我诗歌的一次彻底性解构,于是,顾城诗歌发生了一次逆转,即转向对更冷漠更无情的语词方式的寻求。他的流浪期的创作,由于不再关心接受者,大多呈送给圈子内的诗友,因而,诗根本无法解读。无论是《鬼进城》,还是《城》,虽进一步强化了前期顾城的孤独感觉,但实质上已走上冷抒情和凝固情感的写作之路。

　　一切充满了不可思议,一切充满了神秘不可解,一切充满了怪诞和背叛,因此,那些在心灵中极其坚固的"北京城的诗情记忆",也变得十分荒诞了。顾城最后一时期的诗歌创作,从诗的角度而言,基本上是失败的,因为最简洁、抽象的语词构图仍无法实现美术的效果,但是,在他生命最后时期,诗体小说《英儿》显得特别关键重要。《英儿》对性爱、生命、理想、天国、现实的立体思考,既显示了诗人的理想与希望,又表达了诗人的绝望与归依。顾城作为诗人,很少叙述爱情,这是非常奇怪的,而在潜意识中,他对性的渴望,确实充分体现了神魔的要求。他无法抗拒现世的诱惑,无法战胜金钱世界的强盗逻辑,于是,顾城选择了通往天国的绝望与希望之路。对现实的绝望,逼着诗人寻死,诗人勇敢地面对死亡,又设想天国来安慰他的灵魂,这其中蕴含着"悲怆的韵律"。[①] 顾城诗歌的内在思想脉络,有了这样基本的陈述,可以获得思想生成的内在可能性,由此出发,便可以追寻诗人的思想性格和创作取向。

　　顾城诗歌的意义是什么? 或者说,我们渴望什么样的诗人? 从经典诗歌意义上说,自然希望诞生新的"楚辞诗人""乐府诗人",希望有现代意义上的屈原、陶潜、张若虚、李白、杜甫、苏轼、龚自珍等等。在现代中国诗歌史上,很难找到一位纯粹的诗人。郭沫若的《女神》具有典范意义,但诗人的其他作品无法与之相提并论;闻一多的《红烛》与《死水》,好像还缺少点自由而纯粹的韵律。不过,我愿意把闻一多的诗歌视作有价值的精神坐标,因为无论是作为诗人还是评论家,闻一多的诗歌创作与评论显示出

---

①　李咏吟:《红楼幻景与顾城的生死哲学》,《江苏社会科学》1995 年第 5 期。

深邃的理性追求。他的诗歌的精神象征意义,他的诗歌的民族国家感怀,他的诗歌的内在自由渴望,值得深入评论,更重要的是,他能从中国古典诗歌研究中寻找诗歌的民族思想源泉。顾城的诗歌,无论是人格精神,还是诗性正义理想,皆无法与闻一多相提并论,然而,为什么要评价顾城呢?就我而言,必须关注的是,诗人如何穿透历史与现实生活的假象,如何获得超越现实生活的勇气?顾城是时代的魔童,通过顾城,很容易想到,一个扭曲的团体,不能养育出自由之子。自由之子,只能出于自由的文化与文明。荷马是希腊文明与英雄崇拜孕育的诗人,但丁是基督教救世精神正面发展的产物,莎士比亚是不列颠帝国时代生命哲学精神的结晶,歌德是德意志伟大精神的不朽象征,惠特曼是美利坚自由民主思想的诗性表达,雪莱则预示了未来最美丽的青春生命与自由精神。这些诗人,不仅代表了时代,而且代表了民族国家自由、美丽的思想方向。中华文明曾经有过屈原、陶潜、李白等诗人,同时又渴望在新的时代诞生自由、美丽精神象征的诗人。

3. 民族文化命运的自由叙说

顾城作为诗人,其人格和思想性格都是独异的,这种独异的人格精神和思想情感,在很大程度上决定了顾城诗歌的创作取向,甚至影响到他的思想表达。关于顾城的思想个性,他的妻子谢烨的叙述应该具有权威性,她写道:"他有许多爱好,除了收集一些稀奇古怪的东西和在纸片上画画,他还喜欢独自一人冥想,这种状态的不断持续,会使他变得异样起来,他的脑袋似乎像蘑菇一样越长越大,连他自己都担心将来会到不可收拾的地步。也许因为脑袋太重,他经常睡觉。""就像在神话里,他喜欢睡觉,生活对他来说不过是走向梦海的沙滩。"①参照谢烨的另一篇散文《游戏》,可以看到,顾城是相当孩子气的人,他是长不大的孩子。这大约是天生的,每隔几百年或几十年,神祇总要让这些充满灵性和魔性的孩子在富贵

---

① 赵毅衡编:《墓床》,第352—353页。

人家诞生,唯有在富贵人家,才能养活这种娇宝宝。事实上,顾城在《想家》中也有过自述:"我多大都是一样的,五岁、十五岁、五十岁,我想回家。"这种长不大的真实感,给顾城带来了快乐,也带来了痛苦。正因为长不大,所以,他能够真实地从儿童的思维、儿童的眼光来观察世界,在诗歌写作中,他不止一次地表达过对安徒生的感激。在顾城的心中,安徒生是伟大的,缺乏心灵发现眼光的人,从来就忽视儿童的心灵世界,其实,儿童的心灵世界极其奇妙、它有着成人所不可能创造出的智慧和美丽。顾城不是"老夫聊发少年狂",他的心灵本来就带有儿童的思维特性,这种特性,没有因为现实世界的磨损而变得世故,相反,它调节着日渐成熟的心灵,抚慰着不知所措的顾城,使他不仅在这种童话世界中获得了奇异的心灵满足,而且创制出极富童心魔性的自由诗篇。

正因为如此,他与大自然贴得那么近,自然的一切给他带来了欢悦,带来了诗。他关心的诗,与成人世界、男人世界和现实世界保持着相当的距离,这就决定了他作为男人、作为社会的人在这个世界生存所遇到的种种不堪的窘境。他无法担负男性成人的社会使命,无法成为富有牺牲精神的丈夫和父亲。承担这些社会角色,需要你阅世并熟悉人情世故,需要你运用各种手段达成生存的目的。在扮演这种社会角色的过程中,你不可避免地要扭曲自我的本心,牺牲自我的利益,放弃个人的某种独立性,形成某种依附性和适应性人格。作为社会的人,依据伦理判断标准,顾城一无是处,然而,就是这位不适应现实社会的人写出了真正的诗歌。他不喜欢家庭,不喜欢孩子,不喜欢社会,他向往的是像贾宝玉那样,在情人世界中生存,而又没有进仕升阶、钩心斗角的痛苦,对此,赵毅衡做了一番现实的分析:"作为诗人,强迫自己不信任语言;作为文化人,满怀与文化对抗的情绪;不屑世俗者,不得不处理包括儿女情的世间杂事……"①顾城作为诗人所具有的独特的社会处境,不但没有教会他迎合世俗,相反,更使他公然做出彻底的反抗。因而,在顾城的思想性格中,既充满了童话或

---

① 赵毅衡编:《墓床》,第399页。

魔幻,又充满了焦虑或怀疑;既充满了悲剧性体验,又充满了神话性自由。放逐语词与约束语词,使顾城诗歌显示出独异的文化情调。

这种自在独处和沉醉梦幻的性情,使顾城乐于关心神魔世界,事实上,顾城对孙悟空的一往情深就是证明。在中国儿童的心目中,孙悟空的形象非常关键,孙悟空身上既有顽童的特性,又具有精灵的特性。作为顽童,孙悟空不时为非作歹,他的种种行径,暴露了孙悟空形象的诸多缺陷,诗家正是借助这种顽性或猴性,增添了叙事的喜剧性情调,与此同时,作为精灵和成人性的象征,孙悟空火眼金睛,除恶务尽,毫不留情。孙悟空不在乎天庭和龙王殿里的种种礼数,不在乎礼教,我行我素,独往独行,天上神仙,地上精灵,都无奈他何,在时空上,孙悟空有特别的自由。在师徒之礼上,他尽至情忠孝义;在佛法无边中,虽身受如来佛控制,却有不屈不挠的战斗精神。在自由与欢乐之间,在痛苦与自由之间,宁可为了快乐与自由,冲破戒律不得不忍受紧箍咒的折磨。敢于破坏一切,怀疑一切,追求独立的个性自由,成了孙悟空的性格特征,正因为如此,它总是极大地激活着中国儿童的想象。

顾城的“布林”,就具有这种神魔性,这种神魔性出于诗人的一些夸张想象。面对现实的自由,只能想象孙悟空那种人格精神;面对现实世界的精神枷锁,只能想象孙悟空那种卓越本领;孙悟空的超凡能力和超凡性格,成了诗人救赎现世的精神依托。想象神魔性,不把神魔设想成那种超然物外的绝对主宰,更不把神魔想象成那种凶残的怪物,而是把神魔想象成现实世界的洞察者、怀疑者和破坏者,于是,顾城从“神魔”这一维度去观察世界,就看到破坏现存世界秩序的某种可能性。顾城不像同时代诗人那样直接说出“我不相信”,但是,在他的诗性体悟中,处处留下了这种不满的情绪。请看他在《颂歌世界》中写道:“敲着小锣迎接坟墓/吹着口笛迎接坟墓/坟墓来了/坟墓的小队伍/戴花的/一小队坟墓。”还有《如期而来的不幸》《起义》《叙事》《空袭过后》《狼群》,皆借助战争的体验,强化诗歌体验中的某种孤立和恐怖,这种思想性格,显示了顾城的根本性怀疑精神。

在顾城的思想探索中，只是在很久之后，才意识到宗教的重要性，他的前期诗歌和中期诗歌，与其说相信神灵，不如说相信鬼怪，在他的诗中，从不掩饰他对魔鬼、鬼魂的某种偏爱。在中国本土文化中，鬼怪对人的影响比神灵要大得多，因而，顾城很少从宗教角度去理解世界也是完全可以理解的。随着思索的深入，宗教的合理性及其对诗人的决定意义逐渐显示出来，这可能与顾城在海外感受到强烈的宗教文化氛围有关。在诗人看来，如果不设想宗教性世界，诗人到哪里去栖居；如果不设想那种神性存在，那么诗人的绝望到哪里去拯救。因而，设想这样的神性世界，是诗人解决理想与现实冲突的合理归宿，这样的神性世界，不仅要有神秘的自然作为依托，而且需要关于天国理念的信仰。顾城移居海外，在宗教文化国度之间穿梭旅行，逐渐开始认同这些天国理念，他选择激流岛作为栖居之处，也易于与神性理念获得沟通，于是，顾城不仅歌颂那美丽的自然、纯洁动情的性爱，而且向往那种神性的天堂作为内心的最后归宿。顾城对现实的激烈批判以深度绝望作为根据，他的抒情诗排斥感情而强调冷静叙述也就有了真实的思想根源。

顾城的思想探索是矛盾复杂的，他那敏感的心灵犹如大千世界的感受器，不仅折射出冷热温情，而且透射出绝望、死寂的冷光。顾城那种无处不在的孤独感，贯彻在他的全部诗作中，孤独的意绪，孤独的情感，孤独的理想，孤独的体验主宰着顾城诗歌。彻骨孤独的体验，它使诗人意识到自身的孤离感，使诗人体味到欲说无言的苦楚。孤独，这是人的自然心理认知。孤独是无法与人沟通和交流的心理障碍，孤独是无法诉说和排遣的苦楚，孤独更是个体与他人以及社会之间的绝对疏离。他人的世界，对于我绝对陌生；我的处境，与他人漠不相关。玩世者和世故者，在这个世界欢乐地随波逐流，他们拥有他们的物质财富和个体享受。那些所谓的生存得势者，可能会随时向孤独者射来可怜和蔑视的目光，孤独者可能在内心深处保持着对这些世故者的极大蔑视。

世故者和玩世者，主宰着外在世界，忽视内心的种种屈辱和痛楚，千方百计地扩张自我的无耻，最大限度地攫取一切利益，满足物欲和荣誉的需要。孤独者则坚守自我中心原则,守护心中圣洁的信念,牺牲外在的物质享受,品味着贫穷和屈辱,挺直着那因孤傲而更显坚挺的脊梁,以不屈的精神和强烈的蔑视感傲视着这个世界。在绝望的体验中,在美和神性追求中,保持着生存的基本勇气。一旦个人的信念被摧垮,一旦神性理想彻底绝望,一旦生命的尊严被污损,他们往往毫不迟疑地选择死亡,他们的思想性格决定了他们的思想命运。①

顾城诗歌所显示的独有的孤独感,怀疑精神和疏离性冷酷体验,无疑诠释着这位绝望、自杀的诗人的人生信念。从顾城的诗歌话语中,体悟他的思想性格,思索这一代人的命运,内心惶惑孤独,生命如在暗夜。在未来的日子里,诗是人生的救渡方式,诗人应该强大、自由、自信而不应绝望,这才是人类的幸福而美好的理想。顾城不是民族国家的自由诗人,而是孤独诉说个体自由价值的绝望诗人。作为个性诗人,有时,孤独与忧伤就成了最重要的财富,因为这使得诗人能够深刻地体验存在的困境与人生的悲悯,诗人感染这种情调,就可能具有忧伤的情怀,唱出感伤与美丽的歌。忧伤有时能够表达私人的感情,让人在感伤中体会生命的悲悯,当然,这种忧伤的歌曲,不是让人死亡或绝望,而是让人对死亡与绝望甚至产生甜美的思绪,所以,自然生活中的一切,特别是自然事物意象,就具有感性的抒情效果。诗人的诗,在此,不追求意义或深度思想,而是追求情绪的宣泄或伤感情调。顾城有时如同魔鬼,在苦难与压抑中歌唱;有时,如同受伤的飞鸟,发出孤独而忧伤的哀鸣。他的诗歌所具有的生命启示意义,揭示了悲剧时代的感伤情怀和无声的反抗,充满了宿命和悲剧的意味。

---

① 刘小枫:《拯救与逍遥》,上海人民出版社 1988 年版,第 56—58 页。

第三节　生命秘语:现代性诗歌哲学与先锋性思想的召唤

1.魔鬼敲门:顾城与尼采之间

作为富有思想魅力的诗人,顾城在现代中国诗歌史上具有特殊的地位,他的悲剧性思想与体验,可以让人联想到尼采。也许,这是不恰当的比较,因为尼采的诗歌哲学,不仅是让哲学接近诗,返回到诗歌与哲学的原初境域,而且是让诗接近哲学,使诗的言说或歌唱超越情绪感染层面的抒情,进入神秘狂热的狄奥尼索斯的生命歌唱之境,从而道说生命的真理与自然的真理,确立生命与文明的内在价值坐标。这是诗歌与哲学最高的思想任务,然而,它被长久地遗忘,不仅因为诗人缺乏这种思想气质和理想,而且因为哲学越来越沉沦于理性与逻辑的分析之中。其实,人类文明伊始时,诗人就是哲人,哲人就是诗人,他们是与神最接近的人,能够代神言语或歌唱,预言或启示。尽管顾城的思想价值取向与尼采的诗思之间有着根本差异,但是,通过他们的相似性精神或差异性精神的比较,有助于我们深刻地理解"孤独"与"怀疑"所具有的思想价值。

"孤独"是人类个体在生存活动和人际交往中所无法摆脱的精神意绪,也是人类绝望、冷漠和磨难的根源。孤独,是人与人之间亲密关系的疏离,也是个人心灵体验的特殊精神指向,是个体与他者无法形成真正自由平等交流的精神状态。孤独者总是在独处中,在反思性体验中享受那种无言之境。孤独,往往是相对于没有伴侣而言,这不仅指身体的伴侣,而且指精神的伴侣,只要身心合一的伴侣,就能超越孤独。孤独者,总是乐于以语言符号,表达那种内心的焦虑、绝望、无援和不被人理解的诗思。孤独者,有两种基本的性格类型:一是强者的孤独,一是弱者的孤独。前者源于个体的精神强大与体能强大,因这种强大和勇猛而傲视他人,保持个体的生存意志和生存原则,振奋自我的创造力,完成命定的事业;后者源于个体的精神强大与体能虚弱,对世界心怀仇恨与怨愤,与现实原则保持心灵的抗争,蔑视世俗者、伪信者和成功者。前者因内心与外力强大,虽孤独而勇于出击;后者因外力虚弱,虽自尊而怯于行动。孤独者善于吟唱孤独之歌,每个人在特殊的时刻,皆会有孤独的体验,但并非每个人皆能战胜孤独,迎接沸腾的生活。

孤独者如何面对孤独,如何战胜孤独,这是极大的思想挑战。作为孤独者,战胜孤独的力量,在很大程度上,源于自我,即只有当自我的生命创造力量具有超越性价值时才能发自内心深处地战胜孤独。战胜孤独,就是战胜他者,就是为世界树立自我价值,就是引领后来者,所以,孤独者永远是暂时的过客。孤独者,并不是真正的孤独无靠,相反,孤独者的思想最终可能被许多人所追随。孤独者拥有他所处时代不被人理解的痛苦体验。人在孤独中如何评价自己十分关键,它不仅影响到个人的现实行为,而且影响到个体的生存原则、生存意志和创造力。顾城和尼采,在孤独处境中对自我的评价很不相同,体现了弱者原则与强者原则、弱者选择与强者选择的差异。①

尼采的孤独,是傲视他人的孤独,其实,在每个人的内心深处,皆存在这种孤独,这是对他人无法理解自己的反抗。在孤独者看来,他那无法表达甚至无法表现出来的巨大精神创造潜能,不可能被世俗社会所理解,普通人可能认可的外在力量,孤独者往往不能直接表现出来。也有可能是,孤独者所表现出来的强大的精神创造力被他人误解了。无论怎么说,孤独者内心的强大,在很大程度上,源于他对个体创造才能的自信,这种孤独,需要才能、意志和强力作为支撑。不具备强大的意志力和创造力而过高地评价自己会被人看作是笑话,其实,这种笑话,在生活中大量存在。如果疯狂地膜拜自我,而且,确实创造出了常人无可比拟的奇迹,那么,这种夸张和自信往往能给予人心以真正的促进,所以,一方面,人们特别忌

---

① 居友:《无义务无制裁的道德概论》,余涌译,中国社会科学出版社 1994 年版,第 81—88 页。

恨尼采的疯狂，另一方面，又非常欣赏尼采的疯狂。忌恨源于弱者对强者的抗争，又源于强者与强者的较量；欣赏则源于弱者对强者的崇拜，又源于强者与强者的共鸣。尼采的思想，往往被独裁者和艺术家崇拜，就说明了这一问题。尼采并未特别表明自己的反犹情绪，相反，他对瓦格纳作品所充斥的那种民族情绪有着本能的反感。尼采是彻底的德国文化的批判者，他的思想被希特勒误导，则是别有用心的利用。① 尼采的自我评价，优越而又疯狂，给予人们以某种鼓舞感，尽管尼采思想曾引起人们特别的忌恨，但是，在潜意识中，人们却渴望实现尼采式个人意志。

尼采说："我的使命的恢宏与同时代人的渺小形成鲜明对照，因此，人们既不相信我的话，又对我不屑一顾。"② 尽管如此，这并没有影响尼采的自我评价，尼采坚信："凡是善于发现我的著作散发出来的气息的人，就会知道这是高空之气，振奋之气。""在我的著作中，《查拉图斯特拉如是说》占有特殊的地位。它是我给予人类的前所未有的馈赠。"尼采的这种自信，从未受到过个人的内省式怀疑，尽管他无法实现其超人理想，但是，这绝对没有动摇他的个人主观想法。他在执着中坚持着个人的思想主张，维护着个人的思想尊严，一点也不在乎他人的抨击和反对，因此，他在孤独处境中，不愿接受任何回声。他早年关于希腊语言和文化的研究以及全部学术生涯给他带来了太多的荣耀，因而，他从小就有特别的自信心。尼采关于自我的评价，可以说前无古人，后无来者，仅仅提到他的自传中的几个标题，就足以证明这一问题。请看："我为什么这样智慧？""我为什么这样聪明？""我为什么写出了这样的好书？""一本写给所有人的书，也是无人能读的书。""怎样用锤子进行哲学阐述？""为什么我是命运？"如果在常人的书中见到这样的标题，一定会笑掉大牙。尼采的思想，经历了一百多年的风风雨雨，并未失去其创新价值，可见，尼采思想的深刻性和影响力是无法否认的。因此，他的自我评价，逐渐为人所认同，尼采就是热爱用这种惊世骇俗的语言表达他的思想。

① Richard Schacht：*Nietzsche*，Routledge & Kegan Pual，1983，pp. 187-266.
② 尼采：《看哪，这人》，张念东等译，商务印书馆1991年版，第4页。

在顾城的自我评价性话语中，找不到这样的话语痕迹，与尼采相比，顾城的自我评价和顾城的思想本身要比尼采温和得多。作为诗人，顾城说："我觉得诗简直不是我能做好的一件事情，对自己没信心。"他不断地认同古典、哲人、自然，领悟着生的秘密，把个体视作宇宙万象中微不足道的一分子。在《请听我们的声音》中，顾城说："他具有无穷无尽的形态和活力。伤痕和幻想使他燃烧，使他渴望进击和复仇，使他成为战士。而现实中，一些无法攀援的绝壁，又使他徘徊和沉思，低吟着只有深谷才能回响的歌。""他爱自己，爱成为自我，成为人的自己，因而也就爱上了所有的人、民族、生命、大自然。"[①]在《学诗笔记》中，顾城写道："我生命的价值，就在于行走。我要用心中的纯银，铸一把钥匙，去开启那天国的门，向着人类。"顾城对自我的评价，总是潜隐着的内敛的，与尼采的绝对孤独相比，顾城始终生活在朋友之中，他喜欢演讲。尼采很早就从大学退职，失去了与人直接交流的兴趣；顾城更像诗人，而不像思想家，因而，顾城少有那种疯狂的自信。只是相信诗的力量，只是关心诗的事业，对于改变和影响他人，他没有这样的思想意志，也从不把自己的诗看得高于一切，诗只是他的内心表现。

在顾城的诗思中，充满了灵慧与自卑混合的语言色调，这在《简历》一诗有具体表达。"我是悲哀的孩子／始终没有长大。""我相信我的听众／——天空，还有／海上迸溅的水滴／它们将覆盖我的一切／覆盖那无法寻找的坟墓。"[②]在顾城的诗中，充满了这样怨艾和悲哀的色调，根本就没有强大的自信。在顾城那里，诗歌，说到底就是为了建立真实的自我形象，建立人对自然和世界的独特想象和解释的自由语言关系。有人为情而愁苦，有人为身世而愁怨，有人为生命的欢乐而歌唱，有人为民众的悲哀而呐喊，"一切的一切"，都显示出诗人自身的人格形象。顾城以卑怯而又聪慧，受伤而又敏感的姿态观察着世界，并向这世界控诉。顾城传达了弱者内心深处的声音，而尼采则传达了强者内心深处的歌声，从这个意义

---

① 赵毅衡编：《墓床》，第 171—172 页。
② 顾工编：《顾城诗全编》，第 230 页。

上说,顾城与尼采的孤独哲学是尖锐对抗的。

在孤独处境中发出的两种迥然不同的自我评价,实质上,有着深刻的家庭与社会原因。尼采自述道:"我既是颓废者,也是其对立物。""就总体而言,我是健全的,就局部而言,我才是颓废者。"尼采对他孤独性格的形成,以及在孤独中他生发的自豪感的解释,充分考虑到其家庭的因素,所以,遗传论的观念,尼采不自觉地加以表述。他认为他出身高贵,才能超群。"就我的本性来说,我是好战的。进攻,这是我的本能之一。""凡是强大的天性都具有这种能力。这种天性离不开反抗,因而它寻求反抗。侵略性的激情同样属于强者,正如复仇感和怨恨感必然是弱者的属性一样。"此外,尼采对洁净本能有完全不可思议的敏感。"我靠了这种敏感性生出了心理学的触角,借以探知和掌握一切秘密。""我离不开孤独,我要说的是康复,返回自我,呼吸自由的、轻松的、令人振奋的空气。"他甚至说,《查拉图斯特拉》就是一首盛赞孤独的酒后狂歌,是一首赞美洁净的歌。① 尼采之所以如此珍惜孤独之境,不仅因为他有优越的遗传因素,而且因为他奇异的创造力。他的思想风格,确实是充满激情的紧张,他那奔突呼啸的思想裹挟着言词滚滚向前,不像诗人那样精雕细刻地寻找意象和意境。这种自我评价,也与尼采所处的社会有关,个性的放纵、思想的自由,使尼采在孤独中进行思想表达时毫无任何妨碍,没有受到任何来自社会方面的压制,因此,尼采可以尽情地表述他的新思想。个体的激情与敏锐,社会的放纵和自由,是尼采能够高唱孤独者之歌的根本原因。与之相比,顾城则痛苦得多。虽然他出身于诗人之家,从父亲那里继承了诗的才能,但未能充分享受到尼采式教育,过早"断奶"的孩子不可能有强大的创造力,所以,他完全是依赖个体的灵心自觉发掘个体的潜在创造力。家庭的不幸,社会的强制,根本没有提供给顾城自傲自豪的可能性,因此,他只能代表弱者而歌唱。尼采之成为尼采,不仅与时代、个人、社会相关,而且与文化、心理、历史相关,一切皆是时代社会和文明的产物。顾城之成

---

① 尼采:《权力意志》,第 72—85 页。

为顾城,也与时代、家庭、文化、社会相关。尼采是时代的幸运儿,他能自由歌唱,唱出了强者之歌;顾城是不幸的幸运者,他能传达弱者的内在呼声。

尼采看到这个世界必然是强者生存,所以,他蔑视弱者,崇拜强者原则,他的理想人格不可避免地具有某种偏面性。顾城则以弱者的眼光去感受世界,唱出了孤独者和弱者之歌,弱者,并不是自然形成的精神现象。弱者有个人心理的疾患,有体能方面的虚弱,有智能方面的低劣,有意志和胆略方面的怯懦,有特殊的处世哲学支配。弱者是社会和文化压迫的必然产物,弱者承受着社会的灾难和文化的悲剧,因而,可以鄙弃怯懦,但不必蔑视弱者,为弱者呼喊和歌唱是必要的。顾城关于弱者的独特经验,具有特别的现代文化价值,因而,在孤独状态中的情感体验和价值选择,在诗人与哲人之间,在尼采与顾城之间构成了互补的经验,这些经验有助于形成健全的人格精神。

2. 童心的言说与孤独的意义

孤独者之所以成为孤独者,一方面与个人气质相关,另一方面则与社会境遇相关。个人与体制相适应,孤独的体验就有不同程度的消解,个人与体制不相适应,则必然导致孤独者的焦虑体验。孤独者是以冷眼看世界的人,正因为孤独者保持着一双警惕的冷眼,所以,孤独者比世人能更清楚地看待个人的处境,其生存观念与价值观念与世人有所不同。在世人看来,孤独者都是一些疯子或怪人,他们是一批自愿担任悲剧角色的人,因而,世人不免生出某种忌恨或同情。孤独者宁可接受世人的忌恨,却决不接受世人的同情,在孤独者看来,世人实在可鄙而且可怜。出自个体的欲望,为了这种欲望,不惜委曲求全,扭曲人格,背弃信念,牺牲生命,结果,不但没有明白人生的价值和意义,而且陷于个体的盲目之中并接受宿命论的支配。孤独者以一双醒着的冷眼和独异的热心肠观察着世人,思索着人生的意义,作为这样的孤独者,顾城与尼采的价值判断原则充分体现了生命的理想选择。

　　孤独的诗人或哲人的歌唱或言说，并不是神秘的语言，相反，它们的歌唱和言说，经常采用孩子的语言。孩子因为真诚而言说，因为不知道恐怖或没有学会畏惧而自由地言说，因为直接与自然相亲近而自由地言说。孤独者的言说，经常是不入世的言说，是真诚自然的言说，它说出了每个人内心的渴望，每个人内心的期待，每个生命最强烈的冲动，每个生命最本能的需要。在《权力意志》中，尼采做出了"重估一切价值的尝试"，"价值重估"是带有怀疑论色彩的价值判断。人生在世，便生活在各种不同的价值规范之中，这种价值规范在人与人的关系中充分体现了出来。每个人都是带着自我形成的价值规范与人相处的，这种价值规范，既有来自传统价值规范的一面，例如，本民族的礼教、信仰、道德伦理、社交礼俗，等等，又有来自个体生存需要的一面，例如，权利、关系、义务，等等，这些价值规范成了社会、民族、国家、团体立身处事的准则。只有符合这些价值规范，才会求得个体的安闲；一旦违背这些价值规范，就会受到各种制裁。任何价值规范的立足点似乎是为了每个人，而事实上，所有的价值规范都有所偏向。对于个人来说，价值规范是不平等的：相对一部分人来说，这些价值规范是他们自由的保证，相对另外一部分人来说，这些价值规范可能是锁链。正因为如此，需要进行价值重估，需要重建新的价值观念，需要打倒旧的价值原则，所以，每个时代皆需要真正的批判者，否定旧价值，重建新价值。①

　　尼采就是这样一位无情而有情的先驱者。他从小生活在基督教文化之中，自觉不自觉地接受基督教文化的价值规范，但很早就对基督教文化的价值规范反感，这种反抗和反感，是尼采寻求新的价值规范的动力。随着尼采对希腊文化的深入探究，他很快就找到了新的价值理想，这种价值理想即"希腊神话文化精神"。尼采认为，希腊文化体现了两种最基本的生命精神，即"日神精神"与"酒神精神"，日神形象代表着理想和梦幻，这是人们不断奋进的基本动力，代表着人们对理想、美好、进步的追求。这

---

　　① 　刘小枫：《拯救与逍遥》，第 503—506 页。

种精神所形成的价值规范是：人必须有所梦幻，有所理想，有所追求，不能安闲于现实，而必须力图改变现实，不必受制于文化时尚、道德律的约束，而必须追求那种光荣的梦想。酒神形象则代表的是生命的自由与沉醉，生命的解放与欢腾，由此而形成的价值规范，总是对世俗规范构成强大反抗。① 人不必受制于外在的清规戒律而压抑生命的潜能和欲望，相反，个体的生命潜能和欲望必须在放纵状态中释放出来，为此，尼采把纵欲、春天、节日、暴力等视作酒神精神的自由体现。

尼采关注的是个体而不是社会，关注的是破坏而不是保卫，因此，个体在反规范、反文化、反偏见、反压抑中享受了个人身心放纵的自由。尼采的这种新的价值规范与他的强力哲学相关，他认为，每个人都必须成为强者，不能遵守"奴隶的道德"，更不必压抑和约束自我意志。很难说，尼采的这些新的价值规范有利于新的社会秩序的建构，但尼采的新价值观对于传统社会秩序的极大破坏性则是有目共睹的。尼采的思想在社会变动时期，成了一些反抗者精神信仰的思想依托，所以，尼采的思想中包含着进步性因素，又包含着危险性因素。对于善意的尼采学说的接受者来说，总是适度地以尼采精神来消解社会的惯性压迫；而对于残暴的尼采学说的信奉者而言，总是过分夸张强者哲学的意义，过分宣传摧毁奴隶道德的合法性，因此，在引进尼采价值判断原则时，保持必要的警惕是应该的。

尼采的价值重估的努力，与当时德国文化中普遍兴起的基督教文化批判思潮相关。诚然，传统基督教文化，尤其是在黑暗的中世纪，确实极大地压抑了人的自由，剥夺了人的生命需要，因此，尼采的批判是合法而且合理的。尼采不仅把这种怀疑论立场用于分析基督教文化，而且把这种怀疑论立场用于解剖德国的民族性和文化艺术的内在精神，所以，他对瓦格纳的态度和对德国哲学和艺术的态度，在前后两个时期有着激烈的转变。在尼采看来，全部的基督教文化和德国文化根本不合乎他的人性理想，因而，他强烈地追求希腊文化精神，把返回希腊视作一件大事。像

---

① 理查德·沙克特：《尼采》，第484—496页。

尼采这样富于怀疑论立场的诗人哲学家在展望新的人性、理想的同时,却不断吁求"返回希腊",由此可见,他是把希腊文化精神看得高于一切的。对于尼采的新的价值观念和尼采所进行的价值重估的尝试,不可简单予以接受,应该接受的是尼采的这种怀疑论立场。

顾城的价值判断,就具有这种怀疑论立场。对于中国文化和中国社会,顾城并未进行彻底的否定,他从怀疑论立场出发,看到了中国社会文化中的弊端。盲从和轻信,是中国人的非价值实践的体现。人们缺乏自觉意义的价值实践,价值实践的理想目标,往往是来自他者,来自少数人。人们很少想到如何去实现个人的自由价值,或者把这种个人价值的实现仅仅理解为能最大限度地满足个人的物质需要。社会职业、社会地位、社会评价,皆以这种物欲的满足作为基本尺度,因而,不惜牺牲一切,只是为了达成最大限度地改变生存条件和物欲满足这一目标。在商业时代,人们运用一切手段,来实现这一目标。由于中国社会中权力、地位与个人的所谓幸福直接相关,因此,人们宁肯牺牲个人的暂时利益,不惜以盲从、以时尚、以奴隶的道德来规范自己,而很少扩展个体的自由价值理想,更不用说为了自由价值理想去战斗去拼搏。盲信、盲从,使中国人民付出了巨大代价和巨大的牺牲,顾城则很早从基本的怀疑论立场出发,对中国社会的盲目和时尚进行怀疑,他很早就能够透视中国社会的内在价值危机。①

在他早期的诗歌艺术中,这种怀疑论立场就有所表现,正因为如此,他才能写出不同于时尚的纯粹诗歌。在顾城的诗歌创作繁盛时期,这种怀疑论立场使他的诗歌具有特殊价值。怀疑,是顾城诗歌的基本透视方式,他不是思想家,因此,他的怀疑不同于尼采,也不同于鲁迅,他无法对整个文化表示怀疑态度。他的怀疑是有限的,因为他的怀疑基于感性的领悟,而不是深刻的理性反思,这种感性的领悟使顾城诗歌有其独异的力量。《世界与我》和《颂歌世界》这两个大型组诗,就是顾城怀疑论立场的充分体现。此前,顾城写过一首《北方的孤独者之歌》,诗人一开始就自由

---

① 梁漱溟:《中国文化要义》,上海人民出版社 2003 年版,第 252—276 页。

地描述天地自然的颜色。他睁眼所看到的世界,是"可怖的铁色","一切都在骚乱"。在这样的时刻,孤独者唱着孤独的歌,在最后一段,诗人写道:"不要问为什么/不要问为什么/人生就是这样混浊/人生就是这样透彻/闪电早已把天幕撕破/在山顶上/尽管唱歌,尽管唱歌/看乌云在哪里降落。"①绝望中透出自信,孤独中展示出勇气和力量,顾城相信,孤独、怀疑、反抗是诗人的宿命。

如果说,顾城的《世界与我》这一组诗中的怀疑精神还带有乐观、自信,那么,《颂歌世界》中的怀疑精神就已带有怪诞色调。在孤独中怀疑,在孤独中进行价值判断,新的价值观念是什么,顾城也陷于迷惘,他只是坚信:人的自由,人的觉醒,人的独立,是新的价值观念所不可缺少的东西。个体的自由,个体的价值,个体的解放是顾城所期待的,于是,他在怀疑论支配下为孤独者和人民歌唱。尽管顾城的价值准则还不太明确,但是,顾城与尼采的怀疑精神有相通之处。

3. 与神对语:孤独者的超人意志

孤独者坚信:这个世界不是太冷清,而是太繁杂;这个世界不是太理智,而是太盲目。人们不希望看到这个世界只有声音,也不希望听到太杂乱的声音。现实如何呢? 有时是声音,众声附和,众声渲染单色调声音,在这种声音状态中,失却怀疑,便是失却信心,陷入盲目。有时又处于多重声音,你说你的,我说我的,彼此争论不休,却找不到相同的基点,独断者有,随波逐流者有,崇洋者有,崇古者亦有,价值失范,价值失衡,无主题变奏。在声音杂乱的时代,个体的声音实在微不足道,每个人自以为拥有真理,而个人的判断却又暴露出缺陷,因而,人们又陷入新的迷茫。在这个时代,每个人都在振振有词地言说,但每个人又都处于无心状态,谁也无法说服别人,谁也无法使人相信,这种无序状态与单声调状态,同样不利于社会和文化的进步。

---

① 顾工编:《顾城诗全编》,第195—198页。

　　真正的谐和状态在于：大家有可沟通的话题，有可共建的人性理想，同时具有必要的怀疑精神，这样，既可能打破单声调状态，又可能克服话语无序状态。作为独立的个体，作为孤独者，不应时时刻刻代表小我而发言，必须代表全民族，代表人民的自由意志而发言，这对于诗人来说尤其重要，"真言"与"箴言"，虽音相同，而义不同。真言相对于假言而成立，说真话而不说假话，这是诗人的基本价值立场，但仅有真言是不够的。诗人，作为民族的触角，理应在真言的基础上说出箴言，说出至理名言，说出充满哲理或具有透视精神的话，总之，诗人的人格理想必须蕴涵在诗人的人性理想中。孤独者的人性理想是孤独者的生命期待，是孤独者的人生觉悟，因而，孤独者的先锋意识与反抗精神乃至独特的审美理想在诗歌表达中显得尤其重要。

　　孤独的诗人与哲人，往往是坚定的信仰论者，他们决不怀疑可以创造新生命，也决不怀疑可以摧毁旧生命，否则，就无法乐观地展望生命的美好前程。他们是批判者，也是幻想家，他们是反现实者，也是理想主义者，他们坚信自我创造的价值具有伟大的力量，他们坚信自我展望的世界是生命美妙的世界。尼采的人性理想和生命期待，体现在他的《查拉图斯特拉如是说》之中，据尼采自述："这部著作的宗旨是永恒轮回的思想，也就是人所能够达到的最高肯定公式。"此前，尼采在《快乐的科学》第 382 节就对这种新人理想有所展望，他说："我们是尚未证明过的、未来的早产儿，为了达到新的目的，我们需要新的手段，即新的健康，比以往所见的更强壮、更敏锐、更坚毅、更勇敢、更欢快的健康。"①所以，尼采认为他的人性理想超出一般。他在自述中写道："我根本不打算说服谁去追求它，因为不会把这种权利轻而易举地给予谁的，因为它仅仅是这样人的理想，他们憨直地即不由自主地。由于精力过于充盈和强大而把一向尊为神圣、善良、不可侵犯的东西当成儿戏。"②最后，尼采对他的新人理想有所说明："命令式：你们要坚强些！一切创造都是坚强的，这种起码的信念，就

---

①　尼采：《快乐的科学》，余鸿荣译，中国和平出版社 1986 年版，第 294—295 页。

②　尼采：《看哪这人》，张念东等译，商务印书馆 1991 年版，第 75 页。

是狄奥尼索斯的本来特征。"由此可见,尼采的新人理想是:人要成为超强的人,唯有成为超强的人,才能充分实现个体的生命意志。在《查拉图斯特拉如是说》中,尼采借超人之口,把他的人性理想表述对伪信者、懦弱者、颓废者、庸人、市民的蔑视。

在尼采看来,"超人即大地的意义",这是尼采给超人所下的定义,但尼采未能就此做进一步的明确阐释。他像诗人一样,在形象的描绘中已充分展示了"超人"的性格和理想,但并未对超人是大地的意义做深刻说明。为什么说"超人是大地的意义"? 大地的意义是什么? 尼采也未做出说明,陈鼓应作了这样的解释:"往昔,我们的愿望被升高,升高到云层中,在这上面放着彩色的木偶而被称为神。""创造的超人代替了虚构的上帝,尼采呼吁大家不要相信那些宣说天国希望的人,要对大地守忠实,以此,尼采向世人宣称超人的意义。""天国的思想支配人心已有几千年之久,结果使人类因懦弱而不能自拔,尼采乃力图扭转这蔽于天而不知人的恶习,晓谕人们别再妄想天国的奇迹而重视大地的开拓,也无需执着空漠的灵魂而肯定实在的肉体。"①陈鼓应的这种解释是有道理的。

在我看来,尼采的超人观仍有神话精神作为其内在支撑,因为尼采的超人,很容易使人想起大地之子安泰,他一旦扎根大地,便力量无穷,尼采的超人是扎根大地的人。大地是实实在在的,大地是蕴涵无穷力量的,大地是生生不已的象征。超人在大地上孤独行走,超人在大地上沉思,超人的力量源于大地,超人即放纵于大地之间,在大地之中体悟生命的快乐。大地就是本原,大地就是生命的根本,大地是人类赖以存在的前提,大地是与人为性文化性因素相对立的客观实在,这样,尼采超人观的本原象征意义便可以明确。超人不是拯救神的人,而是拯救大地的人,保卫大地的人,这是实在而不是虚幻的人性理想。尼采在人性理想上崇拜力量、狂欢、自由、奔放、坚定、强大,与一切软弱和退缩相对抗,这种人性理想显然具有积极意义。法西斯把残暴、恐怖和超人混杂在一起,恰好忽略了超人是大

---

① 陈鼓应:《悲剧哲学家尼采》,生活·读书·新知三联书店 1988 年版,第 11—28 页。

地的意义;超人是使所有的人坚强勇敢的启示者,而不是践踏和消灭人们的魔鬼。

从尼采的人性理想出发来看顾城的人性理想,顾城的人性理想显然过于女人气了,同样,从顾城的人性理想来看尼采的人性理想,尼采显然过于残暴了。世界不可能按照某人的生命模式存在,世界需要各种各样的人性理想来构成互补,因此,顾城的人性理想也是值得重视的。顾城从诗人的个体理想出发,把《红楼梦》中贾宝玉的人性理想视作生命的极致,顾城认为:"女儿性最重要的特点,就是净,那么干净。""在《红楼梦》里,人无论好坏,只论清浊,而其中的女儿性恰恰体现了中国人对于人性和佛性这种和谐的最高梦想。""女儿性对于人世来说是个瞬间,一朵朵凋谢的玫瑰;女儿性对于她自身来说,却是无始无终的春天,永远在大地上旅行。"①顾城所向往的人性理想,是纯净! 真是奇怪,他并不崇拜童心,而崇拜女儿性。顾城所代表的这种人性理想,在东方文化中有很大势力,顾城如此,川端康成如此,泰戈尔如此,徐志摩亦如此,东方人向往的是人性的纯净、温柔、雅洁。

这种人性理想的取向,显然有别于尼采式的西方人的人性理想。西方人喜欢在冲突中追求生命的迷狂,东方人希望在和谐中追求生命的完美。西方人以狂野来达成生命的癫狂,他们不惜冒险、追求,甚至通过毁灭来达成这种自由,这是西方文化的粗犷精神。东方人则以至情、柔韧、坚定来达成生命的和谐,明月佛禅境界,高山流水意境,花开花落情趣,是东方人所追求的散淡之美和自由之美。现当代东西方文化的错乱和失落在于:西方人追求东方人的人性神韵,东方人则追求西方人的狂欢自由,于是,两重人性理想发生了错位,使东西方人性理想普遍失落。正如有人概括的那样,西方人追求的是日神精神,东方人则追求的是月神精神,虽然共同崇拜酒神精神,但是,随着日神与酒神、月神与酒神的调和,东西方文化精神和人性理想仍鲜明地体现了出来。这两种不同精神,大约根源

---

① 赵毅衡编:《墓床》,第 155—160 页。

于东西方人的自然性和文化性,以及由这种自然性带来的文化性差异。

因此,不能简单地站在尼采的立场上来评价东西方人性理想,也不能简单地站在顾城的立场上来评价东西方人格精神,相反,应站在本位立场上来看东西方文化差异,又应站在比较立场上看东西方文化的现代冲突。看来,东西方文化的冲突必将愈演愈烈,在这个世界上,理应从孤独诗人的哲思中受到启示。问题远比设想的要困难,在孤独的诗境中,体验,思绪是否应克服狭窄、片面而走向深度融合,从而真正拯救现代人的灵魂呢?尼采未能实现他的人性理想,顾城也未能实现他的人性理想,他们把问题交给了我们,要求现代人在独立运思和接受启示中给出属于这个时代的答案。给出自由的答案,需要无尽的生命智慧,从历史的智慧、生命的智慧和文化的智慧中去寻求这种救度人生的自由智慧吧!诗人以形象与思想指引世界,哲人以思想与理性指引世界,诗哲则以思想与诗歌指引世界。人类艺术史或人类思想史上最优秀的诗歌,是哲学诗歌,例如《道德经》,同样,最深邃的哲学思想,亦是哲学诗歌。哲学诗歌以哲学为灵魂,以诗歌为动力,以韵律表达思想,以形象展示思想,以思想完善形象。哲学诗歌是浑整伟大的诗歌,亦是深邃神秘的哲学,其中蕴含着巨大的思想指引力量。顾城没有成为这样的诗哲,但是,他的歌声纯粹美丽,他的歌声富有童心鬼气,他的诗歌自然神秘,因此,顾城是值得讨论的,这实际上也是批评意义上的"思想指引"。当诗人迷茫于什么是真正的诗歌时,什么是诗歌的最高境界时,我乐观地告诉未来的诗人:哲学诗歌是诗歌的最高境界,哲学诗歌是最值得追求的思想境界。从诗哲意义上说,诗歌或哲学的孤独,实质上,是与天地自然的伟大亲和,是对人世间庸俗思想的伟大超越,是对精神创造的最高规定。真正的孤独,是不孤独,因为它要宣扬"伟大的真理"。①

---

① 刘小枫:《拯救与逍遥》,第 163—168 页。

第五章　散文艺术的真实性与散文批评再实践

第一节　情感真实：散文文体本性与散文批评的思想意志

1. 散文文体界定与语言审美

作为批评家的审美活动与思想活动，散文批评扮演审美者或审判员的角色，其任务是：解释散文艺术本身的美或评判散文家的成败得失，发掘散文本身的思想价值或政治哲学主题。真正的散文批评，应该引导人们去理解散文家的思想与情感，理解散文所包含的思想价值，通过思想直达存在的彼岸。当然，散文批评也应关注散文艺术自身的独特性，不过，必须强调：在散文批评过程中，思想批评优先于审美批评，至少，必须保证审美批评与思想批评之间的平衡。在我看来，散文的思想批评比散文的审美更能显示批评本身的价值，因为它直达真理与本源。事实上，散文作为文学文体的基本价值要求，就是要以真实事件为依托进行情感与思想叙述。

从文体意义上说，它是自由多变的文体，或叙述，或议论，或沉思，或怀念。就文学批评而言，它是最难把握最难进行深刻阐释的文学文体。具体说来，这是由于散文文体的包容性和思想承载力负重，没有统一的规范，特别是缺少文学审美的虚构要求。正因为如此，散文批评有其独立性,这便是对思想艺术和文化情调的特别要求以及对散文语言的特别要求。严格说来,散文不是纯文学的文体,它不以虚构为基础,而是以真实的思想与情感为基础,但是,由于这一文体样式在中国文学中具有极其重要的地位,所以,我们不能不讨论其审美思想价值,甚至可以说,散文在日常生活中的功效常常大于其他文学文体的功效。散文的最大特点是短小,是思致,是真实的情感表达,创作虚构的要求低,甚至反对虚构,它是介于诗和思之间的文体。散文越偏向思,可能越有意义,当然,思也要有情的参与。

散文的文体本性如何? 自然,先要追溯散文的起源。在西方,散文在文学中似乎不是特别重要,当然,长篇小说在西方的文体概念中有时被称为散文。西方似乎也有二分法,即诗歌与散文。西方散文,特别是在希腊时代,是历史学的重要表达方式,历史与传记,就是古代希腊的散文。但是,在中国,文学从来只有诗文之分,诗歌与散文处于并列的位置上。散文是以叙述为主导方式的文体,但它的职能是应用性的。散文不是纯文学的,它既包含历史传记,也包含哲学散文,即历史散文与哲学散文,是中国文学的两大正宗形式。除了这些以外,中国散文的真正典范是先秦散文。先秦散文以哲学为取向,诸子散文极有成就,同时,也以历史为取向,有国策和史传,这些散文传统,一直保持到现在。自魏晋始,散文向个人情感方向发展,山水散文大兴,散文的审美趣味增强。唐代散文,把山水和思趣发展到新高度,宋代散文承继其后,形成了"唐宋散文八大家"的壮观文学景象。明代散文,把小品发展到了新的高度。五四散文,解放了语言,以口语化方式叙写往事,表达情感。散文一直是中国文学的重要文学传统,它的地位甚至比小说更重要。[①] 从西方文学意义上说,诗歌、小说和剧诗为三大正宗,散文不具重要地位,西方的散文理论也不是特别发达。俄国的形式主义文论,特别重视散文语言的重要地位,但他们的散文语言,主要以长篇小说的叙述语言为表征。

---

① 范培松:《中国散文史》,江苏教育出版社 2008 年版,第 3—20 页。

散文的文体是叙述的,是思想的,是情感的,文体小,易观易思,以语言的美与思想情致的美引人关注。散文强调思想与见识,只有高超的思想识见和美丽的情感才能打动人,但是,有关散文文体意识最少思考,所以,散文虽多,佳者甚少。散文是叙述学的自由文体形式,它既追求知识性叙述,又追求亲历性叙述。知识性叙述的魅力在于通过优美而动人的叙述传播知识经验,亲历性叙述则可以将个体的独特生命经验传达出来,让人们得到生命实践的具体启示。散文批评,对散文的文体本性的理解显得十分重要。散文在文体上的要求自然真实,散文说到底就是思想与情感的自然流露。散文文体取决于自然与自由的力量。它基本上可以分成两种形式:一是叙述形式,即完整而有生命力地记忆与观察,描述与感受;二是思想片断,这是思想的本原形式,它不必遵循逻辑句法,直接成为思想的自由表达。前者需要艺术性,愈有艺术性,思想与情感表达愈有力量;后者不讲艺术性,语言愈有思想力量,其思想就愈有影响力。

散文,起源于叙述和思想的非韵文需要,成了自由思想与情感表达的最自由方式。散文的本性说到底有三点:一是能够真实叙述历史生活与个人生活;二是能够真实具体地论述思想的意义;三是能够真实自由地记述个人的生活情感与生命故事。这里,有个极重要的区别,即真实与虚构的叙述的意义。真实是叙述,虚构也是叙述,那么,什么是散文的真实本性? 应该说,散文的本性是真实的叙述,是历史的真实、情感的真实、思想的真实。真实是否意味着必须写实呢? 不然。“真实”,不是只能通过无美的语言来叙述,“言而无文,则行之不远”。散文的真实,不仅要求历史的真实思想的真实与情感的真实,还要求有叙述的优美。语言叙述的美感,与散文的真实并不矛盾,它可以构成内在的统一。

对于散文本性的认识,历来存在许多误解,如“文以载道”“文以明志”“形散神不散”,这些都未必是散文的本性。散文的本性就在于真实,是以思想来抒情,以真实来感人。如果失去了真实,就失去了真正的意义。散文语言叙述的诗意性,即散文解释的语言学要求,决定了批评家必须深入地去理解散文语言的诗意魅力和文化个性问题。散文以真实的形象为根本,形象以真实为美,以真情为美。

2. 散文文体与审美创作要求

散文创作对作家的要求不是太高,也就是说,并不要求作者具有很高的文学才华,但真正成功的散文创作并非普通作者可为,从这个方面说,散文创作又对作者提出了极高的要求。不过,从总体上说,职业散文作家不多,往往兼职散文作家更受重视,这是指哲学家、作家、学者、教授、编辑等在工作之余所写的散文,因为他们所写的散文有真切的内容,所以,往往能提供新鲜的经验和独特的思致,从而使散文本身显得饶有趣味。这里,就产生了困难的局面,即好的散文源于哲人、作家和学者们,那么,相对说来,职业散文家就显得不重要。有没有职业散文家? 在当代文坛上,可以说有,也可以说没有。散文创作很难成为职业,这是散文的不幸,另外,散文又能为大多数有识之士采用,这是散文之幸,这显然是两难的境遇。作为文学批评者,当然希望有好的散文,但诗人和小说家、剧作家可以专门养成,散文家却不能专门养成。为什么散文家不能专门养成? 这是由散文的本性决定的。散文不需要虚构,因而,散文创作就受到许多限制。不虚构而能写出好作品谈何容易? 这就要求散文作者必须具备多方面的深入的知识。

按照散文的历史加以归类,散文通常可以大致分为三类:一是纪人散文,二是纪游散文,三是纪思散文。这三类散文的本质都在于叙述,但它对叙述与情致提出了极高的要求。

先说纪人散文。纪人,并非任何人皆可"纪",它要求纪名人,纪有趣之人,纪美好之人,纪亲人,纪贤达之人。也就是说,人有品位,方可纪,这样,散文中的纪人,本身就设定了范围,设立了标准。从文学史意义上说,只有那些纪传散文,才更有文学价值,即纪重要人物的散文,构成了历史叙说中的独特景观。纪人散文,比小说创作更有魅力,因为小说中的人物多为虚构之人,难以见到逸闻趣事,而且,小说人物形象服从于整体的创作效果,不能靠小掌故来撑持,因此,散文的纪人,往往具有重要的意义。[1]　只要将生活中的风流逸事传达出来,就获得了特别的文学效果,而且,常常为人们所津津乐道。中外散文的独特魅力往往就在于此,历史的风云际会,通过散文家的寥寥数笔,就给人留下了深刻的印象。其实,散文叙述的真实,往往并不能完全真实地反映人的精神品格,但在简短的印象记述中,个人的风神在散文家笔下可能具有特别的魅力。纪人散文,因为名家之笔而具有特别的历史价值。

再说纪游散文。纪游,就是叙述美情美景,它有赖山水之赐,散文叙述者将如诗如乐的图画展现在我们面前。散文,在很大程度上具有思想和艺术调节的功能,因为散文的思想与散文的艺术,既具有真实感,又具有轻松感,所以,它能表达情感,调节思想的紧张。大自然有无数奇美的山川,有无数浪漫的国度或城邦,有无数的民族风情,即使是伟大的旅行者,也无法尽览世界的美景,而且,即使有人能够遍览人间的美景,也未必能够传达景致的无限美丽。此时,山水呼唤散文家,无限的风情期待散文家。纪游散文,在很大程度上就在于表达思想与情致。每个民族皆有自己的风情画师,从世界意义上说,发达国家的旅行者与考古者中尤多散文作家,所以,从游记散文和考古纪行中能见到许多美丽动人的散文诗章。中国文人尤其偏爱自己的山水,有时,一片微不足道的山水,却在散文家笔下成就了最好的散文。[2]“山水”,因为美丽的散文更多雅致,成为民族最美丽的记忆。

三说纪思散文。真正的思想最适合以散文的方式来表达,因为它随兴而起,亦可随兴而终,没有巨大的叙述困难需要挑战。我们现在所见到的哲学书,通常庞杂而巨大,艰深的概念与复杂的推断,常常使读者望而却步,最初的哲学之思,接近于诗,更接近于散文。在哲理散文中,纪人纪游纪事,虚虚实实,不完全受制于真实事情,但在哲理散文中,无论是状物写景,还是托喻说事,显得生动活泼,思想的情感体验与形象感知,让复杂

---

[1]　刘熙载:《艺概》,上海古籍出版社1978年版,第1—49页。

[2]　《俞平伯作品精选》,广西师范大学出版社1996年版,第216—221页。

的思想更加人性化地进入读者的心间。思想与对象相连，并不是抽象的概念，这是思想的乐趣。思想以散文的方式出现，更容易为读者所理解，思想本身，确实能在散文中得到特别的表现。当然，这并不是说，所有的思想表达方式，必须是散文的，不是这样，完整的思想还是需要严肃的逻辑陈述来完成。当然，许多伟大的思想家总喜欢把自己的思想用生动的散文来陈述，卢梭、尼采和罗素，皆是伟大的散文家，但他们的思想也深刻博大。"思想"，在日常生活中本来就是散淡的，断片的。诗意的思，通过散文的方式来呈现，具有独特的生命力量，事实上，生命之思，需要散文来传达，它更能增添人生的趣味和快乐。

在理解了散文的致思方向之后，应该重视散文的语言和散文的民族特性。散文语言具有特别的民族特性，基于此，应该涉及对古代散文的语言要求的理解和西方随笔的语言要求的理解。更为重要的是，应该认真体会汉语现代散文的语言要求和内在美感追求；散文语言需要独特的抒情力量与细腻性，因为叙述散文要求语言细腻和绵密。散文语言能够凸现思想力量，所以，思想散文或随笔对语言的要求是瘦硬、简洁或雄辩。散文是生动的人生经验的总结，它不是专门的文学创作，但往往是作家最真挚情感的自然流露。散文的主体间的沟通极其重要，因为散文在本质上就是生命对话。这种生命对话，以真实性作为基本前提，它所提供的生命文化情调是可以重复可以实践的，因此，散文致思或遐想与主体性生命情感之间有着深刻的精神联系。散文的生命文化情调，具有特别的生命真实性。散文的情景性与情感性唤醒，更加增强了散文的情感表达力量，因为散文是情感记忆，也是思想独白与人生启迪。散文的生活自由情调对接受者直接产生影响，从而构成接受者自己和作者的共鸣。

散文中的真实情感和智性，是散文艺术的生命力所在，因而，在散文批评中这一点是不可忽视的。散文的思想性要求或者说智性要求，应该置于最重要的解释地位，即散文具有特别的思想性，而且，美感启示性是散文批评的第一性事件。散文具有特别的情感影响力，它以真情表达为特色。在明白了散文的诸多思想和艺术特点之后，就可以发现，散文批评可以打开散文艺术的巨大思想和艺术空间，当然，真正的散文史叙述，还是给予名家散文以特殊的地位，因为他们的思想智慧和人生经验更能给予人们以自由的思想启发。

3. 散文批评的语言建构模式

散文批评始终没有形成真正的批评家，很少有批评家因为散文批评而成功。中国古代散文批评，虽然有其长久的历史，但是，散文批评始终没有真正成熟。中国古典散文有着自己的传统，与西方散文相似，一定要建立大散文观念。散文不是为了文学表达而建立，而是为了思想、情感的真实表达，为了纪录历史的真实与个人的真实感受或心情，为了自然山水和人文风光的伟大抒情。建立大散文观念极其重要，因为散文的本质决定了它不可能是纯文学，它的内在本质特性与诗歌小说戏剧有很大的区别，所以，西方文学史基于严格的区分，不讨论散文，但是，由于散文在中国文化中的核心地位，不讨论散文是不行的。

在中国文学批评语境中，散文不是文学独有的，但它是文学的研究范围，当然，不是无限扩展的。科学性的论文，就不是散文，严格说来，散文就是由三大思想传统决定的：一是由作家诗人所创作的散文，它是最接近文学的，它是思想的简单直接的表达方式；二是由史家所创作的散文，散文的叙述旨趣与历史韵味，在史家那里得到最出色的体现，史家文笔以散文为要，而且，史笔体现了散文所要求的最大真实；三是由哲人所写作的散文，它们的散文充满了思想性，具有思想的想象力和文明的反思判断力以及内在的精神智性。总之，在文学、历史和哲学方面做出了杰出成就的思想者，都是真正的散文家，历史和哲学极重视散文的传达方式。① 历史散文是最特别的，主要是传记和人物散文，它以真实和生动来感动人心。历史散文以人物传记为主，以人物纪事的方式来表现，它可以是小人物，也可以是关于大人物的纪事。历史传记散文，永远有着自己的真实感，它

---

① 章学诚：《文史通义校注》，中华书局 1985 年版，第 22—36 页。

不是虚构的文学,而是真实的生活记载,是以真实打动人心的语言艺术。艺术并不总需要虚构,一切伟大的思想与情感记忆,皆是艺术。

哲理散文极重要,生活中充满了哲理。哲理散文,就是对生活价值与生活意义的伟大发现与证明。哲理散文,追求的是思想的自由,它有自身的思想章法。哲人写作可能并不重视章法,但思想本身的自由表达有着自己的章法,而且,优秀的哲人皆富有诗思,在散文方面有着优秀的语言才华。在哲人那里,思想与语言有其内在的统一性,写作本身就是水到渠成的事。哲学散文,是思想的逻辑表达,是思想的诗性表达。风土散文,则是对人类生活或民族生活以及故乡和自然的记忆,它记述自然风光,记忆风景优美的故土,记述人们对自然风景的优美体验,记录对生活的细微发现。它可以为各种身份的作者所创作,风土到处都有,每一风土都会给人们留下深刻印象,用语言文字表达个人对风土的理解与感情,就成了诗性散文的关键。历史散文强调历史性与信实可靠,哲理散文强调思想的原创力量,风土散文强调自然山水的美丽与故土人情的高尚。这三类散文,共同构成了散文家族的思想与艺术魅力,他们在语言、结构方式和思想意图上各有区别,但在真实性方面,有其共同的追求。

散文的分类功能,构造了散文的历史,正是在大散文观念下,人们构造了散文批评学。散文是一篇篇小作品,但这并不意味真正的散文就是小作品。真正的散文是大篇幅的,可以通过无数的细节来展现自身的美,也可以通过巨大的篇幅来证明自己的伟大。真正的历史学家、哲学家、风景作家都是伟大的散文家,只有在人文文化氛围下展开对散文文学的理解,才能永葆散文的伟大力量。正如前文所述,我们对西方散文理论非常陌生,所以,主要以中国散文传统作为思想重点,事实上,没有哪个民族在古代文明中像中国这样重视散文的地位。先秦散文,在历史散文、哲理散文和风土散文方面各有成就,相对而言,风土散文不是太发达,因为庄子的散文虽然也有风土人物景致,但它是寓言故事,不是真正的风土散文。中国真正的风土散文,汉代才开始形成。

秦汉散文与散文理论,是中国散文与散文理论的奠基时期。先秦散文批评,在孟子和庄子那里得到了重视。孟子提出了知言、养气的理论,在《公孙丑》中,有这样的对话:"敢问夫子恶乎长? 曰:我知言;我善养吾浩然之气。敢问何谓浩然之气? 曰:难言也。其为气也,至大无刚,以直养而无害,则塞于天地之间。其为气也,配义与道;无是,馁也。是集义所生者,非义袭而取之也。行有不慊于心,则馁矣。""何谓知言? 曰:诐辞知其所蔽,淫辞知其所陷,邪辞知其所离,遁辞知其所穷。"这就是孟子的散文理论,他强调文与养气的关系,也强调文与辞的关系。在《天下篇》中,庄子谈道:"古之道术有在于是者,庄周闻其风而悦之。以谬悠之说,荒唐之言,无端崖之辞,时恣纵而不傥,不以觭见之也。以天下为沈浊,不可与庄语,以卮言为曼衍,以重言为真,以寓言为广,独与天地精神往来,而不敖倪于万物,不谴是非以与世俗处。其书虽瑰玮,而连犿无伤也;其辞虽参差,而諔诡可观。彼其充实,不可以已。"秦汉散文讲究气势、排比,所以,太史公在《自序》中谈道:"夫《春秋》,上明三王之道,下辨人事之纪,别嫌疑,明是非,定犹豫,善善恶恶,贤贤贱不肖,存亡国,继绝世,补弊起废,王道之大也。《易》著天地阴阳四时五行,故长于变;《礼》经纪人伦,故长于行;《书》记先王之事,故长于政;《诗》记山川溪谷禽兽草木牝牡雌雄,故长于风;《乐》乐所以立,故长于和;《春秋》辨是非,故长于治人。是故《礼》以节人,《乐》以发和,《书》以道事,《诗》以达意,《易》以道化,《春秋》以道义。拨乱世,反之正,莫近于《春秋》。《春秋》文成数万,其指数千,万物之散聚,皆在《春秋》。"他强调经典的作用,实际上涉及散文的不同文化思想目的和功能。

在《论衡·超奇》中,王充谈道,"通书千篇以上,万卷以下,弘畅雅闲,审定文读,而以教授为人师者,通人也。杼其义旨,损益其文句,而以上书奏记,或与论立说,结连篇章者,文人鸿儒也。好学勤力,博闻强识,世间多有;著书表文,论说古今,万不耐一。然则著书表文,博通所能用之者也。""故能说一经者为儒生;博览古今者为通人;采掇传书,以上书奏记者为文人;能精思著文,连结篇章者为鸿儒。故儒生过俗人,通人过儒生,文人踰通人,鸿儒超文人。故夫鸿儒,所谓超而又超者也。以超之奇,退与诸生相料,文轩之比于敝车,锦绣之方于缊袍也。"显然,这些认识皆把散文看得极其重要,当作文化生活中最有价值的事业。

魏晋文章有了很大变化,所以,魏晋散文理论也发生了新的变化。曹丕提出的文气说最为重要,在《典论·论文》中,他写道:"文以气为主,气之清浊有体,不可力强而致。譬诸音乐,曲度虽均,节奏同检,至于引气不齐,巧拙有素,虽在父兄,不能以移子弟。""盖文章,经国之大业,不朽之盛事。年寿有时而尽,荣乐止乎其身,二者必至之常期,未若文章之无穷。是以古之作者,寄身于翰墨,见意于篇籍,不假良史之辞,不托飞驰之势,而声名自传于后。"陆机的《文赋》,则建构了系统的散文理论,其中谈道:"然后选义按部,考辞就班,抱景者咸叩,怀响者毕弹。或因枝以振叶,或沿波而讨源,或本隐以之显,或求易而得难,或虎变而兽扰,或龙见而鸟澜,或妥帖而易施,或岨峿而不安。罄澄心以凝思,眇众虑而为言,笼天地于形内,挫万物于笔端。""伊兹文之为用,固众理之所因。恢万里而无阂,通亿载而为津。俯贻则于来叶,仰观象乎古人。济文武于将坠,宣风声于不泯。涂无远而不弥,理无微而弗纶。配霑润于云雨,象变化乎鬼神。被金石而德广,流管弦而日新。"

在《文章流别论》中,挚虞谈道:"文章者,所以宣上下之象,明人伦之叙,穷理尽性,以究万物之宜者也。王泽流而诗作,成功臻而颂兴,德勋立而铭著,嘉美终而诔集。""《周礼》太师掌教六诗:曰风,曰赋,曰比,曰兴,曰雅,曰颂。言一国之事,系一人之本,谓之风;言天下之事,形四方之风,谓之雅。颂者,美盛德之形容。赋者,敷陈之称也。比者,喻类之言也。兴者,有感之辞也。后节为诗者多矣,其称功德者谓之颂,其余则谓之诗。颂,诗之美者也。古者圣帝明王,功成治定而颂声兴。于是史录其篇,工歌其章,以奏于宗庙,告于鬼神。故颂之所美者,圣王之德也,则以为律吕。或以颂形,或以颂声,其细已甚,非古颂之意。"这些认识,显示了中国古代散文批评家对散文的功能价值的真正认识。

唐宋文章,不仅显示了中国散文的新成就,而且也确立了中国散文理论的新格局,所谓"八大家之散文",即是这一时期散文的标志以及散文理论的实践基础。在《史通》中，刘知几谈到文章，"夫国史之大美者，以叙事为工；而叙事之工者，以简要为主。简之时义大矣哉！"韩愈说："气，水也；言，浮物也；水大而物之浮者大小毕浮。气之与言犹是也，气盛则言之短长与声之高下者皆宜。""君子则不然，处心有道，行己有方，用则施诸人，舍则传诸其徒，垂诸文而为后世法。"在《答张扶书》中，王禹偁谈道："夫文，传道而明心也。古圣人不得已而为之也。且人能一乎心至乎道，修身则无咎，事君则有立。及其无位也，惧谦虚心之所有，不得明乎外，道之所畜，不得传乎后，于是乎有言焉；又惧乎言之易泯也，于是乎有文焉。"

散文批评有没有模式？在《通书·文辞》中，周敦颐谈道："文所以载道也，轮辕饰而人弗庸，徒饰也。况虚车乎？文辞，艺也；道德，实也。笃其实而艺者书之；美则爱，爱则传焉，贤者得以学而至之，是为教。"宋濂在《文原》中谈道："吾之所谓文者，天生之，地载之，圣人宜之，本建则其末治，体著则其用章，斯所谓乘阴阳之化，正三纲而齐六纪者也；亘宇宙之始终，类万物而周八极者也。""为文必在养气，气与天地同，苟能充之，则可配序三灵，管摄万汇。""人能养气，则情深而文明，气盛而化神，当与天地同功也。"这些观点说明，中国古代散文批评家对散文创作和散文的价值有深刻而独特的认识，他们最终确立了"文"在中国文化中的核心地位。

明清散文，则有了新的规范和审美规定。焦竑则谈道："惟文以文之，则意不能无首尾，语不能无呼应，格不能无结构者，词与法也，而不能离实以为词与法也。""唐之文实不胜法，宋之文法不胜词，盖去古远矣，而总之实未渐尽也。"屠隆的《文论》中说："夫文不程古，则不登上品；见非超妙，则傍古人之藩篱而已。"在《宗子发文集序》中，魏禧说："吾则以为养气之功，在于集义；文章之能事，在于积理。今夫文章，六经四书而下，周秦诸子两汉百家之书，于体无所不备。后之作者，不之此则之彼。"刘大櫆在《论文偶记》中谈道："神者，文家之宝。文章最要气盛，然无神以主之，则气无所附，荡乎不知其所归也。神者气为主，气者神之用。神只是气之精处。"在《文史通义·文理》中，章学诚谈道："夫立言之要，在于有物。古人著为文章，皆本于中之所见，初非好为炳炳烺烺，如锦工绣女之矜夸采色已也。富贵公子,虽醉梦中不能作寒酸求乞语,疾痛患难之人,虽置之丝竹华宴之场,不能易其呻吟而作欢笑,此声之所以肖其心而文之所以不能彼此相易、各自成家者也。""故古人论文,多言读书养气之功,博古通经之要,亲师近友之益,取材求助之方,则其道矣。"这些看法,既是在论作文之道,又是在评价散文的经天纬地之功。

从中国散文的发展史和散文理论的发展史,即可看出:中国散文创作是中国文明价值的最自由体现方式,与诗歌一道,构成了中华文明的主流价值系统。应该说,中国古代散文理论思想异常丰富,但也有缺陷,即始终未解决何为"文之道",有重形式,有重义理,实际上,并未真正处理好思想与艺术的统一问题。思想是最重要的,只有元气淋漓的思想,才有自由的艺术创造。情理之文,以情动人;义理之文,以思动人;史论之文,以识动人。中国古代散文,始终没有从根本上解决思想建构与民族国家自由想象的问题,所以,散文理论批评往往停留在文气与养气之上,原道与宗经之上,没有真正道说真理与生命存在的价值。

4. 散文批评的时代思考与选择

散文批评,必须考察作家的思想与人格,即通过他的散文所呈现的思想与事件进行现象学还原。散文的思想真实与情感真实,以生命的智趣为中心,即寻找生命的快乐与智慧,怀念生活的美丽瞬间。散文的思绪,往往是非虚构的方式,但充满了生命的智慧,是文学语言构造的特例,它不是纯文学,但在文学中具有特别的地位,或者说,与文学艺术有异曲同工之妙。散文创作的人数众多,而散文批评则毫无力量,或者说,散文批评还没有形成基本的批评模式。所以,什么是散文? 什么是好的散文? 散文应该真正担负什么样的文学任务? 如何真正理解散文的内在价值和意义? 这些问题,远没有得到真正的解释。

散文批评,必须考察语言的价值与意义的探究。散文批评要有自己清醒的散文文体意识,因为批评必须从散文文体出发。散文是中国文学中最重要的创作方式,我们对文学的要求是非常实用的,这就是文学的短小性与实用性。我们的诗歌发展,以简单的诗歌为崇尚,与此相关,我们没有太多的时间欣赏和制作长篇作品,而短篇作品可以带给我们满足和快乐。在小说非常繁盛的时代,更多的人还是喜欢读精短的小散文,所以,报刊文体对我们的生活有决定性影响。我们的语文教育更是建立了这样的牢固信念,所以,文学教育作品,基本上是诗歌和散文,特别是散文占据了我们的文学教育的主导地位。叙述文与议论文,是中学语文教学的常用名,而散文则以抒情散文和议论散文来区分,由此可见,对散文的崇尚,是"文明的实用性精神传统所致"。人们之所以只重视短小的文章,一是由于散文易于接受、背诵和讲解,二是由于散文的真实性能够把思想与情感表达得很具体,能够直接显示出教化的功能。散文的繁荣,虽然没有带来真正的文学革命,但不能忽视这一有影响的民族文学形式,基于此,散文批评应该重视文体语言,特别是优美动人的散文和源自性灵的散文。在我们的散文创作中,时代性的政治散文,重视时代精神与政治思想的直接教化式表达,不太重视语言的优美与思想的情调。从中国的思想传统出发,思想性散文与情感性散文具有很大的影响力,像孟子、庄子和荀子的散文,像左传、尚书和史记所开导的历史散文,皆有很大的影响力。

　　散文批评,应考察生命的情趣与生活的自由理解,应考察生命的智慧与存在的超越精神。散文的生命情趣,应该重视思想的智慧,这实际上要求我们重新考察哲理散文的价值。叙事性散文,在今天来看,它更多的是历史回忆与历史记忆,这类散文依然很有价值,但是,相对而言,哲理散文更受人重视。哲理散文,是中国传统的思想散文,但哲理散文不是哲学,而是蕴含着哲学的精神,能够给人们提供思想的启示。哲理散文,从哲学、宗教、伦理和文化出发,把生活中的有意思的事件进行理性思考,从而形成散文的自由思想意识。①

　　散文批评,应该考察散文文体与诗歌文体和小说文体的交叉互渗问题,即文体自由问题。应该重视散文对诗歌和小说的意义,特别要重视诗

---

　　①　陈德锦:《中国现代乡土散文史论》,中国社会科学出版社2004年版,第4—7页。

歌与小说对散文的可能影响,也就是说,要重视中国散文的自由发展。散文批评,应有好的文体意识。现在,我们见到好的散文,第一类是大地散文,即通过旅行对自然的美的文化风光进行诗性体验,形成情感的自由抒发,第二类则是哲理散文,它能够对生活形成诗性的观照。散文的哲理性必须以诗性为基础,散文中具有了诗性,就有了生命的自由抒情力量。散文如何吸收诗的表达自由,如何吸取小说的语言表达自由,是散文批评需要思考的问题。按照中国的传统,我们的历史散文和哲学散文已经获得了巨大成功,问题在于,现代史学更讲究考据和材料,历史研究已经越来越远离散文,更追求其科学表达方式;同样,哲学研究越来越强调逻辑分析与语言分析,哲学本身的散文性与诗性特征越来越隐而不显,于是,散文传统在现代正在消解。因而,如何通过散文进行历史叙述,如何通过散文进行哲理思考,依然是值得讨论的问题。散文的真正振兴,取决于这一散文传统的复兴,事实上,这一思想传统是有意义的,当然,人们把这种历史叙述性散文和哲理思考性散文视作"随笔",这类散文具有广泛的发展空间,也有广泛的市场影响力。

从总体上说,散文批评还不成熟,有关散文的文学史批评价值不彰,文本批评太迂腐,思想情趣批评未形成力量,因为真正的好散文往往是非文学家完成的,它可能是学者完成的,可能是思想家运用诗的文体完成的。散文文体,对写作者的思想才情提出了极高的要求,它是思想的诗性表达和人生的智性认知高于文学想象的文学创作形式。散文批评的成熟取决于散文的发展和散文艺术的成熟,我们希望散文批评能够造就散文艺术的辉煌灿烂。在很大程度上,这取决于我们对散文文体的诗性叙述价值和诗性思想价值的重新评估,显然,这样的散文和散文批评是充满力量的。散文似乎并不需要批评,在现代散文批评史上,还很少见到真正的散文批评家,这说明,散文批评并不成熟。

不过,古代中国散文批评创造的文气说,文以载道说,显示了古代散文传统的文明价值和思想价值。"文气说",不仅解决了文章的语言与结构的内在和谐问题,而且解决了文章的内在生气与生命真理问题,因为文章之气与生命之气，内在之气与外在之气，文章之气与文明之气有着十分密切的关联。"文以载道说"，解决了文章的思想目的或思想任务，即文章的功用就是要"载道"，至于要载什么样的道，古人有古人的解释，今人有今人的解释。那么，现代散文批评应该坚守什么样的理论呢？这就需要创造性解释。现代散文理论，必须意识到自己的任务和思想的目的；生命的美丽表达，应该成为现代散文最重要的思想任务和方向。生命的美丽表达与德性的永恒怀念，应该成为现代散文理论的中心任务，这是我们需要思考的方向。① 散文中的事与散文中的人，散文中的景与散文中的情，皆应该服务于生命的美丽表达与德性的永恒怀念。散文源自于真实与真情，"德性说"，不仅能与"文气说"贯通，而且可以与"文以载道"观念相连，"生命与德性"，应该成为现代散文批评的核心价值准则。

第二节　诗情灵韵：乡土散文叙事与小说 笔法的内在契合

1. 乡土散文：沈从文与贾平凹

沈从文和贾平凹的散文，深情而美丽，思想极富乡土气息，语言具有特殊的美感，形式活泼生动，或传记叙述，或纪事怀人，或回忆集萃，或诗性感言，展示了主体的情思与自由的灵性。从沈从文与贾平凹的散文创作，可以看出，现代散文的优美形式与古典散文的美学多样性息息相关，最妙曼的现代散文的审美精魂往往与古典散文的诗性想象契合无间。作为现代中国最优美的散文作家代表，沈从文和贾平凹的散文带有强烈的乡土生活气息，一切是那么自然那么真实。这里，不妨从散文笔法与小说笔法之间的联系，看看二者的艺术匠心，这既涉及对散文艺术与小说艺术

---

① 章学诚说："今云未见论文德者，以古人所言，皆兼本末，包内外，犹合道德文章一之。"参见《文史通义》内篇二。

的内在本质的认识,也涉及对小说与散文价值的内在评价。

小说家能否写好散文? 或者说,地域风情在作家的散文中叙述中,到底应该占有什么样的地位? 这是值得讨论的诗学问题。需要指出的是,沈从文和贾平凹的小说叙述,决定了他们的散文风格,反过来,他们的散文风格也深深地影响了他们的小说叙述,甚至可以说,他们的小说叙述本身就带有散文叙述的意味。因而,从散文角度去理解他们的小说创作或从小说叙述的角度理解他们的散文,就具有审美关联意义。

从文学史意义上说,乡土散文创作,是 20 世纪中国文学的一道风景线,一大批作家在乡土文学领域耕耘,取得了令人瞩目的重大成就。乡土散文叙事,不仅有多种多样的话语形态,而且有千差万别的审美风格,所以,有关乡土散文审美风格的比较研究,一直是批评者乐于冒险的精神领域。纵观 20 世纪中国乡土文学创作,有风格对立者,如莫言与贾平凹,也有风格相近者,如沈从文与贾平凹。本来,沈从文所代表的乡土抒情传统,直接传导和影响的是湖南乡土散文作家,如韩少功、孙健忠、彭见明、叶蔚林等,因为他们既有文化的亲缘关系,又有地域的亲缘关系。这里,之所以把沈从文和贾平凹进行比较,是因为无论从叙事者表现的抒情传统,还是从叙事者所表现的内在精神,可以发现,他们之间的审美情调更趋一致。当然,因为个性与灵性之异,他们的散文风情所表现的审美差异,又足以解释一些更为复杂的问题。

如果说,乡土散文的批判精神主要表现在乡村的丑恶与愚昧上,那么,乡土散文的抒情精神则主要表现情与美的歌赞之上。这是两种对立倾向,也是乡土散文的两个侧面。自 20 世纪初起,乡土散文就具备两种价值取向:一是对乡土文化的批判,以鲁迅等为代表;二是对乡土文化的感怀,以周作人等为代表。从 20 世纪 50 年代始,乡土散文形成了新的审美思想格局,以刘白羽、杨朔、峻青等为代表的散文作家出现。由于经历了战火的洗礼,他们的散文创作显示了革命浪漫主义的抒情意向。自 20 世纪 80 年代始,中国乡土散文重新回归五四传统,而且显示了阳刚与阴柔对立的价值取向,贾平凹与沈从文显然偏向后者。沈从文对故乡湘西,贾平凹对故乡商州,确实怀有太多的感情。在他们的记忆里,故乡的山水、人物、风俗、旧习无处不美。由于对这种特定的地域、特定的人们和特定的文化风俗有着深刻的体验,所以,他们抑制不住自己内心的冲动,试图画出他们的家乡。"画",既是色彩行为,又是充满感情的抒情美感重塑行为,唯其是画,他们总是面对活生生的故乡,或素描,或水墨,或水彩,故乡的一切,在散文或小说叙事艺术语言的处理中,便显得格外别致和美丽。①

乡土散文,是现代中国文学的最重要的成就,为什么乡土散文具有如此强大的力量?甚至可以说,一部乡土散文增加了人们对中华乡土文明的热爱与深情,这是特别值得思考的事情。事实上,正是由于乡土散文,我们对中华民族的文化充满了至深的眷恋。中国有着自己的诗歌传统与散文传统,这两大文学传统,皆强调生命的美感传达,强调生命的责任与义务,因而,在中国诗歌与散文中,历来充满了"正义与正气"。现代散文有着美丽的乡土记忆,这种美丽的乡土记忆往往与乡土文化的封闭性和不发达性密切相关。我们的乡土,曾经是极其自然的,也是极其美丽的,因为文明生活虽然有战火,但是,宁静偏远的乡土并没有受到毁坏。正是这种乡土的美丽的记忆,哪怕是对贫穷的乡土的记忆,也充满着美丽的情思。故乡曾经是那么神圣:故乡的水,故乡的山,故乡的炊烟,故乡的四季,故乡的亲情,一切的一切,使生活变得诗意而美丽。这一传统,极其重要,它比小说写实传统更能代替我们对中华乡土文明的真正理解。

这是文明的日常状态,而不是文明的异化状态。在一般人的眼中,中华乡土文明充满了贫穷与苦涩的记忆,那么,对于沈从文与贾平凹来说,他们通过什么样的情感叙述来创造乡土文明生活的美?他们之所以能够写出如此美丽而动人的乡土,说到底,就是因为他们对乡土故园的至深热爱。艺术有了这种爱,就有了灵魂,就有了深度。这里有和平的祝愿,这里有生命的诗意怀念,这里有亲情的光辉,这里有山河的壮美,一切因为

---

① 陈锦德:《中国现代乡土散文史论》,第166页。

爱而美丽,一切因为美丽而爱,一切因为怀念而富有诗情,一切因为富有诗情而持久地怀念,这就是美丽散文的至深本质。① 沈从文与贾平凹共有的生命气质,决定了他们的小说散文或散文小说所具有的诗意与诗性的激情。

乡土散文中至情的体验与至美的体验,显示了乡土中国文化诗意与和平,自然与宁静。当苏炜在耶鲁大学讲授现当代中国文学作品并且经受不住学生的审美价值追问时,他曾感到痛苦与绝望,他所讲述的中国现实主义文学作品,让许多外国学生以为中国文学真的就是那么精神荒凉,真的就是那么痛苦绝望,其实,那是因为他选择的作品皆无诗性的眼光,并不能代表"中国乡土文明的至深本质"。没有优美深邃的文明信念,没有风光旖旎的山水画卷,没有至深至纯的侠骨柔情,文学叙述与文学形象本身自然不能引起外国学生的尊敬。假如他尝试系统地讲授现代中国乡土散文,外国学生也许会明白:这才是中国本色的世界,这才是中国本色的感情。

当现代中国小说家忙于模仿外国小说作品时,只有乡土散文还能保存感人至深的力量,这里,有着爱的力量,信任的力量,坚毅的力量,友谊的力量,和平的力量,山水启示的力量,总之,在这种至纯的散文中,可以发现"别样的中国"。爱、思念、感激、友谊、深情,原来中国乡土文明中充满着如此的美丽,这才是我们从沈从文和贾平凹的散文叙述中所要发现的最根本的东西!尽管这种审美特质作家本人可能也不一定能意识到,但是,现代中国乡土散文中充满着这样的精神力量,而且,这种精神力量自然而然地贯注到艺术家的心灵世界中。这种艺术生命表达的奇迹,即使是审美迟钝者亦倍感惊喜,然而,它就是中国乡土散文给予人的无限自由的美感。

2. 叙述的视觉美感与诗意

沈从文与贾平凹的乡土散文的叙事美学,特别表现出对故乡山水之

---

① 李咏吟:《形象叙述学》,浙江大学出版社 2009 年版,第 311—324 页。

美的描画。作家不能忘记故乡的山水,他可能忌恨故乡的人、风习,但是,对故乡的山水则永远寄托着特殊的情感。青草地,绿山坡,小河水,放牧牛羊,游戏田园,古树,深井,山洞,野花果,每一处皆有甜美的记忆。那渗透着童年游戏的记忆,总是激活作家的体验流与话语流。故乡是童心的牧场,充满浪漫,充满神秘,也充满幻想。那种特殊的山水情感,是对"生我养我"的土地的馈赠;没有这片土地,就没有那份灵性,就没有那份人伦文化观念。外乡文化,最终也不能摧毁乡土文化的感情积淀,因此,从这种故乡情结出发,就很容易理解沈从文与贾平凹散文中的山水画。沈从文那优美的散文体小说《边城》,就是这种山水素描情调,他完全是把小说当作优美的山水散文或乡土散文来创作。"小溪流下去,绕山流,约三里便汇入茶峒的大河。人若过溪越小山走去,则只一里路就到了茶峒城边。溪流如弓背,山路如弓弦,故远近有了小小差异。小溪宽约二十米,河床为大片石头作成。"①这种山水素描,是散文中的情景设置,视野宏阔而又细致,语言简略而又细腻。山水清幽秀美,足以概括故乡的山水特点,然而,沈从文绝不满足于空洞的概括,由于小说常受到人物、情景的限制,他不能放纵笔墨,所以,把这全部的山水情感表现在散文中。

在散文中作山水画,是创作者的本分,沈从文在描写故乡的山水时,情感语言显得特别富裕,选景和造情开阔自如。事实上,这种放纵笔墨,尤其表现在《湘西》和《西行散记》中,山水景物贯串《西行散记》的始终,《湘西》更是激情淋漓,通篇秀气。那山水景致特有的神韵,使人们真正嗅到了大自然的芬芳和醉意,这是诗人栖居、活动、游戏的山林。他写桃源辰州的沅水两岸风光,重在香兰芳草;写千丝,以水色倒影、捕鱼奇观为主;写白河,则重在水清、花艳、岩陡、鸟异、调奇、滩险、石乱、虎吼。沈从文对湘西山水的描绘,颇得郦道元的《水经注》的真髓,事实上,沈从文的山水素描和水墨画已远非一般的绘画所能承载了,也不是摄影能表现的。它是摄像的记录,而这摄像记者的眼睛,就是沈从文的"眼睛",他的"灵

---

①　沈从文:《边城》,花城出版社1988年版。

心",他对故乡的山水深情,处处流淌着楚国骚人的浪漫、神秘和奇幻。

如果硬要将沈从文的"山水画"予以审美分析,即以语言所构成的图画进行定性分析的话,那么,我只能选择"道家的绘画"来总括这种山水的特色。[①] 道家的山水画,不仅重视自然的天然气息和色彩,而且重视赋予这种山川以神性、空灵和神秘感。道家吸风饮露,不正是选择这样的山水胜境,他们的得道境界,不正借助这美幻的山水意念吗?沈从文的山水画,是道家精神的流光溢彩,例如,"山后较远处群峰罗列,如屏如障,烟云变幻,颜色积翠堆蓝,早晚相对,令人想象其中必有帝子天神,驾螭乘蜕驾䮾乘虬,驰骤其间。"沈从文的散文,山水泼墨大写意之处并不多,山水素描并未喧宾夺主,而是构造神境,渲染一片神性,不多的言语里已显示了道家的恬静光辉。风俗、人物和山水完全贯通和谐起来,让人向往那片山水,那里的人伦,那里的歌唱,那里的民间音乐。沈从文的这种山水画,对当代湖南乡土文学影响可谓深远,他们皆以那种道家的山水灵性作为散文的背景。[②]

贾平凹正是在这种抒情传统意义上接近沈从文,并具有山水画式的叙事笔法和叙事语象。必须承认,贾平凹并未直接受惠于沈从文对山水的这种感情,因为湘西毕竟不是他的故乡,但是,楚地风骚,又何尝不曾影响到丹江上游的贾平凹故乡呢?在文化血脉里,他们毕竟有一点相沟通之处,至少,贾平凹的山水抒情可以纳入沈从文的乡土抒情传统里去,虽有差异,但绝不是背离的,而是内在的补充和融合,显示了乡土文学的新的背景和发展理路。贾平凹对故乡山水的描绘,在他的散文中完全点化开来,虽不是贯通的,但确实是对故乡全貌的鸟瞰与透视。贾平凹与沈从文不同:沈从文生活在城里,他在凤凰县城度过儿童时代的游戏功课,顶多是在城郊野玩,并不承担田间劳动;贾平凹则纯粹是山野之子,不仅要打柴、捡粪,还要下田干活。

如果说,沈从文对湘西山水描绘得益于军旅生涯的远足和开阔眼界,

---

① 凌宇编:《沈从文散文选》,人民文学出版社1995年版,第1—3页。

② 何立伟的《龙岩坡》等作品,颇得沈从文的叙事意趣,参见《收获》1998年第1期。

那么,贾平凹对商州的描绘取决于他每天出门便对着山景,看池塘、山梁、云和月,尤其是与泥土之间的亲密联系。当贾平凹后来在商州各县各乡村转悠,寻找创作灵感时,他对山水的一切敏感总是与童年生活对应起来,他始终是土地的耕耘者,是对土地耕耘一点也不陌生的乡村之子。也许是贾平凹与土地之间有这样的劳作关系,他所看到的故乡山水总是那么实在,庄严,虽神秘莫测、庄严肃穆,但没有那种浪漫的灵性,因此,贾平凹的山水描写更接近"儒家的山水画",那画幅的森严,气韵,雄浑,黑白分明,李成、范宽的山水画意,八大山人的苦情苦趣点染其间。他的山水画式的叙事语象,是静穆感,而不是流荡感,山是那么庄严、原始和神秘,水是那么宁静、沉重和喧哗。①

如果说,沈从文喜欢用青绿色点染文字,那么,贾平凹则更追求黑白效果,其中,渗透出雄浑的力。一是儒者,一是道家,他们观照故乡的山水角度很不相同。沈从文对故乡实质上有距离感,即使是山水,也似乎是他发现的山水;贾平凹则对故乡有亲切的生存体验,这是不经选择而显出的山水图画。例如:《天狗》故事开头的山是荒山:"路北数里为虎山,无虎,多石头。"水是枯河里的水。"挑水要从堡门洞处直下三百尺,下二个台阶,再起半里的河滩。"商州东南多峰,古来峰,地峰,人峰点缀其间。"群峰被云雾虚去,有野狐哭嚎,声口凄厉,悲从空降。"总之,贾平凹的山水之间总有恐怖感,苦涩感。再如《商州初录》《商州又录》,其中的山水,皆不大驯服。沈从文笔下的山水驯服多了,处处显出灵性;贾平凹的山水很不驯服,所以带有北派画风。据说,范宽深入到终南山、太华山一带的深山里去,坐卧其间,对自然山水细心体验,才创造出独立面貌的绘画,"峰峦浑厚,势状雄强","真石老树,挺然笔下,求其气韵,出于物表,而又不华"。这似乎也颇适合贾平凹,这一山水画是故乡的地理背景,而风情画最有力度的莫过于人物画。

沈从文乡土抒情散文中的人物大多为苗民,沈从文写了不少苗民,因

---

① 贾平凹:《散文就是散文》,参见《平凹散文》,浙江文艺出版社 2000 年版,第 470 页。

此,许多研究者过分强调沈从文的"乡下人"意识,其实,沈从文虽自称"乡下人",只不过是姿态,而骨子里,意识深处并不是"乡下人",这"乡下人"包含着不习惯规矩、不屑于懂规矩的反叛之意。这"乡下人",有野蛮、强悍、不屈服、淳朴、浪漫、勇敢之意,可以说是乡下人的积极方面,是沈从文真正渴望创造的乡下人,而乡下人的愚昧、没文化、软弱、狭隘等否定性因素,沈从文几乎一概不取。正因为他没有乡下人的后一种感觉,所以,他笔下的人物,如翠翠、夭夭,是那么天真善良,而老水手、长顺、大老、二老、撑船大爷又是那么朴实,讲信誉,疏于钱财。沈从文采取这种乡土抒情的方向是必然的,虽然他是乡下人,他根本就没有乡下人的苦难体验。他不必到水田里去耕种,也不必在三伏天的原野煎熬;既没有稻花飘香的喜悦,也没有丰收成灾的忧虑。他不是农民,而是以旁观者去看农民,以军人的眼光,以县城里的人去看农民。他一入大都市,虽自称"乡下人",但最终能与"土绅士"同坐一条船而毫无两样,这已证实他天然具有的非农民气质。① 如果他是真正的土地之子,真正穷困的农民之子,就会与城里人有格格不入感,与"土绅士"有格格不入感,他绝对无法有"土绅士"那种做派。

　　如果过分强调沈从文的"乡下人"意识,那么,一定会发生理解的偏差,沈从文散文的解释者往往忽略了沈从文自称"乡下人"的真实意图。他只不过是凤凰小县城里的乡下人而已,这正如上海人曾经把杭州人看作乡下人一样,因为大城市远远脱离了乡土气息,而县城则带有一半的乡土气息,一半的城市气息。沈从文的真实处境,既非乡下人,亦非都市人,是县镇上的子民,他远比真正的农民之子具有优越感,不必像农民之子那样面临农村的压迫。沈从文接触的乡下人,是外在的乡下人,"乡下人"以待客的身份出现,在重礼义的乡土中国,他们对客人总是保持和善友好的面目。真正的乡下人之间,既有友爱、帮助、同情,也有仇恨、嫉妒,强者为王是必然的。当然,像老船夫那样的人缘,像翠翠那样的待客方式是非常

---

① 王晓明:《潜流与漩涡》,中国社会科学出版社 1993 年版,第 83—136 页。

实际的,但他们也有抱怨,也有仇恨,只是积压在内心深处。沈从文的"人物画",实质上是以"异乡人"的眼光去看乡村百姓。当代作家的乡土散文,所渲染的那种人情美,所雕塑的乡下人,如《我的遥远的清平湾》的作者史铁生,不正选取了沈从文的观察视角吗?即使是沈从文笔下的故乡,也是在异乡浪游忧患后回到故乡观光的游子的故乡情,而不是地道的乡民的感情。地道的乡民,对那片土地总是有爱有恨,所以,扎根于乡土的贾平凹的乡土散文具有许多优美而真实的成分。①

沈从文的人物画廊,具有旁观者的特点,那些乡下人皆带有肖像速写的特征,犹如一位城市画家,在山乡画人,创作素描。创作者不免带有兴奋、好奇、理想的性质,而作者自身并没有与他真正熟悉的人物打成一片。他真正熟悉的是他的军人,那里有伙伴,有马夫,有长官,有山大王,有土匪和强盗,有水贩,有狗,有妓女。在沈从文的散文世界里,实际上有两组人物:一组是军人系列,是沈从文所最熟悉的;一组是土匪系列,是沈从文熟悉而又陌生的人物。那情侣故事,或许大多是听来的吧。这些人物的生活方式,或农耕,或水运,或打仗,或练兵,沈从文写散文的材料积累,是他做军人时所获得的。我宁愿把沈从文想象成有修养、有礼貌、富于同情心、不凶恶的军人,而不愿把他当作真正的乡下人,所以,他的散文带有军人的浪漫气质。天生的诗人,却穿着军装,当着勤务兵,他当然不能不浪漫,不能不对湘西的风土人情产生特殊的好感。每到一地,那乡下姑娘和妇女对他所投去的特有的热情和目光,他怎能不被那乡下妇人的善良美丽所感动,这是城里人与乡下人的情感,是异乡人与原乡人的情意。

这些人物,不是以沈从文凤凰城内的人物为模特,而是以凤凰镇外的乡民作为模特,《长河》中老水手与长顺的情意,在散文叙事中,应该具有一定的感情基础。作为勤务兵跟在师爷和队长的身后,去向会长和长顺讨钱,作为旁观者,沈从文散文中的出场者,与乡下人分离的角色,几乎随处可见。沈从文是人物画师,也是旁观者,这种旁观者的立场,才是他真

---

① 《平凹散文》,第331—398页。

正对乡土抒情，真正对政治不关心，真正对乡土采取静观、无功利态度的深刻原因。如果他是真正的乡下人之子，饱尝苦难和压迫，那么，他不可能把一切看得如此优美，也不可能真正逍遥起来。外乡总是神秘的，外乡人总有友善心，因为没有直接的利益冲突，而一旦有直接的利害冲突，一切就会发生复杂的变化。

贾平凹与沈从文的风俗人物画并不一样，他笔下的人物，就是他的父老乡亲，因为他是真正的土生土长者，生长在几十人的山村里，以耕种土地为生，几乎每人都有历史。每个家庭皆有自己的历史，贾平凹熟悉每一家庭的历史，可气的，可恨的，可爱的。所有的人物，皆可以活在他笔下，这些人物，可以用一系列的细节去勾画，甚至脸谱也是分明的。他不是旁观者，而是真正生活在乡民之间，所以，他笔下的"乡下人"有真正的土味，显得那么真实可信，因为那是他的父老乡亲。当他写这些农民时，如此细致动人，具有如此复杂的心理感受和体验，但是，当他写土匪写流氓时，笔下明显不听使唤，其情节、人物，与看多了、看惯的土匪电影没有什么两样。他真正熟悉的是乡下人，在城里生活了多年后，应该说，写城里人，他写得地道，但是，作为"乡下人"，天然地与城里人有对抗感。当他穿着中山装时，可以把他当作乡下后生，如今，西装革履了，城市文化真正改造他，陶冶了他，但他不可能像沈从文那样逍遥。他身上有"土性"，这种"土性"正逐渐地被他的禅学、他的易学、他的风水、古典诗文修养所改造。

综观贾平凹的散文，应该说写得最好的仍是"乡下人"，例如，天水和小小、英英、石华三位女性的恋情，写得成功的仍是"天水"，因为他真正熟悉这些人性格的历史。"香香与跛子、三大、工头"，写得最好的是"三大"，"黑氏与小男人、木勺、来顺"，"回回、禾禾、麦绒、烟峰"，"韩立子与王才，甚至狗剩、秃子"，等等，之所以具有如此活生生的气韵，就因为作为乡下人，他熟悉这些人性格成长的历史。他以"爱情故事写男人的自卑和对女人的神驭"，无不是基于那种真正乡下人的体验，贾平凹虽学禅道，但根底里仍是"儒者"，儒家理想和道德原则，深深地浸润着他的灵魂。贾平凹写人更关心的是生活，而沈从文根底里是"道者"，追求生命体验和生命快乐,他更关心"生命",而不是"生活"。"生命"与生活,在英文里都是"life",但是,在汉语中,这两者的意思却有不同。道与儒之间的区别,大约也在此,这是沈从文和贾平凹写"人物画"的两种不同姿态,他们的"乡下人",重点不在修饰的美,而在天然的美。天然美,是他们笔下女性的灵魂,这种灵魂的刻画,只不过是运用清水、镜子和一把梳子而已,不需要任何化妆品。①

风俗是人的灵魂之外显,沈从文和贾平凹的乡土散文皆没有忽视风俗描写。沈从文最拿手的,是写服饰和民歌,苗民的服装是独特的,沈从文以特别丰富的服装知识,给他的人物着装,确实令人叫绝。1949 年后,他在故宫博物院工作期间,写出了《中国古代服饰史》,应该不是偶然的。他从小就熟悉服装,因为苗民生活的审美情调,体现在服装上,体现在歌声之中,因为县城是服装的展览市场,赶集的日子,就是比服装漂亮的日子。沈从文对苗民的民间文艺特别熟悉,无论是唱情歌,还是敲锣鼓、民间舞蹈,他都做出细致的描绘。这民间文艺的韵律、情韵,深深地渗透在他的作品中,给他的作品增添了无限美感。贾平凹对乡土文化也相当熟悉,他作品中那复杂而多变的山路,那花草虫鱼的意趣,那历史掌故,婚娶嫁丧风俗,他异常熟悉。生命神秘感,命运不可把握感,自然的可恐怖感,支配着他的乡土文化观念。沈从文从民间文艺里,看到了生命的狂欢和沉醉;贾平凹从乡土文化中,看到了乡下人生活的沉重和压抑。例如,《腊月、正月》里的人物,在勾心斗角中,哪有快适美感可言。沈从文与贾平凹的风情画的差异是明显的,但有其内在一致的地方,他们总是试图以爱情去贯穿这些风情画,而且不断地表现山乡的野蛮,显示乡下人的宽容和爱恋。

3. 人性审视与人性生活美感

人伦和性情,涉及生活问题,生命问题,道德问题,社会问题,人性问

---

① 《平凹散文》,第 477－478 页。

题,乡村问题,这所有的问题,皆纳入了沈从文与贾平凹的审美视野。他们不是政治家,并不从法律角度去思考问题;他们不是经济学家,并不从经济方面考虑问题,但是,法律问题和经济问题,贯穿在他们的人伦与性情的思考之中。如果说,沈从文思考问题的症候是乡村文明与都市文明的对比,表现了作家对都市文明的厌恶,以及向乡村文明的回归等基本倾向;那么,贾平凹则着力表现旧的伦理社会规范与新的伦理社会规范之间的价值冲突。沈从文试图从变中去求不变,贾平凹则试图从不变中去求变。沈从文厌恶都市,向乡土回归;贾平凹则并不对抗都市,而顺应时势,认为乡村的前途应该向都市方向发展,只有这样,农民才能真正超越低层次的苦难。沈从文的时代,都市与乡村差异并不太大,贾平凹的时代则差异很大,这就决定了他们的不同思考方式。

沈从文开始写散文,是到了大都市北京之后,正如凌宇所云:"从湘西到北京,沈从文跨越的不只是几千里的地理距离,同时跨越了甚至几个时代的历史空间,进入陌生的世界。"①他思考的是"生活"问题,而不是"生命"问题,都市生活,对他来说是冷酷无情的,远不如乡下自在。"都市多龙虎",没有一点本领是混不开的,沈从文所想的是读书,学知识。如果以他从军的经验,混迹于黑社会,也许不太艰难,他的思想境界早已超越于此,由于他没有系统的文明科学知识训练,所以,一开始无法步入大学,只能以旁听的资格求学,这种寄人篱下的生活异常苦难。乡下人到都市的体验,对他来说,一时还构不成散文的材料,再说,也写不过那些在都市生活多年的人。沈从文从事写作所面临的,不是材料问题,而是文学能力问题以及如何调动关于故乡之记忆的问题。语言是他的最大障碍,他只能在困厄中,贪婪地读新文学作品。也许得益于周作人、郁达夫、徐志摩对他的影响,他逐渐浸入文学的灵性,至少在语言上亲近这类抒情文学,他们的文学空灵而优美。当然,在题材调动上,应该说得益于废名的乡土散文,他主要写乡土和城市生活感受,船夫、仆役、草头医生、小店主、老板

---

① 凌宇:《从边城走向世界》,生活·读书·新知三联书店 1986 年版,第 52 页。

娘、荒村的隐者、小贩子、木匠、工人、猎人、渔夫、土匪、兵士、伙夫、勤务兵、刽子手,等等,皆进入了他的创作视界。也就是说,沈从文一开始写作,便成熟地意识到自己能写什么,这最为关键,因为一般人皆缺乏这种自觉,写自己不熟悉的生活,永远写不好作品。

鲁迅与周作人的乡土散文正大受欢迎,沈从文便开始创作乡土散文,写自己的故乡,不过,他对故乡的态度,不是顺从鲁迅的批判者的姿态,而采取的是周作人的抒情姿态。沈从文迫不及待地以散文化方式,讲述湘西的人物和景致,他往往不会深入地体验山川草木,不把自己的情感置于自然描绘之中,而是全景式扫描。村庄有五户人家,他就一户也不少地写下来,也就是毫不选择地写,所以,他早期的作品根本谈不上选择性,即有东西写就好。记起什么就写什么,非常随意,这样,就缺乏中心主题,缺乏思想组合,有时,散文或小说甚至根本没有故事,只有人物活动的速记和素描,几乎没有什么情景和场面不能被纳入散文与小说之中,无论是相关,还是不相关的。沈从文一生的创作几乎大多是如此,所以,像《边城》那样,故事那么紧凑,那么富于冲突性,人物那么集中,情节推展那么有力的作品,似乎并不多见。《边城》,是沈从文写得最成功的一部作品,在艺术上是那么成熟,而沈从文的其余作品,如果让一位语言学家或一位批评家加以删节,去掉无关的话语,一定精粹、优美得多。但是,沈从文就是沈从文,他一向不大在意散文的结构,而在意散文的语言与句式的美,在于人性的美,生命的美,他看重的是:作品是否表达出乡土文明那种独特的生命意蕴? 这说明在创作散文时,他把人伦和情感放在乡土散文抒写的第一位。

沈从文追求的是怎样的人伦呢? 那是古朴、善良、温和、富有灵心、友爱、自然的人伦。沈从文说:"请你试从我的作品里找出两个创面对照看看,就可明白我对于道德的态度,城市与乡村的好恶,知识分子与反动阶级的爱憎,乡下人之所以为乡下人,如何显明具体反映在作品里。"[1]更能

---

[1] 沈从文:《从文自传》,人民文学出版社 1981 年版,第 26 页。

说明这种人伦观念的,是《边城》中的说明:"妓女多靠四川商人维持生活,但思情所结,却多在水手方面。感情好的,别离时互相咬着嘴唇咬着颈脖发了誓,约好了'分手后各人皆不许胡闹'。四十天或五十天,在船上浮着的那一个,同留在岸上的这一个,便呆着打发这一段日子,尽把自己的心紧紧地传定远远的。尤其是妇人感情真挚,无可形象。男子过了约定时间不回来,做梦时,就总希望船拢了岸,人摇摇荡荡从船跳板到了岸上,直向身边跑来,或心中有了疑心,则梦里必见那个男子在枕上向另一方唱歌,却不理会自己。性格弱一点儿的,接着就在梦里投河,性格强一点儿的手执菜刀,直向那水手奔去。他们生活虽同一般社会疏远,但是自得与欢乐,在爱憎得失间,揉进了这些人生命里时,也便同年轻生命相似,全身心,为那点爱憎所浸透,见寒作热,忘了一切。"这大段的议论已表明了沈从文的人伦观。人性是何等的善,其中有神性的光辉,这是他的湘西生活图卷,让人很难猜出沈从文这种人伦观形成的感情和生活基础。

确实,深山老林的乡音,一两户人家相依为命,但沈从文不只写这一两户人家,而是写沅水两岸的人。山里人对妓女的设想,哪里是妓女,分明是情人,是夫妻,这种特殊准则是存在的,问题是,沈从文将之扩展为普遍人伦观。在沈从文的创作动机里,应该有两重内涵:首先,出于反抗都市的需要,因为都市人把他看作"乡下人"。乡下人仿佛是微不足道的人,谁也不会多投给他两眼,尤其是那些女人们,那些教授们天然地蔑视他,即使是在大学教书,沈从文也常受到这种不公正的待遇。那些古典学究,那些只会读些死文字的学者,还有那些留洋回来的人,瞧不起他,沈从文有内在的不满,他必须反抗,这种反抗不能以公开的形式,因为这种教授集团太强大,他斗不过他们,他们认为新文学不算学问。于是,这种反抗,这种人性仇恨,只能转化为对乡土人伦的赞美。人与人之间是多么平等,人与人之间是多么友善,而那些大学者们,他们可以用你读音不准,嘲笑你的无知,可以利用注疏一本书得一些俸禄,戴上所有天才的光环。沈从文这种乡下人的处境,并未因郁达夫、徐志摩等的提携而稍许减轻,他面对的是钻在故纸堆里整理诗词曲赋、编历史语言年表、训诂考证的学者们。这种现象,在 20 世纪 30 年代和 40 年代比较普遍,古文派瞧不起今文派,闻一多、陈梦家、沈从文等转向学术研究,虽有兴趣驱动,但也是不得已的选择,对乡土人伦的向往,正是对都市人伦的反抗。其次,源于创作题材与情感记忆的优势。当鲁迅等乡土散文的批判倾向达到效果之后,人们已逐渐有些满足了,因为任何作品,皆不能绝对占据主导的地位。沈从文所发展的这种乡土抒情传统,这种审美取向,与徐志摩、郁达夫、废名、周作人、朱光潜、梁实秋等海外归来的文学创新者取得了一致。他从这种人伦出发,虽然人物类同性很多,翠翠与夭夭何等相似,老船夫和老水手,夭夭与长顺,但是,这些人物全部都是沈从文的人伦观演化出来的。① 夭夭和长顺,只许人们吃橘子,不许买橘子,因为橘子是不卖的,是送人吃的,一切都服从人伦美的需要。

贾平凹表现人伦之美,但没有沈从文的人伦所具有的"神性"和"单纯性",他既不回避人的私心,也不回避人的善良,人在贾平凹那里已经具有复杂个性。复杂性格的雕塑,贾平凹做得很成功,所以,贾平凹的人伦观念,主要体现在变化之中,人伦随着现代观念而发生变化。他在表现人伦时,试图给乡民寻求生活的出路,所以,第一位的主题是贾平凹表现乡民如何致富,改变穷困落后的现实。"黑氏"开饭馆,摆脱了受欺侮的命运;"天狗"在打井以后学会了养蝎,也发了财;鸡窝洼人家,禾禾养蚕,开拖拉机发了财。韩玄子毕竟挡不住王才,王才得到了书记的支持,生意越做越大;《金矿》里三大和香香背矿,也发了财,这种新的人伦观念,强调"致富乃生命存在的基础",人再也不能死守着土疙瘩。如果说,贾平凹赞同经济生活必须改变,那么,他对传统的伦理生活则试图保持。在致富之后,他的个体户主人里,没有荒唐者,只有安分守己者,或找到真正理解自己的妻子、丈夫,或真正是夫唱妇随。

《天狗》里的徒弟并没有趁火打劫,为师傅出力,却迟迟不愿与师娘同房,悉心照料瘫了的师傅,操持着一家人的生活。黑氏被小男人抛弃,当

---

① 　沈从文:《湘西散记》,北岳文艺出版社 2002 年版,第 1—3 页。

小男人落难时,却不计恩怨,帮助小男人,她对木楼的单调富裕生活已不满意,而愿意与来顺一起寻找新生活。禾禾没忘帮回回,回回虽有点自私,也关照禾禾,有情有义。三大帮香香,香香获得做人的勇气,替拐子丈夫造好楼,便悄然离去,寻找新生活。他们渴望生活,更渴望顺心开心的情感生活;富裕的日子与甜蜜的情感生活,足以概括贾平凹人伦观的全部。这是贾平凹散文的抒情大调,在作这种主调抒情时,贾平凹没有忘记批判那些见利忘义者,那些自私自利者,那些嫉妒别人富裕使绊子的人。在《浮躁》中,田中正、田有善、巩宝山和那位将军,皆受到讽刺、批判,而对金狗、小水、韩文举,作者已寄托了无限的爱、同情与理解。

在贾平凹的人伦观里,有很强烈、很明确的平民意识,他觉得为乡民写作,正是他生命的价值所在,他总是在爱情故事里,表达这种人伦观。他的作品,女人之可爱也很有意思,善良,美丽,或屈辱但不屈服,或悲惨但不甘于命运的捉弄。贾平凹深深感到在写作乡土散文时,妇女的苦难是深重的,所以,他渴望这些美丽的女性有幸福自由的生活。贾平凹的人伦观念,导致他的散文以爱情为抒情主调,所以,不可避免地带有很强的抒情倾向。他对乡土的批判是次要的,而且常常缺乏深度力量,例如,田中正、巩宝山等人物的塑造,由于缺乏深刻的理解,不免带有简单化倾向,他还不善于生动地表现这些人物。① 贾平凹所代表的这种古典抒情式乡土叙事倾向,今天重新赢得了广大读者,这是否说明:人们在富裕生活的同时,不希望堕落,不希望为乡土恶习所主宰,希望"向神性注目",感悟一些爱情的光辉呢? 联系沈从文与贾平凹的命运,或许他们所代表的这种抒情倾向,能够唤醒那异化的心灵,感悟真正的生命意识吧! 贾平凹与沈从文在人物性格塑造上的成功,导致他们的作品产生广泛深入的影响,这一方面说明人伦之美具有永久的魅力,另一方面证明人们在创造新生活的同时,是多么渴望道德伦理的高扬!

绝对不能忽视怀乡心理与作家的联系,因为故乡对于贾平凹和沈从

---

① 贾平凹:《平凹散文》,第449—454页。

文这些身处都市的外乡人,是精神依托,是对抗城市人的文化心理优势和精神优势。陌生化便意味着优势,城市人对乡村的陌生,代表着无知,正如乡下人对城里人了解不深一样。怀乡,是他们创作的精神联系,在故乡采风,在故乡搜集故事,穿行在故乡的土地上,就会获得创作的灵感。可以说,贾平凹和沈从文的创作灵感,一刻也离不开乡土,他们能不思恋乡土吗? 这是创作根本发生的原因。更深的原因,是价值和社会使命感方面的情感激发力量。故乡是生养过作家的土地,那里有自己的父老乡亲,作家尤其关心父老乡亲的苦难,因此,他的笔不能不伸向故乡,去了解父老乡亲的灵魂和心灵,试图改变那种落后的生产方式和封闭的文化社会意识。尽管作家总是看到那个不变的故乡,还是那条破船,还是那几个破衣烂衫的人,还是那片河滩,还是那种苦难的话题,还是年难过年年难过的倾诉,但是,作家的心灵,从故乡人的生命活动中获得真正的创造力。为了故乡,他们会舍得吃最大的苦,乡下人那种强大的生命力和承受苦难的力量,常常使作家获得深深感动。那些出外谋生的人急于回家过年,在火车的厕所里坐下来,又在新春的爆竹刚燃响时,离开故乡,奔向外乡。故乡,成了他们的停泊地,这乡村,永久故乡的乡村,怎能不牵动作家的苦难思索?! 怀乡心理中正有着这种使命感,当然,怀乡也意味着作家对故乡文化和土地人伦的亲近,正是这种亲近感,作家才能热情地表现家乡的变化,家乡的富饶,家乡的美丽。

沈从文与贾平凹的故乡,在叙事话语中呈现出迷人的景象。故乡似乎很美,似乎那么富饶,乡民适应社会的变化,享受爱情。在这种怀乡心理中,他们对故乡的亲近有精神怀乡的心理寄托,他们不排斥故乡,并不强调故乡的穷困,而是给故乡涂上油彩,让故乡以美,以神秘,以富饶,以变化展示在人们的眼里。至此,沈从文与贾平凹的抒情传统,在这种怀乡心理中得到了真正的融合,他们对故乡具有同等深沉眷恋的情感。虽然沈从文和贾平凹皆曾表示过对故乡的失望,但是,这种失望没有和绝望联系起来,而是和希望同在。于是,故乡的人,在新的政治经济学视野中似乎获得了自由,或者沉醉到原始古朴的风情中,享受着生命的欢乐和生活的安祥。

4. 乡土散文叙述的语言美感

沈从文与贾平凹的乡土画卷和人伦精神,之所以产生如此广泛的影响,深深赢得了广大读者,是因为这些乡土思想与审美情感与作家独有的乡土话语的审美表达有着密切的联系。许多人承认,语言的成熟和独特表现力,是作家成功的基本前提,沈从文与贾平凹的成功,显然与他们的优美而深情的语言才能有关。他们所描写的故事并不离奇,其中的生活情景,每个人皆可以体验,如同就在身边发生的生活事件一样,但是,为什么作家能把这种习见的生活材料和人伦情感作如此出色的审美表现呢?这正与他们的乡土话语情调有关。这里,之所以特别提及乡土话语,是因为乡土生活话语与城市生活话语不同。乡土话语必须合乎乡土精神,必须切合乡下人的性情,这样才能具有表现力,而又不与城市话语生分,那种语言的元素是共通的。在分析了风情画卷和人伦性情之后,必须深入地分析他们二人的乡土话语美感,这是他们的乡土散文的审美精魂。

沈从文并不是一下子就找到了乡土散文的审美语言基调。他曾回忆说:"首先的五年,文字还掌握不住,主要是维持一家三人的生活,为了对付生活,才特别从不断试探中求得进展。"①沈从文在从事创作之前已有丰富的生活积累,故乡的童年记忆和故乡的军旅记忆,那动人的生活情景深深蕴藏在作者的记忆中。由于在创作伊始,他还没有真正掌握独创性的叙事话语,因此,他不能用语言真正表达自己对故乡的无限深情,要知道,多少人就是因为如此不能成为作家。沈从文写得很苦,探索很艰难,但对文学的执着、灵性和认真精神,促使他寻找到了适合于他的语言,这语言便是当时普遍受欢迎的抒情语言,而不是写实语言。带有诗的灵性的语言深深作用于他的精神创作,郁达夫、徐志摩等的语言美感激活,周作人、废名的语言文字的思想情感力量支撑,使得沈从文找到了自己的语

①　沈从文:《从文自传》,第73页。

言家园。

特有的语言创作取向，表现出特有的审美精神，而这些作家正是才子性灵抒情派，他们强调以优美抒情的语言表达复杂的内心体验。抒情语言，是沈从文乡土话语的基本精神，也是他乡土叙事与抒情的语言基调。沈从文说："我的文字风格，假若还有值得注意处，那只因为我记得水上人言语太多了。""文字中一部分充满泥土气息。"确实，沈从文散文中的鲜活语言与湘西人的生活语言联系很紧，对此，凌宇指出："在经过作者集中、提炼的人物对白里，回荡着湘西特有的乡音，使人油然而生真实、亲切之感，仿佛将人带到湘西的河船上、茅屋里、晒坪上、碾坊中、溪河边，直接面对湘西的山水，湘西的父老，湘西的习俗，配合着湘西特有的自然风光和社会人情的描绘，沈从文'把整个自然都斟在自己的酒杯里'。"①凌宇的这一评价，比较准确地把握了沈从文散文叙事话语的精神实质。

必须肯定，沈从文的乡土话语与故乡生活有着十分亲密的联系，但真正的湘西方言，又必须通过"官话"传达出来，传达出那种内在的神韵，确实并不容易。在这种内在的精神翻译过程中，作者力图把人物语言与作家的题材、人物、完满地协和起来，因为任何美丽的文字皆与表现的对象有关。面对着荒山、枯河、黄土地，冒烟的灰路，你是如何也赞美不起来，你必须粗犷，才能与气氛谐和！沈从文的乡土话语，首先，与故乡地理取得一致。其次，沈从文所表现湘西人说话、办事并不勇猛，而是重情义，语言也就显得细致和委婉。当你置身于武汉或济南，如果你讲优美动听的语言，定会被认为是娘娘腔，那里的方言必须火爆，才能见出人物的性情和内在力量。沈从文的乡土话语，与故乡人伦性情取得了一致，在叙事话语的抒情意向与故乡人的伦理性情之间，沈从文求得了精神上的一致。在这种精神一致性的基础上，叙事话语本身显示出作者特有的审美情调，于是，语言与作家的个性联系在一起。

他喜欢抒情，他的语言呈现出以下个性特征：一是"秀"。沈从文的语

---

① 　凌宇：《从边城走向世界》（修订本），岳麓书社 2006 年版第 306 页.

言之灵秀,正如李渔所说:"山水者,人之才情,才情者,人心之山水",山水孕育了沈从文的才情,所以,人的语言格外灵秀,这与他笔下的自然和谐一致。例如,"橘柚生产的地方,多在洞庭两边,沅水流域上各支流,尤以茶河中部最多最好。价格不甚高,经年绿叶浓翠。"写水,写树,他要让其中显露出美,灵气来,所以,他的语言,自然灵秀。二是"甜"。沈从文的语言非常甜蜜,这主要表现在人物对话语言的虚拟中。三是"淡"。他的散文,总是叙述一些轻轻巧巧、平平淡淡的事,不触及尖锐、残酷和激烈题材,语言轻巧是沈从文的个性风格。唯其语言轻巧,所以,不论是什么事,皆可以转化为灵性和柔美,而见不出其中的凶恶。写些简单的话,一般不作长篇大论,即使是讽刺性作品,也大多如此。四是"柔"。他的乡土散文语言,不紧不慢,如行云流水,沈从文的语言有散淡神情,正适合他为湘西,为这片美丽的土地流淌"蜜泪"。

《长河》和《边城》的故事情节,很简单,人物也不复杂,但是,作者从容写来,不紧不慢地叙述,传达了湘西内在的生活底蕴和湘西人生命的安闲。请看他叙述老船夫的死:"那人回到城边时,一见熟人就报告这件事,不多久,全城的人知道这个消息。河上船总顺顺,派人找了一只船,带了副白木子,即刻往溪山里撑去。城中马总兵同军人,直到碧溪去,砍了几根毛竹,用葛藤编作筏子,作为过渡的临时渡船。筏子编好后,撑了那个东西,到翠翠家中那边岸上,为老船家渡人,自己跑到翠翠家看着那个死者,眼泪温莹莹,守了一会躺在床上的老友,便忙着做些应做事情。"①这叙述,何等从容!

贾平凹的乡土话语,很有特色,他比沈从文更注意语言自身的修饰加工。如果说,沈从文的作品有一些粗枝须剪,那么,贾平凹则极注意语言的纯净优美。贾平凹的创作受中国语言的浸润很深,特别是古典笔记小品语言,对贾平凹有直接的影响。他读古典笔记小品,肯定比读古典散文所耗费的功夫深,正因为如此,他的语言底色,是陕南山区的厚重乡音,再

---

① 沈从文:《边城》,花城出版社 1986 年版,第 105 页。

加上古典笔记小品的放达、纵逸和神秘,贾平凹逐渐炼出自己所独有的语言了,同时,他浸染了中国现代乡土散文语言中的抒情格调,这便是他对孙犁语言的吸收和仿效。孙犁曾特别欣赏他的语言,这大约就是知音吧!贾平凹不大受欧化语言影响,而且天然与之有对立性情,贾平凹的语言与陕南文化有关,比较静,缺乏沈从文作品那种甜趣、生机与活力。

他的作品很静,平平常常过日子,不见得大波大澜,即使是吵架,也是这静的日常功课,如果把这静,写成闹,那才怪呢!他的语言纯静,沉着,不动声色,叙述起来于静中感受生活的跳动、变化以及创作者思想和情感的变迁。贾平凹在语言运用上颇为讲究,他喜欢用两个字,三个字,四个字,乃至五六个字的短句加以表达,极富活力,而且富于变化,特别是两字句的奇妙运用,在他笔下特具精神,总能显现画龙点睛的力量,他的构想与叙事话语很有魅力。贾平凹的乡土话语沉稳,所以,就不显得灵秀,而是显出古朴。贾平凹的散淡语言,合乎他的散淡性情,总是很忧伤,很冷静,不急不忙,富于沉思,不火爆,也不激昂,他的笔下,少见大气磅礴的激昂抒情话语。贾平凹的乡土话语,很有乡土性,也很有时代感,极合乎乡下人的性情,常常三言两语,就把乡下人写活写真!

贾平凹的乡土话语与沈从文之乡土话语的共通处,也许就在于他们的清淡沉着,不喜不悲,沉思遐想,富于希望。即使是面对生活的苦难,最后也没有绝望,仍充满希望,这种希望与作家的生命理想密切相关,在他们的叙事话语中没有绝望,一切都充满希望。这种沉静的乡土话语,把恬静、清雅的性灵勾通起来。沈从文似乎更多才子气,而贾平凹则似乎是智多星,不说则已,一说就能到点子上。沈从文与贾平凹的乡土话语,与他们审美精神和谐一致,由此,显出和谐的美学品格,优美动人的文学情趣,契入心灵深处的震撼力。他们的乡土散文与小说创作,必将属于世界,而且将会更加强烈地推动乡土文学的创作走向深入,走向澄明。

第三节 探访文明：山川名胜的散文韵致与
亲历民间的心证

1. 文化历史的诗情记忆

从文化影响意义上说，余秋雨与张承志，构成了现当代中国散文的重要据点。作为散文批评实践，可以立足于作家作品的比较，从相似的文化主题出发，对他们的散文创作进行内在价值评判，也许，这样的批评取向，具有一定的象征意义。在散文创作中，文化历史的"诗情记忆"具有重要的地位，正因为如此，当散文由政治抒情重新回归文化的诗情记忆时，它好像立刻恢复了自身的美丽容颜，或者说，重新显示出自身的思想尊严。那么，应该如何评价余秋雨与张承志散文的思想意向与艺术价值呢？直接的证据是：我们不仅见证了他们散文的当代影响，而且还能感受他们开放而自由的民族思想文化立场。

因此，从文化寻根的立场上评价余秋雨与张承志的合理价值，通过比较解释，确证什么是真正的"文化寻根"以及散文化"文化寻根"的真正意义，就成了批评的理性选择。散文的价值，不是自动呈现的，而是需要去品鉴、比较和探索，只有在广阔的精神文化视野中，才能真正确立散文的价值，看到散文的精神局限。也许有人会问：既然将散文的最高价值规范定位在鲁迅和张承志的创作规范之上，那么，为何许多读者却并不热衷这类散文创作？既然怀疑林语堂、周作人、俞平伯、贾平凹、余秋雨等作家散文的思想价值，那么，应该如何解释广大读者对这些作家的无限倾心呢？这是无法简单回答的问题，又是迫切需要回答的问题。①

在历史回顾性视野中，常常可以发现文学史上许多审美接受的奇迹，

---

① 李咏吟：《创作解释学》，第195—212页。

影响一时的散文却得不到批评家的肯定,甚至与批评家的审美价值取向形成内在对抗。不过,那些一时洛阳纸贵的作品,能被保存被传承下来的毕竟有限。文学作品的价值评判,既有历史时间尺度,又有心灵时间尺度,前者是历史事实,后者则是作品对人的心灵影响程度。畅销作品的暂时升值,由多重原因构成,多因性社会现象,在批评解释中,无法简单作答。必须看到,现代散文复兴和贾平凹、余秋雨的散文升值有关,即回避政治宣传倾向,重建散文语言的美和生活情调的神秘。在语言作为方法论和语言作为本体论的激烈辩论中,必须看到"语言的魔力",语言自身有奇妙的智慧,许多读者正好倾心于余秋雨散文所代表的这种语言智慧。在和平的时代,人们皆倾心于甜蜜、梦幻的语调和意境,在审美感知过程中,体验爱的激情。十分奇特的是,作为个体,每个人皆渴望成为雄强、勇猛的英雄,但是,出自个体的内在需要,人们又特别渴望温柔的慰藉和甜蜜的抚摸。不知人性如何生成这种悖论?

张承志作为一铁血男儿,却从内心恋爱温柔娴淑的女人,尊敬博大宽容充满爱心的母亲,从内心深处憎恶忘恩负义、背叛良知的人。依我看,雄强的民族和激情时代,可能更需要温和甜美的作品。甜蜜、温柔、才情细腻的作品所具有的打动人心的力量,并不在于生命的理想和圣洁的精神,而在于那多情的文字和放荡的爱恋情绪,在此,张承志与余秋雨显示着审美分歧。语言具有的奇异魔力,常常与气吞山河或旖旎美丽的语言有关,张承志与余秋雨代表着审美语言的两极。向来,江南文人具有天然的柔性气质,且不说李渔、郁达夫、朱自清、俞平伯,单说余秋雨,他就极具江南才子的性情。江南才情,在中国文学史上,一直被视作乡土散文的最佳评价准则,然而,散文创作和小说创作在走向崇高和神圣之时,这江南才情又极具阻力。"江南才情",我把它理解成独特生存智慧的象征:灵活、善变,具备语言天赋,悟性高,有超强的感受力,多情,多疑,风流潇洒,轻松活泼。这些特性,构成江南才情,因而,无论是经商、做官,无论是读书、外交,"江南才情"具有特殊优势。在古代,江南状元和举人极多;在现代,江南才情,显示出艺术的特殊禀赋。也许,江南才情,就是独特的地理风水养育的精神和灵魂,就是独异的文化风俗所熏陶的文化个性。余秋雨的全部文化背景,正是植根于江南文化,因而,他之倾向于温婉、甜蜜的忧愁,就是文化的必然。① 人是无法改变自己的血性的,也无法抗拒自己的文化,许多文人由于改变自己的血性而成为自觉意义上的斗士。

余秋雨的散文,在语言上的魔力,体现为优美而理性的抒情,它不是报章体散文语言,在他的散文灵韵中,尽量克服官话、套话,并力图抗拒大白话。不是论文体,舒展的叙事或议论,他总能尽量克服论文的枯涩和板结。他的散文,介于论文和小说之间,由于较好的理论素养,因而,他的散文文字就具有凝练的理性色彩,比一般的散文显得凝重,但又不同于贾平凹之追求明清小品散文的匠意。贾平凹的散文语言,短言短语,古色古香,因其灵性而吸引人。当然,仅有论文的理性凝重是不够的,余秋雨尽力以小说性文字和理论性文字冲撞这种凝重和板结,从而具有灵动性,于是,他的散文叙述就颇有兴味。与此同时,他的学术著作,也以散文笔调叙述,比一般人的论文更显才情。这种文字上的魔力,大约是余秋雨在学术和散文创作两方面成功的关键。

余秋雨的散文,在语句和结构上颇为注意,他注重叙事间的内在律动。他的散文叙述,时而是历史解说词式的抒情,时而是个人心性的内在独白,时而是历史事实的摘引,时而是文化学的诗意感叹。他的散文谋篇、布局和结体,讲究层次、变化和震荡,他的散文叙事,在收束时,讲究含蓄、力量和意蕴,尤其是在标题选择上,很重视“诗眼”的安排。余秋雨散文创作的语言灵性,犹如高明的木匠,能将木头和三合板组装成各种新颖的家具。同样的题材和史料,在他人叙述时,可能枯涩呆板,而在他那里,则显得灵动飞扬。他的散文,在遣词、炼句、结构上,深受现代随笔写作之影响,无论是字法,还是句法,皆显出学者的智慧。例如:“多数中国文人的人格结构中,对充满象征性和抽象性的西湖,总有很大的向心力。社会理性使命已悄悄抽绎,秀丽山水间散落着才子、隐士,埋藏着身前的孤傲

---

① 余秋雨:《江南小镇》,参见《文化苦旅》,东方出版中心1992年版,第99—115页。

和身后的空名。天大的才华和郁愤，最后都化作供人游玩的景点。景点，景点，总是景点。"①"茫茫沙漠、滔滔流水，于世无奇。唯有大漠中如此一湾，风沙中如此一静，荒凉中如此一景，高坡后如此一跌，才深得天地之韵律，造化之机理，让人神醉情驰。以此推衍，人生、世界、历史，莫不如此。"余秋雨的散文，是学者的创意，是现代散文和当代散文某种精神的合流。有才情，有风韵，有智慧，它所缺少的东西，正是理性意识所极力想张扬的东西。这就是生命的理性穿透力，哲学的冷峻智慧，语言上的掷地有声，即真正的生命悲悯情怀和生命反思意识。

　　散文的最高价值意蕴，是对天地大道之洞悉，是对生命机密之言说和启示，是对历史黑视野的烛照和敞开，唯有这种最高价值规范的散文，才显得弥足珍贵。一部中国散文史，难道只有《庄子》《野草》《朝花夕拾》等作品，显示了伟大的生命韵律和生命智慧？不然。语言的秘密，在于揭示悲剧的诞生，也在于表示生命的美丽。在当代散文中，张承志的散文主要揭示了悲剧的诞生，同时，也表现了生命的美丽。这是生命的悲剧，也是生命的神性。散文写得绝美，有可能表现出生命的神性，如徐志摩、冰心、沈从文、俞平伯、朱自清，但散文语言的绝美，却难以传达生命的悲剧。只有理性冷峻而又热烈的语言，才能表现这种生命的悲悯，张承志的散文明显具有这样力量，尤其是在《清洁的精神》和《无援的思想》中，这种激烈表现得过于直白，乃至白热化，少有前期的单纯和伸缩性。

　　在大地山河人化的语言表现中，张承志可能是杰出的，例如，"人也睡了，山野醒着，一直连着陇东陇西的滔滔山头，此刻潜伏在深沉的夜色里。星空灿烂，静静挂在山岭上空，好像也在等待着什么。"，"静得像是一切皆被抽空了。没有气流，没有地热，荆棘般的芨芨草像插在石缝里的锈箭。顶着凝注的阳光登高一些，石头垒筑的大道像一条死去万年的蛇，白白地反射着青绿的白光"。②"这样，有生以来第一次看见了真正的夜。我惊奇一半感叹一半地看着，黑色在不透明的视野中撕咬般无声裂开，浪头泛

---

①　余秋雨：《西湖梦》，参见《文化苦旅》，第 144—154 页。
②　张承志：《荒芜英雄路》，第 2—10 页。

潮般淹没。黑石粒子像溶了但未溶的染料,趁夜深下着暗力染晕着。溶散有致,潮伏规矩,我看见这死寂中的沉默的躁力,如一场无声无影的争斗。"①散文所具有的这种悲悯性,不仅透视着历史,而且在冥思着寰宇。他不仅是诗人,历史学家,也是一位诗人哲学家,也许,只有张承志当得起这种语言,担当起尼采所歌唱的语言。张承志散文的力量是强大的,它是强大的电流,使人深深的震撼,这才是人所渴望的真正散文,才是散文应具有的本原意义和生命理性价值。生命必须充满强力,甜蜜的忧愁只能适可而止。散文的智慧,源于不同生命的内心智慧和审美智慧,唯有生命的大智慧,才能创造出沉雄有力的散文作品。

2. 文化散文的理性与诗情

余秋雨以其独特的审美取向、文化取向、语言取向和价值取向,赢得了广泛的赞誉,这可能有时尚性因素,也有其内在精神因素,为此,笔者试图把余秋雨的散文和现代文学史上的学者散文放到大的精神文化背景中予以考察和分析。在现当代文学史上,有种奇特的现象,即大多数学者一面从事科学研究,一面从事文学创作。就其创作成就而言,散文创作最为突出,在散文的多元格局中,学者的散文似乎显得清丽、典雅、厚重、精粹,尤其是遣词造句、立意谋篇、行文节奏极得古典散文真传。无论是题材、神韵、思想、言语,还是社会心态、生命体验、文化判断,皆极具个性,显出独有的艺术光芒。这些学者散文作家,可以列出一长串名单:鲁迅、周作人、废名、郑振铎、朱自清、林语堂、胡适、梁实秋等等,他们的散文创作,代表了五四散文的最高成就。当代学者散文的复兴,在很大程度上,可以视作是对五四散文的再接受和再评判,这种接受意向很能说明学者散文的独特魅力。这种学者散文,在散文创作中占有很大优势,且不说钱钟书、冯友兰、李泽厚、王元化、费孝通、张中行的散文所引起的轰动,单说余秋雨的散文接受盛况就足以证明学者散文仍具有极大魅力。余秋雨相继推

---

① 张承志:《静夜功课》,参见《绿风土》,作家出版社 1992 年版,第 184—187 页。

出了《文化苦旅》《文明的碎片》和《山居笔记》等散文集，以他那独有的散文个性征服了不同读者，正当余秋雨的散文如日中天之际，他突然宣布不再写散文。余秋雨由散文转向了随笔写作，在《收获》上开设"霜天话语"专栏，从已经发表的《关于友情》和《关于名誉》等随笔来看，余秋雨似乎更擅长这种议论与抒情相统一的随笔文体。这种现实矛盾，至少说明了两个方面的问题：一是学者散文具有独特的审美价值，二是学者散文潜在的危机。

西方人所称赏的中国功夫，似乎专指武术，在我看来，中国功夫至少有三：武术、戏曲、诗文。中国文化的独有特质，便是对功夫的强调，哲学感悟讲究体验功夫，"工夫所至，即是本体"。哲学家通过修炼、静坐、默想于心，获得神秘体验，达到对生命本体的领悟。武术者讲究"夏练三伏，冬练三九"，只有这样，功夫才能出神入化，臻于自由之境。平时功夫，必然表现在创造性活动之中，没有平时功夫，是无法取得真正成功的。戏曲与武术相似，更讲究功夫，"台上一声唱，台下百日功"，中国人所崇拜的就是功夫。就诗文而言，虽然强调"清水出芙蓉，天然去雕饰"，但平淡即功夫，返璞归真即功夫，铅华褪尽是真纯。"宝剑锋从磨砺出，梅花香自苦寒来"，莫不强调功夫。古人写诗作文，喜欢出口成章，即兴发挥，倘若没有平时功夫，是不能臻于这种极境的。20世纪中叶，一切向苏联看齐，诗文成了某种政治意识的图解，全民齐动员，人人作诗写文章，这种实用功利型应用写作，恰好忽略了"中国功夫"。20世纪80年代以来，中国文化再次复兴，中国人开始重提"中国功夫"。

讲究功夫，实质上，是对学术规范和文化规范的强调，只有借助功夫，才能真正实现严格的规范，这种规范是枷锁，是"戴着脚镣跳舞"。没有功夫，不花功夫，是无法掌握这种规范，是无法登堂入室的，当代学者对功夫的强调，是中国学术文化得以发展的根本前提。学者散文之所以优于作家、记者的散文，就在于他们对功夫的重视，对功夫的强调，那么，学者散文的功夫，体现在哪些方面？传统散文创作观念中的炼字，炼句，炼意，结构，立主脑，密针线等审美观念，即是对散文功夫的体验。"为求一字稳，耐得半宵寒",大约是他们的真实处境。古人创作不但求死功夫,而且求活功夫,"无法之法,乃为至法",散文写作重视"活法",反对"死法"。所谓"功夫在诗外",即是对性灵、对生活的强调,正因为学者散文强调功夫,因而学者散文达到了情理合一的极致。①

余秋雨的散文获得成功绝不是偶然的,他的学旅生涯遵循严格的科班道路,与他对"中国功夫"的重视有关,他毕业于上海戏剧学院,虽不是学习表演和导演专业,但对中国功夫之感受一定十分强烈。唱腔和舞台功夫,要日日练,天天耍,舞步、手势、体态,生、旦、丑各种角色的艺术形式规定,皆必须下苦功夫练习。他之偏重并转向戏曲理论研究,也极重功夫,一部《戏剧理论史稿》,涉及东西文化,既要有历史的视野,又要有灵心的发现;既要读各种原典,又要有心灵的体悟。《戏剧理论史稿》对经典的阐释和戏剧的理解,正包含了这样的功夫,就《戏剧理论史稿》而言,既能入乎其内,又能出乎其外。他能用散文般流丽的语言叙述艰涩的理论问题,使深奥的理论中包含着情感色彩,情与理统一了起来,理中有情,情中有理,情理合一,这是严格的功夫训练。② 他的《戏剧审美心理学》和《艺术的创造工程》,皆注重这种情理合一的思想语言功夫,原本枯燥的理论,获得了诗意的体现。

如果说,以情理分离作为理论的标尺,那么,他宁可牺牲论的逻辑而偏向情的抒发,因此,他的理论著作,在思想上并无多少特别的创新。原本枯燥的学说,他能诗意地叙述,让人喜欢读,喜欢看,而不是敬而远之,他的艺术理论著作完全可以看作枯燥学说的诗意范本。他重视以自己的体验去丰富和充实原典的精神内涵,这样,把原本抽象的道理说得浅易明白,这种作风是对"五四"学术传统的真正继承。李泽厚、冯友兰的哲学、美学著作之所以为人称赏,也在于他们的论述既有深邃的思想,又有诗意的叙述。"言而无文,则行之不远",《美的历程》《走我自己的路》《三松堂自序》《中国哲学史新编》,其论述格外灵动而且富有诗意。费孝通的人类

---

① 李渔:《重机趣》,参见《闲情偶寄》,浙江古籍出版社 2000 年版,第 22 页。
② 余秋雨:《戏剧理论史稿》,上海文艺出版社 1983 年版,第 5 页。

学著作,王元化的古典文论,朱光潜的美学著述,宗白华的美学思考,皆极其重视这种学术传统。余秋雨的学术著作,是这种学术传统的合法传承,论述语言诗意化、灵动活泼,思想当然易于接受。理与情融合统一,理便获得了诗性表现,把这种学理的功夫用在散文之上,情中寓理,于是,散文就格外深情活泼起来,余秋雨的《文化苦旅》《文明的碎片》《山居笔记》,正是体现了这种情中寓理、情理合一的功夫。

情理合一,乃学者散文的本色,正如"功夫在诗外"的审美判断那样,学者散文的功夫亦在散文之外,但又在散文之中,这种功夫,表现为语言功夫、历史功夫、思想功夫,学者散文尤重语言功夫。古人创作散文,特别强调语言锤炼功夫,他们喜欢高声朗诵,字约意丰,强调语句之间的抑扬顿挫,铿锵悦耳,强调语言的声音美、意象美和句法美。现代学者散文,虽然少有人高声吟诵,但在创作过程中,静观默察,沉吟玩味,锤词炼句是常事,语言功夫,是学者散文的第一位因素,少有冗词赘句,少有随心所欲之句。学者散文语言有凝练之美,简约之美,深思言情之美,中国古典散文语言的独特韵律获得了伸展。灵性的发挥,心志之纯一,抒情之律动,结构之绵密,达到了极致。思想功夫,亦是学者散文的特色,作家的散文不在乎老庄孔孟学说,程朱陆王心学,也不在乎柏拉图、卢梭、康德、尼采、海德格尔哲学,他们的散文写作源于本真的生命体验。学者散文则不同,他们极重视思想功夫,虽不能字字有典故,但确有思想根基。余秋雨的散文,既有古代中国哲学的忧患传统,又有西方自由主义哲学的浪漫和神秘。①

散文没有思想,就没有灵魂,人们向来认为散文是抒情的艺术,但是,情为何物? 情是最普遍最独特的生命记忆。人的意志、思想、欲望、行为皆可以表现为情感,情是人类最基本最本原的心理体验,它是意绪,判断,感觉,状态,所有的精神特性,皆可以表现和引发具体的情感。散文中所表达的思想就寄寓在这种抒情中,没有纯粹的抒情,抒情必然和思想联系

---

① 　余秋雨:《华语情结》,参见《文化苦旅》,第 330—348 页。

在一起。历史功夫,在学者散文中更显得出神入化,妙趣天成。作家散文一般重视当下状态的体验、观察、感受、记忆,少有怀古忧今的兴致。学者则不同,往往置身于某地,便被此时此地的历史文化所牵引,学者散文好写名胜古迹,好发思古之幽情,即源于这种历史兴致。怀古伤今,谈古论今,身处此时此地,体验此情此景,心游历史时空,与古人对话,与精灵独语,从而背负起沉重的历史感。由眼前情景牵连历史时空,历史获得了当代性阐释,历史事件获得了当代性评判。"一切历史皆是当代史",当代史又获得了历史贯通,当代文化获得了历史解释。在历史与现实之间,学者散文沉浸在这种历史感叹之中,于是,"义理、考据、辞章"自然被视为中国散文的功夫准则。

余秋雨的散文,充分体现了这三种功夫的统一。他的散文语言,是情理合一的典范,在他的诗性叙述中,叙事语法被理主宰着,浸满了历史的思考和感叹。就用词而言,极重视语词的诗性质地,不追求那种水一样的清澈,而追寻潮样的激情和诗意。生命的体验和感悟,在哲理的语词中栖身,浑厚质朴,没有惊天动地的狂吼,也没有少年般的纯真,而是忠厚而又睿智地抒发。思想虽不尖锐,但语言叙述极端灵性,每当摘录其中的语词、语句甚至段落来说明论点时,我深深感到余秋雨的语言是那么质朴典雅。余秋雨散文中找不出极为亮丽的语句,但他的语句又不能被删改,句子之间是那么绵密,那么深情,即便是极平淡之事,也被他的诗性句子改造得不寻常。这种功夫,决定了余秋雨散文语言的美感平均值极高,但他的散文语言的最大值与最小值之差又极小。这就是典范式学者语言,韵味无穷,而又不走极端;端庄妩媚,而又无斗士气概,这是雅、秀、美、深厚。余秋雨的散文,在历史认知上尤见功夫。

《文化苦旅》,大约是余秋雨在读书论理之中引发的对祖国河山的向往。他是先有对历史地理之真情,然后再去进行苦旅的,这种"苦旅"并不是盲目的,而是为了印证作者对历史的实地考察兴趣。他读史书,思史事,旅古迹,怀古情,先有对历史的一往情深和无穷兴味,再有登高望远,凭吊古迹,发思古之幽情的动人诗章。余秋雨散文中所表现的历史苍茫感,对历史古迹和历史人物的身世忧患感,源于生命的感喟。生命是如此博大,又是如此多艰,生命是如此轰轰烈烈,又是如此寂寞难耐,余秋雨的散文,有穿不透生命秘密的茫然感,又有看透生命的虚无感。人生在世,不免向往轰轰烈烈,但反观历史,一切皆枉然,在一切思想和艺术的最高追求中,皆会面对虚无的问题。如何战胜这种虚无,就需要生命智慧,余秋雨是以生命体验、生命关怀和生命忧患精神,以儒家精神来面对虚无,战胜虚无意识的,这种思想本身,体现了中国儒家文化的独特精神追求。

微小的生命可能留下深刻的启示,伟大的生命也可能留下不尽的遗憾。历史活在今天,今天承传着历史;生命等待启示,历史正在诉说。余秋雨的散文设置了这样的历史空间,思想不偏不倚,严格说来,儒家精神使他游离于有为与无为之间,使他徘徊于忧患与归隐之间,但他踟蹰于宿命与反抗之中。学者功夫,使余秋雨散文别具一格,这种特殊性,正是学者散文的命脉。从五四到当代,学者散文的踪迹,正是在这条经线上若有若无,似隐似现,或生审美之情,或生茫然之感叹。

3. 审美精神与文化生命情调

情理合一,使学者散文臻于功夫的极致,这种散文功夫,使学者散文意境深邃,气势雄浑,格调高雅,既有韵外之致,又有言外之意。那种独有的文化意识、历史意识、忧患意识、灵心慧悟、情理交融,使学者散文具有了特别的启示性意义。为什么学者散文不是流于感性生活的抒发和时代精神的激扬,而是偏于理性生活的慧悟和个人生活情趣的自赏?这一问题,必然牵涉"学者的使命",学者之所以成为学者,就在于学者比其他人有着更切实的历史意识、文化意识和民族意识。学者之所以选择孤独而寂寞的书斋生活,与这种意识很有关系,"学者之称",源于职业划分,每一职业,皆有其本身的使命。完成本原之使命,才算尽职,不同职业之间,构成文化学、社会学的互补结构,社会之成为社会,正是由不同职业所构成。

既然每一职业皆有其使命,那么,学者的使命是什么?中国古代学者对自身的使命有其特殊的认识,早在先秦时代,学者以探求治国平天下之大道理为己任。老子的《道德经》，所探寻的正是天道与人道，"大道"是先秦学者所捍卫的思想目标。"道可道，非常道"，所以，他们对真理的探究也就永无止境。无论是老子，庄子，孔子，孟子，荀子，他们所提供的皆是安身立命之大道理，这"大道"是智慧的启示。在学者那里，是探究真理与修身养性的生命之道；在常人那里，是治国修身齐家的行为准则。所谓仁、义、礼、智、信，皆获得确定性规范，先秦诸子思想间的激烈冲突，体现了他们对生存之道与生命大道的不同探究。这种多元的价值取向，是先秦学术自由学术繁荣的一大标志；先秦学者实现了自我使命，他们的心智果实成为中华民族的慧悟源泉。

秦始皇焚书坑儒，限制并扼杀了学者的自由使命，思想讨论趋于封闭，礼法刑的结合，使学者不敢担当自身的使命。秦汉之际学术思想趋向保守和神秘，董仲舒废黜百家，独尊儒术，这种政治思想策略，极大地限制了学术的自由，于是，学者的使命就变得迷失，不求思想，而求字句之学，这是汉代语言学兴盛之根源。魏晋之后，思想虽处于大变动、大动荡之中，但中国学者的使命似乎已定于一端，即"达则兼济天下，穷则独善其身"，这种生存策略，说明学者进退有道。事实上，作为官方哲学家的学者主张仁、义，强调性、情，主张天理人伦；作为民间思想家的学者，则强调得乐醉生；那些身处忧患之际的思想家则忧国忧民，伤古悲今，于是，学者的使命似乎发生了分化。一些学者关心国计民生，如王安石、苏轼、朱熹、王阳明、王夫之、黄宗羲，更多学者则关心纯粹的学问，以学问娱情，以学问娱生，为学问而学问，中国学者本有的使命似乎被颠倒，仿佛愈远离政治，才愈是学者的使命。中国学者这种软弱倾向，表现为学术使命的不彻底性和分离性，于是，才有"百无一用是书生"之感叹。

近代以降，一大批学者重新关心国计民生，探究治国平天下之大道，谭嗣同、康有为、梁启超、严复、鲁迅、章太炎、熊十力、梁漱溟、冯友兰、牟宗三、徐复观乃至胡适重振中国学术雄风。五四时期，终于形成中国学术的又一繁荣期，大批进步学者重新担当起救国救民之重任，于是，学者之本有使命，在"西风东渐"的形势下重新得以重视。当代学术的歧途，在于对学者的使命之忽视,真正的学者必须担当起"学者的使命",对此,费希特指出:"学者阶层的真正使命,高度注视人类一般的实际发展进程,并经常促进这种发展进程。"①"学者的使命主要是为社会服务,因为他是学者,所以,他比任何阶层皆更能真正通过社会而存在,为社会而存在。""我的使命,就是论证真理。我的生命和我的命运微不足道,但我的生命影响却无限伟大。""我是真理的献身者,我为它服务,我必须为它承担一切,敢说敢作,忍受痛苦。""要是我为真理而受到迫害,遭到仇视,要是我为真理而死于职守,我这样做又有什么特别的呢? 我所做的不是我完全应当做的吗?"②这种对学者的使命的理解,出自健全的精神,学者应忠于这种健全的精神。

学者的使命首先在于探究真理,在真理面前人人平等,因而,学者对真理的探求应有求真求实的精神,来不得半点的虚伪和弄虚作假,这需要付出全部心血和精力;其次在于服务社会,学者掌握了一门知识,不是为自身谋生发财的捷径,而是为了服务于社会。学者的知识,不是为了耀武扬威,实行学阀统治的资本,而应是探寻真理,启蒙真理的工具。如果这种使命沦丧,学者就有可能发生根本的异化,学者应服务于社会,服务于人类,推动民族和国家的进步。对于人文学者来说,探索真理,不仅为了启蒙,而且为了审美,不仅为了自由社会的建立,而且为了建立健全的精神、人格和灵魂。人文学者,必须领悟生命的真谛,呼唤良知、自由和现代美学精神。

余秋雨的散文,显然,出自担当学者使命的自觉。对于文史学者来说,不可能提供富国富民的经济战略,不可能提供治国治民的法律对策,也不可能提供抵御列强的政治战略,但是,文史学者又有其特殊优势,他可以通过忧患意识、生命慧悟、历史沉思而强化并唤醒民族意识、自由意识和团结意识,这种呼唤,这种启蒙,正是人文学者所应担当的使命。对于文艺美学工作者来说,给人们提供审美的精神食粮,传播美的自由意

---

① 费希特:《学者的使命》,梁志学等译,商务印书馆1984年版,第40页。
② 费希特:《学者的使命》,第45页。

识,呼唤道德理想主义精神,抒发生命深处的潜意识力量,正是学者本有的使命。除了在《戏剧理论史稿》《戏剧审美心理学》和《艺术的创造工程》中传播审美意识、文化意识和自由意识之外,余秋雨还通过抒情散文来唤醒人们的生命意识、历史忧患意识和民族意识,他自觉地担当起学者的使命,这种思古之幽情,特别表现在他的一系列怀古伤今的散文之中。他的《道士塔》《莫高窟》有对民族屈辱历史的感叹,有对愚昧的中国道士乃至一切卖国者的批判,有对中国古代灿烂文化被毁的悲哀。对于王道士这个"敦煌石窟的罪人",余秋雨进行了痛苦的反思,他由人想到民族,把这种人视为"巨大的民族悲剧",那里,古老民族的伤口在滴血,"对着惨白的墙壁,惨白的怪像",余秋雨的脑中是"一片惨白","我好恨"。

一段历史,便动情地再现于余秋雨笔下,引发了对民族文化的感叹和对古代中国官僚的沉重批判,与此同时,余秋雨对莫高窟的灿烂艺术,又有着深致的抒情,"它们为观看者而存在,它们期待着仰望的人群"。于是,他眼前,出现了两个长廊:"艺术的长廊"和"观看者的心灵长廊",出现了两个景深:"历史的景深和民族心理的景深。"正因为如此,余秋雨才说:"我们,是飞天的后人。"情感的抑扬、低落、升华,在余秋雨的散文中此起彼伏,这种抒情本身,显示了中国学者奇特的文化心态和生存心态。正因为如此,他才感到"文人的魔力,竟能把偌大的世界的生僻角落,变成人人心中的故乡。"

余秋雨不看北方高山大河,而专拣历史名胜,虽未脱中国文人之俗步,但毕竟体现了学者的一许纯情和执着,所以,他到了"柳侯祠",发抒出下列感叹,"唯有这里,文采华章才从朝报奏折中抽出,重新凝入心灵,并蔚成方圆。""世代文人,由此而增添一成傲气,三分自信。"余秋雨的心灵,在历史长河中徜徉,遇英雄如遇故交知己,遇失落文人则体会其伤心履历,把伤心之泪托付古人。例如,在《都江堰》中,他忽发奇想:"实实在在为民造福的人升格为神。神的世界也就会变得通情达理,平适可亲。"必须承认,余秋雨对贬官文化和贬官文人之诗词的体悟有其独特之处,"贬官失了宠,到了外头,这里走走,那里看看,只好与山水亲热",写出了余秋雨对这些没落文人的逸闻趣事之称赏,真是别有一番滋味在心头。因此,当我们体味"天底下的名山名水大多是文人鼓吹出来的",不必对文人的没落过于凄凉,因为底层的真实仍被掩盖。是啊,"请从精致入微的笔墨趣味中再往前迈一步吧,人民和历史最终接受的,是坦诚而透彻的生命"。他的《白发苏州》和《寂寞天柱山》,仍是基于这种怀古伤今的感叹。

文人的命运多艰,文人的生命可悲怜,他们那点闲情逸致,无法掩饰学者文化的透骨的悲冷,而少有那种"地火在地下远行"的决裂。《风雨天一阁》,把中国学者的悲悯和藏书的意义做了极致的发挥和赞美,但余秋雨似乎还未究尽这种藏书的负面本性。余秋雨的怀古散文,较少赋予某种历史空间以当代意识,而更多的是倾注历史意识,倘若没有历史事件的撑持,便失去了依靠。访古,寻古,探古,是余秋雨散文的命脉,他提供了自然空间所无法承载的历史空间,"秀丽山水间散落着才子,隐士,埋葬着身前的孤傲和身后的空名。天大的才华和郁愤,最后皆化作供后人游玩的景点。""景点,景点,总是景点。"就这样,余秋雨从西南写到东南,从远古写到当代,从家乡、上海写到海外。每到一地,他有游兴,亦有文兴,他托身历史,寻找支撑,抒发内感。①

余秋雨的视野,在历史空间和现代空间中寻找和搜索,力图在历史空间寻找当代空间,但最终总是在当代空间中看到历史空间。余秋雨的全部精神意绪,在这种历史村落、文人墨客、弱女怪才、莫名悲哀、莫名感叹中流转,由此,可以体悟余秋雨的语言功夫,句法功夫,结构功夫和立意功夫,然而,在这种功夫之外,似乎隐隐地缺少点什么。那就是,余秋雨时刻面对历史的生命,他与真实的生命还"隔着三层"。历史空间,个人情感空间,易于形成封闭的空间,确定的有限性空间,艺术作品提供的,不仅是历史空间,而且应是当代空间,是不确定性的无限的空间。自古文人独喜怀古抒情,面对祖国河山,文化遗迹,峻青、秦牧喜欢怀古抒情,余秋雨亦喜欢怀古抒情,余秋雨是否真正担当起了学者的使命?他担当着,但似乎缺

---

① 　余秋雨:《文化苦旅》,第1—3页。

乏决断的勇气。

4. 学者散文的负重与尊严

学者散文的潜在危机,源于中庸之道,源于知行不一,学者的灵魂是孤寂而痛苦的。与作家不同,学者必须死守书斋,只能偶尔检阅人间春色,知识的探求,当然少不了田野作业,万里考古,但最根本的方式,还得守住实验室和书斋。思想可以在火热的生命战场得以锻炼,但更本原的方式,还是出自心灵的体验和生命的体验。中国哲人历来强调,思想"惟于静中得之",学者们爬梳古籍,辨别真伪,选材立论,来不得一点苟且,因此,学者的生命空间受到限制,一地,一校,一舍,几个密友,一群学生,一堆杂书,打发着学者的生活。正因为这种空间生命的逼仄,他们的视野总是投向历史。不担当历史,人会变得浅薄,担当历史,人又会变得迟重,这是无法克服的矛盾。

在历史与现实之间,学者们由青春激越到老当益壮,思想逐渐变得稳健,趋于坚信"中庸之道"。所有的过激行为,在历史中并未有好的结果;所有的保守行为,也并未使人们忘根忘本。学者愈是深入历史,愈是感到历史的惊人相似;愈是洞悉历史,愈是惊奇于历史的伟大;愈是批判历史,愈是感到历史的循环往复和生命轮回。于是,只好担当历史的宿命,认同学者的生存策略。激情的衰退,使学者趋于"中庸之道";学者固守"中庸之道",使艺术趋于死亡;学者散文虽在形式上臻于极致,但因思想保守又易于趋向死亡。学者散文的死亡,与这种潜在的思想危机有关,这是中国文人、学者、史官所无法走出的怪圈。由于激情的衰退,现代学者散文的分化之途有三:一是趋于火热的现实斗争生活,二是趋于历史的凭吊和自然的踪迹,三是趋于个人闲适生活的孤情雅趣。

鲁迅散文当属第一类。无论是《朝花夕拾》,还是《野草》,无论是《热风》,还是《且介亭杂文》,横亘其中的是不屈的精魂,充实着中华民族的硬骨头精神。谈古论今,借古讽今,是鲁迅散文之一途。对个人生命历史的记忆,对青年烈士的记忆和歌颂,皆洋溢着无比的激情,这种散文有真性情、真精神、有满腔的赤诚。鲁迅散文，代表了现代散文的最高品格，这种散文精神，在张承志的散文艺术中得到了真正的体现。张承志的散文的忧患精神源于生命本身，人行天地之间，出入高山大河之中，往来于底层民众之间，自然有壮烈的生命激情和无法抑制的冲动，这是青春的力量，放射着当代散文最奇美有力的光辉和强力意志。

文人雅士之散文最易趋向于第二条途径，即追寻自然的踪迹，走向历史的凭吊，这在现当代学者散文中也放射出奇美的光彩。中华民族独有的灵性、智慧与和谐精神，充实着这种散文的内在精神，有人把这种散文视之为"消解亚细亚痛苦"的典型模式，在我看来，这种消解是必要的，它平衡着内心的痛苦，抚慰着内心的精神创伤，呼唤着心灵独有的情感力量和道德力量。这种散文，实质上是学者散文的通途，他们热爱山水自然，纵情水光山色，郁达夫、徐志摩、朱自清、俞平伯、废名、沈从文皆写出了许多奇美诗章。虽然从这些山水散文中体会不到神的恩典，但是，在这种性灵散文中，时刻能感悟到那种无处不充满神性的自由精神。这是道家的自然和佛家的自然，亦是儒家的自然，"山川大地，无处不佛"，这种佛性和神性源于生命深处的自由精神。现当代学者，把最深邃的感情，皆献给了这奇美的山水，这种山水抒情，曾在峻青笔下焕发过奇光异彩。与这种自然抒情相对应的，便是历史抒情，他们登高眺远，怀古伤今，"念天地之悠悠，独怆然而涕下"，那种强烈的生命意识融于历史意识之中。如果说，斗士散文，诸如鲁迅、张承志的散文给予人们奋进的力量，那么，名士散文则给予人们以自由的启迪和情感的抚慰。"是真名士自风流"，名士风流，源于真性情，源于妙赏，源于慧心，源于生命自由，源于放达和乐观，代表积极的中国文化精神。①

学者散文的第三条途径，则在于对个人闲情逸致的风流自赏。这类散文提供了生活风范，这种生活方式，乃是许多人所向往的极境。林语堂的幽默，梁实秋的箫心，徐志摩的醉情，皆极为令人欣赏，他们的生活代表

---

① 李咏吟：《创作解释学》，第 229—243 页。

了闲适优雅之生活方式。从某种意义上说,这是学者安逸生活之极境,这种散文,在过去和现在极有市场,沈复的《浮生六记》,李渔的《闲情偶寄》,便是实例。现当代学者沉醉于表现这种甜蜜生活方式和闲情雅致的作家并不少,他们为当代提供了贵族生活范本与名士生活范本,琴棋书画,美女侠情,鸟兽虫鱼,一枝一叶皆关情。在和平安逸举世狂欢的时代,这种生活实在是美的自由之境,但在多灾多难、贫富悬殊的时代,这种散文不免令人妒忌和艳羡。谁不希望暖室生香,谁不希望娇女伴郎,但这只是个人生活的理想。如果学者散文仅仅满足于描写这些,那么,就不可避免地使人产生甜得发腻的感觉。

散文应当多元化,多种格调,多种情趣,多种光芒,多种生命方式,共同建构生命空间,满足人们广泛而又多重的需要,但是,散文必须以激情主导,而不能以幽情为主导,否则,阴性文化必然压倒阳性文化。中国文化的慧命、生命大气魄和豪杰精神,不是甜腻的精神,而是雄健有力,具有阳刚崇高之美的精神,因而,愈是在柔情似水的散文占主导的时代,愈应呼唤豪杰散文和英雄散文。在我看来,余秋雨终止散文写作,应该被视作明智之举,因为一旦作家的激情衰退,才情抒发便会产生障碍。正如余秋雨所言:"在创作的实际过程中,永远需要轻快灵活,进退自如,左右逢源,纵横捭阖的心态。""要从容不迫地把握住自己心灵的音量,调停有度地发挥好自己的创造力。""要如此,就必须减轻心灵的外部负载。"①他进而指出:"艺术家本身要早于他人,构建健全的自由心境,奔向审美式人生。""他在社会实践中长期谛视和品察客观必然性,终于获得了对它们的超越和战胜,于是,他要寻求审美方式,寻求心理适应,来作为这种超越和战胜的确证。"②这可以视作余秋雨对写作心境和写作意义的诗性阐释。余秋雨散文的终笔,既出于写作的自觉,也出于自我超越的需要。

因此,我更愿意把这种封笔,视作余秋雨超越自我的必要休息。写作会累,会使人厌倦,甚至会使人发生变异,写作,必须要有激情,要有大精

---

① 余秋雨:《艺术创造的工程》,上海文艺出版社 1987 年版,第 47 页。

② 余秋雨:《艺术创造的工程》,第 283 页。

神、大气力、大气概。古人讲究才气、养气与文气之间的真正贯通,我坚信生命之气与散文之气有着最内在的转换和自由沟通的通道。没有大气力和真精神,没有强力意志和写作激情,最好放弃写作,因为一顺百顺,一通百通。气流行于天地之间,散播于字里行间,气中有傲骨,气中有节操,气中有雄力,气中有灵魂。从某种意义上说,余秋雨无法克服学者的习性,因为这种习性是长期养成的。喜静,好沉思,喜孤独,好美情,这种习性,使学者无法真正投身于动荡而又剧烈的现实和底层民众生活之间。仅仅获取一些书面信息进行散文创作是不够的,创作的原生态信息储蓄在民间,只有敢于冒险的散文作家,才能获得这种野蛮、粗犷而又沉雄博大的力量。学者生活,使余秋雨养成了某种安闲、快适和放纵,他深得生活之道,不会放弃这种优雅的生活而陷入生命的动荡,这就决定他不可能有深邃的激情和悲旷的抒情力量。真正的文学,是站着的文学,是雄壮的文学,是豪杰的文学,只有具备豪杰精神,才有大文学、大作品降临于世。形成风格,是作家的幸运,而构成风格形态的定势,则是作家无法超越的悲哀,长期陷于重复之中便会形成无情的悲哀,无法表达的思想悲哀。①

　余秋雨散文的风格,可以概括如下:一是追寻散文的历史理性和生命力量。他的散文大多有历史事件作为背景,这一历史事件本身构成他对生命进行反省的材料,因而,他那本原的生命体验,被历史精神体验所遮蔽。由于作家自身的生命体验被遮蔽,看不到那真烈性情的生命本身,而是被活的生命对历史生命的悲悯所隔断,因此,怀古抒情,固然有力量,但本原的生命体验,自我生命的原始感受更为重要。在感叹历史生命的同时,绝不能遗忘原始的本原的生命感受,于是,余秋雨散文的视阈有了局限性。

　二是追寻情理合一的雅致语言。这种语言骈散相间,极具抒情魅力,语言在抒情中融注着历史理性,在历史叙述中也透露着生命的哲理,这种偏向于抒情的语言,在很大程度上易于陷入"空洞的抒情"。从现代语言

---

①　李咏吟:《形象叙述学》,第160—163页。

哲学的观点来看,这种抒情,只能听到琴弦的颤动,而听不出生命的声音和意义。原本明快而又深邃尖锐有力的思想,因为这种空洞的抒情,而削弱了思想的意义,因而,在典雅的背后,余秋雨已意识到"思想的危机"。许多哲学家的文学话语可能没有余秋雨的灵动,但其思想意义的锋芒,直指人心,这种风格更能大快人心,催人奋进。例如,李泽厚的《走我自己的路》,其中的一些散文,语言并不优美,但思想锋芒活灵活现,放射出奇美光彩,李泽厚这种散文风格,颇得鲁迅散文的风神,经久耐读。他的忧思和抒情,超越了语言和历史的限制,把那种深邃博大的感情表现在对特殊的历史事件的反思和关注中。他对苦难的记忆,有特别深醇的悲悯情怀,这是极为纯正的学者散文或思想者的散文,余秋雨的散文,恰好缺乏这种思想性的悲悯情怀。

三是追寻思想的审美和谐和生命的感悟。学者散文易于和谐,和谐典雅的思想的演绎,往往要减弱作品的容量,每个学者皆会感到自身的思想危机。哲学家时刻置身于这种思想搏斗之中,而作家通常远离这种思想搏斗,远离思想战场,一味图解和演绎经典的思想命题,这就使散文缺乏某种穿透力和思想的敏锐性。学者散文,不仅要提供生命空间、意境、情绪,还必须提供新鲜的思想,这是学者散文得以新生的契机,因此,在理伤情时,我主张"情理合一",在情伤理时,我仍主张"情理合一",这是模糊而永远变动的审美尺度。①

5. 领悟生命真理与艺术责任

转向张承志,或者说,寻找文化的新的参照,对于理解学者散文,具体一点说,进一步理解余秋雨散文文化寻根的内在局限,具有相当的解释有效性。应该说,张承志散文与余秋雨散文,是两种不同的文化类型,如前所述,我已对余秋雨散文的精神特征做了基本的分析和评价。② 在这里,

---

① 在刘小枫的散文表述中,有精神之魂,那是广大的生命理想之魂。参见刘小枫:《这一代的怕与爱》,生活·读书·新知三联书店 1996 年版,第 3—79 页。

② 李咏吟:《神圣价值独白:张承志的散文》,《当代作家评论》1995 年第 1 期。

我想就张承志散文与余秋雨散文做一比较研究,以便对中国散文的叙事意趣和生命文化精神形成更加深入又具体的认识。散文的浮华背后,其实隐匿着历史的惰性和审美的浅薄,真正的生命精神和实践理性并未在散文中凸现,更不用说民族文化的根性和价值的超越意向在散文中缺失,因此,当代散文需要严肃的评判和理性的疏导。

从文化现象上说,当代散文呈现两种基本格局:其一,个人生活之闲适情调的咏叹;其二,山川与名胜的历史文化沉思。这两种格局,在中国散文史上,可以找到相应的形态,概而言之,五四散文及其审美文化精神的复兴,显示了当代散文回归五四传统的精神旨趣,这就必然导致学者散文的升值。学者写散文有得天独厚之优势,中国散文史的名篇名作大多出自学者之手,尤其是现代散文之经典作品和现代经典散文作家大多是学者。学者创作散文,使散文具有沉甸甸的东西,这种沉甸甸的东西正是感性与理性交互辉映的产物。如果没有清醒、犀利、冷峻、透视的眼光,那么,散文中这种沉甸甸的东西有可能是历史材料的改装,而这一点正是学者散文优劣的分界线,这也是鲁迅、周作人、朱自清、俞平伯、沈从文、张承志、贾平凹等人的散文所显示的内在差异。当代读者在接受学者散文时缺乏这种清醒的判断,大多遵从情感的取向和社会的时尚,因此,在考察鲁迅、周作人、林语堂、朱自清、沈从文、张承志、贾平凹以至余秋雨的散文时,有关散文创作的批评必须涉及当代散文的审美错位。客观地说,读者在感情上易于接受贾平凹和余秋雨的散文,与张承志的散文多少有些格格不入。从理性的判断来说,这种审美价值取向应该倒转,只要试图以《文化苦旅》为诱导,在宏观的历史背景下判别鲁迅、周作人、朱自清、林语堂、张承志、贾平凹、余秋雨等作家的散文创作所具有的本原价值。

文学时尚与大众的审美取向,有鲜明的时代倾向和感觉倾向。文学接受,对于大多数读者而言,是精神的需要,是情感的表达,在审美接受中,人们偏爱抚慰性的精神作品是可以理解的。时代精神与价值取向,决定了文学的审美方向:在充满理性主义激情的时代,人们热衷于阳刚之美的艺术作品;在充满现实主义精神的时代,人们热衷于阴柔之美的作品。

这虽不能视作艺术的定律，但大致反映了接受者的基本审美意向，余秋雨的散文，既具有历史主义文化精神，又具有理性抒情精神，带有感伤而优美的抒情特质，他的散文受到接受者的欢迎是可以理解的，但是，也应看到，余秋雨散文所具有的这种感伤而优美的抒情特质受到了许多批评者的质疑。在强调这种历史性与审美性相统一的抒情意向时，人们更渴望那种深刻的富于批判精神和智慧启迪的思想性散文。只要感悟到民众心底充盈的心灵激情，就会呼吁具有崇高艺术特质的散文诞生，张承志的散文，满足了读者这样的精神需要，张承志的散文试图在批判性与抒情性中揭示出"生命的真理"。①

　　人们可能会说，余秋雨的散文与张承志的散文有其内在一致性，其实，这种看法并不准确，这两种在风格上貌似的散文所具有的根本差异，并未为人察知，评论的真正目的在于："对人类精神的阐发"和"为艺术的价值定位"。在承认自由接受的前提下，必须建立理性的尺度，而这正是东方的"道"和西方的"逻各斯"所应包含的意蕴。如果没有理性的高度自觉，情感指向有可能堕入历史的循环中。情感的循环，虽然是艺术的功能，但绝不是艺术的最高功能，而他所要确证的恰恰是最高功能。在许多批评家看来，"文化"和"苦旅"是散文深度模式之象征，是最高规范的外显，因此，特别强调这种"苦旅"所具有的意义。我们姑且从苦旅入手去分析散文所应具有的独特的文化意蕴。

　　羁旅、行旅、旅人是中国散文和诗歌中常见之字眼，"旅"标明写作的人之"行"所获得的情感意义。"在家千日好，出门一时难"，这旅也常与苦相伴，在某种意义上说，没有旅，也就没有创作，然而，这"旅"的目的、寻求、志向极不相同。司马迁之旅，在于立志写史；柳宗元之"旅"，在于不断遭贬的忧思；沈从文之旅，在于军旅生涯之回忆和故乡奇美山水人情之吟唱；张承志之"旅"在于：发现人生之真理，在于理解勇猛之价值和生命的浪漫。"旅"完全是生命的选择，完全是自由的追求；杜甫作诗，乃由辞官

---

　　①　张承志：《一册山河》，作家出版社 2001 年版，第 159—195 页。

逃难之旅途劳顿和民生多艰引起；李白之旅，乃因生性仗侠而仕途多艰，蔑视权贵而追寻自由的生命放浪所致。唯有真性情之旅，才有真性情的散文诗篇，唯有真性情之彻悟，才有旷古绝世的沉思遐想的感人肺腑的生命华章。①

真正的写作，乃是由于生命的大欢乐和大痛苦所构成，纯粹以写作为生就难逃异化的宿命，矫情的游山玩水，探古访今，如果没有心灵的明澈和目标的自觉，就可能构造出虚假的华章。惯于把文与人联系在一起的中国批评传统所导致的双向性，总是倾向于虚假的华丽，我们反对创作者在华美享受中作悲苦状，而不发挥作家在欢乐中的潜在天性和灵性。正因为如此，当代人的散文接受意向，由于受审美时尚的极大影响，带有一定的盲目性。例如，为人看好的许多流行性散文，其实只是文化快餐，为人称道的林语堂散文、余秋雨散文、刘再复散文和周涛散文，在创作的精神探索上有很大的局限。汪曾祺散文、贾平凹散文，又太仙风道骨；张中行的散文，在语言表述上有其古典韵律，却缺少现代文化精神。那种具有沉思遐想性，对生命的黑暗与欢乐，对文化的悲哀，对生存的危机和怪诞具有发现性、惊喜性和揭示性的作品，实在是凤毛麟角。

在散文精神普遍衰落的时代，在灵魂普遍迷茫的时代，散文应该给予人清醒，散文应该给予人以雄心。散文中太多那种甜蜜得发愁、甜蜜得醉人的诗境，这其实不过人造的幻影。在提倡诗、小说创作需要崇高美时，也应呼唤散文创作的崇高美的追求，不能把散文视作小摆设，当作精神消闲的工具，正因为如此，必须重估"旅"和"游"。旅与游本来无甚高尚秘密，只不过为了消散心灵，发现神奇，因此，许多散文作家丝毫不掩饰自己的逍遥。王安忆的域外游记、王蒙的游览短章、王朝闻的踏山浮水，皆是这种潇洒、阔气、欢乐、纯粹的精神感想，虽然流于现象的记述和事实的铺排，但这种散文是作家真情实感的流露。到外国旅游，不写风景名胜，专写贫民窟和红灯区，那才真是"无产者"的偏见。作家忠实于一切事实，而

---

① 杨义：《李杜诗学》，人民出版社 1998 年版，第 2—8 页。

决不能从政治主题出发去创作,心灵倘能如此呈露,不失为真纯自然。明明是潇洒游世界,却作一番苦愁状,这种散文艺术所表现的主体性沉思和体验是不可能深刻的。只有在真实的生命中,在真实的处境中,才能遭遇真正的山水,才能表达真实的情意。也许当代学者惯于这种分裂,才特别欣赏那种矫情的姿态,仿佛中国大地山河到处皆充满着"苦难",但却又无缘洞悉这苦难的真正秘密。任何矫情的创作方式和艺术态度,皆不可能真正获得历史的灵性和生命的智慧,不可能洞悉大地山川的神秘和大地山河的启示瞬间所表达的意义。没有心灵和生命精神的参与,创作者的游记散文所能表达的只能是空洞的情感。真正的散文作家,在创作游记散文时不仅要以"视觉"去"旅",而且要以一颗赤心去旅,以生命直觉去旅。"旅",总是在写作者面前打开一片新天地,在未能洞悉历史的秘密前,只能时时刻刻感悟到自然生命与历史文化的神奇。①

余秋雨的"苦旅"如何?从《文化苦旅》和《文明的碎片》中,从《山居笔记》中,可以看到,余秋雨"旅"过不少名胜古迹,读过不少古今史书。他的散文标题,提示了这种"旅"的地理学方位:"道士塔""莫高窟""阳关"等,无疑标明他"苦旅"过甘肃;"都江堰""三峡""洞庭的一角""庐山""青云谱""白发苏州"等无疑标明他"苦旅"过长江沿岸;"上海""住龙华"等,标明他"苦旅"时停过上海;"风雨天一阁""西湖梦""吴江船",无疑标明他"苦旅"过故乡。"漂泊者们""华语情结"等,标明他在海外"苦旅"。他在大地山河中"苦旅",在中西历史古籍今书中"苦旅","苦旅"无疑使他的眼界开阔,但并不能必然保证他的心灵具有洞察力。余秋雨的"文化苦旅"并不具有特别的精神意义,或者说,在这一话语的精神表达中,余秋雨的思想过于外化了,也过于矫情了。生活富足的人们几乎皆酷爱游览名山大川,每一片新天地,就是新体验,人生因这种体验而狂欢极乐,恋爱今生。然而,作家若也只是到常人所去之地游览,只是热恋名山大川,就不可能有真正的"苦旅"。苦旅必然是托词,散荡身心,交朋结友,传名播誉

---

① 张承志:《一册山河》,第152—154页。

才是真意，因而，在余秋雨的《文化苦旅》中，"苦旅"不苦。作家必须有真正的人生情怀，真正思索人生的苦难，才能创作出真正的艺术作品。在《文化苦旅》中，在那蓄意锤炼的华词丽藻中，只不过寄寓着潇洒安闲的灵魂，所谓的苦旅，对历史遗迹的全部喟叹，也只不过是历史掌故的翻新出奇和语言组装。

张承志的苦旅，则具有真正的意义。在他的散文中，可以看到，他并没有以"苦旅"来写生命的行程，实际上，他行走的北方大陆，每一地场，皆是对生命的严峻考验。他的"旅"实质上是返乡，为感念草原而浪迹北方，他表现草原的诗意，草原的律动，以历史地理考古学者的身份长期浪迹北方。侦破奇异的北方的秘密，是他作为学者的崇高的使命，他鄙视那些吃书和解书的学者，青、宁、甘组成的黄土高原，天山腹地和内蒙古大草原，成为他的生命之旅的枢纽。他的"旅"，成了英气、郁气、大气的象征性表达，这是雄性生命的卓越象征，它带有北方男人的真正血性，没有一点秀气，生命在这种行旅中感受和体验，思想和诗情显得沉雄、博大，这种"旅"，决定了他的生命的真淳。更为关键的是，他遁迹沙沟，力图破获哲合忍耶民族的心灵秘密和他的母邦的心灵秘密。他在创作《心灵史》的同时，还创作了大量的灵心彻悟的短章，这些短章是他生命体验的心灵表白，他的行旅，遍布整个北方大陆，《大陆与情感》，可以视作他的生命创造的精神表达。[①] 张承志的《绿风土》《荒芜英雄路》和《清洁的精神》，与《文化苦旅》《文明的碎片》截然不同，在那里听到了"崇高的回声"。

"旅"在张承志那里是象征，是洞察、谛听、领悟的象征，没有这种山川大地之旅，无法洞悉北方人民的真正秘密。同样是写甘肃，余秋雨写莫高窟，张承志写沙沟；同样写黑龙江，余秋雨写南方流浪者，而张承志写"船厂"老爷，在这两种选择之间，就可以看到二者的精神差异。张承志给"旅"提供了新注解，"旅"是意义之旅，旅是价值之旅。旅必须有目的，有寻求，没有寻求的旅，是视觉的放浪，真正的旅，不是历史文化现象之评说

---

① 　张承志：《大陆与情感》，山东画报出版社1998年版，第1—3页。

或心灵之思,而是生命的沉思,反抗性的野性精神之思。从谎言中发现真理,从现象中洞悉本质,这才是真正的思。散文与哲学不同,它不需要过于抽象的思,但必须有意义和价值,对生命本原精神的寻求。张承志的北方之旅,不仅发现了"美丽瞬间""金牧场""九座宫殿",而且发现了"辉煌的波马""荒芜英雄路",即便是在蒙古,他也发现了李陵的意义,更不用说,在《北庄的雪景》中看到神秘,在《离别西海固》看到圣洁与崇高。这种旅,已不再是生命精神之放逐与沉沦,而是理性生命的升华。北方,那一片荒凉之地,在张承志的行旅中,却是"美丽的天地"。一切在常人看来残酷的自然意象,他却看到了"神圣",这种具有超越意向的精神体验和生命慧悟给予人以巨大的人格力量。同一片山水,有人只发现历史表象,有人却发现历史心迹,这就是张承志的散文之"旅"所具有的价值和意义。①

"旅"有多样性,旅的价值和意义也具有多元性。徐霞客之"旅"具有地理学意义和旅游学意义,郦道元的《水经注》亦如此,朱自清的"旅"是大自然的绝美风景,郁达夫的"旅"是山水的灵性,这种"旅"是真实的。贾平凹的《心迹》,是他对故乡山川的亲历性体验,他的"旅",是创作采风和山水素描,他故意以儒家道家的眼光看山水,看花草,看沙砾,看宇宙,已多多少少沉沦到个性享受之中。余秋雨所特别标明的"苦旅""山居",却是普通意义上的对历史的兴趣,探询历史与古迹,名山与大川,诚然有益,但毕竟不能显示出真实而伟大的生命的意义。

6. 怀念逝去的英雄文明

许多作家的眼睛,在历史的黑视野面前,总是迁移开来,他们害怕黑视野,因为无法洞悉这黑色的机密。只有那些在黑视野中用心去谛听的人,才会点燃心灵之火,在黑视野中看到真实,看到残酷,看到绝美,看到崇高。许多作家惯于发思古之幽情,其实,类似于"张三到此一游"的刻碑心理,诗人与散文作家也总爱在历史遗迹上沉思一番。见惯了"圆明园沉

---

① 张承志:《文明的入门》,北京十月文艺出版社 2004 年版,第 10—19 页。

思",见惯了"大雁塔放歌",见惯了"长城抒情",还有那数不清的写长江、黄河、庐山、黄山、西湖、拉萨的华章,因为无法洞悉历史的机密,这所有的华章,皆可以视作空洞的呻吟。只有热血男儿,具有真性情,撇开众人的目光,才会在荒凉、冷僻、残酷、野趣中发现奇迹,发现绝美,因而,这种真正具有透视历史黑视野的眼睛,总是学会了点燃心烛。心烛就是一缕光明,"光"的意义,在许多作家那里被大大地降格和漠视,其实,光具有神圣的意义。在基督教文化中,光尤其具有神圣的意义,光照亮了心灵的黑暗,光是智慧的照射,创作生命沉思的理性散文就应具有这样光,这种光点亮了心烛,从而使人洞悉历史的秘密。

在进行散文和小说创作时,张承志就有这种光的照射,他本人特别为《心灵史》所设计的封面中,就显示了这种"光的力量"。功修的老人背对黑暗,长久地在静穆中与真主进行心灵对话,当心灵敞亮之时,也是日出之时,张承志还把这种光看作"心史","像那锯木火一样,在我心底里和那些淡薄的记忆一起,也还有一点朦胧的光亮,像一苗慢慢燃着的,淡蓝黄的火"。[①]"那心火使她不狂妄,不冷漠,不屈服,在自己神秘的内心世界里暗自体味着那自儿时以来就有的,他人无法理解的深沉感受。""这感受是尊重人、理解人、正视自己和发愤努力的基础,是生命般的力量。""感觉那心火的闪跳时,我似乎觉得自己发现了历史的灵性。"张承志是学历史的,这种特殊的训练使他学会了洞悉历史秘密的方法。不同于单纯的历史学者,他是诗人,所以,他能发现历史的灵性。这双重的机缘,使张承志的散文包含哲学、诗、音乐等十分复杂的精神内涵。他不是以温和的眼光去洞察历史,而是以野性的、不能驯服的、冷峻的、热烈的眼光去译解历史。他所洞悉的是活的历史,古人不再居于他的生命之外,而与他一起愤怒地歌唱,这就使他的散文具有燃烧的力量,他善于把那些高傲、冷酷的心灵点燃并熔化。

张承志所获得的穿透历史黑视野的方法,是田野作业和史料勘查,他

---

① 张承志:《绿风土》,作家出版社1992年版,第238—246页。

不屑于在书籍里爬梳资料,而是奔走在北方人的生命故乡。只有理解了大自然的残酷,才能领悟流放者的苦难,他不只是走,不只是看,而且用心灵去谛听,用情感去理解。"我捕捉不到。我连自己行为的原因也不清楚。那过分辽阔的北中国为我现出了一张白色网络的秘密地图,我沿着点和线,没有人发觉。""人堕入追求时,人堕入神秘的抚摸时,那行为是无法解说的。"①当张承志真正发现了北方人民的伟大时,他不再只相信自己,不再把自己的智慧看得高人一等。"我竭力透过雪雾,我看见第一条峥嵘万状恐怖危险的大海时,心里突然一亮。大雪向全盛的高峰升华,努力遮住我的视线。""东乡沉默着掩饰,似乎掩饰着痛苦。""然而从未品味过的,几乎可以形容为音乐起源的感触,却随着难言的苍凉雄浑,随着风景愈向纵深便愈残酷,随着伟大的它为我落出称体而涌上了我的心间。"②张承志既有独自的沉思,又有真切的底层情感交流,这就使他去除一切浮华和矫情,贴近原始的淳朴。人的心灵的隐秘不愿敞开,除非面对真正信赖的人,大西北那底层民众,向张承志敞开心扉,那不是久经岁月的老人所讲的民间逸闻趣事,那是他们的生命史和心灵史。那些淳朴智慧的人因为心灵之火永远燃烧,他们在血与火中学会的生存智慧,把生命中无尽的秘密隐藏在心灵深处。历史本身就是由这些朴实的、牺牲的人构成的,他们的流血、牺牲和战斗构成了真实的历史。

张承志以本原的方式去透视历史,洞悉了民众的心灵的秘密。"心在朴实中活着会变得纯洁。沿着这片黄色的山地,回味着这里在几百年之间发生的历史,听着人们对于民族理想的真诚希望,看着文化落后和文化发达的并存现象,人会理解感悟出朦胧模糊的什么。""你要记住,真实只在心灵之间。""是的,从湟永到六盘山,从藏区北缘到沙漠南线,这片文化教育落后而民间的文化却如此发达的世界里藏着真实。""昔日统治者的历史充满谎言,真实的历史藏在这些流血的心灵之间。"与此同时,张承志也重视历史分类,但是,他不信官方的历史,只相信民间秘史,他推崇的

---

① 张承志:《离别西海固》,参见《荒芜英雄路》,第 297—310 页。
② 张承志:《北庄的雪景》,参见《荒芜英雄路》,第 172 页。

《热什哈尔》，就是哲合忍耶的民间秘史，他写道："民众与国家，现世与理想，迫害与追求，慰藉与神秘，真实与淡漠，作品与信仰，尤其是人迎送的日子和人的心灵精神，在一部《热什哈尔》中，皆若隐若现，于沉默中始终坚守，于倾诉中藏着节制。""愈是使用更多的参考文献，愈觉得这部书深刻。愈是熟悉清季回族史和宗教，便愈觉得这部书难以洞彻。""这不仅仅是一部书，这是被迫害时代的中国回族的形象，是他们的心灵模式。"①张承志以奇特的、本原的生命的方式洞悉历史，因而，获得了穿透历史黑视野的锐利眼睛。心灵之火在燃烧，他的散文便显示出巨大的力量，他的感受是独异的，他的体验是奇特的，他的情感是独异的，他的内涵是奇特的。一切属于张承志的创造，并没有无谓的简单的重复，在张承志的散文中，看到的是陌生而奇异、原始而慧命的世界，它与一切俗念，大家习以为常的观念和材料相远。他以陌生的精神和陌生的思想面对读者，他真正洞悉北方民族的心史。

　　余秋雨透视历史的方式，则与之有所不同。他采取人们习见的评述历史、注解历史的方式，他的历史观察是普通人的历史方式，或者说，是无数学者习以为常的评说方式，他的实地考察，实质上是读史，而他读史又是为了实地考察。从本质上说，他只是读了学者们采集整理好的史料，他无法亲自去洞悉中国历史地理。以旅游观光的方式是不可能真正洞悉历史的，眼睛只能留在历史建筑和书法文字记录之上，除了肉眼能看到的事物能进入作品之外，心灵受到视野的极大限制，只能谛视神秘，无法破解神秘，也就无法真正言说。如果散文作家只是作为游客而观光，那么，他的内心感受只是过客的外在感知体验。外乡人是无法真正理解本原的生命史的，本原的生命史只向那些真正的历史学者敞开。余秋雨的笔，停留在历史表象之上，或者说，他的心灵，被敦煌的历史故事和敦煌的解说词所束缚，因此，他无法真正理解敦煌悲剧。写外国强盗和中国道士，写当地乡绅和现代学者，只能流于一般性叙述，他的大部分叙述只是历史叙事

---

①　张承志：《心灵模式》，参见《荒芜英雄路》，第 198 页。

本身。

该透视的地方被遮蔽,被敞亮的地方又欲说无言,"我好恨"这三个字,出自平民的口可能惊人,出自学者的诗思,总感到分量轻了,这与鲁迅《再论雷峰塔的倒掉》中结尾的"活该"是不可比的。"大地默默无言,只要来一二个有悟性的文人站立。它封存久远的文化内涵就能哗的一声奔泻而出",这未免太简单了。"文人本也萎靡弱,只要被这种奔泻所裹卷,倒也吞吐千年",更显出抒情立场的喜剧精神。历史是庄严的,它只属于真正的牺牲者,恃才的文人,无法真正洞悉历史,只会因恃才而放逐历史,只会因恃才而虚掷历史。历史是不容随意想象的,历史洞悉必须付出生命的代价,余秋雨写的名胜古迹,其内容大多似曾相识,只是被他略具诗性的语言所牵引,而将之想象为"人文精神畅想曲"。①

余秋雨面对历史的苍茫过于轻松,过于自言自语,他缺少张承志那燃烧着的"心灵之火",余秋雨所承继的,是中国现代以来的怀古散文传统,与茅盾散文、杨朔散文、峻青散文、刘白羽散文乃同一血脉,只是它的主题不再是单纯政治倾向性的。张承志承继的,则是鲁迅散文传统,鲁迅那穿透历史的眼睛,敏锐而冷静的思索,比张承志热烈的散文更为惊心动魄。张承志以勇敢的牺牲者和流血的画面铸造散文的灵魂,鲁迅则以孤独、荒凉、复仇的画面铸造散文的灵魂,在这两个不同的散文世界中,皆立着铁血的汉子,这便是作者人格精神升华而构成的活的形象。文化散文,必须要有穿透历史视野的慧眼,而锻炼这双慧眼,必须燃起心灵之火;这心灵之火的燃烧,会照亮生命的黑夜,会照亮人们的前进道路。散文必须以这种心灵之火,以那种纯洁的火苗作为最高价值规范,唯有如此,心灵才会不孤独,才会获得洞悉历史秘密的勇气和力量,获得战胜黑暗的智慧,显示出"生命的本色和神勇"。

---

① 余秋雨:《阳关雪》,参见《文化苦旅》,第17—21页。

第四节　散淡顿悟：小品散文的文人趣味及其叙述学限度

1. 小品文的智性经验与文人趣味

应该辩证地看待现代中国散文或古典中国散文的"小品文传统"。在看到小品文的价值的同时，也应看到小品文的内在危机，在看待小品文的美感和智性的同时，也应重视小品文的无聊与虚伪。这是矛盾的态度，因为对小品文的评价，涉及对中国文化的至深生活本质与情感取向的评价。小品文并不总是那么美妙，有时显示了思想与美感的矛盾。小品文，如果要追溯其中国起源，可能要追踪到魏晋时期。此时，文人意气风发，自由散漫，于是，品评人物，宗法性灵，一代人物，皆成为《世说新语》的绝好材料，此后，这一写作方法成为中国闲适文人的自由抒情方式。

由此，中国思想的三重趋向极为明朗：一是儒法诸家思想的大气正义，纵横捭阖；一是经典解释的考证经史，从容严肃；一是小品家的谈诗论艺，闲雅风流。风流闲适，是小品文之佳趣，六朝为盛，明清再盛，"五四"新盛，时代复兴。说起小品文大家，还是以京师居多，这些从"五四"出来的人物，青年时期有指点江山的激情，经过时代的风霜与历史的沉沦，他们早就阅遍人生，记忆中全是风流儒雅。事实上，以大学为例，人们能够谈起的风流儒雅，几乎全是关于前辈学者的，特别是"五四"以来的学者，而当代的学者，则似乎丑态故事多于风雅故事的记忆，也许再经历若干年，"时代的风雅故事"会变成师生的共同记忆？

小品文的第一特点，就在于它的"智性"。寥寥几句话，生命的自由本质被点染得形象生动。现代中国散文中，有许多异类，精粹短小的小品文，就是其中的异类。说到底，这又是中国散文的传统，在《世说新语》中，这种散文传统达到了高潮，不过，也应看到，正是这种小品文害了中国文学。中国人不喜欢关心重大问题，懒得对天地问题进行认真的思考，结果，养成了惯性，即对短小事物的特别偏爱，在文字上就表现为对话语体的关注。严格说来，这种话语体的宗师应该是孔子，《论语》虽然也有安身立命的道理，但更多的是孔子与学生之间的"风雅谈论"，却没有严肃认真的长篇思考，许多人因此而不喜欢西方哲学式撰述，以为这种长篇撰述空话太多。其实，这是由于中国人不喜欢严肃而认真地理性思考，喜欢感性叙述和感性谈论，特别注重人物的品藻，孔子本身就是人物品藻的行家。孔子之后，魏晋士人走向了另一极端，喜谈玄理并臧否人物，于是，这种儒道皆有的风格一直延续至今，报刊文学作品更是对这种小品文推崇至极。我更希望带着批判的眼光来看待，小品文不值得那么大加赞美，智性背后，有一个反智性。①

　　小品文的第二特点，就在于它的"风雅"。生活的风雅，是小品文的核心品质，伪风雅是小品文的重要特点，那点闲适，其实，也就是个人的闲适而已。在评价小品文的同时，我采取的是正题与反题合一的批评方式，即在找到一个小品文的正题的同时，也给小品文设置一个反题，这样，能够更好地评价它自身的价值。我们需要西方那种无情的理性，即只专注于事物本身，并不在意这种关注的语言方式是否轻灵，甚至有可能十分沉重。事实上，并不是所有的理性论述皆有价值，但是，西方人，特别是德国人正是通过这种冗长沉闷之思，表达了精神生活的丰富复杂性。"风雅"背后，有一个"伪风雅"。

　　小品文的第三特点，就在于它的"语言灵性"。它不追求大叙事，不追求大主题，不追求大价值，甚至可以说躲避崇高。鲁迅和钱钟书，皆在小品文上有所成就，鲁迅以讽刺为主，钱钟书以戏谑为主，鲁迅重视思想批判与嘲讽，钱钟书重视个人才情与见识的透露，各有侧重，这好像是现代文人写作最重要的传统。现代文人几乎皆有此陋习，结果可想而知，我们留下了许多言论和见识，却没有认真而理性的论证，相反，那些理性的论

---

① 兰姆：《伊利亚随笔》，高健译，花城出版社 1979 年版，第 86—92 页。

证可能很少被人关注，这可能是文人与真正的哲人的命运。我们可以比较熊十力、金岳霖与梁实秋、钱钟书的小品文与哲理文，哲人的著述系统严谨，少有人问津，而文人的著作，则为人所珍爱，这不是简单的语言趣味的问题，从根本上说，涉及思想的崇拜问题。现代意义上的小品文批判，在某种意义上是对的，我们不可抹杀这种文人的小趣味，但绝不可提倡这种文人的小趣味。我曾经相当迷恋小品文，还以自己不会制作为愧，现在想来，这种思想大可不必，这种小品文，更多的是生活的无聊，并没有多少玄道。灵性背后，只有一个"虚浅的世界"。

小品文就是要在小中见出智慧，见出真性情，见出生活的风雅闲趣，甚至可以说，小品文表达的就是与时尚不同的价值观。杂文以讽刺见长，在形式上类似小品文，其本质追求则与小品文有异，所以，不宜将小品文的界限无限扩大。文人趣味，自古皆然，以其智慧，足以适性而在，以其地位，独具才情立世。生活闲适，富有品格与自由气质，更重要的是，不担当大义，不关注现实的价值取向，才有小品文的风流，这也是它的叙述局限所在。

2. 李庆西的抒情写意和谈玄悟道

李庆西的小品散文，在现当代散文中颇具典范性，如何评价李庆西的小品散文，涉及小品散文的评价范式，因而，可以将此种试验视作散文批评的有益尝试。李庆西的散文创作代表了学者散文的新方向，这种新的学者散文常常以书话和随笔的面目出现。[①] 虽然李庆西不是严格意义上的学者，因为他至今仍未发表过具有学院派特质的学术著作，但是，从他的书话和随笔来看，似乎更倾心于创作精神的自由体现。事实上，李庆西

---

① 现代散文中最重要的倾向，即随笔化倾向，这些随笔，可以分为以叙述为主的随笔和以思想断片为主的随笔，前者要讲求章法追求艺术性，后者则要直奔思想直面真理，但需要有诗性与自由，而不需要逻辑推理。学术随笔，往往有很强的叙述化倾向；历史随笔和文学随笔，对才情和智趣的要求就相对较高。例如：南帆、赵园、汪晖、刘东、李庆西、陈平原等等的书话和随笔，就颇有影响。1993 年以来，辽宁教育出版社先后推出的六辑"书趣文丛"，其中，大多是中青年学人的散文或随笔著作，代表了新一代学者的学术思想与美感情趣。

始终保持着对历史与文化的真正兴趣,始终致力于关于创作的精神性、文化性和历史性理解,特别是在 20 世纪 80 年代,他关于小说创作的文化解释和心理阐释显示了他心性的空灵与自由,他常常在行云流水、极具灵性的文字中表现个人的审美智慧。自 20 世纪 90 年代以来,他对文化小说的关怀,对地域文化的剖析,对历史逸闻趣事的迷恋,对禅宗话语与生存心态的解析都表现了特殊的文化意识和审美趣味。在这个喧闹的世界中,李庆西的散文随笔或小品文葆有"野云闲鹤"的意趣,值得进行文化心理分析。

具体说来,灵性与性情作为"隐逸者"的文化眼光,表现在散文创作常常显出别样的情趣。从这个意义上说,创作者的审美趣味与价值取向,与创作者的个人气质和生存智慧密切相关,因为生存的历史道路决定了创作者的精神探索方向。李庆西绝对不是那种饱经苦难的创作者,也绝不是与人生苦难无缘的人,他的创作气质的形成,根源于他的独特生存环境和文化环境。李庆西不是那种激昂慷慨的人,也不是完全游离于时代之外的人。从他的散文作品的自叙中可以看到,他从小就有特别的忧郁气质,有着自己的独特个性与爱好。可以说,在他的个性气质中,有偏爱静思,略显孤寂而又聪慧过人的生活趣味,这种生活趣味影响了他的文化接受,所以,他的文化读物和文化趣味在很早就有自觉"亲近"民间文化的倾向。李庆西是那种乐于玩、乐于闲谈而又能在游玩和闲谈中获得生命乐趣的人,这种个性气质,在很大程度上决定了他的创作精神取向和审美趣味。①

不妨从地缘文化与人格气质的关联中探讨一下李庆西创作个性形成的文化生活基础。李庆西是有些灵性的,熟悉其文的人可能不会否认,据他自述,六岁随父母从山东来到杭州,"庆西",大约就显示了他与西湖的缘分。杭州这地方确有灵性,那种气韵生动的美感总能让你体验到全身心的滋润。从地道的杭州人身上,你活脱脱地体会到日常生活的灵慧,也

---

① 康德:《论优美感和崇高感》,何兆武译,商务印书馆 2001 年版,第 12—15 页。

许是因为杭州曾是帝王之都和文化中心，杭州的山水就带着隐逸文化的情致。悟透了人生的一些"老寓公"就愿意在西湖边筑居享乐，章太炎、马一浮充分体验过这种山水的隐逸，鲁迅、周作人、茅盾、郁达夫、徐志摩，皆带着江南的隐逸和灵性走向文学世界。你穿行在苏堤、太子湾、曲院风荷、栖霞山、玉皇山、灵隐寺、龙井村、九溪十八涧，就会体味到那种逼人的灵性。真正的杭州人向来不慕外界的浮华，而愿意厮守这份清闲和雅致，轻轻柔柔的生活气象，沉醉生活享受的娱情与自适，没有特别峻急和躁烈的生命冲动。名与利似乎俯仰皆是，用不着攀援伸手，李庆西20岁之前便浸润在这种文化和山水中，自然而然地具有杭州人的文化灵性，而乡下人或外乡人要想获得老杭州的灵性需要经历生命的蜕变才能达到，即使达到了，也多少失去了生命的本色，因为在这种求索的过程中，不免功利、世故、不择手段，甚至扭曲自己。

外乡人的生存心态是都市人所无法体会的，也许"都市客"会说，让我待在乡下，真是"乐其所哉"，但真正要让他与山水、牛羊、田园、农民永世相处时，又特别不习惯，逃也似地潜回都市家中。其实，生来的灵性和才情是学不来的，据李庆西自述，少年时即喜与"隐逸的文化人"相往来，一深居杭州小巷的老人"通棋道"并能"精棋谱"，曾给予李庆西比较大的精神影响。[1] 这样，在李庆西的散文叙述中，读古书，念《三国演义》《水浒》《西游》《聊斋》，玩棋，访古迹，捉虫鱼成了他生命中特别的乐趣。加之，那是个不重读书的时代，他又不喜搞串连等社会活动，那颗心灵够幽闲玄虚，这是静雅少年的情趣。北大荒插队锻炼了李庆西的胸襟与胆识，于是，他身上不仅有杭州人的雅气，还有北方人的豪气，这种特殊的生活经历决定了李庆西的文化人格。他喜幽默、讽刺和讥趣，喜与文坛故旧与超逸才俊之士相交游，总体上算不上是"有为者"。

对于李庆西散文创作机缘，影响比较大的两个方面，似乎特别值得提起：一是他与韩少功、吴亮、黄子平、李杭育等的杭州"西湖会谈"，推出"寻

---

[1]　李庆西：《禅外禅》序言，上海三联书店1995年版。

根文学"观念,使他在文学批评领域有了先锋的"美誉",其实,这一思潮的形成得益于他们多年的文化体察和生命认知。在李庆西的审美观念中,喜欢赋予文学以自然、原野、文化、村居般的生活灵气,由于寻根文学者创作了一批像样的作品,李庆西的寻根批评有了更多的言说天地。二是他与汪曾祺、徐梵澄、金克木等文化老人和京都才华横溢的学子的交往,演化了他对"隐逸文化"的本质追求。李庆西的隐逸文化趣味,一方面是自然生成的,另一方面是在文化碰撞中催生的,他似乎天生地对那种反叛式的创作和学术保持着精神上的距离。李庆西的古典取向和文化趣味成了他创作的心灵模式,不过,在喧哗的时代,他的历史趣味和文化禅语有着特别的意味。在主流文化之外的历史趣味虽不免有些孤寂,但也有其特殊的魅力,他在边缘处"闲静地"思与写,并保持着精神超越者的自信,毕竟,李庆西不是那种肯用苦功之辈,所以,他干脆就打趣说自己不是干学问的材料。事实上,他不愿用"深功",但在游离与观赏之际,又颇能触动学术的命脉,所以,《文学的当代性》中的诸文还是做出来了,也很有影响,《不二法门》中的20多个短篇也写出来了。

也许是人到中年,青年时期能成的大气之作未成,精气衰退的李庆西更倾心于书话和史话之类的随感了,他是以无为的精神、隐逸的气质对待写作,因此,注定不会与有为者并驾齐驱。这种无为精神本来就切近他的隐逸的灵性,在我看来,索性尊重他的精神自由选择,也许集十年之功,他雪球式的历史人生感悟,说不定也能成大作,这可能应和了"无为即有为"的禅语。我相当艳羡李庆西的这份灵性,因为李庆西正是得益于他的"隐逸文化"眼光,才能在《文学的当代性》中作出那么多富有灵性的创作发现。① 这是审美批评的一条正道,此道绝久矣,所以,李庆西重新回到这条灵性批评之路是值得肯定的。尽管李庆西青年时代致力于小说创作,但是,他在文坛产生影响的作品仍是散文化或随笔式批评,可见,隐逸者的文化眼光有助于批评的独创,实事求是地说,李庆西的隐逸文化眼光使

① 李庆西:《文学的当代性》,第23—58页。

他的批评颇具特色。

他喜欢与文学时尚倔强地保持距离,20世纪80年代初期,当时普遍流行的"伤痕文学""改革文学"和"性小说",李庆西一概不予论及,相反,对于当时还未成大气候的笔记小说,他则极力推崇,这实质上源于他的古典小说崇拜情结以及对真的艺术的痴迷与眷恋。也许"六朝怪谈"和《聊斋志异》所含的深意更符合他的美学趣味,所以,他基于这一精神写成的《新笔记小说:是寻根派,也是先锋派》颇有韵味,这篇论文"史识文心"兼备,把新笔记小说作了三个方面的界定:即"叙事精粹""文思飘忽""藏有禅机"。他抓住了笔记小说的本质特点,发掘了笔记小说的美学智慧,感悟到笔记小说的品味价值,回顾新笔记小说的创作与明清小品的风行,就可以明白李庆西所倡导的笔记小说的潜在生命力。批评家必然有所偏爱,有所追求,有所舍弃,他对通俗小说的默然不语与他对笔记小说的极力倡导形成鲜明的对比。他的努力并没有白费,80年代中后期自然形成的寻根文学思潮,至少给作家们带来了两大启示:一是不要浮光掠影地记录生活,切忌图解政治和意识形态观念;二是要想创作出原初的文学作品,不能不关心民间文化,正视中国文化精神。尽管李庆西所正视的中国文化精神是士大夫的隐逸文化传统,但这种对民间文化的强调显然有助于作家对民间文化更为深沉博大地把握。①

李庆西的批评取向,也并非仅仅是新笔记小说,在《文学批评也是人生态度》中,他表达了多重人生追求。事实上,在强调隐逸闲适机趣的同时,他也特别关注崇高性文学作品的创作,例如,他的《大自然的人格主题》一文特别值得重视,因为在这篇论文中对崇高精神和豪杰气概表现出热情的赞赏。这一直是李庆西作为文人的两面性,即他本性接近"隐逸文化",又对"豪杰气概"一往情深。当遁入"隐逸文化"时,他充分体味到原初生活的宁静、质朴、淳朴、逍遥;当被豪杰精神所吸引时,他不禁怦然心动,对大自然和崇高的人格精神极力赞美。事实上,《三国演义》与《水浒

---

① 李庆西:《文学的当代性》,第26—48页。

传》是中国作家创造的豪杰世界和英雄世界,其中的豪杰精神是中国民间文化精神的审美升华,这些作品养育了李庆西的审美理想。李庆西偏爱雅趣,也热衷于豪杰,这种矛盾并非不可克服,实质上这源于作家和批评家对本真人格精神的追求。人的气质有重大差异,这并不要紧,关键在于,你是否自然而质朴地表现出内在的人性。清闲、洒脱、无为和"自得自适"是本真的人格,豪迈、热情、冲动、有为、勇于牺牲也是本真人格,一旦人们表现出自身的本真人格精神,作品就具有了灿烂的精神光辉。同样,只要以本真性为基础,就具有了灿烂的美,质朴无华与光华灿烂,只要以本真性为基础,就具有同等的价值。李庆西不以隐逸鄙弃崇高,也不以崇高排斥隐逸,这种"多元取向"实质上是对人的自由之高度尊重。人作为一自由之躯,不免受到各种"社会俗念"的干扰,而隐逸文化批评家所要采取的行动是:尽力抵抗虚假、矫情和伪善,这就是独特人生观。

3. 小品文的特别思想趣味

闲人与怪人作为"逍遥者"的生命趣味,可用于理解李庆西的小品文,应该说,李庆西的文化趣味和美学趣味直接影响到他的小说创作。不过,他的小说创作数量不多,而且,他的短篇小说已被结集在《人间笔记》和《不二法门》中,两个集子中的作品多有重复,屈指算来,只有三四十篇,当然,这些短篇小说不是浮躁的、功利的或恃才的产物。从行文、构思和作者尽力要捕捉的玄机而言,作者是相当机警的,因为写短篇作品,实与个性相关。人之气厚、气急,行文就放纵铺张,在文字中充满激情,在文学背后少有玄机与灵思,因为作者全部的心思都外化了,语言成了他心灵的功夫之表达。人之气紧、气缓、幽思玄想的时间多,对文本的结撰要求也高,往往喜用短言短语,语言质朴而韶秀,平实却具波澜,安静其实冷峻,淡雅其实深邃。读完这类作家的叙事话语,你似乎触摸着了,似乎又远离着他的审美文化精神。这就是李庆西所说的"文思飘忽"的深度心理文化根源,古代文论家所崇尚的简朴古雅风格实质就在于此。

李庆西的叙事话语,崇尚简洁和机趣,话不在多,关键在于:"能否白描般地还原生活真实"。他的白描与鲁迅不同,鲁迅的白描之笔中处处有深意,处处有悲情,即使《朝花夕拾》中的诸篇什,虽有喜剧性色彩,也被他语言的总体悲剧色彩所冲淡。处处有悲情,处处即有愤激;处处有悲情,处处即有憎恨。鲁迅的白描之笔有切肤之痛,李庆西的白描要闲散冲淡得多,他笔下的人并不是激情澎湃的英雄,相反,是值得人欣赏的闲散者。他们不以人之是非为是非,不遵循世俗的生活价值准则,可能是社会边缘人,可能是社会闲人,也可能是多余的人。这些人,不在意别人怎么看他,他们的生活有自足性,有生命趣味。社会轰轰烈烈与他无关,男男女女穿金戴银也与他无关,富人张灯结彩、趾高气扬亦与他无关。他们静静地满足于他们的生命趣味,满足于他们的喜爱之物,满足于他们的现实处境。你可以蔑视他,但是,他未尝不可蔑视你,你笑他可怜、无聊,他不在乎;其实,他也可笑你争名逐利、爱慕虚荣、假洋鬼子、伪善造作、心事重重。他活得轻松,你活得累;他活得真实自然,你活得装腔作势;他不在乎你骂,你却很在乎他说;他没有"根据地",没有屋,你赖以生存的价值根基,他轻轻一点,大厦将倾。"笑口常开,笑天下可笑之人",但真正的闲人怪人,从不笑人。你在他眼中是"无",他怎么会在乎你的表演、你的仪容呢! 李庆西就特别喜欢这些独立自在的人,喜欢这些独立自在的趣味,与他的批评不同,他小说中的人物尽是这些"闲散人",没有崇高者,你只可艳羡,写不出。趣味决定了他的写作,生活取向决定了他的人生态度。[1]

李庆西的这种生命趣味自有其文化渊源,在中国文化精神系列中,最早似乎可以追溯到老庄那里去。老子似乎太世故,什么都知道,语语道破玄机,《道德经》中超脱的气氛似乎冲淡了闲雅与朴拙。庄子则要真实得多,没有小家子气,只是欣赏无为的生命趣味,崇尚的人都有豪迈之气。无为之极,亦豪迈之极;自然之极,亦自由之极。《养生主》中的庖丁,一般不会把他想象成闲人,其实,闲人哪能悟透如此深刻的玄理!《盗跖》中的窃贼更谈不上闲散,庄子推崇的是真实,而不是虚伪。《大宗师》《逍遥游》

---

① 康德:《论优美感和崇高感》,第 35—36 页。

《渔父》,等等,充溢着一股浩荡莽然之气。法治者与人治者过于强大了,所以,在社会生活中,无为、自然而然不能成为通行的社会准则,相反,礼则成了社会的通行规则,因为不合"礼法"则难容于世。庄子的生命哲学行不通了,传道者从异域引来了佛,但佛的"无边威能和无边慈悲"也被压抑了,只剩下"一点禅"。道家与佛家走向了末路,生成了新形式"庄禅"。应该说,在《庄禅漫述》中,李泽厚"述庄"不到位,实因未能尽其大,而"述禅"亦不到位,实因未能畅其幽。① "庄禅漫述",在历史传承过程中被改造成了"小儒精神",其实,"庄禅"是中国文人的心性之学,是中国文人退守内心、圆通解脱的生命哲学。他们难以施展个人的抱负,既不愿法治,又不愿人治,法治和人治皆有违他们的"本心",于是,他们"遗世独立",沉醉于酒,沉醉于器玩,沉醉于语言禅,沉醉于女色。尽了生命之本性,又能全身,干脆不与俗世为伍或不与俗世合作,因为在俗世中,他们无力回天或有才无用,于是,这勃发的才情便与田园、酒、女人、器玩、言语道断相契,演绎出无数的风流佳话,成了中国人文精神的一支血脉。

智慧之极,必有禅趣之极,而禅趣之极,必有言语的神奇。所以,一部《世说新语》、一部"六朝怪谈"、一部魏晋玄学史成了中国文化的奇迹,嵇康、陶渊明、谢灵运是特殊的例外,而先秦之天道与大道在此沉沦。盛唐之世,佛归其大,禅归其小,而道归其大,玄归其小。佛道之世,把盛唐文化精神推到极点,足以与秦汉之世并提。宋元明清之世,为中国文化的末世和衰世,文人的风流趣事又起,晚明小品更是登峰造极。个人的灵性生活得到重视,个人智慧的灵性飞扬,为中国"阴性文化"精神谱写了续篇。蒲松龄的怪异对抗,既与这种晚明小品有内在的"存合处",又与这种晚明小品有着根本的"决裂处",在言语道断上有契合处,在叙事精神上则大异其趣。小人小事、书生奇遇全与妖魔鬼怪相关,这些妖魔鬼怪和虎豹狼豺,虽有凶险猛烈者,更多的是"离情与别恨",因而,妖魔世界是极富人情,极富想象力的世界,至此,"庄禅文化"以民间文化为依托,获得了新的

---

① 《李泽厚十年集》第 3 卷,安徽文艺出版社 1994 年版,第 177—218 页。

生机。五四以降,欧风美雨,西方自然主义精神与中国性灵文学的融合,开辟了中国自然主义文学或自由主义文学新风尚。小说家崇尚的自然,已带有神圣恩典的意趣,或者说有文化怀乡的韵律。周作人、朱自清、林语堂、徐志摩、沈从文、俞平伯等,把西方自然主义和中国性灵文学发挥到了极处,显示了中国人的幽玄的生命精神与自然天趣的性灵崇拜意向,后来,由于抗战烽火兴起,新中国万里红遍,这种性灵文学受到批判与压抑。从百年文学精神的复兴与沉沦而言,这股勃发之才情与幽闲静雅之趣,随着汪曾祺、林斤澜等乡土小说家的复出才掀起波澜,李庆西的文学话语方式与生命价值取向很快与之亲密无间。虽然李庆西有关新笔记小说的评论,把汪曾祺、林斤澜、贾平凹、韩少功列为一路,但真正合乎李庆西之生命趣味和审美取向的,实唯有汪曾祺和林斤澜。①

李庆西的新笔记小说创作,可以当得起汪曾祺和林斤澜的传人,他似乎与汪曾祺更贴近,例如,他关于汪曾祺的评论极为老到深刻,可以称得上"同情的共鸣"。难得的是,他对《受戒》集中的诸篇什之分析颇有会心。例如他对"陈小手"的分析就抓住了汪曾祺创作的禅机,李庆西与汪曾祺有其相似处,更有其不同之处。例如,李庆西与汪曾祺一样,非常关心日常生活中的边缘人物。汪曾祺关心的是旧人旧事,江苏高邮老家的生活与京都古城四合院的生活,因此,他的旧人旧事虽然离当代远了点,但人物的生命趣味分明有对自由的渴望,有对生活的适应,有对命运的承受力,更有对佛道生活境界的向往,这样,他的作品葆有健全的精神。汪曾祺小说中的这份感悟,是他以一生之经历,一生处于大波澜、大变动时代的感受换来的智慧和写作的幸福。

李庆西人在中年,却有这份心态,不能不说有些奇怪,想到他立足文坛的成名作,其思绪,其志趣,皆远承古风,不能不让人对他心灵的聪慧和青年的老成表示叹服。如果李庆西是一位老人,他的这份情思可能更被人看重,因为青年时当以奋发有为立足,老年当归于"禅趣人生",这是自

---

① 黄子平:《沉思的老树的精灵》,浙江文艺出版社1986年版,第25—37页。

然之道。李庆西青壮年时期就归于"禅趣"之途,不免令人有些惋惜,这注定了他不可能再去制作大气之作了。不过也好,他归于"禅趣"之途,毕竟不似老年人的通脱,其骨子里仍有青壮年人的盛气,这使他在写边缘人物时,仍能"触动着"现实的生活。与汪曾祺最大的不同是:他的幽默不全然是达观,不全然是通脱,其中有某种怪异在,有某种对怪异的自赏与自嘲在,更有调侃在,这使他在看什么事时不是过于认真。只要看一下他的《张三、李四、王二麻子》《不二法门》《卡雷卡的最后四十分钟》,就可感觉到,李庆西有李庆西的生命趣味,他的小说创作有其怪异、古朴和禅趣,就是活生生的证明。

4. 禅悟之道与小品文价值沉沦

幽默与讽刺作为"庄禅者"的傲世之举,在李庆西的散文叙述中似乎也得到了充分体现,现在,李庆西似乎很少写评论,小说也不多见。除了编务以外,他的全部工作似乎都与"读史悟禅"相关。他的交游圈子内,既有"竹林贤士",也有"袁氏兄弟";既有古园老道,又有文坛故旧。上京都,赴沪宁,与"文友"同乐,与"老友"同醉,在杭城,只与少数合得来的人交游。他最近几年特别值得重视的作品,就是在报纸上发表的每篇不满百字的古史趣事评点了,他名之为"酌古集",他的大量精短作品,已被结集成《禅外禅》了,"禅外禅"的命名似有深意。

如何给《禅外禅》之类文字定性?《禅外禅》的文体并无特殊之处,因为看古人的诗话、词话、野史、掌故,就可极熟悉这种文体,可见,李庆西《禅外禅》中的文体并非独创,实属仿制,这里有他的读史崇古情结在。古人的话语方式,确有今人"难到之处",今天流行的话语方式是"思辨的独白",文章动辄万言。"思辨之风"把话都说白了,琐细了,更有可能说枝蔓了,总之,把简单古朴的道理说得太"虚玄",无疑构成了阅读上的障碍,这是白话文运动或欧化运动带来的消极后果。时人不似鲁迅和周作人辈,他们都有深厚的古典文化修养,深得中国古代语言之趣味,因而,其行文,虽白实雅,虽浅实深。现代人不行了,只读时文和欧化句法,与古代话语有内在的隔膜，因而，在话语表达上，烦琐沉重，"虚玄"而不得要领。现代青年崇尚的晦涩欧化文风，更使这种表达不堪重负，民族语言的精华表达已被隔绝太久了，所以，"理重文繁"，让人读了半天还不知所云，因而，一些有识者便试图回返古典话语中去，或者说，回到五四文学话语中去。鲁迅、周作人、朱光潜、朱自清、林语堂和俞平伯堪称表率，李庆西就是这一路向上的自觉者，因为他的话语得五四散文话语之真传。

《禅外禅》的话语倾向，似乎更有复古的努力，这既符合他的"言不言，自在言"的话语原则，又符合他读古史的趣味，于是，他制作了"似新而实旧"的文体表述方式：说它是诗话亦可，掌故亦可，笔记亦可。严格说来，是读书随感或读书随想，他的话语，通常用两种字体编排，"述本事"的部分用黑体，"评点和借喻和象征生发"的文字用宋体。前者转述小故事，文字朴拙古貌，后者作些评点，文字浅显，富有禅机，这种短小精悍的"笔记体"散文虽小，但颇有趣味，在"文气繁盛"的作家不屑一顾的事，李庆西做得津津有味。

如何评价李庆西的写作用心？应当说，他不是那种热爱活泼泼的民众生活的人，这是他当作家的大不幸，因为远离活泼的民众生活，再富于想象力，也枯索无味。这一点，他就不如张炜，张炜居住在胶东半岛，与底层生活血肉相连，与各种人事打交道。他也不同于贾平凹舍得花力气去"道听途说"，虽然他也是"古史迷"和"古文迷"。他与吴亮也不同，吴亮永远用新奇的眼睛瞪着城市的灯光和五光十色的人群，用轻松的话语拍摄城市生活场景。李庆西怪就怪在：他不与太多的人的价值观念沟通，那么，他到那里去讨生活呢？他的现实选择是："到古史中去。"与许多学者一样，李庆西近于学者的生命趣味，实远于作家的生命趣味，因为真正的作家往往是敢于尝试各种新生活的人。

李庆西的学者性情，妨碍了他成为好小说家，当然，这并不妨碍他成为机智幽默的写作者，因为领悟生活有各种各样的途径。作家写人叙事永远面对活泼的生活与人群，是发现，是智慧，但流于叙事本身，对人生之领悟"失之于浅"。他叙事，让人去品味人生，但并不直接参与人生评价。

而学者则不同,他叙事,常常直接参与人生评价,所以,既能把古今中外各种智慧加以合成,又能形成顿悟。作家往往有生活的历史感;却没有思想的历史感,学者往往有思想的历史感,却没有生活的历史感。现实说来,作家与学者是需要相互弥补的,做得成功的皆如此,做得不成功的皆与此异趣。

李庆西本质上属于学者,因而,他的智慧主要不是生活的历史智慧,而是思想的历史智慧这一点决定了他"读史论禅"的意义。李庆西读史的冲动,源于他思想求索的智慧,但读史,并不是随时都有智慧,智慧更不会扑面而来。这就要有读史的眼光,读史的目的,读史的选择,因为有了这些前提,才会有读史的感动,读史的顿悟,读史的意义。李庆西读史,显然有两个目的:一是搜寻古人逸事,二是捕捉人生之禅机。搜寻古人逸事,有助于真正地理解古人,发现不同于时贤的通俗故事或经典故事,许多故事,是李庆西第一次读史中得来的,这就有新异感。历史在读中常有这种新异感,但通常不受重视;捕捉人生之禅机,是李庆西《禅外禅》的努力。

《禅外禅》并不在"说禅"本身,"禅"在言外,论禅固然有趣,但毕竟无助于世,无补于世,因为"论禅"必须道出禅之外的东西。这不只是人生机趣,不只是语言智慧,更是现实人生的讽喻,李庆西的话语方式隐蔽了这一目的与个性,切不可忽视。他毕竟不是高僧,不会专论些"言意"问题,他也不可能是高僧,禅的话语机锋没有佛教意味。以"读禅"为名,义在"读禅之外",他推崇的实是"人格的风流",例如,他"评叙"祝枝山,评叙一些古代风雅人物,表现了人格的风流。这种人格风流的要义,保持做人之本,持守做人之道,不因贫贱委屈自己,不因低微背叛良知,不因显赫而狂想妄为。这样,《禅外禅》实是人生之领悟,是人格自由的精神哲学。"言有尽而意无穷",李庆西毕竟没有失去学术本色,他的写作用心也就值得推重了。

写作《禅外禅》的李庆西,是否是"遁世者"?应当说,李庆西的话语方式算得上名士风流。写这些小文章,像袁宗道一样,可以稍稍贴补家用,同时,写这些小文章,也不至于"埋没声名",他自愿写,又找到了合适的发表园地，真可谓一举数得。说起文事，李庆西写作《禅外禅》仍有思想支配，这可能与年龄有关，李庆西不是完全自在逍遥的都市客，因为身处都市，置身文人之间，没于市井声浪中，被灯红酒绿和现世浮华所包围，却有不知"何可为"，不知"何所为"的困惑。在有为与无为之间，他的选择是艰难的：作为社会的人，"无为"是不可能的，要想"无为"，在现实社会中，唯有佛道之路。即使是走向佛道之路，也未必就能无为，无为实际上是为了有所为，排除杂念，专注一心，就能有所为，人彻底无为就不成其为人。李庆西的"无为"，显然是无为而有所为，为闲杂分心，为时尚所挟，红尘滚滚，一腔热泪，这并非他所愿，他之"有所为"，却有成就，这是他的幸福处。如果就"全身"这一意义而言，李庆西可谓功成名就，但是，他未必就不关心世事，其实，他很关心文事，也很关心世事，例如，他常为文事的衰落而"徒感悲哀"，为世事之变动，有其忧愤。道德的、人格的、精神的、自由的问题，无不烦扰他的心灵。

李庆西为世事"所烦所扰"，因此，就不免要"讥"要"刺"，他不会像鲁迅那样怒目金刚，但毕竟会像袁宗道那样悄然愤世，他在《文艺评论》上发表的系列文章，比《禅外禅》长，也活泼自由些，讥讽世事和文事相当老到深刻，他隐蔽地找到了独特的文体方式来讽世。这是尴尬的处境，因为讽刺要么是快人快语，单刀相向，来得直白，解气，但李庆西不属于这种性格，他喜用隐晦曲折的笔法，轻轻一点，自然上题。问题是，他的讽刺常受到幽默的干扰，"趣史叙事"以幽默为特色，在幽默的一笑中，可能有"怆然感"，但更多的是机智的嘲讽。这类幽默与讽刺，人们常在茶余饭后作为趣谈，而并不在意讽刺的意义，因为作为社会现象和社会人格，被人一笑，得其乐而失其愤。在作这种"酌古集"时，李庆西未必就特别轻松愉快，见到古史与今事相合，拍手一笑，然后点破题旨，表明现实意义。似乎有些简单了，文人毕竟要更大气些，我断断续续地读过他的《读书灯》之类的随笔，《酌古集》中诸篇什，皆有余趣。我读过他的百余篇小品文，"赏"其智慧，并未有太大的感动。我怀疑李庆西老这么走下去，心灵未免就不悲怆，我是"赏"其逍遥，"乐"其逍遥，亦"憎"其逍遥。像他这样的批评家和小说家,凭其灵性和睿智,本可干些更"使力气"的事。任何写作者,皆有其自由人格精神所在,成亦它,败亦它,此为"自由之尊"。

李庆西的生命趣味和写作趣味有其典范意义,作为私人写作是个人的自由,他者无评说的权利,但文章作为社会文化之存在,自当有其评价的必要。现代中国写作者必将贡献出更有良知、更有力量的文化精品,这是一代中国读者的期盼,李庆西的话语方式与生命趣味到底如何判断,这实在很难说,"都市逍遥客,逍遥自逍遥,逍遥不逍遥",只要有智慧在,这生命的言说就会显出它的意义。

第六章　小说艺术的形象化与
自由的小说批评

第一节　故事形象:小说文体本性与小说
批评的精神向度

1. 小说文体本性的历史理解

　　小说批评,是批评家面对小说作品和小说家的思想游戏。它不能真正代替小说的价值,只能帮助读者正确地认识小说的艺术,或者说,可以发掘小说作品或小说形象的生命价值。真正的小说批评,就是为了评价小说的思想价值。小说作为现代民族文学中最富影响力最富变化的文学文体,显示了文学形象叙述的独特价值,显示了文学叙述与人类历史现实生活的最丰富性联系,具有特殊的审美价值。小说是故事体的文学叙述方式,根据故事叙述的思想文化与情节容量,可以分成短篇小说、中篇小说和长篇小说,它们承载着故事,通过故事叙述生活,重建生活,评价生活,创造出无数个性独异的艺术形象。生活中有多少"人生形象",小说艺术中就有多少"艺术形象"。从生活形象体验到艺术形象构建,小说具有独特的价值。作家说,"小说承载着民族的历史",梁启超则说,"欲兴一国之民,必先兴一国之小说"。

　　小说文体的本质属性,就是故事性和叙述性以及由此而建立的文学形象。它同构着生活形象,虚拟着生活形象,最终,对人生和世界形成文学性解读，它让我们记忆生活、感受生活、理解生活、评价生活、调整生活，它可以构成生活的启示，也可以只是生活的娱乐。"故事形象"，决定了小说的特性，通过故事形象理解小说的思想深度，则是小说批评最根本的价值追求。从艺术意义上说，"故事形象"是合二为一的，"故事"是由事件与细节、情节和人物构成的，"形象"则是情节运动与语言图像加工的必然结果。小说的形式特征主要在于叙述和故事；小说批评，通过故事重建生活形象，需要围绕形象而展开思想研究。由于小说源于生活与想象，所以，与社会和历史有着必然联系，具有再现性特征。小说批评，不仅要重视小说批评的本性，而且要重视小说所要承担的文化思想任务。从这个意义上说，文学的形象研究与文化研究，是最有价值的事。如何通过文体批评走向审美的自由？如何通过形象解释走向思想的深度？这是值得关注的问题。①

　　小说批评，不能停留在还原故事细节上，因为这是批评家最容易犯的错误。首要考虑的是，通过故事的情感体验，还原形象与生活文化之关系，即通过小说，还原特定的民族历史文化生活，自由地评价民族历史文化的生活。"故事"，起源于日常生活与历史生活的记忆，既是个体的记忆，又是民族、国家的记忆。"历史学叙述"，以真实的历史生活记忆为中心，通过编年和纪传重建民族国家的历史；"民间性叙述"，以生活传奇与生活想象为基础，通过感情与欲望冲突建构民族文化形象。历史与小说，皆具叙述性功能，因此，二者的交互作用非常显著。我们经常感到，历史人物形象与艺术生命形象之间，若即若离，意味深长。不过，小说不仅是虚构，而且常以生活真实形象或历史人物形象作为创作的基础。作为个体的艺术建构，它把艺术家和个体生活的想象与记忆联系在一起，所以，"小说"，常唤起人们无数特殊的生命记忆。

　　小说批评，就是要通过小说本文，建构小说与历史、民族、生活和个体生命之间的联系。评价小说，就是评价历史与生活，评价历史价值信仰，

---

① 李咏吟：《形象叙述学》，第3—8页。

因此,小说中的故事与时代历史生活,具有紧密的联系,甚至可以把小说看作是时代的风俗史和民众的生活史。小说的价值,就在于把时代的民众生活"投影"在深刻而具体的叙述之中。通过细节还原,重建生活的历史记忆,然后,进行形象的价值阐释,或者,通过思想还原,重建小说的社会文化人生价值。民族历史的文化个性,在小说批评中得以生动形象地重建。当然,仅有小说形象的思想文化分析是不够的,人们也很关心"情节构成与叙述方式",这应是小说批评的核心问题。对于作家来说,他们更关注小说的叙事艺术,这是小说创作的动力源泉,所以,小说叙述学,在小说批评中具有决定性影响,它是极有成效的艺术解释方法。通过叙述学研究,考察小说的故事如何虚构,进而,通过分析虚构的故事看艺术家的心智创造。

有意思的是,越是奇妙的小说结构,越是优雅的艺术抒情,越能构建出激动人心的艺术形象;成功的艺术形象,往往有独特的叙事艺术支持,在开放的文化语境中,叙事艺术更具自由性。小说家如何构筑小说? 构筑了什么样的小说? 他的叙述动力和叙述技巧如何? 为此,人们关注情节叙述的古典性与现代性。从全知全能式叙述到个体真实性叙述,叙述的多样性得到丰富性呈现;在叙述性区分中,古典叙述与现代叙述和后现代主义叙述,构成了小说叙述的和声。具有鲜明特色的是,越是古典的艺术越接近生活故事本身,越是现代的艺术越是有意疏离生活故事。①

从根本上说,"生命艺术形象"的理解与解读,是小说批评的根本任务;艺术形象创造,是小说的根本任务。按照小说评价的模式,如果没有成功的人物形象塑造,就是不成功的小说。尽管现代主义小说与后现代主义小说不重视形象的创造,但是,现代小说"形象的弥散性"并不意味着没有形象,只不过,现代小说艺术不同于古典小说形象的创造方法。任何小说,皆必须重视形象的创造,而且,叙述本身也离不开形象,只不过,古典小说形象,以典型形象的方式作用于生活与人生,现代小说则以象征形

---

① 陈晓明:《无望的叛逆》,陕西人民教育出版社 2002 年版,第 17 页。

象或断片形象作用于人生与生活。小说形象就是时代的生活象征,小说的文化社会功能,应该通过小说艺术形象的美德伦理教化来实现。小说具有世俗社会生活的文化功能,不可夸大,也不可贬低。小说可能给人们带来狂欢,也可给人们带来生活的自由,但是,小说的世俗文化功能,决定小说艺术承担过多的情感放纵功能,影响了小说的净化或美化生活的功能。小说中应该有英雄主义的理想,但越来越多的小说家,不愿意坚持诗人的伟大思想信念。

从小说应承载的这些任务出发,小说批评形成了许多解释形态。社会批评、文化批评、精神分析批评、结构批评,叙述学研究,是小说批评的最典型特征。在小说文体中,故事建构或故事解构,始终构成最大的叙述矛盾。如何认识故事或要不要故事,这是叙述者的叙述方式变革的基础。生活是有故事的,但故事的呈现具有时间性,从瞬时性而言,人们只能把握感受和情景,无人能够认识故事。故事必须在时间中展开,只有在历史时间中才能真正认识故事,这就使得生活故事的体认,形成了许多前提条件。例如,个人生活故事的自我体认与自我记忆,最能把握历史时间,所以,故事最终内化于自我心灵深处。人的最伟大之处,就在于能够记忆故事或创建故事。[①] 自我故事记忆,构成了自我的世界,与此同时,自我记忆,往往围绕记忆邻人和朋友的故事。尽管这个故事记忆不详尽,甚至是扭曲的,但是,在他者那里,故事记忆永远有着不同于自我的视点。故事记忆,就这样与自我,与邻人,与民族,与历史,与国家密切相关,推动了个人故事记忆,就推动了理解生活的可能。

在自我记忆的故事中,核心自然是自我,但同时,也有亲人和邻人,甚至是公众人物。只有自我与邻人,才能构成叙述的根本与主体。自我的故事记忆、亲人的故事记忆和邻人的故事记忆,构成了文学想象和创造的活力所在。自我记忆的真实性,有着许多不为外人所知的细节,但自我记忆,只是自我的评价,它不涉及邻人的评价。值得重视的是:自我的评价

---

① 李咏吟:《创作解释学》,第 164—179 页。

往往是过滤的，也不完全是客观真实的，但有着独特的心灵真实性，特别是在真实的心灵体验方面是任何人皆无法代替的。自我记忆，构成了小说叙述的私人化世界。这个私人化世界，把世界的丰富复杂性呈现在自我和他者的面前。然而，作为创作主体的自我，审视他人和社会，审视邻人和人性，完全按照自己的评价来理解生活中的人物。记忆邻人和记忆社会，带有惊人的深刻性，也可能带有深刻的片面性，所以，这其中，充满了自由的想象，正因为如此，小说叙述构造了自身的独特性。记忆自我与记忆他人和记忆世界，构成了小说家的世界。这个世界需要交流，也需要敞开，人们总是有兴趣窥视他人的世界，这就构成了小说存在的理由。每个小说家皆在创建自我记忆的世界，于是，无数的私人世界，构成了奇妙的生活世界。

如果说古典小说在意构成英雄化的私人世界，那么，现代小说则更在意构造平民化的私人世界。世界与人性，因为小说的语言叙述而得到了保留，这就使得世界的丰富复杂性与人性复杂性，因为小说的叙述学创建而得以保留。小说家把自我记忆的形象，通过语言叙述和语言创造而凝聚下来了！

小说最大限度地保存了民族精神生活与历史现实生活的形象，让我们快乐，也让我们忧伤，让我们振奋，也让我们愤怒。小说的形象谱系，构成了民族历史生活与现实生活的丰富复杂性。它充实着心灵，给心灵带来痛苦，也给心灵带来了娱乐性内容，小说的生成，构成了民族文学的历史博物馆，也构成了民族精神生活形象的图像仓库。这就是小说的世界，这就是小说的本性，也是小说的魅力所在。无数的作家在创作和翻译小说，小说世界被无穷的小说作品充满了，提供了无限的自由空间。此时，小说的批评与解释，评价与选择就显得异常重要，这样，小说批评就获得了自己的合法性地位。无数的小说家，无数的小说作品，历史存在的小说作品，正在生成的小说作品，既是对读者的召唤，也是对批评的召唤。①

---

①　张承志：《金草地》，北岳文艺出版社2001年版，第1—5页。

面对丰富复杂的小说作家和作品，小说批评就具有重要的意义，一方面，小说批评可以帮助读者阅读和体验文学世界，另一方面，小说批评可以对作家作品进行思想文化定位。通常，小说批评采取了多样化的形式。

一是评点式批评。这一小说批评模式，是中国古典长篇小说的传统批评模式。评点者，在长篇小说的读解过程中，在小说经典本文的关键处，批注一些画龙点睛的文字，从艺术和思想两方面给予读者以显著提示。这种以经典本文为中心的读解式批评，颇有思想艺术点染的力量，它可以帮助读者深入地理解小说作品本身。在漫长的小说评点批评过程中，明清以来的古典长篇小说名著评点，独具价值，大家辈出。例如，毛宗岗评点《三国演义》、金圣叹评点《水浒传》、张竹坡评点《金瓶梅》、脂砚斋评点《红楼梦》，堪称独步。这是最有效的小说批评方式，它最大限度地实现小说本文的价值，让我们坚守作品本身，在小说阅读中得到了真正的快乐。

二是形象学批评。这类小说批评模式，是现代文学批评的产物，即从小说作品中的人物形象出发，通过对小说形象的分析，将人物与历史社会文化心理联系起来，从而对文学进行深入解读。例如，王昆仑的《红楼梦人物论》，王朝闻的《论凤姐》，皆是不可多得的小说评论典范之作，尽管他们的分析与评判还带上了历史时代的印迹。小说批评解释，对作家创作历程的追溯，具有优先思想与批评意义，这就是，为了顾及全人，既能对作家的总体创作形成基本认识，又不至于"盲人骑瞎马，或夜半临深池"。小说批评的思想文化和艺术综合，落实到具体的小说批评中，就是要考察小说的思想与艺术，最大限度地寻求小说自身的独特性。小说解释必须立足于形象解释，这是小说解释的基本信念，因为作家的小说创作的核心目的就在于：如何最大限度地创作出深刻而自由的文学形象？事实上，小说历史的自由展开，已经告诉人们：只有自由而原创的小说文学形象，才能真正显示出小说艺术的伟大魅力。"形象叙述学"，就是小说的思想法则或生命哲学，因为人物自身的历史就是生命哲学反思的历史对象，也是生命哲学的价值反思力量所在。①

　　三是叙述学批评。这类小说批评,立足于小说叙述本身,对小说的技术进行了深入的理解,通过对叙述学的阐发与理解,帮助读者更好地理解小说并创造小说。西方小说批评,在叙述学的研究上,取得了重大成就,这种小说批评模式,直接推动了现当代中国小说批评。小说解释必须立足于叙述学解释,这是由小说的创作性要求和小说的理解性要求决定的,即创作者希望从小说解释中理解小说创作的价值和意义,并期望借助小说解释本身改进自我的小说叙事技术,与此同时,接受者希望通过叙述学本身,深入地理解小说创作的内在奥秘。这一批评模式,从小说的历史本身出发,通过科学的分析与陈述小说的历史事实,对小说的创作以及小说的本文和小说的历史进行清晰的呈现。小说批评解释,相对诗歌批评解释而言,是晚起的文学批评样式,但是,由于小说的广泛影响力,在文学批评中的地位越来越重要,因而,理解小说批评的基本价值特性,确立小说批评的解释学立场,就具有十分重要的意义。与其他文学批评形式一样,小说批评的工作在于:贴近小说作家和作品,即一切小说批评皆必须来自作品自身。当然,这并不是说:小说批评只是对小说作品的简单思想还原,而是说,要真正理解作家作品,就必须深入作品并能对作品进行深刻的思想透视。在真正自由的小说批评中,与其说小说的思想内容的还原重要,不如说小说的思想文化内容的综合更为重要,因为真正的小说批评,应该是思想艺术和文化的高度综合。

　　四是诗性综合批评。这一小说批评模式从社会历史文化生活多方面对小说进行批评,最富有思想性,有助于开拓小说批评的思想文化视野,从多维文化视角对小说本身进行科学分析与价值定位。小说解释,应从民族文化出发去理解其广泛而自由的意义,因为小说植根于民族文化,源于民族历史与现实生活的表达,必然具有深厚的民族历史文化印迹。事实上,小说不仅可以自由地扩展民族文化生活信念,而且可以将民族的历

---

①　李咏吟:《形象叙述学》,第375—391页。

史文化风情自由地传达到本民族和外民族的文化心灵记忆之中。小说批评的总体性,应该成为我们关注的问题,即追求作品的大。① 长篇小说,本来就能满足我们这一要求,中篇小说和短篇小说,则需要置于大的背景中叙述,既有文体的考虑,又有综合的考虑,这是小说批评的关键。

2. 理解小说:创作实践与美学追求

当代小说批评实践,获得了重要成就,这与叙事学的发达有着密切联系,叙事学之兴起,是现代中国文学批评的显著症候。由于现代中国小说叙事理论,在相当长的时期内,停留在简单的叙述理论的基础上,因此,这种简单的叙述理论,还能满足中国接受者对口传式话本小说创作的需要。小说理论和小说创作取得了内在的一致性,即小说叙述意识长期停留在市井生活水平和农民文化水平之上。这种叙述性要求,实质上,无法满足现代人对小说叙述本身的理想性要求。现代小说创作和现代叙述学本身,皆吁请小说内部的根本性变革,恰好,叙事学之兴起,最大限度地满足了人们对小说理论自身的要求;这种叙事学变革,也给文学解释带来了根本性变化。20 世纪 80 年代以来的中国小说批评,具有划时代的意义,一方面,新时期的小说批评继承了五四新文学的批评传统,另一方面,新时期的小说批评注重吸收人文科学的最新成果。无论是从深度上,还是从广度上,皆拓宽了小说批评的视野,尤其是美学、心理学、哲学、文化学和系统论给予文学批评以无限滋养,给复苏后的中国文学增加了无限活力,显示出从未有过的震荡和冲击。

现代小说批评,在两个方面有其突出贡献:一是现代中国小说叙事学的复兴与重建,二是原型批评在小说批评中的自觉运用。小说叙事学的复兴与重建,对于小说批评,具有决定性意义,20 世纪 80 年代初期,《小说面面观》《小说修辞学》和《叙事话语》等书的汉译,为中国当代小说叙事学的建立提供了理论想象,与此同时,《中国小说美学》的出版,则使批评

---

① 李咏吟:《解释与真理》,上海译文出版社 2004 年版,第 193—218 页。

家感受到古代小说叙事的审美智慧。中西小说叙事学观念的交流与融合,直接促进了现代小说叙事学的体系化和实践化过程。结构主义和原型批评,则提供了全新的文化视野,批评家开始从文化方面阐释作家的创作动机和创作心理,并且把小说形象、小说创作的深层心理和文化象征密切关联在一起。现代小说阐释,体现了阐释者独有的心理智慧和文化智慧。①

20世纪80年代以来,一大批富有创新精神的小说阐释者开始浮出水面,有的带有小说家的创新智慧,有的则显示了学者的智慧风采。王蒙和杨义的小说评论,在新时期的小说批评群体中,虽不具有先锋意义,但是,由于他们的小说批评,立足于中国小说传统,充分吸收世界小说评论的最新论断,显示出稳健、敏锐、系统而深刻的批评特征,此外,赵园、黄子平、陈平原、吴亮、王晓明等批评家,也开始系统地探究小说叙事学与小说创作的关系。现代中国小说叙事学,在批评家的小说批评实践中,开始具有其独特的文化心理结构和独特的审美智慧。本来,王蒙是以作家的面目作用于文学读者的,与50年代相比,70年代末期复出的王蒙,显得成熟、机智、苦涩得多。当他最初以小说创作的形式理解文学、理解生活、理解生命意义的时候,具有强烈的理想色彩,正因为如此,才会诞生《青春万岁》。他的特殊经历(青少年时期即参加革命)、特殊文化背景(中国文学传统和俄苏文学传统),决定了他的文学创作的社会信念和价值追求,所以,他能够抛开个人的幸福和安乐,直面现实,正视现实,敢于以文学的方式干预生活,介入生活。

王蒙的创作,显出特殊的政治热情和对文学事业的理解,他是以神圣的心情从事神圣的事业,没有受到世俗价值取向的干扰。当他从自由人沦为"奴隶"的时候,苦难使他学会了生存智慧,使他更深刻地理解了文学并理解了生命的意义。80年代以后,在有关新疆的系列小说《在伊犁》中,王蒙对其近20年的流放生活进行了动情的回忆。这些小说具有特殊

---

① 陈平原:《中国小说叙事模式的转变》,上海人民出版社1988年版,第15—20页。

的叙事学价值,所以,复出后的王蒙在小说创作上具有了先锋派倾向,在小说批评上展示了强烈的自由意识。我不同意那种把高行健的《现代小说技巧初探》当作王蒙小说创作和批评的启示录之类的看法,诚然,《现代小说技巧初探》让禁锢的中国文学界看到了"天边外"。如果不淡忘历史的话,就会发现:20世纪50年代至60年代的中国文学界,在翻译外国小说时,虽然以苏联文学为主导,但是,英法德美的小说,特别是一些先锋派小说的翻译(作为批判的内部材料)对小说家已开始产生潜在的影响。这些翻译小说,可以看作那些具有独立意识的作家的启示录。由于新时期小说作家大多不通外文,所以,对西方小说理论和小说技巧,总是通过翻译者的中介。① 正是从外国小说的阅读中悟到意识流和荒诞的现代价值,高行健的《现代小说技巧初探》,提供了王蒙等作家系统认识西方小说技巧的契机。正因为王蒙的文学观念具有现代世界眼光,所以,他才能在新时期文学中担当先锋派的角色。当然,"先锋派",永远是变动的概念,在一定特定的历史时期内,走在同时代人前列的具有探索精神的创作者,即可称为先锋派。从本质上说,王蒙不具有真正的先锋派的反叛性特质,而且,在骨子里是现实主义传统派,特殊的社会和文化信念,铸造了他的文学品格。

缺乏叛逆性,并不意味着缺乏理性,与其说是叛逆性决定了王蒙的小说叙述观念,不如说是理性意识与现代眼光决定了王蒙的先锋派气质。先锋者自有先锋的敏锐和独断,80年代初,王蒙创作的一批具有"意识流"特征的小说,一方面,给人耳目一新的感觉,另一方面,则又受到传统写作者的反对。王蒙能够抗拒争议,面对现实,证明他的小说创作和批评的价值,自由独立意识,属于真正的作家和批评家。王蒙从英语文学中发现叙事意识和生命时空重构的意义,从意识流文学中发现了内心经验的原初形态,于是,他开始用他那种独特的"话语流"表达个人内心世界的"意识流"。王蒙所承继的传统中国小说的叙事策略是定型的,一般说来,

---

① 高行健:《现代小说技巧初探》,花城出版社1981年版,第1—3页。

或顺叙,或倒叙,或插叙,同说书人一样全知全能,如同唱独角戏,充当并变幻小说中的不同角色。人物的心理,可以说完全被漠视,因为汉语以动作说话,小说中的叙事节奏完全被"动词"所控制,只是偶尔从人物语言中流露出隐秘的心迹。中国现代小说,基本上仍坚持这种传统,尽管受到西方文学的冲击,但基本格调仍是中国式的。西方的新学说和新观念,在被禁锢了长达20年之后,如长堤决口的急流涌入干涸的中国土地。

王蒙的独创意识,决定了他的小说实验工作。他以创作和批评的双重策略,提倡"意识流",回避了詹姆斯和弗洛伊德的心理学背景,不从心理学的方向上去深入理解"意识流"问题,而是从乔伊斯、伍尔芙、普鲁斯特、福克纳入手去理解"意识流"。[①] 他突然领悟到:主体的心理时间,根本不是有序的,而是混沌无序的;事件的心理发展过程,绝对不是平板的,而是时空错乱的。往事可以出现在眼前,眼前事件又可以放置到快要遗忘的历史之中,过去和现在之间的奇妙遇合,令人困惑不解。潜在的欲望、难忘的经历、恐惧感、焦虑感、责任感、正义感,奇奇怪怪地融合在一起,空间在心理中完全被解构,过去与现在已泯灭了界限。王蒙正是领悟到这种时间空间特性,才创造性地用"话语流"再现和表现了内心经验的原初形态。他发现,人们在公共场合的所说所做具有极大的自欺性,那种隐秘的心理皆被藏匿,这样,原初形态中的非理性、情欲、恶欲、占有欲和一切非法的欲望,无尽地折磨人的理智。那种复杂而又矛盾的心态,才得到真正的展示,于是,《春之声》《夜的眼》《梦的湖》《风筝飘带》等,才显示出新异的风采。我不同意有些学者的说法:王蒙只是学到了"意识流"的技巧,而完全忽视了"意识流"的心理和哲学内涵。

王蒙的"意识流"小说与乔伊斯、普鲁斯特和福克纳等作家的叙事方式和叙事意识,确有差异,或者说,其内在精魂并不一样。他本来就没法与这些意识流小说家的思想相同,因为给他提供创作灵魂的是中国经验;他所处时代的中国经验,还不可能上升到现代主义的意识流的境界。应

---

①　伍尔芙:《小说的艺术》,参见《伍尔芙作品精粹》,河北教育出版社1990年版,第390—396页。

该注意,"意识流"写作具有多重可能性,事实上,王蒙在噩梦时代所作的
"噩梦",具有强烈的"意识流"精神。在那个特定的时代,人们内心不能说
不能表达的精神话语,只能行之于梦;梦的形式,构成了意识流写作的特
殊方式。梦,不仅被恐惧所侵占,也为欲望和生存处境所困扰,"饥饿"的
人的"意识流"不会是平板简朴的。①

　　小说批评,不仅要重视小说批评的本性,而且要重视小说所要承担的
文化思想任务。故事形象或故事意旨,既通过具体的文学文本得以呈现,
又通过批评的理论言说而得以扩展。作为兼任性角色,王蒙不自觉地在
世界文学背景中为中国当代小说叙事开拓新路。在 20 世纪 80 年代的新
文学网络中,他积极地支持并肯定张承志、王安忆、铁凝、张辛欣、莫言、贾
平凹、韩少功、残雪等的创作,有力地证明了王蒙曾经作为先锋者所具有
先锋意识和先锋品格。能够宽容而理解地批评现代青年的小说创作,成
为王蒙小说评论和小说叙事学的有力生长点,这就使他的评论具有真正
的影响力。在肯定"意识流"的同时,王蒙对"荒诞"也具有亲和性,直接面
对荒诞的事实。这种荒诞事实的戏剧性叙述,在一定程度上,被他特有的
冷峻和幽默所冲淡,影响了他的小说的悲剧效果。王蒙发现了"意识流"
所具有的小说叙事智慧,淡化了"荒诞"这个重大主题。王蒙能够发现"荒
诞",事实上就是现代感悟,而且与世界文学相沟通。存在主义文学和荒
诞派戏剧所产生的持久影响,在王蒙的小说创作和批评中,毕竟获得了一
点回响。我们必须承认,王蒙不是以西方现代主义哲学和后现代主义哲
学精神评价现代文学,而是以理性主义哲学精神和马克思主义哲学精神
理解并评价文学。

　　王蒙的小说批评智慧,在精神取向上,偏重于创作心理学和审美心理
学的统一,力图体现社会学和美学、历史学的统一,这与他的社会使命和
社会责任感相关。王蒙小说批评,在世界现代文学背景下探索并评价当
代中国小说,直接感应了中国文学走向世界的吁求。王蒙小说评论和小

---

① 　伍尔芙:《论现代小说》,参见《伍尔芙作品精粹》,第 334—343 页。

说叙事智慧的最大特点,还在于他善于从创作出发,对创作经验进行深刻反思,并基于丰富的创作经验和审美经验评价文学。王蒙总是从创作出发去评价文学,表达对人的理解,他提出"创作就是生命的燃烧",特别重视生命体验和生命表达。① 正是从这一信念出发,他特别欣赏张承志的《北方的河》,对这部中篇小说的评价,既不从哲学出发,也不从历史出发,而是强调文本阅读的最初印象和生命感受。正是从感受出发,他强调审美想象对批评的意义,还强调生活经验、创作经验和审美经验对批评的价值。王蒙的批评,没有先验结构。只有随想式结构,在随想式批评中,表达他的生命体验和审美体验。在评价张承志的《北方的河》时,王蒙惊奇于张承志对"河"的发现,因为额尔齐斯河、黄河、永定河等也是他所熟悉的,但不曾被自由表现。

在评价作品时,王蒙特别重视作家的独创性发现,对残雪的《天堂的对话》的批评,就是他小说叙事智慧的体现。"残雪确实是罕有的怪才。她的才能表现为她的文学上的特立独行。"王蒙重视残雪的独创性,但也不是纯粹的欣赏,而是有辩证的眼光。"残雪的执着塑造了她的个性,弄不好,也可能封闭着她的个性",这里,既有理性的评判,又有感性的分析,当他分析《天堂的对话》时,认识到残雪式的含蓄和象征显得直露。作品中的"我"似乎有了一颗受了惊的心,"我"发现爱情最终是自己欺骗自己,然而,"我"仍然动人地期待着爱。王蒙感到,这已经是真诚的"光明的尾巴"式小说结局,但是,他感到"仍有几分神秘,很自然,也很美。就是说,残雪不会永远是那么矫情。我们看到了残雪式的颂歌。温情、俏皮、体贴入微,有乐府风格。"②王蒙的小说批评,从来就不是高头讲章和严肃空谈,他评得很活,强烈地凸现自我;在评论中加进自己的灵感创造,评论语言格外具有亮色和力度。在评价残雪作品时,他是这样结束的:"中国的文学界应该把眼睛睁得更大一些,友善而直率地注视残雪的作品,友善而直率地与她进行独特的对话。"这已经是召唤和呐喊了,具有批评的号召

---

① 　王蒙:《风格散记》,第 137 页。
② 　王蒙:《风格散记》,第 47—52 页。

力和感染力。

王蒙从未坚持纯粹的艺术观点，他重视艺术上的评价，更重视思想上的探索。当他感到张辛欣过于悲怆时，吁请张辛欣学些王安忆的"达观"。这种思想探索和艺术探索并重的批评，几乎是真正的"生命阐释"。王蒙极为重视思想上的独创，他的评论总是透彻地表达了他的独创性感受，写得极快，绝没有"躲躲闪闪，东张西望"的批评陋习。他的批评胆识，建立在他的社会责任感和探索勇气之上，王蒙一以贯之地重视新思想和小说叙事艺术的探索。无论是批评现代作品，还是古代作品，他总是由艺术探索落实到思想探索上来，并非单纯重视小说叙事学。他在评价廖一鸣的《无尾猪轶事》时，从故事和叙述入手，落实到思想探索上来，他感到"叙述的语调平静极了"，"故事本身就是有意义的。故事是文学也是人生的风景、风光"，"故事本身还会是人生经验的普遍的和凸出的形式，甚至有可能是人生的某种经历和体验的概括、象征和抽象。""我们读到的是明白晓畅却又糊里糊涂的故事。明白的形式、糊涂的内涵，这就是成了张力和反差"。① 王蒙的小说批评，渗透了强烈的人生经验和审美经验，并以"独创性"为主导。

在创作与批评的同步操作过程中，王蒙把自己置放于大的文化背景中，即文学批评和创作的历史境况，逐渐感到了"作家学者化"的重要性，这确实是富有现实意义的审美智慧与思想智慧，这一理论取向，给王蒙的批评增添了光彩。由于他试图实践"作家学者化"问题，把自己置身于中国文学的总体历史中，于是，他的创作和批评获得了文化历史参照系。他对《红楼梦》所作的系统深入研究，给文学批评带来了新的规范。王蒙的小说批评实践，明确昭示出：古代与现代不是割裂的，而是共通的。王蒙的《红楼梦》释论，既是他的现代小说批评的延伸，又是他的文学视野的拓展，他对《红楼梦》的评论，显示出生命体验和审美体验对于批评的重要性。他的红楼梦人物论具有震撼力，最难忘记他的"抄捡大观园"评说。

---

① 王蒙：《风格散记》，第35—42页。

这篇评论,最初发表在《文学遗产》上,与其他论文形成强有力的对比。王蒙的小说批评总是从文本出发,而相对忽视文本之外的作家和生活履历;相反,通常的小说批评完全忽略文本的审美韵味,而致力于文本之外的烦琐的作家生平交游考证和索隐。学院批评的考证和索隐方法,对于科学地认识作家创作的价值显然是有价值的,但这种解释方法绝不是唯一的。小说评论正是被后一倾向置于误区,文学批评成了考古学,而不是"文本阐释学"。

王蒙千方百计地恢复文本自身的价值,而切断小说文本与文本之外的臃肿联系,这是他给中国文学批评界所带来的根本性贡献。由于他相当熟悉文本,在文本破译过程中融入相当细腻的审美体验,所以,他的红楼梦批评具有活力。他郑重地提出《红楼梦》的原生性问题,"所谓原生性,就是说当作家用他的眼睛、耳朵、心灵面对世界的时候,不是借助其他的已有的经验和符号系统,而是直接地从宇宙、社会、人生中得到经验"。正是从这一信念出发,他才看到贾宝玉"用非常天真的态度来表示以自我为中心,又表示自己是局外人"。[①]　正是从这一信念出发,王蒙的批评语言,活泼而又欢快,信手征引一段,便可知扑面而来的才情和语言的魔力,这正是小说批评成功的不可忽视的因素。"大观园,荣宁二府,外人是不能随便进来的,随便进来就没有办法保存这里的特殊的情调、特殊的人际关系以及特殊的自我感觉。如果大观园能够随便地出出进进,如果周围的穷人可以带着羊到这里面来吃草,那还让林黛玉怎么葬花呀!"王蒙的小说批评,给当代文坛带来了新的规范,感应了先锋批评家的探索,王蒙是传统的,又是现代的,他不是方的,而是圆的、富于变化的。

他所提出的批评观念,他所构造的批评文本,他所创造的批评语言,他所展示的批评态度和他所做出的生命启示录,皆显示出 80 年代文学批评智慧和小说叙事学的魅力。他的文学批评和小说叙事学,由社会学和文化学批评落实到生命阐释上来,成为有意义的价值论批评。我赞同他

---

①　王蒙:《风格散记》,第 94—195 页。

对文学的看法："文学像生命本身一样,具有孕育、出生、饥渴、消受、蓄积、活力、生长、发挥、兴奋、抑制、欢欣、痛苦、衰老、死亡的种种因子、种种特性、种种体验。"王蒙的文学批评所昭示的,不正是从社会学、文化学分析回归到小说的生命意识中来吗? 通过小说创作与小说批评方面的双向探索,王蒙给现代小说叙事学提供了特殊的智慧,值得深入地探索。

3. 小说史视野与小说再批评

现代中国小说批评,不仅形成了自己的文体自觉,而且形成了自己的文化自觉,所以,小说批评的丰富性内容皆呈现出对故事形象的特殊关注。通过叙述性形象理解历史文化生活的意义,关注生命历史的存在价值,在广阔的文化历史视野中,还原民族的历史生活景象或心灵历史记忆。与王蒙相比,杨义是以另一面目出现的引人注目的小说批评家。他没有小说创作的丰富经验,以研究者的身份介入到了小说批评中,所以,他的小说评论以学者所特有的文化结构和审美理论进行和完成。杨义的小说批评,以三卷本《中国现代小说史》而为人们广泛注意。杨义一开始就显示出宏大的历史结构,他试图恢复小说历史的本来面目,于是,既作个别作家和个别文本的评论,又作全面的小说历史通观,沉潜到小说历史文本之中,全方位地审视作家作品自身。杨义的小说评论获得了历史真实感,他能在巨大的历史结构中把握错综复杂的现象。杨义在几年的时间内涉及几百位小说作家,阅读了几千部作品,于是,他的小说评论便显得从容自如并且豁然开朗了。有的人总以为"小说评论只针对当代小说而言",其实并非如此,从广义来说,对古今中外的小说评价,皆可以视为批评活动,或者说,这正是"批评"的含义本身。杨义这种"搜尽奇峰打草稿"的精神,为他的小说评论奠立了扎实的地基,正是有这种宏阔的历史背景,他的小说评论才显得深刻扎实,富有文化历史内涵。

杨义直接阅读小说本文,显出严肃的批评态度,他的小说批评解释很重视历史文化阐释,但与古代小说批评有不同。他的小说批评执着于历史文本,但并不烦琐,把文本放在首要位置,这正是杨义与王蒙的共通之处。杨义比王蒙更执着于文本,而王蒙比杨义更善于独创性理解。杨义把阐释看得很重,追求客观的阐释,接近历史真实;王蒙强调阐释的独创性体验,不可避免地融入一些主观性阐释,建立在亲历性阅读获得的审美感受基础上。亲历性阅读是不可替代的工作,也是小说批评成功的关键,因此,杨义的小说评论显出良好的本文记忆力。小说本文中的人物、情景、情节、意蕴、艺术特性,皆在他的记忆中产生了积极效果,为他的阐发、归纳、整理提供了真实可靠的依据,不仅显示了批评家的审美敏锐,而且显示了历史学者的良好修养。记忆小说情景,唤起细腻的感受,感性和理性的交融和统一,为杨义的小说评论提供了新意,尤其是细致敏锐的感受,这正是独创性和准确性的意义所在。如果仅仅满足于此,杨义是无法达到真正深度的批评的。王蒙从感性出发所达到的深度,与自身的思想指引不无关系。王蒙把思想创作和鉴赏统一在一起,杨义选择了一般批评家的道路,即以人文科学为根基,以小说叙事学、小说形态学、小说修辞学和小说美学为指导,去评价那千奇百怪的小说。杨义建构了中国小说叙事学的现代形态,《中国叙事学》的出版,表明他已从小说文本的历史阐释和叙事学阐释上升到对中国小说叙事学的理论观照高度,他对中国叙事智慧的特殊关注及其理论建构,可以对未来的汉语小说叙事产生积极性影响。①

　　“故事形象”的真正重建,仅靠形象叙述或故事还原本身是做不到的,它需要有广阔的人文学科思想视野,所以,在杨义最初的小说批评实践中,文化学和审美心理学的方法论据指引极为关键。正是从文化学和审美心理学出发,他看到了巴金、老舍、茅盾和鲁迅小说所显示的不同特性,从文化学背景去寻找小说批评的生长点,是杨义的批评特色之一。文化学所涵摄的面,相当广阔,宗教的、心理的、社会的、道德的、法律的、经济的因素,皆可能对文学发挥作用。由于以文化学作为背景,杨义重新发现并重新评价了一大批现代作家,对萧乾的小说评论就很有特色,他以乡土

---

　　① 杨义:《中国现代小说史》(上),人民出版社1998年版,第25—36页。

情结和生命情感体验相统一的观点去破译萧乾小说的审美心灵。杨义对文化学和美学的研究和接受是潜在的,这一过程并不呈示出来。从这种文本信息中,可以看到杨义对小说叙事学、小说修辞学和小说美学很有研究,而从这些小说理论学科出发去批评小说,就会获得新的认识。

批评的内涵和心迹,批评的语言以及批评的效果,完全不同于传统的小说批评,不同于张竹坡、脂砚斋的小说批评,那种从人物和小说的几个要素出发,以"人物形象"为核心的评论方法,甚至那种社会学批评,毕竟已成为定式。杨义从新的视角去批评小说,就会有陌生感,从而引起人们新的兴趣,这有力地证实了小说的生命力和批评的叙事学智慧。在《阅微草堂笔记的叙事智慧》一文,他以本文阅读的心理体验为根本,贯通小说叙事性理论,评价纪昀小说的独创性,给现代读者以许多新的启发①,这从另一方面证实现代小说理论对古代小说的分析是有效的,叙事学理论和美学、心理学以及生命哲学的融合,显示了杨义开阔和深入的思想视野。杨义的批评,逐渐显得完美而成熟,他善于分析大问题,做出宏观、总体的评价与微观的深入洞察,所以,他的小说评论,既是微观评论,又是宏观评论。

故事形象的丰富性展开或思想性认识,文化心理的分析与哲学思想的把握显得极其重要。只有真正还原为思想的人,而不只是感性的人,小说批评才能由单纯的故事形象走向丰富性历史文化形象。杨义的小说评论,之所以能够纵横捭阖,与他的文化心理结构和创造力有关,他不只局限于中国现代小说评论,而且对中国小说史进行宏观和微观相统一的考察。他系统地研究中国古代小说史,这是现代小说评论家们所忽视的或不愿涉足的,正是如此,在古今之间纵横,显示出小说评论家的宏大气魄。大气魄必定会形成大境界,有影响力的评论正是这种气氛才能酝酿,只有穿透历史和现代文化的批评,才会具有普遍性意义并能指导未来。杨义关于古代小说的研究,是对鲁迅的小说叙事智慧和古典小说叙事学研究

---

① 杨义:《中国古典小说史论》,中国社会科学出版社1995年版,第493—513页。

的推进,他减去了"烦琐"的小说之外的考证,而直指小说本身。这种直指,又是以文化学和心理学为前导,所以,他以现代叙事策略去分析古代小说,等于重新阐释古代小说,给古代小说以新的生命力。①

以现代眼光去看古代小说,杨义和王蒙皆能看出新意,展示了古代文化的深度意蕴和生命活力。杨义由文本出发,从历史学和文化学角度去阐释,恢复了小说叙事文本的生命意义和现代价值,有利于小说叙事的文学价值和美学价值的确证。王蒙的小说阐释,其目的是为了指导创作,杨义则是为了证实小说叙事智慧的历史价值和社会价值,这与王蒙的现代化倾向和杨义的历史化倾向有关。正是在现代化和历史化这两个方向上,显示出二者的差异和个性。显然,由杨义的路子走下去,他面前还有许许多多的问题,当他把中国小说史系统清理完毕之后,直接面临着中国文化史的研究问题,唯有如此,才能更加深入地证实中国小说在世界文学中的价值。面对纷杂的小说文本,个人已经显得无能为力,要恢复小说的历史,也要从小说中得到生命的答案。杨义似乎显得有些迷惑,在处理历史问题时显得相当轻松和自信,但是,一旦处理小说家的生命处境与创作之关系时,就会不知所措。杨义的小说批评指向历史,却并不指向未来;王蒙的小说批评指向创作,却并未指向社会批判。他们的批评因固有的缺陷,还不能具有真正普遍性的理论价值。或许,鲁迅所进行的小说评论和他所进行的杂文创作,才是解决这一矛盾的真正方式。批评的道路,永远需要先锋者的探索。

5. 小说文体个性的自由张扬

应该说,20 世纪 80 年代的小说批评,有关小说叙事智慧和小说叙事精神的现代探索,已构成了中国现代小说叙事学的观测点。王蒙和杨义,是当代小说批评网络中的两个重要人物,他们与一大批学院派批评家共同致力于中国现代小说的叙事学革命。正是这个现代批评家群落的共同

---

① 杨义:《中国古代小说史论》,第 149—171 页。

努力,中国现代小说批评具有了真正的生命力量,80 年代的中国小说批评,确实取得了较高成就,而这种成就的总体特征,仍可以用王蒙和杨义的批评主题来概括,即"文化和生命"。一方面,批评从总体上构成了当代文化的景观,也对文化进行了深入的分析和评判,同时,批评也提出了一些有意义的社会问题和人生问题。事实上,有关小说叙事本身和文化价值的种种讨论,就已经把文学阐释引向了深入,他们不仅讨论了小说的生命力,而且讨论了人的生命问题。因此,文学批评虽然是局部的文化思想活动,但对社会构成了刺激力,推动着社会的进步。正是从这个意义上,不能忽视一些有代表性的批评家的探索。

小说批评的文化还原与叙述学观念更新,在现实主义创作一统天下时,给予了人们许多新鲜感乃至新奇感。思想突然产生了巨大的胜利,于是,通过小说故事形象发挥个体的时代生活想象与反思,就成了特别流行且通俗易懂的方式。众多的小说批评家在此时活跃起来,事实上,确实富有一定的思想新鲜感,尽管在今天看来是那么简陋。在 80 年代的小说批评中,南帆以批评王蒙的小说起家,他的小说批评之个性在于:有着较清醒的理论训练,思考清醒而细腻,拒绝晦涩,所以,他的小说批评清丽可读。他不是哲学研究者,但是,对人文学科显然具有较好的理解,总是把人和自然联系起来,把艺术和文化联系起来,把美学和心理学阐释方法运用到小说批评中去。与之相比,黄子平很重视诗的激情,所以,黄子平的小说评论影响较大。他的理论思考力不如南帆那么清晰完整,但善于捕捉形象去概括和抽象小说家的创作特质,具有画魂的本领。在评价林斤澜的小说时,他用了"沉思的老树的精灵"这一形象来还原小说的思想与文化。黄子平的批评不分离文本,也不拘泥于文本,明显地具有批评综合力。他善于进行艺术的综合和思想的综合,以机智和幽默形象见长。他在评价刘索拉的《你别无选择》时,已经预见到"伪现代派与现代派"之间的分裂和冲突。南帆的批评执着于主体性审美观念,不动摇自己确立的审美信念,以宽容和潇洒去对待文学的一切变化。黄子平的批评有些鬼气,或者说,反仙风道骨,由于执着于鬼气,所以,他喜欢神秘和晦涩、凝重的美学风格。

特别值得重提的是：赵园和王晓明的小说评论，雍容大方，细腻深入。前者在 80 年代的小说评论群落中很有个性，很有魅力，她一方面保持知识女性的细腻、温和、纯情，一方面又追求男性的凝重思索，尤其是对西方人文主义美学家极为热情。正因为如此，赵园的批评本文，既充满诗的韵味，又充满抒情的智趣，她的批评语言，富有女性特有的审美感知力以及光洁照人的奇采，又充满对生活和生命的文化智慧。就批评文本自身看来，她的小说批评比王蒙和杨义的小说批评更受人欢迎。她的《张承志的自由长旅》《回归与飘泊》《沈从文构筑的湘西世界》等论文，皆具有奇异的风采。她很少就事论事，也很少就小说论小说，总是从一点扩大开去。在研讨张承志的小说时，她把张承志当作完整的生命体，寻着张承志的探索轨迹和心灵过程前行。正是从生命和灵魂的考察中，她才洞察到张承志经历了"骑手母亲""孤独歌王""无言大坂""自由长旅"和雄性男心的心灵探索。这种概括，富有启迪性，也富有艺术概括力。① 她是深入作家的心中去评论，而不是从先验观念出发去评论。她的评论与感受极其细腻，只要看一看她的《地之子》和《北京：城与人》，就会强烈地领悟到。赵园关于乡土文学的审美历史阐释很有价值和意义，她善于阐发一些有意义的文化命题，在德国美学和法国美学以及新儒家的精神网络中，得到了丰厚的馈赠。她喜欢以大命题去贯穿生命的探索，就知识分子专题，她完成了《艰难的探索》；就城市文化主题，她完成了《北京：城与人》；就历史美学主题，她完成了《论小说十家》；就农村文化主题，她写出了《地之子》。赵园能够对小说做出细腻的文化心理分析，契合严肃的现代主义的生命主题和社会文化主题，她那细腻的分析，浸透着她那颗善良的心灵，以及她为知识分子、农民的苦难所倾注的泪滴。她那美丽的文学表述，夹杂的喜悦和忧伤，浸透了对未来生活的憧憬，确立了幸福的审美意境。在分析沈从文时，她可以说一片痴情，痴情于那片山水，那种

---

① 　赵园：《张承志的自由长旅》，《当代作家评论》1990 年第 4 期。

山水境致,那种自由的和平人格。她对妇女具有天然的同情心,能从自由女性的角度去真正思考,并重新发现知识分子的真正地位。

赵园对小说批评,在 20 世纪 80 年代以来的文学批评中最有美学意义。她已经转入明代知识分子的历史性研究这一论域之中,对历史的真实感知和体验,会使她的批评阐释更具生命意义。赵园的小说评论,融入了真正的生命理解和人格意识,她那变化多端,情韵多姿的文字,寄托了灵气和智慧,阴柔之美和甜恬之情。她善于小心翼翼又富于才情地去处理小说主题,她善于用最有说服力的材料去理解和解释本文,她的注解文字有时成为她的本文的生命有机部分,并能与主题表述相互映照。赵园的小说评论,不仅在今天,还将在明天不断地发挥稳健的作用。赵园在理解西方人文科学时会显得有些吃力,但由于她以文学分析为主导,摄哲学和美学之魂,夺小说艺术之魄,所以,显得自然而不矫情做作。

王晓明在处理小说材料时,与赵园同样细致深入。如果说,赵园的小说评论偏重于文化和美学的话,那么,王晓明则偏重于心理学和辩证法。王晓明从不急于对时髦的小说作品做出评价,他的小说评论比较古典,往往等待风浪过后,才真正认真地评价某位作家和某部作品。他这种慢半拍的作风为他的评论增添了力量,能够深入而理智地做出深刻评判。他评价鲁迅、茅盾、张辛欣、残雪、王安忆、高晓声、张贤亮等作家的时候,显示出很高的辩证法技巧,他能从常态的小说中看到病态的疲惫的心灵意识,从狂欢和嚎叫中听到作家内在的困惑和焦虑,从中国小说的创作实绩中窥破那种潜在的危机,把握中国作家的病态人格和病态心理定势。他的一些批评倾向,不时地与王蒙获得了默契,这也许根源于他们的批评是为了促进创作的主体性意识。[①]

20 世纪 80 年代后期,小说失却了轰动效应,文学批评处于低潮,当人们感到无所适从的时候,"后现代主义"观念的提出,给先锋批评注入了兴奋剂。所谓的"后现代主义",被界定为自 1945 年以来的世界文学主

---

① 王晓明:《潜流与漩涡》,第 18—64 页。

潮,现代主义的文学特征,与后现代主义的文学特征的根本不同之处在于:后现代主义作家,对第二次世界大战做了深刻的反思。在当代小说批评中,陈晓明持续不断地把后现代主义文化和中国先锋小说研究结合起来,他对德里达作了认真的研究。陈晓明不注重后现代主义哲学的整体研究,而重视后现代主义话语和叙事,特别是以德里达作为他的先锋批评的基本思想出发点,他的整个批评,皆是从德里达去理解现代主义文学,极富思想演绎意味。①

当代小说批评,是在王蒙和杨义的选择中徘徊,还是在先锋实验批评中寻求生机? 这只能成为暂时搁置的问题。或许像鲁迅那样,在进行小说批评的同时,进行政治批评和文化批评,才能真正开拓小说批评的视界,可以毫不怀疑地说,王蒙和杨义的小说批评,正是传统小说批评的延续,中国古典小说叙事智慧的现代形式。他们这种立足文本的批评可能传统一些,但决不会过时,事实上,80 年代的小说批评,正是以不同的声音进行多元的协调与合作。实事求是地说,80 年代末,由于批评家的共同努力,中国现代小说叙事学已具有了成熟的文化历史形态,这是批评的艺术自觉,也是批评的智慧选择。由于年龄的原因,在文学批评的学徒期,我比较重视这些批评家的批评,所以,有关他们的批评之反思成了小说批评的时代入口。应该承认,自 80 年代以来,新生代的批评家占领了文学批评的舞台,特别是 60 年代出生的批评家已经进入成熟期。像郜元宝等批评家,已经有了新的成就。这些批评家,往往由文艺理论或美学的研读出发,由诗学领域进入批评领域,在现代文学与当代文学的历史空间中展开自由的思考。郜元宝从批评张炜与王蒙的创作出发,最初立足于海德格尔的美学理论,不仅有良好的思想训练,而且有良好的语言审美悟性。他的鲁迅研究和当代小说研究,不仅有宏大的文学本体论思想视野,而且能够对文学作品的思想与艺术价值进行相当深入的解释。如果他长

---

① 陈晓明:《德里达的底线》,北京大学出版社 2009 年版,第 1—5 页。

期走下去,一定是现代中国文学史上有影响的批评家。①

在总结和回顾了 20 世纪八九十年代的文学批评之后,我们需要以具体的小说批评实践来捍卫"批评的尊严",所以,我选择了我们时代的三位重要作家作为小说批评的实践对象,这三位小说家,是莫言、张炜和王安忆。虽然不能说他们就是那个时代最优秀的三位小说家,但是,这几位小说家如此执着于小说创作,如此敬业于小说创作,基于此,就应该真正去理解和解释他们的作品所具有的价值。这是小说批评的基本价值标准,即不能以偶尔的文学作品作为我们时代的经典,不能对偶尔创作过一部引起轰动的小说或小说家作为重点批评的对象。小说的批评,只能批评真正有价值的小说和小说家,从这个标准出发,我们解读莫言、张炜和王安忆就具有示范性意义。

第二节　壮怀激烈:在野性生命与民族历史文化叙事的背后

1. 莫言的道路与感觉的无限伸张

莫言,始终留给我"咀嚼残忍"的印象,他总是沉醉在他自己构造的现实世界与历史世界中,欣赏着自己的野蛮与暴力,欣赏着生命的残忍与无耻,也欣赏着生命的无赖与卑微。他为何要如此壮怀激烈地宣泄着他对暴力的崇拜? 没有什么比他创造的那些"丰乳肥臀"或"狼呼豺叫"的生命意志更让他倾心。为何在他那里,美的事物就是野性生命存在? 为何在他那里,没有更加庄严美好的世界? 这就是我的批评冲动或出发点。应该说,莫言的小说叙述与形象创造,标志着现当代中国文学的价值尺度的建立。他的小说的关键在于:通过野性生命文化叙事,凸现生命的野性力

---

① 郜元宝:《为热带人语冰:我的时代的文学教养》,上海教育出版社 2004 年版,第 21—28 页。

量与反叛性价值,因此,以莫言小说作为评价范式,可以揭示出小说批评的独立力量。

在小说批评解释中,并没有固定不变的人生解释方式,也没有固定不变的叙述,每个作家的意义就在于寻求独特叙述之可能,恶与善皆是许可的叙述方式。作家的叙述,就是为了最大限度地抓住读者,吸引读者,操纵读者,改变读者,作家越是能在灵魂深处改变读者,小说创作就越是成功。要想达到这一目标,标新立异是一种方法,创新引导读者并改变读者,从根本上说,还在于如何探索生命,创作什么样的生命形象,这是艺术的关键。在生命艺术中,野性生命艺术是最典型的叙述范式。谁能达到最大限度的野性叙述,就可能获得成功,当然,野性叙述是有限度的,也是有力量的。什么是野性? 如何理解野性? 如何构成野性? 如何满足人们的生命要求? 野性生命要求真的能够战胜审美性生命要求吗? 这就涉及生命野性叙述的思想与艺术限度问题。在此,不妨借莫言的野性来进行评判,并真正解释我所理解的野性生命叙述的理想状态。

在作家已获得显著成功之后,再来评价作家难得的历史透视感,这与发现这个作家时的惊喜相比,已经有着完全不同的批评视野。对于新起的作家而言,我们更关注作品本身的价值,而对于成功的作家而言,我们更关注他的思想与艺术价值,或者说,更关注他的精神创造的意义。

莫言是充满野性的作家。每当人们讨论他的作品的神圣性时,他总喜欢重复当初的文学写作,对于他这个小农民而言,"只不过是为了能吃一口饱饭",即通过写作来改变个人生活命运,并未承载过多的精神抱负,更不是自由的选择。莫言小说有着自己的独有的文化背景,说到底,就是不能离开生养他的土地。他始终抱着最初的伟大信念,即表现东北高密乡人的粗野与勇敢,表现他们与日寇斗争的生命历史,这是极其神圣的创作理想。[①] 对莫言小说的语言和思想乃至形象进行文化的批评,有助于界定莫言的价值和地位。莫言的早期野性叙述为何获得成功? 他的晚期

---

① 　莫言:《檀香刑》后记,作家出版社 2001 年版,第 513—516 页。

野性叙述为什么难以获得真正的认同？意义何在？"性、肉体、残暴"，只有在什么范围内才有美感，才是文学应有的尺度？

在经济生活蓬勃发展的时代，文学已经步入低潮，很少有人对真正的文学创作充满痴情与眷恋，只有一些胡作非为的势利之徒，操纵着文学，或者提供些骂人的热闹景象。在经历了文学创作的激情之后，在享受了读者的热情和欢呼之后，像莫言这样的作家，也进入生命的寂寞期。作家如何突破自己，或者说，如何更好地坚守文学，如何更好地解释作家，自然成了理性的文学批评必须关注的问题。从小说批评意义上说，莫言留给了我们大量的文学读本，这些文学读本，有些是无聊的创作，有些则是激动人心的巨制。莫言的小说作品，至少有这样几部特别值得我们挂念，那就是《红高粱》《丰乳肥臀》《檀香刑》等。在小说评论中，要想全面地评价作家的创作，最好等他死后，对于活着的作家，批评家永远会感觉劳累，因为富有创造性的小说家，总能提供新内容和新文本。

如果说，对作家的全面研究属于传记性研究或科学意义上的学术研究，那么，对代表性作品的研究则是对作家的创造力的研究，对作家的经典作品的关注。在小说批评实践与批评方法的选择上，自然，我必须提到这两种视角。正如前面所谈到的，王蒙代表的经典作家作品或代表性作家作品的研究方向，杨义代表的小说史的全面系统研究方向。说到底，小说史的研究，只能是代表性作家作品的研究，因为历史不可能完全还原，同时，作家的创作也不可能完全叙述。因此，在小说批评中，我提倡专门的作家研究，但是，就小说批评实践而言，更应关注代表性作家或代表性作品的批评研究。只有这样的批评研究，才能表达小说批评的根本宗旨，因为系统的作家作品论更像是历史研究或传记研究，虽然它也需要突出代表性作品的地位。从代表性作品出发，必然可能曲解作家，这是无可回避的事，不过，只有代表性作品才能更好突出作家自己。①

莫言的代表作，基本上延续了自己一贯的小说形象叙述风格，即"野

---

①　德里达：《他人是一个秘密，因为他是别样的》，参见《德里达中国讲演录》，中央编译出版社 2003 年版，第 226 页。

性、豪情、裸露、残酷"。莫言的创作,确实具有自己的野蛮性。这种野蛮性是从不收敛的,那么,我们的小说批评就可以从这一点出发加以深入讨论。自然,我们可以追溯莫言的小说代表作为什么崇拜野蛮、裸露、残酷和豪情? 进而还可以探讨莫言为什么会热衷于表现这些? 同时,还可以追问是什么力量决定了莫言创作的这种倾向? 如果把这些问题解释清楚了,也就达成了莫言小说的某种理解。应该说,"崇拜野蛮",是直接由生活本身的残酷性决定的。作家的艺术气质,决定了艺术家天生地对这种野蛮具有敏感性,因此,他只是真实地展示了历史生活的残酷与野蛮而已。当野蛮的力量无比强大时,人类实际上还没有真正进入文明时代,因为与天地激烈抗争,与人激烈抗争,与生活激烈抗争,本来是不必要的,但是,政治经济生活的残酷,决定了人们必须采取这种野蛮的生活方式。

应该说,莫言的世界中肯定也有美好生活的回响,但是,莫言在这种野蛮的表现中获得了太大的成功,而且获得了读者持久的喝彩。如果说,最初选择这种野蛮的形象叙述方式,是出自生命的敏感或生命的本能想象性记忆,那么,后来他持续坚持这种野蛮的形象叙述方式,则是为了倔强地坚持或弥补自己的艺术风格与思想风格。他一定以为,只要坚持这种野蛮的形象叙述方式,才能成就真正的莫言。其实,艺术风格的对抗性与矛盾性,本来,应该承认艺术家的丰富性,结果,莫言为了坚持自己的风格被逼上了穷途末路,他除了重复自己,不断书写野蛮,好像不再有别的想法了。[①] 在关于他的小说评论中,我想特别强调的是,"成也萧何,败也萧何",在小说艺术创作中的特殊意义,也就是说,形象的野蛮叙述方式成就了莫言,也限制了莫言。

我们应先从"野性成就莫言"谈起,而且,这是最主要的。莫言的残酷形象叙述方式,揭示的是那个残酷时代的非人性,同时,通过历史记忆,显示日本人的非人性与中国人的原始而野性的勇敢。这就显示出他自己的矛盾性:当苦难的政治经济生活把人折磨得不像人时,人生已经变得恐

---

① 德里达:《宽恕:不可宽恕和不受时效约束》,参见《德里达中国讲演录》,第3—40页。

怖。当帝国主义的侵略毫无人性,原始的勇敢就是我们最高尚的生命激情与存在价值了! 其实,在这个问题的背后,皆有根本性的问题。莫言并没有真正给予重视,那就是:谁造成了国民的巨大生活痛苦? 自然,可以说是日本侵略者,可以说是自然灾害,但是,这些本来是可以避免的。

从莫言的小说形象创造,进入它背后所承载的政治经济与生命自由价值的追问之中,这样,我们的文学就具有了意义,我们的小说也就具有了批判性力量。莫言骨子里对那种愚昧的勇敢的坚毅膜拜,是错误的引导,只有当人不成其为人,才像野兽般凶蛮;即使是日本侵略者的兽性与野蛮,也不能单纯从人性角度予以解读,这是另类的政治经济条件下的人性野蛮与残酷。日本侵略者所代表的"文明兽性"中,更有值得我们思考的东西。发达的文明创建过程,皆有这种"文明的兽性"与"文明的凶蛮"。如果说,贫穷是怯懦的政治经济文化作用的结果,那么,文明的兽性则是文明异化的结果,其实,骨子里也是真正的兽性,只不过,这种兽性以侵略的方式予以表现,赢得了人们的野蛮崇拜。莫言本应通过自己的小说,反思"两种文明的野蛮",一是"贫穷的文明的野蛮",一是"发达的文明的野蛮",而这两种野蛮,皆是人类生活的致命疾病。如果能思考到这一层次,莫言的作品就不只有民族主义的精神视野,而且具有人道主义与世界公民意义上的精神视野。显然,我所期待的结果,更能提升莫言创作的文明价值,但是,莫言没有达到这样的精神视界,他太看重小说叙述的生命形象与抒情效果了,而没有从真正思的意义上形成文学的生命赶超。感觉的无限伸张与乡土文化史的纵深视野,还需要人道主义思想的价值支撑,这才是评价莫言小说的思想基点。①

2. 形象的野蛮力量与反抗意愿

莫言无疑是值得重视的作家,他创作了许多好作品,也有不少败笔之作。莫言小说创作的成功与失败,其实,都与他的叙事语言有关。莫言的

---

① 萨弗朗斯基:《恶或者自由的戏剧》,卫茂平译,云南人民出版社 2001 年版,第 262—271 页。

叙事话语,是感觉化的情绪化的描述性语言。这种感觉化情绪化语言,如果真正表达出创作者的主体性体验,那么,这种叙事话语往往能够具有震撼人心的效果。相反,这种感觉化情绪化语言,如果没有主体性力量和生命元气的支撑,就会流入粗糙和简单。莫言的叙事话语,再次证明了基本的道理:汉语是有限的却又是无限的,对母语的情感性认知过程和创造性表达过程是奇妙的。母语的情感体验与生命记忆,构筑了心头词典,这种心头词典是作家创作的生命源泉和语言源泉。语言在创作活动中获得了生命,表现了生命,可以看到:有的人把它表现得如此婉丽和抒情,有的人把它表现得如此刚勇而理性,有的人把它表现得如此磅礴而激越。真是文如其人,中国文学的丰美迂曲,正是汉语演奏出的变化万千的交响。初读莫言,再读莫言,一次次体味着他那狂野的叙事话语,肉身和灵魂皆获得深深的战栗。

　　文学的思维活动是审美思维,也是语言思维,因此,对于创作者来说,如何最大限度地超越时代的思维局限绝不是过时话题。人在世界中,人在局限中,思维的局限,在很大程度上受制于感觉局限、认识局限、文化局限和精神局限。绝大多数作家在时代的局限中游戏笔墨,以喜剧化方式和政治宣传的变调从容叙事。只有少数作家力图超越这种思维局限,从个人主观理念出发去创造新奇的人生景象,表现独异的人生命运。莫言的奇文出世,便是以这种怪异思维震天价响。如果说,他在解放军文学院评《山中,九十九座坟》有点暴风骤雨,那么,他推出《红高粱》确实称得上山呼海啸。莫言的野性思维,由此一发不可收拾,他创造了小说语言叙事的奇观,从《红高粱》《鲜女人》《道神嫖》《再爆炸》和《丰乳肥臀》这一套文集中可以充分认识到。莫言的系列作品结集出版之前,大多在杂志上发表过,他的单篇作品似乎比作品集更引人注目。[①] 他不断创造奇迹,又不时流露出些许土匪气,他忠实于原初感觉,这种原初感觉有时被粗糙的语言破坏了,他的《天堂蒜薹之歌》和《酒国》等作品,就是这种语言粗糙化的

①　《莫言文集》(1—5),作家出版社1995年版。

结果。

莫言的这种叙事话语,在艺术表达过程中极端不稳定。有时能创造奇迹,有时却让人倒胃口,在表达的上限与下限之间,莫言的叙事话语,不稳定地扭曲着、奔腾着,一如他那野性思维之不确定性。莫言的叙事话语,既体现了语言的原初特质,又表达出现代艺术的语言气质,正如尼采所言:"现代艺术乃是制造残暴的艺术。""这些线条出现了漫无秩序的一团,惊心动魄,感官为之迷离;色彩、质料、渴望,都显出凶残之相。"①因此,莫言的叙事话语,不仅带有个人的特质,而且体现了现代艺术的原始主义倾向。用波德莱尔的话说,莫言找到了人类艺术的"酒神杖",因为酒神杖表达了他令人惊叹的二重性特征。可以看到,莫言凭借那根"酒神杖"赋予的特权,在小说创作中获得了极大的自由。他既是叙事力强大的语言大师,又是神秘而激动人心的酒神节祭司,所以,他才能在疯狂的语言舞蹈与叙事探险舞动着"酒神杖",表现粗狂、坚定和坚韧不拔的超强意志。

莫言的野性思维和酒神式叙事话语,首先表现在他敢于打破各种各样的禁忌。禁忌是锁链,禁忌是私法,禁忌是约定,禁忌是合谋,人因为遵循禁忌而不敢顺从心性而终于戴上了假面具。反观历史,那些优秀的艺术家大多是禁忌的破坏者,毕加索、罗丹、马蒂斯、波德莱尔、尼采等等,他们在言说内心和表达生命时,有什么顾忌?打破禁忌本身,就是艺术创造的勇敢。在文化中国,今天的写作者仍有美学禁忌、伦理禁忌、政治禁忌和接受禁忌,八面玲珑的作家,易于在禁忌中找到他的"欢乐和自由"。心高气傲的作家,蔑视世俗,喜欢在鲜花、歌声、赞美诗的氛围中破口大骂,宁可被视为疯子、粗野的汉子、没教养的东西。当人们被教养驯化得温良恭俭时,既渴望粗野又畏惧粗野,而每个人心中对野性和强力的归顺,总是鼓励他们拥抱大逆不道者。

莫言掌握的就是这样的叙事法则,所谓物极必反,莫言走到当代叙事

---

① 尼采:《权力意志》,第359页。

话语的反面,唱起了丑角。"我爷爷""我奶奶"的花花事,堂而皇之地进入了莫言的叙事视野,犯的是伦理之禁忌,他在这种伦理的禁区中并未走多远,因为这种叙事本身忠实于民间的真实。他所极力赞美的,是爷爷奶奶的刚硬、豪强和野蛮的气魄、胆识,在《丰乳肥臀》中,他描写上官鲁氏的生育亦如此。由于他的叙事话语毫无伦理的禁忌,由于他敢于打破伦理禁忌,因而他在自由中言语,在言语中放纵地表现个人的自由。应该看到,莫言的叙事话语,虽打破了传统伦理禁忌,但与真正的天理、天良是不存在对抗的,就是这些禁忌,许多作家曾经缺乏正视的勇气。打破任何禁忌,在探险者那里是艰难的,不过,当这种反禁忌成了叙事法则时,自然减少了其特有的叙事魅力。

莫言在这方面是探险者,但是,由于他始终执着于此,不能形成精神上的自由转换,因而,这种叙事方式逐渐被人看作是常态,所以,像波德莱尔所吟唱的黑夜,莫言已与之亲近了,他说:"啊,夜呀令人爽心的黑暗啊!在我看来,你是内心快乐的信号,你是忧郁的解放。"据莫言自述,他得益于波德莱尔的《恶之花》。① 也许是在波德莱尔的启示下,莫言的叙事语言,可以穿越任何禁区,打破惯有的审美语言禁忌,他让小孩的粪便(《弃婴》)、酒中撒尿(《红高粱》)、动物的性交等等细节,以强烈的生理感觉还原出现在作品中。读《红蝗》《猫事荟萃》《狗道》,禁不住一阵阵恶心的感觉,而这种恶心感正是莫言的叙事话语所要强化的。对于政治禁忌,莫言多多少少也有所触犯,在《酒国》和《天堂蒜薹之歌》中,他对地方官僚习气、贪污腐化作风有辛辣的讽刺,但在顺口溜式的唱词中把这种庄严稀释了。艺术必须有所节制,有所禁忌,但一切变得过于随意,叙事本身就失去了它的审美魅力。

对莫言小说叙事话语构成最大的挑战,可能还是由于他对叙事禁忌突破之后的"语言放纵"。他敢于突破禁忌,这给他的创作带来了新意,但是,由于他不能有效地控制和选择叙事话语,一些缺乏表现力乃至非感情

---

① 李咏吟:《莫言与贾平凹的原始故乡》,《小说评论》1995 年第 3 期。

的苍白话语,随意出现在作品中。语言随意化,结构随意化,破坏了莫言叙事的韵味和反思效果;他的叙事话语,既与乡土小说有关,又与军旅小说相关,他更能驾驭的是乡土叙事。他超越了当代乡土小说和军旅小说的叙事模式,而给予动荡的战争时代与斗争时代以独有的叙事格局,于是,他突破了双重禁忌,把那种梦绕魂牵的古老乡村的雄壮生命韵律和粗暴无情的生活旋律表现得淋漓尽致。叙事给莫言带来了粗野的欢乐,叙事给莫言带来了放纵的自由,叙事给莫言那清醒的童年记忆真实的暴露,叙事给莫言带来了狂野的历史反思。在沉重和艰涩中,莫言充分享受狂野的乐趣,这是怎样癫狂的幸福! 这是怎样强大的抒情力量!

莫言残暴的描绘,表达了"力之美"。婴儿的哭声、炽热的太阳、血一样的高粱地、急急的奔突、惨绝人寰的哭泣,到处充满残暴的气息。莫言的作品很少有神性的安宁与无边的慧思,也没有极目千里的洒脱与超越,那是实实在在的人的哀号与狂欢,在莫言那里是创作的沉醉状态,是话语激流洪水滔天的时刻。尼采的强力原则,很能说明莫言这样的状态,"器官敏感化了,以至可以感知极微小和瞬间即逝的景象;预卜,领会哪怕最微小的帮助和一切暗示。""强力乃是肌肉中的统治感,是柔软性和对运动的欲望,是舞蹈,是轻盈和迅疾;强力乃是证明强力的欲望,是勇敢行为,是冒险,是对生死的无畏和等闲。"[①]所以,在创作中,生命的所有高级因素在互相激励;每个因素的图像和现实世界,都可以成为另一因素的灵感。正是这样的体验,生命中的各种状态在激情的表达中混杂在一起,带有原初的特质。

莫言的叙事话语,真实地正视生活原始状态中的一切,为了凸现原始状态的残忍,莫言的叙事话语调动了一切手段。当强烈的体验流激活了莫言的语言流时,他的记忆就变得格外清晰。在创作活动中,创作者的体验流与语言流,有着十分密切的关系,莫言的创作就是最好的证明。童年的记忆刻骨铭心,通过细节描摹体现出来,这里,可以进行一番有趣的比

---

① 尼采:《权力意志》,第510页。

较。当莫言的叙事源于童年记忆时,他的感觉格外细腻,这在《透明的红萝卜》和《球状闪电》中有着出色的证明。当他表现时下的乡村生活时,他的语言便流于油滑和粗糙,感觉似乎也迟钝了,这在《酒国》和《天堂蒜薹之歌》中有明显的暴露。细节描摹和记忆图像的强烈色彩感、逼真感,使莫言的叙事语言达到了极致。为什么莫言在表现童年记忆和成人记忆材料显出了本质差别呢?这大约与莫言对苦难的亲历和对现实的隔膜有关。

对于莫言来说,童年的苦难有亲历性体验,特别是对恶劣环境和遭遇的真切记忆,在成年思维中便有悲旷的力量。这种反省的欲望愈强烈,这种体验的诉说就愈细腻。莫言写作成名之后,对部队生活与乡土生活不免产生双重隔膜,因此,这两方面的现实材料,都不能获得创造性发现。莫言在90年代的小说创作,明显呈现激情衰退的景象,他不再具有80年代那种疯狂的感觉,这在很大程度上减损了他作品的魅力,他无法真正从历史性记忆和历史性想象中超脱出来。莫言的现实生活体验过于贫乏,这在很大程度上限制了他的创作,于是,莫言只好再次遁入历史,他不断地从乡土题材的原初体验中寻找创作的命脉。由于莫言从残暴体验出发,因而,战争和斗争的残酷性更易激发他的感觉。生理感觉的强调,是最触目惊心的。当他叙述罗汉大爷被日本鬼子活剥人皮时,他惨绝的哭泣、生理的恐惧、高粱地的情景,甚至那太阳和天空,皆有流血的感觉。①这种生理感觉的描摹和强调,给予人的印象是最深刻的,莫言对这一切,皆试图进行油画式的定格。在《透明的红萝卜》中,老少两位铁匠的残暴,也是通过生理感觉予以强调的。当小铁匠试图探究老铁匠打铁的水温掌握锻打技艺时,老铁匠把通红的铁块插入水中,小铁匠的生理感觉此时与钻心的疼痛体验合二为一了。

莫言在叙事话语中,善于把整个身体的每个细胞都调动起来,把触觉、嗅觉、味觉等五官感觉全部调动起来,构造原初的酷烈景象。这种话

---

① 莫言:《红高粱家族》,解放军文艺出版社1987年版,第28—52页。

语方式,成了莫言最热烈的叙事手段。正因为如此,他获得了迥异于常人的感知体验内容,把残暴、原欲、苦难、勇气和力量混杂地叙述着。对原欲的强调,多多少少减弱了残忍的力量,莫言善于把人的狂欢化景象描摹出来,与残忍构成默契和冲突。原欲的表现,莫言集中在食欲和性欲上,黑孩为了偷取抵挡饥饿的红萝卜,什么都不再顾忌了。饥饿,最根本的渴望,把人逼上绝境,因此,人对食物的贪欲与动物也就毫无二致了。当食欲得以满足时,性欲的骚动比什么都来得强烈,《丰乳肥臀》对性欲的原始表现,使人获得了新的认识。欲望和勇气,是如此密切地关联在一起,超越任何外在的约束,而激发着最本能的反抗。这种原欲的表现,虽然在郑义、韩少功、张炜、刘恒的作品中也有出色表现,但是,没有一位作家像莫言这样强调生理感觉在叙事中的重要性。莫言就是这样,以野性的思维表现古老乡村生活的沉重、粗野和残酷,构成奇迹。

3. 生存的艰涩体验与苦难叙述

莫言的叙事话语所创造的系列浮雕形象,构成本真的原始乡村的生存图像。从莫言的叙事话语中,可以获得这样的启示,即不得不面临生存问题。对于作家来说,生存问题,更是他所关心的中心。他所关心的生存问题,不是从生存哲学的观念出发,尽管他对生存境遇的描述蕴涵着生存哲学的全部问题。作家面对的,是复杂无比的个体与群体生存图像。作家不堪这种生存图像记忆的重负,于是要发泄和表达。生存者的生命境遇,对于作家来说,总是具有内在的亲和力,他在你之外生存,可能介入你的生活,干预你的生活,也可能与你的生活毫无关系,只是陌生者。作家一方面要面对他所熟悉的人,即亲人、邻人、熟人;另一方面,又必须面对陌生的人,即路人、过客、萍水相逢者。活着的、死去的人的生命历史,人的生命处境,全部构成作家的思考中心。①

作家对于生存图像的记忆,可能是亲历的,也可能是想象的,没有这

---

① 勒维纳斯:《上帝·死亡和时间》,第 12—19 页。

些图像记忆库,他是无法雕塑语言形象的。生存图像记忆本身,构成了作家创造的依据,当然,仅有这种图像记忆是不够的,对于作家来说,写作本身包含着对生存图像的反思。在生存图像的反思中,作家就自然有了创作的选择,有了自己的偏爱,有了自己的模型。所憎和所爱,在作家笔下的人物图像中,一笔一画中潜隐着和显露着,记忆与反思,如此深刻地表现了生存的真实,从而使作家洞察到生存的本质。有的作家倾向于含而不露,不让生存评判话语出场;有的作家倾向于反思体验,把本真的生存境况予以评判,这大约是重感性与重理性的创作偏向。昆德拉就是把理性置于感性之上的作家,本真的生存图像,在他的反省性体验和自言自语的表达中获得了哲学穿透力,因此,富有哲理的生存体验与理性句法在他的作品中随处可见。他体验人的感性生活,外在的生理感觉全部处于被动状态,通过内在的自省意识主动揭示出生存的异化和悲哀。"人们通常从灾难中通向未来,用一条拟想的线截断时间的轨道,眼下的灾难在线的那一边将不复存在。但特丽莎在自己的未来里还看不到这样的线。只有往回看才能给她一些安慰。"①

在莫言的生存体验和叙事句法中,见不到这样的反思语调。莫言远离这种理性思辨,他对原初生存状态中的一切唯有记忆和描述,充满无限的体验和情感,他不能把这种生存图像记忆和生存哲学体悟搅混在一块儿。忠实于原初的记忆,能把原初生活样态中的人与事惊心动魄地还原,他就心满意足了。在他看来,像那些质朴而又豪勇的人一样无畏地去对待生活,而不至于像有些人那样矫情和怯懦。这是质朴的写作观,也是情感体验式美学观。正是在这种观念的支配下,他并不重视语言叙事的理性质感,毫不奢求几个乃至几段生存哲学句法来填塞感性的空间,而是重视语言的感性质地,生动真实地再现原始乡村的人物,因此,生存图像的记忆,在莫言的叙事中是真切丰富和充实的。

他的话语中没有干瘪的平面人,他的叙事话语,很难放置到别的生存

---

① 昆德拉:《生命不能承受之轻》,韩少功等译,作家出版社1993年版,第171页。

状况之下。他的人物图像,唯有在高密乡这块土地上才能找到依托,在莫言那里,没有虚构的理想人物,理想的人物,就是他的祖祖辈辈的坚强不屈的豪勇乡亲。"无畏的品格",是莫言叙事图像中最推崇的生存气质。在莫言看来,在人类生存法则中,如果没有这种大无畏的品质,生命一定委琐而卑贱;一旦人具备了这种大无畏的品质,就显得豪强而有生命力。活着,就要这般顶天立地;活着,就要这般无惧无畏。作家所要表达的,往往是极简单的道理,并没有艰深的哲学玄思。生存有了无畏这一品格,自然就有数不尽的风流,莫言正是以此出发去建构他的高密乡那片独立的生存世界。他选取的是两个基本的单元意象:一是高密乡亲与日本鬼子对抗时的大无畏精神,二是在饥饿和苦难时代乡亲之间的争战。前一单元意象,构成了莫言话语的叙事主调。如果把莫言作品系列连缀起来,不仅看到了强壮的男性世界,而且看到了强大的女性世界。《红高粱家族》中有男有女,男性的大无畏固然可敬,女性的英武豁达亦令人感动不已,余占鳌、"我爷爷"、罗汉大爷、抬轿的汉子强壮而又野蛮,朴直而又勇敢。

《食草家族》中则是另一番情调,《酒国》和《天堂蒜薹之歌》中的汉子,对腐败现象的嘲讽和痛斥构成新的叙事格局。与《红高粱家族》相比,这些生命状态过于压抑和猥琐了,即便是愤怒,也缺乏燃烧的力量,莫言笔下的女性丝毫不比男儿逊色。这在《红高粱》中有所展露,在近期的《丰乳肥臀》中则可以说达到了极致。上官鲁氏面对日本鬼子,可以称得上大无畏;面对生育的痛苦,可以称得上大无畏;面对众多子女的命运,亦可以称得上大无畏。"大无畏",构成了高密乡人的基本生存信念。在莫言的叙事世界中,这些大无畏的人,不需要任何同情和怜悯,也不可能得到任何同情和怜悯,唯有依靠自己挣扎与斗争。[1] 只有自身的强大,才能战胜邪恶、苦难和压迫。在土地上生长的人们,崇拜的是力气、胆量,他们以生命作为赌注,与一切脏污、邪恶和苦难搏斗。这种无畏,可能还有忍受的因素。死都不怕,还怕什么! 他们所期望的,是如何在苦难的缝隙中求得生

---

[1]　马尔库塞:《爱欲与文明》,黄勇等译,上海译文出版社1987年版,第154页。

存！莫言的叙事，感悟到乡民这样的生存信念，应该说是准确而真实的。

对于乡民来说，他们并不反思过去，过去只是老人的话题。他们把握的是现在，不饿死、不让人欺侮到自己头上，依靠自己的本事，得到应得的一切。他们不在乎未来，未来是他们正在走着的路。这道路如同生命一样是前定的，只要不死，就得在这条道上走下去，为子孙挣一口饭吃。无畏是对苦难的泰然处之，无畏是对苦难的接受与挑战。无论是官僚，还是日本鬼子，在莫言叙事话语中，皆是可以反抗的对象。莫言相信，一旦把乡民逼急了，只有拼命一搏；莫言所叙述的，就是这些原初的可歌可泣的故事。在这系列生存图像的雕塑中，莫言把最浓彩的笔墨给了"我爷爷""我奶奶""我姐姐"。请看，他在《丰乳肥臀》中的一段描写："大姐毫不犹豫地解开衣扣，袒露出她的精美绝伦的双乳。哑巴的眼睛陡地直了。他的下巴抖得好像要掉在地上，掉在地上跌成碎片，大的如大瓦片，小的如小瓦片，失去了下巴的哑巴模样骇人欲绝。"①莫言，就是通过这样的震惊效果的描绘，写出了高密乡男人和女人的无畏，无畏是莫言叙事话语的主调，与此同时，莫言的叙事话语中对怯懦也有出色的表现。

在莫言所雕塑的生存图像中，怯懦的形象也是触目惊心的，生活并不总是造就英雄好汉。杀人越货，豪勇坚强，杀敌护家，一言九鼎，叱咤风云，毕竟只是部分人的英雄行为，这是强者的生存图像。在广袤的乡村，更多的是怯懦者的形象。怯懦不只是体力的弱小，也是精神的疾病，与强者相比，怯懦既是卑贱的顺从，又是身心的屈辱。在莫言的叙事话语中，有两种怯懦：一是弃儿的怯懦，一是愚钝的怯懦。这两种怯懦都是以丢失人格，放弃人格为特征。莫言在表现弃儿的怯懦时，以冷峻的笔调，写出了令人恐惧的生存图像，黑娃这个后娘养的孩子，衣不蔽体、浑身泥污、瘦骨嶙峋却又不得不到水利工地上砸石头。漂亮姑娘对黑娃的同情和小铁匠对黑娃的作践，构成鲜明的对比。当他偷萝卜被抓时，他的木然，当他在小铁匠的炉铺被踢时，他的无声，莫言都做了生动而详细的叙述。

① 莫言:《丰乳肥臀》，作家出版社1995年版，第280页。

莫言表现了卑微者的怯懦,一切都承受着,这是弃儿的怯懦,还有愚钝的怯懦。艰难的生活把人变麻木了,他们在恐惧、残暴面前变得麻木、顺从和忍受。日本人枪杀中国人,在许多电影电视中所见到的生存图像是:无辜、怯懦的人们,在敌人的枪弹中一片片倒下。杀人者的残暴和疯狂与被杀者的怯懦、迟钝,使生存图像变得昏暗而又压抑。莫言的叙事话语尽力减弱这种怯懦的生存图像之描绘,他以顽强奔放的生存图像拼命挤压这种愚钝而又麻木怯懦的生存图像,所以,他的叙事话语的质感和力感才得以显现。萨特曾指出:"诱惑不假设任何语言以前的形式,它完全是语言的实现。这意味着语言能完全地,并且通过诱惑一下子被揭示为表情的原始存在方式。不言而喻,通过语言,我们理解到的是表情的所有现象而不是派生的和次级的流通的话语,这话语的显现能使历史研究成为对象。尤其是在诱惑中,语言不追求使人认识,而追求使人体验。"①在莫言的生存图像之刻画中,正是处处显现这样的诱惑。

我越来越强烈地感到,在莫言的创作中,他极少受到理智的干预,只忠实于自我的感觉和记忆,对于生存图像的揭示就是如此。对于莫言来说,高密乡民曾经这样生存过,这样的生存方式有为他所欣赏的地方。在莫言的叙事话语中,唯有这样惊天动地活着,生命的各种强烈欲望才能得到彻底释放,生命的潜能才能最大限度地发挥,生命的悲壮感才能色彩鲜明地显示出来。莫言所渴望的,就是这样感性的生存世界。对于他来说,与故乡的高粱、土地、大豆、树林、枯河紧密相连,与父老乡亲同悲欢也就足够了!他相信感性的偶然性和历史性,而不相信理性的必然性和神圣性。他没有过高的生存理性和生存信念,有的是强烈的生存意志。在生存意志的表达中,他让人们体验并领悟原始生命的强大,仿佛因此而实现了自我的全部创作使命。与张承志、张炜和韩少功相比,莫言的叙事话语缺乏的就是理性力量,他把作品的感性力量加强到极致。所以,他的作品能给人带来狂欢,却不一定能带给人们沉重的思索;他的语言,能给人们留

① 萨特:《存在与虚无》,陈宣良等译,生活·读书·新知三联书店 1987 年版,第 482 页。

下强烈而又悲壮的记忆,却不适合让人们反复吟味,体味其中的某种神性。对于轰轰烈烈、惊天动地的生存方式和死亡方式,理性是多余的,莫言崇拜的就是感性,崇拜的生命就是冲动,这一切在他的叙事话语中都实现了。

4. 野性叙述的审美极限或愚昧

由于莫言以感性冲动代替理性冲动,结果,在莫言的叙事话语中对传统价值观念、生存理想、生命原则和道德尺度进行了一场真正的颠覆。价值消解,成了莫言叙事话语的必然归宿,对于理性主义者来说,价值建构是必不可少的。价值观或内在的信念,是他行动和赖以生存下去的依据,一旦人们受价值观支配就会有所为,有所不为。一般说来,这种价值观念是千百年来圣贤先哲所不断确证和捍卫的真理,诸如光明磊落,襟怀坦荡,大公无私,英勇无畏。对于真正的价值观而言,总是以善为最高价值取向,而对于恶,则有着本能的反抗,抗恶、拒斥恶,与恶搏斗,往往被视作英雄的可贵品质。

在日常话语中,英雄是指那些英勇无畏,勇于为民牺牲的人;土匪是指那些为非作歹,无恶不作的强盗流氓;无赖则是指那些地痞或失去一切德性的人。因此,在文化语境中,向来把英雄、土匪、无赖的界线划得清清楚楚的。实际生活怎样呢?在英雄中确实有那些刚直不阿、为民请命、为民牺牲的人。然而,在有些英雄身上却又带些土匪气和无赖相,因为他们并不总是受理性支配的自由人,而是受感性驱动的平常人。同样,在一些土匪和无赖身上,可能也有些英雄本色,因为他们也可能在主持正义的场合挺身而出,这大约就是日常生活中人的复杂性格。对于莫言而言,他所忠实的,就是这样一些原生活状态的人,忠实于这样一些感性的人,而很少正视那些理性的自由人。

对于大多数理性主义者来说,英雄或自由人应该是那些富有理性的人。正如斯宾诺莎所言:"自由的人绝少想到死;他的智慧,不是死的默念,而是生的沉思。"①在斯宾诺莎看来,自由人就是纯依理性的指导而生活的人,他不受畏死的恐惧情绪所支配,而直接地要求善,他要求根据寻求自己利益的原则,去行动、生活,并保持自己的存在,这大约是哲人的大无畏,这是源于理性的力量而表现出来的英雄气概。莫言极力抗拒这种理性的评判,向往和崇尚的是生活中的惊心动魄,想爱就爱,该恨就恨,想杀就杀,不平则鸣,他们可以为欢乐或恶作剧而把生命的潜力在游戏和狂欢中释放,他们可以为美人而不惜冒险乃至牺牲。战斗、死亡、放纵、性欲、撒野、骂人、打架,全在感性的本能的生命意志之支配下,因而,他们的行动就不可避免地有些凶残。总之,莫言力图从本原生存状态上去表现人的行动,而放弃任何价值判断。

对于莫言来说,价值判断是无关紧要的,因为在生活中的人,敢作敢为的人,谁真正在乎别人的评价,谁在乎正直与邪恶的界线。出于他们的意志,那种不屈不挠的意志,他们不畏死,只希望战斗并取得胜利。尽管如此,这些在本然生活状态中的人,仍有自己的法则,例如,他们憎恶怯懦、背叛、虚伪,而敬重仗义、豪侠、忠诚,他们可能在日常生活中吃喝嫖赌,但在关键时刻则敢于挺身而出,这实际上仍有价值观念在。只不过这种价值观不像理性哲人的价值观那么纯粹,在他们的价值观中,可能考虑了更多的小集团利益,充斥了许多邪恶和残暴因素。他们的价值观,只能在有限范围中适用,却不能提升到普遍意义上来,这是生活法则,也是生存法则。莫言就是从这一生存法则出发,描绘了一系列的英雄形象。这些英雄没有一个是完人,没有一个是理性主义尺度下的自由人,他们都是些原始乡村社会生活中的人。就从《断手》说起吧!叙事中的越战英雄还乡后,就不时流露出无赖相,仿佛我在战场上丢了一只手,乡亲有理由供奉他。他那无赖气,在市场上受到了打击,原来,在朝鲜战场上断了一条腿的英雄在自食其力。他从乡村断手妇女的自强自立中,最终懂得了生存的真正意义。这是莫言消解英雄与无赖界线的一次尝试。他成功的尝

---

① 斯宾诺莎:《伦理学》,贺麟译,商务印书馆 1981 年版,第 222 页。

试，表现在《红高粱》中，余占鳌这个土匪，面对蒙面人的抢劫，他敢于挺身而出，杀死麻风病人，抢走凤莲，在高粱地里野合，在酒作坊耍泼。既泼皮无赖，又敢作敢为，对于这些人，能进行什么评判。英雄乎？土匪乎？无赖乎？三者似乎都有点，这大约就是人性的复杂性格，显然，莫言超越了惯有的写作模式。在大多数叙事艺术作品中，善与恶，正与反，积极与消极都是清楚明白的，莫言从感性出发，写出了这些原生态中的乡亲的复杂性格，他们孔武有力、英勇无畏，又放荡成性、粗野无耻。

这种叙事方式，这种叙事句法，多多少少就是原始主义或半原始主义的审美追求。对于崇尚原始主义的艺术家来说，人不可能在理性支配下生存，而只能在感性主宰中生活。在这种艺术观念支配下，艺术创作就带有野蛮的气魄，这种不受理性羁绊的人，恰好成了补偿在理性生活规范下的接受者内心本有的空缺。他们在野蛮的体验和想象中，领会到了生命的强力乐趣。对于理性主义生活规范下的人，他们遵守法纪，认同社会礼俗，不得不遵循社会文化准则，从不敢超越这些法则，甚至为了认同这些法则，不得不戴上假面具，不得不在尔虞我诈中求生存。把内心的隐秘藏到最深处，把潜在的渴望往深层压抑，正如弗洛伊德分析的那样：白日梦是幻想的产物。目无所见而心有所思，这些幻想的内容很明显受幻想的指挥，昼梦中的情景和事件，或用来满足昼梦者的野心或权位欲，或用来满足他的情欲。青年男子多作野心的幻想，情欲的需要，常潜伏在男子幻想的背后；青年女子的野心，多集中于恋爱的胜利，多作情欲的幻想。① 弗洛伊德对文明社会中人性的内在压抑之分析有一定道理，对于原始乡村中的人来说，压抑可能是存在的，但莫言想象中的原乡人没有这样的压抑，即便有这种压抑，他们的野心也驱动他们去行动和冒险。

原乡人对于性，对于贞洁，对于欲望，不像文明社会中的人那样谨慎，他们欣赏的，就是坦坦荡荡的爱，放纵而又狂欢的野合。莫言的叙事话语，不免让我们想起美国西部牛仔影片。这些善于骑马、善于偷盗的人，

---

① 弗洛伊德：《精神分析引论》，高觉敷译，商务印书馆1986年版，第70页。

有他们自己的法律,在野蛮的生活中,享受独立和冒险的乐趣。西部警察的形象,之所以为人欣赏,就在于他们与邪恶搏斗的英勇,他们的粗野、强大、放纵,正是吸引观众的最直接因素,这是艺术忠于感性而放逐理性评判的实例。警察维护正义,并最终让正义战胜野蛮和邪恶,又多少投射了理性主义的光环,可见纯粹的感性叙事在文学创作中是很难存在的。

在莫言的叙事话语中,母性的强大和女性的无畏,也可以说是对英雄、土匪和无赖三者界线的消解。在大多数小说中,女性总是弱者,既与英雄无关,也与土匪、无赖不相关,然而,在莫言的作品中,"母亲""奶奶""姐妹"这些形象身上,又表现出了某种英雄性。在胆识、勇气、泼辣诸方面,女子不让男儿,她们正是依靠自身的强大与男人站在一起,甚至支配男人、控制男人,女侠之风、土匪习气,在莫言的女性形象创造上得到了出色的表现。在《丰乳肥臀》中,莫言叙述龙青萍开枪自杀的前夕,有这样一段话语:"她剧烈地咳了几声,双肩高耸起来,黑脸上泛了白,哇地一声,喷出一口血。上官金童背靠在门上,吓得魂飞魄散。""她举着单臂,露出毛茸茸的腋窝,腰肢纤细,爆炸开的明亮的屁股稳稳地坐在脚后跟上。""这时,绝望到极点的龙青萍扣了扳机。"莫言用那种桀骜不驯、粗野平常、又富有诱惑力的语言,写女性的身体,写女性的英勇,写女性的无惧无畏,写女性的性放纵与性袒露。他的叙事语言粗野得惊人,在莫言看来,只有用这种粗野而富有挑战性的诱惑语言,才能唤起人的原初生命冲动、生命感觉和生命意志。

莫言深知,仅仅消解英雄、土匪和无赖的界线而没有强有力的题材作为支撑,那么,这种消解本身所能创造出的,只能是黑幕小说或强盗小说。莫言之所以在消解英雄、土匪和无赖的界线时,又能引发人们对这些原始生命状态中的人产生某种尊敬,就是因为他拥抱着极具价值的题材:抗日。反抗日本帝国主义,与日本帝国主义战斗的一切英雄题材,都是深受中国人欢迎的。无论你是杀人越货也好,无论你是土匪无赖也好,只要你能勇敢地与日本鬼子搏斗,你便是中国人心中的英雄;相反,哪怕你平时遵纪守法,而在日本鬼子面前卑躬屈膝,你便为中国人所不齿!莫言掌握了当代中国人这一基本心理,他的野性狂欢的叙事,激发了接受者对原始生活世界的向往,同时,汉字抗日边缘英雄叙事,满足了人们对英雄、土匪的价值认同,所以,莫言在创作上所引起的轰动,与他所描述的抗日神话是分不开的。假如没有这样一重背景,他的叙事本身的力量,就会减损许多,这是他的《红高粱家族》和《丰乳肥臀》能产生较大影响的根本原因。[1]

　　莫言狂野的叙事语言,对于温文尔雅、从容不迫的当代叙事者来说,确实是巨大的挑战。他那狂野、粗野乃至有点神奇的叙事,确实有点让人心惊肉跳,能创造一瞬间的狂欢。莫言能创造感性的癫狂,忠实于原始生活世界,莫言忠实于"原始主义艺术精神"。他依靠他那强大的感觉系统创造了当代叙事的奇迹,然而,在深刻反思他的作品之后,发现理性的缺失使莫言的作品缺乏那种深刻性、持久性的力量,更不易把他的作品上升到历史哲学和精神哲学的高度予以把握。他依赖强大的感觉,又时时刻刻面临感觉衰退的挑战,一旦强大的感觉衰退,莫言还能创作些什么呢?所以,在把叙事语言推到癫狂的、幸福的境地,莫言面临叙事的深渊,这是由莫言小说叙事的审美取向决定的。莫言必须找到消解这种语言模式的新方法,否则,他的创作很难获得真正的突破。

---

① 江晓原:《性张力下的中国人》,上海人民出版社1995年版,第7—13页。

第三节 守护大地：诗性叙述与野蛮叙述
之间的人性冲突

1. 张炜的道路与寻找生命良知

张炜是优秀的小说作家，他的出色的艺术创造力，使他在小说创作方面获得了特别的成功。他具有良好的诗性叙述才能，具备超强的现实历史生活感受力，同时，富有深刻而生动的艺术想象力和反思能力。由于他在小说叙述方面坚定而执着的精神探索，因而，他的艺术理解力和接受能力，决定了他的小说创作的深度与广度。他的小说创作的内在沉思品格与思想升华需求，反过来决定了他不得不与伟大的艺术家进行深刻的对话。更为重要的是，他所创造的小说艺术世界，为我们理解生活世界、探索生活世界，提供了自由解释的思想空间，因而，张炜是现代汉语文学中极为重要的小说作家。如何在总体性叙述中评价张炜的创作？从叙述品格的角度来看，不失为有效的解释方法，但是，有一问题始终困惑着我：张炜的创作是否具有坚定的理性指向？张炜是否始终追问着生命与历史的真理？如果不解决这一问题，就没有办法对他的思想与创作进行深入论证。

从张炜的大量作品来看，他有自己清晰而又朦胧的生命哲学意识，同时，又摇摆于历史的记忆与幻念中，这可以从张炜的有关作品得到证明。不错，张炜一直在寻找新的创作契机，当他的内在要求得到想象性支持后，就开始创作扎根乡土的长篇作品。对于每个作家来说，能否创作，成了对自己生命力量的考验，但是，到底要创作多少作品才算完成"心中的顽念"？可能谁也无法说清，或者说，作家永远不满意已经完成的作品，总想寻找新的目标，以求在形象与思想上获得更大突破。在作家的心中一直有个"神秘的圣地"，只有达到了那个神秘的圣地，创作才能达到顶峰。

可是,那个圣地在哪里?只有不断地试验,不断地寻找,不断地写作,哪怕这种写作,是无法避免的重复,甚至是粗制滥造,也在所不惜!张炜还不是那种对自己的作品要求极其严格的人,甚至可以说,不是冷酷的作家,他可能也有过焚稿,更可能有不少浪费的作品,但是,他极富想象力。他的全部叙述,无论是虚构性叙述,还是非虚构叙述,皆得到发表,身体的健康也保证他能不断地写作。他知道他心中的圣地的"轮廓",但是,他不完全知道以什么方法最大限度、最完美地重现这一圣地。每当他找到某种形式时,寻找到某种记忆材料时,就陷入欣喜,但是,当记忆获得了文学呈现时,他又不满足于所达到的深度。从思想意义上说,张炜一直相当关注人心与人性,历史与苦难,政治与价值,生命与悲剧,大地与欲望,金钱与权力,善良与高贵,良知与尊严。总之,张炜既有许多重要的生命主题,又有许多严肃的伦理主题,这些思想充实在他的想象中,通过叙述充分展现出来,因此,叙述就显得极为重要。①

按照生命伦理审美法则,张炜热衷于"诗性叙述";按照历史记忆的真实与血性,张炜不得不使用"残酷叙述"。唯其具有诗性叙述,张炜的创作中总有生命的光芒、人道的光芒或诗性的光芒;唯其具有残酷叙述,张炜的创作中又总具有历史的沧桑感与生命的沉重感。应该说,在现代作家中,张炜是把诗性叙述和残酷叙述结合得非常好的作家。我们可能永难忘怀他的《古船》和《九月寓言》,也可能不易抹去《家族》的沉重记忆,虽然此后张炜推出了许多优秀的长篇小说作品,例如《外省书》《刺猬歌》等,但是,这些作品,在思想深度与艺术广度上,皆无法逾越此前发表的三部重要作品,我每每能够被这三个作品所感动,特别是《家族》。与之相近的,还有《柏慧》。

在张炜的叙述中,他一直着迷于优美而复杂的人性。作为常人,人们总是关注爱情与生活,爱情的寻觅,占据了人的青春年华,有的人苦苦追求,有的人苦苦等待。当然,现时代这样的爱情已不多见,因为当性的获

---

① 郜元宝:《拯救大地》,学林出版社1994年版,第23—51页。

得变得容易时,爱情就退居次席,也许正因为爱情的难得,许多人已经麻木疲惫。张炜特别关注人在历史中生存与人在现实中生存,这是需要面对记忆与选择的问题。历史中的生存带有自身的法则,它不是能够以当下生活原则可以解释的事件,例如,《九月寓言》的庆余,无法让当下的中国青年所理解,这正如柔石的《为奴隶的母亲》不被我们深入理解一样。在贫穷艰涩的条件下,饥饿记忆,既包括饮食饥饿的记忆又包括性爱饥饿的记忆,这样苦痛的记忆,经常让人感觉生不如死。历史的苦难,还特别显示为政治记忆与斗争记忆,民族内部的分裂,使民族生活中的公民相互敌视,彼此视为敌人,于是,演绎了民族历史最苦痛的仇杀事件或战争事情。无论是哪一方,都未能很好地反省民族内部的悲剧事件,即,为什么中国人之间要相互仇视相互杀戮? 为什么国民在特定的历史时期要如此你死我活的残酷搏斗? 这是谁之罪?①

张炜的当下创作叙述,优先关注财富与人性,人们为了致富,已经不惜毁坏土地,不惜环境,难道富裕只有这条路? 难道生活的目的就是如此? 人们已经习惯于污染和堵车,交通的拥挤。小轿车,在许多人那里,是生活享受与生命质量的象征,难道这真正是我们的自由生活? 当富裕肥沃的土地都变成了密密的房屋时,难道这就是我们自由生活的象征? 我们正大力追求这一切,城市的巨大发展,房屋的无穷密集,土地的无穷收缩,人性的无限扩张,这就是当下作家必须面对的生活。按照经济学的眼光,这一切都无比正常,也是共和国繁荣的伟大象征,然而,张炜在其诗性叙述与残酷叙述的综合中,也在思考:"我们到哪里寻找安宁的草地?""我们到哪里寻找自由朴实的生活?""人心与人性是否随着经济的发展而完善?"张炜在其叙述中,特别关注历史生活中受伤者的心灵生活。他们是否有罪? 他们为什么要承担历史的苦难? 他们的现实选择如何? 我们如何面对生活的极权与无耻? 他为了广泛的思考,不仅读西方绘画,而且读古典作品《楚辞》。他一直都在寻找,寻找生命的自由与高贵,寻找道义

---

① 梁漱溟:《中国文化要义》,第78—90页。

与尊严,寻找生命的意义,因而,他的诗性叙述总是流溢出自由的生命光辉,在当代作家群体中,张炜的目光与姿态是相当引人注目的。

2. 以《柏慧》为中心:悲剧反思

20世纪90年代,中国长篇小说又迎来创作繁荣期。不同的创作题材,不同的创作取向,不同的创作目的,导致不同类型的长篇小说创作问世。在这些作家作品中,张炜的长篇小说创作是最引人注目的,他的长篇小说创作显示了20世纪以来中国长篇小说的重要实绩,他自80年代开始,先后创作了多部长篇小说,从《古船》到《我的田园》,从《九月寓言》到《追记与怀念》,从《家族》到《柏慧》,从《如花似玉的原野》到《刺猬歌》,他一部部地创作长篇小说,在这种文体上表现出良好的艺术才能。尽管这些长篇小说的创作水平有高有低,但是,必须看到,张炜在长篇小说创作中追求那种叙事的历史诗意氛围的努力仍得到了充分的表现。

在当代文坛上,有两种人显得特别引人注目:一是强力抒情者,他那感奋人心的英雄交响曲雄浑辽亮而深邃,打破了日常生活的平庸与琐碎;一是正视残酷者,他那大智大勇的铁笔直戳冷酷的历史人性,唤醒着善良者的历史警觉。依我看来,张炜当属后者,他的《古船》《九月寓言》《柏慧》所提供的历史范本,不仅多维度地洞察历史,而且显示独有的迷茫诗意,预言存在的悲怆。如果说,《古船》《九月寓言》侧重表现农民的残酷境遇,那么,《柏慧》则已深入知识者的灵魂搏斗,由此,不能不领略类似于鲁迅小说的奇异色彩。张炜使鲁迅的小说主题,向当代性和隐喻性两方面延伸,因此,张炜的长篇小说《柏慧》,在接受视野中显示出新异的魔力。

张炜的长篇小说创作,都有拟想的倾听者,正因为如此,张炜在小说创作中重视独白与抒情。他关于历史、地理、古迹、原野、河流的独白式抒情,提供了特别的诗意沉思氛围,正如张炜所言:"我相信勇敢的歌手会永远前进。他的歌都是沿途所见所闻,所以,一直新鲜迷人。"[1]张炜的三部

---

[1]　张炜:《随笔精选》,第67页。

长篇小说亦应作如是观,他在长篇小说的探索上一刻也未停止过,而且,在思想和艺术上皆有独创。从叙事格局而言,《古船》是家族式交叉叙事结构,人物的命运借这种交叉叙事而显得盘根错节。点缀其中的历史传说,增添了叙事时空的神秘性和迷茫感;细节描摹和不动声色的冷静叙述,使残酷的生活画面具有惊心动魄的力量。这部长篇小说的问世,赢得了不绝的赞誉。从今天的眼光来看,《古船》的典型创造、历史隐喻和细节再现仍极具深义,但是,作品的结构方式、思想掩饰和叙述语言却带有时代的残迹,显示出作家在风格还未凝定之前的挣扎和奔突。年轻的张炜,力图在叙事的网络中凝结更为复杂的社会内容和文化内容,以此增加叙事的深度。

不过,他在长篇小说《古船》中关于《共产党宣言》和星球大战之类的解说,显然不如对道家养生哲学和阴阳智术领悟透彻。张炜所追寻的"沉默悟彻"功夫,显然在《古船》中并未完成,这种叙事学的缺陷,在《九月寓言》中有极大改进。如果说,《古船》提供了张炜激情倾泻的地场,那么,《九月寓言》则给予张炜以自我节制、含蓄隐晦的磨炼。删节与压缩,使叙事本身变得清洁而又谨严,同时,又使作家的精神隐晦而复杂,这种叙事断裂与叙事意识,在《九月寓言》中变得扑朔迷离。《九月寓言》,显然减弱了历史成分而增加了哲学成分,"寓言"本身标明了题旨的无限真实性。

应该说,长篇小说叙事试验到如此限度,再要突破是很难的,许多作家正是逾越不过这种极限而陷于自我重复和认同模式之中。张炜则力图使自我创造爆发出更为强烈的能量,"在浑然无边的心海里,波浪翻卷,水际通天。""这个世界里有着无法预测和感知的全部奥秘。""一部杰作呈现的,正是这样的奥秘。"①张炜以宏大的气魄再现心灵的奇迹,这便是《柏慧》的诞生。在这部长篇中,张炜大胆地拟想了倾听者:柏慧,这种构造是最危险的游戏,因为心灵容量与这种叙事容量极易发生冲突。张炜铤而走险,以倾诉式叙事方式,表现了心灵记忆的复杂性和"体验流",这样,

---

① 张炜:《随笔精选》,第107页。

《柏慧》的独特性再次获得了普遍性认同。

　　尽管张炜的长篇小说在叙事学上颇多创意,但是,这些叙事学的探索并未减损他思想精神的内在完整性,可以说,思想精神的深邃与叙事格局的变异,在张炜的创作中获得了奇妙的感应。于是,那种残酷的诗意构成了张炜叙事的基本格调,那种生命与历史的哲学则构成张炜小说的精魂,因而,在《古船》《九月寓言》之外,应该重视长篇小说《柏慧》的叙事价值。张炜在长篇小说中对于知识者的心灵本质的透视,这种透视不是在单一的时空中完成的,而是在历史的生命时空中完成的。历史人物、农民、教师、朋友和势利者、卑鄙者共同站在历史与心灵的审判台之前,这种心灵的审判是由张炜独自完成的。他以特别的方式召唤着、倾听着,在他那独立的省思和体验中,这个拟想的倾听者,与他是如此亲近。"她"并未出场,她倾听着,她不得不对叙述者的独白和呼唤进行反思,张炜所拟想的这个"倾听者",具有开放性意义。

　　首先,这个倾听者可能是友人、情人,值得信任的人,葆有纯洁灵魂的人。这个倾听者,熟悉我所经历的一切,倾诉者隐秘的心思,向倾听者全部敞开。"你"必须倾听"我"的申诉,"我"与"你"相近时,隐秘的心思又无法倾诉,因而,张炜在进行间断性叙事之后,总是从内心发出呼唤:"柏慧呵!"呼唤中,潜隐着感叹;呼唤中,潜伏着渴望;呼唤中,潜藏着无奈。现实是我无法逃脱的困境,现实是我无法躲避的心灵牢狱,因而,这种内心倾诉才显得特别悲旷。这种倾诉的容量是极其丰富的,它就是"我"的当下处境,零三所由"瓷眼"当权,"瓷眼"别无选择地使用了传统杀手:金钱与性。"这座大楼上没有了导师,没有了正义,又怎么会有学问呢?"倾诉者心灵承受的是污浊、倾轧、残酷、邪恶、暴力,于是,倾诉成了现实体验的倾诉。

　　体验本身的本质,不仅意味着体验是意识,而且是对什么的意识,并在某种确定或不确定的意义上是意识,"因此,体验也潜在地存于非实显的意识本质中,非实显的意识可通过上述变异转变为某种实显的我思思

维,我们把这种变异形容为注意的目光对先前未被注意的东西的转
向。"①胡塞尔对体验的这种解释,非常切合作家的创作取向,张炜的倾
诉,正是"注视的月光对先前未被注意的东西的转向"。倾诉往往是当下
处境连接历史空间,因此,在进行当下体验时,倾诉者又转向历史的倾诉。
历史不堪回忆,午夜的倾诉,更使历史的回忆增加了悲旷的深度。从个体
而言,柏慧的父亲、老胡师、导师都有悲怆的历史,个人的幸运和机缘被挤
压到界外,他们不得不面对充满屈辱,充满挣扎的历史,倾诉者和倾听者,
仿佛都愿意背对历史,但又无法回避历史,这更增添了悲旷的容量。历史
存在、生命存在与心灵记忆,就在这种复杂的灵觉和体验中,让人尝遍生
命的悲凉,这正是张炜所提供的残酷的诗意范本。

其次,这个倾听者又可被假想为知识者、社会批判者、文化醒觉者。
张炜不止一次地叙说:"这是个走入内心的时代,柏慧!"的确,在满足感官
快乐的时代,走向内心是何等紧要,因而,倾诉者不只是关心个人的命运,
更关心他人的命运。历史从未真正死去,它时刻连系着现在,对于倾诉者
而言:"我记下的都是自己隐秘的声音,我把只有自己才能够识别和捕捉
的声息尽收其中。""我是自言自语的歌手,用歌声迎送时光的人,足踏大
地的流浪者。"倾诉者所置身的历史时空,就是体验者的历史时空。在葡
萄园默默劳作的人们,他们享受着大自然的安宁,但圈地者已开始侵入这
片园林,善良的姑娘,到底没有逃脱豺狼的魔掌,拿枪的猎人,时刻准备舍
命相拼,复仇雪耻。山地教师在苦难中死去,老胡师对"我"所寄予的厚
望,在现实面前落空。② 我从"零三所"逃到杂志社,仍不能避免卑污,于
是,只有投入原野。

在倾诉者那里,只有原野才能使心灵解放,"人好像疯狂了,好像因为
垂死而残忍。"倾诉者由导师的死想到父亲的死,益发使这种倾诉变得悲
旷而浑邃。"我"倾诉,"我"自语。"我"常常暗想,人在人生之路上遭逢的
一切,真是极不寻常。他要不时压抑心中的惊喜和悲伤,要无声地忍住。

---

① 胡塞尔:《纯粹现象学通论》,李幼蒸译,商务印书馆 1994 年版,第 106 页。

② 张炜:《柏慧》,北京十月文艺出版社 1994 年版,第 46—182 页。

正是借助这种倾诉,隐秘的心史得以展露。无数个体的心史,随着生命的消亡而终结,作家则珍重这种心灵的财富,他力图在无边的倾诉中让人获得历史的警醒。在物欲横流、内心喧嚣的时代,人们愈来愈看轻这种心史,不去回忆,成为许多人勇敢地面对未来的选择。回忆会压垮脆弱的人们,只有强者才能从中获得悲旷的力量,倾诉者使一切寻常存在具有了非同寻常的意义,于是,他所拟想的倾听者,变成了你、我、他。在倾听之中,人不仅思索自我的生命历史,还必须担当他人的历史,不仅要担当现时代的历史,还必须担当既往和将来的历史。正因为拟想了倾听者,作者无度的倾诉,就具有了心灵启示意义,必须从中听出些什么:不仅要听出生命的啼哭,而且要听出心灵的悲伤;不仅要看到存在的勇气,而且要看到残酷的力量。艺术只能如此,它向倾听者敞开,融入倾听者的心灵深处;艺术过去不会,将来也不会真正改变现实,它只能提供改变现实的力量。[①]　历史,在理想和革命的旗帜下,不可避免愚昧的残忍,倾听者就更应在现实面前保持必要的警醒。真正严肃的艺术,哪里是在游戏,分明是在启悟心灵和烛照人生的道路,这样,"倾诉与倾听"才会具有血缘般的联系。

3. 心灵的归途与人性的野蛮

人类必须拥有庄严的道德法庭,这是人类的灵异之处,也是人的悲哀之处。作为人类,它不可能顺从自然法则和野兽律令,必须拥有社会的规范,但人自身确实具有兽的一面。人与兽,人性与兽性,无疑应该张扬前者而贬抑后者,可实际并不如此简单,在顺从感性和放逐理性,在顺从理性而放逐感性的时刻,都会给人类带来灾难。

从这个意义上说,希腊智者之辩在今天依然具有深义,人与社会的关系,在智者(Sophist)看来,不外乎 Physis 和 Nomos 之争斗。Physis 乃万事的本性,亦即人的本性,人的本性中带有放纵原欲的因素,因而,需要社会法则加以规范。Nomos 作为社会法则和律令,势必又构成对 Physis 的

[①]　科尔班:《大地的钟声》,王斌译,广西师范大学出版社 2003 年版,第 167—168 页。

潜在约束,因而,Physis 与 Nomos 之冲突,永远不会终止。褒 Physis 而贬 Nomos 的人,必定走向非理性主义道路,例如,尼采、弗洛伊德;褒 Nomos 而贬 Physis 的人,势必走向禁欲主义和道德理想主义之路,总之,人的问题不会得到合理的解决,即便是卢梭、康德,都只有理想城邦的虚构,乌托邦虽必要,但总是受到现实的抗拒。东方智者莫不如此,所谓人性善、人性恶、人性有善有恶之辩没有终结,智者也无法找到永久和平之路。关于人的困惑,因而也就成为现实的困惑,成为永久的历史困惑,面对困惑,于是,需要无数历史的警觉者,作家当然是这种合法的审判者。唯有审判历史,才能面对未来;唯有审判历史,才能对现实保持警醒。不会反省历史的时代,必定要重演历史的悲剧,张炜是这一意义上的警觉者,也是这一意义上的审判者。

审判历史,即审问人性、审问人心、审问自我、审问他人,《柏慧》的无度倾诉,完全可以看作心灵的审判和历史的审判。作为担负着庄严历史使命的作家,作为既不宽容又不媚俗的当代作家,张炜的全部创作,都可以视作这样的心灵审判。《古船》对历史的审判,具有现实主义意义,它督促人们重估被政治所歪曲的一段历史。革命在任何时代都是不可避免的,但革命并非惨无人道,只有人道才能赋予革命以某种积极意义,这虽带有某种知识者的浅见,但历史本身确应具有这种品格。张炜所重审和重估的一段历史,具有悲旷的现实主义意义,他对赵炳和赵多多、见素与抱朴的审判将会具有持久的意义。如果说,《古船》的审判多少带有阶级论的意味,那么,《九月寓言》与《柏慧》的审判本身则具有人性论和存在论意味。性欲、食欲、统治欲、生存欲,是如此煎熬着鲢鲅村,那是怎样悲剧性的灾难或情景! 每一位真正的读者,都会感到心惊肉跳,当人的一切面纱被撕去时,赤裸裸的存在确实令人惨不忍睹,正是在这一意义上,张炜把铁笔由农夫转向知识者。

向来,人们把知识者当作清高、博学、富有牺牲精神的象征,在张炜看来,人们只看到了知识者的一面,或者只接触到其中一类人,类的观念是张炜进行人性划界的准尺。张炜从这种善良、富有牺牲精神的知识者背后,看到了一群卑鄙之徒,因而,他一面感叹大雪中死去的山地教师,"零三所"导师、口吃老教授的命运,看到了这些人"都不约而同地追寻自己的信仰,坚信它,依偎它,把终生的幸福寄托给它,抵押给它"所具有的牺牲精神;另一方面,又看到柏老、瓷眼和柳萌所代表的势力所具有的贪婪、阴险和卑劣,这种极具冲突性的审判,在当代小说中应该极具意义。重审知识者,重估知识者,高歌真正的知识者,是作家义不容辞的责任和使命,这种对知识者的审判,在乡野村夫、各色人流和自我审问的复杂网络中展开,具有特别深刻的意义。正如鲁迅所言,历史的审判即心灵的审判和人性的审判,因而,审判本身包含自审与他审的双重含义。自审是良知的醒觉,是午夜的静思,是生命的回顾,是良心的发现,不会自审的人无权审判他人。正如鲁迅所言:我批判他人、批判社会,"我更无情地审判自己",审判不是装模作样的忏悔,是庄严的心灵自省。张炜在《柏慧》中,由审问自己,到审问柏老、审问父亲、审问瓷眼、审问导师、审问时代、审问历史的复杂转变,揭示了深度的人性世界。① 在审问自我,审问父亲,审问导师,审问葡萄园的猎人时,张炜发现了清洁的精神,"真正的知识分子应该有起码的洁净,首先是心灵的洁净,其次才是专业上的造诣"。

正因为如此,张炜在长篇小说的独白式自语中才悟到:"真正的知识像真理一样,它没有什么形式上的中心。它们中心只存在于人的心灵之中,只有心灵才是它的居所。"唯有这种清醒的审问,作家才认识到:"离开了污浊,才有可能走进清洁。"在审问柏老、审问瓷眼、审问柳萌时,张炜看到了知识者身上的卑污,瓷眼不过是学术骗子,双手沾满学人鲜血的家伙。长篇小说作家,在叙事话语中似乎要告诉人们:这个世界的不正常在于,知识者不是通过创造,通过牺牲而获得敬仰,相反是因为吹捧、地位、权力而猎取功名。真正的学术精神,在追名逐利中沦丧,这正是张炜对知识者的严肃审问,有这类人,有这种存在,中国知识者怎能真正挺立。"在这沉寂的夜晚,在我的葡萄园中,我总是不断地回忆,追溯,我仿佛听到了

---

① 张炜:《绿色遥思》,参见《散文精选》,第42—49页。

海潮中传出的隐秘的历史之声。"审问自己与审问他人,生命的本身意义因而澄明,知识者的自审与他审,是知识者的生命选择的必由之路。只有那些坚定的知识者,才大无畏地踏上未来之路,他们不怯于探索真理、不彷徨于歧路、不悲哀于卑微的生存处境,怀着英雄主义的必胜信念。大多数知识者,则在现实法则和理想法则之间挣扎。一方面,知识者不肯彻底抛弃现实法则,蔑视现实法则等于蔑视生命快乐本身;另一方面,知识者又潜在地捍卫理想法则,人类倘若没有理想,必然通向死亡之途。现实法则与理想法则之间,是充满剧烈冲突的,正如《柏慧》的倾诉者所表达的那样:"我忍受着屈辱,一边丢下尊严,另一边去找回尊严。"历史总是以稍稍改变了的形式重演,这一发现非常关键,张炜洞悉了知识者的真正本质。

张炜在《柏慧》中所拟想的父亲和母亲,尤其具有这种悲剧性意义。"父亲注视我的目光是世界上最为奇特的,那眼睛往往半睁半闭。"他那屈辱的命运改变了他的生命本性,他的人性、自由和个性尊严,全部被压抑并产生了变异,只能仇恨地人缄默地面对世界上的一切。母亲知道父亲的正义行为,但不得不屈服于现实法则而与父亲离婚,而这种潜在的心理都只是为了维护那虚构已久的人格尊严。生命,就因为这种屈服和反抗屈服充满了奇迹,历史审判的意义在语言文学中呈现,这种历史审判本身是深刻的。张炜不满足于感官快乐和情节叙述,他运用语言的智谋创造驳杂的空间,通过反思强化那种深度叙事效果,通过删节和节制来制造小说的叙事隐喻与叙事法则,于是,这种历史审判本身,不仅具有心灵启示意义,而且具有残酷的诗意,"审美与思想"正是如此夹击着张炜。①

4. 诗性正义与生命的诗意抒情

张炜的作品充满残酷的诗意,是因为他在表现残酷人性时从不忘记对大自然的讴歌、领悟与冥思。他对人性残酷情调的写实表现,因为以生动的自然作为依托而且作为归宿而抹上了粉红色的霞光。人不至于走上

---

① 张炜:《楚辞笔记》,上海三联书店 2006 年版,第 98—99 页。

绝望之途,人可以投向自然和原野的怀抱,张炜是真正意义上的原野的歌唱者。正因为他是原野的歌唱者和大地的守夜人,他才对人性的残忍有着深刻的透视,他那种毫不留情的冷静至极的描写残酷和玩味残酷的姿态,使人洞见了陀思妥耶夫斯基的灵魂。《柏慧》再次证实了张炜对残酷的卓越把握能力,"瓷眼"的威名和风度,来源于内在的残忍。父亲的厄运和非人处境,归因于人心的残忍,导师的沉默和刚强,作为对抗残忍的力量似乎太软弱,葡萄园的倩女逃不脱魔爪,因而,张炜以为人如此对抗与残酷,必定走向死亡的深渊。"人如何得救",至此,这一问题,再次在张炜的作品中延伸开来,寻求答案。宗教显然还未进入张炜的精神视野,在他的眼里,有的只是一片原野。

这是燃烧的原野,辽阔的原野,充满奇迹的原野,"只有在这片原野上","柏慧,这真是个感受和理解秋天、展望原野的大好时刻"。张炜作为原野的歌唱者,抹平了心灵的创伤,隐隐地透出张炜对救渡人生的可能性想象,这里包含了隐喻。这个"原野的歌唱者",不只是在作激情式抒发,而且是充满忧伤和悲悯地沉醉到内心去寻找救渡人生的道路。于是,有两条道路在我面前展开:一条是自然隐喻之路,一条是历史隐喻之路。维柯认为,"隐喻"是一切修辞格中最辉煌、最不可缺少的,维柯也看到,"隐喻"表达着修辞活动的一切复杂性,在叙事话语中,隐喻表明叙事的复杂性和意义的曲折性。许多人都说过,语言都是具有隐喻性的,今天视为非隐喻性的字词,其实是充满隐喻性的,张炜正是借助隐喻而拓展了《柏慧》的叙事空间。[①]

这一历史隐喻空间,在《柏慧》的叙事过程中,张炜特意植入秦王东巡和徐福东渡的古歌与民谣,这一取材于特定地域历史的故事,也就特别具有隐喻意义。"徐福东渡",在古歌片段中,充满传奇性和敬慕气质。徐福在寻求长生不老的传说中,找到了逃避残酷和理想极境的方略。漂流过海,寻找仙山群岛,可能死亡,更有可能新生,在人们的想象中,这正是救

---

① 　张炜:《柏慧》,第 9—10 页。

渡苦难,逃避倾轧的策略。也许由于阅历的关系,关于徐芾东渡,关于《桃花源记》,关于道教方略,关于气化之道,多多少少都给予了消极式理解。有人简单地将此视为乌托邦,有人简单地称为幻想,其实,这正是人之所以为人之处。人是灵智的生物,人自身的困难必须有人性的解决方式,理想因而诞生,理想因而具有神圣的价值。张炜所提供的这一历史隐喻本身,不仅把接受者的想象空间伸向遥远的历史,而且使接受者对生存的体验有了某种现实的决策方式。老子的小国寡民之理想,虽不时受到讥议,但未必就不是人心的某种归向。即便是孙悟空的水帘洞,其实也沾染了这种生存的想象;陶渊明的诗文,之所以不能视之为某种单纯的抒情作品,就是因为陶渊明对生命的体悟浸染着深刻的哲学或悲怆。他的诗文,是他对生存哲学的某种诗性表达,而绝不是文人雅士为助兴追乐作的语词游戏。他的诗,他的文,就是他人格精神的象征,就是他的审美理想,这样的语词中所包含的启悟空间,是丰富驳杂而又无限开放的。徐芾东渡的历史神话本身,也蕴涵着这样的生存隐喻;人类追求美的天性和追求自由的禀性,使人们勇于牺牲并坚定不移地去寻找这样地场,这一历史隐喻本身,带上了现代人对未来、对乌托邦的合理而又自由的想象。①

就张炜而言,这一历史隐喻本身,只不过为了支撑《柏慧》的叙事深度。历史话语和文化隐喻的复杂意义,在这一历史传说中获得了深度表现,张炜置身于后现代后工业社会中,是不可能真正虚构这种历史神话的真实性的,因为后工业社会早就使这种历史神话破产了。神话叙事精神,在人们的想象中可能留存,而在现实社会中则无处可寻,因而,张炜很自觉地从这一历史隐喻转向了自然隐喻本身。自然隐喻与历史隐喻相比,它的可靠性是不言而喻的,在张炜看来,自然可能是救渡人生的某种合理方式。把自我融入原野中,就会抖掉身上的卑污;把自我融入原野中,就会体悟到生命的博大、神奇与辉煌。因而,张炜才那么急切地扑向原野,在原野中领悟到"生命的神性",这一主题多多少少已成为张炜的确定性

---

① 张炜:《柏慧》,第 365—391 页。

指向。

张炜在《融入野地》中已做了出色的表达:"辽阔的大地,大地边缘是海洋。无数的生命在腾跃、繁衍生长,升起的太阳一次次把它们照亮。"久在都市中,久在人群中的人,面对原野时,心中确实有某种神奇,它是那么博大,它是那么静谧,它是那么充满想象力,它是那么富于生机。物是人非,人会死亡,而自然却会流衍不息,有限的个体生命,在自然的神奇面前确实应该具有某种警醒,这种警醒和领悟,有可能使人放弃残酷,去绝卑污,选择新生。自然确实比人生显得高贵,自然确实比人世更为纯洁,自然是人的生存处境,自然的生命本性理应启示给人。人在离开原野时,会发生异化,这不仅导致人对自然的背叛,更导致人对人的背叛。因而,张炜才感到在人世间,背叛竟然如此频繁而容易,在人群之中,习俗和偏见,使人远离了人的生命本性而受制于非人性的束缚。人走上异化之途,生命因而变得困顿、冷漠、残酷、无情。

在张炜看来,人只有重新返回原野,才能找回那丢失了的人性,卢梭的返回自然,大约也应从这一意义上去理解。返回自然,并非真正与都市、与现代工业社会相背离;返回自然,是人对人性治疗的合法途径;返回自然,是人找回个人尊严、找回个人自由、找回个人的生命本性之途。无论是海德格尔的"林中路",还是劳伦斯的现代目光,都应视作自然对人性的拯救,这是可能性的和解,尽管这不是终极性解决,因此,张炜才如此深情地歌唱原野,不难看到,他的创作有世界文学的广阔背景。张炜的创作深度,也因此而获得了自由呈现,"只有在真正的野地里,人可以漠视平凡,发现舞蹈的仙鹤","当我投入一片茫茫原野时,就明白自己背向了某种令我心颤的、滚烫烫的东西"。① 张炜的自然隐喻,因而具有了某种充满灵性、充满灵质的东西。它是那么抒情,又是那么潜隐;它是那么灵动,又是那么理性。诗的哲学,哲学的诗,在张炜的自然隐喻中,有了出色的表达,因而,当读解《柏慧》时,我内心似乎有了某种悟性。

---

① 　张炜:《九月寓言》的"代后记",上海文艺出版社 1995 年版,第 340—355 页。

《柏慧》似乎表达了作为农民和作为知识者的隐秘心思，它倾诉了人们如骨鲠在喉的难言伤痛，使存在之境得以敞明。张炜所具有的独特才能在于：他一方面能直面残忍，这使得他拥有大作家所具备的写作的勇气和可贵品质；另一方面他又能寻求自然，拥抱原野，他不会在残忍面前绝望，并能找到救渡人生的方式。人到底应该如何救渡，历史为何如此曲折，生命为何如此坎坷？这不是凭借聪明和想象所能简单作答的，这是人类所面临的"不胜之辩"。人类不消亡，这种思索就不会终止，因而，张炜也只能如此发问："未来会是一次有希望的迁徙吗？这片平原上会有地方安放如此美丽的田园吗？"张炜无法作答，人们亦无法作答，只有在存在中体悟，在时间中寻觅，这正是《柏慧》所具有的残酷的诗意，这一闪闪烁烁的灵性之境，仿佛潜伏着精灵。谢林曾指出："长篇小说应成为世界的一面镜子，至少成为该时代的一面镜子，并因而成为个人的神话。它应促使进行明晰的、审慎的直观，并导致对一切的参与；长篇小说的任何一部分、一字一句，都应如同黄金一般，都应纳入最高级的潜在节律，尽管外在的韵律并不存在。因此，长篇小说只能是完全成熟的精神之成果，犹如古老传统将荷马描述为一老者。长篇小说似为精神的，其生活和发展成为花朵；它是果实，却是缀满鲜花的果实。"①谢林对长篇小说叙事本质的探讨，对于长篇小说创作来说仍是有启示的。张炜的长篇小说，之所以取得比较显著的成就，实际正源于他对精神生活的历史与个体生命的意义的深刻反省，在他的长篇小说《柏慧》中，那种极有魅力的"诗意氛围"，确实值得特别强调。

---

① 谢林：《艺术哲学》，魏庆征译，中国社会出版社 1996 年版，第 352—353 页。

第四节 世界意志:从自叙传叙事到有限虚构叙事的转变

1. 王安忆的道路与自叙传

王安忆,对于现代中国文学意味着什么? 她意味着"坚忍创作"的特别意义。作家之所以称之为作家,不仅要展示优秀的文学作品,而且要最大限度地保持文学创作的生命力持久绵长,这就需要作家对文学保持持久的热情,在思想和艺术上不断地超越自己。创作,永远是对未知和神秘存在的探索,当作家达到一定的高度之后,就会发现,新的问题又矗立在面前。从王安忆的创作背影中,可以看到一个高超的语言叙述者找不到自己心灵的栖息地,找不到灵魂的自由,找不到生命彼岸时坚忍而痛苦独行的不屈形象。她太善于叙事,所以,呈现出永远旺盛的创作力,不过,她一直在"自叙传叙事"和"有限虚构叙事"中挣扎,我们甚至可以发现,她总是在先锋文学或经典文学中,找到自己创新或超越自己的可能性。

王安忆是一位努力寻找故乡但还没有真正找到自己的故乡的小说家。我的直感是:她的创作,不善于向内部追问,向灵魂追问,向存在深处追问。她总是极其强烈地沉醉在历史的丰富性记忆与现实的丰富性记忆中,这种丰富性记忆,构成了她小说创作想象的无穷源泉。也许在《长恨歌》中,她找到了自己的灵魂栖息地,但是,这个栖息地是否真正构建起来了呢? 或者说,在未来的生活中,她是否还会持久地坚守这块栖息地。如果永远基于老上海而探索存在的隐秘,也许她会找到自己的永恒天地,因为上海的文化生命复杂性,并不亚于巴黎和伦敦,既然这几座伟大的城市曾经诞生过最伟大的作家作品,那么,我们有理由指望王安忆的小说叙述有所突破。

批评的范导性意义,只能从具体的作家作品出发。如何评价王安忆的小说创作? 按照小说批评的传记模式、文本模式、形象模式和思维模式,需要通过三个步骤来完成王安忆小说创作的系统观照。首先,从小说批评文本模式与形象模式出发,需要对王安忆的小说创作有编年史的认识,也就是说,必须对王安忆的重要小说作品进行学术编年。王安忆的小说创作,截至目前,大致可以分成三个阶段:第一阶段是20世纪70年代末至80年代中期的女性小说创作,即雯雯系列;第二阶段是20世纪80年代中期至90年代中期的知青小说和寻根小说创作,在《纪实与虚构》中达到高峰;第三阶段则是20世纪90年代中期以来的上海市民生活的文化重构性小说,在《长恨歌》中达到极点。应该说,她的小说创作正处于第四个阶段,她越来越关注上海的生活与文化,人物与历史,对20世纪以来的上海社会生活,尤其是女性生活进行了极富想象力的书写。在此,文本解读与形象重建,是理解王安忆小说的关键。①

　　其次,从小说批评的思维模式来看,需要关注王安忆小说的最显著的思想与艺术特点。就思想倾向而言,王安忆的小说体现了鲜明的女性主义意识,也就是说,离开了女性主义思想视点,就很难真正解释王安忆的小说创作。女性主义思想,是20世纪兴起的文学批评方法与理论,从思想取向而言,女性主义思想是相当客观的思想意识,不同于女权主义思想。如果说,女权主义思想更关注女权与男权相抗衡,那么,女性主义批评则更关注从女性的角度理解生活与现实。王安忆的女性主义思想,更关注从情感方面入手理解女性的生活历史与美丽情感。她从生命出发,把女性生活的理想与美丽生命情感进行自由想象与表达,所以,女性意识与时代生活的自由理解,显示了王安忆小说的独特时代价值,这在很大程度上决定了小说批评的视角选择。

　　女性生活意识与女性生活形象,是王安忆最忠实的叙述态度,没有一位作家能像王安忆这样有着清醒的性别叙述意识。雯雯的思绪,成了我们评价王安忆小说批评的出发点。王安忆的早期创作,显然带有青春文

---

　　①　王晓明:《从"淮海路"到"梅家桥"》,参见《中国大学学术讲演录》,广西师范大学出版社2003年版,第259—279页。

学的痕迹,也是她的生命历程的忠实呈现,即按照美的理想的生活来表现少女或青年的生活世界。王安忆的寻根小说与知青小说作品,值得特别重视,应该说,寻根文学或知青小说,是王安忆最成功的创作。在这一时期,她创作了《小鲍庄》《岗上的世纪》,虽然王安忆的创作不完全是自由的选择,但是,她极善于感悟,而且,这些作品本身极忠实于她的生命记忆。在这类作品中,她考虑的核心问题是:城市与乡村的差别,知青与农民的恩怨,这是颠倒了正常价值观的时代,时代通过政治宣传建立了全新的世界。[①] 应该说,当时,大多数人皆无法从理性的高度评价这一新价值观的得失,其实,在今天的反思视野中,许多问题得到了很好的理解。在那个时代,城市与乡村虽然没有本质区别,但乡村的艰苦程度还是让城市生活的人陌生而敌视,那时的"乡下人"绝对是贬义词,意味着贫穷、苦难和卑下,但是,从农民意识而言,生活不应是约定俗成的,应该颠倒一下本有的生活法则。正是从农民意志出发,城市青年必须往农村生活,当然,从根本上说,还是由于当时的城市经济状况和就业困难,不得不让城市中学毕业生到边疆和广阔的农村天地中去。那里,可以实现无限的就业,而且,也极大地满足了广大农民的价值颠覆的愿望。

正是以这一历史事件为背景,王安忆展示了城市与乡村,知青与农民之间的感情纠葛,一方面,农民以其本质的纯洁好奇地和善地对待知青,另一方面,知青以其好奇与不安的目光看待农村。我无法理解当时知青的心理,但非常理解农民的心理,在那闭塞的乡村,能够结识知青群体,无论对于乡村少年还是乡村农民,都是极为新奇的,特别是大城市来的知青,给闭塞的乡村带来了一些富有活力的文明元素。在这个特定的历史记忆中,知青既有喜悦更有卑屈,《岗上的世纪》,与其说写的是肉身狂欢,不如说写的是权力与肉身的错乱。这个特定的历史记忆是有意义的,至少,今天它让我们需要反省的是:是尊重人们生活的历史特权,还是按照理想的生活模式来安排人的生活?[②]

---

① 　王安忆:《重建象牙塔》,上海远东出版社1997年版,第26—35页。
② 　王安忆:《隐居的时代》,上海文艺出版社1999年版,第93—102页。

第三,从多维视野出发,对王安忆的作品进行深入细致的理解,赋予作家作品以丰富的思想与文化内涵。在此基础上,可以对王安忆作品进行意义阐释与价值定位,基于此,从王安忆的小说道路出发,进而,以她的《纪实与虚构》为核心,对王安忆的小说创作进行深入理解。事实上,王安忆在小说创作方面显示了出色的才华,这不仅因为她尝试了不同的小说文体样式,而且由于她在女性意识方面有着独特的发现和创造,更为重要的是,王安忆的良好的小说审美趣味,保证了她能够出色地理解小说的本质和小说的意义。追问作家的创作特性及其价值,就是批评的任务,通过具体的作家批评为批评解释学树立实践的标本,这是极为有效的批评范导性方法和原则,也是文学批评学理论与实践的崭新尝试。

王安忆的市民生活小说的自由创作意义,在时代的审视中,可以看作是作家向自身生活传统、地缘文化和生命意志的回归,这是王安忆摆脱文学的时代影响,回归人性理解的重要步骤。《纪实与虚构》,依然是在寻根大旗下的创作,但是,这一作品标志着王安忆的重要转折,即回到生活历史的真实记忆,回到生活最丰沃的大地,这就是上海在王安忆小说创作中的重要意义所在。回到生活,回到历史,回到真实的存在记忆,回到故乡,作家就有永远抒写不完的生命历史记忆,《长恨歌》就是在特定的历史跨度中写出上海市民生活的独特韵律。虽然这也是情与欲、爱与恨的经典话语,但是,它也显示了艺术本有的历史任务。

文学不是为了建立生命理想模式,而是为了生命的历史记忆与想象,这使得文学与哲学和相关科学形成了巨大的冲突。作家总是津津乐道于人们的生活,研究活生生的人的历史,从历史意义上说,最真实地保存了时代的生命记忆。人毕竟不是时刻为理想和信念奋斗,越是在自由的生活中,人们越关注个体的生存,而个体的生存又不是由理性所控制的,更多的是受情感与意志的支配。正是在情感与意志的支配下,人们自由地情爱,于是,人际间就充满了爱与恨,忠诚与背叛,良知与无耻的无穷诘难。这就是文学,人与人,人与团体,人与他者,人与生活,人与邪恶,人与法制社会,人与黑暗社会,这一切使得叙述把生活的复杂性置于人们面前。文学,常常让我们迷失于生活的意义,王安忆的创作历程,真实地展示了这些生命的历史,她作品中的小人物,就是生活在我们身边的邻人。

2. 革命生活叙述的主观意图

王安忆是极具创造力的作家,她的叙事展示了极为开阔的精神领地,在当代作家中,还少有作家像她那样在多种多样的叙事主题中自由驰骋。从儿童文学叙事到青年文学叙事,从乡土生活叙事到城市生活叙事,从性别叙事到心理化叙事,从历史叙事到现代生活叙事,几乎在一些重要的叙事领域,皆留下了王安忆精神探索的身影。这一方面表明王安忆是锐意探索的作家,另一方面也表明王安忆是面临精神困惑处处尝试突围的作家。创作的不确定性,往往表现出作家精神上的躁动感,也表现出作家对古典叙事话语和先锋叙事话语的叙事法则的强烈兴趣。王安忆不是具有精神确定性的作家,正因为她在精神探索上的不确定性,所以,她的叙事话语呈现多样化形态。正因为她的精神探索的不确定性,王安忆还没有找到真正属于她的独创性叙事形式,她易于受到他者的叙事话语之影响,王安忆的精神探索也表现出内在的矛盾。她对人性的探索,触及了不少核心问题,但她还不能做出深刻的精神心理分析,在这里,必须以王安忆长篇小说创作中的寻根意识和叙事智慧剖析她的精神探索的价值及其局限。

作家必须有自己的生命哲学,它不应受大众化观念的影响,可能是超前的,也可能是背时的,但必须表现出个体的心灵真实。王安忆的长篇小说《纪实与虚构》,一半是反思,一半是寻根,皆与生命的价值追寻有关。[①]也许对这两者都有兴趣,于是,我进入了她的"叙述圈套"。她的故事,犹如精致的红灯笼里放着一支蜡烛,慢悠悠地引渡着走向回乡的路。她的故事和她的语言,显示出真正的作家的能力,但是,当我从她的故事中抽身逃离,在她的语言的缝隙中休息时,我发现,王安忆没有自己的生命哲

---

① 王安忆:《纪实与虚构》,浙江文艺出版社 1993 年版,第 12—58 页。

学。没有自己的,但不等于没有大众化的,正是由于王安忆受大众化观念的影响,所以,她抓住了诸如孤独、隔膜、幻想、自恋、种的退化等重大主题,却没有完成关于这些主题的深度开拓。这一任务,留给了读者自己,我们必须从她的叙事圈套中,找到精神孤独和寻根冲动以及家园怀念的本义。

《纪实与虚构》的着眼点是很明显的,即寻根的本义。寻根,本来就应带有家族的印迹,莫言也是如此,《红高粱家族》和《丰乳肥臀》,立意虽在表现家族的历史特征,但重心在于表现中国人的生命形态和生命精神。王安忆显然与莫言不同,但大多数作家则追寻的是生命之根,所以,家族观念是淡漠的,而人类的原始生命精神与原始冲动则成为寻根之本。王安忆对这两种方式都有所倾斜,《岗上的世纪》可以看作是对原始冲动的倾斜,《纪实与虚构》则是向着家族倾斜。《纪实与虚构》顺着母性的根往前爬梳,男性家族的历史相对被忽略了,至少,没有真实的男性的地位,即使有,也是附带性的。王安忆没有给男性足够的地位,所以,这寻根带有很强的女性意识,母性成为根之本。"我"成了追寻母性家族的起点,即由近向远追溯,这里,关涉家族史的感情冲动。"我是乘了火车坐在痰盂上进的上海。"我的感受和记忆,构成长篇的半个真实世界,另半个世界,与"我"的世界交织着,交替叙述着。母亲、外婆,外婆的母亲,如清代的皇孙、元代的游牧首领,构成这半个世界的主体。无论是对前半个世界,还是对这后半个世界,王安忆都极其严谨地叙述。

历史是有序的,时间空间是具体的,谈起历史,有书可查、故事的虚构便有了真实依托;谈起时空,这些地名具有真实的地理背景。我模糊地感觉到,王安忆的寻根采取的是历史主义态度,失误便由此引起,作为历史学家和写家谱者,这种态度是最应肯定的;而作为小说家,这种态度窒息了创作主体精神世界的骚动性质。于是,王安忆被历史的时间逻辑所牢牢缠绕,却放不开那生命体验的"天马"行空的缰绳,生命哲学的独特韵味被理性所遮蔽,"文章且须放荡",王安忆过于理智,小说应该放荡却没有放开来。只有从她的严肃中去寻求放荡,又从放荡去寻求她的严肃,才能把她那精致的红灯笼变成火把,照耀个体的回乡的路。①

　　这照耀回乡之路的火把,应该照亮的是小说中的"自我","很久以来,在上海这城市里,都像是个外来户"。我读这个句子时,感到王安忆找到了极佳的叙述起点。"外来户"是与上海大都市格格不入的,是为上海本土的原乡人所欺侮的对象,是不熟悉城市、对城市感到陌生和恐惧的心态。外来户有自己的历史,至少是孤独和寂寞的历史,因为原乡人有着独立的自尊,不可避免地具有排外情绪,好像他们的家园被侵占似的。在他们看来,外乡人或乡下人是不配与他们生活在一起的,然而,外乡人或乡下人却被派进来了,派进来管理这座大城市。他们理直气壮地进来了,你是赶不走的,于是,对于都市的原乡人而言,武力上的侵犯不可能,只能转化为心灵和语言上的侵犯。"外来户"并不是小媳妇,外来户有着自己的优越意识,即源于那种优越的阶级地位和革命经历。在他们看来,本土人并没什么了不起,他们的荣光是祖先留传的,而外来户则不一样,是凭本事和机遇在城里立足的,是苦斗的结果。外来户更少依赖家族势力,于是,外来户也瞧不起城市的子孙,这一隔膜和屏障是无法拆开的。王安忆从小便感到这一隔膜的痛苦,因为外来户的情感交流被相对"独立化"了,没有真正的血缘亲近。这对于家族式的中国文化语境而言,外来者,如同绝对孤独的失群的大雁悲伤鸣叫,他们必须依靠自己的力量在城市扎根,其奋斗与挣扎的心灵历程,不免揪人心魄。情感的隔膜,导致文化的隔膜,语言是窗口,"我们"使用的语言,不是上海话,而是南腔北调,这语言的隔膜,导致精神上的排斥,上海话也是分片的,在不同的区域内,价值便不一样。

　　"我"非常渴望与周围的世界调和,但"我"依然孤独,因为"我"长期以来,不知不觉地有孤独性格,在这个交往的热闹世界,孤独是悲剧性的,于是,寻根就有了契入方式,"我"的悲剧性格是如何构成的? 祖先是否也像"我"这样? 他们是如何战胜孤独,获得生存的勇气和生命的乐趣的? 这

---

　　①　海德格尔:《诗歌中的语言:对彼特拉克的诗的一个探讨》,孙周兴译,参见《在通向语言的途中》,商务印书馆1997年版,第24—71页。

便成了寻根之动力。悲剧性格是否遗传？王安忆在这个问题上过于求实，所以，疯狂的想象力被阻隔了。于是，孤独感折磨着她，"城市人"的心灵有病，她想说出，却没有痛快淋漓地说出，但这种意向是非常强烈的。王安忆却未沿此开拓下去，她关注的是"我"的命运。在这部长篇小说中，她涉及了许多重大主题，但在叙事的过程中，她经常转换主题，这就导致她未能把有价值的叙事主题深入持久地探索下去。

主题的转换，使她的叙事本身流于形式化和感觉化，缺乏震撼人心的生存悲剧效果。姑且顺着她的思路寻找下去，"上学第一次使我激动万分"，因为这意味着孤独者找到了群体，但在特殊的时代，人心的设防，不仅没有把"我"的孤独减轻，而且把孤独加重了。这里，本来具有十分复杂的心理内容，王安忆以外在的历史叙述与个人的历史经验代替了复杂心理的描绘，于是，孤独又停留在纸面上，更为复杂的心理图像展示不出来。孤独意味着对外在世界的格外敏感，孤独也意味着心灵异常脆弱。[①] 对外界不敏感、心灵不细腻、精神不焦虑和恐惧，那么，孤独主题的叙事表现，就缺乏真正的社会意义。而事实上，王安忆应该在这里有更深度的体验，《小城之恋》的心理展示就复杂得多，《纪实与虚构》，王安忆过于执着于自我的真实了。那种沉重的历史记忆，那种还未穿透的生活硬核感觉，那种极具深度的东西并未向王安忆袭来，同样是孤独的含义，在卡夫卡那里就格外敏感、多疑，也显得格外焦虑与恐惧，所以，他笔下的人物发生了变形。那种孤独，就具有超前性，就具有深度意义，拉美魔幻现实主义小说也是如此，那种内在的孤独变得格外的光怪陆离，生活中充满了荒诞，充满了隐喻，充满了变形，那正是作家精神孤独敏感的心理展示。

孤独主题，是现代主义文学叙事的基本话语倾向，王安忆对孤独的理解，还缺乏那种现代主义文学的冷峻和深刻。虽然王安忆多次写道："长期以来，我一直寻找孤独的原因。"这本来是极富意义的，但从《纪实与虚构》看，她并未真正寻找到。王安忆感到在上海这个大都市只是"外来

---

① 昆德拉：《被背叛的遗嘱》，第 251—258 页。

户"，这外来户的孤独，并不是敏感、多疑、焦虑、恐惧、脆弱，而只是没有朋友。这没有朋友是人为的，小朋友不是渴望与"我"游戏吗？是妈妈有意让我与他们分开，于是"我"才有孤独感。真正的孤独不是没有朋友，而是有朋友，甚至与亲人在一起也感到孤独。王安忆没有把在大城市所感受到的这种孤独感表现出来，她表现出来的是经验，这种经验是历史性的，具有历史的真实，但王安忆没有运用现代艺术手段将之构成巨大的艺术真实。在这里，她过于大众化，缺乏超前意识和超越意识。①

王安忆之所以涉及了"孤独"问题，却不能开拓孤独的真义，与她的生活体验有关。她的生活的和谐，家庭意义上的和谐，使她感到爱的魅力和家庭的魅力。在中国文化中，只有这种"家"，才是深刻的依靠，没有朋友无所谓，没有朋友仍可以归家。家长虽严厉，但充满了爱，所以，这种孤独，只是没有朋友相聚的热闹而已，但毕竟有独处的清闲。这独处的清闲，给了她自由想象的乐趣，并把她造就成了小说家，她应感谢这种孤独。卡夫卡的孤独，就不是由于清闲造就了他的想象力，而是对世界的恐惧，对人和社会的恐惧，造就了他的孤独体验，造就了他非表达不可的创作动力。孤独不是王安忆的创作动力，相反，她是以创作来填塞这清闲的孤独，所以，生活决定了王安忆不可能真正找到孤独的原因。事实上，孤独必须与社会构成抵抗，与人构成对抗，王安忆的温和性格不可能构成这样的对抗，因而，她就缺乏真正的孤独之痛苦。孤独是以生命的悲剧和生命的巨大代价换来的，所以，《纪实与虚构》涉及了最有意义的孤独主题，却因为缺乏真正的孤独体验而将孤独的主题稀释在历史寻根的叙述之中。

王安忆把这一主题放逐了，流于表面，而缺乏深度，因此，清闲的孤独给予了王安忆沉思遐想的时间。正因为她有这种清闲的孤独，所以，她可以从广阔生活取材，写那些永远也写不完的故事。我很希望王安忆的灯笼照亮那真正的精神孤独，20世纪西方文学的孤独主题，然而她放逐了，我感到遗憾。在王安忆的精神体验中，许多矛盾的东西交错在一起，自卑

---

① 勒维纳斯:《上帝·死亡和时间》，第227—238页。

与自豪、吃苦与享福、寂寞与安全、叛逆与温和等等对立的因素,在她身上同时存在,而事实上,她最终总是被优越性的东西所主导。她写得极为自由,永远有写不完的故事,却契入不了那神圣、真实、深刻和具有超前性的孤独体验中去。顺从大众化方向的作家,总是时代的宠儿,而那些孤独者却一无所有,只有等待未来世纪给他立纪念碑。很少有作家愿意冒这个险,做这份牺牲,因为他们的选择与真正的生命哲学是那么背道而驰。"人生得意须尽欢,莫使金樽空对月",看来精致的红灯笼,还需要不断地在中国的夜晚照亮人们的道路。

3. 生活叙述的历史价值追问

《纪实与虚构》围绕"自我",试图开掘"孤独"主题;围绕"母亲"试图开掘异化主题。尽管小说家并未用"异化"这个词,但其叙事话语体现了这一倾向,在小说叙事中,叙事者对母亲的教育思想的评述确实蕴涵着这一重大主题。王安忆在小说中寻找孤独的原因,不自觉地把责任挪到母亲头上,因为叙事者相信气质虽是天生的,但性格完全是后天培养成的。试想,如果母亲给我充分的自由,我自然有朋友而不孤独,我一定能够沉醉到热闹中去,"我大部分时间是独处的,心里恨着妈妈,觉得是她使一家都成孤儿一样的人"。中国人不愿让自己的个性特异化,却愿意把个性融到大众化中,这样,就会少些痛苦。穿同样的衣服,买相似的电器,作相同的家庭摆设,养成谦虚和虚情假意的作风,就能顾全面子,王安忆小说的叙事话语里,仍然是寻求大众化的冲动,幸好她没有在母子关系上停留太久,直接进入母亲的生活历史和生活世界。

王安忆《纪实与虚构》中关于家族的神话,就是从母亲延伸开去的,叙事者对母亲的理解冲动,成了她的寻根的精神动力。家族的历史是运用追溯法写成的,由母亲追溯到外婆,由外婆追寻到外祖母。男性家族是无根的,这省去了她叙事的许多麻烦,她把这一生活背景在上海与杭州之间展开,然后,延伸到绍兴柯桥。母亲的世界展开了,"我"突然发现"母亲是个孤儿",应该说,发现这一契机,很容易展开并深化"勇气"这一主题。

"母亲做过工,教过书,最后到了军队就像到了家。"这里,有许多值得表现的重大历史主题,而且能够显示"母亲"在生命的历史活动中所具有的巨大的生活勇气。母亲是如何战胜孤独的? 母亲是如何变得坚强勇敢的? 母亲是怎样对待爱情与生活的? 等等,这些问题,只有展开前面提到的"勇气"主题才能深化。

毕竟,王安忆没有那种莫言讲我爷爷我奶奶的风流韵事的勇气,这个复杂的主题又被放逐了,因此,王安忆只好转到异化这一主题上来。在王安忆的叙事话语中,逐渐呈现这样的叙事倾向:在母亲的性格里,有许多不合时、不入流的东西,有积极的,有消极的,而这一切又与母亲所投身的文化革命生活紧密联系在一起。这一主题所具有的文化意义,在于一些革命家庭几乎都有这样的传奇,那么,这一切变化又该如何去深化呢? 显然,这是说起来轻松做起来难的事。①

王安忆的叙事话语,是这样展开叙述的,"母亲总是坚持说普通话。为什么不说上海话,而我为什么又那么渴望说上海话,母亲还不准我和邻家的孩子往来。母亲从来不带我们去看越剧这种带有村俗性的剧种"。"和同学挽胳膊过路也是不允许。"几乎我所渴望交朋友的方式,都被母亲阻止。母亲确信,弄堂里只能培养出市侩之子,母亲这种所独有的固执观念,显然带有革命者的习气。不说也明白,这种异化是不知不觉完成的,几乎每个阶层的价值取向,都与这种异化有关,这种普遍性的异化是多么悲哀的事实。变来变去,让人们找不到方向,王安忆看到了这一事实,却没有真正的焦虑,她遵从这种自然的惯性,或者说是宿命吧。

现在,关于母亲的生存勇气和生命异化,就可以找到一些答案了。母亲不愿提起过去,因为过去对她意味着屈辱,过去的流亡、孤儿们的痛苦生活以及亲戚的假面,使她看透了市民的本质。她生活的勇气,一半就来自对这一阶级的仇恨,另一半则源于她对革命和同志之情的向往。正如列宁所指出的:一唱起《国际歌》,无产者便成了朋友。在同志之间没有孤

---

① 梁漱溟:《中国文化要义》,第 37—56 页。

独感,这就有了母亲的奇异爱好:"行军的快感就在于,你一直在向前走。行军的快感还在于前面有什么等待你,你却不知道。"因此,母亲总是以革命的观念来判断人与人的关系,只有敌与友的情感关系了。情感在这种异化关系中被误置,这是历史造成的,如果在这一问题上更深地开掘下去,那该多好。遗憾的是,她对寻根历史的兴趣和家族神话的兴趣,比对这类生命哲学的问题思索更加投入。这样,不可避免地导致她不停地修饰红灯笼,尽量让红灯笼眩惑一些,其实,她母亲的优越感和快乐意识更值得开拓。那是在军队建立起来的敌友观念,那是在军队中建立起来的乐观自信,那渡江的历史和作为英雄的自豪,导致她有了生活资本,她就具有了不同于市民阶层的气度。①

在精神深处,革命者对市民阶层具有优越感,这是革命者的优越感,这种优越感和勇气与人的情感异化问题,是亲密地联系在一起的。这正如今天富翁富婆所具有的优越感,这种优越感真实展示了社会的悲剧性。不仅是王安忆,几乎大多数作家都放逐了这一历史性主题,莫言似乎照顾得好一些,他的《断手》《红耳朵》《怀抱鲜花的女人》就有了较深的开掘。在人的社会意识,人的社会仇视感和蔑视感中,有许多政治文化经济因素的作用。单一的价值取向,常使人类戴上有色眼镜看人;人与人之间的利用和被利用关系,深刻地显示了生命的异化与生存的悲剧。这就需要作家有反向性思维,即善于从这些真实的社会现象思索更为深刻的问题,从而消解任何时代价值取向的价值特征,使人类生命的价值取向有着更为人性化的精神特质。

在这喧嚣与骚动的时代,王安忆和莫言都情不自禁地陷入了关于家族神话的想象。无论是莫言的土匪抗日,还是王安忆的游牧民族的后代,都显得有些喜剧化效果。王安忆的红灯笼的光亮太弱,红灯笼成不了火把,大约与这种家族神话虚构所导致的迷失有关。这种心情,在我看来,确实有点无病呻吟,"吃饱了撑着",诸如:"没有家族神话也是我的一大苦

---

① 王安忆:《寻找上海》,学林出版社 2001 年版,第 2 页。

恼,我母亲给我讲的故事全是新型神话。""家族神话是壮丽的遗产,是家庭的文化与精神的财富,记录了家族的起源。""没有家族神话,我们都成了孤儿,栖栖惶惶。""我们的一头隐在伸手不见五指的黑暗里,另一头隐在迷雾中。"由于王安忆不是探讨生命哲学,而是关心故事,讲起带有游戏性质的故事,王安忆陷入历史文献而不能自拔。我猜想,她一定是一边翻阅"二十四史",找出一些蛛丝马迹,另一边在稿纸上纪实一些电影镜头,"铁马秋风大散关",马背上的民族何等雄威英武! 她从《辞源》上查到,茹姓,北朝柔然族,木骨闾出现了,身上有羊膻气味,穿着戎装的战袍,"他们没有创造一点文明,只留下汹涌澎湃、波涛连天的生命本能"。这个家族的先人融入突厥,叙事者把家族神话又拉近了些,家族神话叙述到了忽必烈又近了些。"木骨闾、社仑、都性锁骨儿、朵奔篾儿干、阿兰豁阿、状元茹莱"等杂七杂八的名字,终于,把她的家族神话的架子搭起来了。

在王安忆看来:"我和祖先的相会是在无知无觉的骨血里。我的奇想就是我的骨血的记忆,这是祖先留给我们的纪念。奇想在我的心中活跃,生气勃勃,如泉如涌。"这种历史性想象记忆,全是虚假的自尊心的表现,家族和祖先的豪迈,虽能影响后代的性格;种的遗传,虽然能锻造强健的气魄,但这并不足以显示人生的价值和意义。"没落子孙",虽如"百足之虫,死而不僵",血毕竟没有生气。[①] 王安忆用一半的篇幅虚构的家族神话,她的寻根就流于形式,而缺乏深度,这种寻根的意图,把她从小说家降格为唠唠叨叨的吹牛大王。这种寻根叙事,由于缺乏真正的叙事意识和生存体验的反思,不知不觉地流入游戏性故事,失去了文学的生命表现价值。

《纪实与虚构》,把我的历史感受和记忆与家族的历史编纂交替叙述,其结构方式是:今—古—今—古—今……十章就是如此变换下来的,最后以自己的创作谈结束。王安忆在这个作品中,塞入了太多与主题不相关的东西,而主题的真正开展却在叙事话语中迷失。不管怎么说,王安忆的

---

　① 王安忆的《纪实与虚构》,还有另外一个名字,即《父系与母系的神话》,1994 年由浙江文艺出版社出版。

这部《纪实与虚构》,引发了我对寻根文学的广泛思考,还引起了我对文学创作价值问题的思考。王安忆的《纪实与虚构》,如果从真正的寻根文学的立场出发,很难称其为小说。我很愿意把它看作王安忆对自我精神的分析,也愿意把它看作王安忆不断地写故事所要达到的满足感的表现。寻根文学必须面对生命问题和社会问题,叙事本身,既可以选择历史性视角,也可以选择现实性视角,关键要把握生命之根本是什么? 生命之根本是勇气、力量、信心和自由,是希望,是虔诚,是奔放,是战胜焦虑和恐惧。生命之思,最终必须回到自由、美与爱这些关键问题上来,而社会总有力量对个体生命构成压抑和残害,必须反抗这残酷和野蛮,必须反抗这暴力和淫威,因为人的生命不是动物的生命。

人的生命,不应是"弱肉强食"的问题,在社会生活中,应该有心态秩序和理性秩序。叙事话语在凸现历史的过程中,应该是对真正的生命的呼唤,对自由的呼唤,对爱的呼唤,最终回到正义、自由、平等上来。以文学形象达到深度思考,不是抽象所能完成的。它使我们想起了拉美魔幻现实主义的虚构。马尔克斯的《百年孤独》和《族长的没落》,写得何等深刻有力,那里的变形虚构正是现实的折射,那里的愚昧、黑暗和残忍,正是作者对生命的自由呼唤。他的深度、广度,他的思想意识,是绝不能以"家族寻根"所能概括得了的,那里的无数神秘莫测的现状,那种原始、荒寒和残暴的野性,那种文明被扭曲、法律被践踏的现实历史之描绘,正是对生命之光的急切渴望,他们的虚构是为了生命之光。①

王安忆的《纪实与虚构》,有点"名不副实",说纪实是真,说虚构是假,因为虚构需要真正的想象力。王安忆彻底陷入了现象的历史,她成了历史学家,却穿不透历史的硬核,把握不住寻根的本义,找不到生命的启示,这是怎样的悲哀! 诚然,文学叙事需要历史,创作需要历史精神的考古,但是,历史叙事不能流于考古,否则,就没有精神,没有民族魂。在文学的叙事话语中,如果没有对个体存在的真实关怀,那么,叙事话语中的历史

---

① 居友:《无义务无制裁的道德概论》,第48—50页。

形同虚设,就是历史游戏。历史的悲剧不断重演,显然是失去了历史学的真义,需要看到历史的真理,必须反荒诞,赢得自由。难道找出历史英雄的神奇和伟力,就能解除现代生存的困惑? 草莽英雄与政治英雄,被虚构得太传奇和神话化了! 正因为如此,历史走不出英雄神话。王安忆的这部长篇小说丢失了寻根的本义,虽然如此,不能不承认她的叙事话语的老到和成熟,也许书写才是她的目的,而思考则不是她的目的。也许应该从书写的角度去评价她,而不应从思考的角度去苛责她了。

如果从书写的角度去评判,就不得不承认她的"红灯笼"修饰得很美、很有个性,所以,王安忆感到:"书写真是一件快事。""写信没有对手。""想象是一件乐事。""写作是对孤独的安慰。""我不适合写童话和诗,我拿手的就是小说。"①王安忆的写作,至少没有直接的功利目的,写作对她而言是生活方式和生命的需要,所以,她不停地写,不停地发表,生命由此获得延伸。"书写真是一件快事,它使一张白纸改变了虚无的性质,同时也充实了我们空洞的心灵。它是使我们人生具备意义的最简便又有效的方式。"王安忆真正热爱的是写作,而不是思考。在许多哲人那里,热衷的是思考,写作只能对他们构成额外的负担,所以,尼采选择诗和格言的表达方式,这种方式相对说来负担轻一些。写作,对许多人是负担,而对王安忆来说,则是乐趣,这是职业作家的最好品性,因为这种乐趣,导致她的话语创造力不会衰弱,生命不会停止。

以王安忆的书写才能,必定能写出几十部乃至上百部小说,可以肯定,那必定都是精致的红灯笼,必须相信她的书写才能。她多次谈道:"我要重建自己经验的愿望,但我还只是在我确有的经验基础上,进行一些改造、夸张,我着重的还是抒发。"王安忆惊人的创作速度和创作数量,使人不能不惊奇她的故事演绎才能。在《纪实与虚构》的后记里,她写道:"在这城市里编织故事的最大问题是没有对手。"这一表述,一点也不夸张,王安忆的叙述才能,确实少有可比者,因此,王安忆所面临的超越自我的最

---

① 　王安忆:《纪实与虚构》,浙江文艺出版社 1993 年版,第 187—238 页。

大问题是:"不是叙述,而是思想。"只有学会真正独立的自由的思想,王安忆的小说创作才会显得深刻和博大。从《纪实与虚构》里,已经可以看到,王安忆的纪实才能大于虚构才能。虚构不只是把经验的材料加以伪装,更本质的虚构应该富有象征意味,富有陌生化魅力;虚构的怪诞、虚构的狰狞,有时恰好能把现实的问题变得更加突出。现代人所具有的焦虑、忧烦意识,显然被加缪、卡夫卡、海勒、乔伊斯和普鲁斯特所夸大了,然而,在这种夸大中,不正感到生活的本质以如此严峻的方式袭来吗? 鲁迅的狂人、阿 Q、祥林嫂的悲剧故事咄咄逼人,正显示出思考的力量。

王安忆所真正需要突破的绝对不是讲故事,尽管讲故事给她极大乐趣,她最渴望的是穿透生活的内核,是思考,"讲故事,我没有对手",这不仅可以在中国讲,即使到欧美大陆也可以理直气壮,但是,"思想,我没有对手",王安忆什么时候可以这样自由地讲,我等待着。我已太熟悉她的精致的美丽的诱人的"红灯笼",在照亮前行的夜路上,我宁可选择火把,而不是精致的红灯笼。① 在这部长篇小说中,王安忆有意识地效法昆德拉小说创作的种种话语方式。这种话语方式的运用,使得《纪实与虚构》具有不少有创造性的思想火花,但是,思想的真正完成,不是仅靠一两个思想警句实现的,必须是精神理想的虚构,它必须是生命意识的理性透视,因此,王安忆需要新的叙事智慧,这就是小说写作本身必要的挑战。正是从思想出发,王安忆小说的形象就变成了批评者的思想激发方式与思想建构依据,真正地理解王安忆的小说形象,意味着小说批评的思想建构就有了形象学支撑。

---

① 张承志:《以笔为旗》,中国社会科学出版社 1999 年版,第 3—12 页。

第七章　以文学经典为目的:批评解释学导向

第一节　文明与时代:文学批评的经典认知方式及其生命亲证

1. 守护经典作家作品的价值

正如绪论所述,在文学批评解释活动中,批评家必须建立"文学思潮""文学文体"和"文学经典"三大观念的中心地位,事实上,这就是文学批评的基本任务。如果说,"文学思潮"观念的建立,有助于深刻地认识文学的历史变迁与时代流向以及文学创作的无限多样性,那么,"文学经典"观念的确立,则有助于建构文学创作的文明坐标、民族语言文学坐标和时代文学的价值坐标。如果说,"文学文体"观念的建立,有助于深刻地认识文学文体的审美共同性以及每一文学文体的审美传统,那么,"文学经典"观念的确立,则有助于树立每一文学文体的经典作品范式。"文学经典",不仅标志着"文学思潮"的最高发展水平,而且标志着"文学文体"的艺术形式与内容独创的最高艺术典范。

事实上,"文学经典"才是人类文学史的不朽丰碑和人类民族艺术的最辉煌画卷。只有"文学经典",才能在文学历史长河中显示出不朽的价值;只有"文学经典",才能在民族艺术的精神史上具有无限美丽的自由启示价值。因此,文学经典观念的确立与文学经典的解释学证明,是文学批评的核心任务。一般说来,文学批评的基本任务在于:评价文学作品的审美价值与思想价值,确立优秀作品的文学经典意义,守护文学经典的伟大传统。因此,发现并确立时代文学作品的经典价值,坚守并阐释古典文学作品的伟大价值,面向现代与面向古典,向前看与向后看,这就是文学批评的思想方向。

"经典",是在历史接受过程中不断选择不断比较不断解释的结果,它有"文明与时代"两个认知维度。按照文明的认知维度,经典显示了民族文化的精神价值与生命信仰,显示了民族生活的古老智慧和悠久生活法则,显示了思想的独创性与生命认知的深度。文明的经典,往往具有普遍适用性,它既然能成为民族文明的最高价值信念,那么,就可以成为人类的不朽价值法则。按照时代的认知维度,经典更具有时代性价值,只要它能够满足民众生活的广泛精神要求,代表民族的积极进步方向,就可能显示其不朽的时代价值。①

文学批评活动,永远运行在文学接受与文学解释的历史链条上,永远在文学思想与文学形象的历史传承中,古与今,你与我,共生共在,并不能截然区分。因此,它的经典意识有其双重理据:一是通过经典文学作品与经典文学法则衡量时代文学创作的成就,二是通过时代文学的创新成果挑战经典文学观念,确立时代文学作品的重要价值。这是互动的思想过程,即通过经典评价时代之作,通过时代之作重建新的经典。按照"经典"的时间评价尺度,自应从"文明的经典"与"时代的经典"两个层面进行理论认知。"文明的经典",是人类不同文明在不同的历史时期形成的既具民族性思想艺术智慧又具有人类高贵而美丽精神信仰的艺术作品,它既可以是生命的经典又可以是艺术的经典。"时代的经典",则是在不同的历史时期的民族艺术出自不同的思想和艺术要求,为了政治经济文化生活或宗教信仰乃至人类革命运动而创作的经典,它记录了人类生活或民族生活在特殊时代的独特精神风貌,能够满足大众物质文化生活的需要,

---

① 曹海东:《朱熹经典解释学研究》,湖北人民出版社 2007 年版,第 29—41 页。

构造了特殊时代的精神特质和思想灵魂。应该看到,人类在思想文化创造的历史过程中形成了无数的创作者和原创性作品,这些创作者以及他们创造的作品常常分属不同的思想文化或科学领域,因此,从学科意义上说,经典作家与经典作品观念并不一样。

哲学经典不同于宗教经典,诗歌经典不同于宗教经典,科学经典不同于政治经典,不过,远古时期的经典,通常既是诗,又是宗教与哲学,科学与历史,它兼容并包。荷马史诗不仅是希腊文学的经典,而且是希腊历史、宗教、政治、地理和文化经典。人们要了解远古希腊与荷马,唯有通过荷马史诗,所以,荷马史诗成了希腊全部思想文化艺术和科学的起点,是民族文化的最初原典。随着科学的独立与分工的形成,学科意义上的经典具有决定性意义,人类不再需要也不可能生产包罗万象的文化原典。相对而言,人类思想文化和科学艺术的经典观念,根据其影响力和接受范围,可以分成两大经典系列:一是普遍思想意义上的经典,因为它直接关系到我们的思想和信念,民族文化精神生活的基本价值皆源于此;二是具体学科意义上的经典,它直接决定了学科的建立和学科的发展。当然,在人类思想文化的全部经典中,宗教经典和文学经典具有最广泛而普遍的意义。①

坚守文学经典作家作品立场,就是为了捍卫文学的真正自由价值。经典作家作品,有时,几十年乃至上百年才会真正诞生;流行性作品如草木之荣枯,方生方死,方死方生,没有特别的意义。只不过,我们必须澄清长期以来困扰我们的庸俗观念,那就是:"经典全部是艰深难解之作"。事实上,文学经典乃至文化经典,决非只有艰深难解之作,也有通俗易懂之作,像《圣经》并不艰深难懂,《论语》是口头言谈,《道德经》是诗体作品,但是,它们包容着丰富复杂的思想文化内容。远古文化经典或民族文化经典强调诗性与口头特征,现代文化经典则重视逻辑建构与科学立法。这是经典的二重性,既要保持经典的诗性与口头性,又要追求经典的立法性

---

① 《五十奥义书》,徐楚澄译,中国社会科学出版社1995年版,第5—8页。

与逻辑性。从接受意义上说，文学经典的诗性与口头性具有决定性价值，但是，从思想解释意义上说，文学经典必须具有自己的律法性与独创性。当然，个体性创作与人民性创作不一样，前者更具抽象性，后者更具口头性，基于口头性的文学创作更具广泛的民众接受基础，基于精英性的文学创作更具艺术的高度和思想高度。无人不追求作品的经典性，但是，经典并非主观自为的，它是天才的产物，也是艰苦劳作的回报。

经典作家作品，是历史淘选的产物。时代有那么多作家，为什么此一作家作品可以成为经典，而彼一作家作品则不能，这就是历史比较与综合选择的结果。作家的创作，无论他最初的动机是什么，都不可能只出于功利目的。人难免有功利目标，例如，有的作家就是为了改变自我的生活境遇而写作，即通过写作的成功，最终改变自己的生活境遇乃至个人的命运。不过，在我看来，不是因为他有改变境遇的动机而能成功地创作，而是因为他/她具有写作的才能。创作才能永远是第一位的，具有创作才能的人，自然不可能永远处于非创作境遇之中，这是他/她的天命。功利目的，只是创作意志与动力，但不是创作本身。如果有创作天才，而缺乏意志动力，自然不可能成为作家，但是，功利动机是外在的，创作才能则是内在的。也许正是在功利或超功利的意志作用下，作家的全部生命活力被调动了起来，于是，作家进入忘我的创作状态之中，全部的才能得到了自由的发挥。当作家认可了创作的价值，他/她会为了文学而献身，这时，作家就进入纯文学的超功利状态。许多外在因素左右着作家的创作，创作的作品面向社会成了作家最重要的标志。创作的功利目的不会为人考虑，即不论作家存有怎样的动机，都不必计较，只须在意作品的质量，因为动机好坏并不直接决定作品的好坏，而且，动机只具有猜测性效果，不具有真实客观依据。①

文学创作者的作品，构成了文学的历史，有限的文学作品，可以被纳入读者或批评家的视野之中。优秀的作家作品，通过自己的劳作或机遇，

---

① 洪汉鼎主编：《理解与解释：诠释学经典文选》，东方出版社 2001 年版，第 38—40 页。

获得公开出版和发行的机会，此时，无数的作品就进入公众视野。作品淘选的过程，就是比较选择的过程，即人们在同时代的作品中总要选择好的作品或影响大的作品阅读。时代性作品可能有两种命运：一是极具思想影响力或艺术召唤力，指引民族生活的道路或满足人民的审美要求，通俗的作品和先锋的作品，皆可能获得这样的效果，当然，通俗的作品在大众那里具有极大影响力，而先锋作品则在精英那里具有极大影响力。这两种艺术状态，往往在艺术诞生的时代，就受到人民的广泛关注，成为文学接受的时代事件，甚至成为文学的时代经典，例如，鲁迅的作品和金庸的作品。二是淹没在无数作品之中，没有得到批评家或大众的真正重视，处于被人遗忘状态。这既可能是通俗作品，也可能是先锋作品，其中，真正好的作品，等待未来的批评家或读者重新发现，而真正劣质的作品，则会消失并且被人遗忘。文学史上提供了大量作品，尤其是在"出版革命"之后，写作和发表变得过于容易，作品的生产量过大，而接受者或文学史叙述的容量毕竟有限。文学史叙述只能针对经典作品发言，或者针对最具时代意义的作品发言，因为有的文学作品构成了特殊的文学事件，成了时代生活的重要见证。此时，文学史叙述绕不过这些标志性事件，但文学史的最终叙述还是以经典为主体，这样，经典的淘选就成了最重要的任务。①

经典淘选有许多标准：一是创作者具有相对数量的作品。在这些作品中，有许多重要作品，这样，经典作家便从时代历史的叙述中脱颖而出。虽然创作不依靠数量，但没有一定数量的作家绝对不是真正的作家，将毕生精力投身文学的人不可能只有一部作品，他必然不断在创作。只不过，他在发表上自我要求严格，例如，卡夫卡，即使是卡夫卡，生前也创作了相当数量的作品。二是确有许多创造性的作品。即作家必须有几个富于原创性的作品证明自身的创造性价值，至少要有一部重要的作品，远远超越一般作品之上。三是同时代的作家和批评家会给有创造力的作家做见

---

① 马一浮：《读书法》，参见《复性书院讲录》，山东人民出版社1998年版，第20—29页。

证。作家生前就获得了巨大影响,这种影响既是读者给予的,又是批评家给予的。文学接受是交流感动的过程,只要有优秀的作品,就会在读者那里获得回声。先锋作品获得回声要困难一些,但真正先锋的作品在同时代人那里依然可以获得重要的反映。

文学作品,一旦获得了独立的生命,即通过发表的方式获得了文字确定性,就会形成无限广泛的语言交流空间,此时,无数的读者与作品本身形成对话关系。这种对话,就是寻求知音的过程,寻求生命快乐的过程,寻求自由交流的过程。对话本身,必然构成无限自由的解释;解释的过程,就是确证文学价值的过程。正是由于无数接受者的努力,影响大的作家作品就形成了,接受者的内在共同的心声,就是对经典的选择,经典作家和经典作品,在同时代人的选择中产生。

与此同时,经典还有长时段的历史比较过程。历史中确立的经典成了民族的文化共识,因为这些作品已经活在人们的心中或口头,或者,化成了民族共同的精神记忆。历史的经典有反复确认的过程,"反复确认",意味着反复解释、无穷解释、不断开掘经典的无穷深意,并在时代文化背景下焕发艺术作品的生命,赋予作品以现代性启示。当然,也有被人认可的经典在历史中不断死亡,因为不能随着时代永久长新的作品,在历史接受中就会死亡,因此,必须强调文学对跨越时代的思想与信念的追求。如果说历史的经典是相对稳定的评价尺度,那么,时代的经典则是富于变化的尺度,即现时代认可为经典的作品,在历史的发展过程中未必就是经典,人们会淘选局限性认识。相反,那些真正有创造性的作品,可能因为富有生命力而被重新发现或重新解读,不会因为时代的偏见而丧失价值。

历史并不总是自由地开启,历史的作品并不总是在人们的眼前,历史的作品被淹没,有时比当代作品更不容易被真正认识。经典永远有重新解读的过程,也是永远需要解读的过程,实际上,人类一直在读经典,只有在当代,人们才会阅读非经典。历史的作品,非经典作品大多死亡,只有相对经典的作品被保护下来,因而,人们只能阅读伟大的历史作品。有了经典,文学就有了依靠,人类的艺术生命就不会偏离主航道。所以,在历史生活中,创作和发表极其重要,至少保护文本极其重要,否则,经典就找不到依托。我们要不断地阅读文学作品,不断地选择文学作品,让文学作品获得真正的生命力。

2. 通俗与深邃:文学接受意向

文学经典并非只有通过艰涩的艺术形式才能构成,通俗的形式也可以构成文学经典。就现代中国文学经典而言,如果说,鲁迅代表了艰深的文学形式与先锋思想的力量,那么,金庸则代表通俗的文学形式与传统思想的力量。确认鲁迅与金庸作品的经典意义,是现代中国文学批评最重要的工作。事实上,现代文学批评家往往从不同的作家作品出发,不断进行经典重估,但是,最终被广泛认可的经典确认工作,还是在这两位作家身上得到了充分体现。经典作家作品的形成,其实,有其内在价值标准,它有比较的问题,也有认同的问题,即在文学的历史发展过程中,人们已经形成了对文学的许多基本看法。优秀文学作品,必定符合人们对艺术与思想的最高审美创造要求,经典作家作品,具有独特的创造性品质,在艺术上有天才的光亮,在思想上有特别的生命寄托。

经典作家作品的形成,只有通过天才理论才能得到最好的解释;天才即作家个人所具有的特别才能,仅仅从经典或别的方面实在不足以得到真正的解释。虽然天才是在实践中成长发展的,但是,天才成长的过程无法得到真正的普遍性说明。天才就是创作者在天赋、兴趣和意志方面的超凡品质,在艺术作品中获得了完满实现。经典作家的成长,从才能上说,确有一定的天赋。所谓天赋,就是对待世界和人生的态度,就是文学艺术创造的语言能力、形象感悟能力、情节构造能力、意象想象能力和人生思想能力的综合。经典作家,往往在文学创作上有其特殊的敏感,热爱文学。文学创作仿佛就是他的天性,他在文学创作中能获得最大的快乐和自由,同时,也能获得最高的成就。经典作家的思想意志力和生命意志力肯定不同凡响,也就是说,经典作家肯定不会像普通人那样世俗。相对而言,经典作家皆有自己的成长路径,具有创作才能,永远是第一位的,此外，他们一定愿意献身于文学创作。经典作家可能是毕生只有一部作品的人，但大多数经典作家是通过一批作品显示自己的创作才能的。在他的全部创作中，至少有一部作品超越人类普通想象之上，达到人类文学想象的原创高度。①

经典作家作品，还有比较、判断问题，即有时间和空间比较、判断的问题。在特定的时代，某一作家优秀于他的同时代人，他的作品所具有的时代意义，可能使之成为经典；同样，在民族的文学语境中，某些作家优于他的同胞作家，他的作品在民族文学史中可以成为经典。从世界眼光上看，一些经典作家作品不仅代表了民族的智慧，而且具有世界性智慧，它标志着人类文学所可能达到的最高成就，这就是世界性的经典作家作品。相对而言，最能代表一伟大民族的思想智慧的作家作品，必定是世界意义上的经典作家作品。当然，民族的文学，由于语言和文化的限制，由于不同民族在政治经济军事上的处境不同，因而，文学经典的评价不可能是全球性眼光。

例如，西方的世界文学视野，只有古希腊罗马文学、中世纪文学和欧美各发达国家的文学，东方只有古代印度的文学，显然，这不是真正意义上的"世界文学"。由于真正意义上的世界文学涉及语言的交流问题，而且，民族经典的翻译，在语言形式和意义的转换过程中，会丢失真正的思想魅力，因而，真正意义上的世界文学，只有在各民族的自由交流的基础上才可能形成，但这样的时代是可以期待的。从这个意义上说，伟大民族的伟大经典，往往是世界的经典；最能体现人类生活命运和历史文化的时代性作品，最可能成为世界经典。从民族文学的意义上说，我们更需要建立真正的民族经典，因为所有的世界文学经典，永远必须首先是民族的文学经典，外民族的文学经典最终必须转换成本民族的语言来理解。②

判定民族文学或世界文学经典的尺度各异，但是，判定伟大作家或经典作家的尺度则相对一致。经典作家必须是富有创造力的人，是对文学

---

① 李咏吟：《解释与真理》，第 393—430 页。
② 李咏吟：《解释与真理》，第 109—125 页。

有特殊敏感的人。这种敏感,第一,源自于他的生命理想,源自于他对人生的理解。文学艺术,说到底,就是要创造各种各样的生活,这多样化的生活,不是源自于作家的想象,而是源于作家对生活历史文化本身的体察与发现。如何理解人生,表现什么样的人生,是作家创作的最大魅力所在。经典文学作家善于创造自由的生活,创造特别富有力量的人物形象,包括自我抒情形象和艺术典型形象。第二,经典作家是对民族语言及其表达形式有着特殊敏感的人。语言在经典作家那里,不仅充满个性,而且富有美感力量。作家语言,让抒情的世界和叙述的世界充满魔幻的力量,作家创造的艺术形式,不仅自然机智,而且简洁深邃。第三,经典作家肯定有着自己的思想意志。经典作家通过文学创作本身,表达他对世界和生命的理解,他的理解意志可以在读者那里获得认同。第四,经典作家必定能够创造让人们永远难以忘怀不可磨灭的文学形象。这些文学形象如同活生生的人,如同朋友或敌人,永远对个体的生命充满诱惑和挑战。

总之,经典作家必须由经典作品来证明,经典作品必然源自于伟大的作家的创造。上帝不会恩惠小人物,让他们像摸彩票那样中大奖。这种偶然与幸运,在创作者那里是永远不可能的。在文学经典创作中,上帝永远只嘉惠那些富有天赋富有理想并且辛勤探索的创作者。不过,经典著作与经典作家并非只有某一类型,经典作家作品涉及价值分层的问题,即在文学创作中,有的作家作品属于最高的水平,有的作家则属于较高的水平,这与作家作品所具有的内在精神有关,与作家的思想与艺术高度有关。

如果一定要对文学经典的特性加以总结,就不妨这样界定:文学经典首先在于它的原创性与优秀性,它能够代表一类文体一类作家或民族的最高文学水平。经典绝对有其不同凡响之处,不可能是平庸之作。其次,文学经典的意义在于它的形象感染力和思想的影响力。第三,文学经典的意义在于它创造了新思想范式和新的写作范式,既对先代文学形成了思想和艺术的超越,又对后代文学形成了指导和奠基作用。应该这么说,真正的经典作家总能标志文学的思想高峰,总能显示文学的艺术高峰。

每个民族都呼唤真正的经典作家,但经典作家绝对不应是平庸狭隘的人,应该是具有伟大胸襟的人,当然,在文学史上,经典作家并不是完美无缺的,而是有着许多性格缺陷的人。

不完善的人,可能创作出伟大的经典作品,但是,不完善的人往往很难创造出博爱的作品,因为只有你真正地去爱,才能创造出伟大的爱的作品。中国社会的复杂人际关系以及中国社会政治经济文化形态,决定了我们的作家在人格上的缺陷或畸形,这是不可避免的,人无完人。我们承认,有缺陷的人格也可能创作出经典作品,但是,中国走向世界的伟大经典作品,必然与作家所具有的自由人格精神有关。作家的主导人格精神是完善的,就可以创造好的作品;至于作家人格自身所具有的某些缺陷,就成了他的艺术创造的必不可少的部分。

3. 经典的民族意义与世界意义

世界文学史有哪些经典作家作品?我们到底需要什么样的经典作家作品?这一问题应该成为我们考察的重点。经典作家作品,是在民族文学历史的发展和演变过程中逐渐确立的典范。认知民族文学史或世界文学史经典的过程,就是批评的过程,理解的过程,也是文学史反思的过程。认知经典作家作品的过程,也是历史的过程,这一历史的过程已经展开和正在展开。从文学史上看,经典文学大多是优秀民族的文学经典;从世界文学史意义上说,民族文学的经典通常按照东方和西方的文化视野来加以叙述。

从东方文学经典意义上说,印度文学经典处于十分重要的地位,《吠陀经》《奥义书》《摩可婆罗多》《罗摩衍那》《博伽梵歌》等,永远成为世界文学的优秀经典。中国的《诗经》《楚辞》《史记》《资治通鉴》《西游记》《三国演义》《水浒传》《红楼梦》等,也是世界文学史上不可多得的经典。日本文学,近代以来,在坚守民族传统的同时,广泛容纳外来文化因素,使得许多优秀的经典作家作品,进入现时代世界文学经典的行列。

从西方意义上说,希腊文学经典具有特别重要的地位,荷马史诗、品达颂歌、三大悲剧家的作品、希罗多德和修昔底德的历史叙述、柏拉图的哲学戏剧永远具有经典地位。① 古罗马的哲理长诗、史诗和抒情诗也具有重要地位。希伯来的《圣经》,在欧洲各民族语言的翻译过程中,养育并促进了民族语言文学的发展,其地位不容忽视。从现代意义上说,英国文学、法国文学、德意志文学、意大利文学、俄罗斯文学、美国文学、西班牙语文学,还有许多优秀的民族语言文学,显示出巨大的艺术创造力,成就了无数不朽的经典。

真正的民族文学,构成了世界文学的最重要部分,因为它提供了世界文学的重要思想与艺术智慧。经典作家作品解释所具有的民族意义自不待言,因为经典作家不仅保存了民族的精神理想和信念,而且保存了民族的思想与文化智慧。经典作家作品,最能见证民族的伟大精神,像俄罗斯文学所表现出来的那种承受苦难的精神,深深地影响过中国现代文学。总体上说,西方文学注重人的自由平等尊严和生命的价值,中国的文学经典,则更注重探讨社会责任、社会批判性价值,因而,民族文学可以见证各民族人民的奋斗的历史。经典作家作品所具有的世界文化意义,是必须承认的,例如,中国五四新文学运动的最大功绩,就是打破了中国人虚幻的自我满足和自我中心意识的迷梦,让我们不再在自己的错误想象中理解世界、理解其他伟大优秀的民族。

封闭,意味着民族愚昧化的开始;开放,意味着民族自由发展的前提。当然,从虚幻的自信到真实的不自信的认知转变,是对民族价值秩序的怀疑,乃至虚无化。其根本原因是:在比较的过程中,我们发现,先进的民族具有更为合理的政治经济法律和宗教价值秩序,相对说来,专制文化背景下的政治经济法律宗教价值秩序,不能适应人民对自由的想象以及对公平正义的内在要求。

经典作家作品,可以通过最形象的认识方式,让我们的思想大门打开,让我们看到光明与希望。通过文学经典作家作品,全球文化可以得到

① 陈中梅:《神圣的荷马:荷马史诗研究》,北京大学出版社 2008 年版,第 4 页。

自由的交流,事实上,世界文学或民族文学之间的交流的意义就在于:他者的生活或生命理想可以对我们产生启示。当代中国已经形成了开放的思想格局,这是好的开端,但是,在开放的过程中,我们不能只认知,而不去实践,对一切优秀的价值理想和原则,一定要付诸实施。中国是全体中国人民的中国,而不是少数人的中国,因此,精英必须与人民一道去寻找最优或次优的政治经济文化和教育资源,奠定民主、自由、平等生活的价值基础,让自由的文学经典或文明的文学经典成为我们生活呼吸的自由空气。① 只有让具有古老文明的国家真正成为现代意义上的自由民主国家,成为让每个公民真正向往和热爱的自由民主国家,文学经典才能真正实现其最高价值。这也是经典作家作品的伟大任务,事实上,西方的经典作家作品一直就在为民族寻找真善美,寻找自由光明和理想,当然,也不忘表达人民的痛苦和焦虑。民族文学的意义:一方面要表现民族的希望、信心、勇气和力量,一方面也要表现民族的忧虑、痛苦和苦难的根源。

人类的生活表明,有些民族的苦难,也是世界的苦难,一切苦难的民族都在寻找光明和自由。一切发达的民族并非高枕无忧,而是面临更多的现代化难题。文学经典作家作品,就是要为人类的自由探路,为人类的光明和理想积蓄力量,为一切不公正和人类的苦难寻找出路伸张正义。这才是真正的文学,经典文学必须担任这样的光荣任务。

4. 经典解释与主体间生命对话

经典作家作品不会消亡,因为经典作家作品,是不断进行历史确证的生命过程。一般说来,经过了几代人艺术与思想检验的经典作家作品,不会被轻易地击倒,因为无数的读者带着挑剔的眼光所审视的经典作品必定有其伟大之处。守护伟大的经典作品,必须永不放弃,对文学经典的守护,一是永远的阅读,一是永远的批评、解释。只有永远的阅读,经典作家作品才会具有永远的生命力量;只有永远的批评、解释,才能不断发现经

---

① 卢云昆编:《严复文选》,上海远东出版社 1996 年版,第 3—17 页。

典作家作品所具有的时代意义。由于受到时间和思想的局限，我们认可的时代性经典作家作品，可能在历史长河中被证明是不成功的。应该允许这种试错的过程，评价的错误，在历史解释中会被自动地修正。当我们所论证的经典作家作品，在历史生活中已经无人问津，艺术的错误判断就意味着死亡。在当代文学艺术的批评与讨论中，经常发生错误，这些错误，有的是基于政治信念的错误，有的是基于思想认识的错误，但是，从根本上说，是由批评家缺乏真正的思想自由与主体性局限所造成的。批评家必须走出个人的局限，走出个人的小圈子，在文化交往中真正确证民族文学的伟大使命。

批评的任务：一方面是永远解释与守护历史的经典，一方面是发现和确认时代的经典。确认历史经典是容易的，但证明时代的经典则不易。那么，证明时代的经典如何可能呢？我们必须从历史的文学经典中寻求证据，从历史的文学经典特性中找寻时代文学经典的意义。经典作家的作品与守护，主要表现在对经典作家作品的校对和版本修正上。文学经典首先是经典作品本身，只要有经典作品在，文学的火种就不会熄灭，当然，经典作家作品的研究，也处于极其重要的地位。可以发现，经典作家作品永远可以获得新的解释，因为新思想新的方法的获得，意味着文学经典的解释就可以获得新生命活力。就东方文学而言，对《吠陀经》《奥义书》和《博伽梵歌》的解释远远不够，例如，《罗摩衍那》已经有了全译本，《摩诃婆罗多》也已译出，这是对待世界文学经典的必要的正确态度，但是，研究远远没有跟上。人们对待本民族的经典，应该说相当重视，但是，古老的经典则需要新的系统的解释。

我们的解释做了许多重复性工作，特别是《楚辞》在文学史上的意义上远远没有得到充分重视，虽然《楚辞》研究一直是显学。对于民族的经典，特别是诗歌经典，由于缺乏更广阔的世界视野，因而，不少诗人的作品被过分阐释。相反，我们的戏剧与小说经典，比较多地停留在艺术解释层面上，还没有上升到思想与文化的层面上。当然，更为严重的情况是，当代文学批评，由于视野和尺度的丧失，我们对待文学的理解缺乏真正的经典意识,结果,劣质的作品越来越多,而经典作品越来越少,特别是在金钱的操纵下,经典文学意识或真正的文学认识已经失去了自信力,好像只能依靠金钱和发行量说话。[①] 最大限度地拥有一时的读者,并不是证明文学经典的方法,这在文学史上已经无数次地证明,但是,由于时尚批评追随流行的文学,文学经典意识,或者说,民族文学意识未得到充分重视。

在这个意义上回顾经典,观照民族的伟大经典,反省西方的伟大经典,可能对我们具有特别的启发作用。西方经典文学作品,有其自身的伟大文学精神。如果说,源自古希腊罗马的文学有伟大的民主自由精神,有对生命神秘或命运的特殊关注,那么,源于基督教的伟大文学作品则有对信念和神圣价值的伟大坚守。希腊文学经典,永远是西方文学的丰碑,特别是希腊文学中所体现的神话精神、自由精神和审美精神,包括神秘主义精神,一直影响着西方的文学。西方诗人,特别是浪漫主义诗人心中的"古典希腊理想化"思想具有特别的文学坚守意义。西方文学的伟大之处,不仅在于他们拥有伟大的古代经典,而且也在于他们拥有伟大的现代经典。德语文学,英语文学,法语文学,俄罗斯语文学,意大利语文学,西班牙语文学,不断生成新的伟大经典作品。我们自然应该重视古代的经典作品,但一定要明确,坚守古代文学作品的意义就在于为当代文学作品守护精神价值建立依据:一方面,可以要求现代作品继承古代文学经典的伟大思想;另一方面,可以运用古代文学经典的艺术与思想成就来衡量当代文学作品的创造性。

文学经典永远具有启示性,因为伟大而深刻的经典,是对一切优秀者的启示,而通俗而伟大的经典,则是对整个民族乃至世界人民的自由启示。通俗的文学与高雅的文学一样,必须具有自由的想象精神,只不过,在语言和思想表达形式上,通俗的文学更加明白易懂。相对说来,先锋性作品或探索精神的真正高雅的作品,在思想与语言形式上具有更多的探索性与个人性。应该说,每类经典都有自己的价值,而且,这两类经典的

---

① 　李咏吟:《价值论美学》,第 464—469 页。

思想和艺术价值不可替代。① 因此,通过对鲁迅和金庸作品的解读,从某种程度上说,也就是对两类经典价值的重新评价。两类经典的价值是不同的,从现实文化意义上说,鲁迅所具有的经典意义更值得深思,但金庸所具有的经典价值也不可忽视,因为他满足了民族的想象性狂欢和美好的人性理想展望。

文学批评的工作与文学史的工作经常发生巨大的冲突,文学批评总要捍卫经典,而文学史的工作希望最大限度地还原历史。从当下的历史可以发现,文学从来不是文学经典的世界,也就是说,并不总是文学经典主宰着人们的生活甚至文学情感,相反,可能更多的是非经典的文学主宰着人们的生活。从文学史意义上说,我们就是要把真实的文学接受或文学情感的历史揭示出来,这就给文学批评本身的经典意识提出了挑战。文学批评的经典意识,就是保护经典作家作品。事实上,它必然要放弃普通的文学作家作品,这样,文学的历史面貌就变得虚假了。真实的文学运动的历史,与我们所捍卫的文学经典的历史并不相同。在文学批评捍卫经典的过程中,也可以发现,经典真的在人们的生活中发生了影响,这主要是就古典经典作品而言。像古典文学名著,特别是明清长篇小说,还有《诗经》《楚辞》,当它成为全民族学习的经典时,其地位自然关键无比。不管文学的经典捍卫是多么不符合文学的真实历史本身,我们还是要捍卫经典。不过,也应看到,真实的文学批评往往并不关注经典,特别是当下的文学批评,经常在近视的目光中给予时代的文学作品以极高的评价,因为时代的文学作品中的情感与我们的生命情感记忆息息相关。

文学批评给予时代作品不应当的高度评价,往往误导了当代读者。许多文学批评并不是在评价优秀的文学作品,相反,在忙于给不重要的文学作品进行价值定位。这说明文学批评最重要的功能,还是思想情感交流功能。文学批评的经典定位,并不是文学批评的首要工作,而文学的情感交流功能才是文学批评的首要任务。但是,我们要求文学批评承担更

---

① 布鲁姆:《西方正典》,江宁康译,译林出版社 2005 年版,第 8—13 页。

高级的任务,即必要进行经典解释。经典解释给文学批评提出了更高要求,同时,对我们时代的文学作家也形成了示范作用,即只有创造出经典的作品,才能获得文学的真正地位。当然,在这里,我们又陷入了误区,即真正伟大的文学作品是艺术家天赋创作的自然表现,并不是为了艺术的经典地位,也不是为了文学的历史价值。艺术家出自自己的天赋,才能进行创作价值立法或生命价值立法。这说明,真正的经典创作与批评关系并不大,而是艺术家自身的思想意志体现。我们无法从现实中找到真正自由的文学批评道路,必须在文明的更高视点上来看待文学创作的价值与意义,或者说,为了人类生活的自由发展,传承人类生活创造中最自由美丽高贵的文学艺术作品,才是文学批评解释的重要任务。

从文明保护的意义上说,既要保护和真正阐释伟大的经典,又要呼吁创造我们时代的伟大经典。如果只有历史的经典而没有时代的经典,那么,人类文明早就停滞了。保护经典与创造经典,看起来是矛盾的,关键还在于人,因为任何时代皆有伟大的天才。当然,文学艺术的天才人物是不可替代的,他们具有自己的创造力。这些天才,可能在为人处世上,与我们时代的人物没有什么根本区别,但是,在人类艺术精神的创造性理解上却有伟大的创造力。因而,文学批评保护经典与发现经典并不矛盾。创造经典并不是文学批评的任务,只有创造者会为我们留下经典。保护经典与发现经典,确立经典的法则,就成为文学批评的根本任务。人类艺术的经典的形成史,是无数人选择与坚持的结果,事实上,文学经典中皆有伟大的精神创造,具有完美的艺术形式。艺术家成了人民的代言人,不只是个人的荣耀,艺术家表达人民的思想与情感而具有荣耀的价值。

艺术的人民性价值,才是文学经典存在的根本。每个民族皆需要自己的伟大心声。当时代的政治经济军事科技的硝烟散尽,留下的光荣,就是每个民族的伟大艺术创造。你创造了什么样的城市经典,建筑经典,美术经典,诗歌经典,音乐经典,才是对一个民族价值的更高考验。你必须在这些方面有伟大的创造,才能被称为伟大的文明。政治经济与科技军事的力量,最终也必须留存在这些文学艺术之中,才是人类最伟大的光荣。人类失去了这些，就不再是什么了不起的事情了，这些才是人类倍加珍惜的东西。文明因此才能进入我们的思想深处，真正的艺术家总是在他的民族中得到至高的奖赏。艺术最容易赢得人们的尊重，包括伟大的思想，普通的事物当然不可能赢得如此巨大的尊敬，因而，美的艺术成了伟大文明中最激动人心的事情。①

文学经典不是某个人发现的，也不是某个人能够独立确立的，它是无数人不断证明不断进行思想交流、不断发掘其深邃的美学价值和思想价值的结果。文学经典，必然因为其中充满了丰富而伟大的内容，必然因为其中充满了欢乐与思想的深刻性，才能最终确立其地位。经典需要解释，许多经典最初之所以没有得到经典的地位，就是因为人们还没有认识到其价值。经典需要无穷的解释，我们还远远没有穷尽经典的价值。经典是解释不完的，因为经典的价值或思想已经不再是艺术家个人的事，它成了文明乃至世界共同的文化遗产。我们可以自由地解释其他民族的经典，赋予这些经典以文明的意义。经典是属于整个人类的，它走向世界。不过，经典最伟大的价值还在于它发现了生命的伟大秘密，或者说，它建立了生命的伟大信仰，正视了人类生活的伟大命运，以艺术形象教会了人们什么是正义、自由与美丽，教会了人们如何坚强不屈。

说到底，经典就是人民的生命哲学，经典就是人民的伟大精神信仰与价值支撑。经典必然创造人类的光辉形象，即使它刻上人类的悲伤或痛苦的形象。人类有歌声与美丽的情思，也有痛苦与荒唐的生命。经典把人类的一切美好情感加以表达，而且总是在无穷地探索人类生命的各种形象，因而，经典就是生命的伟大象征。

经典意味着人类的崇高与智慧，也意识着人类生命在更伟大的自然生命面前应有的卑微与谦恭。人类生活的真理并不属于某个人，而是属于所有的人，所以，需要探索，需要发现，更需要坚持。此时，经典就是我们心中最伟大的精神形象，是我们生命的最高尚、伟大的精神寄托。经典

①　李咏吟：《价值论美学》，第453—456页。

高于一切,人民唯有从民族的经典中才能真正理解民族的思想与文化。从世界意义上说,经典超越了文明与国家,它可以走向全人类的生活,属于全人类,不过,它永远带着自己民族的光荣和民族的智慧烙印。真正的经典判断,源自时间尺度:文明的时间尺度,决定了文学经典的民族文明价值;时代的时间尺度,决定了文学经典的政治经济文化价值。

　　时代性的文学批评,最重要的任务就是要发现文学经典并不断确证文学经典的价值。文学经典作家或经典作品的诞生,是不以人的意志为转移的,无人能够树立劣质作品的经典价值,许多伪经典的价值早就被否定。"伪经典"就是在特定的政治经济法律制度条件下,在特定的意识形态条件下形成的虚假经典。在一定的历史条件下,它也能左右人的自由意志,影响人的审美价值判断。当人们恢复自由信仰或自由存在时,伪经典的价值就与人的自由生命格格不入。真正的文学经典,既是民族的,又是世界的,它宣扬的是普遍性的自由审美价值,普遍性的伦理道德理想。鲁迅作品与金庸作品的经典价值,从时间意义上说,还是民族文化内部的价值律法,它们并没有成为人类普遍认可的经典,或者说,它们还是民族意义上的经典。不过,在未来的历史时间长河中,如果他们的作品的价值能够不断地获得证明,他们捍卫的生命价值信仰能够不断得到认可,那么,这些民族文学的经典最终可能成为人类文明的经典。

第二节　启蒙的经典:国民性改造与社会的 文化批判宗旨

1. 鲁迅的经典意义:批判与启蒙

　　鲁迅的作品具有文学经典的价值,显然,这是从时代的经典维度给予的判断,他的作品是否经得起文明的经典的考验,还有待艺术与文明的生命证明。必须承认,鲁迅作品的经典价值,是从"时代的经典"这一维度上给予界定的,因为鲁迅的作品影响了现代中国民族精神生活价值秩序的重建,影响了时代生活的政治经济法律文化观念,反映了时代生活的特殊思想要求或革命要求。鲁迅的作品是启蒙的经典,它体现了现代中国文化变革的深度要求与本质要求;这种启蒙的经典,对于社会文化生活价值的确立具有决定性意义。

"走向鲁迅",是现代汉语文学批评的重要追求,因为鲁迅的作品,不仅标志着思想的深度,而且标志艺术的高度,它已经被历史地赋予了经典文学作家作品的地位。① 更为重要的是,"走向鲁迅",是人格和意志的考验,它可以见出你对中国社会现实历史和人生的态度,它冲击你的反抗性的精神与意志,鼓舞你与强大的专制权力秩序斗争的勇气,显示你作为公民应该具有的永不向黑暗势力妥协的硬骨头精神。正如一位批评家所言,"鲁迅有很多敌人,但没有一个私敌"。当然,这并不意味着鲁迅的一切皆代表真理和正道,而是意味着鲁迅在民族救亡和国民性批判方面,比其他的思想者更具彻底的批判精神。这里就有大爱和大责任,因为在专制势力强大到僵而不死时,任何温和的改良皆不足以动摇其根基,所以,唯有采取彻底的决裂的姿态,才足以摧毁专制文化生活的价值体系,尽管在今天看来,这种反抗付出了过于惨重的代价。

鲁迅作品的经典价值,从根本上说,是它们所显示的文化批判意义以及对中国文化和中国人性的不妥协的批判精神,但是,也应看到,鲁迅的经典也是恶劣的政治时代或恶劣的政治历史文化作用的结果。鲁迅的经典性,并不代表中国文化的光明与未来;他的经典意义,更在于摧毁那个专制的政治经济文化的迫切性与焦虑感。鲁迅思想代表的,并不是中国文化的美丽,而是代表着中国文化的绝望以及追求自由美好的精神意志。我们不期待鲁迅之后有更多鲁迅,而是期待鲁迅之后,有真正伟大的新人的诞生。这个新人的诞生,应该是对自由美丽的中国文化的自由展望与美丽国家的重新建构,这才是认识鲁迅或走向鲁迅的根本价值所在。我

---

① 张承志:《鲁迅路口》,参见《音乐履历》,上海三联书店 2003 年版,第 167—179 页。

们绝不能站在鲁迅的废墟上再怨天尤人地哭泣,更不应只是面对暴徒的简单谩骂,我们需要创造美丽新世界和创造美丽新生活的信念,创造美丽中国的自由文明,这才是鲁迅经典的革命性意义。

从文化启蒙意义上说,鲁迅的意义在于:他最早打破了中国人的文化迷梦。在清朝专制政府主宰下的中国,一方面贫穷落后,愚昧固执,千疮百孔,另一方面又渴望变革,强国富民,推翻专制,这种双重的心理认知,使得国民极易陷入中国是最贫穷愚昧的国家之定见或中国是伟大国家的迷梦之中。这种文化迷梦,在专制愚昧的文化背景下是很容易发生的,五四新文化运动最大的贡献就在于:彻底地打破了中国人文化保守的迷梦。原来,在开放的世界面前,中国社会的政治经济文化法律制度是如此的专制和野蛮,其实,未能真正彻底地享受自由幸福生活的国民是极容易陷入自恋的、愚昧的文化迷梦之中。20 世纪 50 年代至 70 年代,中国人曾经陷在新的文化迷梦之中,直到开放的中国才破除了这一迷梦。为什么国民这么容易陷入民族的、虚幻的文化迷梦之中? 这是鲁迅所要解决的问题。在黑暗的时代,鲁迅的文学想象不能正视"美丽的中国",因为正视想象中的美丽中国,就可能放纵对不自由的专制中国的真相的认识和批判,只是在生活幸福的时刻,他才对友情和温情有过美丽的怀念。①

走近鲁迅,当然要理解鲁迅的人生选择。鲁迅的文学选择,其主观目的,就是要"改造国民性",这是一个对自己的祖国爱得极其深沉的创作者的最高选择。他以为,科技不能真正救国,医学也不能真正救国,在他的时代,只有通过文学的方式唤醒人民,尽管他也知道这种力量是相当微弱的,于是,他投身到文学之中。他由医学转向文学和思想启蒙活动,由批判现实转向改造国民性,这种人生的选择,就包含了高贵而自由的理想,显示了经典性创作意义和价值。走近鲁迅,最重要的任务是要理解他的思想。鲁迅的思想是现实的,没有人像他那样,如此深刻地面对中国的专制现实生活,很少有人像鲁迅那样真实地评价中国专制文化传统的根深

---

① 张承志:《再致先生》,参见《以笔为旗》,第 29—35 页。

蒂固的力量。面对如此强大的专制力量，对中国国民性精神的自由想象，可能放纵对国民性弱点或专制文化传统的强大力量的批判。所以，鲁迅不喜欢游戏的文学观，不喜欢在专制传统面前的幽默，他喜欢深刻的讽刺，毫不留情的讽刺。鲁迅的文化态度，决定了他必须与整个中国文化传统的保守势力对抗。我们不能说鲁迅找到了改造中国的真正道路，事实上，他从来就没有对批判自身有过乐观的希望，他批判愈有力，绝望体验也就愈深重，美丽自由的中国形象，并未出现在鲁迅作品之中。

鲁迅作品的经典性价值，就在于他正视了中国思想文化和社会的真实，这种历史文化的真实写照，在前鲁迅时代是不多见的，即使像《官场现形记》和《儒林外史》中的讽刺，皆显得微不足道，因为那只是上层世界的真实痛苦，下层世界的国民痛苦而真实的生活并没有人给予真正的正视。走近鲁迅，也不可忽视其艺术的深刻表现力，因为它毕竟是以文学的方式进行战斗。鲁迅的经典性，不仅仅是生命的反抗态度，还与他自由而深刻的思想艺术有关，因为鲁迅的语言和艺术皆达到了前所未有的高度。鲁迅的艺术，不只是吸收了欧洲传统，更为重要的是，他的语言直接从中国文化传统中找到了力量，他从魏晋风骨中找到了中国思想与艺术的清峻通脱的艺术传统。他的艺术不是欧化的语言，而是民族的语言，他没有让枯涩的理性占据文学的通道。鲁迅的经典性，在思想与艺术上皆达到了前所未有的高度，但更重要的，不是由于鲁迅的经典性提供了思想答案，而是由于鲁迅的经典性提出了严峻的、现实的生活价值问题。[①] 鲁迅思想包含的问题，冷峻而复杂，提供了现代文学批评无限可思考的精神空间。

2. 孤独与绝望：启蒙的经典

鲁迅提供了说不完的思想话语，20 世纪中国文学批评史有关鲁迅的全面研究，是引人注目的文化现象。鲁迅首先是杰出的思想者，其次才是

---

① 周作人：《鲁迅的故家》，河北教育出版社 2002 年版，第 235—242 页。

杰出的文学家。思想探索,决定了鲁迅的文学创作的现实价值指向;诗文小说创作,成了他思想的最佳表达方式。鲁迅的小说创作具有非常独异的精神特点,这种独异性,不是由叙事话语的艺术性决定的,而是由其思维方式和话语力量决定的。事实上,鲁迅并不是非常在意创作的艺术独创性,这从他对俄苏文学形式的直接借鉴即可看出。鲁迅为了独异的思想探索,有时不太关注形式上的独创,这不但没有减弱鲁迅创作的话语力量,相反,他的叙事话语还因此超出了狭隘的文学范围,具有更加广泛而深刻的思想意义。我们之所以将鲁迅的作品视作"启蒙的经典",这是因为他的作品以国民性批判为动力,正是从国民性批判出发,鲁迅的作品才显示出正视民族悲剧与民族痛苦的超然力量。

在鲁迅小说的现代阐释中,可以发现,当人们将鲁迅的小说放置到世界小说系统之中时,已经认识到鲁迅小说的局限,诸如,《呐喊》《彷徨》中的小说与俄罗斯小说的联系,鲁迅小说数量的有限和篇幅的有限。有的人,甚至据此而断言:"鲁迅不是伟大的小说家",与此同时,人们又看到鲁迅小说的深刻独创性和典型创造所具有的普遍意义,并据此断言:"鲁迅是伟大的小说家"。这两种看法虽然都有一定的道理,但是,这些观点皆偏重于静态的考察,缺乏动态的精神把握,因此,从思维方式的角度把握鲁迅小说创作的独创性具有十分重要的意义。[①] 鲁迅的小说创作,既不是源自于他对想象的偏爱,也不是因为他对情感的崇尚,而是根源于他对历史与现实的理性思索。探索中国历史的悲剧,探索中国人生命的悲剧,探索中国思想革命和社会革命的现代可能性,才是鲁迅小说创作的根本目的。理性思维,决定了鲁迅小说的创造性品质,小说创作与创作主体的思维偏向有很大关系,这一点已逐渐为人们所重视。

思维偏向,是创作主体的特殊创作取向,为什么存在思维偏向呢? 这与主体的创作意志有关。不同的作家,从不同的创作目的出发,会写出精神格调完全不同的艺术作品,主体思维是立体的思维,是共时与历时相统

---

① 李长之:《鲁迅批判》,北京出版社 2009 年版,第 7—46 页。

一的思维,正因为是立体思维,所以,创作主体的思维是创造性的思维。一般说来,作家在日常生活中,有着十分复杂而又丰富的思维体验,作家的思维体验,总是伴随着情感和情绪反应。如果情感偏向于欢乐、自由、快适,那么,主体性体验则显示出和谐、优美、抒情等精神特点。如果情感偏向于痛苦、焦虑、孤独、沉闷,那么,主体性体验则显示出黑暗、压抑、仇恨、反抗等精神特点。由于情感、情绪的复杂性,主体性体验的倾向性和偏向性也是十分明显的,创作主体倾向于表现某种精神现象,与主体的社会意识、自由意识有极大关系,因而,创作不可避免地显示出思维偏向,作家的心绪和感情与创作的思维偏向相一致。

由于鲁迅具有特殊的社会意识和自由意识,因而,他的创作,偏向于批判性思维,鲁迅小说和散文的创作,虽偏向于批判性思维,这并不排斥鲁迅也能进行欢乐性、喜剧性思维。鲁迅在《社戏》中所表现的田园诗般的意趣,显然是偏向于欢乐性思维,但是,鲁迅的创作主体精神偏向于批判性思维,此外,还可以从历时性与共时性相统一的维度来判断鲁迅的思维偏向。历时性,对于创作主体来说是历史思维体验,记忆中的一切情景纷纷拥入创作思维现实中,这种历时性思维,通常是借助共时性思维调动的。共时性思维是创作主体的当下思维,是创作主体的现实性思维,历时性思维与共时性思维构成统一,又显示出批判与讽刺意味。对现实的思维体验偏向于痛苦、忧患、焦虑,历时性思维也就必然显示出黑暗性倾向,只有理解了鲁迅小说的这种思维本性,才能真正理解鲁迅小说的创作意图和社会意义。

鲁迅小说与散文的创作,之所以偏向于批判性思维,与他独特的现实生活体验有关系,在《呐喊》自序中,鲁迅指出:"我有四年多,曾经常常出入于质铺和药店里。""我从一倍高的柜台外送上衣服或首饰去,在侮蔑里接了钱。"[①]家庭坠入困顿,年幼担负起家庭重任,过早地使鲁迅"看见世人的真面目",这是鲁迅偏向于批判性思维的童年经验。更为重要的是,

---

① 《鲁迅全集》第1卷,人民文学出版社1981年版,第415页。

鲁迅对那些愚弱的乡亲已有十分深刻的思维偏向,他尤其关注那些"哀其不幸,怒其不争"的角色,仇恨那些奚落和打击弱者的丑恶嘴脸。个人的童年生活经验,是鲁迅小说与散文偏向于批判性思维的直接原因,如果仅有这种童年经验,鲁迅是无法创作出杰出作品的。鲁迅偏向于批判性思维,与对中国文化和中华民族之历史命运的深刻反思有关,是他对中国文化和中华民族前途的深重忧思。鲁迅所处的时代,是中国最黑暗、最腐败、最残酷、最软弱无能的时代,鲁迅的思维偏向,由个人经验迁移到民族经验。鲁迅深深感到,中国社会不是某个人的痛苦,而是整个民族的痛苦。鲁迅以一双清醒的冷眼看穿了中国社会的腐败和悲剧,看破了中国专制文化的吃人本质,因此,鲁迅深刻地感到:"凡是愚弱的国民,即使体格如何健全,如何茁壮,也只能做毫无意义的示众的材料和看客。"童年经验和黑暗现实,是鲁迅偏重于批判性思维的现实原因。

鲁迅小说之所以偏向于批判性思维,与他对中国文化和中国人性的透视性认识有重大关系,自从鲁迅"想走异路,逃异地,去寻求别样的人们"以来,他十分注重对西方文化的理解和探求。鲁迅进行小说创作是比较晚的,他最关注的,还是时代思想或启蒙思想的探求。鲁迅从来不是"为文学而文学",他创作小说并不是给人以娱乐,完全出于思想传播和人性批判以及文化透视目的。鲁迅一生始终关心中国人性的改造,始终关心中国社会的变革,因而,思想探索是鲁迅的首要任务。他的第一部杂文集《坟》,就是这种思想探索的收获,《热风》则可以视为鲁迅小说创作的思想前奏。在《呐喊》和《彷徨》中所表达的思想认识,在鲁迅的思想探索初期就比较明确。小说所表达的思想,是通过形象表达出来的,它比直接的思想本身更具表现力,更具普及性,比起杂文来,他的小说形象所显示的意义显得更深邃、更具体。从另一方面来看,鲁迅小说创作受到他的思想探索的影响,所以,小说的构思和传达就不会是无目的的,而是有清醒的现实主义目的,这就导致鲁迅小说包含了十分复杂而又深邃的思想蕴涵。

简而言之,思想探索影响了鲁迅的小说创作。鲁迅的小说创作,不能视为纯粹文学意义上的写作,而应看作是鲁迅思想探索的深化和延伸。

在创作《坟》和《热风》时期，从其主导精神来看，鲁迅是偏向于批判性思维的，他的第一本文集名为《坟》，就很有深义。"造成一座小小的新坟，一面是埋葬，一面也是留恋。"在《文化偏至论》和《摩罗诗力说》中，鲁迅表达了"摩罗精神"，这实际上也是批判性思维的体现。在《我之节烈观》中，鲁迅说得明白："要除去制造并赏玩别人苦痛的昏迷和强暴。"①《灯下漫笔》中已有些惨痛了："于是大小无数的人肉的筵宴，即从有文明以来一直排到现在，人们就在会场中吃人，被吃，以凶人的愚宴的欢呼，将悲惨的弱者的呼号遮掩。""这人肉的筵宴现在还排着，有许多人还想一直排下去。""扫荡这些食人者，掀掉这筵席，毁坏这厨房，则是现在的青年的使命。"②由于鲁迅对中国文化、中国社会有如此清醒透辟的认识，所以，鲁迅小说与散文创作总是偏向于批判性思维，通过文化批判与社会批判显示文学的思想启蒙价值。

在他的小说或散文思维中，精神的自由想象被这些黑暗的东西压迫着，他的精神深处仿佛被现实生活或文化惯性的毒蛇缠绕着，因此，他的小说与散文思维偏向，决定他要去正视黑暗，表现黑暗，给黑暗的中国社会现实以致命一击。"地火在地下运行，奔突，熔岩一旦喷出，将烧尽一切野草，以及乔木，于是并且无可朽腐。"鲁迅小说与散文的思维偏向，决定了他的创作能达到特殊的思想深度。由于鲁迅偏向于批判性思维，因此，他的小说较少抒情欢乐的场景，也较少充满热情、理想、富有献身精神的"五四"青年形象，抒情的、田园牧歌式的、甜美的生活图景，与鲁迅无关。鲁迅小说与散文创作中充满了苦涩和压抑，《狂人日记》，与中国传统文言小说和白话小说极不一样，与契诃夫的短篇小说也很不相同，虽取名与果戈理小说相同，但是，其小说的思想和言语已截然不同。狂人的内心独白、狂人的自语、狂人的恐惧和怀疑心理，皆具有惊人的思想震撼力。鲁迅小说与散文创作的思维本性，通过这种批判性精神形象的创造强烈地折射出来，沉重、黑暗、压抑的生活，形象画面的高度凝缩，直视思想本身。

---

① 《鲁迅全集》第 1 卷，第 116—125 页。

② 《鲁迅全集》第 1 卷，第 217 页。

"我怕得有理",这是鲁迅特殊的话语,鲁迅以第一人称,进行灵魂的独白,这灵魂的独白始终构成内在的张力,仿佛与所有的灵魂进行对话与诘问,通篇笼罩着黑暗的、压抑的气氛。

鲁迅话语中的独白句,仿佛是诗,又仿佛是哲学断想,在很多叙述语境下,他干脆中断叙述,正视思想本身。这种批判性思维,使接受者感到一阵阵警醒,一阵阵透心凉,请看这些凝重的独白句,这是"狂人的意识流"。"他们吃人,就未必不会吃我。""我看出他话中全是毒,笑中全是刀。""我横竖睡不着,仔细看了半夜,才从字缝里看出字来,满本都写着两个字是'吃人'。""黑漆漆的,不知是日是夜。""从来如此,便对么?"由此可以看出,鲁迅的小说与散文创作,受他的思想反叛意识影响极深。鲁迅不写长篇小说,也许与这种思想本性相关,因为鲁迅小说的批判性思维或抽象性思维决定了他只能创作中短篇小说,事实上,正是由于具有这种批判性或抽象性思维本性,他的小说与散文创作才取得了空前的成功。鲁迅小说创作的故事极简单,人物关系也简单,矛盾冲突也不复杂,在概括这些创作特点时,鲁迅称之为"白描",其实,这"白描",正是力图以简单的情节而置入鲁迅独有的思想框架之中。①

因此,鲁迅小说成了他的思想的形象表达,他不愿以情节来冲淡思想,总是力图以白描勾勒灵魂的真实,从而产生心灵的深刻震撼。所以,从文学的思想意义上说,他是真正杰出的思想家。成为思想家,对鲁迅来说才是最关键的,而作为小说家或诗人,对于鲁迅来说是第二位的。纯粹的文学家可以写好中长篇小说,但很难写好短篇小说,即使是短篇小说之王契诃夫,也很难称之为伟大的短篇小说作家,因为情节冲突和人物关系的设计影响了作家的思想表达。在精粹的短篇小说中寄寓丰富复杂的思想,必须是杰出的思想家。作为杰出的思想家,鲁迅的思维偏向决定他不作情节的渲染,而关注人的命运和思想的表达,故而,鲁迅的小说与散文创作才显得如此悲旷深刻,如此震撼人心,成为中华民族永久性的精神

---

① 周作人:《鲁迅小说里的人物》,河北教育出版社 2002 年版,第 85—88 页。

财富。

在这一点上,鲁迅与卡夫卡十分接近,卡夫卡的《变形记》等小说,情节极简单,而思想容量极大,正是这种思维本性对他的创作构成障碍,使他无法展开宏大的叙述结构。短篇小说创作的难度正在于思想的深度,只有具备思想的穿透力,只有具备透视主义的眼睛,才能穿透社会现象而洞悉本质,才能消解情节而关注人的命运和生存处境。鲁迅之所以被称为杰出的、具有世界性意义的作家,就在于他在短篇小说创作方面显示了极大的艺术独创性和思想象征性。鲁迅赋予了短篇小说以世界性意义和现代意义,即便是在今天,我依然认为,只有杰出的思想家,才能真正掌握短篇小说这种艺术形式,事实上,只有杰出的富于洞察力的诗人,才能真正掌握短篇小说的精髓。①

鲁迅的批判性思维,弥漫在他的短篇小说创作之中,不过,在鲁迅的全部小说作品中,只有《一件小事》和《社戏》放弃了这种批判性思维。在鲁迅的全部思维体验之中,仿佛只有黑暗、焦虑、绝望和痛苦,他被这种黑暗性的思想情绪主宰着,喘不过气来。《孔乙己》中所表现的那个破落书生,由吃茴香豆、喝酒,与孩子们欢笑到被人打折腿。不知死活的简单线索勾勒,写出了没落儒生的扭曲灵魂、专制社会和专制文化对人的摧残、毁灭性打击。《药》中的华老栓夫妇的麻木与愚昧,《风波》中剪辫子的痛苦和难堪,《故乡》中闰土和杨二嫂的人格变异,《阿 Q 正传》中阿 Q 灵魂的扭曲和愚昧麻木的悲剧,皆显示了鲁迅极为沉痛的精神反思意向。虽然他不时以幽默、讽刺笔调和语言来调节这种黑暗的情绪,但是,在总体上仍给人压抑得透不过气的悲哀。《祝福》中祥林嫂的悲剧和苦痛、《孤独者》中魏连殳的生命悲剧,皆是叙事者以极清醒、极具透视力度的语言,写出社会的黑暗和个人对这种黑暗的绝望式体验。鲁迅小说的思维偏向充分显示出:他是清醒的现实主义者,专制主义的彻底反抗者。

由于鲁迅杰出的思想透视力和高超的艺术抽象能力,才能在极简略

---

① 昆德拉:《被背叛的遗嘱》,第 209—219 页。

的故事框架中,融入具有哲学容量的思想体验。一方面,鲁迅的透视主义思想眼光妨碍了鲁迅小说叙事的情节枝蔓和发展,尤其是向广度发展,另一方面,鲁迅的思想和才能在他的创作中获得了充分表现,他直奔主题,在叙事直观与理性抽象之间获得了奇妙的思想统一。因此,没有理由用长篇小说的标尺来衡量鲁迅的小说创作,也没有理由忽视鲁迅短篇小说所具有的绝望的深度,正是这种深渊式体验,造就了鲁迅的小说和鲁迅的思想。只有正视鲁迅小说的这种思维本性,才能充分理解鲁迅小说创作的思想价值、社会价值和文学价值。① 实际上,鲁迅的短篇小说,完全可以视作时代思想批判或国民性改造的精神样本,透过这一文化样本,才能真正评价短篇小说创作所具有的启蒙价值。特殊的时代,特殊的生活,特殊的思维本性,造就了鲁迅独有的小说与散文批判世界。

3. 民族劣根性批判与启蒙困境

鲁迅先生的批判性思维,对小说与散文的创作内涵有重大影响,这主要表现在:鲁迅把创作的焦点对准穷途末路的知识分子和愚昧苦难的农民身上。《孤独者》中的魏连殳,《孔乙己》中的孔乙己,《阿Q正传》中的阿Q,《祝福》中的祥林嫂,皆是鲁迅的独创性典型形象。透过这些形象,可以看到鲁迅那浓得化不开的黑暗体验,他的思维被黑暗有力地裹挟着,因此,他的批判显得格外沉重。与这种批判性思维相伴随的,是鲁迅的压抑性思维,面对无边的黑暗,"天地有如此静穆,我不能大笑而且歌唱。天地即不如此静穆,我或者也将不能"②。"我将向黑暗里彷徨于天地。""我独自远行,不但没有你,并且再没有别的影在黑暗里。只有我被黑暗沉没,那世界全属我自己。"③在这种独白中,已经可以把握鲁迅的独特思维。无边无际的黑暗,使鲁迅感到无边无际的压抑;对黑暗认识愈深,体味愈强,这种压抑愈大。对黑暗反抗愈烈,这种压抑也就愈强;能体验到

---

① 周作人:《鲁迅的青年时代》,河北教育出版社 2002 年版,第 41—47 页。

② 《鲁迅全集》第 2 卷,人民文学出版社 1981 年版,第 159 页。

③ 《鲁迅全集》第 2 卷,第 188 页。

无边的压抑者，必定是不懈的反抗者；能正视这无边的压抑者，必定是自由的歌者。鲁迅对自由的渴望愈强烈，内心的压抑和痛苦也就愈剧烈。

正是这种压抑性思维，决定了鲁迅独有的文体意识。思维影响文体，文体也能制约思维，鲁迅小说呈现出散文诗体的抒情个性，是压抑性思维的外在表征。鲁迅的散文诗体的小说，与他的压抑性思维取得了高度一致。唯有这种压抑性思维，才能造就这种浓缩的神秘的深奥的文体；唯有这种神秘的深奥的文体，才能适应鲁迅的抽象思维和理性思维。这种压抑性思维与文体的一致，成了鲁迅先生独有的艺术创造。本来，以他特有的幽默才能，鲁迅完全可以写出喜剧性的自由体小说，以幽默而论，林语堂在鲁迅之下。林语堂能写出《京华烟云》之类长篇小说或《吾国吾民》之类才子散文，根源于他性格中天性所具有的才情和放浪精神，最大限度释放自我的才华，而不是压抑自我的思维，成了林语堂最大的特点。鲁迅则不然，他那天生的幽默才能带有冷峻感，这幽默是无论如何不能让人天真地欢笑的，这幽默包含对一切不容情的嘲讽和揭露。每当笑过之后，一旦冷静地深思，便不禁发现这嘲笑是对自我的嘲笑，于是，笑声就戛然中止，这就是鲁迅先生的压抑性思维对小说创作的影响。这种压抑性思维的能量释放，是极其有限的，它不是无边的释放，而是以一定的限度控制着。在这种压抑中，包含着神秘，包含着不可言说的东西，包含着深层含义，因此，鲁迅的小说文体，呈现出浓得化不开的理性思维特点。极简约又极具张力，极平淡又极具魔力，极平静又极具冲突性，这一切皆与他那独有的压抑性思维有关系。

压抑性思维是与诗性浪漫相对抗的，与自然主义的写实也是相对抗的。压抑性思维，对生活的再现与表现是极有选择性的，它不是漫无目的的极端写实和还原。他只是挑出一些极具典型性的情节和情景予以重现，省略了一切背景，甚至可以说，背景完全需要读者根据自己的生活经验去补充。鲁迅不愿过于详细地去复原生活细节，这与他憎恶黑暗有关，他不愿长久地停留在黑暗里，更不愿心灵被黑暗不停地吞噬，因此，他的短篇小说和唯一的中篇小说，皆可以被扩充为长篇小说或长篇叙事性影视作品。压抑性思维,使鲁迅的小说具有丰富的信息量,使鲁迅小说具有想象推动力,使鲁迅小说具有深刻的穿透力。犹如墨点可以在宣纸上濡染弥漫,鲁迅的小说语言,也具有这种发散性、扩展性、想象性和弥漫性特征。

例如,在《祝福》的尾部,鲁迅写道:"然而她是从四叔家出去就成了乞丐呢,还是先到卫老婆子家然后再成乞丐的呢? 那我可不知道。"①祥林嫂的命运之坎坷,就包含在这一选择判断句中,这是极简约又极动人的想象。鲁迅通常在短篇小说中,总是通过简略的形象勾描概括一个人的一生与独特的命运。本来,这是极其危险的写法,在世界文学史上,很少有人获得成功。莫泊桑的《一生》成了长篇,还有许多长篇都是写人的一生,而鲁迅总是在短篇小说中处理"一生"这样巨大容量的题材。《孔乙己》写了孔乙己的一生,《祝福》写祥林嫂的一生,《孤独者》写魏连殳的一生,《阿Q正传》写阿Q的一生,《故乡》写闰土的一生,在处理这些重大题材时,鲁迅处处留下了特殊的视角,这便是"我"。"我"记忆中的这些人的一生,"我"耳闻目睹的这些下层人的一生,"我"永志难忘的"可怜人"的一生,但是,如此丰富的题材,如果没有压抑性思维,是无法达到鲁迅所特有的悲剧效果的。

鲁迅这种压抑性思维,使他的叙事话语极简单,《孤独者》的开端,便如此奇特。"我和魏连殳相识一场,回想起来倒也别致,竟是送殓始,以送殓终。"在叙述入殓的情景时,鲁迅没有作铺排的民俗学的渲染,只是着力写魏连殳的心情和村民的神情。且看钉棺木一段:"其次是拜;其次是哭,凡女人们都念念有词。其次入棺,其次又是拜,又是哭,直到钉好了棺盖。"②在长篇小说作家那里,可以进行几页纸铺排的文字,鲁迅就用如此简略的文字浓缩完毕,"他的小说无法再删,再改",这种看法,据此而言决不虚妄。以鲁迅年轻时的激情作大力铺排并非难事,例如,《摩罗诗力说》,洋洋万言,势不可挡。鲁迅并非不擅长描叙,并非不擅长于抒发,但

---

① 《鲁迅全集》第 2 卷,第 21 页。
② 《鲁迅全集》第 2 卷,第 88 页。

他却竭力抑制或隐忍，仿佛只有这样的压抑，才与无边的黑暗相协调。正因为鲁迅极力压抑的思维，节制的自己的文字，选择他惯有的语言方式，不拖沓，不重复，干脆、利索、果断、掷地有声，于是，他的全部感觉融入这种冷峻的爆炸之中。

也许是对语言这种质地的执着追求，鲁迅才如此推崇木刻画。他的小说语言，就是木刻式语言，愤怒、压抑，正如他叙述的那样："我快步走着，仿佛要从沉重的东西中冲出，但是不能够。耳朵中有什么挣扎着，久之，久之，终于挣扎出来了，隐约像是长嚎，像一匹受伤的狼，当深夜在旷野中嗥叫，惨伤里夹杂着愤怒和悲哀。"鲁迅的小说叙述，与这种情形极其近似，他话语中有爆炸性的东西，刀刻般的语言锋利，显出内在的愤怒的力量。鲁迅的叙述，锁闭着，压抑着，没有喜色，没有红色，只有沉闷，只有黑色，让人压得喘不过气来，只盼望呼吸清新的空气，这是类似于黑色炸药式的语言。鲁迅，就是以这种话语方式，表达他愤激的情感，达成对社会现实的悲剧性体验。

这种简洁的语言包藏着深邃的神秘，由于在句式上既有民族特色，又有西方话语的影子，因而，他的小说句式，许多地方极接近诗，他的小说语言，总体上是诗的语言，叙述是不连绵的，其中，充满着跳跃性，充满空框。无论是情绪上，还是句法上，《呐喊》《彷徨》与《野草》有许多可沟通之处。严格说来，鲁迅是将小说当作这种散文诗来处理的，极具感染力，其思想意蕴渗透在叙述过程中，愈易见其深度。鲁迅的这种压抑性思维，在本真意义上，更接近他那种沉郁顿挫、一语一顿、深思默想的言语风格，这其中充满特殊的才智，也充满独有的焦虑，还包容特殊的绝望，表现出无可奈何的松懈或警惕。一旦恢复精力，他又是那么悲愤，那么压抑，因而，这种散文诗体的小说表达方式，成为鲁迅人格精神的象征，是他深邃冷峻思想的最佳突破口。鲁迅这种独有的压抑性思维，与他的悲剧意识、绝望感相统一，这种压抑性思维，是鲁迅思维探索所达到的深度的外在表征，表现了鲁迅思考的剧烈痛苦和内在紧张感。他那种内在的紧张，通过这种压抑性思维外射，在他的小说叙述中，每到关键时刻，便有一个绝望的智者自发地站出来发言。这是诗的语言,更是浓缩的哲学的语言,这种发言悲旷有力,惊天动地,给予人透心的悲凉,给予人以深刻地警醒。①

鲁迅始终在"呐喊",始终在"彷徨"。在呐喊中,他表达着愤怒,像受伤的狼;他彷徨,像一个绝对的孤独者,看不到希望。鲁迅丝毫不掩饰他的孤独,他的绝望,因为作为书生,无法真正进入战场,无法真正接触到"运行的地火"。他相信,"地火在地下奔突",但由于不能直接感受到,因而,他的叙事话语不免充满绝望。他最大的勇气,就在于反抗这种绝望,坚持不懈地呐喊和战斗。这种语言叙述的内在紧张,是他思想深处矛盾冲突激烈的外在表现,例如,《伤逝》不时出现这样压抑性的段落,完全是绝望者的内心独白,完全是孤独者的拼命呐喊。"四围是广大的空虚,还有死的寂静。死于无爱的人们的眼前的黑暗,我仿佛一一看见,还听得一切苦闷和绝望的挣扎的声音。""有时,仿佛看见那生路就像一条灰白的长蛇,自己蜿蜒地向我奔来,我等着,等着,看看临近,但忽然便消失在黑暗里了。"②这是思想的表达,更是诗性的表达,其中充满迷惘,神秘,复杂的意义,这种哲学警语,这种深度体验后的黑色诗篇,与鲁迅的压抑性思维关系密切。压抑,是深度自我控制和反抗绝望的临界状态。表现压抑,就是为了不压抑,不承受那种愚昧自欺欺人的精神负担;表现压抑,正视压抑,是自由人格的象征。鲁迅的压抑性体验,一次次把人带到绝望的深渊边缘,呼叫生命的意志,感受生活的窘迫。

这种压抑性思维,使鲁迅小说不满足于表面的感性体验,而是深入到生命内部让灵魂自由地呼叫,让生命在黑暗中摸索,寻找路径。这种压抑性思维,既使鲁迅对外部的黑暗体验得深入透辟,又使他对过去的岁月有清醒的透视和洞察。这种压抑性思维,既使鲁迅产生深度的绝望感,又使他对生命有了新的阐释和理解。这种压抑性思维,既使他的典型塑造具有透骨的冷气,又使这些形象具有悲旷的社会意义。这种压抑性思维,是不断渴望自由解放的心迹,也是不断反抗自我、对抗社会、反抗黑暗的痛

---

① 刘禾:《语际书写》,上海三联书店 1999 年版,第 65—98 页。
② 《鲁迅全集》第 2 卷,第 129 页。

苦灵魂。鲁迅压抑着自己,中国专制文化压抑着中国人的精神,每一个国民在苦难而悲悯的时代,在无边的黑夜中被压抑着,只是盼望着机会,等待召唤。一旦揭竿而起,中国人便失去了所有的冷漠和奴性,事实上,勃勃蓬蓬的抗日战争和人民解放战争的风起云涌,就是对专制文化压迫的反抗,对统治阶级色厉内荏的反抗,对帝国主义的侵略和欺凌的反抗。

鲁迅的压抑性思维,是时代变革的前奏,但这种压抑性思维所造就的独特小说文体,却昭示寻求光明、扬弃奴性的永久的启示。在探讨鲁迅小说时偏重于静态的考察,较少从动态的角度去揭示鲁迅小说创作的特性,去洞悉鲁迅的心灵秘密。思维就是如此奇妙,思维总是关于对象的思维,它受制于外部环境,又受制于主体意志,对于健康的灵魂来说,思维的偏向通常成为他自身人格的某种化身。思维偏向成为作家所扮演的一个特殊角色,是美化时代还是批判时代,是先知代言还是市井狂欢,就取决于创作者的主体性思维偏向。正因为思维偏向具有强烈的主体性价值,所以,作家的思维偏向具有重要的社会价值。鲁迅小说与散文创作的思维偏向,显示出他是真正伟大的人民性作家,是 20 世纪中国最痛苦的灵魂。他那强烈的民族意识,他那猛烈狙击中国腐朽文化的人格力量和勇气,他那与黑暗对抗永不屈服的硬骨头精神,显示出作家的创作思维偏向所具有的划时代意义。鲁迅的思维偏向,不是为了娱乐,不是为了个体的抒情,不是为了自私的目的,而是为了整个民族的伟大复兴,为了整个民族的自强不息,富强伟大。鲁迅的话语如同警钟,始终震撼着中国人的灵魂,因此,现代文学批评必须不断地从鲁迅叙事话语和思想话语中获得巨大的精神力量。

4. 启蒙经典的积极与消极形式

鲁迅有没有爱的启蒙? 为什么他爱的启蒙不为人充分重视? 具体来说,"启蒙思想",可以通过顺向激励与逆向刺激来完成,前者是积极形式的思想启蒙,后者是消极形式的思想启蒙。鲁迅为何选择消极形式的启蒙? 其意义何在? 在现代生活中,鲁迅这一消极形式的启蒙的局限性何在？鲁迅的小说与散文是否是启蒙的经典？应该说，鲁迅早期的文艺思想活动，确实以"启蒙"为己任。从《摩罗诗力说》来看，他相当重视通过文艺的方式启蒙。在江南水师学堂期间，鲁迅就很重视严复的译著，例如，达尔文的生物进化论思想，还有一些新思想，他也相当重视。但是，从法国启蒙运动意义上说，鲁迅重视从文学艺术入手进行思想启蒙，并不重视从宪政和法律入手进行启蒙，与卢梭相比，鲁迅的启蒙是不全面的，特别是宪政和法律思想比较缺乏。

鲁迅作品的启蒙价值就在于：他让人能够真正正视中国人民的苦难和中华文化的内在悲剧性，打碎了中国人的千年迷梦，提供了全新的生命价值视野，即人必须作为真正的人而活动。这个真正活动的人，具有人的尊严，人的自由，人的平等，人的无畏而美丽的人生信仰，这一切皆与专制的社会，不平等的人权，非民主法律的社会，是完全相反的。启蒙的经典，就在于唤醒真正的民主平等的社会人生信仰。

与新文化运动时期的其他启蒙思想家相比，鲁迅更重视对专制社会的文化生活现实的批判，与之相比，胡适的启蒙，一方面从语言革命入手，另一方面则从自由主义政治理想入手，对人权、平等和自由，以及宪政分权等思想进行阐释。胡适相当重视重建中国古代思想传统，主张以新的思想和方法重新理解中国传统，同时，也重视西方思想，特别是美国实用主义思想，在传播杜威的思想上给予了巨大的关注，胡适对现代中国的教育与政治起到积极的推动作用。与胡适鼓吹的自由主义相对的，则是李大钊等宣传的马克思主义思想。在传播马克思主义思想方面，他具有启蒙思想的意义，是马克思主义思想指明了无产阶级解放的道路。在专制与不平等的思想政治前提下，谈论自由主义和宪政自由的思想，是相当不实际的，只有在经济发达到一定阶段之后，这样的思想才具有启蒙意义。而在当时，劳苦大众如何获得平等而自由的权利，是胡适所代表的自由主义思想不可能完成的，因而，马克思主义的启蒙思想，特别是如何解放劳苦大众,具有更为实际的启蒙意义。①

显然,鲁迅对劳苦大众生活的关注,就是从启蒙思想入手,对马克思主义的无产阶级解放理论的有力呼应。事实上,鲁迅与瞿秋白,是新文化运动时期最重要的两个批评家。他的启蒙思想指向无产阶级的解放事业,比宪政自由思想更具现实意义。从当时的历史现实而言,无产阶级的解放是启蒙思想的最积极的形式,而宪政自由与社会改良运动,则是相对消极的启蒙思想形式。站在当代生活立场上看,胡适所代表的自由主义思想或宪政自由的思想,对中国的现代化建设更富积极意义。鲁迅的启蒙思想,不是突然形成的,而是历史认知转变深化的结果。从思想启蒙意义上说,严复的西学汉译,让鲁迅建立西方的民主自由价值观念;章太炎的革命思想与革命精神,确立了鲁迅反抗专制的彻底立场;梁启超的新民说,则直接开启了鲁迅改造国民性思想的自觉形成。与时代的先锋者一道,鲁迅为国民生活的自由平等价值,为国家的政治经济法律平等理想,建立了时代的自由反抗价值。

鲁迅通过批判专制社会对劳苦大众的压迫,通过被压迫被侮辱被损害者的生活重现,深刻地批判了那个吃人的社会,那么,黑暗愚昧落后的旧中国与被侮辱被损害的国民生活,这是谁之罪? 中国向何处去? 由前一个追问,鲁迅否定了整个专制文化制度,甚至可以说,对中国文化传统进行了最激烈的否定和批判,由后一个追问,鲁迅呼应了无产阶级革命先驱者的激进思想。中国只有摧毁吃人的制度,才能让劳苦大众彻底获得解放;"救救孩子",才是中国的前途与希望,他没有寄望于政客或商人,而是寄望于中国无产阶级革命先驱者。经典的时代要求,与经典的文明要求之间,具有内在的张力。从政治启蒙意义上说,经典的时代要求就是要寻求新的政治思想信仰,本土政治学是源自民族的文化传统,它具有自己的文化合法性。任何文化内部的政治经济文化律法,皆是文化传统作用的结果。不同的民族的文化律法,在政治传统上有着根本性差异,虽然政

---

① 佐藤慎一:《近代中国的知识分子与文明》,刘岳兵译,江苏人民出版社 2006 年版,第 245—257 页。

治活动的目的或政治活动的本质具有内在的相似性,但是,政治制度与文化律法却有着内在的差异。①

政治学传统或政治学制度,是国民生活或国民意志自由作用的结果。当国民意志向往民主自由平等的社会并能使权力阶层遵从民主自由政治的律法时,政治生活的法则便以民主自由为传统。不过,也有这样的情况,国民生活具有追求自由平等与民主的意志,但是,权力阶层却维护自己的专制意志,结果,社会必然是不平等不民主不自由的社会。现代民族国家的公共价值理想,就是追求自由民主平等社会的建立。这样,就形成了文明间的矛盾,现代人认可民族国家的民主自由平等的思想传统,可是,民族国家本有的政治传统可能维护专制文化传统的有效社会管理方式或等级社会结果。启蒙的经典,就需要在捍卫民主自由平等理想与反抗专制愚昧等级观念之间进行启蒙选择。鲁迅和新文学时期的中国文化经典生成的时代需要,就是对民主政治的要求,显然,西方文明生活中的政治学观念就满足了现代中国社会的需要。

鲁迅的启蒙思想,在杂文和小说集中,得到了最集中的表现。鲁迅相当深刻地批判了奴隶制度与奴隶文化,他对国民性中的奴隶道德进行了最无情的批判。从尼采的思想出发,他主张主人的道德,而反对奴隶的道德。在民族文化传统批判或人性批判过程中,鲁迅非常关注的是"改造国民性"问题,国民性是如何形成的? 国民性可以改造吗? 鲁迅的国民性改造成功了吗? 这是一个值得反思的问题。在我看来,鲁迅的国民性改造并未获得成功,那么,鲁迅是如何改造国民性的? 一方面,他通过杂文的方式,正视国民性弱点,试图让我们从丑陋的国民性中觉醒;另一方面,他通过小说的方式,刻画国民的被侮辱与被损害的形象,刻画专制文化的代言者。应该说,鲁迅对丑陋中国人的批判达到了史无前例的深度,在相当长的时期内,中国人一直生活在自己的美丽与骄傲的幻想之中,鲁迅让我们真正地正视自己的文化与生活。那种自我构造的虚幻的封闭的中国美

---

① 坦嫩鲍姆:《观念的发明者》,北京大学出版社 2008 年版,第 2—15 页。

丽形象在开放的文化性视野中倒塌。①

如何改造国民性？国民性就是民族的性格外观。必须承认，中国的家族本位主义思想极其严重，在很大程度上，它削弱了民族主义或国家主义的思想，因而，中国的普遍性价值的建立是以个体或家族为本位的，结果，文明的一切律法，有意无意地保护着神圣家族和普通家族的利益，这就使得文明生活中的人并不在意自我或家族之外的他者。个体或家族处于价值的核心地位，普遍性的生命价值律法就不能真正建立。鲁迅的模糊的民族国家观念，还停留在文学的情绪思考与表达之上，并没有意识到法律重建的必要性，当然，政治经济法律制度的建立，需要人的实践。事实上，许多"次优的法律"，在中国往往得不到真正的实践，所有的法律实践，在私情或权力、金钱或利益面前，往往不堪一击。执法者违法，违法者避法，结果，法律的正义得不到真正的体现。改造国民性，确实需要公民观念或自由观念，但仅仅停留在文学想象中是不够的，必须通过政治法律的真正重建才能完成。国民性的改造，不只是精神生活自由或理想生活实践的问题，而且是政治法律制度的真正建立和真正实践问题。当自由平等观念只是空洞的理论时，当民主人权只是理想的价值原则时，国民性改造只能是空话。真正的国民性改造，就是恢复人的真正法律权利，恢复人的自由平等信念，恢复民主社会的生活形式，改造国民性，仅有国民性的批判是不够的。

通过正视丑恶，揭露丑恶，让我们觉醒，让我们震惊，应该说，鲁迅的作品，在百年中国起到了警醒、震惊中国人的作用。我们不否认，鲁迅批判的国民性就在我们每个人身上，问题在于，我们没有想改变这种劣根性，或者说，无法改变这种劣根性。从鲁迅的作品，我们形成了对民族文化生活与民族精神形象的耻辱记忆，"阿Q"，就是我们民族的自贬性的耻辱记忆。鲁迅的启蒙，没有抓住问题的根本，我们必须追问这是谁之罪？阿Q之罪，不仅是他自己的罪，而且是统治者的罪恶，问题在于：人们没

---

① 刘禾：《语际书写》，第82—86页。

有追问统治阶级的罪恶和耻辱,却常常追问个体平民的罪恶。在中国社会生活,鲁迅强调无产阶级的自我解放,因此,应该从鲁迅出发,从新的意义上重新评价国民性改造和现代文学的启蒙。我们不仅要有丑的启蒙更需要美的启蒙,只有美的启蒙与自由的启蒙,才能真正造就自由美好的中国社会。

真正的国民性改造,应该是政治思想意义上的平等自由启蒙,同时,也应该是经济生活意义上的启蒙,即强调私有财产的神圣地位,强调经济生活在政治生活中的决定性意义。文学意义上的启蒙与感性生活的启蒙,是情感的启蒙,情感的启蒙尽管重要,但政治经济法律生活意义上的启蒙才是更重要的启蒙。由感性生活的启蒙走向理性生活的启蒙,这是鲁迅留给我们的任务。文学自然要担负自由启蒙的意义,但真正意义上的启蒙,必须在政治经济生活意义上形成自由律法。[1] 国民性批判,不是艺术的核心任务;国民性重塑,更应成为文学艺术的特殊使命;国民性改造,既应包括国民性批判的内容,又应包括国民性重塑的任务。鲁迅在国民性批判方面不可谓不彻底,但是,在国民性重塑上,他并没有展示出特别的力量,这是因为人们只知道鲁迅的批判精神与反叛精神,并不知道他的博爱精神与公平正义理想以及自由民主平等的理想和信念。相对说来,国民性重塑,就是要建立现代公民理想,现代民主法制理想,现代民主自由精神,现代人权观念,这是国民性重塑的关键。正如我经常说的那样,"无人愿意成为阿Q,是政治经济法律制度使国民成为阿Q",因此,根除造就阿Q的政治经济法律制度,重塑新时代的自由公民形象,才是我们时代的文学经典最紧迫的任务。

---

[1] 科思:《论民主》,聂崇信等译,商务印书馆 2004 年版,第 273—278 页。

第三节 怡情的经典:狂欢化叙事与文明的
大众审美趣味

1. 通俗文学是否存在经典性

由于文学批评解释的当代性要求,所以,有关人类文明生活中的"文学经典"和民族文学史上的"文学经典"的理论证明,未能给予充分重视。民族文学经典或人类文学经典的价值证明工作,在当代文化学术视野中,更像是"文学史"的任务,而不是现代文学批评的任务。如果说,文学史解释进行的是历史性的文学批评工作,那么,文学评论解释进行的则是现代性文学批评工作。"面向当代",这是现代文学批评寻求经典认识的重要思想立场,将金庸的作品视之为"文学经典",是从"时代的经典"这一维度立论的。

从"时代的经典"意义上说,鲁迅的作品标志着启蒙的经典所具有的价值,金庸的作品则标志着满足民众欢乐要求的经典所具有的价值,它是民间文学价值或通俗文学价值的具体体现。通俗的经典,自有通俗的文化精神,这种通俗文化精神未必是自由美丽的精神,但是,肯定洋溢着民族生活深处的至深欢乐。通俗文学艺术作品,以民间艺术接受为基本原则,就是要以"民族作风和民族气派"作为创作取向。按照文学经典法则,有民间经典与文人经典;从民间经典意义上说,通俗文学,只要发挥了民间文学的纯粹价值,就能构成自己的经典性。在现代文学视野中,大多数通俗文学作品,皆不能成为经典,但是,金庸的武侠小说创作,显示出通俗文学的经典价值,事实上,从通俗文学经典的意义上确证金庸小说创作的价值,具有重要的诗学解释学意义。金庸的小说作品,保留了中国民间文化自由想象的诗性力量,保留了中华文化的民间价值信仰,保留了大众文化欢乐的民族精神与民族想象方式,因此,它具有民间文学和民族文学的经典价值,成了通俗文学或大众文学的经典。

如果说,将鲁迅和金庸皆放在经典的意义上加以讨论,这在现实主义文学批评占主导的时代是不可思议的事件,那么,开放时代的历史文化已证明:关注社会与驰骋想象的文学,皆可能赢得人民的欣赏。鲁迅与金庸,标志着经典的两种价值意向。两种不同的经典观,构造了我们时代的文学经典意识。在自由的时代,驰骋想象或满足娱乐要求的经典观,可能比批判现实的经典观,更能得到读者的认同。在中国特定的历史生活中,批判现实的经典观比驰骋想象的经典观具有更为特别的意义。从中国精神文化现代化的层面上看,鲁迅当然比金庸伟大,但这并不妨碍金庸的作品可以成为文学经典。

"走近金庸",并不是必要的选择,因为在现代中国文学史上产生重大的影响的作家不乏其人,但是,金庸的确是现代通俗文学的重要标志,因为他从另类意义上建立了"文学与人民"之间的关系。过去,在理解文学与人民之关系的时候,强调文学要理解人民的生活并表现人民的现实变革力量,即人民喜闻乐见的生命形象与生命情感,这种创作方向,通过真实地展现民众的生活来唤起民众的文学热情。实际上,还有通俗文化生活意义上的"文学与人民"的关系,即在民族文化历史中生活的人们,总喜欢沉醉在民间生活喜剧或民间英雄传奇想象之中,并由此获得快乐与审美的满足。不过,这方面的创作内容,在相对长的时期内被有意压抑和忽视,因此,民间文学经典的意义总是被遮蔽。①

在自由开放的时代,文学创作的思想禁锢和意识形态局限被取消,于是,源于民族文化历史情调的武侠小说,获得了应有的历史地位。金庸的作品,就在这一思想文化背景下粉墨登场,更为重要的是,金庸不只是简单地复活了民族文学艺术中的叙述形式,而且以智慧、思想和想象创造了无数自由而美丽的生命形象,这样,他从民族文学和通俗文学的意义上获得了经典价值,并由此建立了通俗文学与人民大众的独特精神联系。当

---

① 利维斯:《伟大的传统》,袁伟译,生活·读书·新知三联书店 2002 年版,第 24—25 页。

然，也应看到，金庸小说的生命情调源于中国文化传统，不免有许多思想与价值观念和现代意义上的生命正义理想与文化人生价值信念相背离，这就需要我们保持必要的思想警惕。金庸作品的经典性，经过岁月的磨砺，已经变成了无法否认的精神事实，在此，"经典性"，实际上就是民间接受的文学生命力，它不是仅仅依靠批评家解释所可完成的。被批评家反复解释的作品，往往是大众可能永远乐于接受的经典；为大众所乐于接受的作品，最终必然成为批评家解释的对象。文学经典，永远是接受者与批评者之间的解释学互动，是批评家对作家的思想理解，更是批评家对真正的文学作品的自由捍卫。走向民间经典解释，之所以成为趋势，就是因为他创造了社会大众的文学最爱。从民众意义上确立经典，比从批评家意义上确立经典，更能经受历史的持久考验，不过，对于"走向金庸"这种文化接受意向，可以从多维文化层面进行解释。

首先，走向金庸，就是走向中国传统文化或中国古典民间文化的诗性想象。金庸的创作，不是面向现实中国文化生活世界，而是面对中国的历史的民间文化生活世界。在文化接受视野中，人们始终可以发现，凡民间的必定有生命力。民间文化生活有其独有的价值取向，它崇尚高贵而单纯的生命形象，也崇尚世俗而真实的生活原则。金庸将民间文化生活加以改造，既选择世俗的生活作为价值基点而进行理想生活提升，例如，《鹿鼎记》，又选择理想美好的爱情生活作为价值提升的重要方式，中国人所崇尚的武侠与勇敢的价值范式，在金庸的作品中得到出色体现。其次，走向金庸，就是走向中国民间生活的想象世界和侠义世界。金庸是通过自由的想象来展开美好世界，这是真正了解中国文化而且没有受到文化压迫的写作者的自由想象，这样的创作，在革命时代的中国绝难出现，只有在文化自由的政治背景下才能诞生。文学的经典性，不仅在于表达了生活的真实，而且在于表达了生命的自由理想与价值信念。再次，走向金庸，是对文学娱乐价值的独特反省和自觉思考。文学经典是需要读者的，如果经典远离读者，这样的经典就会失去生命力，当然，我们不能以一时的读者选择作为价值判断的标准。文学的经典性，不能以一时的接受效果来判断,必须以长时段的接受效果来判断。

文学的经典,只能在文学的历史流传中得到评定,我们的时代有许多被艺术家高度评价的作品,但大多被历史所淘汰。时过境迁,时尚的所谓经典,就失去了生命艺术的魅力,许多重要的文学作品有其特定的历史价值,但缺乏持久的历史文化价值。文学经典必定是人们反复重温的作品,它能给予人们以生命启发,给予人们以自由的生命价值信念。文学经典必定是复杂的,也必定是简洁的,简洁的作品可以自由咏唱,可以不朽,如李白的诗篇,同时,也应该是复杂的,因为复杂而给予人类以无穷自由的启示。

文学经典值得永远思考,文学批评对经典的捍卫,实质上就是在捍卫生命的自由真理。批评对经典的认同,是批评家永远与真正的大众站在一起的证明,大众可能被欺骗一时,但很快就会从伪作品中惊醒。文学大众也许会上当受骗,因为他们对新作品的渴望必然使其失去自由的判断力,但是,文学大众永远在受骗中寻找文学真理和文学的经典价值。金庸的作品,能否最终成为经典,取决于大众的接受,因为大众在心灵中保护自由的作品是经典不朽的最高证明。只有在大众心灵中长存的作品才能永恒不朽,历史早就证明了这一点,因为最初的文学经典保护,皆是通过记忆的方式而不是通过文本的方式保存。当文本保存方式成为文学的主流时,心灵的保护显得越发重要,"什么样的作品能够永驻大众的心灵",已成为文学经典判断的最重要的依据。①

2. 通俗经典的必然要求与理想

在 20 世纪后半叶,金庸小说在汉语读者中的影响无与伦比,因为它如此牵动着不同阶层不同年龄的读者的心灵,如此令人痴迷和激动,使你不得不相信其小说的生命力。按理说,学院派批评也应关注这一文化现象并做出富有深度的文化阐释,但是,大多数学院派批评家对此仍保持沉

---

① 　耀斯:《审美经验与文学解释学》,顾建光等译,上海译文出版社 1997 年版,第 57 页。

默。究其原因,不仅有正统文学观念的影响,也有对通俗文学的误解,不仅涉及对中国民间文化的价值判断失衡,也意味着对文化权利的漠视。因为在20世纪中国文学批评中,批评不自觉地以干预生活、介入生活为宗旨,重视现实主义文学的批判反省价值,反对回避意识形态问题,所以,在相当长的历史时期内,文学批评不自觉地抗拒那些远离现实社会生活的文学作品,这样,金庸小说的价值自然被忽视。20世纪80年代以来,那种封闭性的文化氛围被打破,人们不再受强制性文化接受的约束,可以自由地阅读文学,重新获得文化接受的自由权利,在这样的文化条件下,金庸小说的影响力才真正形成。

就文学批评而言,金庸小说接受给予的启示是:必须重新认识民间文化的巨大生命力,认真看待大众的文化接受权利。把金庸小说看作民间叙事狂欢化审美形式的自由表现,这有其事实依据,因为金庸热衷于民间文化,沉醉于民间叙事中,自觉接受民间文学叙事的影响,这给予人许多有益的启示。金庸叙事的民间化倾向,与他所受到的民间文化影响以及他那痴迷的民间叙事趣味相关,金庸从小就热衷于民间游戏和娱乐,从小喜爱中国古典长篇小说,这给他的民间叙事提供了坚实的文化基础。①

在金庸创作思想的形成时期,民间文化虽仍有其巨大生命力,但是,当时青年普遍以西方文学叙事为楷模,少有作家醉心于中国传统叙事形式。金庸与他的同乡穆旦,就选择了两种完全不同的创作道路,穆旦创作新诗,20世纪30年代即已成名,他的叙事形式和抒情形式以西方文学为依归。金庸早年修习国际法,接受西方思想的影响,按理说,应走西方文学叙事之路,但是,他选择了一条回归中国传统文化叙事的道路。金庸的创作选择,一开始就与民间文化建立起了密切联系。就民间文学接受者而言,他们不适应西方文学叙事方式,或者说,理解力还不足以进入西方性话语世界,但是,与中国文化叙事却能丝丝入扣。从接受图式而言,这代表的是顺应性接受意向,与之相反的,则是强制性接受意向。在一般文

---

① 金庸:《金庸作品集》自序,生活·读书·新知三联书店1992年版,第1页。

化接受中,这两种接受意向往往同时存在,这是选择的自由与不自由,也是人的自然性和社会性相统一。顺应性接受能够直接构成狂欢化效果,因为创作者与接受者在叙事上达成了热烈的共鸣,金庸小说叙事,显然适应了民间接受中的顺应性意向。金庸相当看重小说叙事的中国作风和中国气派,他深刻地把握了中国传统文化的深层心理结构。

在中国人的生命想象中,凡有骨气的人皆渴望成为侠义者。在民间想象中,一身武功,一身正气,不畏强权,不受欺侮,留万世芳名,这是何等潇洒的人生! 在传统小说叙事中,《三国演义》《水浒传》《西游记》,皆与侠义崇拜有关。"侠者",在秦汉之际即已盛行,在盛唐之时达到了高潮,只是在明清小说中,与盗贼合流,大有沦为末流之势,不过,民间对武侠英雄精神的崇尚,又使通俗小说叙事创造了想象的自由。① 在普通人的心目中,大多崇尚盖世武功和武侠豪情,反映了人们对英雄的独特理解,是民间英雄主义和喜剧主义精神的体现。英雄主义与喜剧主义的合奏,自然构成了狂欢化人生戏剧,从这样的文化传统过渡到武侠叙事非常自然。武侠英雄叙事本身,有各种独特的艺术表现形式,金庸叙事的狂欢化就是通过诸多的艺术因素体现的。

金庸武侠小说叙事,塑造了各种奇异性格的武侠英雄形象,特别能够满足民族文学或通俗文学的经典价值要求。金庸是充满想象力的,他继承民间生活中对英雄的渴望,保留了非自由民主社会文化生活中对武侠英雄的精神崇拜。武侠人生,金庸虽有热切的向往,但毕竟不是武林中人,他不可能真正理解武功秘籍,只是"千古文人侠客梦"。想象是自由的,金庸试图写出他心目中的武侠,他心目中的武侠,在武艺上卓尔不群,更为重要的是,重情讲义。冷面大侠热心肠,奇异姻缘万世情,"侠"字和"情"字,"义"字和"信"字,构成了他的武侠英雄叙事的基本尺度。《射雕英雄传》中的女侠梅超风这一形象就相当感人,她与师兄生发恋情,因情逃离师门,学艺未成。毕竟是武侠中人,又离不开武艺,她与丈夫从师傅

---

① 汪涌豪:《中国游侠史》,上海文艺出版社 1993 年版,第 38—97 页。

处偷来半部武功秘籍，在荒郊野岭苦练。一度在江湖上横行，后受挫，最终，在荒原练成九阴白骨爪，全心全意地练功却走向邪门歪道，带有强烈的恐怖主义的气息。郭靖误杀其夫，郭靖师傅又使梅超风眼瞎，此情此景，从阅读意义上说，虽悲恨至极，痛快至极，但金庸依然把这一对作恶者的生离死别，写得荡气回肠，极有英雄气。梅超风外表冷若冰霜，内心被复仇之念充塞，当她最终找到杀夫之人时，见郭靖与黄蓉相爱，碍于师傅之情，不敢加害，这位女侠的大胆、狐疑、可恶、可怜等等，金庸作了十分出色的描绘，令人大生同情之心。

他之所以如此看待他笔下的英雄豪杰，就在于他写出了英雄的复杂性格，英雄不是平面人物，而是有血有肉，有情有义，有苦有难的人。金庸尤其重视武侠人物对立性格之描写，恶者自有柔情，狂者亦有人性，冷若冰霜者也有良知判断，这就使读者产生狂喜而又紧张的接受心情。在《射雕英雄传》中，郭靖与黄蓉这一对性格相异而又情志相投的人，在形象的自由叙述中使整部作品的境界变活。由郭靖、黄蓉、杨康等，串连出洪七公、周伯通、欧阳锋、黄药师等构成的生命世界，或正或邪，或笑或谑，或悲或喜，或怒或诈，整个叙事跌宕起伏，情义相贯，感动人们的心灵。中华文化中的武侠英雄崇拜，既是对社会正义的想象满足方式，又是对等级制社会政治经济法律制度的不信任，金庸满足了这种文化缺失的正义需要。

在小说叙述中，那些武林中人，或藏而不露，或大智若愚，或心狠手毒，或邪门歪道，奇不胜奇，而这武林中人并未遁入无为之境，甚至可以说，武林中的是非，是世间政治冲突和家庭冲突的缩影。道之侠是如此，佛之侠如此，儒之侠亦如此，正因为他们不能超越现世的功名追求，不能容忍强者又总希望成为"武林至尊"，因而战火不断。只有那些超越武林纷争之人，才能结成善果，人生的各种情怨都被虚拟到武侠叙事之中。金庸小说叙事中的武侠英豪，感人至深者，实不外乎三类人：一是至尊者，追求武侠之道，超越名利，以情义行武侠之道，德高武纯；二是至邪者，整个人生被复仇或陷害他人之念头扭曲，以奇门邪术灭伤武林中人，破坏武林行规，最终以悲剧结束；三是亦正亦邪者，这些武侠英雄，因饱经人生创伤,既不以正作为武侠之道,亦不以邪为武侠之道。他们出于个人意志,或正或邪,或讲情重义或忘情灭义,我行我素,独往独来,不受他人控制,但绝少助纣为虐。总体上看,这类武侠英雄,属于可敬可爱,又可憎可恶之辈,给人的情感最为复杂。像郭靖、张三丰、段誉等,以正为生;像杨康、杨过、谢烟客、黄药师等,亦正亦邪;对于这一类人,读者的情感意向相当复杂。

金庸就是善于通过各种对立性格的描写,达成狂欢化叙事效果。武侠小说要写出武侠者的武艺,写出武侠者的豪情,写出武侠者的心灵扭曲实属不易。金庸遍观天下奇人,尤重武林中人的想象性刻画,金庸小说叙事的成功之处,就在于写出了许多形象独异的武侠人物。这些武侠人物的复杂命运,对应于现实人生的各种生命选择。金庸小说叙事,直接给读者带来人生启示,让读者体验各种各样的人生境界,不过,这种文化是民族独有的,是中华文明千年沉淀的结果,是民主自由正义理想缺失的变态想象与精神虚构。①

金庸小说叙事,对武侠人物的玄妙武功和打斗场面的奇特渲染,不仅使情节跌宕起伏,而且使小说叙事本身具有狂欢化效果。武侠者的情与义固然有特色,但他们也是人,在情义冲突的选择上,并未出乎接受者意料,他们的选择本身,代表的就是普遍性的伦理原则和生命准则,武侠者的情义恩怨,实际也是普通人情义恩怨的浓缩化形式。武侠叙事本身则不然,对于接受者,武侠之奥妙实属一陌生之域,愈玄妙的武功描写,愈能激活读者的想象力,愈能打动人。金庸不仅通过情义思想冲突,把读者带入狂欢之境,而且通过武侠本身的描绘,把读者带入想象世界。金庸对武侠的想象是奇妙的、智慧的,例如,一部并不存在的秘籍,可以让"它"作为传奇叙述叙事的核心,无以名之的武功绝技,他可以运用诸多的自然比拟法予以象征。他所描绘的武功之境,确实绝妙神奇:在荒漠大野,他可以想象习武者快捷如风的奇功大能;在万仞山巅,他可以想象善轻功者攀岩

---

① 德沃金:《两种自由概念》,参见《消极自由有什么错》,文化艺术出版社 2001 年版,第 143—153 页。

而上的神态自如;在深谷雾海,他可以想象奇功绝技的神秘莫测。金庸笔下的武功绝技,成了他笔下英雄成功的关键,例如,张三丰的奇功,足以令对手胆寒;韦小宝的逃遁之功,足以使读者忍俊不禁。奇绝的武功与奇绝的环境的渲染,给人带来了一片想象的自由天地。

金庸的武侠英雄叙述,不仅写北方大漠,也写草原千里;不仅写江南幽谷,也写北国冰窟;不仅写山中雾瘴,也写海岛奇观;不仅写机关万道的门派圣地,也写连环的武林阴谋诡计。武侠叙事本身,成了自由的想象方式,也成了生命冒险,读者在这种奇妙的体验中,获得了想象的欢乐,得到了审美的快慰。在可能的世界中,作者渲染武林的奇妙,这种渲染是传奇的、浪漫的,不是求实的。尽管他们总要设想真实的历史背景,但是,其人物大多是虚拟的,甚至不惜改变历史,虚拟事实,造成想象的奇迹。人们在这种超越之境,获得了心灵的满足,达成了对武功绝技和豪侠人生的想象。人们在这种虚拟的叙事中,对人生有了崭新的理解,在神话式体验中,金庸武侠英雄叙述达成了个人意志的自由表现。武侠人生,虽也受到情义恩怨之束缚,但毕竟是超越现实的想象之域,因而,它是纯粹戏剧的体现。想象和虚拟获得了最大的自由,对于叙事中的一切,作家用不着承担责任,读者也用不着背上心灵的重负,既不需要焦虑,也不需要反省,因为这只是假想性人生。作家与读者共同创造了叙事奇迹,在狂欢化中,作家和读者消解了人生的苦恼、悲剧和绝望,不过,狂欢化叙事中所虚拟的人物命运和生存形象,却能久久地存留在读者心中,对人生感叹不已。这种通俗经典的英雄意志表现,满足了人们潜在的英雄渴望,满足了人们对社会平等和正义的心理想象。

3. 通俗经典的形象创造意义

实事求是地说,金庸小说中动人的武侠形象给予了人们复杂的情感体验,与此同时,还应看到,金庸小说叙事充满了许多精妙的文化智慧,这可以看作是中华民族文化英雄形象的诗性沉淀。如何认识民族文化?自应从民间文化体验入手,因为以西方文学叙事观念表现中国传统文化主题,总有内在的隔膜。只有采取民族文化立场,以静观的态度观照民族文化的深层底蕴,才有可能形成诗性的沉淀。在金庸的时代,中国文学叙事流行西方叙事模式,这种叙事至今仍作为创作的主导基调。金庸反其道而行之,他坚信,中国文学叙事有其巨大的生命力,同时,他亦坚信,中国文化有其诗性表现的价值。他一头扎到中华民族文化的历史深处,从民间的道路出发,很自然地选择了对武侠英雄的认识途径。中华民族文化,在武侠文化中有其特殊的魅力,武侠文化是勇者之文化,智者之文化,侠者之文化,它与世俗的奴性文化无关。武侠文化更重视情义,更重视武功,更重视人道,更重视生命的自由,金庸小说叙事显示出恢宏的气度,与这种武侠英雄精神相关。

金庸对武侠英雄的认识是相当深刻的,他们虽然不能改变世界,造就出朗朗乾坤,但是,他们可以创造伟大的侠义精神和伟大的生命风范。通过这些英雄形象,金庸创造出了顶天立地的英雄豪杰精神,这正是中华文明经典的最浪漫的生命情怀。武侠是古风,在秦汉时期,武侠行世,令人敬慕不已,一些武侠者,以刺杀贪官污吏和昏君弄臣为目的,不惜抛头颅,洒热血,慷慨高歌。至盛唐之世,游侠之风更炽,作为民间力量,它显示了中国英雄的豪情,后来,这种武侠之风逐渐从社会大舞台上退居民间,至今,武侠之风如流风余韵,久久不衰。只是,在现代法制精神的张扬下,这种民间英雄精神逐渐衰落,对于中国文化英雄精神的振兴是一大损失。金庸重振武侠之风,无疑有其深远的历史意义,在表现武功绝技时,他不仅具有相当奇特的想象力,而且有相当丰富的武学知识。他遍研中国文化,从中国文化中的历史读解中,把中国武学知识的丰富,与多种多样的门派关联在一起。他对诸多的门派本身有一些文化学和历史学的认识,尤其是与名山相关的武学门派关联在一起,因为凡名山,必有豪杰趋之,久而久之,山以人名,武以山名而显。金庸仔细考察过少林派、华山派、武当派、峨眉派等派别的武学精神差异,在他的武侠叙事中,各派皆有奇绝的武功。门派之争,便成了小说叙事冲突的焦点,这些门派是实写,还有一些门派则完全是虚拟,他在荒山野岭中寻求,在奇川大漠中凝思,想象飞凌历史时空。①

金庸的武侠叙事，确实有大手笔，他的作品包罗甚广，有关武侠的知识，层层展开。在叙述门派之争的同时，特别强调武侠英雄主义，这些孤独的武侠者，身怀绝技，进入了高深莫测的武功境界。金庸小说的武侠英雄想象，不仅有剑，也有拳；不仅有内功，也有外技；不仅有邪门歪道的武术，也有天地造化而成的武学至境。在描述这些武术时，金庸的小说叙事达到自由境界，也使民族文化的诗性沉淀物，有更清醒的认识。在《射雕英雄传》中，郭靖是大智若愚的人，他的绝技源于他遍学多师，他学武，源于他的一颗质朴和宽容之心。他从小即讲义气，遵守承诺，虽看上去木讷，但在关键时刻总是极机警，他初学七师，但进展极慢，后经名师点化，轻功内力大增。历经苦难，因偶然机缘，终于学成"降龙十八掌"，在描写这一武功时，金庸把它写得出神入化，令人眼花缭乱，神醉心迷。金庸对武功英雄的想象，或禀天地之正气，或模拟自然万物，或从自然山水获得灵感，或从古书残篇中领悟真谛。他喜欢把武功写得神秘莫测，从道家、佛家、儒家的一些修身养性功夫得一学名，金庸小说叙事对武功的命名，体现了他特殊的智慧，显示了他的诗性沉淀功夫。他的武学专名，数不胜数，几乎需要一本武学辞典进行专门阐释，例如，芙蓉金针、奔雷掌、追风剑法、百花错拳、九阴白骨爪、摧心掌、神行百变术、紫阳气功、避邪剑法、玉女素心剑、全真剑法、黯然销魂掌、太祖长拳、长拳八段锦、庖丁解牛拳、太极剑、独孤九剑、双手互搏术，等等。金庸武侠小说叙事，就讲究天地自然文化之会通，构成奇妙的历史文化之镜。②

金庸的通俗文学经典，为了表现中华民族的伟大精神信仰与浪漫自由的生命情怀，特别注重对武学之高妙境界的诗性想象。在他那里，一切高妙的武学境界，皆可以在中华民族的自由艺术，即诗、书、画、琴、棋、舞中得到自由而美丽的体现，由此，呈现出中华民族的伟大精神气脉。因此，在文化叙事上，金庸是综合派、立体派，他注重文化会通与综合。中华

---

① 金庸：《神雕侠侣》，生活·读书·新知三联书店1999年版，第627—637页。

② 陈墨：《金庸小说之武学》，百花洲文艺出版社1999年版，第2页。

民族文化的内在精神,在他的叙事中得到充分体现,这种叙事,确实形成了诗性沉淀,使我们对自己的民族文化有了切身的认识,并惊奇于他的神妙变化和无极之境。古老的文化层积,犹如混沌一团的污水,经过金庸的沉淀,露出了真面目,沉淀物历历可见。他写武术,很重视写棋,他在围棋上的深厚造诣,在很大程度上帮助了他。中国古代民间叙事者,大多崇尚三教九流,仿佛无所不知、无所不精,唯有这种文化通观通识者,才能写出文化的奇妙诗性来。金庸写围棋,能把下法写得极紧张,因为围棋成了武侠者的斗智斗力之处,围棋的输赢,与武功境界相关,每一棋子之移动,成了内功内力的显示。内力或武功弱者,即使能在智慧上战胜对手,如果在内力上战胜不了,也不能赢棋,围棋棋子有时还成了一门暗器,他的杀伤力,在金庸的形象想象中,神秘莫测,惊奇至极。这种诗性的夸张想象,在作为视觉艺术的电影电视中体现出来,更能使人惊奇于武侠艺术的奇妙。

不仅如此,金庸还很重视书法,在他的武侠英雄叙述之中,书法是人格精神人格魅力的体现,因为中国书法体现了天地自然万物的造化之理。书法的变化,是对自然运动和节律的模仿,书法中运行的"气",也就自然可以想象成剑术的自由变化。最妙者,莫过于《侠客行》中的"一壁书法",石破天这一形象的创造,与这一书法艺术的领悟极有关系。这幅《侠客行》的书法,内含剑术的玄机,但一直无人能破解,侠客岛主只好邀武林高手会聚于此岛,最后,被武功低浅的人破译了。金庸在描写石破天破译诗书的过程中,那种奇妙的、玲珑剔透的感受,令人惊奇不已。书法的一笔一画的运动,动静疾徐的韵律,构成了绝妙的剑术,这本身就是传奇神话。唯有借助金庸小说叙述的诗性沉淀功夫,民族艺术文化才放射出如此激动人心的光芒。对于中国画,金庸也不忘表现其独特的武功蕴涵,一些武功秘图,一些自然精义,通常就在这些图像之中,甚至北斗七星投射于地上的影子,也能构成武学顿悟的玄机。那些武功高绝者,往往对艺术的领悟也非常敏锐。一阵箫声,往往也能构成天地悲旷、神秘莫测、气清天静之自在境界；箫声传情，剑气振天，力与美，动与静构成奇妙的组合。① 金庸就是如此善于从中国文化的底蕴中汲取叙事的力量，这样，武功绝技不只是力的展示，也是智慧的展示，更是文化实力的展示。武功高深者，不仅有其独异的领悟力，而且也有超群的想象力；不仅有其独异的心灵世界，而且有其锲而不舍的执着追求，武学的化境，成了人生的自由象征。

在金庸小说叙事的诗性沉淀中，每位自由的汉语读者，皆能感受到中国文化的独异魅力。中国文化的精蕴之处深不可测，从智慧而言，道也好，佛也好，易也好，儒也好，巫也好，皆有其独异的人生指向和人生启迪。从生命体验而言，武侠是无极之境，不仅要感通自然，会通万物，而且要超越自我，追寻大道，唯有那些超越自我者，以天地之正道为武学之根本的人，才能达到神妙之至境。中国文化的神妙智慧，在金庸的叙事模拟中，在金庸的叙事寓言中，形成了立体的古朴的感性形象，这不仅有其特殊的审美意义，而且有其特殊的文化意义。民族文化的底蕴在于它的民间性，民间文化的底蕴在于它的朴素性，金庸的小说叙事就展示了这样朴实而又高深、简单而又深邃的中国智慧。

中国人的生命世界形之于武，形之于书，形之于画，形之于琴，形之于棋，形之于舞，形之于易，形之于道，形之于佛，仿佛获得了贯通弥满之力，它通天地、动鬼神，显示了中国文化的深邃博大，显示了中国人人格的刚柔相济、宽容博大之美，暴露了中国文化的阴柔、沉重、黑暗的一面，构成了古典文化遗风。从金庸的小说作品中可见，并非只有民主自由平等的政治经济法律秩序可以创造出美妙的人生，英雄崇拜与艺术崇拜，在侠义文化精神崇拜中更能展望自由而美丽的新天地，这是他对中华民族美丽文化的独特想象。正因为如此，金庸小说作品成为中华文化自由表现的娱情经典。

---

① 刘熙载的《艺概》，系统地讨论了文概、诗概、赋概、词曲概和书概，匠心独运地解释了中国文化艺术精神，颇能说明金庸小说之妙趣。

4. 通俗经典的生命教育

金庸武侠英雄叙事,并不仅仅停留在文化层面上,最终,他的文化英雄叙事,总是落实到生命层面上来,对中国人生命本质的探究,是金庸小说尤为重要的方面。狂欢化叙事的喜剧性效果,只是金庸小说的表层结构;对中国人生命历史和生命意义的反省,才是金庸小说的深层结构。文学是观照人生的独特方式,金庸正是试图通过文学叙事达成人生教育。人生的意义总是被遮蔽着,只有不断地去寻求,不断地去体悟,才能理解生命的真谛。在金庸看来,对生命的理解,从文化意义上而言,不外乎历史的理解与思想的理解。前者是事实性理解,事实本身即足以构成人生警诫,后者则是智慧性理解,从不同的法门去理解人生,就会选择不同的生命方式。理解生命,存在着两个层境:一是"自我",一是"超我",前者往往局限于自身,背负家族之仇恨、父母之嘱托、门派之命运,总之要成全自我,这一自我成了家族历史和门派历史上的链条;后者则超越了自我,把个人与社会,把个人与民族的命运密切关联在一起,寻忠贞正义之理,得天地之大道,求索自由生命的真谛。

金庸小说建构的复杂的生命世界,足以令人惊叹不已,在这里,可以讨论一下金庸小说的历史生命意识。他的生命意识,就是中华文化中最积极进取的人生观念的自由表现,这是个体生命省察的重要时间向度,个体的命运往往与国家民族的命运血肉相连。金庸小说叙事的历史背景大多为乱世,英雄生于乱世,唯有行侠仗义。生于乱世之英雄,往往又无法施展自己的抱负,这在金庸叙事中表现得很突出。金庸小说叙事,选择乱世也是具有警策性意义的,《射雕英雄传》涉及南宋、蒙古历史,这是大汉民族丧权辱国之时。金庸虽没有汉族本位论的偏见,但对乱世之英雄和国破家亡的感慨,显示了作家真挚的民族主义情感。《书剑恩仇录》《鹿鼎记》,则涉及明清历史,大明江山的丧失,一些反清复明的义士中就有不少武侠者,这是孤愤之历史。统治者的残杀无辜和暴虐统治,导致仁人志士前赴后继地寻求复国之道,杀霸主、杀皇帝、杀奸雄,成了武侠英雄的历史使命。《天龙八部》,则叙写北宋云南大理国朝代更迭之历史,通过惊心动魄的宫廷斗争,展示了各种各样的武功绝技。《笑傲江湖》,虽没有具体的历史背景,但显然也是历史时代的虚化,金庸小说的历史意识很强,所以,他的武侠小说实际上是历史小说。①

金庸作品的经典性,在很大程度上,取决于他创造了极具民族个性和民族文化精神情调的生命场景和生命形象。中国民间,一向重视宫廷斗争和权力更迭,武林中人并不是超越之人,他们也有门派之争,荣誉之争,继位之争,权力之争。在错综的历史时空中,英雄与皇帝、英雄与将军、英雄与平民、英雄与反抗者之间的关联,就特别具有生命的启示。选择什么样的道路,选择什么样的命运,如何施展个人的才能和抱负,金庸虽未直接明言,但是,他的武侠英雄叙事中的人物,尤其是豪杰英雄,总是站在正义之立场上,那些助纣为虐者大多以悲剧性终场。只有站在民众一边的武侠,才会成为人们爱慕的英雄,这在几部涉及宋元史、明清史的武侠小说中,显得尤为突出。郭靖的大英雄本色,就在于他的正直和勇敢,就在于他的历史使命感;杨过虽然有人格弱点,但仍未失英雄侠义者之本色。金庸所极力描绘的暗杀事件本身,不仅构成了激烈的戏剧性冲突,也有金庸叙事理念的明确指向性,因为武侠者的武与侠通常在古老遗风中就与暗杀权贵者相关。金庸小说的这种事实性理解,不仅有助于人们去了解历史本身,而且有助于培养人格自由精神。

当然,武侠小说中的历史通常被歪曲了,与历史本身有一段相当大的距离,但金庸小说在历史叙事的大时段方面总能与历史生活真实相一致。② 由此可见,金庸是注重历史材料的真实性的,唯有这种历史真实性,武侠英雄的豪情才显得真实美丽。人们崇拜武,崇尚侠,这是民族力量强大的象征,唯有不怕死、无畏而勇敢的英雄豪杰精神才能保证民族的

---

① 　王靖宇:《中国早期叙事文研究》,上海古籍出版社 2003 年版,第 21—42 页。

② 　从金庸小说有关"全真道"的文学性描写和张广保的《金元全真道内丹心性学》有关这一教派的历史性研究的比较中,可以发现,二者之间有其本质相似性,但是,他们相互之间并无参照,这证明金庸小说想象有其历史依托,并不是纯粹虚构。

强大。武侠崇尚,实际上等于选择了一条激进的人生之路,金庸小说叙事,从未排斥过对武功的修习,因为武功修习也是生命之本。人生活在历史中,人的命运与民族的历史相连,在民族历史背景中展开豪侠英雄,自然就显出文化生命象征意义。如果说,金庸叙事中的历史意识,局限于民族时注重"反"字,那么,他对门派之争则注重"仇"字。在民族压迫深重的时代,反抗是义无反顾之路,唯有反抗者、牺牲者,才是真正的大侠。金庸在叙述门派之争时,特别注重"仇"字,父仇儿报,师仇弟子报,报仇雪耻,是许多武林中人学武的动力。为了寻杀父仇人,他们学武更有动力,在门派之争时,门派总是互伤,在正教与邪教之争时,破坏更为惨重。人们要的就是复仇,要的就是至尊,不惜屠杀生命,在武侠小说和影视中,魔教中人往往杀人遍野,但为了突出武侠者,这种尸横遍野的惨剧,似乎微不足道,死者成了教派的牺牲品。对这一点,武侠小说中少有关注,但金庸总体上不过分描写血腥场面,更重视斗智斗力本身,这就使他的小说叙事的生命层境跃上一级。金庸颂扬的,不是那些复仇者,不是那些武功邪魔者,而是追寻正义的人。对于邪魔者,金庸很少采取宽容的态度,总要让正义者灭掉邪魔者,让正义者走向生命静思与神圣超越之道。金庸小说的经典性就在于,运用中国文化想象,建构了中华文明对自由正义平等的独特想象,焕发了中华文化独有的生命创造力量。

金庸对生命境界的理解,完全是中国式的,人们可能以为源于传统社会生活的生命法则,是反平等反自由反民主,其实,他只是运用了另一种想象方式重建了现代人对平等自由价值的坚定信念。金庸是相当重视生命境界的人,生命如果没有境界,就是浑浑噩噩的。金庸讲究生命境界,当然,金庸小说叙事中的生命境界,并不是他的独创。他的生命境界论,源于中国文化的深层心理选择,通常,人们喜欢从儒、道、佛的角度去理解生命境界,从儒、道、佛出发去理解中国人的生命境界,确实很有道理。例如,道家的境界,最后是无极之境,张三丰的"太极剑",就显得神妙无比。佛家的境界是和而不争,宽恕仇敌,从而实现武林和平共处;儒家的境界是功德,建功立业,行侠仗义,造福社会。人总要有所追求,总要担当义务和使命，唯有担当起义务和使命，才能合情合理，所以，从孝道出发，父仇子报是正当的。师徒之间，仁义为重，就成了生命的大道理，金庸对人生的各种生命境界的描绘和追求，虽受到儒、佛、道的影响，但似乎不是源于某一家的学说，而是对这三家思想精髓的"诗意综合"或"形象重塑"。① 在他的思想倾向中，儒、佛、道的因素都有一点，金庸是相信生命层境的，重视生命哲学，是中国思想的基本传统，这种生命层境的递升，既不是随着年龄而递增，也不是因为胜败而升华。

　　生命层境，是人在现实境遇中，在人生历史中不断领悟而实现的。生命的第一层境，总是功利层境，无论是豪侠的后人，还是普通人，一开始学武总有其目的，复仇者学武为了复仇，豪勇者学武为了功业，这样，学武一开始便处于功利之境。生命的第二个层境，必须超越第一层境，即学武为了行侠仗义，追求正道，维护正义，同时，学武本身是对人生精微的体察，对人世沧桑的领悟，对武学至境的追求，所以，第二层境就成了武学之至境。生命的第三层境，即要在这一层面超越，有了至高的武艺之境，如果没有适度的理性和道德律令的话，就有可能行凶，相反，只有在正确的武德和武道的指导下，才能行善，行侠仗义，有益于世，这一层境，实为生命的自由之境。金庸不相信至高至境是无为之境，也不同情那种不管是非、超然独立之侠，如果真是那样，一身武艺又有什么用？不少人只达到了第二境界，唯有大侠，天地之豪杰英雄，才能达到自由之境。生命的层级或生命的境界就是如此，天理姻缘，是非善恶，绝非人力而为。金庸非常强调自然天成：无论是郭靖，还是石破天；无论是段誉，还是令狐冲；无论是张三丰，还是黄蓉，皆是自然天成，极为可佩。人生总是拘泥于世，佛家常谓人生有三害——贪、嗔、痴，金庸的不少作品，就是为了表现这些人生悲情。金庸力图调和儒佛道，形成了中国人应有的积极的人生境界，他的武侠叙事本身体现了对天地之正道、天地之大道的执着寻求，具有重大的历史文化意义。

---

　　① 牟宗三：《人文讲习录》，广西师范大学出版社2005年版，第22—28页。

5. 通俗经典与民间传说再审察

金庸小说叙事,提供的是开放的历史文化空间,其文化包容力,其精神内涵,其叙事趣味,具有无穷的可申述性。金庸的小说世界,是无限扩展的艺术世界,其思绪,其诗情,其寄托,彼此贯通,构成了复杂玄妙的叙事迷宫。读金庸小说,你可以自由体验中国文化的精深博大,那么,金庸是如何把古老的中国文化的精微玄妙处表现出来的呢? 金庸是如何充分表现中国人的事功志向、爱情理想和自由精神的呢? 金庸小说叙事具有独特的自由抒情特质,这种自由抒情特质,是中国文化自由美丽的历史文化根源。中国古典小说,在本质上是追求自由抒情的,它源于民间,较少受到正统思想理念的束缚。它以生动活泼的语言,个性鲜明的形象,怪诞放纵的艺术想象,表达着底层民众的爱与恨、情与欲、力与美。它还具有教育和娱乐双重功能,在喜剧性叙述中,不仅烘托出辉煌灿烂的民间生活世界,而且形象地表达出民间朴素而纯正的生命良知。它可能包容着一些消极因素,但谁也无法轻视它在民间的强大生命力,金庸小说叙事正是秉承了这一文化传统。

从《金庸作品集》,就可以看到,金庸小说的叙事智慧,从整体上吸收了中国古典小说的叙事智慧,从总体上把握了中国民间文化的豪杰精神,因此,他那具有狂纵的自由想象和自由抒情精神的侠义世界,成了中国无数读者对传统文化深深依恋的自由表达。这个侠义世界,以悲悯的眼光写不出,以否定的眼光写不出,以仇视的眼光更不可能触之丝毫,只有以深情的热爱、浪漫而充满自由激情的理解,才能抒写出来。在金庸小说叙事的所有特质中,自由抒情特质是最基本的思想价值意向。

金庸小说的自由抒情特质及其对中国文化的豪杰精神的礼赞,绝不是凭空虚设的,而是有其强大的历史文化根基。正因为如此,可以把金庸的武侠小说看作是历史小说,自然,金庸小说叙事的因由,主要不是源于现实,而是源于历史,尽管人们从《笑傲江湖》中读出了影射的现实,但主要还是历史。历史与现实的分界,从表层世界而言,是很容易分隔开来的。至于历史是否具有现实意义,现实是否具有历史意味,这是不言自明的,因为任何文化,只要保持其连续性,就不可避免地处于循环往复中。金庸武侠英雄叙述取材于历史,就具有特别的深意,就武侠叙事而言,从历史世界中,更易虚拟出武侠世界。如果以现代社会为背景,就会受到多重叙事束缚,抒情的心灵无法获得自由。在中国文化的历史时空中,金庸自由想象,抒写出独异的中国文化精神,他的小说完全诗化了,因为"在诗的领域中,一如其他各种艺术,总有一股神妙的机趣贯注其中,点化万物,激励人心,促使大家高尚其志,在嗟叹,歌咏,舞之蹈之中充分表露对生命的喜悦之情"①。金庸小说的历史取材相当自由,《书剑恩仇录》,有清代统治者与汉民族和回族的历史情感纠葛。真实的历史人物与虚拟的传奇人物,一同登场,历史中有传奇,传奇中载着历史。《射雕英雄传》,则映射辽、金、宋代的历史,丧国之耻,英雄之志,皇子与贫民,大起大落的历史悲欢离合,彰显着英雄的心灵激情。《神雕侠侣》《倚天屠龙记》,则叙宋末元初,元末明初时代的历史,个人身世悲患与民族历史苦难的缠结,使叙事本身带有浓郁的悲韵,又洋溢着英雄的豪情。《天龙八部》,写辽、宋、大理三国的宫廷政治斗争和皇子的历史命运,其奇情逸趣,足以震撼人心。《碧血剑》和《雪山飞狐》,写明代历史,那种历史的苍茫感和英雄的落寞意绪相互映射,是英雄大手笔。《鹿鼎记》,则写活了一部清史,乃至一部中国文化史,此外,像《侠客行》,有唐音悲韵,《笑傲江湖》,可以追溯到中国秦汉思想的遗踪。金庸小说英雄叙述,源于历史而又超越了历史,金庸小说源于历史,这不仅使他的叙事有历史文化的真实依托,而且使他对中国变动转折时代的历史有深刻的理解。

在金庸的自由抒情中,中国古代文化史浸染着浓浓的诗情,令人心灵激动斗志昂扬。正是借助于历史,金庸思索中国文化的命运,思索中国人的人性结构,思索中华民族的多元交融过程中血与火的历史。作家必须对历史有深深的眷恋,只不过,有的作家涉及的是活态的历史,即与自己

---

①　《方东美新儒学论著辑要》,中国广播电视出版社1992年版,第381页。

的生命体验同步的历史,有的作家则留恋书写的历史,从书写的历史出发,在书写的历史时空中想象体验,使苍莽历史时空有更大的文化跨度。金庸选择的是后者,他对中国五千年历史有真正的体验和认识,对于许多作家来说,他们喜欢从近代历史出发,去想象中国的积弱、耻辱,从而通过歌颂仁人志士,去振奋民族精神。还有一些作家,则从中国现代政治斗争和民族的历史出发,去勾勒历史的画面,表现民众的苦难,怀着深深的责任感。苦难使许多作家具有浓重的悲剧意识和政治意识,但也因此而不能真正弘扬中华民族本有的恣意想象的自由精神和雄健刚强的豪杰精神。在表现血与火的历史时,在表现民族危难的时刻,金庸总是高扬英雄的豪杰精神,这就使他的小说有面对悲剧反抗悲剧的生命豪情。金庸的每一部长篇英雄叙事,皆能构成一首辉煌的诗篇,这种生命豪情,给读者带来了希望的光芒。[1] 从金庸的作品中,可以看到,即使是面对最残酷的历史,他在骨子里仍有对中国文化内在精神的深情歌赞,这是金庸对历史的超越。金庸对历史的超越,实际上,是他的自由抒情精神的审美体现。在历史世界与审美世界之间自由驰骋,这使得他的历史叙事框架变得不太重要,具体的历史背景,往往被读者忽略不计,只需面对的是他的英雄史诗般的豪情世界。

可以看到,在对中国文化的恣意想象中,金庸始终把握住了中国思想文化的本质精神。儒家理想也有,道家理想也有,佛家理想也有,金庸力图做到圆通观照。从金庸的全部作品中,可以看到,他着力表现隐者、仁者和勇者的综合人格。隐者,超越世俗之念,凝视宇宙大化,眼光投射到人类未来的命运和前途上;仁者,以高度的幻想才情将审美的自由安排在生命的时间之流中;勇者,则立足于现实时空,在现实中发挥生命精神,实践理想,落实于行动,以个体牺牲保全民族大众。中国古典英雄的人格风流,在金庸的作品中得到了形象的体现,通过形象创造,金庸深刻理解了中国文化的精义。

---

① 李咏吟:《价值论美学》,第 228—229 页。

　　金庸的英雄世界，确实具有特殊的感染力，虽然创造英雄世界并不是金庸的独创，但是，他的英雄世界具有特殊的魅力。这不是《三国演义》的谋略英雄世界，也不是《西游记》中的英雄神魔世界，更不是《水浒传》中的草莽英雄世界。金庸的英雄世界，既有豪情万丈，也有柔情似水，这样的英雄，实在特别可爱，那种生死之恋，生死相依的情真意切，在后现代社会文化中，确实具有特别的风采。古典英雄爱情的遗风，成了现代人难以割舍的对久远的历史英雄的景慕。尽管不少人从政治影射性和思想穿透力方面把《笑傲江湖》和《鹿鼎记》视作金庸思想艺术的巅峰之作，但是，我还是愿意称道"射雕三部曲"和《天龙八部》。即使对普遍看好的《笑傲江湖》和《鹿鼎记》，我还是愿意从金庸的情爱生命观念出发，去赞颂这些作品中的英雄豪情。金庸作品最感动人的，不是计谋、智慧和韬略，不是傲视群雄的武功，而是那种为情可以舍身成仁以及至死不渝的深情，这种人间至爱，足以与天地之爱相当。

　　如果说，《笑傲江湖》中的英雄与美人之爱多少有些俗套，那么，《射雕英雄传》和《神雕侠侣》中的英雄与美人之爱，则突破常规，具有特别生命启示意义，甚至可以说，沾染了一点现代爱情色彩观念。郭靖这个忠毅质朴的汉子，虽忠于爱情却并不善于谈爱情，却碰上了秀外慧中、幽默豁达、泼辣刁钻的黄蓉，这对浪漫恋人由少年时代的反差对比，到中年之后的和谐统一，似乎是金庸有意创造的理想家庭模式。他们在少年时代可以为了爱而离开草原大漠，在中年时代可以为了家国荣辱而共同与强敌作战，其情其义，颇合古典英雄爱情的经典模式。当杨过想杀郭靖之际，郭靖仍以父亲般的仁爱善待杨过，而黄蓉为了其夫的生命安全暗自焦急，这一场心理戏，颇见英雄爱情的真义。当然，郭靖黄蓉之爱在中年之后渐趋平淡，缺乏浪漫抒情性，但这符合中国文化中的爱情理想模式，人们更留恋他们青年时代的爱情。当金庸在描写郭靖黄蓉之爱渐趋冷寂之时，他又创造了杨过和小龙女之爱，《神雕侠侣》创造了叙事奇迹。金庸一任生花妙笔自由驰骋，先铺叙杨过和小龙女的特殊之爱。杨过的粗莽年少、直率勇毅、叛逆冲动与小龙女的冷静沉着、心细如丝、冰清玉洁形成鲜明对照，早已弃绝人间私情的小龙女,却在杨过的感染中重新燃起了生命之爱,引起了对墓外生活的憧憬和向往。在古墓中,叙述这场冷寂而热烈的爱情戏,在中外文学史上堪称奇迹,最感动人的,莫过于杨过和小龙女,在生死不相知的情况下,十六年漫长的等待。这种以自我牺牲来忠于至真至纯的爱情,金庸特别欣赏,所以,不惜通过渲染大自然的神妙来再现这一奇迹。当杨过由莽撞的少年成长为担当大仁大义的"独臂英雄"时,在他那奇绝的孤独中始终埋藏着对小龙女的无限思念,思念使他孤独和坚强。小龙女则在纵身悬崖下的深池中,意外地找到了一处类似古墓的天地,她在深谷底喂养蜜蜂的过程中,在小小的蜜蜂的翅膀上刺上思念的话语,寄托着无边的怀想。正是在这不可能而可能的奇迹般的叙事中,才有了杨过欲以身殉情纵崖而意外团圆的奇迹。

金庸小说的这种抒情性与浪漫性,具有童话的特质或爱情神话的特质,有人把金庸小说视作"成人的童话"很有道理。奇迹,虽在事理逻辑上不可信,而在情理逻辑上却能感人至深,这正是金庸自由心灵的抒写形式。① 此外,像《天龙八部》中的段誉、虚竹、乔峰的爱情故事,皆有极感人之处。金庸在小说叙事时,很少描写单一的爱情,往往在多重情景下,通过不同的爱恋模式来表现人间生死之至情和真意。当然,金庸过于迷恋汉子拥有几个老婆和情人的情爱模式,这多少使他的自由抒情带有文化的自恋情结,透露了中国文化深处男子特有的对情欲放纵的渴望和原欲心理。这种爱情想象方式,体现了中华文化对坚贞、信任和忠诚的特殊理解,是对爱情伟大的中华式证明,诠释了古老而伟大的爱情观念所具有的价值,是中华民族古老爱情价值观念,在文学经典中最充分最自由的体现。

6. 通俗的经典与生活的想象

应该相信,自由抒写的心灵必定会创造自由美好的意境,除此而外,

---

① 　金庸:《神雕侠侣》,第 1008—1018 页。

金庸还对中国文化的精微绝艺有着自由的抒写。首先，当然是剑、气等武艺的精微博大，武侠英雄叙事，虽要以写人为本，抒情为本，但必须以武侠为上，否则，就不是武侠小说了。在金庸小说叙事中，武侠英雄占据着十分重要的地位，通过武侠叙事，不仅构筑了武学体系，而且还构筑武侠之道与生命哲学。通过摹写自然山川万物，他能想象武艺的自由至境，中国之武，不外练神、练气、练意、练术，由神、气、意、术最终臻于武道，由武道而悟人道，由人道、武道到道术，由道术、武道、人道到天道，这是金庸圆形思维与整体思维的表现，也是金庸生命哲学的提升步骤。郭靖品行刚毅，所以，拳术、气道与天地人相合；杨过的拳、剑、刀，只有到了人格超升之后，才天地人合一。天地人三个环节，若有环节不相合，容易臻于邪道，或停留在武道之上。金庸并非不知日夜地描写武侠的不食人间烟火气，恰恰在武侠不食人间烟火的行踪中，表现了人世的悲喜与荣辱。他对天地之道的感悟，禀有中国宗教文化精神，金庸着力表现的是中国道教和佛教精义，并以此表达他对人生的独到理解。对道教的领悟，使他对武侠的想象，禀有天地自然宇宙的神秘，他的自由想象精神在此获得最抒情地勃发和喷涌。此外，他对佛教精义的领悟，使他对武林至尊的理解有深刻的意味，他把中国文化底层的道义观念融入这种武林竞争中，并试图弘扬这种最基本的人伦准则，展现复杂的人性结构，捍卫生命之大道，这种对武侠的自由虚拟，成就了独特的人生哲学。

金庸对琴、棋、书、画、卜卦、诗词的出色理解和巧妙运用，使这些精微绝技流光溢彩，闪射着中华民族的文化智慧。当然，这些精微绝技都服务于武侠叙事，并以武侠为宗，很少游离于叙事本身，所以，这些精微绝技常常成为情节转换的烘托。如下围棋时，运棋子成了内力的较量，对李白诗歌的书法的设想，真是神妙绝伦。可以看到，在金庸小说中，北斗七星月光下的一地投影，琴笛中所传扬出的心声，一幅画中所蕴含的刀光剑影，皆使金庸小说叙事惊险不已，情节突变。对于自由抒写的心灵来说，中国文化中的一切，仿佛皆具有了特殊的表现意义。历史可以自由抒写，英雄、帝王、弄臣可以自由抒写，琴棋书画、诗词曲赋可以自由抒写。由于想象之妙趣,一对家养的大雕,一对人养的红狐,一群翅膀刺字的蜜蜂,在金庸小说中,皆具有特别重大的象征意义。一切皆为情中物,一切都成了自由心灵的美学表达,金庸小说叙事,正是以此表现了中国文化的灵质、慧思、怪诞、情理。① 金庸小说叙事的自由抒情精神,禀承天地之正气,上接中国文化的清流,下接民间文化的地热,在笔底宣泄、奔突,天然形成一道语言的激流,构成了中国现代文学的一曲自由之声,因此,金庸小说的经典文化意义不容忽视。

结合金庸小说的自由抒情特质问题,我想说明:金庸小说自由抒情的文化根源是什么? 金庸小说叙事保持了独立的民族文学立场,这是金庸武侠叙事具有自由特质的基本保证。20世纪以来,中国文学创作效法中国传统叙事的取向,始终没有占据主导地位,取而代之的是西方小说叙事观念的自觉接受。大多数作家是以西方文学叙事形式来表现中国现实生活,可能也是必然选择,因为中国现实生活与古典叙事格局毕竟不相融合。这种一边倒的倾向,使中国读者除了接受新文学作品之外,唯一可读的,仿佛只有四大古典小说名著乃至古代文学经典。对于大多数民间接受者而言,他们怀念中国作风中国气派的文学传统,不喜欢过于贴近现实,而喜欢超脱一点,在历史文化趣味中获得心意的满足。

中国读者始终对传统小说叙事保持特有的深情,在这种历史叙事中,人的心意融化了,人的智慧满足了,人的情感有了依托。中国人在本质上是爱做梦的,是偏爱浪漫抒情的,金庸从传统小说叙事基点出发,取材于历史,虚拟想象出豪情世界,恰好符合中国读者的审美趣味和道德崇尚。五千年的中国历史文化之根,谁也无法野蛮地割断,金庸正视了这一事实,并对中国历史文化做出了别样的理解。金庸面对读者,以浪漫的历史传奇来吸引他们,这种武侠叙事和传奇,不是单纯的言情剧,较少现代生

---

① 正如吴秀明所言:"充满主观倾斜的心理场既然可以消灭存在于观念之间的界限,赋予客观性因素以主观色彩,那么在主客走向奥妙合成的艺术转化过程中,它所创造出的第二自然的历史生活形态也必然会展现得多姿多彩,显出极强的个性特色,而不是简单划一。"吴秀明:《文学中的历史世界》,吉林教育出版社1994年版,第78页。

活的约束,而是在中国民众的心灵中自由长生的形象,它易于找到抒情的通道,易于赢得渴望超脱和喜剧性体验的读者。金庸小说叙事,既是商业文化的奇迹,又是中国传统历史文化叙事的合理延伸。在金庸的骨子里,禀有儒家史官文化和道家浪漫文化传统。在中国文学史上,禀承儒家史官文化的作家不在少数,其历史现实主义精神,通过文学发挥着巨大作用.也有不少作家禀有道家浪漫文化传统,[①]抒情放纵恣意,激情一泻千里,但单纯的道家浪漫文化传统,在中国总是颇难形成气候,因为中国人不可能完全抛开历史,使自己置身于纯粹的浪漫主义文化洪流中。金庸把儒家史官文化传统和道家浪漫文化传统巧妙地结合在一起,创造了叙事奇迹。历史理想中融入了浪漫传奇,浪漫传奇又不过度偏离历史理想。

有人说,金庸的思想中受庄周影响很大,也有人说,金庸小说叙事颇得司马迁的真传,这些皆有些道理,但是,必须看到,金庸不是单纯地吸收某一点,而是杂取种种人,杂取种种文化,杂取种种思想,兼收并取,才形成了独特而自由的精神表达。没有孔子的温柔敦厚理想,金庸写不出郭靖等英豪;没有庄子的逍遥游想象,金庸写不出通人性达人情的双雕和红狐;没有司马迁的侠客传奇,金庸写不出无数英雄豪杰;没有历史学家的帝王本纪故事,金庸写不出风流的乾隆;没有对中国历史的深刻理解,金庸写不出如此贯通的武侠系列;没有对中国民间技艺的热爱,金庸写不出琴棋书画传奇;没有对中国宫廷政治的深刻的观察,金庸写不出《笑傲江湖》;没有对中国官僚和流氓生存哲学的理解,就写不出韦小宝;没有对道教和佛教的理解,就创造不出丘处机、张三丰、虚竹、一灯这些感人的形象;没有对中国生命哲学思想的本质慧悟,就不能把武侠人生提升到自由境界,因此,金庸小说叙事的根脉,系着整个中国文化。中国传统文化或民间文化,是金庸小说叙事的生命之源,而儒家史官文化和道家浪漫文化,则是金庸创造顶天立地的英雄好汉、表达呼风唤雨的生命激情、弘扬天地人间之大道正气的关键。

---

① 李咏吟:《价值论美学》,第231页。

金庸是中国文化孕育的精灵,他的成名是那么突兀,他的封笔又是那么明智。20世纪50年代至70年代,那个创造力旺盛的金庸,那个自由想象与自由抒情的金庸,仿佛就是民族文化的精灵,深刻地体验中国历史文化,然后,凭借他的慧思,他的才智,他的醒觉,构筑出既具有历史感又具有文化感的宏大情节结构,创造出惊天动地、至真至情的武侠英豪,表现出人世苍茫、情义为本的生命哲学。他一点也不悲观,一点也不浮滑,写得那么入情入理,写得那么可歌可泣,你无法抗拒金庸所创造的生命历史世界。中国传统文化,中国传统艺术,仿佛在此获得了"淋漓元气",世界仿佛由此获得了灵感。在现代化商业社会的海洋里,仿佛瞥见了一叶扁舟,金庸自觉地表现中国文化的精微玄妙,自觉地探讨中国文化的生命精神,他那奇情奇趣的生命世界,感人至深。金庸虽然选择立体地表现了中国人性的复杂结构,但并非简单地还原,而是有其独立的价值判断。那些执拗的生命,扭曲的生命,置身于复仇的偏执中,或置身变态的修炼中,总是以悲剧终结。那些质朴的生命,宽厚、平和、一身正气,命运总是垂青于他们,荣誉和至尊也属于他们。行天地之间,一身清气,无限情义,这正是金庸小说的生命理想。①

事实上,这是中国文化的生命理想,金庸和那些在海外传播中国文化精神的思想创造者一道,重新构造了中国文化精神和中国文化理想。与思想智慧相比,金庸小说的形象智慧更具有自由的意义,阿波罗歌唱的时候,狄奥尼索斯也在舞蹈,中国文化的那种自由精神,金庸通过武侠叙事写入了人的灵魂深处。自由想象,自由体验,自由写作,这是中国艺术的最高理想,自由抒情特质,是中国艺术的最高境界。对于深刻地表现了中国文化内在精神的大作家,理应表示充分的尊重,因此,金庸的小说作品真正表现了中华文明的古老价值理想与审美价值信念,真正代表了中华民族文化的伟大精神信仰,所以,他创造的艺术形象体现中华文化的经典意义。

---

① 朱熹:《朱子近思录》,上海古籍出版社2000年版,第49页。

7. 文化沉醉与叙述形象的意义

金庸小说英雄叙事深得中国古典小说之精髓，甚至可以说，中国古典小说的抒情特质，在金庸这里，获得了自由延伸。中国古典小说极重人物形象的勾画，这虽然是叙事学问题，但是，与西方意义上的现代叙事学有着本质的区别。人们越来越重视中国古典小说叙事学，在叙事学观念上，似乎受到现代叙事学影响甚深。中国文化意义上的小说叙事学，有其独具特色的精神品格，以现代叙事学观念去重构古典小说叙事智慧未必能参透本质。就本土话语方式而言，明清的小说评点法，似乎更得古典小说的风神，因此，对金庸小说叙事智慧的评价应该更重视其民族性抒情本质。金庸小说的人物形象塑造与古典小说的人物形象塑造，有其一脉相承之处，即重视通过人物语言、动作去表现人物个性。小说中的人物形象的生动性，不是靠叙事者的主观性介绍和独白完成的，而是靠叙述者的审美想象与语言创造完成的。作者不是旁观者，而是隐身人，全知全能的叙事者，有人认为，中国现代小说的叙事革命，就在于放弃了全知全能视角而采取了主体性视角或客观视角。现代小说叙事学有规定，即作者只能叙述亲历性事件，或只能以亲历者的身份去叙事，作者可以在小说叙事中出场，例如"我是叫马原的人"，即告知读者，这是"我"在叙事，这件事与"我"有关。叙事方法确实需要革命，但这是否意味着传统小说叙事就失去了生命力呢？金庸以其小说做了否定性回答。

中国古典小说的全知全能式叙事方式的形成，有其特殊的原因，这首先与历史叙事有关，中国历史叙事的法则是编年、纪传、书表合一。中国历史叙事以人为本位，叙事总是与人物相关，这一点与西方历史叙事不同，西方历史叙事更重视事件的完整性描述。科林伍德指出："希腊人非常清楚地并有意识地不仅认为历史学是一门科学，而且认为它必须研究人类的活动。希腊历史学不是传说，而是研究；它是试图对人们认识到自己所不知道的那些问题做出明确的答案。"①中国历史叙事强调评述,评述是建立在史官记言记事之基础上,因而,人在历史学中是第一位的。中国历史的人物评断方法,是建立在严格的社会等级制度之上,"等级叙事"是中国历史的方法,与中国社会文化密切相关,中国历史的叙事方法,深刻地影响了中国古典小说的叙事方法。与此同时,还应看到,中国民间故事与说书传统,直接影响古典小说的书面叙事。西方小说大多是写给人看的,并不是为了讲唱,史诗以讲唱为表演方式,中国古代话本小说,直接建立在民间说书传统之上。

口头叙事必须以语言和动作为核心,以情节为枢纽才能真正吸引听众,这种特殊的表现方式,决定了中国古典小说的叙事特点。说书者,往往通过模拟人物对话和动作表现人物的性格特征。中国古典小说建立在中国文化传统之上,因此,源于中国传统的东西必定受到本民族读者的广泛欢迎。20世纪初期,中国人在寻求民族现代化的历史过程中,逐渐扬弃了中国传统叙事方式,效法西方叙事模式,从而导致一场深刻的叙事学革命。这种文学革命历史的真实发生过程,是不以人的意志为转移的,当大多数作家扬弃了民族叙事传统时,金庸却创造了传统叙事的奇迹,这不能不说是巨大的贡献。金庸小说的典型人物形象谱,可以看作是民族精神传统的活写真,在典型人物谱的创造过程中,金庸将武侠小说的抒情特征作了特殊的强调,他小说中的典型人物谱,可以看作是他对中国现代小说的一大贡献。②

金庸小说的典型人物谱,带有鲜明的浪漫主义精神特征,无论是写英雄豪侠,还是写奸狡邪侠,金庸的人物描写,皆有令人荡气回肠之感,这说明,金庸的人物塑造具有独特的浪漫主义精神。金庸小说中的人物,大多出于想象与虚构,正因为如此,他才能大胆地描写,写出了人物性格超出常规的奇逸纵情之处。有大惊,才有大险;有超越常规思维的想象,必定有超常的快感体验。金庸善于把人物写得可爱,即使是坏蛋,十恶不赦

---

①　科林伍德:《历史的观念》,何兆武等译,商务印书馆1986年版,第19页。

②　陈平原:《千古文人侠客梦》,人民文学出版社1992年版,第121—128页。

者，也要写出他的可爱之处来，这就是金庸的本领，这就是金庸作为风格大侠的精神品格。金庸小说的典型人物谱中，具有生动个性形象的人物不少于百人，人们提起金庸的作品，常能说出一连串与之相关的典型人物，人们甚至把金庸小说中的人物看作是现实生活中存在者的人格象征，提取某一典型形象，自然会想到某一类人。典型性格，深刻地揭示了社会生活与文化的本质，金庸小说的典型人物谱的构成方式，颇为独特。

一是通过"情"来构造典型人物的谱系。以"射雕三部曲"为例，黄蓉与郭靖之情，郭靖与蒙古公主之情，欧阳克与黄蓉之情，杨过与小龙女之情，周伯通与瑛姑之情，黄药师与其妻之情，等等。这里，既有情之冲突，又有情之误会，还有情之执着，他们可以为情而死，为情而仇，为情而悲，为情而斗。这是情的世界，又是无情的人生，情的抒发，把金庸小说的浪漫气息作了特殊的渲染。二是通过"术"来构造典型人物的谱系。有人为情而死，有人为武功秘籍和神功绝技贻误终生，他们为了争得天下武林至尊之位置，付出了多少心血，耗尽了多少心机，不惜反目成仇。正因为如此，金庸的武侠小说叙事，很善于利用一本神功秘籍作为叙事的诱因。三是通过"戏"来构造典型人物的谱系。戏即游戏，戏即戏剧性，戏即是悲与喜，戏中人生，往往可以绝妙地表现人物的性情。韦小宝为什么具有如此大的魅力，就在于小说叙事中的"戏"。他的"戏"，让人忍俊不禁，他的全部的人格风流，皆可以落实到"戏"字之上。与乾隆之关系，是戏；与众妻妾之关系，是戏。"戏"者，一旦具有真正的喜剧性性格，便会受到人们的真正欢迎，戏中有智，戏中有谋，人们可以在看"戏"中获得智慧与欢乐。人生如此，金庸正是以戏，以笑剧精神来表现历史，描写人生，他的小说自有其独特的抒情和浪漫特质。洪七公之"戏"与周伯通之"戏"，皆能给人以无限的快乐。①

方法毕竟是方法，把方法运用到艺术实践中，并能创造出无数典型人物性格绝非易事，金庸之所以能创造令人过目难忘的典型人物形象，与他

---

① 金庸：《神雕侠侣》，第 1418—1420 页。

的圆通性叙事智慧有关,这种圆通性叙事智慧,表现为他敢于在奇绝处设想人物语言、动作和性格。险之极,亦惊喜至极,奇之极,亦浪漫至极,这正是金庸小说叙事的一大法宝。一般小说叙事怕求险猎奇,因为求险猎奇易于失真,天下的奇事如果全都凑到了一块儿,绝不可信,的确,求险猎奇在现实主义或历史主义文学创作中是危险的。现实主义立足于再现真实,表现真实,把人写成活生生的人,而不把人写成神,金庸的武侠小说,显然不是现实主义小说,而是浪漫主义小说的变种。在浪漫主义小说中,一切都是驰骋心灵的想象,抒发自由的感情,可能与不可能,神奇与真实的界限被消解,只有心灵的真实与审美的真实。金庸小说英雄叙述,在惊险之极中生发出自由想象,常能给人以强烈的印象。这种圆通的叙事智慧,还表现在金庸善于在对立两极性格中求得平衡,在金庸小说中,没有可恶至极而一无是处的形象。你可能同情小说中人物的悲剧性命运,但又不能不承认某个悲剧性人物的英武之处。金庸对他小说中的每一人物,每一形象皆充满了深深的爱,唯其有这种深沉之爱,他才能把笔下的人物写得那么感人至深。正因为有这种博爱观的支配,他才能把那些憨态十足的人写得可敬可爱,把凶残冷酷的人写得可悲可爱,把那些奸狡耍滑的人物写得机智可爱。有了这种博爱精神,典型人物的性格就可以获得整合,小说家是人性表现的大师。金庸之所以把人物写得可恨而又可爱,可笑而又可爱,可敬而又可爱,就在于他洞悉了人性的秘密,人性的天平决不会只趋向于善恶一端的,这就需要写出丰富性的人格。

金庸小说叙事的成功绝非偶然,他的武侠英雄叙述,虽没有透视存在本质的大智慧,但却有驰骋心灵提升生命的大智慧。陈平原认为:"天下多有不平事,世上难遇有心人。人们对拯世济难的侠客的期待与崇拜,使得诗人、戏曲家和小说家共同选择了'游侠'作为表现对象,而且确实也曾'各领风骚数百年'。或许,由于武侠小说比游侠诗文、戏曲更容易做到'事迹新奇,笔意酣恣,描写既细入毫芒,点染又曲中筋节',其千变万化的侠客形象也更符合现代读者的欣赏趣味,故武侠小说能在记载或歌咏游侠的史书、诗文、戏曲衰退以后仍大放异彩。"①陈平原谈到武侠形象对读者的巨大的吸引力，固然有理，但我以为，武侠小说的人物性格的特殊文化意义，似乎更值得强调。实际上，纯粹的武侠小说可以得势一时，但不能永远，金庸的小说叙事，不能视之为纯粹意义上的武侠小说，因为金庸把武侠小说当作历史小说来写，当作文化小说来写，当作人性小说来写。他的小说中有历史，有宗教，有文化，有人生智慧，有生命哲学，所以，他的小说感人之处非常多。金庸自诩他的小说再过一百年、两百年仍会有人读，这是建立了"生命存在"的前提之上，是建立在汉语小说昌盛的基础上，他所言不差，因为他的小说本来写的就是历史与文化，自可超越现实，传至久远。

金庸小说的抒情特质，与他的浪漫派典型形象创造观念有着根本性联系。金庸小说提供了新的典型人物创造观，即"浪漫派典型观"，这种浪漫派典型观，并不在于以奇制奇，以奇诱人，而在于他以博爱的情怀去关注和理解每个人和每一类人。每个人生活在这个世界上，总想顺从个人的意志去干自己想干的事，而在人世间往往事事难如意，他们为了达到个人的目的，不惜扭曲自己的灵魂。得势者、成功者，可能会嘲笑失意者、失败者，但这并不能说明得势者和成功者高人一等，这是由于人的特殊机缘、特殊运道构成的。人在什么样的环境下，就可能形成什么样的性格，在顺境和优越的环境中长大，自然有许多地位卑微的人所不及之处，然而，这些优越于一般人的环境，也可能导致人的性格变异。这要看他的意志与情趣，生命智慧与生命目标是否正确，一旦走上了异化之途，自然就会扭曲自己。人在卑微中长成，自有许多微不足道之处，卑微者可能有智慧，可能有心机，但命运捉弄，这卑微者最易形成性格变异。

金庸不是以批判的眼光和否定乃至仇视的眼光去看待他笔下的人物，而以博爱、欢乐的目光去审视生活中的人性，所以，他能写出人之可爱处，人之至情处，人之可悲处。在他的小说世界，存在者的生命悲剧来临

---

① 陈平原：《千古文人侠客梦》，第21页。

的时刻,叙事者并没有快意恩仇之感,即使是李莫愁纵火自焚的时刻,围观者并不是庆幸欢快,而是悲悯自省,这就是金庸的叙事精神,可以看作新浪漫派典型观。金庸的叙事立场和叙事智慧,是值得重视的,尽管用现实主义的眼光去看金庸的小说可能毫无价值,但是,从生命超越的立场上去看金庸小说,一定会心有所悟。金庸小说的抒情特质和诗性智慧,一定能将小说本身的生命延续下去。

8. 法治缺失与民族文化传统

金庸武侠英雄叙事,是中国传统文化叙事形式的合法延伸。小说本来源于民间,为老百姓所喜闻乐见,金庸深通此道,对中国民间文化进行了立体性观照,他真正地走入了民众的心灵深处。金庸小说的积极意义是毋庸置疑的,他不仅给人们带来了欢乐,也给人们带来了启示,他不仅创造了想象的自由形式,而且深刻地把握了中国文化的精微智慧,他不仅观照了历史,而且探索了生命的意义。金庸小说叙事走向人们的心灵,就在于他的叙事本身。金庸小说的历史主义和戏剧主义取向,使他的武侠叙事具有特殊的魅力和审美价值。

金庸小说始终是以顺意性接受意向面对读者,这样一来,人们对金庸小说的阅读,在很大程度上,就是对中国传统文化的认同。人们对金庸的认同,就是对自我生命理想的认同,金庸提供了中国人认识自我、超越自我、放逐自我的武侠形象。在多元化文学叙事中,金庸小说的武侠叙事取向,具有强大的生命力,金庸研究透了中国人的文化心理和文化理想,对金庸小说的积极意义的发掘,往往要与文化判断力关联起来。金庸小说对不同生活,不同阶层的读者开放,但由于文化判断力存在着极大差别,接受者对金庸小说的理解,就会有很大差异。由于文化判断力的限制,金庸小说的积极意义不能被重视,或者被误解是很有可能的。如果金庸小说的积极意义被误解,那么,可能只会注意武侠叙事所带来的负面影响。①

　　武侠叙事肯定有其负面效应，这是任何叙事方式皆难以避免的文化局限。武侠叙事的负面效应在于"历史虚拟性"，由于武侠小说中的历史时空是虚拟的，因此，就不能从真实性入手去认识作品、读解作品，如果没有合适的文化判断力，就有可能误解叙事。这种误解，一方面，把武侠叙事看成是真实的历史事件，另一方面，则通过一些错误的方法去模拟武侠小说的武功绝技，必定会导致心灵的扭曲。更加可怕的是，人们沉迷于历史传奇，而遗忘现实，热衷于负面英雄模仿。一部作品中有许多人物，有正面人物，有反面人物，就接受者而言，每个人都有其个人偏好，这种倾向性导致作品接受的误区。有的人认同郭靖，有的人认同黄蓉，有的人认同段誉，有人的认同虚竹，有的人认同张三丰，也有人认同杨康、梅超风、洪七公、周伯通、欧阳锋、韦小宝、余沧海、令狐冲、岳不群、石破天、杨过、张无忌……对作品的认同，往往是人生观的体现。对于一些负面形象，作同情式理解是可以的，如果不从中吸取教训，还模仿其恶行，那就违背了接受的本真意图，可见，文化判断力非常重要。武侠小说是给普通人看的，因为普通人不识武林中事，武林中人未必喜欢武侠小说。武术命名的随意性和神秘性，很容易把人带入歧途，不可忽视这些消极影响。武侠叙事是历史的浪漫主义，与传奇有相似之处，西方传奇叙事兴盛的时代，塞万提斯作过讽刺，讽刺本身又包含着很多人生哲理，对于武侠叙事的巨大影响力，保持必要的警惕是应该的。

　　在多元化文学叙事中，现实主义乃至现代主义叙事，确有许多功能是武侠叙事所无法体现的，例如，现实主义对人生现实的观照，现代主义对现代生活本质的透视，皆具有震撼人心的力量。许多人不愿接受悲剧，只愿意接受喜剧，把文学当作调剂生活的工具。不愿面对严峻的现实问题，这些愿望是可以理解的，也是自由的，但任何时代的文学都不能单一化。一旦形成了单一化叙事接受倾向，就有可能形成生活真空，迷失生命的本

---

　　① 李咏吟：《形象叙述学》，第3—8页。

来意义。应该看到,文学多元化的积极意义,在正常的社会文化生活中,文学必定是多元的。"多元",虽可能有无中心感、杂乱感、世俗感,但是,多元化有利于形成互补性文化格局,既不能以现实主义叙事、现代主义叙事贬抑武侠叙事,也不能以武侠叙事来取代现实主义叙事和现代主义叙事。以现实主义叙事和现代主义叙事为接受中心确有意义,因为现实主义叙事、现代主义叙事让人面对生活本身,这里虽有游戏但超越了游戏,这里虽有消遣但不是为了消遣。文学接受本身,就是试图正视生活,介入生活、干预生活,选择自己的道路,决定自己的命运。[①] 现代主义叙事对人的生存处境和生存意义的透视,尤其是对人类生存心理的出色描绘,能够真正正视生活的虚假和邪恶,运用武侠小说的生活准则和行为准则,是无法解决现实人生问题的。现实人生问题需要通过法律去解决,而不能通过武侠去解决,这是两种根本不同的人生方式。古老的遗风,毕竟只有精神的留存,否则,社会就无法进步了。

必须真正重视文学叙事的多元性,这样,批评才能真正起到范导作用。如果一味地认同民间,还原民间,失去文化价值的判断力,那么,这种顺意性创作和评论就是危险的。对于民间文化,必须真正能够"取其精华,去其糟粕",强制性文学接受意向,在一定的历史文化条件下仍是必要的。试想,五四时期,如果不是一批留洋学者极力倡导新文化运动,引进了西方思想学说,引入马克思主义,那么,中国文化的格局又会如何呢?启蒙在任何时代都是必要的,启蒙就是强制性文化接受。古代科举制度重视"四书五经",其根本原因,就在于通过强制性教育达成文化接受和文化规范的目的。文化的强制性接受并非没有消极性,单就"文化大革命"而言,那种强制性文化就成了对中国文化的一场大破坏。强制性接受的只有思想,声音,就类似于宗教,无疑会构成文化的大倒退,但是,积极意义上的强制性接受,能够纠正消极意义上的顺应性接受所可能导致的错误。同样,积极意义上的顺意性接受,也会避免消极意义上的强制性接受

---

① 萨特:《什么是文学》,参见《萨特文学论文集》,安徽文艺出版社1998年版,第200页。

所可能带来的文化僵化性和文化悲剧,因此,必须在多元文化叙事中重估金庸武侠叙事的历史意义。①

由于强制性文化接受所带来的文化衰败,使中国文化接受中形成了一次大断裂,因而,人们对中国文化的美丽精神可以说知之甚少。过去,作为中国人修身之本的儒家文化对于现代青年来说变成了完全陌生的领域,更不用说道家文化和佛家文化。对西方文化的接受,又出现了教条化倾向,真正的西方文化精神并没有受到充分重视,倒是西方文化的消极因素对民族文化构成冲击力。在这种新旧文化对立,传统文化与现代文化分裂的状态下,金庸小说对于重新认识中国传统文化,重新理解中国文化精神无疑具有十分积极的意义。应该看到,多元文化中的武侠叙事和言情性叙事,在香港文化中一枝独秀,这是由香港文化的特殊历史背景决定的。香港文化的非政治性因素,格外突出,这必然导致娱乐性因素增强,必然导致喜剧主义成为香港文学的时尚,但是,武侠叙事毕竟构成了中国文化的独特表现形式,这对于西方人乃至海外华人认识中国文化是非常重要的。在港台作家中,不少人的文化救亡意识是相当强的,金庸小说叙事多少也带有这种文化救亡性质。金庸是文学叙事天才,他对中国传统文化的良好感受,对中国文化的多向性观察,使得他以武侠叙事为核心的长篇小说,具有独特的审美特性和文化特性。他的叙事才能,他的艺术趣味,他的文化知识都足以构成他的创作自由,金庸是成功的,金庸也是极幸运的,像他这样在20世纪70年代即已终止写作的作家,在新的世纪,还成为争议的对象。

历史将会永远保留武侠叙事的合法地位,金庸已在20世纪中国文学史涂上浓墨重彩的一笔。他的武侠叙事的最大意义就在于:要求批评不要漠视文化接受的权利,亦不可夸大这种文化接受的权利,但绝不能忽视这种文化接受权利。谁拥有大众,谁就赢得了胜利,金庸叙事的真正意义,将会随着文学多元化时代的真正到来而得到真正的弘扬。

---

① 徐岱:《侠士道:金庸小说与中国精神》,北京大学出版社2009年版,第3页。

金庸作品的经典价值就在于,他真正体察了中华文化的自由与美丽,体察了中华文化对民主自由平等精神价值的独特想象,创造了符合中华文化精神信仰的自由美丽形象,是完全不同于西方小说叙事精神的中华文化想象。①

---

① 胡阿祥:《伟哉斯名:"中国"古今称谓研究》,湖北教育出版社 2000 年版,第 380—382 页。

第八章 文学批评的本质反思与内在价值追求

第一节 存在与真理：文学批评的正义性及其思想目标

1. 审美正义法则的理性坚守

如前所述，文学批评，必须坚守审美批评与思想批评的统一。为了突显批评的主体性，还应强调思想批评优先于审美批评。事实上，文学批评确有自己的价值追求。这种追求，正是通过真理追问、理性价值交流、文本创建和生命沉思等行动体现出来。文学有无自己的真理？文学如何体现自己的真理追求？文学批评的真理追求如何体现？这是我们必须进一步追问的问题。

文学作为生命表达的方式，肯定有自己的真理性，它以想象与记忆，情感与认知，进入人生的丰富体验，对人生的美好事物进行认同，对社会的丑恶事物进行否定，这就是文学的真理探索与表达方式。当接受者与创作者，通过文学本文的中介，能够对世界与生命形成情感交流与价值认同，就是对真理的探寻。文学的真理追求，不需要概念演绎，只需要生命情感体验与生命形象的自由创造。文学批评的真理性追求，有别于文学创作的真理追求，这是因为文学批评无法像创作那样形象地表达作家自己。

　　文学批评的任务决定：它既要正确地理解和评判文学创作者的作品的思想与艺术成就，又要对文学创作所表现的社会人生价值形成自己的真理判断。文学批评的任务是双重的，既要面对作家作品，又要面对社会人生。所以，"文学批评的正义"，是指批评家在文学批评活动中，坚持审美的历史的反思批评原则，不带个人偏见，不依附外在的政治法律权威判断，富有理性地公正地评判和解释文学艺术作品价值的行动。虽然我们必须强调文学批评的正义性，但是，没有任何批评家可以自认为代表真理。在作家面前，批评家并没有任何特权，只有与作家平等探讨真理与生命真实或生命理想的权利。批评家不是法官，所以，作家并不在乎批评家，因为"批评"是批评家的自由。① 这种自由，是为了探讨真理与正义或真实，不是为了评判作家的生死，不能决定作家的好坏。

　　作家作品的生命价值，是在历史长河中被不断解读而赋予的，所以，批评家不必在乎是否正确或唯一地理解了文学作品，批评家做不到这一点。既然批评家不能成为客观对象的唯一裁判人，那么，就必须进行多元化思想；批评家的批评活动，更多的是为了与读者一起思想，或者说，文学批评就是批评家的自由思想活动。它只能引导读者思想，不能成为作品的最终评判官，或者说，只要做到了与作家作品一起思想，批评就实现了自己的任务。文学作品的价值，必须通过不断的证明来获得，这是永恒的批评过程，不是暂时的批评过程，因此，文学批评必须承担思想的任务，这一点最为关键。

　　作为个体的批评家，往往由于个体的经验与认知局限，很难保证批评的正义性，这里，有主观原因，也有客观原因。从本质意义上说，批评的正义，就是要体现社会的正义与生命的正义，同时，也体现出文学自身所要求的审美道德正义。"生命正义"是理想性的，它是对人类美好生活的自由想象；"社会正义"是现实的，它是对人的生活与社会生活的现实公平性的分配与追求；"审美正义"是想象性的，它是对生命正义的表达，也是对

----

　　① 白璧德：《法国现代批评大师》，孙宜学译，广西师范大学出版社 2002 年版，第 35 页。

社会正义的呼唤，还是对社会非正义的批判。应该说，文学批评的反思，构成了"正义想象的三重视野"。文学批评能否保证正义？文学批评家如何才能保证正义？"守护正义"，是从理性与自由的立场上，评价人的社会生活，评价社会的政治法律实践，保证生命存在的自由与公正。从价值守护意义上说，批评需要公正，公正的批评才有解释效力。①

在文学批评活动中，许多文学批评家，由于职业本身所具有的角色身份，往往理直气壮，敢于对作家作品进行义正词严的批评，并没有顾及文学创作的复杂性，或者说，没有能够真正地理解作家作品。事实上，由于生命经验与审美偏好的影响，批评家很难真正理解作家作品。因此，在批评实践活动中，批评家与作家处于"不对等状态"，作家自以为是，对批评家不以为然，作家蔑视批评家的言论随处可见。与此同时，批评家却理直气壮，对文学作品评头论足，对文学作品的是非曲直进行主观判断和解释。许多人会追问：批评家有什么理由如此理直气壮？对于作家来说，批评家皆是不会进行文学创作的人，所以，当批评家进行批评时，作家会说："有本事，你自己写写！"我们不讨论是否需要批评的问题，只讨论批评家有什么资格进行批评的问题。

批评肯定是必要的。没有批评，作家的创作就处于孤独状态，而且，创作本身无法形成真正的价值规范。有创作就必然有批评，所以，批评肯定是必要的，尤其是职业批评更显得必要。在文学活动中，因为有了职业批评的参与，文学史的叙述才成为可能，文艺学作为一门学科才成为可能。作为创作主体的作家，一方面需要批评，另一方面又害怕批评。他们只希望正面的好的批评，或深刻解释作品思想的批评，或具有思想与艺术含量的赞扬式批评，这无疑是只希望批评家高度评价自己的作品，不许对自己的作品进行指责。实际上，就是要求批评家为自己服务，只是利用批评，并没有真正把批评当作"一面思想的镜子"。在人类文化生活中，创作是必然的，批评也是必然的。既然批评是无法回避的，批评也是必要的，

---

①　蒂博代：《六说文学批评》，第 114—119 页。

那么,就要正视批评,探索批评的真理性。

文学批评,根源于批评家的思想与艺术活动,因此,要想做到批评的公正,实现批评的正义,"批评家"(critic)是首要的因素。批评的公正,虽然有客观的依据,但是,批评自身主要还是批评家主观的审美思想活动。① 要正视批评家,而且,要真正认识到:批评家的思想意志显得极其重要。批评的正义性,取决于批评家的自律,而批评家的自律,取决于批评家的人格修养和思想文化艺术立场,显然,这是由多方面的原因造成的。

首先,批评家必须是真正懂得艺术的人,即批评家必须具备相当优秀的文学创作才华和文学鉴赏才能。批评家可以不创作,但是,必须有一定的创作经验,充分的创作经验,是批评家理解艺术的关键;理解艺术,必定深通艺术,具有丰富的艺术经验。当批评家对自己所要评价的艺术的文体和语言有自己的独特理解,当他善于反思社会人生的具体问题,批评家的解释就会具有丰富的人性内容。在文学批评中,批评家自然要优先考虑文学作品的艺术成就,即批评的正义,应该重视对艺术作品的艺术性的真正评价。② 应该说,批评家不怀私心地公正地评价作品,就是正义的行为。批评家要敢于对未成名作家的优秀作品给予肯定,敢于对成名作家的劣质作品进行否定。如果说,文学批评家的艺术行动类似于大型交响音乐的指挥,那么,文学批评的正义行动就类似于法官的公正判断,因为文学批评在很大程度上影响了文学的接受和文学的市场,也在一定程度上影响着作家的声誉。

批评家要做到正义不容易,因为人往往带着"合法的偏见"进入作品;只要怀着成见,就不可能完全公正地评价作品。所以,公正地评价作品,可能在两种情况下发生:一是能够真正地理解作品,具备理解作品的思想、艺术与生活基础;二是对明显低劣而且有违生命正义或社会正义的作

---

① 克里格:《批评旅途:六十年代之后》,中国社会科学出版社1998年版,第100—114页。

② 刘熙载说:"学骚与风有难易。风出于性灵者为多,故虽妇人女子无不可兴;骚则重以修能,娴于辞令,非学士大夫不能为也。"参见《艺概》第102页。

品敢于表达自己的看法。批评家必须具备开放的胸怀,虚心地学习作品,不断学习新的理论,在哲学方面进行更多的思想训练,尤其是对政治学与伦理学有真正的理解。只有真正理解政治学与伦理学,才能真正理解人,理解人的社会生活的正义性。"正义",是政治学与伦理学的基本问题;缺乏对政治正义的理解,就不能真正理解生活与艺术。

其次,批评家在面对艺术家时,既要谦虚又要独立自信。批评家必须是富有才识的人,不能与作家的才智相差太远,批评家具有自己的语言艺术才华。批评家不能在艺术和艺术家面前趾高气扬,这并不是批评的正义,相反,要在真正的艺术面前怀着谦恭之心,不要轻易作出判断。批评家自然应该尊重作家,把真正的作家看成是值得尊敬的人,要平等地对待作家,既不因作家名声巨大而跪倒在作家作品前面,也不因作家作品不出名而随意践踏。批评家,在面对作品时,不是为了挑毛病,而是为了理解作品。批评家对艺术的理解,并不是极其困难的事,在很大程度上取决于艺术直觉。艺术的直觉,在很大程度上,是艺术经验的累积;有了艺术的直觉,批评家的眼光便显得极其敏锐。批评家在批评活动中需要有自信,因为批评家的直觉和才华决定了批评的价值和意义。

批评家所要面对的问题是:当时代的无数作品出现时,我们不能屈服于平庸作品的泛滥。因为我们经常会面对这样的问题,即一部作品貌似很有深度,其实,并没有多少原创性,这时,批评家需要尖锐深刻地给予判断。时代的文学作品真正进入批评家视野的,是极其少的,批评家往往只需对极优秀的作品或者时代最重要的作家进行关注,并不是每部作品皆需要批评家的解读。事实上,绝大多数作品消失在自己的命运中,没有得到任何评价,或者说,只有读者的"心头评价"。文学批评,在很大程度上,扮演的是淘选重要作品的角色,特别是在文学繁荣时期,主要是在为时代文学和重要作家立传。①

再次,批评家必须具有社会责任感,具有自由民主法律意识,具有人

---

① 蒂博代:《六说文学批评》,第155页。

文意识,对人生和社会有真正的理解。批评家必须深刻地理解人生与社会,在社会责任感的支配下,有其清醒的法律意识、道德意识和文明意识,这是批评正义的最真正的体现。批评是审美的活动,也是思想的活动。批评家的正义感,在很大程度上,就是要守住艺术的真理。问题在于,在我们的生活中,人们经常不讲究理性,对理性的批评声音经常不在意,而特别在意情绪语言,甚至是不负责的攻击性语言。只要有这种时尚的或流氓性话语方式存在,人们就不会重视真正的理性批评。真正应该认识到的是:批评不是制造新闻事件,而是为我们的世界保存或催生优秀的作品。在任何时代,皆有哗众取宠的批评,人们好像特别关注文学批评作为新闻事件或政治事件,显然,这是不成熟的文明心态。批评只能以自由的思想、正义的言论引起人们的关注。如果在黑暗或不自由的时代,批评家能够仗义执言,表达真理,揭露黑暗,像杜勃罗留波夫那样,自然,我们欢迎这样的"新闻事件"或"政治事件",但是,在自由的时代,只能以理性主导文学批评。

批评家应该具有独立而自由的思想能力,对人生、艺术和社会能够形成真正的判断。① 在人们过分关注明星的时代,过分关注艺术生产与艺术财富的时代,批评家的理性思考可能显得有些不合时宜,但是,批评必须与这种时尚相对抗,不能在意大众传媒的时尚和浅薄。必须承认,大众传媒是相当时尚和浅薄的,它们每天制造新闻事件,将当前性事件描述为历史,以自己的方式虚构历史。要知道,完整和全面的历史,是谁也无法描述的,特别是人类心灵的历史更需要文学的表达,不能指望时尚的语言和思想传播方式。批评家必须具有独立性,这种独立性并不是故作惊人之语,而是深沉的理性批评,不受时尚影响的独立文学判断与思想判断。它不追求时代性效应,而追求更长时段的历史考验。

2. 良知的呼声与批评的正义

批评家不能坚持"叫座的就是好"的原则,无论某种文学在时代生活

---

① 蒂博代:《六说文学批评》,第 151—156 页。

中影响多么大,在一段时间内多么红火,也不能因为这些外在因素而对作品一味肯定,同时,也不能因为一作品受到权威力量的否定而在真理面前屈服。批评家必须坚持自己的历史立场和审美立场,甚至是自己的前瞻立场,在正义观念的支配下,文学批评家就能自由地进行文学批评活动。文学批评的正义性,是文学批评的责任和本分,但是,文学批评家毕竟是社会的人,所以,人性的诸多弱点,使批评家在进行文学判断时难免有失公正。在中国文化中,保证文学的正义性极其重要,文学批评要反对功利性,因为功利的文学,可能受制于市场,受制于人性的低级需要,其实,这些文学只需要市场,是不用批评的。这里,只有最基本的法律标准,即通俗文学不能违背法律,不能有悖生命伦理;只要通俗文学不违背生命伦理并且不违背法律,就可以在尊重法律的前提下自由地创造。

严格说来,文学批评,就是为了守护民族的文学的精神,守护民族的思想精华,因此,文学批评必须反对功利化。真正伟大的文学作品,或者说,最优秀的文学作品,具有伟大的功效性,只要看看经典作品的发行量,就可以看出。如果说,通俗文学的繁荣是作家的财富,那么,经典文学的繁荣则是整个民族的财富。如果文学不能成为整个民族的财富,那么,它的思想艺术价值就不可真正得到实现。从自由意义上说,文学批评,就是要放宽视野看到民族未来的精神财富。伟大的艺术作品,不仅是民族的精神财富,而且是民族的物质财富,这才是文学批评应追求的功效性。当然,这并不意味着文学的保守,也不是反对文学的时代性,相反,我们主张文学的伟大的经典性与民族精神的优秀财富累积。我们已经认识到,文学批评的功能主要是对经典文学作品的批评,即通过批评保护民族文学的精华或传播伟大的文学思想。文学批评的正义,不是约定俗成的,我们可以从古典文学中找到文学的真正价值准则,但是,任何时代,文学都会形成新的变革和新认识,仅有古典文学批评的立场是不够的。因此,文学批评的正义,不仅需要继承的眼光,而且需要发展的眼光。[①]

---

① 杨扬编:《周作人批评文集》,第 119—120 页。

文学批评反对功利性,但是,许多作家以作品的市场价值来评价文学,他们认为,文学的市场价值愈大,其文学价值更应受到重视。诚然,优秀的文学作品也可能带来好的市场价值,例如,《白鹿原》不仅具有很高的文学价值,而且赢得了很好的市场价值。从功利意义上说,这是非常成功的作品。作为文学批评的正义,主要还是要考虑文学的思想与艺术价值,这可能是很难把握的问题,即作为批评家,只能关注文学作品的优秀性。文学作品的优秀,不外乎两个方面:一是文学创作者的天赋,也就是说,文学作家应该具有真正的文学天赋,二是文学创作者应该对创作抱着严肃认真的态度,即为生命而创作,不为功利而创作。实际上,好的文学作品,肯定有其真正的价值,不仅具有文学艺术价值,而且具有良好的市场价值。批评就应该坚持这两点。作家必须具有良好的语言天赋,良好的想象能力,良好的艺术把握能力。创作者应该是艺术的成熟者,具有良好的审美趣味和审美能力,与此同时,应该重视那些艺术的敬业者,不为那些艺术的投机者鼓吹。真正的艺术创作者,应该把全部精力投入到生命艺术的创造之中。①

艺术家是否具有天赋,是否敬业,完全可以通过作品本身加以判断。我们可以从艺术家提供的线索加以判断,更主要的是,要通过艺术作品本身来判断。文学艺术作品的成熟,具体表现为语言的优美生动,语言叙述的从容,作品结构的优化,艺术形象的生命力量以及艺术作品的广泛联想价值。作为批评家,应该强调艺术的这种成熟性。我们的批评,不能为那些试图通过宣传和标新立异而获得声誉的行为大开方便之门。在这一点上,媒介批评家承担着更重要的责任,因为报刊与电视评论,往往从通俗易懂入手,与出版保持着密切的联系,易于形成利益共同体。更重要的是,我们的媒介批评家,往往不是职业批评家,因此,他们的宣传式批评极易误导大众,使文学批评的真正价值失衡。坚守正义的媒介批评可能不会这样,按照奥地利、德国和美国的媒介文学批评传统,媒介批评对艺术

---

① 《朱光潜全集》第 3 卷,安徽教育出版社 1987 年版,第 413—418 页。

的成败甚至对艺术家的艺术事业皆会产生实际的影响。许多艺术家,特别是职业音乐家和电影艺术家,皆非常在意艺术表演之后的媒介批评。[①]所以,提高文学批评从业人员的素质,提高媒介批评的水平,极为重要。正义,实质上,就是要追求真正的伟大,不能让伪劣的艺术获得声誉。作为批评家,必须保证真正的艺术创作得到美誉,而对伪劣的创作进行真正的否定式批评。

在当前的文学艺术作品中,不少有名气的艺术家喜欢操纵新闻媒介,通过简单的宣传性或吹捧性的批评误导大众,增加发行量。艺术家,特别是优秀的艺术家,是需要自律的,但是,许多比较优秀的艺术家,过于在意财富和舒适的物质生活,结果,他们把创作当作了赚钱的工具,完全走向了市场,甚至是以低级趣味进入市场。显然,这些功利性因素,对于我们的文学是致命的。真正的民族文学,需要超越功利精神,即不把功利放在第一位。而把思想放在第一位,当然,这与我们的艺术从业者的身份有关系。根据不少艺术家最初创作的动机,他们就是为了通过创作改变个人的卑贱社会地位和贫穷的生活状况。他们没有优裕的生活条件可以保证自由地创作,结果,为了生存,屈服于市场或屈服于宣传,成了理所当然的事。奇怪的是,我们的富裕阶层,很少有人愿意献身伟大的艺术与思想创造事业,很少有人愿意献身科学与文化创造事业。他们身处高位,依然贪恋金钱与权力,结果,文学艺术事业和人文科学事业,始终缺少物质生活富裕的献身者。

真实的情况是,出身贫穷或卑微的人,顺着自己对文学艺术和思想的热爱,献身于文学艺术的事业,这其中,有不慕名利者,最后,以其牺牲精神成就了中国艺术的伟大事业。在看到这一点时,也应强调,贫穷与卑微,使得我们的艺术永远保持现实主义批判的情调。这说明,正义与平等的法制社会的建立何等重要!没有真正的正义与平等,就没有真正的文学正义;没有文学的正义,我们的民族就很难创造出伟大的文学,呈现伟

---

① 蒂博代:《六说文学批评》,第41—42页。

大的文明精神。因此,超越功利,先要全社会尊重正义与平等的法制生活。真正的艺术家,应该有辽远的眼光,超越现实生活之上,展望自由的生活。①

与此同时,批评还必须对文学的流行性保持警惕。流行性的东西,最容易引起人们的注意,也最容易引发模仿。在西方社会,情况与我们类似。作品引起了广泛的好评,随之就有大量的仿制性作品问世,这是急功近利的表现,也是时尚性与流行性的表征。文学艺术的流行性作品,往往有两种具体情况:一是接受意义上的流行性,二是创作意义上的流行性。前者是指一部作品问世之后获得了良好的市场回报,于是,出版商和创作者便开始生产类型性作品。相对而言,文学的流行性作品的复制有一定的难度,但是,可以发现,性爱小说或暴露性文学作品极易引发模仿性热潮,更多的则是通俗的市民化小说,包括武侠小说、言情小说,往往特别容易模仿。事实上,在创作者自己那里,也是仿制的。后者则是由于不少艺术家屈从于流行文化,以为流行文化就是最好的,以为脱离了时代或者与先锋艺术保持距离,就是艺术的落伍。于是,艺术家纷纷效法流行性艺术或先锋性艺术,导致叙述方式与抒情方式甚至创作思想的高度雷同。

现代主义与后现代主义的模仿思潮,使世界文学显示出十分单调的文化图景,实际上,在文明的历史进程中,应该是古今中外的艺术作品共享时空,并不是新的就是好的。要让所有的艺术处于并存共融局面!在这一点上,批评家扮演了并不光彩的角色。我们的先锋批评家只强调先锋,而忽视了对古典艺术的肯定与评价,所以,许多艺术家只愿意模仿先锋艺术,而对古典艺术则不屑一顾。作为正义的文学批评家,必须反对这种倾向,使文学真正走向独立自主的道路,让艺术的自由主体性放射出真正的艺术光芒。

3. 文学批评的社会正义理想

坚持文学批评的正义性,在很大程度上,就是为了保证文学的真正自

---

① 李咏吟:《审美与道德的本源》,上海人民出版社 2006 年版,第 418—436 页。

由发展的文化生态。批评的正义，就是为了保护真正的文学理想，确证真正的社会文化理想。如果文学批评实现了社会公正和艺术公正，那么，真正的文学家就极富尊严，诺贝尔文学奖就是例证。当他们从文学本身出发，真正理解文学时，文学批评与评奖就极富尊严，而一旦从特定意识形态出发，而不是从文学出发，不是从生命本身出发，文学批评就会背离正义。批评的正义，永远是从文学出发，从生命出发，从人民出发，所以，文学批评，只要从人民性、生命性和审美性出发，就能使文学批评保持自己的公正。文学批评的正义，表面上看是文学问题，实际上，则是政治学与伦理学问题。只有政治学的正义问题得以解决并达成共识，文学批评的正义性才是当然性事件。我们的批评，如果没有政治正义的观念，就可能把许多不正义之事引入文学批评之中。①

文学批评的非正义，至少可以在两个方面表现出来：一是在人情和有偿批评等因素的支配下对文学作品做出不当或过分的夸奖性评价。这种不正义，可能影响文学的健康发展，特别是文学评奖使得文学批评的真正尊严受到致命的打击。这种非正义事情，只会败坏文学的正常发展。二是在个人好恶的支配下对文学作品进行中伤与攻击，这是文学批评的极端恶劣表现。

文学批评，必须保护自己的思想尊严及批评家的人格尊严。如何从政治层面上解决政治正义问题？显然，只有通过法律程序来保证。政治正义，应该成为全社会的公识，即最理想的政治必须在人人遵守严格的法律的基础上来保证。在正义的社会中，人情表现为人与人之间的信赖，但人情不应超越法律。人们不会为了人情而放弃法律，这种人情就不会破坏社会的公正秩序。假如人情超越法律，那么，整个社会就会陷入人情社会之中，社会正义自然无法保证。社会正义与政治正义的实现，才是文学艺术的理想信念。政治正义，应该是民族国家政治生活的最高追求。人人追求正义社会，取决于社会财富的极大完善，社会经济与生产力的极大

---

① 李咏吟：《审美与道德的本源》，第427页。

发展。在保证公民自由的前提下,人人应该得到最好的教育,然而,广泛的社会需求与社会分工能够最好地激发人们的生命创造力。

在人们的创造力被自由激活下,人人守法地劳动与生产,最大限度地发展个人能力,社会经济创造进入完全有序状态,整个社会就处于自由状态。当人成了自由人,每个人皆能通过法律来维护自己的权利,与此同时,为了公正与自由,绝大多数人愿意维护公正有序的自由法律。这个时候,正义的社会才成为可能。政治正义给予人们自由的权利,使民族国家健康稳定地向前发展,反过来,民族国家的自由发展,极大地激发了人们的自由创造力。在正义的社会,诚信就成了考验公众人物最重要的手段。时代文化英雄更受到正义的制约,他们自觉地担当正义,为正义的事业鼓与呼。在社会正义、政治正义与法律正义得到保证的前提下,艺术评奖就有比较高的公信力,虽然文学批评也有基本的公正性,但是,经常受到各种因素的干扰,只有当文学批评更好地遵循自己的律法,坚持自己的公正性,文学才会得到更为健康的发展。①

政治正义,不仅是文学的重要精神支柱,而且是整个社会生活的精神支柱。文学批评坚守正义,应该成为文学批评者的共识。当然,在世俗的社会生活中,特别是在缺乏法律监督的文化语境中,批评的正义是不容易的。我们做得比较好的批评杂志,能够坚持最大限度的社会正义,即批评的主导部分是审美正义的,但其中也有一部分向权力、人情和金钱开放。糟糕的批评刊物,在低俗的条件下向低俗的文学趣味屈服,或者说,不高雅的文学批评取向在解释文学时,不公正或不合法的评判占据了主导。在金钱与权力容易主导世界的时代,批评的正义显得更为重要。只有坚守正义,民族文学的发展才有希望,民族文学的精神创造才能真正贡献于世界。正义是人类最伟大的美丽德性,美丽的生活就源于伟大的正义。文学批评的正义,就是为了保护作家的自由与尊严,保护文学批评的自由与尊严。这是问题的两面,即要保持文学的正义,必须尊重政治正义,或

---

① 邦纳罗蒂:《为平等而密谋》,陈叔平译,商务印书馆1997年版,第178—179页。

者说,没有政治正义,文学批评的正义就无法真正形成。反过来,政治正义毕竟是现实生活的正义要求,文学批评的正义更多的是精神生活的要求。如果文学批评不从思想上召唤正义,那么,真正的政治正义就可能姗姗来迟。政治正义能够保证文学的审美正义,审美正义则坚守社会正义与政治正义原则。这是文学批评的责任,也是文学的希望所在。在伪正义的作家和批评大行于世时,我们的文学就很难提供自由的精神与自由的理想。

　　文学批评为何要坚守正义,这是不是空洞的概念? 从批评解释学意义上说,这不是空洞的概念,这就要求:批评家就是思想家,就是要像哲学家一样地思。思想的任务,比形象还原的任务更为迫切,或者说,形象之思,必须是正义之思。在我们的时代,如何发展经济,如何维护世界和平,如何富国强民,可能比任何文学艺术之思来得更为重要或更为迫切。问题在于,世界的发展从来不是单向的,你在一个时期看到纯粹经济发展的奇迹,但同时,要看到它所带来的深刻危机。关键在于,如何平衡发展? 现实主义思想或实用主义思想,未必是真正政治正义的思想体现。思想家就是要从现实出发,要超越现实,给我们的现实真理追求提供新的思想道路或智慧。易学思想也告诉我们,君子要善于适时而动,虽然天命难违,但君子的德性对于生命的幸福与自由极为重要。人无法决定我们的命运,但是,有能力决定我们的德性;只要德性合天地之道,就能赢得自由和幸福。这不是现实主义思想,而是理想主义思想,一切理想主义皆是立足于现实生活而必然超越于现实生活。①

　　我们必须超越文学中沉重的现实主义情结,与此相关,必须超越单纯的理想主义向往。当我们发现这个理想主义不能真正地带来普遍的自由与平等时,就需要坚守理性生活价值与社会正义。批评家的正义,既要维护审美批评的正义,又要维护社会生活的正义。当然,批评的正义,不可能直接实施法律的正义,但是,"诗人是世界未经公认的立法者",作为批

---

　　① 江枫主编:《雪莱全集》第5卷,河北教育出版社2000年版,第420—421页。

评家,需要的是政治正义的立法和审美正义的立法。即你如何在现实基础上提出自由的真理,如何在现实面前赋予思想以真正自由,如何寻找真正的幸福、自由和尊严,这一切,就需要独立的思考。现实主义的强大力量永远向你的思想提出挑战,而作为批评家,又永远不能向现实主义生存法则屈服,这才是批评的思想意志。在任何时代,批评所面临的思想境遇是不同的,你不能用固定不变的思想来理解现实,这就是思想的挑战。批评的正义,就在于寻找真正的思想或真理,既能服务于人的现实主义生活自由与幸福法则,又能寻求普世的自由平等与正义,这就是文学批评的方向。其实,文学的形象之思,就是要从艺术中的人出发,为现实生活中的人提供自由与幸福思想的可能,这就是文学批评的正义。

我们永远需要对生存提出看法,永远需要为现实人生的幸福与自由提供思想。当我们的思想能最大限度地给予人们自由美丽的生活想象,给予人们幸福自由的道义支持时,思想就获得了力量,批评也就获得了正义。批评的正义对现实的超越,是对现实生活不平等不自由不幸福的勇敢正视和现实挑战。当然,还需要放眼世界,成为世界意义上的文学批评者。人类共同面对的问题,其实,皆是信仰、自由、民主、尊重、和平等等问题,这是批评的视野。除了关注精神信仰问题,关注心理存在问题之外,还要有更广阔的关于自由和幸福的思想。当批评家具有"我是一个世界公民"的胸怀时,就能成为真正的文学批评家。当然,文学批评还必须有对精神生活信仰的神秘以及对生命更神圣意义上的想象性理解,即不要把生活仅仅理解为现实的权力与金钱,仅仅理解成吃喝性享乐的生活,那么,在精神层面或价值层面思考生命存的意义,可能需要广阔的生活智慧。文学批评的正义,不仅要守护文学的正义与文学的理想,而且要维护社会的正义与生命的正义。批评的正义,挑战一切思想,挑战一切现实,为自由,为生命,为神圣,为未来立法,这就是文学批评的思想正义准则。

第二节　文学批评的理性批判意识与
　　　　主体间的价值认知

1. 文学批评的理性批判与建构

为了强化"思想批评优先于审美批评"的立场,需要探讨文学批评的理性批判意识,深化批评主体间的价值认知。就思想互动而言,文学批评,不仅是批评家的独立思想活动,而且是与创作者和接受者之间潜在进行的交互式思想活动。在文学批评活动中,文学批评确立了两个中介物:一是"创作性本文",二是"批评性本文",通过创作本文的中介,批评家与作家,批评家与读者形成主体性的思想交互。这一思想交互,以艺术本文为中介,不一定是"面对面的交互"。作为历史性作品的创作主体,可能已经死亡,那么,思想与情感交互就是"虚拟的交互"。对于当代性文学批评而言,主体性的交互,既可能是作家与批评家的交互,也可能是批评家与读者的交互。

严格说来,文学批评就是以文学本文为中心的"批评家－作家"之间的交互和"读者－批评家"之间的交互,当然,主要是批评家与读者间的交互。批评家,在与潜在的主体进行思想交互的过程中,完成了"批评性本文",此时,将潜在地与创作者形成思想交互,通过形象或思想的读解体现出来。批评给读者的文学本文解读提供了可能性思想路径,能够促进广泛的文学批评,并与不同读者形成广泛的思想交互。文学批评家作为艺术思想与艺术形象价值阐释的"职业经理人",既面对创作本文,又面对批评本文,更重要的是,必须提供原创性批评本文,此时,文学批评的交互主体性,由"潜主体性交互"变成了"显主体性交互"。[1]

---

[1]　李咏吟:《解释与真理》,第 281－330 页。

应该承认,在每一文学本文的背后,隐藏的是无数的思想个体。文学批评的解读,直接面对的是具有生命原初体验的作为创作者的思想个体。批评家的批评实践活动,不是脱离文学本文的独立思考活动,而是依赖作家的文学本文的感发性形象性思想活动。批评家有自己的"本文依赖性",即不能站在作品之外发言,必须承认创作者的文学本文的优先性地位。作为文学理论家,可以在大量的文学阅读和文学批评的经验基础上进行反思性的诗学思考,从而对文学的基本理论问题形成综合解释。但是,作为文学批评家,在进行文学批评时,必须直面文学本文,由文学本文形成独特的形象解释与思想解释。文学批评家,在其批评实践活动中,往往已经进行了相当时间的文学批评训练。这种训练,是从两方面展开的:一是文学批评的学院范式训练;二是文学批评的主体性思想创造训练。文学批评的学院训练,往往在语言文学系内部展开。在文学系,文学批评的训练通过古代文学、现代文学、当代文学和外国文学几个维度展开,与此同时,借助古代文论、西方文论、当代文论和文学理论,乃至依托哲学、伦理学、心理学和文化学的相关理论。

我们现在能见到的优秀批评家,基本上由学院训练出来,没有经过学院训练,文学批评家的成长存在不少局限。学院的批评训练,只是批评家的基础训练,真正成为批评家,主要取决于批评家自身的主体性思想创造训练。批评家自身的训练,一方面是大量阅读文学作品,形成对文学的审美通观与整体认知;另一方面则是批评实践本身,即通过解读文学作品提高自己的文学批评水平。在文学批评的自我训练中,有一问题常常为我们所忽视,即批评家忽视了"思想训练"在批评中的重要作用。这一因素在批评中极重要,即批评家必须具有独立的思想能力,即你从什么方面去解释创作者的文学本文,赋予文学本文以独特的审美意义。应该说,思想批评比艺术批评更能激发人们的思考,所以,文学批评的哲学训练极为关键。批评家必须对哲学、政治学、文化学、人类学、心理学和伦理学有一定的思想探索。真正严格的文学批评,需要完整系统地理解作家作品的创造性价值。许多人以为,批评家就是要不停地解读新作品,不停地批评新作品,为文学的传播开路,这是我所不敢认同的。真正的批评家,只能是文学史意义上的批评家,他们对作家作品有长时间深入细致的研究。

应该承认,在当下性文学批评中,以某一类文体的作品为批评对象的批评家更多,即人们只在意批评的文体,并不在意是"谁的作品",也就是说,只要批评家能够解读小说,就可以对所有作家的小说作品进行评价。他们通过文体的理解,对不同的文学作品进行评价。影响巨大的批评家,或者说,以批评家名世的就是这样的批评家,而学院批评家则被称之为专家学者或教授,而不是真正自由意义上的批评家。①

必须直面的问题是:要想成为批评家,必须对某一类文体的作品形成充分而自由的评价。批评家面对大量的文学作品,通过自己的解读和思想价值取向形成读解。批评的读解,是有规律可循的,我们通常就是从相对确定的意义上来讨论文学,批评作品。批评家必须面对创作的本文或作者的本文,确立文学本文在文学批评中的"第一性地位",不过,文学批评的发生或文学批评的兴起,应该得到充分理解。一是要对已经有定评的作品进行新的评价,即文学史意义上的自由评价。这是文学批评的思想活动与职业活动,社会永远需要对民族传统作品的理解,因此,文学批评对经典作品的读解永不停歇。二是对当下生产的文学作品进行及时评价,这对批评家是持久的挑战,因为需要对当下诞生的作品进行思想与审美判断。新作品诞生,我们必须及时对之做出评价,从历史上看,我们的许多批评在此出现了错误:有的批评,立足于经典作品而对先锋性作品简单否定从而出现批评的错位;有的批评,忽视文学的历史语境而对劣质作品进行高度评价,结果也出现批评的错位。批评的发动,有些源自于主观阅读和主观需要,是思想的必然要求,有些批评,则是编辑朋友或作家所推动。批评的发动最好坚持主体性,即是自我选择的结果,是自我追求的结果,只有这样的批评,才是真正的主体性批评。②

文学批评的真正难题是:如何正确理解作家作品? 正确理解作品,必

---

① 蒂博代:《六说文学批评》,第74—108页。
② 塔迪埃:《20世纪的文学批评》,第77—110页。

须有良好的审美趣味,必须对文学作品有"灵性的解读"。正确理解作品,就是从文学自身出发,从文学理解文学,从生命理解文学。从其他方面理解文学,至少不能成为文学的优先原则,只有文学作为主导原则才能真正评价文学。真正的文学,必须从天才的高度出发。① 对待天才的文学作品,应该进行充分的评价;对于非天才的文学作品,不能进行高度评价。如何避免批评的错位?这是我们应该认真考虑的问题。批评的失误是批评家的思想狭隘造成的,也是批评家的自负决定的;批评的失误,如果出现严重的人身攻击或者导致创作者生命灾难,应看作是批评的犯罪。创作与批评,皆可能形成精神犯罪,纳粹艺术家与纳粹批评家,就是创作与批评的精神犯罪,这是严重的反人类罪。更多的批评家,可能造成某些作家的生命灾难,这是需要避免的,因为批评家的正义是代表真理,而不是权力。

批评的失误,如果只是影响了作品的正确评价,那不要紧,因为这个错误,后来者可以纠正;如果批评者给创作者带来生命灾难,那只能视为精神犯罪,与此同时,批评家之间的思想交锋,也可能造成批评的犯罪。当批评家借助外来的力量,特别是政治权力施加对另一批评家的影响时,可能会造成"思想的犯罪",这在批评的交互式主体性思想交锋中需要避免。"批评的批评"的历史,是批评错误的纠正过程,也是批评价值的捍卫过程。文学批评并不总是正确的,特别是在批评家的骄狂与偏执下,最容易发生评价的错误。不过,批评史并不是错误史,而是多种意见并存的历史。只要是经典的文学作品,就会得到正确的理解。只不过,这个理解,不一定是经典批评家的理解,很可能是不知名的批评家的正确理解。批评就这样永远形成交互主体性理解,是思想的交锋,也是思想的交流,更是对文学价值的精神守护。在文学批评中,必须形成这样的批评意识,即强调本文的中心地位,通过本文的语言和形式把握文学的形象,通过形象的力量思索生命存在的意义,这样,"本文、形象与思想",就构成了诗学或

---

① 《狄德罗美学文选》,人民文学出版社1984年版,第541—550页。

文学批评解释的思想空间。

2. 文学作品的优先性与认知差异

以创作本文为中心的思想交互,如何实现主体性价值证明? 批评,就历史作品出发所进行的价值证明,往往是为了确认真正的文学作品的价值,这主要是"文学史的解释工作"。我们所说的批评,更多的是,要就当代的文学作品进行价值证明。许多"创作性本文"的文学或思想价值是待估的,当然,大多数作家并不期待被重新评估,只是渴望让读者接受。其实,读者接受也是再评价,但大多数读者的阅读是口头言说式评价,不是职业性评价。许多作家相信,批评是无用的,也是无益的,因为批评的否定式评价或酷评,使创作者失去信心,或者说,创作者的自由价值容易被批评家所否定。更为重要的是,许多批评家的自由言说,并不是创作者的文学本文所具有的,而是批评家的主体性解释所强加的。①

批评家与作家的关系,非常有意思,太亲密不行,太疏离也不行,应该是"不即不离"。我赞同王瑶的说法,"批评家最好不要与作家为友",这是为了保证批评的公正与自由尊严,两者之间,皆需要相互监督。批评家与作家之间,只有保持对立关系,才能更好地推进文学的发展,但是,批评家离不开作家作品。"批评家是创作者和文学本文的寄生者",这个说法并没有错误,批评家寄生在创作之上,然后,又对作家评头论足。批评家不是创作的内行者,但恰恰必须是创作者的思想之敌,这是让作家烦心的事情。批评是否必要,就成了问题,问题在于,作家如果听不到"作为乌鸦"的批评家的怪叫,创作本身就会随心所欲,为所欲为。事实上,不少作家,当他们不能创作出作品时,往往也像批评家一样乌鸦式地怪叫。王朔的后期作品,就是一位曾经是作家并失去创造力的"乌鸦式怪叫"。作家成为批评家是否更合适? 不见得。在我看来,作家成为批评家是很糟糕的事情,他们没有受到学院训练,甚至,没有受到思想训练。没有受到思想

---

① 杨格:《试论独创性作品》,人民文学出版社1998年版,第114—117页。

训练的作家批评是很浅薄的,这在西方也有类似的情况;作家受到了很好的训练,可能是很好的批评家,例如,艾略特就是诗人兼批评家。批评家理解作品,是最重要的任务,而且,必须通过作品理解作家,建立作品的优先地位。[①]

回到作者,理解作者的个性、心理与行为,理解作家的特殊性。当下性的批评,是否需要与作家形成交流?回答是肯定的。批评家必须与作家形成交流,但是,用不着主动与作家形成交流。这种交流,只能通过"公共频道"进行,作家看不看,由他自己决定。批评家必须理解作者,优秀的批评家,需要对当下性的文学作品形成广泛阅读,在广泛的阅读中选择自己的作品进行评价。回到作者,就是要理解作家的个性,理解作家的思想选择。作家的创作史,是我们要关注的问题,相对而言,往往是从作家的成名作开始关注,至于此前的作品,往往并不关注。对于中国作家而言,作家的地域文化,作家的文学背景,作家的阶级身份,作家的价值取向,皆显得相当重要。作家的地域文化背景,实际上,就是自己的语言背景、文化背景和生活背景,虽然共和国的历史生活在历史大方向上是一致的,但是,历史积淀的文化传统,使得地域文化与地域习俗具有独异的文化表现价值,特别是个体生存的特殊性。例如,山东作家与湖南作家的作品,浙江作家与陕西作家的作品,就有明显的区别。中国艺术的地域性,是相当明显的,从世界意义上说,作家的民族性相对突出;从民族意义上说,作家的地缘性特色相对突出。

回到生活,即建构作家与生活,批评家与生活回忆之间的联系,通过作品与生活的关系重建文学的价值。作家的艺术作品,与生活建立了最密切的联系,小说、散文和剧本,皆可以建立很具体的时代与人物联系。人物的职业身份与职业特点,相对明确,批评家可以通过时代与职业进入人物的生活世界,通过生活世界的还原,通过历史的还原对作品进行评价。特定时代的历史评价,特别是特定时代的人性评价,是文学批评的重

---

① 李咏吟:《通往本文解释学》,第 33—50 页。

要问题。批评家就是要通过对生存境遇中的人性批评,达成对民族历史文化精神和人性的理解。和平的时代,文学作品的反思价值自然是不突出的,所以,绝大多数作家喜欢通过对历史的灾难性事情或苦难时代的生活进行反思与评价,重新确证生命的意义。"乡村生活"与"城市生活",成为和平时代的作家所关注的重大问题。我们需要正视的是:作家在看到城市的生存苦难时,总是宣传回归乡村,回归故乡,可是,乡土生活的苦难又该如何救渡呢?

回到文学文体,通过文学的纵横比较形成基本的价值判断。回到文体,对于文学批评来说,是极重要的。文学批评,实际上,每天都在与文学的文体打交道,我们理解着文体,理解着不同的文体的实验;同样的文体,在不同的创作者那里,是如此具有生活的力量。在文体形式中,作家是如此优雅地给予生命以意义。对于小说家来说,他们能够创造优美的故事,能够把生活故事叙述得如此精妙,能够通过细节给生活带来震撼力。对于诗人来说,他们能够精妙地使用语言,通过语言的纯洁性,创造富有表现力的句子,在诗性的句子与优美的语词意象中,呈现自由的生命情景,一切显得如此美好。① 对于散文家来说,他们自由地处理语词,显示语言的精妙神奇,生活的瞬间,是如此富有表现力。智慧的生活,原来需要我们去体验与发现。在每一文体中,可以得到不同的快乐;在每一文体中,可以自由地想象生活与生命幸福。

追问创作的价值,从文体意义上追问,从形象意义上追问,从生命反省意义上追问,这就是批评家面对创作本身所要做的事情。文学批评,就是要将创作中的"一切隐秘"进行再发现。过多地讨论文学,文学批评最后似乎变成了无聊的事情,因为在文学中我们找不到共同性,而且,不可能推进批评或文学的进步。文学创作与批评的进步,严格说来,只是艺术家作品或批评本文的凝聚。这种价值,不因时代推移而获得其价值,只因为其自身的力量而获得价值。许多批评的解释,由于缺乏思想的再发现,

---

① 《朱光潜全集》第 3 卷,第 55 页。

已经变成了无聊的事情,只是过剩精力的语言释放或情绪发泄。批评的最大意义,其实还在于对创作或本文经验的还原。文学批评如何最大限度地回归优秀作品的价值,这才是文学批评的生命力所在。许多人只在乎文学的趣味与文学的美感,并不重视文学的思想价值,只重视文学能够给我带来什么样的快乐,并不在乎文学呈现了怎样深刻的思想,这是"职业文学批评"与"世俗文学要求"之间的距离。人们阅读文学,从本源意义上说,就是为了生命的快乐和生命的启示,而经过批评家的中介,文学创作成了最高价值的寻求过程。经典作品只有少数人阅读,而人们喜爱的作品可能不是经典,这样,文学接受与文学批评之间,就形成了巨大的裂痕。如何弥合这个裂痕,则是文学批评需要反思的事情。

3. 诗思有别:批评本文的主体性

以批评为中心的主体性交互,如何实现主体性价值证明? 文学批评,既是为了确证文学本文的意义,也是为了确证批评本文的意义。批评本文,因此,构成了自身的历史,虽然也与创作本文有关。我们已经对文学批评的价值有所怀疑,事实上,很多文学批评文本,只有学科历史积累价值,或者说,只是人文学科自身虚构出来的谎言。那么,应该如何看待文学批评并使文学批评具有自己的真正价值呢? 文学批评的实际价值,可以从几个方面去发现:一是文学批评的欣赏功能。不少批评家,是文学作品的内行鉴赏家,他们能够自由地欣赏文学作品的美,能够充分传达文艺作品的内在美感,这种批评是有效的。至今,依然可以发现,那些优美动人的文学欣赏文章,仍然受到人们的追捧和热爱,例如,王昆仑的鉴赏性作品《红楼梦人物论》,依然具有自己的力量。① 事实上,俞平伯的文学鉴赏、钱钟书的文学鉴赏、程千帆的文学鉴赏,皆具有很高的价值,而且有着自己的文化不朽性。二是文学批评的历史叙述功能。文学有自己的历史,但文学自身的历史,不能指望作家来叙述,作家承担不了这一任务。

① 王昆仑:《红楼梦人物论》,北京出版社 2004 年版,第 1—5 页。

文学创作的历史需要叙述,批评很好地承担这一功能,文学的历史叙述,不是简单的图像扫描,而是要对文学进行评价,文学的历史批评就是由评价和选择构成的"文学叙述史"。三是批评的思想确证功能。文学批评自身,有时就是为了确证一些思想的价值,例如,人性,人的自由,人的道德担当。如果只是讲些道理,无人愿意每天进行这样严肃的思辨,而文学则将这些道理形象化了,所以,批评可以进行自由的思想确证。[①]

追问批评本文的生产过程,在文学批评中是必要的,批评家的批评活动,直接形成了批评本文。批评本文也需要交流,也就是说,批评本文也需要解读。批评家在何时何地生产了这一批评本文?多长时间生产了这一批评本文?一般说来,文学史意义上的"批评本文生产",有相当长的时间过程,至少,需要有一定的批评积累,只有通过大量的文学批评材料的读解才能形成自己的批评本文。对于当前性的文学作品的批评,批评家的批评本文的生成,往往只有几天甚至几个小时,这是批评本文生成的当前状态,这就涉及"历史性"创作本文的批评和"当前性"创作本文的批评。批评家,就是要勇敢面对文学作品,并形成批评本文,"批评本文",是智慧的形成过程,也是文学史的价值确证过程。

文学批评,越来越远离上面已经提到的三个基本功能,当文学批评的欣赏功能不能实现,文学史功能与思想确证功能亦不能实现时,文学批评的价值就极成问题。批评本文的生产,在当下的中国文学批评语境中,仿佛转变成了"为作家代言","为作家做艺术广告"。一切为了生产和利润,这是文学批评的本质堕落。当然,也有一些批评在为政治意识形态代言,从意识形态的要求出发来评价文学。文学批评为政治意识形态代言,并未体现文学批评的责任。文学批评的思想功能,必须是自由的,而且,必须是源自于生命与生活的,不能为经济生活发展或政党政治意识形态支配。文学批评的历史叙述,要求文学解释的真实性。批评家既不必替作家隐讳,又要对作家作品进行客观的历史评价。特别值得提出的是,一部

---

① 布朗基:《祖国在危急中》,顾良等译,商务印书馆 1997 年版,第 17 页。

文学史，不可能是所有作品的汇编史，只能是优秀作品或重要影响的时代作品的解释史，说到底，就是"选择的文学历史"。我们的文学史选择，如何才能接近文学本原的历史，使文学能够走在健康的发展道路之上，这显然需要独立思考。①

寻找批评本文自身的思想原则以及批评本文的内在证明过程，是文学批评学需要关注的。批评本文不是无缘无故形成，而是批评家在读解创作本文之后的"思想创制"。根据批评家的理解，文学批评传统与文学观念，往往是对文学创作本文的批评性解读。文学批评的思想判断，不是封闭的，不是禁锢的，而应是自由思想的产物。我们的思想判断，在特定的历史时期，往往有太多的思想禁忌，这也不能谈，那也不能谈，结果，批评的思想就是封闭的。当然，在思想开放之后，我们又面临着另外的问题，这就是：面对西方的新思想和中国的传统思想而"不知所措"，不少先锋批评家只好不断地图解西方的新思想，这样，当代批评思想解放的历史，就成了接受西方现代思想的历史，这是文学批评的"当前阵痛"。问题在于，批评是需要独创的，也是需要贡献智慧的，不能只是对西方思想的模仿。文学批评如何思想，这是摆在批评者面前的最重要的问题，"文学批评"，如何形成自己的言说，如何形成基于东西方思想的言说，这是文学解释有效性的关键。现代中国文学批评，在文学经验的总结上并不逊色于世界上任何民族的批评实践，但是，在批评理论与批评思想的创造方面则显得很矮小，这是"思想的痛苦"。寻求批评本文与创作本文之间的关联，就是"批评的批评活动"。

批评本文完全可以形成自己的思想判断，甚至是个人对文学理解的表达；批评本文的成功与否，取决于批评本文与创作本文之间的关联。如果批评本文与创作本文之间能够建立深刻的联系，批评本文能够深化创作本文的理解，或者说，可以拓展创作本文的想象空间，又紧紧地与创作本文之间相联系，那么，这样的批评本文是具有充分价值的。文学批评的

---

① 本雅明：《文学史与文学学》，参见《经验与贫乏》，第 244—250 页。

有效性，在很大程度上，就是要看文学批评是否真正理解了作品。相对而言，文学批评只有在解释经典作品时才有价值，对非经典作品，文学批评不应进行任何解释。文学批评的历史，应该是关于文学经典的解释史，别的批评缺少真正的价值。基于此，如何深化对经典作品的理解，十分关键，"经典作品"，是可以无限解释的，与此同时，经典作品作为人类艺术史的伟大奇迹，思想与艺术皆不同凡响，所以，批评充满了挑战。

批评本文的流行性思想观念与方法，是源于传统思想，还是源于先锋思想？这也是文学批评的必要选择。批评本文的制作，是非常有意思的事件。老年人不喜欢新的思想与术语，年轻人又不需要老的思想与法则，所以，文学批评的思想就形成了两极。在古典文学批评中，人们顽固地坚持古典文学批评传统，不让西方思想和现代流行思想进入批评，古典批评保持自己的传统，就能显示自己的批评力量。现代文学批评则拒绝古典传统，只从西方流行性思想出发，例如，后现代的批评或文化批评，一直影响着当前的中国文学批评。我们总是在西方的各种思潮和理论中寻求当前文学的突围之道，批评家不断翻译西方的最新思想，结果，造成了当前中国文学批评的完全西方化。

追踪批评本文的有效性，是"批评的批评"的关键，也是文学批评学建构或批评解释学建构的思想基础。批评本文的言说，既可能对创作者有效的，与创作者形成思想交锋，也可能对接受者即读者形成强烈的"思想暗示"，特别是对读者的判断形成直接指导和支配作用。批评本文，在很大程度上，基本上具有两大功用：一是服务于文学史，二是服务于读者。批评的本文，形成文学史意义上的批评言说，承传文学的传统，并对读者产生引导和支配作用。[①] 文学批评的理性，是文学主体性的体现，也是文学批评者的自由意识和自我意识的不断觉醒。生命的独立思考来自于理性的认知，不过，理性认知的真正意义，还在于理性能够体现自由意志或善良意志，使人类能够趋向"美好的生活"，使美好生活的价值成为文学的

---

① 　狄德罗：《作家和批评家》，参见《狄德罗美学文选》，第 225—232 页。

主流。文学批评的理性，要求批评家不能从狭隘的思想出发，不能从纯粹欲望出发，需要有基本的价值支撑。这种价值，是长期维系人类历史命运的核心价值，此时，理性的历史符合自由意志的需要，人类生活的善良意志守护理性与人类美好事业。

4. 生命理性与批评的价值共识

交互主体性证明，是文学自身活动的历史，那么，文学自身到底要证明哪些价值呢？从总体上说，一是要证明文学的价值，或者说，要证明创作主体在文学历史或者文明史中的价值，二是要证明生命的价值，通过文学所展现的生命事实，对生命存在的意义进行真正的价值判断。交互主体性证明，使文学的意义得以确证。文学批评，到底要确证什么样的文学价值，自然，它源自于文学自身。文学批评，就是要确证文学的审美价值与思想价值。我们的生活，需要文学提供想象，需要文学提供精神享受，需要文学提供生命价值理解，这一切，皆可以确证文学的价值。更重要的是，文学的发展需要积累经验，形成传统，达成经典认识，为未来的文学发展开路。通过交互主体性价值证明，文学的意义实际上是双重的：一是通过文学批评给文学自身进行艺术价值证明，二是通过文学批评给文学创作以思想价值证明，三是通过文学批评自身给批评自身进行价值证明，四是通过文学批评给生命存在与理想信念进行价值证明，所以，文学批评的思想与艺术证明，具有充分的文化意义与文明价值。①

先看文学批评对文学自身的艺术价值证明，即为未来的文学创作提供经验并开辟道路。文学批评，对文学艺术的经典艺术价值和经典艺术经验的总结，应该说是成功的，正是由于文学批评的经典总结，从而形成了言说文学的思想定势。文学的价值到底是什么？当人们提出某种文学价值时，就有人消解文学的这种价值。例如，文学的时代价值和政治价值，文学的道德价值和民族价值，在思想的反省中皆被消解了。文学的经

---

① 李咏吟：《审美与道德的本源》，第 420—430 页。

典艺术价值,并非固定不变,在古典艺术中,叙述模式与抒情模式,皆有自己的规定性。建立规范,就是为了遵守,相反,艺术的任何变革,皆出自反叛,艺术通过反叛而获得自己的价值。经典艺术的价值,就在于它创造了古典性,并不是作为艺术必须的榜样,在艺术的世界中,没有榜样,只有经典,而且只有经典的不可复制性。从艺术上复制经典没有任何价值,当艺术家的艺术作品缺乏独创性时,就是艺术的重复。艺术中只有"唯一",越是具有原创性,越具有艺术的地位。

再看文学批评对文学创作的思想与社会文化价值的证明。文学批评的思想证明,倒是非常有意思的事情。我们在一时期充分肯定的思想价值,可能,在另一时期显得极其可笑。在文学批评中,有没有不变的思想原则? 如果有,那就是艺术的生命主题,但是,面对艺术的生命主题,人的理解可能完全不同。例如,哲学史就是不断地挑战经典哲学命题,或者赋予经典哲学命题以新的思想。文学批评的价值,还在于批评自身的力量,批评家越是自律,批评的声誉就会越好。当批评真正自由地坚守了自由的法则时,文学批评就会对时代的思想与文明形成自己的独立贡献。[①] 利科指出:"有一种新的伦理学标志着自由与希望的关联,莫尔特曼所谓的使命(sendung)的伦理学,许诺(promissio)包含了使命(missio)。在使命中,那约束着目前的义务,来自许诺,开启了未来。""使命是希望在伦理学上的等同物,就像对可能事物的激情是希望在心理学上的等同物一样。""依据希望而获得自由所具有的第二个特征,比第一个特征更加促使我们远离那太过强调目前抉择的生存论解释。因为使命的伦理学拥有共同体的、政治的甚至宇宙的蕴涵,而这些蕴涵正是那集中注意个人内在性的生存论抉择所倾向于隐藏的。实际上,朝向新创世开放的自由,与其说强调主体性、个人的本真性,还不如说更关注社会的和政治的正义。这种自由召唤一种和解,这和解本身包含在所有事物的概括之中。"[②]利科的解释代表了批评应有的思想解释方向,即在希望中寻找自由,在许诺中承载使命。

---

① 克里格:《文学评估的特权》,参见《批评旅途:六十年代之后》,第 198—222 页。
② 利科:《解释的冲突》,莫伟民译,商务印书馆 2008 年版,第 449 页。

　　最后看文学批评对人类生活价值与民族生命价值信念的证明。如果说,文学代表了民族的精神,那么,文学批评应该坚守民族的文学的价值。应该承认,人类的文明发展是不平衡的,发达国家的文明发展显然优于不发达国家的文明发展,这是由政治经济文化制度所决定的。按照"见贤思齐"的原则,应该充分重视发达的自由的美好的文明传统,但是,在文学批评中,应重视思想综合,坚持开放性的文化立场。批评的自由交流与文化综合,就应该充分重视最优文化的交流,重视自由的思想价值。文学批评应该是自由的思想过程,文学批评,既应该重视文学,又应该重视生活,重视存在的意义和生命的价值。文学批评,一方面应该面对文学,承担文学批评与文学历史叙述的任务;另一方面,应超越于文学之上或超越于生活之上,就文化与文明发言。批评作为自由思想活动,需要艺术与思想的自我超越。狭义上的批评家,是文学史家,是文学作品解释者;广义的文学批评家,应该是文化学家,文明学家,它需要广泛的思想修养,涉及广阔的思想领域,因此,批评是无限自由的。从这个意义上说,批评是文学的解释,更是存在与文明之思,即必须思索人生的重大问题,显示真正的人文科学价值。①

　　文学批评的理性批判意识,之所以极其重要,是因为理性是人类生活进步的重要标志。康德在哲学探索的过程中,敏锐地抓住了理性问题,我一直对此感兴趣:"什么是理性?"这个问题,在柏拉图和亚里士多德那里就有明确的认识。在柏拉图看来,理性是人的正确生活选择与知识综合能力。理性与感性,或者说,理性与非理性是人类生活中的两种对立的力量。非理性的力量非常强大,它建立在欲望意志的基础上,欲望意志是人的本能力量的体现,基于感觉、想象和本能,并不需要理性的支配。但是,人之所以为人,是建立在理性的基础上的,理性虽不完全与非理性因素分离,甚至可以说,非理性因素是理性得以形成的前提,因为非理性因素取决于感觉、经验与记忆。人的本能中趋利避害的能力,实际上,就是经验的积累,经验是建立在感觉记忆之上,不断的经验记忆,形成人的理性生

---

　　① 杜威:《艺术即经验》,高建平译,商务印书馆 2005 年版,第 362—380 页。

活基础。柏拉图认为,理性是智慧,是神赋予的能力。亚里士多德则在自己的哲学建构中,确立了"感性、理性与意志"的关系,他将这三者称为人的思维能力。感性是理性生活的基础,意志是本能欲望和个体意愿的体现;意志与理性的冲突表现为:理性约束意志,意志挑战理性。当意志受到约束时,人类的生命感到痛苦,于是,就要挑战意志,在很大程度上,理性与意志的对抗,最终还是意志获得了胜利。意志常具有破坏性力量,如果意志的力量得不到约束,那么,人类生活将会陷入永远的斗争中,于是,理性的胜利显得极重要。

不过,理性的主导缺乏强大的力量,因为人类的意志不仅仅与理性斗争,在很大程度上还要"利用理性",所以,理性的创造性力量与认识性力量,可以极大地促进科学技术的进步。人类征服世界依靠理性的能力,但是,理性无法控制自己的成果,理性并不能保证人类的认识与创造"永远向善"。当理性的创造被意志所利用时,人类生活将面临巨大的威胁。谁皆有意志,意志的强大让人畏惧,理性并不让人畏惧,因为理性并不直接为害。意志则不一样,它可以借助理性直接形成破坏性力量或对人类生活形成毁灭性打击。①

人类的意志对理性提出巨大的挑战,或者说,理性支配下的科学技术对人类生活形成新的威胁。理性是中立的,它既可以为善,也可以为害,总之,它自身缺乏动力。"所有的动力"皆产生于人类的意志,也就是说,理性本身不具有直接支配力量,在人类生活中只有提示作用,它让人意识到事物的危害,但并不能控制意志,除非理性能够说服意志。在很多情况下,"理性不能说服意志",所以,人类生活充满了悲剧性,问题在于:理性不能威胁和强迫意志,只能"说服意志",说服意志本身还是为了人自身的幸福与自由。

如果理性停留在说服的基础上,就无法阻止意志的巨大诱惑与挑战。康德看到,理性要以感性为基础,理性的进步,要以人的经验为基础。人

---

① 康德:《实践理性批判》,邓晓芒译,人民出版社 2003 年版,第 158—162 页。

具有先验的认知能力,理性认知使感性生活经验能够服务于人的理性要求。感性能力对世界的把握,对经验的记忆,对生活的想象,皆有助于理性生活。在研究"纯粹理性"时,康德深入分析了理性具有判断与综合能力,推理与创造能力,所以,理性所面对的世界,皆可以通过科学技术,通过归纳演绎,通过范畴和定理,形成"自由的把握"。世界不再是感性的表象,也不再是任性的存在,而是可以认识把握的对象,这就是理性的目的。改造世界不是理性的任务,也不是理性的工作,但是,改造世界是人类意志作用于理性并要求于理性的。康德看到,纯粹理性具有特别的说服力,因为它能够正确地认识世界,所以,它可以指导实践理性的律法。善有利于世界,恶则毁灭世界,理性提供清晰的伦理原则必须进行实践证明,它可以帮助人们分析和判断,不能直接控制意志,而是取决于意志的顺从。

在人类生活中,意志并不只是为害,也可以为善,在意志世界中,既有"为善的意志",也有"为恶的意志"。这一点,过去我们也没有真正认识,以为意志总是为恶,那么,在意志的内部,为善的意志与为恶的意志,就形成尖锐冲突。理性可以说服"为善的意志",却不能说服"为恶的意志"。[①]人类为善的意志,为了人类生活的福祉,主张理性自由地生活,形成了理性生活的律法。实践理性不是理性直接作用的结果,而是为善的意志听从了理性的劝告,所以,这种意志形成了实践理性法则,确立了"实践理性尊严"。为恶的意志,不仅与理性对抗,也与为善的意志对抗,所以,世界最终成为美好的世界,肯定需要理性指导,但是,在很大程度上,它取决于"为善的意志"能否战胜"为恶的意志"。

叔本华看到了"意志"的巨大作用,但是,只看到意志作为力量,并未将意志区分为"为善的意志"与"为恶的意志",这样,他把"世界"简单地看作"意志与表象的世界"。其实,理性的意义就在于说服或支持"为善的意志",让为善的意志成为人类生活的强大力量,不让"为恶的意志"成为世界的主宰。理性批判意识的形成,在文学批评中,就是要让理性正确地支

---

① 里克尔:《恶的象征》,公车译,上海人民出版社 2005 年版,第 97—100 页。

配意志。这个理性批判意识,就是要帮助为善的意志形成实践理性法则,形成人类生活的美好崇高信念。"为善的意志"与"为恶的意志",只是冲动和意愿;没有理性的支持,任何意志皆不足以自由律法。纯粹的本能是理性可以轻易击中的,问题在于:意志并不简单,它善于利用人的理性。一旦意志操纵了理性,使之为善,人类生活的美好意愿就能够得以实现。当意志利用理性进行破坏时,那就是人类的灾难。从人类生活的历史来看,为善的意志利用了理性的成果,为恶的意志则破坏自由法则。一旦为恶的意志能够操纵理性,人类生活的巨大危险就开始了,好在人类生活的意愿或人类生活的经验说明,只有为善的意志才能使人类生活美好,因此,在这种经验中,为善的意志主导了理性并利用理性创造着人类的美好生活,不过,为善的意志是人类生活的常态,它始终受到为恶的意志挑战。为恶的意志所造成的破坏,需要为善的意志长久地修复,文学批评中的理性批判意识,就是要给为善的意志形成自由律法,让实践理性与善良意志永远成为人类生活的主旋律。① 认识到这一点,文学批评的真正价值就可以得到实现。

第三节　文本的欢悦:批评文本的创建及其诗性思想智慧

1. 文学批评文本的话语创建

文学批评,是思想的过程,也是语言传达的过程,它根源于文学接受和文学理解。问题在于:有了良好的文学感受、深入的文学理解、准确的文学判断,还需要真正的文学美感与意义传达功夫,此时,"文学批评文本的创建",就显得极其重要。批评文本的创建,是为了表达批评家对于文

---

① 　康德:《道德形而上学原理》,苗力田译,上海人民出版社2002年版,第89页。

学作品的良好的审美感受与思想感受,是批评家思想智慧的最好表达。批评文本的创建,既是思想理解表达问题,也是语言理解表达问题。这是密切相关的两个方面,即批评家仅有深刻的思想,没有好的语言来表达,就无法获得思想的内在力量;同样,仅有优美的语言,如果缺少深刻的思想,批评文本就会变成"华美的衣裙"。批评文本的结撰,一方面,可以通过优美的语言和清晰的思想来创建;另一方面,则可以通过思辨的语言和坚硬的思想来创建。这是两种成功的批评文本创建形式,它具有不同的力量,前者具有强大的艺术力量,后者则具有强大的思想力量。批评家的个性,可以自由呈现在批评的语言文采和思想锋芒之中,当然,也有严谨求实的文学批评文本,它不追求"语言的骚动",只追求"语言的朴实",它不追求"语言的优美",只追求"语言的信实",这类批评文本,也具有很强大的力量。①

　　文学批评,要想实现文本解释的欢悦,必须真正认识文学和文学文体的独特审美特性,具有明确的文学历史美学意识。文学的独特性,在很大程度上,是由文体所决定的,因为不同的文体有不同的功能。文体是由语言的表达形式决定的,也是由人的精神活动方式决定的,选择文学,实际上,就是选择文体。最初,口头文学,除了讲,就是唱,通过歌唱来抒情的文学,就是"诗",通过叙述来讲述传奇的,就是"小说"。有纯粹的歌唱,也有通过讲故事来歌唱,歌唱可以通过音乐的旋律来抒情,达成与音乐和舞蹈的统一,也可以通过讲述完整的故事来抒情。歌唱与舞蹈和表演结合在一起,就形成了"戏剧诗"。亚里士多德把纯粹的文学的总体特性概括为"诗",并根据文学的不同特性,分成"抒情诗""叙述诗"和"戏剧诗"。人类文学最初发展的时候,一方面,为了照顾民众的需要,形成了各种语言活动方式来满足人们的精神需要;另一方面,从人的天赋才能出发,自由地想象和歌唱。

　　按照语言的现实审美发生条件,语言只可能有三种文学活动方式:一

---

① 蒂博代:《六说文学批评》,第 127 页。

是以韵律和意象为主体的抒情诗,它可以留给人们意象记忆与韵律记忆,进而体验自然意境。抒情诗没有完整的人物形象,只有歌声和韵律,只有哲理的诗句,这里歌唱者与听众共在;二是以讲述的形式叙述人类的历史现实活动,构造完整的故事情节,创造完整的人物形象。诗句本身并不是必然的,这里,要有叙述者,叙述者、叙述对象和叙述文本构造出独特的世界;三是通过表演和情节将历史故事展示在舞台上,给人生动的视觉图像。这里,表演者站在舞台,剧本创作者退居幕后,它需要多人的合作,是集体创作与个人创作的结合。

纵观文学的历史道路,大致形成了三种基本的文学文体,这些作品在特殊的文学活动中形成。诗性语言媒介,是文学的基本特征,诗的语言与非诗的语言,诗性的文学活动与非诗性的语言活动,通过文学语言自身区别开来。当然,类诗性的文学语言,有时也可能达成诗性语言的效果,这是由于它们坚持了抒情性、叙述性和表演性,即在语言效果上相似。

从本质上看,文学与非文学之间,可以通过语言自身予以区分。① 人类要歌唱,人类要讲述,人类要表演,文学活动本身,根源于人的这三大生命本质性要求。文学批评的文体意识,是由文学创作自身决定的,只有从文体出发,才能真正地理解作者和作品,一切为了在文学性活动获得最大的精神满足和快乐。每一文体都有自身的要求,文学创作者往往有着非常明显的文体意识,例如,写诗时创作者就按照诗的创作律法,写小说时就依照小说的创作律法,写散文时有散文的律法,写剧本时则遵循戏剧的律法。批评家在进行文学批评时,必须有清醒的文体意识,甚至要比作家还清醒。

文学批评文本的创建,体现了文学批评家的文学思想与判断过程。文学批评者,必须阅读文学文本,想象文学情感,体验文学美感,进而,选择诗性的视角,形成自己的独立而自由的判断。阅读文学文本的过程,就是对文学的感知过程,不同文体的文本,在文学欣赏或接受时,感受是不

① 《朱光潜全集》第3卷,第133—136页。

同的。诗歌接受与欣赏，与诗歌文体给予人的感受有关，诗歌是歌唱的，诗歌的语言，构成诗歌的节奏，构成了意象和韵律世界。诗歌中只有抒情主体，诗歌离不开"我"，感受诗歌，就是感受抒情诗的我，感受抒情诗人的神话想象世界和生命记忆世界，特别是关于自然生命和生活美景记忆。在抒情诗中，关于爱情、哲理和生活的抒情最为重要，诗歌欣赏，在很大程度上，就是与诗人的思想进行亲切的生命交流。

诗歌批评，必须对诗歌有总体认识，形成对诗歌的独特理解，不仅要对现成的诗歌观念或民族诗歌传统观念进行理解，而且要在世界诗歌范围意义上理解诗歌。诗歌的哲学性与诗歌的宗教性，就可以得到很好理解，这是诗歌走向深度的重要方式，与此同时，从民族诗歌的歌唱劳动、歌唱爱情中，也能看到，诗歌与现实生命欢乐有着密切的联系。诗歌就是要歌唱，同时，也要沉吟，所以，诗歌的理解，决定了我们对诗歌的体验。理解诗歌，不仅要向情感方向发展，而且要向理性思想方向发展，这样，"诗歌批评"就会显示从未有过的美感。①

如果说，诗歌欣赏与理解，重在通过意象形象理解思想与情感，那么，小说欣赏与理解，重在通过形象理解生命与历史：人的生活与人的历史，人性的冲突与人性的美好。小说欣赏与理解，需要顺着小说家的人物与故事而展开，小说中的人物，也许就是读者的亲人、朋友、邻居、讨厌的人、喜欢的人。应该承认，小说的情节，能够展开复杂的人生故事，它充满着传奇，也充满了惊喜，让人能够获得极大的快乐。小说理解，能够让我们更好地把握时代、民族的历史生活与精神风貌，它更多的呈现为现实生命历史的价值追求。在中国文学批评中，散文的欣赏与理解，相当独特，它既是文学，又是历史，既有虚构，又有真实。散文，更应从真实意义上去理解，这是中国文学独有的思想情感表达方式，在相当长的时间内，诗歌与散文，就是我们的文学批评的全部内容，小说和戏剧，只是民间娱乐的方式。散文文本大多比较短小，根据文体的理解，主要是哲理散文、历史散

① 朱光潜指出："我们所欣赏的地方愈多，愈不同，我们的眼光也愈加锐敏，趣味也愈加深广，见地也愈加远大，人生世相也愈显得灿烂华严。"参见《朱光潜全集》第3卷，第418页。

文和风景散文。散文的欣赏，主要是与创作者进行真切的思想情感与真情的交流，散文必须是真实的，出自于创作者内心真实的生活世界感受，源自于创作者真切的人生经验与人生记忆。

散文的生命就在于它的真实性，以真情真实真思而感动世界，语言和思想、语言与故事、语言与情感，就是这样联系在一起，这一切构成理解作品的关键。正如马里翁所言："只有存在者在还原中与绝对内在的和意向活动的被给予物相一致时，存在论才通过还原被提升为现象学。一个另外的世界——绝对他者的世界，既没有这个古老世界的残余，也不是对这个世界的恢复——出现了。在其明见性的阳光下，存在论者以及对存在的信仰最终都丧失了它们的可见性与有效性。就其自身而言，存在论不是现象学，同样，现象学就其自身而言也不是，或者说不必是、不可能是存在论。"①马里翁有关现象学与存在论的关系论述，颇适合文学批评，因为文学批评就是要在现象学描述基础上进行存在论之思，进而在存在论之思之中深化现象的分析与体验。

文学批评就是以文学欣赏为基础，并以此展开自由的文学之思，然后，运用文学的观念与方法来整理自己的思绪，通过逻辑思考与美感沉思，把个人的真实的思想与感受表达出来，以此与读者进行亲密交流。②在文学欣赏与理解过程中，批评家独立而自由的思想与情感，随着文学文本而呈现不同的思想情感想象和记忆，构成独特的美感经验。席勒在《审美教育书简》第二十六封信中谈道："他在表象艺术中行使这一人类统治权，在这里他把你我区分得越是严格，把形象与本质区分得越是仔细，他就越善于赋予形象更多的独立性，他就不仅会更大地扩展美的王国，而且会更好地维护真理的边界，因为他不能把表象里的真实清除掉而不同时令真实脱离表象的影响。"③席勒的认识，深刻地把握文学美的欣赏与文学理性判断之关系。

---

① 马里翁：《还原与给予》，方向红译，上海译文出版社 2009 年版，第 69 页。
② 海德格尔：《演讲与论文集》，孙周兴译，上海三联书店 2005 年版，第 200—202 页。
③ 《席勒文集》第六卷，人民文学出版社 2005 年版，第 265 页。

2. 批评文本的解释学力量

文学批评的文本,从解释形态上说,可以分成:基于文体综合的批评、基于文体历史的批评、基于诗人作家创作史的批评、基于经典本身的细读式批评、基于历史文化思想视野的批评。从总体上说,文学批评文本的解释形态,具体表现为创作文本解释与批评文本构成,它体现了批评家个人的才情与心性,思想与智慧。文学批评文本,是文学批评家的成熟完整的思想状态的展示,充满了解释学的思想与艺术力量。文学欣赏是文学批评的最重要的基础。文学欣赏,不仅是感性的体验过程,还是文学批评者带着丰富的人生思想和价值观念思想的过程。① 文学欣赏,只有关于故事的记忆,只有关于艺术作品的生命感受,只有好与不好,感动与不感动的简单判断。文学批评,根据人生审美经验,保持艺术与丰富人生的联系,但不是出于人生情感的简单判断,而是基于理性的审美判断。

文学批评是需要训练的,因而,文学批评是思想的过程,文学批评观念,对于批评者极其重要。批评观念异常复杂,在文学批评的发展过程中,在哲学思想的发展过程中,在人文社会科学中,关于人与社会、人与自然的新的观念与思想,交互影响文学批评。这不是简单的生命感受与审美感受问题,而是涉及丰富复杂的人生判断和思想判断。在文学欣赏的基础上,文学批评必须置入各种思想判断,思想判断的过程,就是以思想进入文学的过程,就是以思想进入批评的过程。

文学批评,先要"入乎其内",后要"出乎其外",即先要进入文学文本,后要跳出文学文本。审视一部作品的价值,需要在文学的历史视野中才能正确判断,缺少文学欣赏训练的人,可能被一部平庸的作品深深感动,只有站在文学的历史高处,批评视野才显得宏阔有力。批评家,是带着思想进入作品的人,他们既为时代艺术的美感而震撼,又为时代文学或经典文学的思想力量所折服。形象与生命,情感与思想,历史与现实,构成了

---

① 王元骧:《文学原理》,广西师范大学出版社 2002 年版,第 233—235 页。

文学批评文本结撰的内在欢乐。西方的文学批评,最初是以道德、美学、宗教和哲学进入批评的过程,例如,古希腊的文学与文学批评,就是从哲学、宗教、伦理和美学入手进行文学批评反思。西方近代文学批评的兴起则不一样,各种新科学和新思想得以形成,特别是思想以创新为动力,不断地建构出综合的思想观念。理性主义的思想、经验主义的思想、唯意志论的思想、结构主义的思想、解构主义的思想、弗洛伊德主义思想、新历史主义的思想,这些皆极大地推动了西方文学批评。[①] 一方面文学批评与多学科形成思想交叉,构成多样化的批评方法与观念;另一方面则与多种思想取向有关,通过多种思想的交叉与综合,形成新文学意识。文学批评与哲学思想相关,但不是哲学思想的简单图解,所有的思想潮流,应该是时代对生活与存在的"主题性响应",即通过这样的思想形成共同的时代价值主题,建立人们的共同性知识思想方式。理性主义思潮,现代主义思潮,后现代主义思潮,其思想的实质莫非如此。[②]

文学批评就是这样,一方面带着丰富的思想与艺术感受,一方面带着独立的思想价值原则与反思经验,构思关于文学的思考与判断,形成真正的文学批评文本。批评家,就是通过批评文本,与更多的文学接受者形成思想交流,研究文学批评文本,就是要考察文学批评文本所确证的文学内在价值。如果说,"作家"是不断创造文学文本的"艺术家",那么,"批评家"就是要不断创造批评文本的"思想家"。文学批评文本,既有思想的要求,又有文体的要求,只有既具有思想力量,又具有批评文体自由形式的批评文本,才能引起人们的充分重视。读解文学批评文本,就是理解文学批评的过程,就是理解文学思想与艺术的过程。探究文学批评文本,就是要探究如何构成文学批评文本的秘密,文学批评文本的典范性,主要不是文体形式的典范性,而是文学批评思想上的典范性。只有真正解释文学思想与艺术价值的批评文本,才具有真正的思想力量。

文学批评文本,有各种各样的成功范式。文学批评文本的典范性,是

---

① 塔迪埃:《20 世纪的文学批评》,第 7—8 页。

② 列维特:《被困的普罗米修斯》,戴建平译,南京大学出版社 2003 年版,第 2—48 页。

后代批评家模仿的榜样。批评文本的典范模式,可以从文学批评的历史中找出一些经典建构模式。例如,柏拉图—歌德—罗丹意义上的"谈话式批评文本",亚里士多德—刘勰意义上的"总体诗学批评文本",钟嵘—严羽式的"感悟式批评文本",许莱格尔—王国维意义上的"断片式诗意批评文本",车尔尼雪夫斯基—杜勃罗留波夫式的"社会历史美学批评文本",海德格尔意义上的"生存论体验式批评文本",陈寅恪—任半塘式的"诗史互证式学术批评文本",等等。这些批评文本的建构,不仅显示了艺术的美感力量,而且,显示了艺术的思想力量。

文学批评作为思想的工作,在现代社会,已经变成了批评家的工作方式。① 它未必具有什么重要意义,也改变不了任何现实生活,但是,在艺术的存在语境中,我们需要共同的思想。虽然普通的文学批评不会做出任何重要的发现,但这一工作本身,需要思想发现与建构,当思想真正形成了自己的理论建构,并且,与我们时代的重大文学艺术事件形成了关联,就是"文明与思想的事件"。历史生活,会从此找到"回家的路径"。批评家的工作的神圣性,不是自己赋予的,而是在思想的历史过程中被赋予。人类工作的意义就是创建,就是服务,就是发现。当批评家具有自己的文学理解能力,具有自己的思想能力时,必然要进行自由的思想。这种思想是独立的,不能是模仿的,问题在于,文学批评通常是模仿的,出自对某种现行的观念的图解和演绎,这样,文学批评就失去了自己的独立意义。思想的活动,从来是孤独的,它不是为了赢得人们的掌声、崇拜或欢笑,而是为了直面存在,为了表达真理。每一工作的意义,是由主体自身赋予的,包括思想,皆与人类生命活动息息相关,没有无关紧要的工作。

当人们的生存基本问题解决了,人类的精神生活或思想的要求就变得重要,对于我们来说,由于始终不能很好地解决温饱问题,于是,总以为只有解决生存问题才是伟大的。其实,生活的美好,社会的自由与公民的幸福,不仅要解决经济生活基础问题,而且要解决政治宗教法律等意识形

---

① 白璧德:《法国现代批评大师》,第 231—262 页。

态问题。当前生活的富裕与内心的焦虑,在很大程度上,与我们没有真正解决精神问题有关系,因为当家族观念至高无上时,生育变成了生存的强大意志,结果,无穷的生育崇拜形成了生存的普遍紧张。当宗教、哲学或文学提供了新的生命立场时,这一生存问题就会形成新的解决之道。在中国文化中,巨大的生育意志,使人们始终超越不了家庭与家族观念,家与家的对抗,削弱了民族国家的创造力量。社会生活的巨大变化,已经动摇了这种家族式生存观念,但是,个体的极端自由追求与极端自由意志,又阻碍了生命共同体普遍价值信仰的真正建立。

这种共同性,只能从思想层面寻找,而不能从形式层面寻找。超越文体之上的批评,只能从价值论入手,探讨文学的现实历史和审美文化价值。文学批评的主要价值,表现为文学的审美认知价值,很少有批评能够超出文学之外获得思想的力量。① 文学批评的价值评估,一方面可以基于文学自身来进行评价;另一方面则可以基于思想自身来进行评价。文学批评可以追求文学内部或文学自身的解释学价值,也可追求文学之外的思想价值,当然,文学涉及人生万象,所以,文学批评对生活的理解必然复杂深邃。问题在于:人们往往通过文学来理解生活,而不是通过批评来理解生活,文学批评的价值自然不能与文学创作相提并论。批评追求文学自身价值的确证,这是文学史的科学立法赋予文学的重要任务;与此同时,文学批评更应追求超越于文学之上的价值,这是文学所具有的思想价值。

思想的价值不限于文学艺术,文学批评对于文学之外的价值确证更为重要,这可能使文学批评越俎代庖,越界进入批评家不熟悉的领域,但真正的文学批评本来就是"思想的事件"。文学批评自然要关注文学自身,但是,纯粹的文学批评只有对文学形式的理解,如果文学批评的任务只是这些,那么,文学批评就由思想性工作转变成了科学认识性工作。这种科学认识,不能"应对"文学的自由表现,或者说,这种科学解释工作,违

---

① 今道友信:《关于爱和美的哲学思考》,王永丽等译,生活・读书・新知三联书店1997年版,第242—256页。

背文学自身的真理要求。我从不反对文学批评的越界,关键在于:文学批评家要有能力越界。真正在越界的领域做出创造性的贡献,才是文学批评越界的关键,即不能是"伪越界",而应该具有真正的科学或人文思想能力。

3. 文学批评文本的体裁意识

文学批评文本的创建具有"形式的多样性",文学批评文本,大致可以分成:随笔式建构方式,论文式建构方式,思想创造式建构方式,对话式建构方式,断片式建构方式。在文学批评进行了大量审美实践之后,文学批评的文本创建,就有了自己的"规范性",文学批评文本的构建,具有重要的意义。文学批评文本的建构,主要是针对读者的兴趣而建构,每类读者对文学批评的文本要求不一样,所有的文本建构必须服务于文学批评的思想表达。在大量文学批评文本中,随笔式的文学批评文本是最自由的,也最接近文学的本质特性。许多艺术家,就以这种批评方式来进行文学批评,雪莱、济慈皆有这样的文学批评,雨果和波德莱尔的文学批评,也属于这样的文学批评文本。文学批评的文本建构是自由多样的,重要的是,要建立批评家对文学的真正理解。

随笔式批评文本,作为最自由的批评形式,是许多作家和艺术家最乐于采用的批评模式,它自由而多样,思想可以自由伸展,艺术家通过这样的方式,表达了对文学艺术的真正理解,表达了自己的真知灼见。① 这种思想火花式的文学批评,严格说来,不是文学批评,而是对文学的理解和思想情感表达,通过这些文本,可以更好地理解作家创作的用心。随笔文本,更能接近艺术家的心灵活动,它没有固定的要求,也没有思想的规范,只是顺着艺术自身的感受进行表达,这种不是批评的批评,有着对文学与生命的理解,因而,相当为人所看重。文学批评并不是说非要有"强大的论述结构",而是说,你能否在思想的言说中接近生命本身或者把生命的

---

① 蒙田:《雷蒙·塞邦赞》,马振骋译,上海三联书店 2006 年版,第 103—126 页。

内在秘密给揭示出来。

在文学批评文本构建过程中,思想断片式的批评文本构建也具有思想的力量。伟大的批评家,皆有这样的思想性文本,许莱格尔的《断片集》,是这一文学批评样式的典范。中国文学批评中的诗话与词话文本,也是这一批评的典范形式。这是哲学家乐于采用的批评方式,也是富有思想的批评家乐于采用的批评方式。① 事实上,王国维的《人间词话》,就是真正的文学批评范本。思想断片式的文学批评,既是对文学的深刻感悟,也是对文学艺术的普遍思考,它喜欢用抽象或普遍性的命题或结论性语言,直接表达思想,这些思想是不用论证的,即使需要论证,也不是通过理论演绎,而是通过举例来说明。这种批评模式,重在对人生和艺术的感悟,它是美的语言,也是哲理的语言,其思想往往直插人心深处。这一文本批评模式,是反规范文本的建构方式,但其中确有对艺术的理解,有时像读书心得,有时又像人生感悟。

钱钟书的《谈艺录》和《管锥编》,以语言和艺术为核心,在引证中,自由感悟中国诗歌的语言力量和思想形式,既有艺术间的相互引证,又有与国外艺术间的感通,他相当重视普罗丁和许莱格尔,甚至可以说,他以解构的方式将德国美学或文学批评的长篇著述融入自己的断片式批评之中。他通过系列的断片论述,建构了自己的诗学主张,事实上,钱钟书诗学的英文译本,就是按照西方体系性认识,重建了钱钟书的思想,译者将钱的文学论述,贯穿在六个主导性命题中,将相关的论述融入其中,形成了系统认识。② 事实上,表面上的体系与内在的体系建构方式,其功能是相同的,关键在于,你的批评有没有思想,有无对艺术的真正理解和思想发现。找到自己的思想形式,然后,在这种思想方式中,实现真正的思想自由与批评自由,才是文学批评文本建构的根本。

---

① 许莱格尔:《雅典娜神殿断片集》,李伯杰译,生活·读书·新知三联书店1996年版,第5页。

② Qian Zhongshu, *Limited Views*: *Essays on ideas and letters*, Selected and translated by Ronald Egan, Harvard University Press, 1998, pp. 1-8.

在文学批评文本构建中,评点式文本与艺术作品息息相关。中国古代小说批评中,这是最常见的文学批评文本,李卓吾的评点批评,脂砚斋的小说评点,金圣叹的评点式批评,还有相关的评点批评,构成了中国诗文小说评点的典范。"评点式文本",是寄生的批评方式,是批评与文本合在一起的独特批评方式,这种批评方式,如今,已不受人重视,在经典文学作品中,这种批评方式依然具有很大的影响力。在经典文本的字里行间,穿插着思想者的评点文字,可以深化艺术作品的理解,或者说,对文学作品的深邃伟大之处,能画龙点睛。评点式文本,也可能系统地表达批评家的艺术理解,例如,钱钟书的《宋诗选注》,就是典范式的评点式批评文本,其中,体现了他的诗歌意识以及对宋人诗歌的独特理解。

在文学批评文本构建中,对话式文本具有重要的思想力量,柏拉图、歌德、罗丹,还有许多批评家皆致力于此。文学家的访谈,皆是优秀的文学文本,其中,包含着极其丰富的人生经验,"对话式文本批评",是最不容易建构的批评方式,在现存的文学批评中,成功的对话批评并不多见。在西方,柏拉图并没有建构伟大的文学批评,但是,他的思想文本,可能是最深刻最有价值的批评模式,只不过,他的大多数文本是指向思想而不是指向批评。对话式文本是最难创建的,它适合于对艺术家的访谈,许多艺术家以形象创造为主,并不需要通过文字表达思想,或者不喜欢文字表达方式,但是,在艺术和人生感悟中,经常有许多智慧的语言。如果有好的批评家能够与之进行深刻的对话,就可能发掘或保存他的思想闪光处,像《罗丹艺术论》,就是这样的批评文本,不过,这样的批评文本,极少成功的。它可以保留艺术家思想的原始面貌,在文学批评中极重要,许多读者就是崇拜艺术家的只言片语,因为它们对文学的理解更直接更有效。①

在文学批评文本构建中,"学术论文式文本"是最普通、最常见的文学批评方式,目前流行的批评范式基本上是学院式批评文体。在这类文体

---

① 里尔克:《罗丹艺术论》,沈琪译,人民美术出版社 1992 年版。

批评中,确实有许多伟大的批评文本,学术论文式批评,大致可以分成"学术考证式批评"与"哲学思想式批评"。学术考证式文本,以历史研究为取向,通过详细的考释建立对文学价值的判断。哲学思想式批评,通过思想建构反思与评判文学的价值,海德格尔、弗莱、巴赫金等就是这样的伟大批评家,卢卡契、普列汉诺夫也是这样伟大的批评家。这些批评家的作品,显示了现代西方文学批评的思想价值追求。他们通过这样的方式传达真理,形成深刻的思想文化判断,他们通过思想本身形成社会文化观念,进而,影响人们的思想,形成普遍的价值观与文明意识。在中国,康有为、梁启超、陈寅恪、钱穆、程千帆、方东美、李泽厚、朱光潜,都是了不起的优秀批评家。①

　　这些文学批评家,立足于古典文学作品,或考证,或论述,真正构建了中国思想的深刻世界,他们以自己的方式进入作品,把艺术作品最终当成自己的思想方式。他们不只是在客观地讨论文学艺术作品,而是通过文学批评建构自己的思想,建构自己对中国历史与人生的看法。这些批评家,是思想家,也是优秀的文学批评鉴赏家,他们从思想历史和文化等多维层面走向文学批评,建构优秀的文学批评文本,为人类生活指明了方向。思想性或学术性文学批评文本,是文学批评的正宗,它显示了文学批评的"艺术豪情"与"思想豪情"。许多优秀的文学批评文本,皆是通过这种方式予以表达,因为它有深刻而系统的思想论证,其中既有方法论意识,也有思想的系统建构。思想本身,得到了强有力的直接论证,成了极其重要的文学批评文本建构方式。

4. 后现代视野与先锋批评

　　文学批评解释的深度模式,是思想模式,是思想的永远自我超越。文学批评解释,作为批评家的生命文化活动,具有独特的价值,它使得文学与人生的意义,在对话式的话语交流中得到了延伸。相对而言,批评是无

---

① 　李咏吟:《诗学解释学》,第 296—298 页。

时不在的,这就使得批评自身具有平常性,批评之不能获得深度,在很大程度上,会影响批评的价值和文学的探索。因此,寻求文学的创造性和批评的深度精神表达,一直是批评努力的方向和目标,事实上,真正独立深刻而自由的批评,总想摆脱外在的流行的思想意念的干扰。寻求个人的思想的自由表达和生命的深入探索,是文学批评的深度模式追求,实际上,就是独立自由的精神模式,是面向心灵、深入心灵、融化心灵、永驻心灵的精神活动。

具体说来,文学批评的深度模式,可以在这样几个维度上予以展开,即坚守文学的"诗性综合解释方法",寻求文学与精神科学的内在契合,这样就可以建立批评的"历史文化解释模型"。批评的生命哲学解释模型,批评的宗教精神理解模型,批评的社会生活理想与道德解释模型,是深度文学批评的可能性展望。这些深度批评解释模型,建立在对文学批评的历史现实和精神可能性的深入把握之上,因此,批评的深度模型,必然具有实践可能性和思想可能性。

建立批评的历史文化解释模型,是文学批评的精神深度追求。文学皆有自己的历史时代性特征,一般说来,当代性文学批评较难运用历史文化解释模型。这并不是说当代性文学作品完全不能运用历史文化解释模型,例如历史性的当代文学作品,就需要历史文化解释模型,而是说大多数文学作品较难运用历史文化解释模型,因为它本来涉及的就是当代性生活。如何运用历史文化学的批评模型? 批评者需要对作品所涉及的文化自身进行价值评价,要真正理解这个特定时期的中国文学,就不能完全脱离特定的中国文化历史。文化历史解释,离不开民间文化与精英文化,时尚文化和外来文化,在各种文化中,可以自由地展开人的心理文化结构的描写和分析。文学与民族文化息息相关,它是民族文化精神与现实生活自由的描绘,从文学与文化的关联中,我们能够自由地建构文学与民族文化的内在精神联系。在文化历史解释中,可以形成对民族文化的积极与消极价值的深刻理解。

建立文学批评的生命哲学解释模型,是文学批评的深度解释方式,它需要对生命有伟大理解和伟大热情。批评源自于艺术，艺术源自于生命，所以，批评需要回归生命，回到生命的批评，最具有艺术的力量。建立文学批评的宗教精神理解模型，也是文学批评的深度解释模型，它不仅有助于生命的探索，而且有助于生命价值信仰的确立，宗教对人生有伟大的理解，它具有独特而深刻的思想与价值观念。建立文学批评的社会生活理想与道德解释模型，是具有深刻社会生活意义的解释模型。它不仅建立了文学与活生生的社会现实之间的历史关联，而且真正能够表达作家与批评家的社会理想和社会责任感，从而真正实现"批评的正义追求"。文学批评，必须摆脱一切工具性的操纵，必须摆脱一切虚假的意识形态的操纵。批评必须正视真实，表达生命的正义和社会的正义，这样，批评就是真正的良知代言方式。一切面对精神面对真实面对生命面对心灵的批评，必然具有自己的精神深度，这是文学批评的永恒价值所在。只有深度的批评，才能躲过人类生命长河中的暗礁，并在人类的心灵激起浪花。文学批评的深度模型，是精神文化模型，而不是形式美学分析的模型。

　　批评文本的创建，从根本上说，是思想意识活动，因此，如何构建批评的深度，批评的方法论选择显得极为重要。例如，文学的历史批评，文学的哲学批评，文学的审美批评，文学的语言学批评，文学的社会学批评，文学的文化人类学批评，等等。不同的批评方法，有不同的批评效果。文学的哲学批评的基本范式与可能是什么？海德格尔、阿多尔诺、许莱格尔、尼采等，皆是哲学批评的模范。现在的问题是：他们如何构建了思想的深度？在对弗兰克教授的哲学批评有了深入认识之后，可以发现，"文学的哲学批评"并不注重文学作品内容的还原。[①] 审美还原工作是哲学批评所不屑的，他们注重思想问题本身的理论延伸或思想史延伸，他们极为注重思想本身，只是借助文学的基本事实设定了哲学的思想目标。如果说，海德格尔在荷尔德林诗歌的批评中有所还原，或者说，对原始文本的内容

---

　　①　弗兰克：《德国早期浪漫主义美学导论》，聂军等译，吉林人民出版社 2006 年版，第 220—231 页。

有所关注,有所保留,那么,真正的哲学批评,只是将诗人或作家予以抽象,或者从诗人的形象与思想精神中引发思考。

文学批评文本的自由,主要表现在创造诗意文本还是哲学文本上面:"诗意文本",给文学批评带来审美的自由;"哲学文本",则给批评带来思想的欢乐。至于文学的历史考证性文本,应该从历史学意义上理解,不应从文学批评意义上理解,因此,文学批评的本文创建,主要是诗意本文与哲学本文的创建问题。文学批评诗意文本的创建,是文学批评的正宗,这是文学批评最主要的任务。我们就是要激发情感,解放想象,创造欢乐,这是文学的根本任务,也是文学批评的根本任务。文学批评的诗意文本的创建,应该构成最主要的批评力量,但是,也应注意,文学批评要使文学不断走向深入。文学批评的哲学文本创建极其重要,就当前或历史的中国文学批评格局而言,在批评的哲学文本创建方面显得很不足,因此,文学批评哲学文本的创建,应该作为批评事业的崇高任务。

文学批评的诗意文本创建,就是要把握文学艺术作品的审美力量。越是能够深刻地把握文学艺术作品的审美,就越能创建诗意文本。好的诗意文本,就是审美发现的证明,文学批评的诗意文本,与文学艺术作品本身有着天然的联系,因为其中燃烧着艺术的激情。从当前的批评实际来说,"诗意文本"对艺术有着非常细腻独特的感受,能够抓住美丽的艺术瞬间。按照情感表达模式,诗意批评文本往往能够抓住艺术形象的意义,因为艺术在很大程度上就是"创造形象"与"表达真理"。如何让艺术的形象活着,充满感人的力量?这不是往人物身上灌注思想能够完成的。

艺术家触摸思想,不像哲学家所做的那样,很多艺术家皆是极感性的人,他们往往解释不清楚自己的创造意图,或者说得很模糊,从感性出发,结果,还是回到了感性。但是,他们确实善于创造许多感人的瞬间,这种感人的"生命瞬间"抓住了你,让你知道生命的本原意义。与此同时,你不要忽视诗人艺术家的抒情力量,他们面对生命或自然,可能进行一大段生命沉思,这些抒情语言,不是为了思想,而是处处有着思想的意味,这是人在极原初的生命状态中对生命存在的感悟。文学的诗意文本，就是形象与语言，思想与情感的统一体；达到了生命抒情的作用，文学批评的诗意文本就创建完成。"语言的魅力"，在文学的诗意文本中太重要了，你见到的就是"美的语言"，"抒情诗一般的语言"。①

　　文学批评的哲学文本的创建，则要强调"思想的力量"。它可以具有诗意，但更主要的是思想的价值，这种思想解释不是套用的，而是源自作品本身的思想。文学批评哲学文本的创建，是现代中国文学批评的任务。从文学自身思想，不是从哲学或宗教或伦理找出一些概念，而是像哲学家那样直接面对文学与生活，在哲学文本的创建中，哲学、宗教和伦理的思考，可能最能接近文学思想内部。只要是从作品本身引申出自由的思想，就可以建构文学批评的哲学范式，文学批评，不是对作家作品的思想还原，而是由作家作品出发对生命存在或人生幸福自由地沉思。在德语诗学中，我们经常能够见到这样的批评文本，例如《海德格尔与荷尔德林或欧洲的黎明》，就属于哲学的批评文本，事实上，海德格尔的《荷尔德林的诗歌的解释》《荷尔德林诗歌中的莱茵河、伊斯特尔》《荷尔德林的诗与希腊》等等，皆是最著名的哲学批评文本建构。像这样的文本还有很多，许多哲学家的学术批评工作，就是从文学文本出发形成哲学之思，从这个意义上说，德国诗人作家极注重诗意文本与哲理文本的双重建构。如果没有诗意文本，就很难进行诗意批评或哲学批评，反过来，文学批评的哲学文本建构，就是要促进文学创作本身向思想的深度发展，使现代民族国家文学能够具有更为深广的哲学、宗教和道德，甚至文明内容。这样，文学批评与文学创作共同走向了"思"，走向了"生命存在"，艺术中就有了"神圣的寄托"。

---

① 泰戈尔：《诗人的追述》，倪培耕译，漓江出版社1995年版，第21—23页。

第四节 生命自由沉思：文学批评与 批评家的思想尊严

1. 文学批评的思想任务与批评家

是审美批评优先于思想批评，还是思想批评优先于审美批评？这在一定程度上决定了人们对批评家的认识。在追问什么样的批评家才是真正的批评家时，是强调审美批评还是思想批评呢？显然，批评家必须是审美批评的行家，但是，更应该是思想批评的先驱者。只有思想批评，才能使文学批评显示真正的时代影响力，并且引导人们把握前行的正确方向。从文学批评发展的历史来看，真正优秀的批评家，为数并不多，即使是在现代，越来越多的批评家以文学批评作为"职业"，伟大的批评家依然是凤毛麟角。

在中国文学批评史上，真正伟大的批评家，永远是那几位被反复谈论的具有经典性批评著作的思想者，例如钟嵘、刘勰、严羽、王夫之、王国维、梁启超、鲁迅等等。从这个意义上说，矢志成为批评家，比立志成为作家，在文学事业上要受"更多的考验"。批评家应该是富有思想的人，富有诗意思维的人，能够理解文学和语言的精妙的人，忠于感性体验并能上升到理性反思高度的思想者。批评家，具有文学的独特感知力，能够自由地判断文学与非文学之界线。批评家，可以忠实于一文学，而反对另一文学，应该对自己喜欢的文学进行理性的判断。他们对自己不喜欢的文学，或出于道义批判，或出于真正理解文学的本质而进行自由批判，或因不理解而保持沉默。批评家不是万金油，不是包治百病的巫师，并没有监视文学创作的权力，只有捍卫文学价值与生命真理的权力。①

---

① 蒂博代：《六说文学批评》，第 150 页。

从文学史的大量事实,可以看出批评家的角色是这样被赋予的:一是诗人作家担负着批评家的角色,他们发表关于文学的看法,对文学作品进行评价和解释。诗人批评家,不仅富有思想的热情,而且能够对文学进行真正的判断,艺术家同时是批评家。二是政治家承担文艺批评的任务。他们从政治与社会的立场出发,对文学的功能价值进行政治学或社会学的理解,根据文学的政治表现力判断文学的社会功能与价值。三是文学史家担负文学批评解释的重任。他们在文学史的教学与研究中,不仅形成了文学经典观念和经典意识,而且对文学本身形成确定性的思想艺术价值判断原则,因而,他们对文学的批评富有思想的与历史的力量。四是报刊专栏作家担负批评的任务。他们往往能够及时地对当下的文学创作现象或文学作品做出敏锐的判断,以便指导读者和促进销售。许多人之所以成为批评家,并非天生就是批评家,而是由于社会角色的需要,或者由于特殊的思想机缘,才选择了批评。

真正的批评家,不是外界赋予其文学批评的任务,而是出自自身对文学的真正热爱与真正理解。按照布罗姆的经验,他七岁开始阅读文学名著,15 岁时已经读完了西方的主要经典名著,由于这种对文学的热爱,他选择了文学并以文学批评作为终身事业。他对西方文学经典进行了深入解读,虽然在文学批评理论上并没有真正的思想建构。要想成为文学批评家,对文学的热爱是最重要的,只有热爱文学才能真正理解文学的精妙与美丽。① 不过,仅有对文学的热爱还不够,在很大程度上,它还需要文学批评者能够自由地思考并且能够深入地解释,这样,才不会成为单纯的文学欣赏者,而是真正的批评家。由于不同的人以不同的身份从不同的目的出发,所以,文学批评活动很难对批评家形成总体的要求,但是,基于文学批评本身,还是可以对批评家的精神素养和批评的职业要求,对批评家的思想能力进行综合判断。

就基本价值标准而言,批评家必须是热爱文学的人,必须是对生命和

---

① 布罗姆:《影响的焦虑》,徐文博译,江苏教育出版社 2006 年版,第 13—14 页。

思想充满体验的人，必须是善于思考社会人生和文化的人，必须是有丰富思想经验的人。"热爱文学"，对于批评家极其重要，真正的批评家，最初一定是热爱文学从事写作的人。许多批评家由诗人承担，而且大多数批评家出自大学文学系。在文学系的人，大多做过"诗人梦"或"作家梦"，但是，在创作的过程中，大多数文学系学生选择了研究性阅读，他们阅读了古今中外的文学作品，在文学史和文学作品解释方面受到严格的训练，于是，对文学的解释更具有说服力。许多小说作家或剧作家，往往没有经过学院严格而全面的文学训练，更多的是从生活出发，从个人喜好出发，有选择地阅读文学，而不是全面地研究文学。他们对文学的阅读，完全不是为了评价，而是为了创作，从创作目的出发解释文学，与从批评目的出发解释文学相比，两者之间有很大的不同。批评家的成长，与这种严格的文学训练有关，与此同时，由于对文学的理解深厚，批评家对文学的判断更趋理性。批评家，除了接受文学的训练，还需要对思想有其深刻的理解，应该看到，中外哲学与文化理论思潮，直接影响了批评家的思想判断。

文学批评，通常要从两方面予以拓展：一是从新思想新方法新观念出发，通过思想或思潮方法来解释文学作品。批评家先有了批评的方法和观念，然后，再运用批评的方法与观念来解释作家作品，这样，对不同的文学作品，可以从思想方法或思想观念出发获得理解。这是文学批评思潮的重要表现，特别是现代文学批评中的马克思主义批评、解构主义批评、神话原型批评和精神分析批评，这些文学批评思潮，直接受到了时代哲学思潮的影响。二是从文体出发进行文学批评，这是更为本色的文学批评方式，它立足于文学自身，而不以思想来图解文学。这一批评选择，重视审美理解与生命理解，他们从体验出发，将生命的所欲与所歌进行生动而形象的表达。通过语言把握文本，通过形象进入思想，通过思想理解文明，最终形成文学的系统价值思考，因此，作为真正的批评家，既需要思想的训练，又需要艺术的训练。

批评家必须具有文学的审美想象力与生活的真理判断力，应该具有丰富深刻的生命经验、生命渴望、生命理想和生命意志。从生活与艺术自身即可看出,人类生活与艺术总是源自于生命的内在需要,不过,生命艺术往往并没有显示特别的意义与价值,通常只是生命表现本身。当生命表现出自身的美丽,艺术就实现了自己的价值,生命体验,是文学批评最重要的资源,即批评家必须深刻地理解生活历史文化生命。只有真正在文学存在之中浸润,批评家才能获得评价文学的最重要的思想资源。评论文学的尺度,来自于文学理论,也来自批评家对生活的理解。在生命的理解中,批评家对人生形成了自己的亲在式看法,即批评家运用他的人生经验来评价文学,这不是纯粹的科学知识,而是生命经验与生命理想,乃至生命常识与良知判断。①

　　批评家,必须是对生活本质和生命真理有着真知灼见的人。当批评家有了丰富的生活经验,才能知道:"真正的生命应该如何生活","真正的人应该如何度过一生","真正的人应该如何理解生活"。批评家必须坚守美的正确的生活道路的信念,只有坚信自由生活的价值,认识罪恶生活的反社会本质,才能深刻地理解人性,充分地把握人性的丰富复杂性。他可以根据生命的准则,判断生命的意义,理解人性的复杂性,知道善恶并存,知道人的原罪,同时,也知道人的不自由、人的等级、人的残忍和自私。他知道人的尊严以及人对美好的追求,知道邪恶的人对文明生活的否定与破坏作用,知道善良的人在经受良心的考验和内心的折磨时选择正义的生命价值。② 人类因为有了善恶判断,具有对正义美好生活的渴望,为了追求美好生活而与邪恶斗争,显示出道德的价值,这就是文学的希望,文学的真理。

　　人们走向文学,因为文学能够给予人以生命的启示;人们走向文学批评,因为批评能够带给他思想,因此,批评家必须具有批判性、建设性的思想。批评家是会思想的人,他从存在思考,从历史思考,依靠思想的本能理解生活。批评家必须建立坚定的思想价值信仰,这些思想往往从生命经验中来,从思想的历史学习中来,但它们毕竟不是思想论证本身。相对

---

① 张承志:《文明的入门》,第136—146页。
② 蒙田:《雷蒙·塞邦赞》,第47页。

说来,批评家的深度思想,并非来自批评自身。纯粹的批评家,很难提供独特的思想经验,批评家必须是思想家,或者说,批评家必须向思想家学习。批评家的思想学习很重要,它可以弥补批评自身的思想局限。批评家的本源思想,往往出自生命本身的思想感悟,而不是逻辑的哲学的批判重建。批评家的思想学习,应在哲学、历史、文化、宗教、政治多维视野中展开,所以,文学批评需要多学科的思想支持。哲学思想,对于文学批评来说,不仅具有方法论的意义,而且可以帮助批评家反省生活。按照哲学的思想重新理解存在论和价值论,有助于建立文学自身的生命价值信仰,特别是从政治哲学思想与观念出发,更能深刻地把握生活的真理,更能显现生命存在的自由真理。

文学批评,必须关注政治问题,因为文学与政治的自由讨论,涉及人权、平等、民主、自由等现实可能性问题,它涉及社会公平和社会理想,涉及社会自由与社会秩序问题,所以,从政治出发理解文学,就具有特别的意义。① 文学批评,还需要关注宗教问题,因为这涉及生命信仰、宗教维度的思考,可以超越现实生活的困境,使生命在神圣超越中获得精神的重生和安宁。

总之,批评家必须能够理解真正的文学,解释文学的审美创造与生命真理坚守所具有的意义。"文学评论",必须建立审美的尺度与历史的尺度,通过新文学与旧文学之辨,通过真文学与伪文学之分,确立文学在文明生活中的真正意义。批评家必须对文学有真正的理解,人们皆能对文学形成个人评论,但每个人的批评受制于他的文学修养。个人的文学修养越丰富,对文学的要求越高,对文学的判断越接近美善的标准,相反,文学修养低,对文学的要求,对文学的评论就不太准确,所以,文学批评必须强调真正的审美尺度与思想尺度。文学批评的标准,必须建立在已有的经典作品之基础上,必须以最经典的作品或生命的真理作为文学的内在价值尺度。文学批评必须是职业的,虽然批评家不能要求低的文学批评

---

① 赫费:《全球化时代的民主》,庞学铨等译,上海译文出版社 2007 年版,第 167—192 页。

服从高的文学批评,但是,真正的批评家所具有的思想尊严,要求批评必须具有高超的水平。批评家不是普通读者,而是职业读者,是充满思想活力的人,从这些方面来说,成为真正的批评家是不容易的。

真正的批评家对文学有着真正的贡献,它保持着文学的纯正兴趣,保持着批评的自由,保持着思想的地位。真正的批评家,让人们对真正的文学批评充满了信任,对真正的文学艺术充满了兴趣。批评家是思想家,是智慧的人,但是,批评家并非总是如此。很多批评家,受制于自己的思想文化局限,甚至成为真正文学的绊脚石。批评家在文学批评过程中,不断走向成熟,这是不断进行思想超越的过程,不断揭示真理的过程。唯有如此,批评才充满希望,所以,主体性的自由人格精神,对于批评家来说格外重要,他最好是真正自由的诗人或哲人。

2. 批评家的尊严与生命亲证

批评家必须具有自身的政治理想、文化理想和艺术理想,必须保持思想自身的独立与尊严,必须寻求真正的自由与正义。批评家不能满足于成为文学作品的导读人,不能满足于文学语言、文学情节或文学形象的欣赏者,必须显示出自身思想的地位。文学创作者喜欢把自己对生活与生命的体验与判断隐含在文学语言和形式之中,把文学创作看作是生命的自由表现与自由想象。文学批评家则不然,他不能直接进行生命表达或生命表现,只能通过文学文本进行生命的自由解读。正因为文学批评是思想的工作,不是生命的形象表现,因此,文学批评必须显示出自身的思想尊严。文学批评家的尊严,是思想的尊严,是人道的尊严,是正直的尊严,是坚持真理的尊严,是不畏强权的尊严,是不屈从于各种势力的尊严,是正直的大公无私的审美价值判断,是为了艺术的尊严、为了生命正义和社会正义而显示的尊严。[①] 批评家必须真正理解作家,批判作家,为正义的作家呼唤,为伪作家唱哀歌,批评家的尊严,体现在三个方面:一是生活

---

① 　海德格尔:《演讲与论文集》,第 104—133 页。

的尊严;二是艺术的尊严;三是思想的尊严。

"生活的尊严",是文学批评的生存基础,这要求批评家必须作为普通公民,能够体会普通公民的生活理想与生活要求。强调生活的尊严,意味着批评家必须懂得最基本的生活的道理。什么是生活的尊严? 生活的尊严,意味着每个人可以通过自己的劳动,堂堂正正地生活,只有建立政治经济法律生活秩序,才能保护人的生命自由存在的尊严。富有生活尊严的社会充满了公正和秩序,富有生活尊严的人际关系充满了友爱与尊重。在富有生活尊严的公共价值秩序中,人与人之间是平等的,友爱的,每个人皆关心社会公共事务,积极参与社会生活的价值探索。生活的尊严,意味着每个人必须遵从自由的法律生活,可以自由地选择职业,从容地选择合法的生活方式。① 每个人能够依靠劳动生活,不必巴结讨好别人,任何人皆不能以权力损害他者的自由与尊严。

生活的尊严,意味着批评家能够富裕地生活,能够安心地生活,不是乞讨地生活,更不是提心吊胆地生活。在自由的生活秩序中,人们不是惶恐不安地生活,也不是畏惧官僚权威地活着,而是坚守生命真理的乐观生活。生活的尊严,要求批评家是正直的人,是充满爱心的人,是富有理想的人,是勇于参与社会生活的人,是能够坚强勇敢生活的人。他/她不能为名利所恐吓,不能为权贵所指派,不能为虚假而发言,不能为欺骗而张目。生活的尊严,源自政治经济法律有序的社会,源自公民自由美好的生活理想,源自于富裕而节制的生活价值信念。生活的尊严,唯有通过民主自由的政治生活秩序,唯有通过平等正义的政治生活理想,才能真正被赋予。"生活的尊严",是民主法制作用的结果,是平等自由理想作用的结果,绝对不是专制文化制约的社会生活。

"艺术的尊严",是艺术本文的自由价值所在。批评家对艺术本质的理解,既有艺术性的理解,又有思想性的理解,"艺术性",是艺术得以存在的根本。艺术有其自身的尊严,在很大程度上,艺术的尊严,意味着只能

---

① 蒂博代:《六说文学批评》,第111页。

从艺术自身的目的出发。艺术不能服务于艺术之外的目的,不能背叛艺术自身的目的。艺术首先是为人的,艺术服务于人的生命需要,人们在快乐时需要艺术,人们在苦闷时需要艺术。艺术是人们在生命的快乐和生命的渴望中诞生的,艺术总是源自于民间,因为在解决了衣食住行这些物质生活要求之后,人们有精神生活的要求。艺术能够给人带来快乐,或者带来启示,艺术的快乐,既可能源自于新鲜独特的思想艺术经验,也可能源自于熟悉而亲切的生命经验。陌生的经验带给人们好奇的欢乐,熟悉的经验则带给人们无限自由的安慰。批评家每天都在生活之中,其实,越是在远古社会,人们闲暇的时间越多,在解决了简单的生活之后,他们需要娱乐。最能给人快乐的娱乐,就是歌唱舞蹈音乐,也有美术体育,还有戏剧表演和讲故事,艺术,就在这些生命活动形式中成长起来。

从诗乐舞发展起来的诗歌、音乐和舞蹈,一直是人类生活中最重要的艺术形式,这是最本能的艺术形式,由这些艺术进化而成的戏剧表演与故事讲唱,则是更高级的艺术活动形式。这些艺术的发展需要组织与配合,美术、建筑与体育,则是公共的艺术形式,是人类生活发展到一定程度之后才形成的公共艺术,它最能代表民族艺术的审美理想和审美创造。艺术的尊严,在很大程度上,就是要求艺术必须是源自生命的,必须是独创的,必须是尊重传统的,必须是快乐的沉思的富有教育意义的。[①] 艺术是严肃的活动,只有在严肃的艺术活动中,才能显示出职业的光彩。尽管每个人都可以参与到艺术活动中去,但是,并不是每个人皆能成为艺术家。如果只是个人的艺术活动,艺术活动的主体只需要表达自己,那么,艺术无论如何都是许可的。当艺术面对公众,为了别人时,艺术必须是职业的,也必须严肃,必须受过严格专门训练,只有这样的艺术,才会给人们带来真正的愉悦而不是游戏。艺术的尊严,既表现为艺术形式上的尊严,也表现为艺术效果上的尊严。艺术有着自身的目的,其直接目的,就是为了给人们带来快乐,为了达到这一目的,艺术家是相当敬业的,他们通过严

---

① 吴宓:《文学与人生》,清华大学出版社 1993 年版,第 59—68 页。

格的训练和艺术创造,然后,让艺术自身给人们带来欢乐。

"思想的尊严",是生命存在者的自由信念。批评家的思想尊严,不是外在于生命的,而是直接源自生命的。源于生命本身的思想,永远是充满力量的,它是批评的基础,但是,仅有生命的体验与生命的本质要求还不够。批评家,必须具有思想的知识,因为个人的思想永远带有自己的局限,为了打破个人的思想局限,就必须学习别人的思想,而别人的思想,源自他自身的生命经验。批评家的生命经验不同,形成的思想也不一样,出自于个体生命经验的思想是本源的思想,而源自他者生命经验的思想,则是生命的知识。人类一直就在寻求思想的共通性或思想的普遍有效性,为此,发明了逻辑的思想方法和各种科学的思想方法。人类的思想方法直接激活了人类的思想,不断提升了个体的生命经验;人类的思想,不仅可以直接源于生命的经验,还可以源于人类共同的思想知识。批评家的思想,既有个体性基础,又有共同性基础,这样,思想的沟通成为可能。

思想的尊严,一方面,要从生命中直接思考,要从生命的喜怒哀乐中思想,另一方面,则必须从人类共通的思想史中学习,或者说,向人类思想史上的一切伟大的思想家学习。人类的思想史是伟大思想家构成的历史,它深刻博大,充满创造力,也充满着再创造的可能,于是,人类遵从思想原创和思想史继承的双重原则,艺术与思想的尊严,永远显示出思想创造的光亮。①

批评家对艺术的本质理解,通常需要外在的思想方法与批评观念的指导,实际上,就是思想史的学习,即向思想家学习深刻的思想,然后,进行独立的思想创造和解释。文学批评史,作为独特的思想史,形成了各种文学批评方法与批评观念,例如,中国古代的意境批评与神韵批评,言志批评与诗史批评,评点批评与游戏批评。同样,在现代批评中,有现实主义、浪漫主义和现代主义批评,也有新形式批评、精神分析批评、结构主义批评、解构主义批评,还有新马克思主义批评等。这些现代文学批评方

---

① 康德:《判断力批判》,邓晓芒译,商务印书馆 2002 年版,第 201—203 页。

法,很多是从西方引进的,所谓社会历史的批评方法,存在主义的批评方法,生命哲学的批评方法,现象学的批评方法,皆来自西方。这些批评方法,成为批评家重要的思想工具,但不能取代批评家的自由思考,运用这些批评方法,一定要守住艺术的根本,守住生命的根本。

从真正意义上说,批评家是自由的思想者,文学只是思想的契机或思想的入口。文学不应成为思想的目的,最高明的文学批评家也无法确立文学作品的唯一价值,文学批评必须是开放性的。批评家不是提供文学作品正确理解或正确思想答案的人,而是独立而自由的思想者。文学批评必须把主要的工作放在独立思想或引导人们独立思想之上,当批评家借助文学成为思想家,就具有了独立的思想地位。文学批评最终不是为了批评自身,而是走向了真正的思想领域,为艺术,为生活,为文明,提供了自由的律法,这是文学批评本有的思想尊严与艺术尊严。

3. 亦师亦友:批评家与艺术家

批评家的尊严与批评家的自由,在实际的文学批评中表现为:平等自由地与艺术家进行思想对话或生命对话。批评家,必须真正理解艺术家,必须真正理解艺术,但是,不能在艺术家的伟大面前跪下。批评家是理解艺术的人,理解艺术就是理解生命,理解艺术的自由,永远不可能平等,但是,如果批评家也能创作,艺术家与批评家的关系就不一样。由于很多批评家是没有思想的,所以,对于有思想的批评家,艺术家要么心悦诚服,要么不屑一顾。真正伟大的批评家,必然是懂艺术的,实际上,批评家并不期待成为职业的文学批评家,更期待成为兼职的批评家,因为批评家需要批评之外的思想与文化修养。对于批评家,首要的事,不是要成为"艺术家",而是要成为"思想家",如果批评家只是成为艺术家,就不可能真正评价文学,相反,如果批评家是思想家,就更能深刻地解释文学。

真正的艺术家,肯定也是思想家,与批评家不同,批评家更善于从哲学家或其他思想家那里借鉴好的思想,但是,艺术家往往并不直接从思想家那里借鉴思想。他们可能受思想家影响,更多的时候,则是直接从艺术中思想,从生命存在者的个体历史中思想,从生命现象中思想。如果说,哲学家是抽象的思想家,总能从逻辑出发,从概念出发,概括地思考人类生命存在的本质,思考自然和社会文化的本质,那么,艺术家永远只能从具象的生命本身进行思想。他们不是用概念思考,而是直接用形象来思考,他们的思想,不是直接说出来的,而是展现在生命自身的历史形象构建中。

艺术家是思想家,是以生命形象的方式思考人生展现人生的思想家,他不会直接告诉批评家生活怎样才是有意义的,而是直接用形象展示怎样的生活是自由的美好的,并且,展示怎样的生活是不自由不美好的。艺术的思想,更直接、更本源、更加深入人心,也更能给人以快感。艺术家的创造,源自于生命想象与生命体验,它的思想是形象的感性的具体的,包孕着生活的真理。通常,哲学家的简单判断,往往能变成艺术家的伟大作品,哲学家用一句话来体察人生,而艺术家则用故事和形象来体察人生。艺术家使简单抽象的生命真理具体化生动形象化,艺术家的感人之处,就在于他通过生命形象来思考。

批评家的角色身份,界于艺术家和哲学家之间,也就是说,批评家,一方面,要与艺术家进行深刻的对话;另一方面,又必须与思想家形成深刻的辩论。批评家,先必须像艺术家一样思考,然后,又必须像哲学家一样思考。[1] 批评家认可的生命解释方式,是艺术的解释方式,但是,批评家认可的表达方式,则是哲学家的思想方式。批评家与艺术家的文学关系,具体表现为几种文化模式。

一是批评家与艺术家相互欣赏与理解。真正的批评家,必须选择值得批评的伟大作家的作品进行研究,因为只有伟大的艺术作品才蕴含着伟大的艺术思想。伟大的艺术家对世界的思想,不是通过思想命题来呈现的,而是通过形象来呈现的。艺术家只有创造了伟大的形象,才能真正解释生活与生命世界。[2] 伟大的艺术家是自由自在的,它不是因为批评

---

[1]　海德格尔:《林中路》,第 41—42 页。
[2]　默里斯:《海德格尔诗学》,上海译文出版社 2005 年版,第 24—28 页。

家而诞生的，但是，伟大作家作品离不开批评与解释。伟大的作品内含越丰富，它就会吸引更多的批评，即先有伟大的艺术作品，才会形成伟大的批评。伟大的批评，不是为了捍卫伟大的文学作品，而是为了确证艺术的真正价值，给后世的文学树立丰碑。伟大的批评，为了捍卫经典文学作品的伟大价值，为了不断丰富对伟大作品的理解。真正伟大的作家，最初必定是伟大的批评家，即不写批评文章的批评家，但他一定从伟大作品中学习。伟大的作品，可以是书面的经典，也可以是口头的经典，所以，伟大的作家必须善于学习，没有不善于学习的伟大作家。伟大的作品的蕴含极其丰富，"本文诗学"，就蕴藏在伟大作品之中，批评家可以通过伟大作品来建构源于伟大作品的本文诗学、形象诗学和文明诗学。

二是批评家与艺术家相互敌视。批评家可能与艺术家相互敌视，一些批评家戴着有色眼镜，对于与自己思想不统一的作家作品，采取激烈的批评态度。批评家与艺术家相互敌视，批评家不理解艺术家，艺术家不理解批评家。批评家与艺术家之间的敌对，并不完全是坏事，这种敌视，有时可能更大地促进了真正的创作与批评。事实上，批评家与艺术家，本来就是相互对抗的，这种对抗，加强了文学的自由探索，因为任何敌视的过程，就是交锋的过程，学习的过程。这种学习是潜在的表面上的对抗，可能导致内在的契合，事实上，在文学史上，激烈的交锋有时推动了文学的发展，使文学的流派风格更显突出。[1] 批评家与艺术家相互漠然，各行其是，互不相关。更多的是批评家，不理睬一些艺术家，艺术家也不关心批评家。批评永远只针对有限的少数作品，所以，真正的批评在当前往往是稀缺资源，这是最不利于文学发展的方式，即批评与艺术家之间的相互漠视。批评家离不开艺术，艺术家也需要批评，在单一的文化语境中，文学与思想会最终变得冷漠。

三是批评家与艺术家相互利用，相互吹捧。由于真正职业的批评家不多，而且，批评刊物也少于创作刊物，因而，每个作家作品要想得到公开

---

[1]　刘若端编：《十九世纪英国诗人论诗》，人民文学出版社1984年版，第128—129页。

评论是不可能的,这样,就形成了思想怪圈:一般的作品不值得评价,大多数不知名的作家渴望得到评论。批评家自然不可能涉及这些作品,优秀的作家作品,自然值得评价,这些好的作家作品,就形成批评的堵塞现象,即无数的批评追踪少数的优秀作品,而作家此时最不在意批评家的批评,因为批评只会从好的方面,对优秀作家作品进行正面评价。作家的感觉太好了,他/她就容不得任何批评。① 当代文学批评大多立足于民族文学,在民族文学不能与世界文学普遍交往的时代,民族文学作家在不发达的文学市场中,往往显得鹤立鸡群,其实在世界文学交往中,我们可以发现,批评并不具有太高的文学价值,更难引导哲学思想潮流。

当代文学批评,在面对比较优秀的作家作品时,往往失去了真正的判断力,不敢严肃认真地给予真正的批评性评价。批评家对当下比较优秀的作家作品进行的毫无原则的吹捧,使得比较优秀的作家极为娇宠,结果,许多作家,一旦出名就远离文学,或随意写作,结果,批评家的文学批评视野充满了劣质作品。文学被商业化之后,越来越多的作家追求金钱效应,更不在乎文学的真正自由价值。批评家喜欢踏实的、不慕虚荣的作家,作家必须有超越世俗的精神与情怀,如果太多的作家被得奖和相关的东西所支配,文学就很难有光明的前途。批评家应该意识到优秀的文学艺术作品不是批评出来的,而是创作出来的,而许多艺术家又是不喜欢阅读文学批评的人,所以,批评家不能直接证明文学批评有助于伟大作品的诞生。文学批评可以真正地阐释经典文学作品,或者说,文学批评可以确立经典文学作品在人类思想中的地位。

文学批评家作为独立的思想者,可以与文学创作者一起探索生命,思考生活的价值。作为文学批评家,最好能同时承担其他的思想任务,即批评家不需要纯粹的批评家,例如,批评家可以是思想家,可以是艺术家,可以是政治家,可以是文学史家,只有这样,批评家的文学批评才能进行从容的艺术思想判断。艺术能够得到真正理解,艺术家能够得到真正鼓励,

---

① 朱熹说:"天下有多少才!只为道不明于天下,故不能有所成就。"参见《朱子近思录》,上海古籍出版社2000年版,第117页。

最需要注意的是,批评家不能成为伪艺术家的帮凶,批评家也不能为没有人格情操和自由尊严的艺术家辩护。批评家必须坚持自己的正义性,为人民鼓与呼,站在人民的立场上,与祖国共命运,与人类一切优秀美好的思想共命运,或者说,作为世界公民,担当人类生活道义的捍卫责任,在人类任何危急的时刻,批评家如果能够仗义执言,就不失为真正的批评家。① 与此同时,在和平的时代,批评家应该成为和平的赞美者,自由的歌者,此时,批评家不仅具有自己的尊严,而且实现了生命的价值,这是批评家的幸福时刻。

4. 批评家作为思想家的可能性

批评家的沉思,在很大程度上,是通过批评家对艺术的理解以及批评家对生活历史人性的理解而显示的,实际上,要求批评家必须具有真正独立的思想尊严。批评家要立足于生活自身,但不能向任何思想低头。思想只能来自于独立的思想意志,来自于独立的探索,这思想必须源自于人道、自由和美丽。批评家的思想在于不偏激不保守,但富有思想的启示性,批评家的沉思与高尚人格,源自于批评家自身的伟大生命想象力和人格自由精神。批评家要想赢得作家和读者的尊重,与批评家的思想有关,也与批评家的人格精神有关。批评家的思想必须是敏锐的,虽然不可能像哲学家那样系统、冷峻和完整。批评家更像自由的思想家,要适应作家的要求,即批评家不可能只是采用哲学的语言,更需要从政治学、法学、社会学、心理学和文化学方面进行思考,正如我反复坚持的那样,更多地需要运用"诗性综合解释的方法"②。批评家必须具有广博的思想,他的思想,既要涉及人生的知识,也要涉及批评家的整个文化的知识,因而,批评家的思想,以形象的感知为基础,最终上升到生命认知的高度。批评家的思想,以人格自由为依据,即批评家已经形成了完整而坚定的人格。他以

---

① 朱熹曾说:"读史须见圣贤所存治乱之机,贤人君子出处进退,便是格物。"这也可用于文学批评。参见《朱子近思录》,第61页。

② 李咏吟:《通往本文解释学》,第3—16页。

他的理想来评价文学,文学批评就成了作家坚定的理想证明,此时,批评家不仅是为了文学的自由,而且也是为了自身的生命证明。

批评家的人格精神,在很大程度上,是由于批评家不屈服于世俗的观念,也不屈服于传统的观念,它坚定地指向自我的思想世界。批评家的较量,不是艺术的较量,而是思想的真正较量,事实上,艺术形式在批评中已经变得不重要了。思想地位的提升,在很大程度上就是由于思想是人的根本困惑,而且,只能在思想层面上才能与艺术家形成真正的交流,说到底,大多数艺术接受者,是"为了快乐而欣赏艺术"。批评家的职业,决定了批评家不能只为了快乐而欣赏艺术,他/她必须为了更为崇高的艺术目的和思想目的而评价艺术,这个目的决定批评更需要思想。批评家的发言,并不总是自由的,任何批评必然涉及各种禁忌。批评家只能从信念理想和公正出发批评,此时,就需要打破禁忌,敢于挑战权威,敢于道说真相。批评是需要正义的,因为批评的正义只能源自真理,而不是个人意气用事,批评家坚定地指向自由的社会价值信念。批评家用批评的语言,像艺术家一样的富有激情的语言从事艺术的分析和批评,因而,批评家是富有激情的人。

批评家的思想,不是随意的语言表达,真正的批评家,不是单一的批评家,他/她往往在哲学、文化心理学、社会学、政治学或其他人文社会科学方面有专门的知识,这种多文化视野,使得批评家的思考变得深入而透彻。批评家坚定指向乐观的文化人生,批评家是对生活有着智慧的人,因而,批评家必须有乐观的人生信念,这样,批评家才敢于批判黑暗,才能乐观地展望未来,不至于对人生绝望。绝望的批评家是需要的,批评家对人生悲观绝望,可以给予人生以警醒。批评家在与黑暗和邪恶斗争时,就不会充满自信,如果一切皆悲观绝望,奋斗就没有力量。只有对未来生活充满着乐观和信心,才可能战胜绝望,自由地拥抱生活。批评家坚定地指向某种宗教信念,这是批评家信仰的自由表达。批评家思想的深刻,在很大程度上,是需要宗教信念支撑的,因为宗教是生命的重要超越方式,它提供了许多思想智慧,能够帮助批评家战胜人生的苦难。基督教神学和佛教思想,事实上与批评家的文学理解息息相关。如果没有宗教信念支撑,在很大程度上,就不能真正解释文学作品。文学作品中有宗教信仰,涉及宗教的人生理解,批评自然需要宗教的知识和体验,更为重要的是,批评自身需要宗教的理解方式,这是因为人生需要宗教的理解。总之,人生有多么丰富,思想就有多么丰富。①

文学批评,在很大程度上,就是需要打开一扇窗户,让批评家能够自由地呼吸,自由地看世界。从总体上看,批评家大多不如自由而伟大的作家。人类的艺术史,是由伟大艺术家构成的,在很大程度上,只是卑微的解释者,很少有批评家在文学史上建立了自己的永恒丰碑。如果没有批评家,就不可能有真正的文学史,因为文学的历史叙述就是文学批评家的功绩。真正的批评家,需要在其他人文科学方面做出突出的贡献,这样的批评家,才更富有思想尊严。单纯的评论家,从来就没有在文学史上获得自己真正的地位,因此,批评的思想要求,显得更为重要。没有思想,批评家无异于死亡。在文学史上,影响巨大的批评,皆有别的文化身份。他们可能是政治家,也可能是哲学家,可能是文化学家,也可能是心理学家。正是在多重身份下,批评家看待世界文学,就更具思想的眼光,更具思想的力量。②

批评家的思想原创,一方面,必须立足于生命存在本身,即对生命存在具有自己的发现与理解;另一方面,则必须受到科学思想的训练,他可以从不同的思想维度来看世界,这样,批评就具有自己的方法,而且具有自己的价值导向。批评解释学或文学批评学,是批评家的活动领域,对文学批评家和批评解释学的思考,无疑是对批评的批评。"批评的批评"是理论性工作,其目的是为了将文学批评理性化科学化,使文学批评具有更为健康的思想。就此而言,批评家是批评解释学的核心,也是批评解释学最为重要的任务。只要有了最好的批评家,批评家的文学史和文学价值

① 朱熹说:"心大则百物皆通,心小则百物皆病。"参见《朱子近思录》,第49页。
② 刘勰说:"知音其难哉? 音实难知,知实难逢;逢其知音,千载其一乎!"这里,把文学解读看得太难了,其实,只要细心解读,知音并不难。

系统才更具有力量。批评家在呼唤真正的作家的同时,实际上就是希望有伟大的作家作品诞生。退而求其次,批评家如果实现不了思想家的愿望,就应该向历史学家或美学家看齐。批评的历史文化证明,是极富智慧极有意义的工作;批评的美学体验,更是激动人心的生命历程。这些皆可能带来批评的自由与价值确证的快感。也就是说,"诗思史"或"文史哲"的自由综合,再次获得了深刻的证明。

文学批评有太多的方法论,有太多的技术概念,这并不是文学批评的真正发展方向,不过,许多批评家相信,只要把文学批评的技术或文学批评的概念搞清楚,就能很好地进行文学批评。事实上,任何批评方法皆有自己的局限性,所以,心理学的批评方法,历史学的批评方法,社会学的批评方法,美学的批评方法,等等,并不能长时间主导文学批评。单一的文学批评方法,总会暴露自身的局限,所以,诗性综合的批评方法具有更多的变通性。这说明方法不是最关键的,最重要的还是思想的价值,当然,思想离不开方法与概念,但关键在于批评的意识与批评的问题着眼点,即批评家关注什么并言说什么? 这显然是思想问题。

批评家只有在思想中才能真正挺立起来。文学是什么? 文学是无数的作家与无数的作品组成的世界,这个世界有许多幸运儿,他们通过各种方式享受了文学,未必真正提供了有价值的创造,他们有时就是通过文学这种方式攫取了权力和金钱,这时,批评家就要有自己的尊严。你是认可世俗读者对作家的迷从,还是认可作家的政治或生活权力,你是认可作家的时尚解释,还是认可你自由的心灵律法,这极为关键。真正的批评,应该是"说可说,不说不可说",这看来是个简单的生命尺度,其实是很高的标准。批评家作为批评家,是否有能力对自己熟悉和不熟悉的全部文学发言? 显然,对自己不熟悉的文学发言,既难坚守正义,也难维护尊严,当然,这不意味批评家能够宽容世俗的文学,批评家必须有自己的判断力。

批评家的尊严在于批评家善于思想,而且具有自己的思想。① 思想

---

① 刘勰指出:"凡操千曲而后晓声,观千剑而后识器;故圆照之象,务先博观。"确实,思想只能来自于自由的观照与综合,参见《文心雕龙·知音》。

必须要有自己的超越状态，你要做得与别人不一样，你能从历史中得出新思想，这样，你永远有自己的超越形象。思想的形象是独创，不是抄袭，更不是重复，而思想的独创是最富尊严的方式，也是最艰苦的生命意志与生命智慧挑战，这就是对批评家的真正考验。批评家不会批评，不是因为批评家缺少方法，而是由于批评家缺少思想。批评家，可以崇拜真正的解释者。富有语言知识能力的解释者，比作家更理解文本，更能赋予文本意义，但是，批评家更应该崇拜独立的思想家。独立的思想，就是对世界最好的理解，因为经典是为了理解世界，而不是炫耀语言知识。批评家经常停留在思想的表面，批评总是在时尚的思想中寻找支撑。仿佛离开时尚思想的支持，批评家的批评便失去了自己独立思想的权利。于是，文学批评变得贫乏，批评家就失去了自己的思想尊严。

批评家太过依赖作家，这是很失尊严的事情。如果批评家在作家面前放弃思想的权利，低下高贵的头颅，那么，批评家最好不要批评，否则很容易成为"作家的奴仆"。批评家是自由的思想者，独立地站在作品面前，平等地与作家对话。如果批评家的能力不足以真正理解伟大作家作品，就需要学习，批评家在思想与常识上，皆不能与作家相差太远。批评家就是自由的作家，或者说，批评家是没有发表诗歌作品的诗人，是不创作小说文本的小说家，这样，批评家就有自己的文学创造力。文学不是远离批评家，而是非常亲切地与批评家同在，这就是"文学的意义"。批评家应该像作家和诗人那样，对语言与生命，对存在与意志，对文明与故乡，对人性与生活有更深刻的理解。批评家应该在理解人上面成为真正有常识的专家，而不只是文学语言形象的还原者。批评家应比作家更善于严肃的思考，更能关心人类的困境与人类的生命存在问题。人类的幸福生活与自由理想，人类生活的不幸与哀伤，批评家都能像诗人和作家一样深刻地理解。批评家对人类充满希望，批评家对生活充满悲悯，批评家对未来充满忧虑，批评家对幸福充满期待，批评家对专制与好战者充满厌恶和反对，这样作为自由的思想者的批评家就站立在了文学的历史画廊前。

批评家的批评具有独立思想的尊严，就守住了文学的正道。真正的文学经典,不是批评家批评出来的,而是作家创作出来的。确认经典是文学批评的任务,自由思想更是文学批评家的任务。批评家在文学批评中呈现的思想与形象不仅是批评家在解读作品的意义,而且是用另一种方式进行自由的创作。作家没有批评者和吹捧者,却迎来了自己的真正的思想同道,这是文学批评家最好的归宿,也是批评家最高尚的选择。批评家不是文学的历史收藏者与鉴定家,而是文学思想的伟大发明者,人类思想的伟大发现者,文明生活价值的伟大创建者! 此时,文学批评家才"真正活着"。文学批评者必须注目真正富有思想的批评家,当批评坚守思想的真理与生命存在的正义时,当批评家将公民教育与民主教育的理想扩张时,文学批评就实现了文学的自由宗旨,完成了思想的自由任务,这就是我对批评家的自由理解与科学理解。①

---

①　罗素:《自由人的礼赞》,参见《自由之路》,第 141—148 页。

后　　记

　　"读好书是人生的幸福，写好书是人生的功德。"三十年来，念兹在兹，多少彷徨，多少苦闷，多少欣喜，皆为此心意。这本书的部分内容，源于1998年沈阳出版社出版的《语言的智慧：批评之道与历史之镜》。其时，我把自己对文学批评本身的理论思考，同若干当代作家作品的评论，结集在一起，试图寻求对文学批评的基本认识，其实，我潜在的意图是："试图建构文学批评的独特思想道路"。事实上，我当时对诗学只是"理论诗学"的解释倾向有所警醒，在我看来，通过文学作品或本文解释，建构富有创造力的"本文诗学"或"形象诗学"，才是文学批评的真正目的。

　　但是，这个潜在的意图，并没有得到很好的体现，十年后再看，发现它有许多幼稚之处，于是，我花了许多时间来修改增删。如今，我有意把它写成系统的文学批评解释学著作，或者说，把它作为"批评解释学"的基本理论建构实验。与此同时，我还希望通过批评的本文实践，为文学的文体批评，或者说，为了本文诗学和形象诗学乃至文明诗学的创建，进行实实在在的探索工作。这些批评实践，如果从真正的文学批评来看，可能不足以作为批评的经典范本，但是，从文学批评实践意义上说，有关"文学思潮""文学文体"和"文学经典"的三个维度的批评解释，已经触及了文学批评的本体问题，或者说，在一定程度上，已经把握了"文学批评之道"。其中，有关经典作家作品的本文诗学解释，也许可以看作文学批评学或批评解释学的试验文本。

　　因此，从"本文诗学""形象诗学"到"文明诗学"的思想建构，是我对文学批评价值形态的最新理解。必须承认，这本书虽然立足于当代文学批评实践本身,但是,由于事先没有确立完好的理论建构模型,还不是真正自由意义上的批评解释学建构。

在这部书的修改阶段,我想尽力摆脱西方后现代文学批评或当代中国文学批评思潮的影响,试图以中国古代文学批评原则或西方古典诗学美学原则为本,以此作为批评解释学的内在价值支撑,但是,由于文学批评探索特有的时代思想烙印,这一意愿并没有得到充分体现。如何从中国古代文学批评或德国文学批评传统中,特别是从刘勰的《文心雕龙》或席勒、尼采、海德格尔的批评实践中,寻求"文学批评之道",这是我将来思考的中心任务。

我所做的实际工作,基本上还是为了追求"文学的诗性"或"批评的灵性";批评的历史考证,非我所长,亦非我所愿,所以,我的批评解释,并没有庄严而琐细的历史叙事内容。与此同时,批评的思想意义,是我最心仪的也是最崇尚的,但是,从这个解释学本文中,依然看不出文学批评的思想深刻性与独立性,因为诗性叙述中要想呈现深刻的思想实属不易,这样,剩下的,就只有批评的灵动与诗性追求了!我一直追求于此,也一直向往此境,至于是否达到,只有留待读者来批评了!

"告诉您如何或为何进行文学批评,让您最终成为优秀的批评家",这是本书写作的基本思想冲动。从方法论意义上说,这一任务可能已经完成,但是,从生活实践意义上说,这一目标实在遥不可攀。此时,我内心苦闷且彷徨,真希望有天才精神贯注吾心,神明般的启示时时耸立在我面前,然而,这一切不会轻松实现。

最后,我必须再次表达我的感激。先要感谢我的导师陈村富教授给予我的大力支持与鼓励,由于他的信任,我目前持续从事希腊思想史研究与写作。与此同时,感谢浙江大学李和声经济与文化研究中心理事长姚先国教授和廖可斌教授提供的出版经费支持,感谢上海交通大学人文学院院长王杰教授的无私帮助。另外,我还要感谢浙江大学出版社的黄宝忠编审和宋旭华编辑给予我的许多具体帮助!

生活就是如此,当一个人得到许多关爱时,生活道路就变得顺利而畅快,此时,幸福感,就处处洋溢在自我的生命体验中,这也使得我的文学批评解释充满了丰富的生命内容。如果这本书所提供的思路,能够帮助青年学子正确理解文学,接近文学的内在秘密,那就是我的荣幸了! 如同"卮言日出",通俗的或时尚的文学批评活动,服务着作家的宣传要求或文学的传播要求,正充塞着我们的文学阅读空间,然而,真正的文学批评远未形成。如果没有真正伟大的文学批评,就不要指望我们的文学创作能够具有美丽而深邃的生命文化精神价值,从这个意义上说,寻求真正的"批评之道",永远是文学批评学或批评解释学的中心任务!

> 2009 年秋改定于杭州浙大紫金文苑
> 2010 年 5 月三校于浙江大学中文系 316 室

修订版后记

时间是最无情的审判者。十年前自鸣得意的论述，今天已蒙上历史的灰尘；此前信心十足的判断，却根本无法面对当下的"网络文学"。文学与哲学最有趣的对比，也许就在于此：哲学变革的每一次喧嚣，都是为了重新返回古典的准则；文学前行的自由身影，却总是为了抛弃固有的传统。"感觉主义"与"青春主义"，让所有的文学法则或经典范式都失去了"价值"。正因为如此，我强烈地渴望"逃离文学"并"返归哲学家园"。

事实上，我不敢再碰文学批评。我已经许久没有看当代文学期刊，更不用说汹涌澎湃的网络文学。我对当下的"文学"异常陌生。我所评价的作家与作品，大多比我更加"年老色衰"，或者说，他们已经退出了文学创作的领地，他们可能比我更加惶惑于当今文学！他们曾经那么辉煌，那么经典，却在网络文学与影像文学面前变得脆弱不堪！这是我们不得不面对的信息技术时代与信息化生存！

我无法解释"当下的文学"。我只是在历史的视野中，坚信文学批评必须以"文学思潮""文学文体"与"文学经典"为中心，不过，这依然是强调文学活动与文学形式的"批评法则"。如今，我更信奉文学批评必须回到古老的文学本源中去，即回归"文学形象创造"与"文学形象解释"的中心地位。在超越文学活动与文学形式之后，文学的根本价值必然通过"文学形象"展开。这是文学经典中心论的某种变异，也是文学经典中心论的具体化。

不管未来的文学如何变化，一切细枝末节删除之后，"文学形象"与"生命形象"的主干，将显得更加挺拔突出，这才是文学批评的真正任务。

我们可以通过"文学形象",最大限度抵达生存的丰富性、无限性与深邃性!

这本书能够修订再版,必须感谢浙江大学教务处的大力支持,必须感谢浙江大学出版社宋旭华先生与唐妙琴博士的热忱帮助。我近十年一直在浙江大学出版社修订出版自己的作品,可能会引起不少读者的困惑:"你为什么老是吊在这棵树上?"说实在话,我可以找到更好的出版社,但我可能找不到比他们更好的编辑朋友。衷心感谢浙江大学出版社的诸位朋友,同时,我还要感谢张齐博士给予我的许多帮助。

"修订旧作",是对自我存在的再一次生命拷问,其中,充满怀疑与不安,也充满庆幸与欣喜。这正是我的生存状态与写作状态!我希望,我可以通过这样的心路历程不断趋向生命的宁静与丰饶!

2018 年夏日于湖北黄冈浠水颐谦园